时 习 文 库

阅微草堂笔记

选

〔清〕纪 昀 著

张伟丽 译注

齐鲁书社

·济南·

图书在版编目（CIP）数据

阅微草堂笔记选 / (清) 纪昀著 ; 张伟丽译注.
济南 : 齐鲁书社, 2025.5. -- ISBN 978-7-5333-5112
-0

Ⅰ. I242.1

中国国家版本馆CIP数据核字第2025A7A360号

出品人：王　路
项目统筹：张　丽
责任编辑：裴继祥
装帧设计：亓旭欣

阅微草堂笔记选
YUEWEICAOTANG BIJI XUAN

〔清〕纪昀　著　张伟丽　译注

主管单位	山东出版传媒股份有限公司
出版发行	齐鲁书社
社　　址	济南市市中区舜耕路517号
邮　　编	250003
网　　址	www.qlss.cn
电子邮箱	qilupress@126.com
营销中心	（0531）82098521　82098519　82098517
印　　刷	山东临沂新华印刷物流集团有限责任公司
开　　本	710mm×1000mm　1/16
印　　张	29.5
插　　页	2
字　　数	371千
版　　次	2025年5月第1版
印　　次	2025年5月第1次印刷
标准书号	ISBN 978-7-5333-5112-0
定　　价	99.00元

出版说明

　　文化乃国本所系，国运所依；文化兴盛则国家昌盛，民族强大。在源远流长的中华文化长河中，经典古籍宛如熠熠星辰，承载着先辈们的智慧、思想与情感，是中华民族精神内核的深厚积淀。

　　2017 年以来，中共中央办公厅、国务院办公厅相继出台《关于实施中华优秀传统文化传承发展工程的意见》及《关于推进新时代古籍工作的意见》等重要文件，有力推动了大众对中华优秀传统文化的关注与重视，古籍事业亦借此良好契机，迎来了前所未有的跨越发展，步入了一个崭新的黄金时代。齐鲁书社作为文化传承的重要阵地，始终秉持对中华优秀传统文化的敬畏之心，肩负守正创新之使命，积建社四十余年之精华，汇国内学界群贤之伟力，隆重推出中华经典名著普及丛书——《时习文库》。

　　"学而时习之，不亦说乎？"文库之名，正是源自《论语》的这句经典语录。"时习"不仅是对知识的反复学习与实践，更是一种对中华优秀传统文化持续探索、深入理解的态度。文库共分为文化类和文学类两大辑，囊括了经史子集、诗词歌赋、戏曲小说等诸多经典，旨在为读者搭建一座通往中国古代文化瑰宝的坚实桥梁。文库的编纂宗旨在于，引导读者在阅读经典著作的过程中，将学习与思考深度融合，不断从古人的智慧海洋中汲取营养，从而得到心灵的润泽与智慧的启迪。通过对经史子集、诗词歌赋、戏曲小说等多元内容的系统整理与精良审校，让中华古籍真正成为可亲、可读、可传的"活的文化"。

为了确保文库的品质，我们除升级广受好评的原有经典版本作为开发基础外，亦精选其他优质底本，以确保版本选择的卓越性；文库会聚文史学界权威，如高亨、陆侃如、王仲荦、来新夏等学界大家，群贤毕至，各方咸集；文库延聘名家成立专家委员会，严格把控丛书质量，确保学术水准；文库针对不同层次读者，精心设计文化类与文学类品种：前者左原文右译文下注释，后者文中加简注评析，实用性强；文库采用纸面布脊精装，正文小四号字，双色印刷，装帧精美，版面舒朗，典雅大方，方便易读。

在习近平文化思想指导下，《时习文库》的出版是对中华优秀传统文化"两创""两个结合"的一次重要尝试。我们希望通过这套文库，让更多的人了解和喜爱中国古代典籍，让中华优秀传统文化在新时代焕发出新的生机与活力。同时，我们也期待广大读者在阅读文库的过程中，能够与古圣先贤进行跨越时空的对话，汲取智慧，启迪心灵，不断提升自我的文化素养和精神境界。让我们一起在经典的海洋中遨游，感受中华文化的博大精深，共同书写中华优秀传统文化传承与发展的新篇章。

齐鲁书社

2025 年 3 月

代前言：燃犀下看　鱼龙皆现

　　《阅微草堂笔记》（五种）是清代中后期一部很独特的文言志怪小说。说它独特，主要有三个方面的原因：一是作者独特，作者纪晓岚乃乾隆、嘉庆两朝的重要文臣和文化名人，《阅微草堂笔记》创作开始于乾隆五十四年（1789），终于嘉庆三年（1798），前后延续十年之久，是他生前为数不多的著作之一。其间谈狐说鬼、间杂考辨，多有真知灼见、解颐妙语，形成了借寓、写实、诙谐、深刻的特点，成为我国清代文言小说史上的代表之作。

　　纪晓岚二十四岁应顺天府乡试，中解元，三十一岁中进士，授翰林院庶吉士。居官五十多载，曾任山西乡试正考官、会试同考官，视学福建，后迁任侍读学士、兵部侍郎、左都御史、礼部尚书、兵部尚书，在嘉庆朝任协办大学士加太子少保、管国子监事，直至去世。他半生仕途曲折多艰，在乾隆三十三年（1768）四十五岁的时候，因受姻亲两淮盐政卢见曾查抄案牵连，被乾隆皇帝远戍乌鲁木齐，忍受着"空山日日忍饥行，冰雪崎岖百廿程"的痛苦，度过了两年忧惧的时光，使他对世间百态有了更深刻的认识。纪昀将在乌鲁木齐的见闻、感慨记录下来，写成《乌鲁木齐杂诗》，成为日后文学创作绝佳的素材。两年后的乾隆三十五年（1770年），乾隆皇帝召纪昀回京参加《四库全书》的编纂。他非常珍惜这次机会，乾隆三十六年（1771）回到北京后，几乎将全部精力投入到图书的整理编纂工作中。乾隆三十八年（1773）至乾隆四十七年（1782）惨淡经营十年，终于完成了编纂任务，并撰写《四库全书总目提要》，凡二百卷，《四库全书简明目录》，凡二十卷。《四库全书》的修成，是纪昀学术生涯的重大事件，也是中国文化史乃至世界文化史上的重大事件。《四库全书》修成当年，乾隆皇帝特赐纪昀紫禁城内骑马；八十岁寿辰之时，嘉庆皇帝派人祝贺并赠送礼物；去世之时，嘉庆皇帝御赐碑文称其"敏而好学可为文，授之以政无不达"，故谥号"文达"。

备极荣宠的背后，是文达公经历的宦海波折、人生磨难，他曾自作挽联"浮沉宦海如鸥鸟，生死书丛似蠹鱼"，这正是其一生真实的写照。过了大半生荣枯咫尺间、担惊受怕的日子，纪晓岚变得洞察世事、世故老道。他将自己的人生经验之谈、世态感悟之语，都写入了《阅微草堂笔记》中。书中以儒、僧、道、狐、鬼、怪为主要描写对象，利用喻指、象征的手段充分表现出了世间百态、人情冷暖，包含着丰富的内容和深刻的哲理。纪晓岚把自己的居所命名为"阅微草堂"，大概是化用了《韩非子》中"见微知著"这个成语，即通过细微的苗头预知事物的发展趋势，透过细微的表象看到本质。《阅微草堂笔记》比起其他志怪小说视野更加开阔，更具深刻性和思辨性，与"才子之笔"的小说创作风格不太一样。

《阅微草堂笔记》的第二个独特之处，即志怪内容和创作风格的独特。作为一部志怪小说，《阅微草堂笔记》篇篇不离佛道、章章皆有鬼怪，或寓指世事，或抒发感慨，其中不仅有纪昀等中高层文人对于佛、道二教的认识，也有乡野百姓眼中仙佛的存在状态，还有很多宗教文化内容都折射出当时的宗教环境和学术环境。纪昀将这些内容融入小说作品中，使之成为实现儒家传统道德和规范的重要手段，既是为了实现"劝惩百姓"的目的，也是他"以儒为本，释道补之"的观念的体现。可以说，鬼怪、佛道在《阅微草堂笔记》中扮演的角色既重要又独特。

《阅微草堂笔记》坚持纪实为主的创作传统，又对传统志怪小说有所突破，不拘泥于简单的记述，而是融志怪和考辨于一体，在平直的记述中杂以精当的议论，质朴凝练，富于理趣。其书以尺幅千里的形式揭示世间哲理，反映时代风貌和社会生活。借纪晓岚诙谐、幽默之笔调，形成了《阅微草堂笔记》鲜明的艺术特色。本书在狐、鬼之中寄寓了许多世间哲理、人生感悟，同小说有机地融为一体。正如鲁迅对此书的评价：

> 故凡测鬼神之情状，发人间之幽微，托狐鬼以抒己见者，隽思妙语，时足解颐；间杂考辨，亦有灼见。叙述复雍容淡雅，天趣盎然，故后来无人能夺其席，固非仅借位高望重以传者矣。

《阅微草堂笔记》是纪晓岚生前的唯一著述，对之倾注的心血和寄予的希望非常之大：

> 叠矩重规，毫厘不失，灼然与才子之笔，分路而扬镳。

说到"才子之笔"，就不得不说与之同为清代短篇志怪小说翘楚的《聊斋志异》。《聊斋志异》是用传奇笔法而以志怪的奇幻瑰丽，委曲铺陈。《阅微草堂笔记》写作手法则很独特，每个故事的开头都会写明，这个故事是从哪里听来的，甚至某人转告某人，某人又告诉作者的，即使是倒了几手的故事，也要追溯出源头，一一表明。如此近乎苛刻地追求真实性，体现了纪晓岚对于"志怪"与"传奇"的不同认知，他坚持以"古法"志怪，按照史传的传统来写作，即"求实求真"。所以两者虽然涉及了很多相同、相似的宗教文化内容，表现手法却不尽相同，如"画壁"故事和冥诉故事等。纪昀还专门针对《聊斋志异》创作了一些情节相似、结局却迥然有异的狐鬼故事，特别是那些书生遇狐、遇鬼之事，完全没有《聊斋志异》的美好与期许，基本都是恐怖的，被戏弄的。纪晓岚虽然口口声声说鬼神之事是子不语，但从《阅微草堂笔记》的记载来看，他本人绝对没少看志怪小说。

纪晓岚这种不惜损害故事的文学性也要追求"实录"的创作风格，导致《阅微草堂笔记》从故事内容到写作风格都显示出鲜明的"求实"的审美品格，故事内容多取材于实际生活，语言简洁、文风平实。这种审美品格与当时"实学"大盛的学术氛围有很大关系，纪昀一直强调"以实心励实行，以实学求实用"，在宗教文化的题材选择上，尽量选择那些符合儒家传统道德标准，能够对社会有所裨益的内容，语言追求省净、简洁，文风平实，这些都是清代实学美学的具体体现。纪晓岚与蒲松龄的创作观念大相径庭，背道而驰，过分强调"实录"风格，与他最喜爱的大儿子纪汝佶去世也有关系。纪汝佶学习散文，误入"性灵"派，读完《聊斋志异》后又沉湎于此不能自拔，最终不仅没有进学，甚至还丢了性命。纪晓岚似乎有意用汝佶作为反面教材，劝诫天下士子。

也许正是这种据实写作的特点，才展现给我们真实的社会底层的人生百态。书中不止一次提到了饥荒时期百姓的惨状，妇女、幼儿被当作"菜人"屠杀；手无寸铁的弱女子在生存与贞节之间的苦苦挣扎；在战争中奋力拼杀的下级军官和将士们；那些埋头读书的边远地区的士子们……纪晓岚知道他们的名字也许永远不会被人知道，他怕他们就此被遗忘在历史的尘埃里，所以他用写实的笔法记录他们真实的经历，这种对于普通人的关注，让《阅微草堂笔记》的文字在不经意间闪现出一种悲天悯人的风格。

《阅微草堂笔记》还有不少故事颇富讽刺意味，纪晓岚借狐鬼之口辛辣地讽刺了道学家、儒林、官吏，留下了许多文学色彩突出、思想深刻、见解独到的优秀讽刺故事，形成了《阅微草堂笔记》天趣盎然、妙语解颐的风格。这一点与《儒林外史》有很大可比性，特别是对那些道貌岸然的讲学家的讽刺，纪昀和吴敬梓都采取了言行相悖的讽刺手法，令人忍俊不禁。当然，二人所站的立场是不同的，纪昀并不反对科举考试，也并不反对理学，他只是希望修正其中不合理的部分。相较而言，就反对封建科举制度来说，吴敬梓更彻底、更深刻一些。纪晓岚曾经在新疆生活过一段时间，记载了大量富有边疆特色的故事，他从一个下级军官的视角，记载了三个连续的小故事，真实记录了正史中重要事件的具体细节。这些具有文史价值和社会价值的作品，能够体现纪晓岚的创作本意，故悉数选取在本书之中。

第三个独特之处，是《阅微草堂笔记》的版本问题。《阅微草堂笔记》共由五个部分组成：《滦阳消夏录》六卷、《如是我闻》四卷、《槐西杂志》四卷、《姑妄听之》四卷、《滦阳续录》六卷。这五部分内容并非一时一地完成，系陆续写成，曾有单行刻本，所谓"旧有《滦阳消夏录》《如是我闻》二书，为书肆所刊刻"。这些单行刻本有的是私自刻印，有的是未经校订，所谓"属草未定，遂为书肆所窃刊"。为改变这种混乱的情况，自嘉庆五年（1800）纪晓岚的门人盛时彦将五种笔记合刊，并经过纪晓岚本人的检校核对，成为以后流传各种合刊本的"祖本"，可惜板片旋毁于火。嘉庆二十一年（1816），纪晓岚去世十一年后，盛时彦重刻此书（以下简称嘉庆盛本），道光十五年（1835），由盛时彦、郑开禧作序，郑开禧又刻一版，可见此书的畅销程度。后世继有刻本出，大略不出嘉庆五年盛本。民国年间的主要印本有：上海会文堂书局印行的《详注阅微草堂笔记》，刻于民国七年（1918）。民国十二年（1923）世界书局印行的《分类广注阅微草堂笔记五种》。上海锦章图书局印行的石印本《绘图阅微草堂笔记》。

除上述刻本印本外，此书还有抄本，目前能见到最早的抄本是国图藏《滦阳消夏录》抄本一种，书中有多处纪晓岚手迹，并有纪晓岚、刘墉等手跋，应系《滦阳消夏录》稿本的初次誊抄。在《阅微草堂笔记》版本史上占有极为重要的地位。

这个抄本有三点最为引人注目：一、此书形制与文津阁《四库全书》极为相似；二、有纪晓岚亲笔题诗、题字若干处及刘墉、贾臻、吴式芬等题跋；三、有佚文两则，不见著录于嘉庆盛本和道光郑本及后世诸本，殊为宝贵。

抄本《滦阳消夏录》的形制为：开本高 30 厘米，宽 19.1 厘米，版框高 22.1 厘米，宽 15.4 厘米，天头 5.8 厘米，地脚 2.1 厘米，每半叶八行，每行二十一字，朱丝栏格，四周单边，无页码标记，共六十五叶。形制、大小、字体与文津阁《四库全书》几乎一致。这种情况应与《滦阳消夏录》创作过程有关。此抄本第三卷末有纪晓岚亲笔题跋一则，详细介绍了其创作时间：

> 右滦阳消夏录三卷，前二卷成于热河，后一卷则在热河成其半。还京后乃足成之，故间有今岁事，仍并为一书，因其原名者，如陆放翁吟咏万篇非做于一时一地，统名曰《剑南诗集》云尔。庚戌（1790）六月廿九日缮净

本竟因题。

可知此书先在热河（今河北承德）完成两卷半，回到北京后又完成了剩下的半卷。关于热河创作《滦阳消夏录》一事在道光郑本《滦阳消夏录》序中有更为详细的记录："乾隆己酉夏，以编排秘籍，于役滦阳。时校理久竟，特督视官吏题签庋架而已……聊付抄胥存之，名曰《滦阳消夏录》云尔。"承德古称滦阳，也就是热河，纪晓岚所谓的于役滦阳，指的就是在承德校订文津阁《四库全书》。根据《纂修四库全书档案》中《热河总管董椿奏纪昀来热河时间及办理书籍情形折》记载：（乾隆戊申年）"兹纪昀于十月二十二日已抵热河。"乾隆己酉年十一月初九日《〈谕荟要〉二分着派懋勤殿翰林会同纪昀悉心勘校》奏折中记载："文渊、文源、文津三阁《四库全书》，前已派员逐分校阅，将错误处所详晰签改……着派懋勤殿翰林，会同纪昀悉心勘校……"可知乾隆戊申年（1788）底至乾隆己酉年（1789），纪晓岚大部分时间都在承德文津阁校订《四库全书》，这也正好印证了《滦阳消夏录》序中所说的"乾隆己酉夏""时校理久竟"。此时任务完成得差不多了，将以前的回忆、见闻甚至修定《四库全书》的佚事汇集成书，付四库馆抄胥存之。

另外，此抄本的一些题记中也记述了誊录的时间：其中第一册记"己酉五月廿六日缮竟附题"，可知此书第一册91个故事完成后在乾隆己酉年（1789）夏天缮写过一次；第三册末叶记"庚戌（1790）六月廿九日缮净本竟因题"，可知《滦阳消夏录》三册全部完成后，于庚戌年夏天再次整理、誊录完成。故纪晓岚创作、誊录完成《滦阳消夏录》的时间与校订文津阁《四库全书》的时间大致吻合，所以抄本《滦阳消夏录》的形制、行款、字体与《四库全书》缮本无

异。著名藏书家傅增湘在《藏园群书经眼录》中也提到此抄本云："此帙棉纸朱阑，宽行正楷，与《四库全书》缮本无异，当是公修书时饬馆中小吏所写。"文达公曾言其书非一时一地写成，从抄写笔迹判断，亦非一时一地抄成。此本行文中，"玄"字皆缺笔避康熙皇帝讳，鬼字都缺"撇"，应是"鬼字不出头"之意。

但是，将稿件交给抄胥也是有一定风险的，盛时彦在乾隆癸丑年（1793）跋语中写道："此前三书，甫经脱稿，即为抄胥私写去，脱文误字，往往而有。"此前三书即为《滦阳消夏录》《槐西杂志》《如是我闻》，可见当时均有抄本，甚至有错误百出的私抄本流通。可惜目前只有《滦阳消夏录》一种流传下来，殊为宝贵。

道光庚戌（1850）十一月，直隶故城人贾臻从纪晓岚的元孙纪谷原手中看到了这个抄本，他兴奋不已地题写了多条跋语："文达元孙谷原上舍自盟津来，以是本见贻，余受而藏之，自诧眼福。"贾臻，字运生，号退崖，道光壬辰（1832）科进士，由翰林院编修考选山东道御史。道光己酉（1849）授河南府知府，后官至安徽布政使。与黄爵滋、曾国藩交好，与晚清名臣胡林翼亦多有来往。贾臻见到这个抄本的时候，正是他任河南知府的第二年。他注意到里面有若干纪晓岚亲笔题诗、题字为后世所罕见，特别是该书首卷有纪晓岚亲笔题写的二首七言绝句，其中第一首为：

检点燕公记事珠，拈毫一字几踌躇。
平生曾是轻干宝，浪被人称鬼董狐。

这首诗后来不见著录他本，为人熟知的则是嘉庆二十一年（1816）盛本中所记载的七绝：

平生心力坐销磨，纸上烟云过眼多。

拟筑书仓今老矣，只应说鬼似东坡。

看到这两则不同的绝句后，贾臻做出了自己的判断："文公自题两绝句，前一首与今刻本异，此当是初稿。"两首诗从内容上看，都符合纪晓岚的身份和阅历，抄本中的绝句系初稿无疑。这两首绝句的侧重点不太一样，从中可以看出作者创作心态的变化。抄本的绝句侧重描写作者的创作状态，由于志怪小说自来被士大夫阶层轻视，所以作者声称"平生曾是轻干宝，浪被人称鬼董狐"，既有为自己创作这样一部"稗官琐语"之作的辩解，又有自谦之意。嘉庆二十一年（1816）盛本中的绝句，更多地体现出一种老态，显现出一种参透世事的旷达。

抄本第一卷末有刘墉手跋一则：

正容庄语，听者恐卧，导以隽永，使人意消，不以文为制，而以文为戏，晋公亦何规乎？瑰玮连犿，吾爱其笔。石庵居士题。

晋公指的是晋平公，刘向《说苑》记载：晋平公问于师旷曰："吾年七十，欲学，恐已暮矣。师旷曰："暮何不炳烛乎？"平公曰："安有为人臣而戏其君乎？"师旷曰："盲臣安敢戏其君乎？臣闻之，少而好学，如日出之阳，壮而好学，如日中之光，老而好学，如炳烛之明。炳烛之明，孰与昧行乎？"平公曰："善哉！"

这则故事中师旷用比喻的方法劝谏晋平公，正好点明了纪晓岚创作《阅微草堂笔记》的目的：借鬼怪以劝世。应该说刘墉是非常了解纪晓岚的，明白他的苦心，为他写作这样一部志怪小说辩解，认为他是"不以文为制，而以文为戏"，并且极大地肯定了纪晓岚出众的文学才华。虽然贾臻一再强调刘墉跋语的真实性："第一卷末刘文清跋尾，从知真迹。"但为何后世流传的诸本中不见此跋语，与士大夫阶层对于小说的看法有很大关系。士大夫阶层认为小说只是作为茶余饭后的谈资，能够有益于世道人心的，尚可一看。

第一卷后还有纪晓岚的亲笔题记，贾臻特意指出："此卷后公自识四行，实公亲书，人或未之知也。特为指出，以告之获睹是本者。"后来吴式芬又特意强调这四行是文达公亲笔，卷末特意批语云：

> 曩在京师，曾见公手批施注苏诗原本，此册后四行，的为公亲笔无疑。咸丰壬子（1852）正月吴式芬谨识

是书卷三第三十五页，内亦有纪晓岚亲笔书两行：

> 作冥司业镜罪有攸归，其最为民害者，一曰吏，一曰役，一曰官之子弟，一曰官之亲友，是四种人无官之责。

书框底部小字写云：

> 此两行是公亲笔补书，贾臻记辛亥三月。

两位见过文达公手迹的人都证实这几处为纪晓岚亲笔书写，著名藏书家傅增湘先生也说："今以此帙审视，其为真迹固无庸疑虑也。"此抄本的文献价值自不待言。此抄本前钤有"南宫邢氏珍藏善本""邢之襄"印。邢之襄（1880—1972），字赞廷、詹亭。直

隶南宫（今河北邢台）人，现代藏书家。青年时期留学日本，回国后在北京政府任职。喜收藏、刊刻古籍图书。与傅增湘同学，彼此往来藏书甚多，关系弥笃。邢之襄后将多种善本书赠与国家图书馆。可知是本流传有绪，抄成后由纪晓岚元孙纪谷原所藏，后辗转流入邢之襄处，现藏国家图书馆。这个抄本中保存的两则佚文也一并收入本书，系首次编入《阅微草堂笔记》一书内，读者和相关研究人员可借此一睹《滦阳消夏录》旧貌。

笔者真正接触《阅微草堂笔记》是在读硕士的时候，那时候学界和读者对于这本书的关注度还不太高。作为与《聊斋志异》齐名的志怪小说，由于种种原因，《阅微草堂笔记》受到的关注程度远不如后者。直到21世纪初，对于《阅微草堂笔记》的研究才真正进入繁荣时期，出现了一批质量较高的论文、专著，十年间的研究成果比过去几十年的总和还要多。

不可否认的是，由于历史和时代的局限性，《阅微草堂笔记》故事中有很多封建迷信、因果报应等内容，存在着胡乱联系、缺乏逻辑性和科学性的问题，今人要本着去粗取精、去伪存真的态度去阅读。

本书以道光十五年刊本为底本，参校了文明书局、进步书局等石印本和诸多优秀的今人点校本。

今天看来，《阅微草堂笔记》的研究已经开拓了很多其他的领域，如与纪昀研究、"四库"研究之间的关系，以及《阅微草堂笔记》与唐宋传奇、清代其他志怪小说的关系。《阅微草堂笔记》文本自身诸多方面的研究，都还存在着不少盲区，这些都需要学者们进一步努力，使得《阅微草堂笔记》研究更加深入。此外，是否需要将《阅微草堂笔记》研究与纪昀研究、"四库"研究做一次研究资源和研究成果的整合，也是应该给予关注的问题。

　　最后，需要特别指出的是，这篇序言的题目，是我的博士生导师陈洪先生所起。"燃犀"一词，最早出自《异苑》，讲晋代温峤到牛渚矶这个地方，听到水下有音乐之声，点燃犀牛角而照之，发现水下很多怪物。后来多比喻洞若观火，明察奸邪。后来南宋词人辛弃疾的《水龙吟·过南剑双溪楼》中也用到了这个典故："待燃犀下看，凭栏却怕，风雷怒，鱼龙惨。"《阅微草堂笔记》中那些光怪陆离的故事，就像是"燃犀"之下，所照见的风雷之下清代中期社会中的种种世故人情和世间百态。

目 录

CONTENTS

盛　序

【原 文】

文以载道①，儒者无不能言之。夫道岂深隐莫测，秘密不传，如佛家之心印②、道家之口诀哉？万事当然之理，是即道矣。故道在天地，如汞泻地，颗颗皆圆；如月映水，处处皆见。大至于治国平天下，小至于一事一物、一动一言，无乎不在焉。文其道之一端也，文之大者为"六经"，固道所寄矣。降而为列朝之史，降而为诸子之书，降而为百氏之集，是又文中之一端，其言皆足以明道。再降而稗官小说，似无与于道矣；然《汉书·艺文志》列为一家，历代书目亦皆著录。岂非以荒诞悖妄者

【译 文】

文章是用来阐述深奥的儒家之道的，儒者都可以通过文章来抒发感情。难道儒家之道是神秘莫测，像佛家的心印、道家的口诀一样秘密不传吗？万事本来运行的规律，这个就是道。所以说道在天地之间，如同水银喷洒在地上，颗颗都是圆融通透的，像月亮照在水中，处处都可以见到。儒家的道理，既存在于治国平天下这样的大事中，也存在于身边的一事一物、一言一行中。文，作为道的一端，地位最为重要的是"六经"，里面记载的是道的根本，降而为列朝史书，次降为诸子的作品，再降为众人的文集，这又是属于文章中的另一类型。这些文章的内容也足以阐发儒家之道。最后降为稗官小说，似乎与道无关，但是自《汉书·艺文志》起就把稗官小说单独列为小说家，历代书目中也都将其著录在列。其中虽然有荒诞不经有悖常理的作品，但是那些内容清雅醇正的笔

虽不足数，其近于正者，于人心世道亦未尝无所裨欤！

河间先生以学问文章负天下重望，而天性孤直。不喜以心性空谈，标榜门户；亦不喜才人放诞，诗社酒社，夸名士风流。是以退食之余，惟耽怀典籍；老而懒于考索，乃采掇异闻，时作笔记，以寄所欲言。《滦阳消夏录》等五书，俶诡奇谲[③]，无所不载；汪洋恣肆[④]，无所不言。而大旨要归于醇正，欲使人知所劝惩。故诲淫导欲之书，以佳人才子相矜者，虽纸贵一时，终渐归湮没。而先生之书，则梨枣屡镌[⑤]，久而不厌，是则华实不同之明验矣。顾翻刻者众，讹误实繁，且有妄为标目，如明人之刻《冷斋夜话》者，读者病焉。

时彦夙从先生游，尝刻先生《姑妄听之》，附跋书尾，先生颇以为知言。迄来诸板益漫漶[⑥]，乃请于先生，

记小说作品，对于正人心、纠世风也是很有好处的。

河间先生纪晓岚，以博学和著述闻名于天下，但他天性孤直，不喜欢空谈心性之说，标榜门户之见，也不喜欢放浪形骸，每天结交酒社、诗社的所谓人才，矜夸自己是名士风流。他在吃完饭，闲暇的时候，只是喜欢抱着古籍翻看。现在年纪大了，他不愿意再做考证研究的工作，于是把以前听到的奇异的事情缀集在一起，写成笔记，来寄托儒家之道。《滦阳消夏录》等五种书对涉及奇幻诡谲的故事，无所不载；这些书汪洋恣肆，无所不言。先生写作此书的主要目的是弘扬正直的社会风气，对人们有所劝惩。所以那些教人沉湎于淫欲享乐的书，标榜才子佳人，即使一时畅销，终究会归于湮没的命运。但是先生所作的书，虽然多次刊刻，久而不厌，这就是华而不实和实实在在的明显差异啊。回顾之前，翻刻此书的人甚多，错误颇多，而且有胡乱标明题目的，出现了类似明朝人刻《冷斋夜话》的情况，读者实在是不喜欢这种情况。

我以前一直跟随先生左右，曾经刻过先生所著的《姑妄听之》，并在书尾做跋，先生认为我非常了解他。近年来，刻的书版都漫漶不清了，我于是请先生将五种书

合五书为一编，而仍各存其原第。篝灯手校，不敢惮劳。又请先生检视一过，然后摹印。虽先生之著作不必借此刻以传，然鱼鲁之舛⑦差稀，于先生教世之本志，或亦不无小补云尔。

嘉庆庚申八月，门人北平盛时彦谨序

合为一编，仍然保存各部原貌。我不敢说自己辛劳，但自己的确认真地校订了这五种书。之后，我又请先生检查了一遍，经过这些程序后才付印。虽然先生的著作并不是靠我的校订和刻印流传于世，但是（我的校订）使把"鱼"刻成"鲁"的这种问题变少了。这对于弘扬先生以书救世的志向，也许有小小的帮助吧。

嘉庆年庚申八月，门人北京盛时彦谨序

注 释

❶文以载道：意思是说文章是用来阐释圣贤之道的，后世儒家多遵从此道。

❷心印：佛教用语，即禅的本意，不立文字，不依言语，直以心为印，故曰心印。

❸俶诡（chùguǐ）奇谲：奇异多变、离奇古怪的意思。

❹洸洋恣肆：比喻写文章的气势潇洒自如。

❺梨枣屡镌：古时刻印书板多采用梨树和枣树的木头，这句话是多次刊刻多次出版的意思。

❻漫漶（mànhuàn）：在这里的意思是刻板由于年代久远，字迹已经模糊不清。

❼鱼鲁之舛：也叫"鲁鱼亥豕"，即把鲁写成鱼，亥写成豕。因字形相近导致以讹传讹。

郑　序

【原文】

　　河间纪文达公，久在馆阁，鸿文巨制，称一代手笔。或言公喜诙谐，嬉笑怒骂，皆成文章。今观公所著笔记，词意忠厚，体例谨严，而大旨悉归劝惩，殆所谓是非不谬于圣人者与！虽小说，犹正史也。公自云："不颠倒是非如《碧云騢》[①]，不怀挟恩怨如《周秦行纪》[②]，不描摹才子佳人如《会真记》[③]，不绘画横陈如《秘辛》[④]，冀不见摈于君子。"盖犹公之谦词耳。公之孙树馥[⑤]，来宦岭南，从索是书者众，因重锓板。树馥醇谨有学识，能其官，不堕其家风云。

　　道光十五年乙未春日，

【译文】

　　沧州河间的纪文达公，长期在翰林院任职，擅长写鸿篇巨制，是一代有名的手笔。有的人说先生喜欢诙谐幽默，他的嬉笑怒骂，皆成文章。我们现在看文达公写的笔记，他的用词朴实无华，体例严谨，主旨都是归结到惩恶劝善，这也许就是所说的与圣人的观点并行不悖吧！他写的即使是小说，也和正史是一样的。文达公自己曾说过，他的笔记不会像《碧云騢》那样颠倒是非；不会像《周秦行纪》那样怀挟恩怨；不会像《会真记》那样描摹才子佳人的故事；不会像《秘辛》那样描绘私密不雅之事。他希望自己的文章不要被君子摒弃。这些是文达公的谦辞罢了，文达公的孙子纪树馥，在岭南做官，跟他要文达公这本书的人特别多，因此将这本书重新刻板印刷。树馥性格醇厚、严谨、有学识，能够胜任官职，继续发扬优良的家风。

　　道光十五年乙未春天，龙溪郑开

龙溪郑开禧识　　　｜　禧识

注　释

❶《碧云騢》：宋代笔记，作者不详，有人说是梅尧臣，语涉多位当朝高官，如范仲淹、文彦博等，且多为诋毁之语言，故被后人认为是颠倒是非之作。

❷《周秦行纪》：传说为唐代大臣牛僧孺创作的一篇传奇，以第一人称口吻叙述了落第之后与戚夫人、王昭君、杨贵妃等人相遇的奇异故事。被认为是"牛李党争"之时，李党攻击牛党所作。

❸《会真记》：唐代著名的传奇，又名《莺莺传》，作者为元稹，讲述张君瑞与相国之女崔莺莺的爱情悲剧。后世几经改编即成为古典爱情戏曲《西厢记》。

❹《秘辛》：全称为《汉杂事秘辛》，无名氏撰，写汉桓帝皇后被选入宫及册封等事。

❺树馥：即纪晓岚的孙子纪树馥，在岭南做官，他刊刻了《纪文达公文集》《阅微草堂笔记》等。

滦阳消夏录

卷　一

【原文】

　　乾隆己酉①夏，以编排秘籍，于役②滦阳③。时校理久竟④，特督视官吏题签庋⑤架而已。昼长无事，追录见闻，忆及即书，都无体例。小说稗官⑥，知无关于著述；街谈巷议，或有益于劝惩。聊付抄胥⑦存之，命曰《滦阳消夏录》云尔。

【译文】

　　乾隆己酉年夏天，因为要编辑文津阁《四库全书》，我在滦阳（今河北省承德市）工作了一段时间。当时的校对整理工作已经完成，只剩一些督察相关官吏题写书签、上架等事情了。当时正值夏天，白昼很长，工作不多，我便开始回忆并记录下过去的见闻，想到了就写下来，也没有一定的体例。我记录的都是细小琐屑的故事，不是那些有重大意义的论著，但是这些街谈巷议的内容，也许有益于劝诫众人。我姑且叫负责誊写的胥吏把它抄写了并存放起来，将它命名为《滦阳消夏录》。

注 释

❶乾隆己酉：公元 1789 年。

❷于役：即行役，时纪晓岚正从事校订文津阁《四库全书》的工作。

❸滦阳：今河北省承德市的别称，在滦河之北，故名滦阳。

❹竟：完成。

❺庋：音 guǐ，本义为放东西的架子，引申为放置、保存的意思。

❻小说稗官：中国古代"小说"一词的意思与如今"小说"的意思相去甚远，主要指篇幅短小的"丛残小语"，或为史补，或意隽永。稗官即小官。

❼抄胥：负责誊写的胥吏或抄手。

【原文】

沧州刘士玉孝廉[①]，有书室为狐所据。白昼与人对语，掷瓦石击人，但不睹其形耳。知州平原董思任[②]，良吏也，闻其事，自往驱之。方盛陈人妖异路之理，忽檐际朗言曰："公为官，颇爱民，亦不取钱，故我不敢击公。然公爱民乃好名，不取钱乃畏后患耳，故我亦不避公。公休矣，毋多言取困。"董狼狈而归，咄咄[③]不怡者数日。刘一仆妇甚粗蠢，独不畏狐，狐亦不击之。或于对语时，举以问狐。狐曰："彼虽下役，乃真孝妇也。鬼神见之犹敛避，况我曹乎！"刘乃令仆妇居此室。狐是日即去。

【译文】

沧州举人刘士玉家的一间书房被狐精占了。狐精大白天和人说话，扔瓦片、石块打人，但是人们看不到它的形状。当时担任沧州知州的董思任是平原人，是个好官，听说这件事后，就亲自来驱逐狐精。正当他在大谈人妖异路的道理时，忽然房檐那里传来响亮的声音说："您做官很爱护百姓，也不捞钱，所以我不敢袭击您。但您爱护百姓是图好名声，不捞钱是怕有后患，所以我也不躲避您。您还是不要讲这些大道理了吧，免得说多了自找麻烦。"董思任听后狼狈地回去了，好几天都唉声叹气，心情不好。刘士玉有一个女佣人，她长得粗粗笨笨的，只有她不惧怕狐精，狐精也不袭击她。有人在与狐精谈话时问它为何不袭击这个女佣人，狐精说："她虽然是个卑贱的佣人，却是一个真正孝顺的妇人啊，鬼神见到她尚且要退避三舍，何况是我们这样的精怪呢！"刘士玉就叫女佣人住在这间房里，狐精当天就离开了。

注释

❶孝廉：汉代选拔官吏的科目。明清时多用来称呼举人。

❷董思任：字予肩，拔贡。康熙三十三年（1694）任镶红旗教习，雍正四年

（1726）任威县知县，雍正七年（1729）至雍正九年（1731）任沧州知州。

❸咄咄：惊怪声，后世有"咄咄怪事"一词。

【原　文】

爱堂先生①言：闻有老学究夜行，忽遇其亡友。学究素刚直，亦不怖畏，问："君何往？"曰："吾为冥吏，至南村有所勾摄，适同路耳。"因并行，至一破屋，鬼曰："此文士庐也。"问何以知之？曰："凡人白昼营营②，性灵汩③没。惟睡时一念不生，元神朗澈，胸中所读之书，字字皆吐光芒，自百窍而出。其状缥缈缤纷，烂如锦绣。学如郑④、孔⑤，文如屈⑥宋⑦、班⑧马⑨者，上烛⑩霄汉，与星月争辉。次者数丈，次者数尺，以渐而差，极下者亦荧荧⑪如一灯，照映户牖。人不能见，惟鬼神见之耳。此室上光芒高七八尺。以是而知。"学究问："我读书一生，睡中

【译　文】

爱堂先生说，曾经有一个老学究走夜路，突然遇到了一位已经去世的朋友。老学究心知是鬼，但他素来刚强耿直，也不觉得害怕，就问这位亡友："您这是要到哪里去啊？"亡友答道："我现在是阴间的官员，要去南村勾摄一个人，刚好与你同路。"于是两人一起赶路，路过一间破屋，鬼说："这是文士的家。"老学究就问他是怎么知道的，亡友答道："普通人白天忙忙碌碌，疲于生计，灵性被这些俗心杂念蒙蔽。只有晚上睡着的时候，心中清净，元神明澈。他们的胸中藏着他们读过的书，字字闪耀着光芒，自百窍向外而发，缥缈缤纷，灿烂如云锦一般。学问做得好的，比如郑玄、孔颖达，文章写得好的，比如屈原、宋玉、班固、司马迁，他们所发出的光芒直冲霄汉，与星星、月亮争辉。比他们差一些的，光芒有几丈高，或者几尺高，依次递减。那些最差的人能发出跟油灯差不多亮度的光，照亮门窗。这种光芒太微小了，人是看不到的，只有鬼神能够见到。这间屋子的光芒高达七八丈，因

光芒当几许?"鬼嗫嚅⑫良久,曰:"昨过君塾,君方昼寝。见君胸中高头讲章⑬一部,墨卷⑭五六百篇,经文⑮七八十篇,策略⑯三四十篇,字字化为黑烟,笼罩屋上。诸生诵读之声,如在浓云密雾中,实未见光芒,不敢妄语。"学究怒,叱之。鬼大笑而去。

此我知道主人一定是文人。"老学究说:"我读了一辈子书,睡着后光芒有多高?"亡友欲言又止,沉吟良久方说:"昨天经过您的私塾,正好您在午睡,见您胸中有一部高头讲章,五六百篇墨卷、七八十篇经文、三四十篇策略,字字都化为黑烟,笼罩在屋顶之上。学生们诵读之声,如同在浓云密雾之中,真的没有见到任何光芒,我不敢乱说。"老学究听完后非常生气,大声怒叱鬼,鬼最后大笑着走掉了。

注　释

❶爱堂先生:不记其姓,袁子才全抄此则入《续新齐谐》亦无姓,为纪晓岚伯高祖。

❷营营:往来貌。

❸汩:音 gǔ,汩没、沉没之义。

❹郑:郑玄(127—200),东汉经学家,字康成。郑玄以古文经说为主,遍注群经,成为汉代经学的集大成者,称"郑学"。在整理古代历史文献上颇多贡献。

❺孔:孔颖达(574—648),唐代经学家,字冲远。曾奉唐太宗命主编《五经正义》,融合南北经学家的见解,主张贵贱尊卑的区别,唐代用其书作为科举取士的标准。

❻屈:屈原(约前340—约前278),名平,字原,又自云名正则,字灵均,是我国伟大的爱国主义诗人。

❼宋:宋玉,战国楚辞赋家。后于屈原,或称是屈原弟子,曾事楚顷襄王。

❽班:班固(32—92),东汉史学家,字孟坚,扶风安陵(今陕西咸阳东

北）人。

❾马：司马迁（约前145或前135—？），西汉史学家、文学家和思想家，字子长，夏阳（今陕西韩城南）人。所著《史记》，是我国最早的纪传体通史。

❿烛：这里作动词，光照、照耀的意思。

⓫荧荧：形容光小。

⓬嗫嚅：音 nièrú，形容欲言又止，吞吞吐吐。

⓭高头讲章：经书正文上端天头较宽，刊印讲解文字，称高头讲章。

⓮墨卷：刊布士子中式之文以为程式。

⓯经文：以经书为题之文也，宋时考试以经文为题，明清沿之，体裁稍变。

⓰策略：清制乡试、会试三场，试经文策问五通。士子惮于读书，掇拾陈言，缀为小文，以备临场剽袭，谓之策略。

【原 文】

董曲江①先生，名元度，平原人。乾隆壬申②进士，入翰林。散馆改知县。又改教授，移疾归。少年梦人赠一扇，上有三绝句曰："曹公饮马天池日，文采西园③感故知。至竟心情终不改，月明花影上旌旗。""尺五城南并马来，垂杨一例赤鳞④开。黄金屈戍⑤雕胡⑥锦，不信陈王八斗才⑦。""箫鼓冬冬画烛楼，是谁亲按小凉州？⑧春风豆蔻知多少，并作秋江一段愁。"语多难解，

【译 文】

董曲江先生的名字叫元度，平原人。他是乾隆壬申年的进士，入翰林院。在翰林院散馆考试之后，他被授予知县之职，后又改为教授，后来他因病归隐。年轻的时候，董曲江先生曾梦到有人赠送他一把扇子，上面有三首绝句："曹公饮马天池日，文采西园感故知。至竟心情终不改，月明花影上旌旗。""尺五城南并马来，垂杨一例赤鳞开。黄金屈戍雕胡锦，不信陈王八斗才。""箫鼓冬冬画烛楼，是谁亲按小凉州？春风豆蔻知多少，并作秋江一段愁。"这几首诗的内容比较令人费解，跟董曲江以后的经历也没有什么预兆和

后亦卒无征验，莫明其故。

印证，不知道为何梦中得如此三绝句。

注 释

❶董曲江：即董元度（1712—1787），字曲江，别号寄庐。著名诗人。今山东省平原县董路口村人。乾隆十二年（1747）中举人，乾隆十七年（1752）中进士。

❷乾隆壬申：公元 1752 年。

❸西园：西园在彰德府邺县旧治，魏曹操建造。

❹赤鳞：指鳞片赤色的鱼。

❺屈戌：即屈戌，窗门之钩。

❻雕胡：即菰米。

❼陈王八斗才：陈王即曹植，字子建，封陈王。

❽小凉州：曲牌名。凉州曲本西凉所制，其声本宫调，有大遍、小遍之分。

【原 文】

献县令明晟，应山①人。尝欲申雪一冤狱，而虑上官不允，疑惑未决。儒学门斗②有王半仙者，与一狐友，言小休咎③多有验，遣往问之。狐正色曰："明公为民父母，但当论其冤不冤，不当问其允不允。独不记制府④李公之言乎？"门斗返报，明为慅⑤然。因言

【译 文】

献县县令叫明晟，他是应山（今属湖北省随州市管辖）人。他在任时曾经想要为一桩冤案昭雪，又担心上司不答应，因此犹豫不定。当时在县学有个叫王半仙的差役，交了一个狐仙朋友，这个狐仙所说的一些小的吉凶大多应验了，明晟就打发差役去狐仙那里问问。这个狐仙正色说："明公身为百姓的父母官，只应当考虑这个案件冤不冤，而不应当顾忌上司答应不答应。难道明公已经忘记了总督李公的话吗？"差役回来后把狐仙的话告诉明晟，明

制府李公卫⑥未达时，尝同一道士渡江。适有与舟子争诟者，道士太息曰："命在须臾，尚较计数文钱耶！"俄其人为帆脚所扫，堕江死。李公心异之。中流风作，舟欲覆，道士禹步⑦诵咒，风止得济。李公再拜谢更生。道士曰："适堕江者，命也，吾不能救。公贵人也，遇厄得济，亦命也，吾不能不救，何谢焉？"李公又拜曰："领师此训，吾终身安命矣。"道士曰："是不尽然。一身之穷达，当安命；不安命，则奔竞排轧，无所不至。不知李林甫、秦桧即不倾陷善类，亦作宰相，徒自增罪案耳。至国计民生之利害，则不可言命。天地之生才，朝廷之设官，所以补救气数也。身握事权，束手而委命，天地何必生此才，朝廷何必设此官乎？晨门⑧曰：'是知其不可而为之。'诸葛武侯曰：

晟大吃一惊。于是他便说起总督李卫还没有显达时，曾经和一个道士一同渡江。恰巧有人跟船夫因为费用的问题争吵，道士叹息说："性命就在顷刻之间了，他还在计较那几文钱呐！"不一会儿，那人被帆脚扫入江中溺水而亡了。李公心中对此感到非常惊诧。船行到江中间，起了风，眼看船就要被刮翻，道士踩着禹步念诵咒语，风停了，最终一船人平安过了江。李卫下船后再三拜谢道士的救命之恩。道士说："刚才掉到江里的那个人是命中注定要死的，我救不了他。您是贵人，遇到危险还能平安渡江，这也是命中注定的，我不能不救。你何必要道谢。"李卫又拜谢说："遵照大师的训诫，我将终身听天由命。"道士说："也不能这么说，一个人是穷困还是飞黄腾达，应当安于命运的安排，不安于命运就会奔走争斗、排挤倾轧，无所不为。殊不知，李林甫、秦桧就是不倾轧不陷害好人，也能当上宰相，他们陷害忠臣，只是增添他们自己的罪孽罢了。我们对那些关系到国计民生利害的重大事件，就不能听天由命。那些天地降生的人才，那些朝廷设置的官员，都是用来弥补气数的。如果一个人手里掌握着权力，却整日浑浑噩噩无所事事，全部听凭命运的安排，那么天地何必降生这个人才，朝廷何必设置这个官职呢？（《论语》里记载）看守城门的人说：'知道不行却也坚

'鞠躬尽瘁，死而后已。成败利钝，非所逆睹。'此圣贤立命之学，公其识之。"李公谨受教，拜问姓名。道士曰："言之恐公骇。"下舟行数十步，翳然⑨灭迹。昔在会城，李公曾话是事。不识此狐何以得知也。

持努力去做。'诸葛亮说：'鞠躬尽瘁，死而后已。至于是否成功，是否顺利，这不是我能够预见的。'这些都是圣贤安身立命、建功立业的学问，您要记住。"李卫恭敬地接受了道士的劝诫，并跪拜问他的姓名。道士说："说了担心您受到惊吓。"下船走了数十步后，这个道士一下子隐灭不见了。当年在省城，李卫曾经讲起过这件事，不知这个狐仙是怎么知道的。

注 释

❶ 应山：今属湖北省随州市。

❷ 门斗：这里指官学中的仆役。

❸ 休咎：善恶、吉凶的情况。

❹ 制府：清代总督的尊称。

❺ 愯（sǒng）：恐惧。

❻ 李公卫：清康熙、雍正、乾隆三朝官员，深受雍正皇帝赏识，历任户部郎中、云南盐驿道、浙江巡抚等职。在任期间颇有政绩，死后以总督例葬。

❼ 禹步：道士在祷神礼仪中常用的一种步法动作。

❽ 晨门：看守城门的人。

❾ 翳（yì）然：隐没，藏匿。

【原文】

北村郑苏仙，一日梦至冥府，见阎罗王方录

【译文】

北村有个叫郑苏仙的人，有一天做梦来到阴间，看见阎罗王正忙着审查录入鬼魂。有一位邻村的老太太来到殿前，阎罗王换了

囚①。有邻村一媪至殿前，王改容拱手，赐以杯茗，命冥吏速送生善处。郑私叩冥吏曰："此农家老妇，有何功德？"冥吏曰："是媪一生无利己损人心。夫利己之心，虽贤士大夫或不免。然利己者必损人，种种机械，因是而生，种种冤愆②，因是而造。甚至贻臭万年，流毒四海，皆此一念为害也。此一村妇而能自制其私心，读书讲学之儒，对之多愧色矣。何怪王之加礼乎！"郑素有心计，闻之惕然而寤。郑又言：此媪未至以前，有一官公服昂然入，自称所至但饮一杯水，今无愧鬼神。王哂③曰："设官以治民，下至驿丞、闸官④，皆有利弊之当理。但不要钱即为好官，植木偶于堂，并水不饮，不更胜公乎？"官又辩曰："某虽无功，亦无罪。"王曰："公一生处处求自全，某狱某狱，避嫌疑而不

温和的脸色拱手相迎，还赐给她一杯香茶，随后命阴差赶快好好安置她投生。郑苏仙悄悄问身旁的阴差："这是个农村老太太，有什么功德受此款待？"冥吏说："这位老婆婆一生从来没有损人利己的心思，没有做过害人的事情。相较而言，有些人即使是贤士大夫，也难免存着利己之心。本性自私自利的人，难免祸害别人，种种诡诈奸巧之心就此发生，种种诬陷罪愆之事也因此制造出来；有的人甚至为了个人的野心，不惜遗臭万年，流毒四海，这都是利己私心造成的。这样一个看似普通的农村老太太却能够控制自己的私心，在她面前，许多读书讲学的儒生们都面有愧色，所以阎罗王格外尊敬她，又有什么好奇怪的呢！"郑苏仙一向很有心计，听了这番话，心中一惊，立即醒了。郑苏仙又说，在这位农村老太太来之前，有一位官员身穿官服，趾高气扬地走进殿来，自称生前无论到哪里，都只喝一杯水，因此在鬼神面前心中无愧。阎罗王嘲笑他说："朝廷设置官职是为了治理百姓，即使是管理驿站、河闸的下级官吏，都要尽心尽力做兴利除弊的事。仅仅认为不要钱就是好官，那么把木偶放在大堂上，它连一杯水也不用喝，岂不是胜过你吗？"这位官员又辩解说："我即使没有功劳，也没有罪过。"阎罗王说："你这个人不论干什么都只顾保全自己。在某案某案中，你为了避免嫌疑而不表态，这不是有

言，非负民乎？某事某事，畏烦重而不举，非负国乎？三载考绩之谓何？无功即有罪矣。"官大跋踏⑤，锋棱顿减。王徐顾笑曰："怪公盛气耳。平心而论，要是三四等好官，来生尚不失冠带。"促命即送转轮王。观此二事，知人心微暧，鬼神皆得而窥。虽贤者一念之私，亦不免于责备。"相在尔室"⑥，其信然乎。

负于百姓吗？在某事某事上，你怕劳累而不作为，这不是有负于国家吗？《尚书·舜典》里'三载考绩'是怎么说的？没有功劳就是罪过。"这位官员立即局促不安，不再像先前那样锋芒毕露了。阎罗王慢慢地转头看着他笑道："只怪你有点盛气凌人。平心而论，你也能算个三四等的好官，下辈子还能做一个士大夫。"阎罗王随即命令手下把这位官员送到转轮王那里。通过这两件事，可知人的内心深处只要有那么一点儿私心杂念，都能被鬼神看穿，哪怕是贤者的一念之私，也免不了被责备。举头三尺有神明，处处有人在监察，这话真不假啊！

注 释

❶录囚：官吏巡视监狱的制度，属于中国古代司法制度中的一项。上级司法部门对在押囚犯复核审录，目的是掌握在押囚犯情况及确保无冤假错案的情况产生。

❷冤愆（qiān）：冤仇罪过。愆，罪过、过失。

❸哂（shěn）：冷笑，讥笑。

❹闸官：一般指管理闸门的官吏。

❺跋踏（cùjí）：恭敬而不安的样子。

❻相在尔室：语出《诗经·大雅·抑》："相在尔室，尚不愧于屋漏。无曰不显，莫予云觏；神之格思，不可度思，矧（shěn）可射思？"这句话的深意是在私人空间也要保持高尚的道德标准，处处有神灵观察，表现出对于神灵的敬畏和对规则的严格遵守。

【原文】

雍正壬子①，有宦家子妇，素无勃豀②状。突狂电穿牖③，如火光激射，雷楔④贯心而入，洞左胁而出。其夫亦为雷焰燔烧⑤，背至尻皆焦黑，气息仅属。久之乃苏，顾妇尸泣曰："我性刚劲，与母争论或有之。尔不过私诉抑郁，背灯掩泪而已，何雷之误中尔耶？"是未知律重主谋，幽明一也。

【译文】

雍正壬子年，有位官宦人家的儿媳妇从来没有和婆婆争吵过。一天突然一道强雷的闪电穿过窗户，好像火光激射，电火穿入这个儿媳妇的心胸，洞穿左胁而出。她的丈夫也被闪电烧伤，从后背到臀部焦黑一片，只剩了一口气。过了很久，她的丈夫才苏醒过来，望着媳妇尸体哭道："我性子倔强直率，有的时候和母亲争吵几句，你不过私下里和我说心中不愉快的事情，背着灯抹抹眼泪而已，怎么雷电就误击中了你呢？"他不知道主谋判刑重，这在阴间、阳间都是一样的。

注　释

❶雍正壬子：雍正十年（1732）。

❷勃豀（xī）：吵架，争斗。这里指婆媳争吵。

❸牖（yǒu）：窗户。

❹楔（xiē）：楔入，把楔子插到物体里去。

❺燔（fán）烧：焚烧。燔，烧、烤。

【原文】

德州田白岩曰：有额都统①者，在滇、黔间山行，见道士按一丽女于石，欲剖

【译文】

德州田白岩说：从前有一个额都统，行走在云南贵州的山间，看见一个道士把一个美艳的女子按倒在石头上，要想剖她

其心。女哀呼乞救，额急挥骑驰及，遽②格道士手。女嗷然③一声，化火光飞去。道士顿足曰："公败吾事！此魅已媚杀百余人，故捕诛之，以除害。但取精已多，岁久通灵，斩其首则神遁去，故必剖其心乃死。公今纵之，又贻患无穷矣！惜一猛虎之命，放置深山，不知泽麋林鹿，劘④其牙者几许命也！"匣其匕首，恨恨渡溪去。此殆白岩之寓言，即所谓一家哭，何如一路哭⑤也。姑容墨吏，自以为阴功，人亦多称为忠厚；而穷民之卖儿贴妇，皆未一思，亦安用此长者乎！

的心。美女在不停地哀叫求救，额都统急忙打马奔驰过去，格开道士的手，美艳女子发出响亮的一声，趁机化成一道火光飞去。道士跺着脚说："您坏了我的大事！这个精魅已经迷杀一百多人，我杀掉它是为民除害。但是它吸了很多人的精气，修炼年岁久了，已经通灵，砍它的头则元神就会逃脱，所以必须剖出心才能置它于死地。您现在放走了它，真是放虎归山，后患无穷。这就好比怜惜一只猛虎的性命，放它回到深山里，却不知沼泽和山林中又有多少麋鹿要命丧在它的利牙之下啊！"边说边把匕首插进鞘里，心有不甘地渡过溪水走了。这个故事大概是田白岩说的寓言故事，也就是所谓一家哭泣，哪能比得上一个地区的人哭泣呢。姑息那些贪官污吏，自以为积了阴德，人们也称道他忠厚，却从不去想想穷苦百姓卖儿卖女卖妻子的悲惨情形，这样的忠厚长者又有什么用呢？

注 释

❶ 都统：清代八旗驻防军长官称"将军"或"都统"。

❷ 遽（jù）：急，仓促。

❸ 嗷（jiào）然：形容声音响亮、激越。

❹ 劘（mó）：磨，磨砺。

❺ 一家哭，何如一路哭：这句话是北宋著名政治家、文学家范仲淹的名言。

意思是说，罢免一个不合格的官吏，不过使他一家因此哭泣，但如果继续留任，痛哭的就是这一地区的百姓了。路是宋代的行政区划，相当于今天的省。范仲淹为相，锐意改革吏治，取诸路监司名册，将不称职者姓名一笔勾去。富弼在其侧云："十二丈则是一笔，焉知一家哭矣！"范仲淹回答说："一家哭，何如一路哭耶！"此事见录于朱熹所著《五朝名臣言行录》。

【原 文】

献县吏王某，工刀笔，善巧取人财。然每有所积，必有一意外事耗去。有城隍①庙道童，夜行廊庑间，闻二吏持簿对算。其一曰："渠②今岁所蓄较多，当何法以销之？"方沈思间，其一曰："一翠云足矣，无烦迂折也。"是庙往往遇鬼，道童习见，亦不怖，但不知翠云为谁，亦不知为谁销算。俄有小妓翠云至，王某大嬖③之，耗所蓄八九；又染恶疮，医药备至，比④愈，则已荡然矣。人计其平生所取，可屈指数者，约三四万金。后发狂疾暴卒，竟无棺以殓。

【译 文】

献县县衙有个小吏王某，精通刑律诉讼，善于巧取当事人的钱财。奇怪的是，他每当有点儿积蓄时，必定发生一件意外事情将额外得到的钱财耗去。城隍庙有个道童，一天夜里在走廊里听见两个鬼吏拿着账簿核算账目。其中一个自言自语地说："他今年积蓄比较多，该用什么办法消耗掉？"说完正低头沉思，另一个说："一个翠云就够了，用不着费多少周折。"这个庙里常常遇见鬼，道童也司空见惯，见到此情形也不害怕，只是不知翠云是谁，也不知道两个鬼吏算计消耗的是谁。不久，有一位名叫翠云的小妓女来到县城，王某特别宠爱她，在她身上耗费了八九成积蓄；又染上了恶疮，看病吃药花了很多钱，等到痊愈之后，平素所积攒的钱财荡然无存。有人估计过王某平生巧取的钱财，能算得上来的，就差不多有三四万两银子。可是，后来王某突发疯病死去，死时竟然连装殓的棺材也没有。

注 释

❶ 城隍：守护城池的神。

❷ 渠：方言，他。

❸ 嬖（bì）：宠幸。

❹ 比：等到。

【原 文】

　　陈云亭舍人①言：有台湾驿使②宿馆舍，见艳女登墙下窥，叱索无所睹。夜半琅然有声，乃片瓦掷枕畔。叱问："是何妖魅，敢侮天使？"窗外朗应曰："公禄命重。我避公不及，致公叱索，惧干神谴，惴惴至今。今公睡中萌邪念，误作驿卒之女，谋他日纳为妾。人心一动，鬼神知之。以邪召邪，神不得而咎我，故投瓦相报，公何怒焉？"驿使大愧沮，未及天曙，促装去。

【译 文】

　　陈云亭舍人说：以前有位台湾驿使住在驿站的时候，看见一位美女爬上墙头往下偷看。驿使呵斥她，走过去找，又不见人。驿使睡到半夜，听到"哐啷"一声响，却是一块瓦片扔到枕头边。他喝骂道："是什么妖怪，敢来欺负天子派来的使者。"窗外朗声回答："大人您富贵显赫，我没来得及躲避你，以致遭到你的叱责，我也怕遭到神灵的处罚，心中惴惴不安直到现在。刚才你在梦中萌发邪念，误认为我是驿卒的女儿，打算日后娶来做妾。人心中一生出念头，鬼神就知道了。邪念萌发招来了我这个邪鬼，神不能因此而归咎于我，所以我扔瓦片警示你，你生什么气呢？"驿使非常惭愧，天还没亮就赶快收拾东西离开了。

注 释

❶舍人：官名。天子近旁轮番带刀侍卫之官，均由显官、功臣弟子担任。因而王公贵宦的侍从宾客、亲近左右，通称"舍人"。对显贵子弟，也俗称"舍人"。

❷驿使：本义为古代驿站传送朝廷文书者，但自唐代起，驿使的职责范围扩大，级别也各有高低。此处指朝廷派往台湾的特使。

【原 文】

曹司农①竹虚言：其族兄自歙②往扬州，途经友人家。时盛夏，延坐书屋，甚轩爽。暮欲下榻其中，友人曰："是有魅，夜不可居。"曹强居之。夜半，有物自门隙蠕蠕入，薄如夹纸。入室后，渐开展作人形，乃女子也。曹殊不畏。忽披发吐舌，作缢鬼状。曹笑曰："犹是发，但稍乱；犹是舌，但稍长。亦何足畏！"忽自摘其首置案上。曹又笑曰："有首尚不足畏，况无首耶！"鬼技穷，倏然③灭。及归途再

【译 文】

户部尚书曹竹虚说：他的一位族兄从歙县到扬州去，途经朋友家。当时正值盛夏，气候炎热，族兄的朋友请他到书房休息，书房宽敞凉爽。晚上，这位族兄想要住在书房里，朋友说："这间书房有鬼魅，夜晚不能住在这里。"可是这位族兄坚持要睡书房。到了半夜，果然有个怪物从门缝中蠕动着进来了，只有一张纸折叠起来的厚度。进门来以后，这个怪物渐渐展开变成人的形状，原来是一个女子，族兄一点儿也不害怕。女子忽然披头散发吐出很长的舌头，做出一副吊死鬼的样子。族兄笑着说："头发还是头发，只是稍微乱了点儿；舌头也还是舌头，只是稍微长了点儿。这有什么值得害怕！"女鬼听后又突然把自己的头颅摘下来放到了书案上。族兄又笑着说："有脑袋尚且不足以惧怕，何况是没有脑袋呢！"鬼魅技穷，只好消失了。这位

宿，夜半门隙又蠕动。甫露其首，辄唾曰："又此败兴物耶！"竟不入。此与嵇中散④事相类。夫虎不食醉人，不知畏也。大抵畏则心乱，心乱则神涣，神涣则鬼得乘之。不畏则心定，心定则神全，神全则沴戾⑤之气不能干。故记中散是事者，称"神志湛然，鬼惭而去"。

族兄由扬州返回时又住进了这间书房，半夜时，门缝里又有东西蠕动着进来，结果这个怪物才一露头，看见是以前住在这里的族兄，就唾了一口道："又是这个让人扫兴的东西！"最终怪物也没有进来。曹竹虚族兄的故事与嵇中散的故事相类似。老虎不吃醉汉，因为醉汉不知道害怕。所以说，害怕就会心乱，心乱就会神散，鬼魅就可能乘虚而入。没有恐惧就会心定，心定就神志集中，神志集中则邪恶就侵犯不了。所以记载嵇康故事的人，说嵇康"神志清朗，鬼惭愧地离去了"。

注 释

❶司农：清代以户部司漕粮田赋，故别称"户部尚书"为"大司农"。

❷歙（shè）：地名。歙县，在今安徽省东南部。

❸倏（shū）然：速度极快的样子。

❹嵇中散：嵇康，三国时期魏国人，曹魏中散大夫，世称"嵇中散"。后因得罪钟会，为其构陷，被司马昭处死。

❺沴（lì）戾：沴，本指阻水的高地，引申为灾害，意为妖邪或瘟疫。

【原文】

旧仆庄寿言：昔事某官，见一官侵①晨至，又一官续至，皆契交也，其状若密递

【译文】

我过去的老仆人庄寿说：他以前服侍某位官员时，有一次天快亮了他看见一个官员来了，紧接着又一个官员也到了，看着两人是非常好的朋友，他们的

消息者。俄皆去，主人亦命驾递出，至黄昏乃归。车殆马烦，不胜困惫。俄前二官又至，灯下或附耳，或点首，或摇手，或蹙眉，或拊掌，不知所议何事。漏②下二鼓，我遥闻北窗外吃吃有笑声，室中弗闻也。方疑惑间，忽又闻长叹一声曰："何必如此！"始宾主皆惊，开窗急视，新雨后泥平如掌，绝无人踪。共疑为我呓语。我时因戒勿窃听，避立南荣外花架下，实未尝睡，亦未尝言，究不知其何故也。

样子好像在秘密传递消息。不一会儿他们都走了，主人也立即叫人驾车马出门。到傍晚主人才回来，人困马乏，疲惫不堪。不一会儿，之前那两个官员又来了，他们在灯下有时接耳密谈，有时点头，有时摇手，有时皱眉，有时鼓掌，不知道所商议的是什么事情。天交二更，我远远地听到北窗外面有吃吃的笑声，屋里的人仿佛没有听到。正在疑惑之间，我忽然又听得长叹一声，说："何必如此！"客人和主人这才察觉，急忙打开窗察看，外面刚刚下过一场雨，泥地平整如手掌，绝对没有人的脚印。大家都怀疑是我在说梦话。我当时因为主人吩咐不要偷听，所以躲避在南房屋檐外的花架下，根本没有睡，也没有说什么，最终也不知道是什么缘故。

注 释

❶侵：快要。

❷漏：即漏壶，古代计时器，一般为铜制，有孔，可以滴水或者沙，有刻度标志以计算时间。

【原 文】

德州宋清远先生言：吕道士，不知何许人，善幻术，

【译 文】

德州的宋清远先生说：有一个吕道士，不知道是哪里的人，善于幻术，曾

尝客田山薑司农家。值朱藤盛开，宾客会赏。一俗士言词猥鄙，喋喋不休，殊败人意。一少年性轻脱，厌薄尤甚，斥勿多言。二人几攘臂①。一老儒和解之，俱不听，亦愠形于色。满坐为之不乐。道士耳语小童，取纸笔，画三符焚之。三人忽皆起，在院中旋折数四。俗客趋东南隅坐，喃喃自语。听之，乃与妻妾谈家事。俄左右回顾若和解，俄怡色自辩，俄作引罪状，俄屈一膝，俄两膝并屈，俄叩首不已。视少年，则坐西南隅花栏上，流目送盼，妮妮软语。俄嬉笑，俄谦谢，俄低唱《浣纱记》②，呦呦不已，手自按拍，备诸冶荡之态。老儒则端坐石磴上，讲《孟子》齐桓、晋文之事③一章。字剖句析，指挥顾盼，如与四五人对语。忽摇首曰："不是。"忽瞋目曰："尚不解耶。"咯咯瘝嗽，仍不止。

经在田山薑司农家做客，当时正值朱藤花盛开的时节，宾客们都在一起赏花。一位俗士说话非常粗鄙，喋喋不休，让人感到非常扫兴。一个少年性子轻率，特别讨厌他，斥责俗士不要多说话。两人几乎要打起来了。一位老儒替他们和解，双方都不听他的，老儒也开始面有怒色。满座的客人都因为这件事不高兴。道士悄悄地叫小童拿来纸笔，画了三张符焚烧，三人忽然都起来了，在院子里来回盘旋。俗士前往东南一角一坐，喃喃自语。仔细听，他说的都是与妻妾之间的家务事。不一会，左右转头仿佛和解的样子，一会儿面色怡然地自我辩解，一会儿又做出承认错误的样子，一会儿跪下一条腿，一会儿又跪下两条腿，一会儿又不停地磕头。再看那个少年，坐在西南墙角的栏杆之上，流目送盼，软语呢喃，一会儿嬉笑，一会儿谦谢，一会儿又低声唱《浣纱记》，吱吱呀呀地不停。手还不停地打拍子，做出各种妩媚之态。老儒则端坐在石磴上，讲《孟子》齐桓公、晋文公的内容。他逐字逐句剖析解读这些内容，四处环顾，手舞足蹈，仿佛与四五人对话。忽然摇着头说："不是。"忽然又瞪起眼睛说："还没有理解。"说着说着就咯咯地咳嗽起来，还不停地说。众人感到惊讶又可笑。道士忙

众骇笑，道士摇手止之。比酒阑，道士又焚三符。三人乃惘惘痴坐，少选始醒，自称不觉醉眠，谢无礼。众匿笑散。道士曰："此小术，不足道。叶法善④引唐明皇入月宫，即用此符。当时误以为真仙，迂儒又以为妄语，皆井底蛙耳。"后在旅馆，符摄一过往贵人妾魂。妾苏后，登车识其路径门户，语贵人急捕之，已遁去。此《周礼》所以禁怪民欤！

摇手制止。等到大家都喝完酒后，道士又焚烧了三张符，三人于是惘然痴坐，一会儿才清醒过来，自称不觉得喝多了睡了过去，请宽恕无礼之罪。众人都没有说破这个秘密就散去了。道士说："这都是小伎俩，不值得一提。当年叶法善招引唐明皇入月宫，就是用的这个符。当时不少人还以为是真仙驾到，迂儒又以为都是瞎说的，这些人都是井底之蛙罢了。"后来这个道士在旅馆，用符箓摄走一个路过的贵人妾的灵魂，贵人妾苏醒后，根据记忆找到道士的住所，告诉贵人赶紧去抓他，道士已经逃跑了。这难道就是《周礼》所说的要禁怪民吧。

注　释

❶攘臂：挥着胳膊拳头打起来。

❷《浣纱记》：明代传奇作品，作者为梁辰鱼。全剧共四十五出，演范蠡、西施的故事。

❸《孟子》齐桓、晋文之事：齐桓、晋文之事是《孟子》中的名篇，齐宣王欲行霸道，问孟子齐桓公、晋文公的故事，孟子通过巧妙的论辩手段，系统地阐释了自己"仁政"的主张。

❹叶法善：字道元，号太素、罗浮真人。唐朝道教符箓派茅山宗天师，一生经历唐高祖、唐太宗至唐玄宗共七朝，是道教发展历史上的重要人物。

【原文】

南皮①疡医某，艺颇精，然好阴用毒药，勒索重资，不餍②所欲则必死。盖其术诡秘，他医不能解也。一日，其子雷震死。今其人尚在，亦无敢延之者矣。或谓某杀人至多，天何不殛③其身而殛其子？有佚罚焉。夫罪不至极，刑不及孥④；恶不至极，殃不及世。殛其子，所以明祸延后嗣也。

【译文】

沧州南皮有个专治疮痈的某医生，医术很高明，但是这个医生总是喜欢暗中用毒性很大的药，以此向患者勒索很多钱财。如果不满足他的要求，病人就必死无疑。因为他的医术手法很诡秘，别的医生谁也解救不了。有一天，他的儿子突然被雷电击中死了。现在这位医生还活着，但已经没人敢请他看病了。有的人说他医死了许多人，老天为什么不诛杀他本人却击死了他儿子？看来上天的刑罚也有失当的时候。那些不是罪大恶极的罪恶，刑罚就牵连不到妻子儿女；那些没有达到极端的恶行，祸殃就连累不到后世子孙。老天诛杀他的儿子，正说明他的罪恶已经大到祸延后代的程度了。

注 释

❶ 南皮：地名。今河北南皮。

❷ 餍：满足。

❸ 殛（jí）：诛杀，致死。

❹ 孥（nú）：妻子和儿女。

【原文】

康熙中，献县胡维华以烧香聚众谋不轨。

【译文】

康熙年间，沧州献县的胡维华意图谋反，以烧香的名义召集了一大批叛军发动叛乱。胡

所居由大城①、文安②一路行，去京师三百余里。由青县③、静海④一路行，去天津二百余里。维华谋分兵为二：其一出不意，并程抵京师；其一据天津，掠海舟。利则天津之兵亦北趋，不利则遁往天津，登舟泛海去。方部署伪官，事已泄。官军擒捕，围而火攻之，龆龀⑤不遗。初，维华之父雄于资，喜周穷乏，亦未为大恶。邻村老儒张月坪有女艳丽，殆称国色，见而心醉。然月坪端方迂执，无与人为妾理，乃延之教读。月坪父母柩在辽东，不得返，恒戚戚⑥。偶言及，即捐金使扶归，且赠以葬地。月坪田内有横尸，其仇也，官以谋杀勘，又为百计申辩得释。一日，月坪妻携女

维华的家乡，是沿着大城和文安方向一路走，在距离京城三百多里的地方。沿着青县和静海的方向一路走，在距离天津二百多里的地方。胡维华计划将部队分为两部分，一部分出其不意，日夜兼程地直接攻打京城，另一部分抢先占据天津地区，掠夺海上船只。如果事情顺利，去天津的部队也往北去和攻打京城的部队会合，如果事情不顺利，去往京城的部队就撤退到天津，坐船从海上逃跑。胡维华正在安排官职，下达命令的时候，计划败露，官军赶在叛军之前出发开始抓捕他们。官军包围了胡维华的军队，然后用火攻，将所有的叛军赶尽杀绝，连一个幼童也没放过。当初胡维华的父亲非常富庶，喜欢救济穷人，从来没有做过恶。在胡家宅院的旁边，住着一位老儒生，叫作张月坪，他有一个女儿，长得貌若天仙，国色天香。胡维华的父亲见了，觉得惊为天人，（时时刻刻想着将张家的女儿娶进门）。但是张月坪这个人虽然品格端方，却非常固执和迂腐，不同意自己的女儿做妾室。胡维华的父亲就想了别的计策，先把张月坪请进家来做家庭教师。张月坪父母的灵柩一直存放在辽东地区，想要运回来安葬却没有足够的盘缠，经常闷闷不乐。偶然有一次张月坪和胡维华的父亲谈到了此事，胡父非常慷慨地捐助了张月坪钱财，让他早日扶灵而归，并且帮助张月坪买了一块极好的坟地。在张家的田地里竟然出现了一具尸体，死者生前曾经和张月坪有过一些恩怨，官府判定

归宁，三子并幼，月坪归家守门户，约数日返。乃阴使其党，夜键⑦户而焚其庐，父子四人并烬。阳为惊悼，代营丧葬，且时周其妻女，竟依以为命。或有欲聘女者，妻必与谋，辄阴沮，使不就。久之，渐露求女为妾意，妻感其惠，欲许之。女初不愿，夜梦其父曰："汝不往，吾终不畅吾志也。"女乃受命。岁余，生维华，女旋病卒。维华竟覆其宗。

又：去余家三四十里，有凌虐其仆夫妇死而纳其女者。女故慧黠，经营其饮食服用，事事当意。又凡可博其欢者，冶荡狎媟，无所不至。皆窃议其忘仇。蛊惑既深，惟其言是听。女始则导之奢华，破其产十之七八；又谗间其骨肉，

张月坪犯有谋杀罪，胡维华的父亲千方百计地找人托关系，请了一大堆讼师辩护，最后张月坪终于被无罪释放。一天，张月坪妻子带着女儿回娘家，三个儿子还很年幼，张月坪回家看管门户，约定好住几天就回来。胡维华的父亲看到这是个好机会，就暗中指派人手，在夜里把张家的大门紧紧锁上，放火烧了他们的房子，结果张家父子四人都被烧死了。胡维华的父亲表面上表现得非常惊异和哀悼，还替张家处理丧葬等事宜，后来又经常照顾周济张家母女，这对母女竟渐渐地依靠起胡维华的父亲，事事都听他的。有的人想娶张家的女儿，张月坪的妻子一定与胡维华的父亲商量，但是胡父一定会暗中阻挠，使得亲事不成功。这样过了很久之后，（提亲的人也渐渐少了）胡维华的父亲就渐渐流露出打算纳张家女儿为妾的想法，张月坪的妻子为了答谢胡父这么多年的照顾，打算同意这件事。张家女儿开始是不愿意的，夜里做梦梦见张月坪说："你不嫁到胡家去，我心里始终不痛快。"女儿接受了父亲的要求。一年后，生了胡维华，张家女儿很快就病逝了。胡维华最终因为谋反而被抄家，胡氏一脉因此断绝，遭到了报应。还有一个类似的故事：距离我家三四十里的地方，有家人欺凌仆人，导致仆人夫妇死亡，娶其女儿为妾。这个女儿本来就很聪明，经营管理饮食服用，事事让主人满意，又常常做妖媚冶荡之态博得主人欢心。众人都私下里议论说这个女儿已经忘记父母被

使门以内如寇仇；继乃时说《水浒传》宋江、柴进等事，称为英雄，怂恿之交通盗贼，卒以杀人抵法。抵法之日，女不哭其夫，而阴携卮⑧酒，酬其父母墓曰："父母恒梦中魇我，意恨恨似欲击我，今知之否耶？"人始知其蓄志报复，曰："此女所为，非惟人不测，鬼亦不测也，机深哉！"然而不以阴险论，《春秋》原心，本不共戴天者也。

主人害死的大仇。女儿对主人的蛊惑非常深了，只要是她说的话，主人都听从。于是这个女儿就引导他养成奢靡的生活习惯，消耗了其产业的十之七八；这个女儿又以谗言离间满门亲人，使得骨肉相见如遇仇人；后来又跟主人讲述《水浒传》的故事，称宋江、柴进等为英雄，怂恿主人与盗贼交往，最终因为杀人伏法。行刑之日，这个女儿没有为丈夫哭泣，而是私下里拿着酒和祭品到父母墓前，祭奠父母说："父母常常在梦中魇我，恨恨的样子像是要打我，现在你们知道我的用意了吧。"众人这才知道她是蓄意为父母报仇，说："这个女孩的行为，不但人揣测不了，鬼神也不能揣测，真是心机深啊！"但是不能说她阴险，《春秋》里说，求其本心，就是有不共戴天之仇啊。

注　释

❶大城：县名，今属河北省廊坊市。

❷文安：县名，今属河北省廊坊市。

❸青县：县名，今属河北省沧州市。

❹静海：今天津市静海区。

❺龆龀（tiáochèn）：本指孩童换牙，这里代指孩童。

❻戚戚：忧惧伤心的样子。

❼键：锁上。

❽卮（zhī）：古代盛酒的酒器。

卷　二

【原文】

　　相传有塾师，夏夜月明，率门人纳凉河间献王[①]祠外田塍[②]上。因共讲《三百篇》[③]拟题，音琅琅如钟鼓。又令小儿诵《孝经》[④]，诵已复讲。忽举首见祠门双古柏下，隐隐有人。试近之，形状颇异，知为神鬼。然私念此献王祠前，决无妖魅。前问姓名，曰毛苌、贯长卿、颜芝[⑤]，因谒王至此。塾师大喜，再拜请授经义。毛、贯并曰："君所讲适已闻，都非我辈所解，无从奉答。"塾师又拜曰："《诗》义深微，难授下愚。请颜先生一讲《孝经》可乎？"颜回面向内曰："君小儿所诵，漏落颠倒，全非我所传本。我亦无可著语处。"俄闻传

【译文】

　　相传曾经有个私塾老师，在一个夏天月光明亮的晚上，带着他的学生们在河间献王祠堂外的田埂上乘凉。他先讲自拟的有关《诗经》的题目，声音如敲钟打鼓。又叫自己的孩子诵读《孝经》，朗读完了又讲解。塾师忽然抬头看见祠堂门前的两棵古柏树下，隐隐约约好像有人。试探着走近一看，发现所见到的"人"形状颇为奇怪，知道是神鬼。但是自己心中又觉得在献王祠前面不会有妖怪鬼魅。于是上前询问那些"人"的姓名。对方回答说是毛苌、贯长卿、颜芝，到这里来拜见献王。塾师非常高兴，多次叩拜请求这些大儒传授经文义理。毛苌、贯长卿齐声回答："您所讲的刚才已经听到了，都不是我们所能理解的，无从回答。"塾师又下拜说："《诗经》义理深奥精微，难以传授资质愚钝的平凡人，请颜先生给我讲一讲《孝经》可以吗？"颜芝转过脸去说："刚才您的小孩朗诵的《孝经》，句子漏落、次序颠倒，完全不是我所传的版本。我也不知从何讲起。"忽而听到献王传出话说：

王教曰："门外似有人醉语，聒耳已久，可驱之去。"余谓此与爱堂先生所言学究遇冥吏事，皆博雅之士造戏语以诟俗儒也。然亦空穴来风，桐乳来巢⑥乎？

"门外好像有喝醉酒的人说话，吵闹聒噪很久了，赶紧把他们赶走。"我认为这个故事和爱堂先生所讲的老儒生碰到阴间小吏的事一样，都是博雅之士编的讽刺故事，嘲笑那些俗儒。但是就像门户有缝就有风，就像桐叶籽引来鸟雀筑巢，流言蜚语也不是凭空而来的吧？

注 释

❶河间献王：指西汉献王刘德，西汉景帝刘启之子、武帝之兄。刘德收集整理古籍、献书朝廷、举六艺、立专经博士、修礼乐、献雅乐等，对汉代经学发展贡献非常大。

❷田塍（chéng）：田埂。

❸《三百篇》：指《诗经》，因《诗经》所记诗歌总数约三百篇。简称《诗》。

❹《孝经》：古代传统儒家十三经之一，主要讲述孝道和以孝治国等内容。

❺毛苌（cháng）：《汉书·儒林传》中记载毛苌为赵人，治诗，为河间献王博士。相传传授《诗经》。贯长卿：西汉赵人，与毛苌一同受诗于毛亨。颜芝：西汉河间（今属河北）人，传说颜芝在秦始皇焚书的时候，把《孝经》保护下来，到河间献王广征儒家经典时，他的儿子颜贞才拿出来，叫作《今文孝经》。以上这些人都是儒学史上的重要人物。

❻桐乳来巢：桐乳，是桐树结的籽实，形状如乳，容易招致鸟雀做窝。语出李善为宋玉《风赋》作注时引用的《庄子》佚文。

【原 文】

【译 文】

先姚安公①性严峻，门

先父姚安公生性严厉孤峻，门前没有

无杂宾。一日，与一褴褛人对语，呼余兄弟与为礼，曰："此宋曼珠曾孙，不相闻久矣，今乃见之。明季兵乱，汝曾祖年十一，流离戈马间，赖宋曼珠得存也。"乃为委曲谋生计。因戒余兄弟曰："义所当报，不必谈因果，然因果实亦不爽。昔某公受人再生恩，富贵后，视其子孙零替，漠如陌路。后病困，方服药，恍惚见其人手授二札，皆未封。视之，则当年乞救书也。覆杯于地曰：'吾死晚矣！'是夕卒。"

杂七杂八的宾客。一天，姚安公同一个衣衫破烂的人说话，叫我们兄弟向他行礼，说："这是宋曼珠的曾孙，好久没有消息了，没想到今天见到了。明末时兵荒马乱，你们的曾祖父当时只有十一岁，在战乱中流离失所，多亏宋曼珠救助才活了下来。"于是想方设法替他的曾孙谋求生计。并告诫我们兄弟说："从道义上讲应当报答的，就不必谈论因果报应，但是因果实际上也不会有差错。过去有人曾经受别人的救命之恩，富贵以后，看到恩人的子孙凄惨零落，他竟无视他们，冷漠得像个陌生人。后来这个人病得很厉害，正在吃药，恍恍惚惚看到恩人亲手交给他两封信，都没有封口。打开看时，正是当年他写的求救信。他把杯子扣在地上说：'我死得晚了！'这天夜里就死了。"

注 释

❶姚安公：即纪晓岚的父亲纪容舒，字迟叟。曾供职刑部和户部，做过云南姚安（今属云南省楚雄彝族自治州）知府，故称"姚安公"。

【原 文】

乾隆庚午①，官库失玉器，勘诸苑户②。苑户常明

【译 文】

乾隆庚午年，官库丢失了玉器，于是调查辖区内的苑户。当盘问到苑户常明时，

对簿③时，忽作童子声曰："玉器非所窃，人则真所杀。我即所杀之魂也。"问官大骇，移送刑部。姚安公时为江苏司郎中④，与余公文仪等同鞫之。魂曰："我名二格，年十四，家在海淀，父曰李星望。前岁上元，常明引我观灯归，夜深人寂，常明戏调我，我力拒，且言归当诉诸父。常明遂以衣带勒我死，埋河岸下。父疑常明匿我，控诸巡城⑤。送刑部，以事无左证，议别缉真凶。我魂恒随常明行，但相去四五尺，即觉炽如烈焰，不得近。后热稍减，渐近至二三尺，又渐近至尺许。昨乃都不觉热，始得附之。"又言初讯时，魂亦随至刑部，指其门乃广西司。按所言月日，果检得旧案。问其尸，云在河岸第几柳树旁，掘之亦得，尚未坏。呼其父使辨识，长恸曰："吾儿也！"以事虽幻杳，而证验皆真。且

他忽然发出男孩儿的声音说："玉器不是常明偷窃的，但是他杀了人，我就是被杀之人的灵魂。"负责审讯的官员大为惊异，将常明移交到刑部。姚安公当时任江苏司郎中，与余文仪公等人一同审问。鬼魂说："我叫二格，十四岁，家住在海淀，父亲叫作李星望。前年上元节，常明叫我观看灯会，回来的时候夜深人静，常明非礼我，我极力抗争，并且跟他说回去后要告诉父亲。常明就用衣服的袋子把我勒死，埋到了河岸下。我失踪之后，父亲怀疑是常明把我藏匿起来了，就告到巡城那里。案子移送到刑部，因为没有其他证据，判定另外缉拿真凶。我的魂魄常常跟着常明，只要离四五尺的距离就觉得炽热像火焰一样，不能离得更近。后来慢慢感觉不那么热了，渐渐可以离近至二三尺，又可以近到一尺那么多。昨天完全感觉不到热，才得以附到常明身上。"又说初次审讯时，魂魄也曾经跟着到刑部，说当时负责审问的是广西司。按照魂魄所说的日期，果然查到了这桩旧案。又问二格的尸体藏在哪里，魂魄说在河边第几棵柳树旁边，派件作去挖果然发现了二格的尸体，还没有腐烂变坏。叫他的父亲来辨认，李星望悲痛地哭喊道："这是我的儿子呀！"这件事即使听起来匪夷所思，但是验证后都是真的。而且审讯的时候，呼叫常明的名字，他忽然像梦醒一样，

讯问时，呼常明名，则忽似梦醒，作常明语；呼二格名，则忽似昏醉，作二格语。互辩数四，始款伏。又父子絮语家事，一一分明，狱无可疑，乃以实状上闻，论如律。命下之日，魂喜甚。本卖糕为活，忽高唱"卖糕"一声。父泣曰："久不闻此，宛然生时声也。"问："儿当何往？"曰："吾亦不知，且去耳。"自是再问常明，不复作二格语矣。

像常明一样说话；呼叫二格的名字，他则像昏醉一般，像二格一样说话。常明与二格魂魄多次互相辩吵，常明才最后认罪伏法。魂魄又借助常明之口，同父亲唠叨琐碎的家事，一一分明，这桩案件真相大白，无可疑之处，于是据实禀报刑部，常明按照法律被判刑。判决结果下来的时候，二格的魂魄非常高兴。他本来是以卖糕为营生，忽然高唱一声"卖糕"。他的父亲听后哭着说："很久没有听到儿子喊卖糕的声音了，跟他活着的时候叫卖的声音一样。"又问他："孩子你的魂魄要到哪里去呢？"魂魄回答说："我也不知道，先去再说吧。"从这以后再问常明，他不再像二格那样说话了。

注 释

❶乾隆庚午：即乾隆十五年，公元 1750 年。

❷苑户：明清时期指的是在苑囿中为皇家服务的人，工作大多是洒扫、养花、种树等，一般由旗人担任，还有海户、庙户等。

❸对簿：依照程式审问，这里是盘问核实的意思。

❹江苏司郎中：指的是江苏清吏司郎中，清朝属刑部官员，京内任职。

❺巡城：官职名称，执掌京城治安。

【原 文】

南皮张副使受长，官河

【译 文】

南皮人张受长副使做河南开归道道

南开归道①时，夜阅一谳牍②，沈吟自语曰："自刭③死者，刀痕当入重而出轻。今入轻出重，何也？"忽闻背后太息曰："公尚解事。"回顾无一人。喟然曰："甚哉，治狱之可畏也！此幸不误，安保他日之不误耶？"遂移疾而归。

员时，有一天夜里看一份断案的卷宗，他沉吟着自言自语地说："用刀割颈自杀死的，刀痕应当进去时重而拔出来时轻。这个案子却是进去时轻而拔出来时重，为什么呢？"忽然听到背后叹息一声说："您还算明白事理。"回头看时空无一人。他不禁长叹一声说："真是不得了，审理案件担的责任太重大了！这次幸运不出错，怎么能够保证以后的日子不出错呢？"于是托病辞了官。

注释

❶河南开归道：道，是明清时省级行政管理体系的一部分，乾隆中后期，河南共有四个道，其中一个是"开归陈许郑道"，辖开封、归德、河南三府等地。

❷谳（yàn）牍：据以审判定罪的案卷。

❸刭（jǐng）：用刀割颈。

【原文】

有卖花老妇言：京师一宅近空圃，圃故多狐。有丽妇夜逾短垣①，与邻家少年狎。惧事泄，初诡②托姓名。欢昵渐洽，度不相弃，乃自冒为圃中狐女。少年悦其色，亦不疑拒。

【译文】

有卖花的老太太说，京师有一处宅院附近有一个空的园圃，圃内多狐狸。有一个漂亮的少妇，晚上穿过园圃的矮墙与邻居少年幽会。少妇怕事情泄露，就编造了一个假名。后来两人欢昵，感情越来越好，少妇想着少年不会抛弃自己，就假冒自己是园圃中的狐女。少年喜欢她美丽的容貌，也不怀疑她。时间长了，一天少妇家的屋

久之，忽妇家屋上掷瓦骂曰："我居圃①中久，小儿女戏抛砖石，惊动邻里，或有之，实无冶荡蛊惑事。汝奈何污我？"事乃泄。异哉！狐媚恒托于人，此妇乃托于狐。人善媚者比之狐，此狐乃贞于人。

顶上突然有人扔瓦片并且骂声连连："我住在园圃中很长时间了，家里的小孩子乱扔石头玩，可能有时候会惊动邻居，但是我们从没有与别人私会的风流事，你为什么要玷污我的名声？"于是少妇与邻居少年的事情才败露了。真是奇怪啊！狐妖总是假托自己是人，这个少女竟假托自己是狐妖。那些善于魅惑的人比狐妖更甚，这个狐妖则比人更洁身自好。

注　释

❶圃：墙。

❷诡：虚假。

【原　文】

有游士以书画自给，在京师纳一妾，甚爱之。或遇宴会，必袖果饵以贻，妾亦甚相得。无何病革，语妾曰："吾无家，汝无归；吾无亲属，汝无依。吾以笔墨为活，吾死，汝琵琶别抱，势也，亦理也。吾无遗债累汝，汝亦无父母兄弟掣肘。得行己志，可勿受锱铢聘

【译　文】

有个游方的士人靠卖字画为生，在京师娶了一个妾，非常喜欢她。有的时候去参加宴会，一定会用衣服袖子装一些水果点心带回来给这位妾室，妾也很喜欢他，感情很好。没想到这个士人得了重病，临终时对妾说："我没有家，你没地方去，我也没有亲属，你也没人依靠。我以卖字画为生，我死后，你改嫁他人，这是必然的，也是合理的，我没有债务让你操心，你也没有父母兄弟牵绊。你只要按照你自己的意愿生活就好，再嫁时可以不要聘

金，但与约，岁时许汝祭我墓，则吾无恨矣。"妾泣受教。纳之者亦如约，又甚爱之。然妾恒郁郁忆旧恩，夜必梦故夫同枕席，睡中或妮妮呓语。夫觉之，密延术士镇以符箓。梦语止，而病渐作，驯至绵惙。临殁，以额叩枕曰："故人情重，实不能忘，君所深知，妾亦不讳。昨夜又见梦曰：'久被驱遣，今得再来。汝病如是，何不同归？'已诺之矣。能邀格外之惠，还妾尸于彼墓，当生生世世，结草衔环①。不情之请，惟君图之。"语讫奄然。夫亦豪士，慨然曰："魂已往矣，留此遗蜕何为？杨越公能合乐昌之镜②，吾不能合之泉下乎！"竟如所请。此雍正甲寅、乙卯间事。余是年十一二，闻人述之，而忘其姓名。余谓再嫁，负故夫也；嫁而有贰心，负后夫也。此妇进退无据焉。何子山先生

礼，但是对方一定要同意你按时节祭奠我，那么我就没有遗憾了。"妾哭着答应了。后来嫁的这家人遵守了这个约定，也很爱这个妾。但是妾总是郁郁寡欢，想着从前士人的种种好处，夜晚必梦到和前夫共枕席，有时候还在睡梦中喃喃自语。丈夫察觉到后，秘密地请了术士用符箓驱赶镇宅。这个妾说梦话的毛病好了，但是慢慢地得了重病，竟然到了缠绵病榻、病入膏肓的境地。临终前，在枕头上磕头说："我的前夫情深意重，实在不能相忘，您也知道这件事情，我也没有隐瞒什么。昨天又梦见前夫说：'一直被道士驱赶，现在才能再来，你已经病成这样了，何不与我同归？'我已经答应他了。希望您还能有额外的恩惠，就是把我和前夫埋在一起，我愿意生生世世结草衔环地报答您。这是不合常理的请求，希望您帮忙谋划。"说完这些话后就溘然长逝了。丈夫也是个豪爽之人，慨然答应道："灵魂都已经走了，留下这副躯壳有什么用？杨越公能使乐昌公主破镜重圆，我怎么不能让他们在黄泉下合葬呢！"于是按照妾的遗愿将她和前夫合葬。这是雍正甲寅、乙卯年间的事情。那时候我刚十一二岁，听人说了这件事，但是忘记了他们的姓名。我觉得再嫁有负于前夫，再嫁之后又一直想着前夫，有负于现在的丈夫，这个妾的两种做

亦曰："忆而死，何如殉而死乎？"何励庵③先生则曰："《春秋》责备贤者④，未可以士大夫之义律儿女子。哀其遇可也，悯其志可也。"

法都不合规。何子山先生也说："回忆自己的前夫而死，不如殉节而死。"何励庵先生则说："用《春秋》之义要求贤人，不能用约束士大夫的义来约束普通女子。她的遭遇实在让人同情，她对前夫的忠贞也值得怜悯啊。"

注 释

❶结草衔环：都是古代报恩的故事，典出《左传·宣公十五年》，比喻受人恩惠，定当厚报。

❷乐昌之镜：乐昌公主为南朝陈宣帝之女，隋灭陈后，乐昌公主将一面铜镜摔成两半，与驸马徐德言一人一半。离乱中乐昌公主被迫嫁与杨素为妾，偶然间与驸马以铜镜相会，杨素遂叫二人重新团聚。

❸何励庵：即何琇，雍正十一年（1733）中进士，授宗人府主事。著有《樵香小记》。

❹《春秋》责备贤者：意思是《春秋》对于贤达的人在道德上更加严格要求。《春秋》是我国古代儒家典籍之一，是中国第一部编年体史书。

【原 文】

屠者许方，尝担酒二罂①夜行，倦息大树下。月明如昼，远闻呜呜声，一鬼自丛薄中出，形状可怖。乃避入树后，持担以自卫。鬼至罂前，跃舞大喜，遽开饮，尽

【译 文】

屠夫许方，曾经担着两罂酒走夜路，走得累了在大树下休息。月明如同白昼，远远地听到呜呜的叫声，一个鬼从旁边的树丛中跳出来，样子十分恐怖。许方于是到树后面躲藏，拿着担子来做武器保护自己。鬼到了放酒的罂前，发现是酒，非常

一罍，尚欲开其第二罍，缄甫半启，已颓然倒矣。许恨甚，且视之似无他技，突举担击之，如中虚空。因连与痛击，渐纵弛委地，化浓烟一聚。恐其变幻，更捶百余，其烟平铺地面，渐散渐开，痕如淡墨，如轻縠[2]，渐愈散愈薄，以至于无，盖已渐灭矣。余谓鬼，人之余气也。气以渐而消，故《左传》称新鬼大，故鬼小。世有见鬼者，而不闻见羲、轩[3]以上鬼，消已尽也。酒，散气者也。故医家行血发汗、开郁驱寒之药，皆治以酒。此鬼以仅存之气，而散以满罍之酒，盛阳鼓荡，蒸铄微阴，其消尽也固宜。是渐灭于醉，非渐灭于捶也。闻是事时，有戒酒者曰："鬼善幻，以酒之故，至卧而受捶。鬼本人所畏，以酒之故，反为人所困。沈湎者念哉！"有耽酒者曰："鬼虽无形而有知，犹未免乎喜怒哀乐之心。今冥然

高兴地跳起舞来，马上尽情地饮用起来，很快就喝完了一罍，正想打开第二罍，刚刚把封签打开一半，已经颓然倒地了。许方气坏了，而且看着这个鬼好像也没有其他的技能，突然举起手中的担子击打它，仿佛什么也没有打到。于是一下接一下痛击鬼，鬼渐渐地形散倒地，化为一团浓烟。许方怕它变幻，又捶打了百余下，烟雾平铺在地面，逐渐散开，痕迹像淡淡的墨痕，像轻縠，逐渐变散变薄，最终消失了，也许是已经消解融化了。我觉得鬼就是人的余气，气是逐渐变少最后消失的，所以《左传》说新鬼大，旧鬼小。世上见鬼的人，并没有听说羲和、轩辕氏以前的鬼，因为它们的气已经消耗尽了。酒恰恰是散气的。所以医生在用通血脉、发汗，抒郁驱寒的药物时，都是以酒入药。故事中这个鬼的仅存之气，因为喝了满罍的酒而被驱散，阳气鼓荡，仅有的阴气被蒸发，最终气息消尽也是应该的。所以这个鬼是被酒消解融化的，而不是被捶打而溶解消失的。听说这个故事的时候，有一个戒酒的人说："鬼善于变幻，因喝酒的缘故，以至于倒地被捶打。人本来是害怕鬼的，因为酒的缘故，人反而成了消灭鬼的，所以那些酗酒的人要以此为戒啊。"有耽溺于酒的人说："鬼虽然无形但是有意识，尚且免不了喜怒哀乐的心情。现在喝醉了昏昏

醉卧，消归乌有，反其真矣。酒中之趣，莫深于是。佛氏以涅盘为极乐④，营营者恶乎知之！"庄子所谓"此亦一是非，彼亦一是非"⑤欤？

倒地，最终消失溶解，回到了最初的本真。喝酒的乐趣，没有人比这个鬼感受更深。佛家说涅槃是极乐，在尘世间奔于生计的俗人怎么能够体会到这种境界呢！"这两种说法，也许就是庄子说的，不同的时候有不同的是非标准，会经常改变吧！

注 释

❶罂（yīng）：指大腹小口的瓶子。

❷縠（hú）：绉纱一类的丝织品。

❸羲、轩：指中国上古神话中的伏羲氏和轩辕氏。

❹极乐：佛经中所指的极乐世界。

❺此亦一是非，彼亦一是非：语出《庄子·齐物论》，字面意思是，这是一种是或非，那也是一种是或非，即是非是相对的，随时会转化。

【原文】

青县①农家少妇，性轻佻，随其夫操作，形影不离；恒相对嬉笑，不避忌人，或夏夜并宿瓜圃中。皆薄其冶荡。然对他人，则面如寒铁；或私挑之，必峻拒。后遇劫盗，身受七刀，犹诟詈，卒不污而死。又皆惊其贞烈。老儒刘君琢曰：

【译文】

沧州青县农村有一个年轻媳妇，她生性轻佻，常跟随她的丈夫到处劳作，与她丈夫形影不离。两人经常相对嬉笑，不避讳旁人。有的时候还在夏夜一起住在瓜圃中。村里的人都批评她妖冶放荡。但是这个农妇面对其他人，非常严肃，面如寒铁。如果有别的男人私下挑逗她，她一定严厉地拒绝。后来遭遇劫盗，她在身上被砍了七刀的情况下，仍然怒骂盗贼，最终为了保全名节而死。老百姓听说此事，又都惊叹于她的贞

"此所谓质美而未学^②也。惟笃于夫妇，故矢死不二。惟不知礼法，故情欲之感，介于仪容；燕昵之私，形于动静。"辛彤甫^③先生曰："程子有言，凡避嫌者，皆中不足。此妇中无他肠，故坦然径行不自疑，此其所以能守死也。彼好立崖岸者，吾见之矣。"先姚安公曰："刘君正论，辛君有激之言也。"后其夫夜守豆田。独宿团焦^④中。忽见妇来，燕婉如平日，曰："冥官以我贞烈，判来生中乙榜，官县令。我念君，不欲往，乞辞官禄为游魂，长得随君。冥官哀我，许之矣。"夫为感泣，誓不他偶。自是昼隐夜来，几二十载。儿童或亦窥见之。此康熙末年事。姚安公能举其姓名居址，今忘矣。

烈。一位老儒刘君琢说："这就是所谓的本质美而未经教化啊。只是因为夫妇感情笃定专一，所以矢志不二。但是她又不知礼法，外表常常显得不够端庄。夫妇之间的私爱，竟然表现得非常明显。"辛彤甫先生说："程颢、程颐先生曾经说，凡是那些避嫌的，都是心里有鬼的。这个农妇内心坦荡，没有别的想法，所以自然流露儿女私情而没有忸怩作态，正是因为内心的正大光明，使得她能够以死明志。至于那些高傲好标榜自己的人，我现在是看到了。"我去世的父亲姚安公说："儒生刘君是秉正之论，辛彤甫先生的话有过激的言辞啊。"后来这个年轻农妇的丈夫夜晚值守豆田，在圆形的草房子中一个人睡觉，忽然见到他的妻子来了，神态安详温顺，和平常一样，她说："冥界的官员因为我的贞烈，判定来世中举乙榜，官至县令。我想着你，不打算去转世，乞求冥官辞去来世官禄，做游魂，能够常伴你的左右，冥官可怜我，同意了。"丈夫感动地哭了，发誓不再另娶。于是这个农妇的鬼魂白天藏起来，晚上来，差不多二十多年。有的儿童也能看见她，这是康熙末年的事情。姚安公曾对我说出她的姓名住址，但现在我忘了。

注　释

❶青县：今属河北省沧州市。

❷质美而未学：朱熹注《论语》之语，指本质虽美却未经教化。

❸辛彤甫：多次出现在《阅微草堂笔记》中，康熙辛丑年（1721）在纪晓岚家担任家庭教师。

❹团焦：圆形的草房子。

【原 文】

扬州罗两峰①，目能视鬼。曰："凡有人处皆有鬼。其横亡厉鬼，多年沈滞者，率在幽房空宅中，是不可近，近则为害。其憧憧往来之鬼，午前阳盛，多在墙阴；午后阴盛，则四散游行，可以穿壁而过，不由门户；遇人则避路，畏阳气也。是随处有之，不为害。"又曰："鬼所聚集，恒在人烟密簇处，僻地旷野，所见殊稀。喜围绕厨灶，似欲近食气。又喜入溷厕，则莫明其故，或取人迹罕到耶？"所画有《鬼趣图》，颇疑其以意造作。中有一鬼，首大于身几十倍，尤似幻妄。然闻先姚安公言：瑶泾②陈公，尝夏夜挂窗卧，

【译 文】

扬州的罗两峰能够看见鬼。他说："只要是有人的地方就都有鬼，那些横死的厉鬼，多年沉沦不得转世，大都在幽房空宅中，这样的鬼是不能接近的，接近就会被他祸害。那些来来往往的奔波之鬼，午前阳盛，多在墙阴处躲着，午后则阴盛，那就四散游行，可以不通过门户穿壁而过，（这些鬼）遇到人就避开，这是因为惧怕阳气。这一类的鬼随处都有，并不害人。"罗两峰又说："鬼所聚集的地方，总是在人烟密集簇拥的地方，在偏远的地方和旷野，所见非常少。他们喜欢围绕着厨房灶台，看着像是要接近食物的气味，又喜欢跑到厕所里去，这一点实在是不知道其中的原因，也许是因为人迹罕至吧。"罗两峰画有《鬼趣图》，我非常怀疑是他臆想创作的。其中有一个鬼，脑袋比身体大几十倍，尤其像是虚幻妄诞。但是听姚安公说，瑶泾陈公，曾经夏夜把纸窗挂起来睡觉，窗广一丈，忽然一张巨大的脸从窗户外窥视，几乎与窗户一样宽，不知道

窗广一丈。忽一巨面窥窗，阔与窗等，不知其身在何处。急掣剑刺其左目，应手而没。对屋一老仆亦见之，云从窗下地中涌出。掘地丈余，无所睹而止。是果有此种鬼矣。茫茫昧昧，吾乌乎质之！

它的身体在何处。陈公急忙拿剑刺他的左眼，手伸出去的时候，巨脸就消失了。对面屋子一个老仆人也看到了，说巨脸是从窗户下面的地里涌出来的。陈公把地挖了数丈，一直到什么都看不到了才停止。这么说是真有这种鬼。茫茫昧昧，无法考证，我又怎么能质疑呢？

注 释

❶罗两峰：即罗聘，字遯夫，号两峰，"扬州八怪"之一，祖籍安徽歙县，后迁入扬州，系金农入室弟子，多与文士交游。

❷瑶泾：村名，应是在河周围自然形成的村落。

【原 文】

乾隆己卯①，余典山西乡试，有二卷皆中式矣。一定四十八名，填草榜②时，同考官万泉吕令瀫，误收其卷于衣箱，竟觅不可得。一定五十三名，填草榜时，阴风灭烛者三四，易他卷乃已。揭榜后，拆视弥封③，失卷者范学敷，灭烛者李腾蛟也。颇疑二生有阴谴。然庚辰④

【译 文】

乾隆己卯年，我主持山西乡试，有两个考生的卷子被选定中式了。一个被定为四十八名，填草榜时，同为考官的万泉吕令瀫，误把他的卷子收到衣箱中，最后竟没有找到。一个被定为五十三名，填草榜时，阴风三四次吹灭了蜡烛，换了别的卷子就没这种事了。榜单公示后，拆开弥封，看到丢失卷子的叫范学敷，风吹灭蜡烛的叫李腾蛟。当时非常怀疑这两个考生遭受了阴间的报应。但是庚辰乡试，这两个考生都考中了，范学敷

乡试，二生皆中式，范仍四十八名，李于辛丑成进士。乃知科名有命，先一年亦不可得，彼营营者何为也耶？即求而得之，亦必其命所应有，虽不求亦得也。

仍是第四十八名，李腾蛟则于辛丑年考中进士。这才知道，科场功名自有命定，早一年也得不到，那些用尽手段追求功名的人又为了什么呢？功名能够求到的，一定是他命中该得到的，即使不去求取也一样能得到。

注 释

❶乾隆己卯：即乾隆二十四年，公元 1759 年。

❷草榜：明清时期科考时，填好名次而无姓名之榜，多用红笔写好字号。

❸弥封：试卷上填写姓名的地方用纸粘上，以防舞弊。

❹庚辰：即乾隆二十五年，公元 1760 年。

【原 文】

先姚安公言：雍正庚戌会试，与雄县汤孝廉同号舍。汤夜半忽见披发女鬼搴帘，手裂其卷，如蛱蝶乱飞。汤素刚正，亦不恐怖，坐而问之曰："前生吾不知，今生则实无害人事。汝胡为来者？"鬼愕眙却立曰："君非四十七号耶？"曰："吾四十九号。"盖前有二空舍，鬼

【译 文】

我去世的父亲姚安公曾经讲了这么一个故事："参加雍正年间庚戌会试时，与雄县汤孝廉同一个号舍。汤孝廉半夜忽然见到披发女鬼掀起帘子走进来，用手撕裂了他的考卷，碎片像蝴蝶一样乱飞。汤孝廉平素非常刚正，也不觉得恐怖，坐着问鬼道："上辈子的事情，我不清楚，今生我肯定没有做伤天害理的事情。你为什么要来找我？"鬼惊讶地看着他，站在一旁说："您不是四十七号号舍的考生吗？"汤孝廉答道："我是四十九

除之未数也。谛视良久，作礼谢罪而去。斯须间，四十七号喧呼某甲中恶矣。此鬼殊愦愦，汤君可谓无妄之灾。幸其心无愧怍，故仓卒间敢与诘辩，仅裂一卷耳，否亦殆哉。

号。"大概是前面有两个空的号舍，鬼把它们除去未算。仔细地看了半天，鬼作礼赔罪拜别而去。须臾，四十七号号舍喧闹号呼，某人被鬼祟了。这个鬼实在是太糊涂，汤孝廉可以说是无妄之灾。幸亏他内心没有愧怍之事，所以仓促间敢于质问鬼，与鬼辩诘，仅仅是被撕了一张卷子，不然肯定丧命了。

【原　文】

顾员外德懋，自言为东岳冥官，余弗深信也。然其言则有理。曩①在裘文达公②家，尝谓余曰："冥司重贞妇，而亦有差等：或以儿女之爱，或以田宅之丰，有所系恋而弗去者，下也；不免情欲之萌，而能以礼义自克者，次也；心如枯井，波澜不生，富贵亦不睹，饥寒亦不知，利害亦不计者，斯为上矣。如是者千百不得一，得一则鬼神为起敬。一日，喧传节妇至，冥王改容，冥官皆振衣伫迓。见一老妇儡然③

【译　文】

顾员外，名字叫德懋，说他自己是东岳的冥官，我不怎么相信。但他说的话却有些道理。以前在裘文达公家，他曾经对我说："地府里很看重贞妇烈女，但也分等级：有的因为牵挂孩子，有的因公婆家田产丰厚，有所留恋而不改嫁的，为下等；那些萌动情欲而能以礼义克制自己的，是中等；那些心如枯井，没有情绪的变化，不向往富贵，饥饿寒冷也无所谓，也不计较利害的，这是上等。这样的人在千百个人中也找不到一个，如果找到这样一个人，鬼神也要尊敬她。有一天，冥司闹哄哄地传说节妇到了，阎王神情严肃，阴官们都抖抖衣服站起来迎接。只见一位老妇人有些疲惫地走来，她的脚步越走越高，好像脚下踩着台阶。等到了阎王殿，最后竟是

来，其行步步渐高，如蹑阶级。比到，则竟从殿脊上过，莫知所适。冥王怃然曰：'此已升天，不在吾鬼箓中矣。'"又曰："贤臣亦三等：畏法度者为下；爱名节者为次；乃心王室，但知国计民生，不知祸福毁誉者为上。"又曰："冥司恶躁竞，谓种种恶业，从此而生，故多困踬④之，使得不偿失。人心愈巧，则鬼神之机亦愈巧。然不甚重隐逸，谓天地生才，原期于世事有补。人人为巢、许⑤，则至今洪水横流，并挂瓢饮犊之地，亦不可得矣。"又曰："阴律如《春秋》责备贤者，而与人为善。君子偏执害事，亦录以为过。小人有一事利人，亦必予以小善报。世人未明此义，故多疑因果或爽耳。"

从殿顶上走过去，不知要去哪儿。阎王若有所失地说：'这位老妇人已经升天，不在我们鬼界的名录中了。'"顾德懋又说："贤臣也分三等：害怕法度的是下等；爱惜名誉的是中等；忠心于朝廷，只知国计民生大事，不计较祸福毁誉的为上等。"他还说："地府厌恶追求名利躁动不安的行径，认为种种罪孽都是因此而产生的，所以往往让这种人不顺利，叫他得不偿失。人心越是奸诈，鬼神对付他们的机心也就随着更加巧妙。但是地府不怎么看重隐士，认为天地造才，本来是希望这种人对世事有所补益。如果人人都去当巢父、许由，那么直到现在，这个世界仍然是洪水泛滥，连挂瓢的树、让牛犊饮水的地方也不会有了。"又说："阴间的法度像《春秋》求全责备贤者一样，但是善意地对待他人。君子由于过分的固执妨碍了事情，也会作为过失被记录下来。即使小人做一件有利于别人的事，也一定会给他一些小的善报。世上的人不明白这个道理，故常常怀疑报应并不是那么灵验。"

注　释

❶ 曩（nǎng）：以往，从前。

❷裘文达公：即裘曰修，字叔度，江西人，清代文学家、水利专家，乾隆四年（1739）中进士，后入值军机处，奉命平定准噶尔叛乱，疏通河道，在治理水患方面颇有成绩。

❸儽（léi）然：疲惫或颓丧的样子。

❹困踬（zhì）：指事情不顺利，处于困境。

❺巢、许：巢父、许由（又作繇），历史上两位隐士。传说尧禅让帝位，这两位隐士不接受。许由不想再听尧的劝说，便跑到水边去洗耳，死后葬于箕山。巢父比许由更决绝，觉得许由洗耳污染了牛犊的饮水，牵着牛犊往上游走去。事见皇甫谧的《高士传》，也有人说巢父和许由是同一个人。

【原文】

族叔槐庵①言：肃宁②有塾师，讲程朱之学。一日，有游僧乞食于塾外，木鱼琅琅，自辰逮午不肯息。塾师厌之，自出叱使去，且曰："尔本异端，愚民或受尔惑耳。此地皆圣贤之徒，尔何必作妄想？"僧作礼曰："佛之流而募衣食，犹儒之流而求富贵也，同一失其本来，先生何必定相苦？"塾师怒，自击以夏楚③。僧振衣起曰："太恶作剧！"遗布囊于地而去。意必复来，暮竟不至。

【译文】

我的族叔槐庵说：河北肃宁有个私塾先生，讲授程朱理学。一天，有行脚僧在私塾外乞食，敲木鱼的声音琅琅而至，自辰时至午时都不停息。私塾先生非常讨厌他，从里面出来叱骂他让他离开，边轰边说："你本来就是个异端，无知的民众有的受到你们的迷惑罢了。我这个地方都是与圣贤为伍的人，你何必妄想在我们这里乞食呢？"僧人作礼回答说："我们这些僧人乞求衣食，和你们儒家求功名富贵本质是一样的。（你这样驱赶我）丧失了人的本性，您何必这样为难我呢？"私塾先生听完非常生气，用棍棒殴打僧人。僧人抖抖衣服站起来，说："太恶作剧了！"留在地上一个布口袋之后离开了。私塾先生认为这个僧人一定会再回来拿这个布口袋，但是到了天

扪之，所贮皆散钱，诸弟子欲探取。塾师曰："俟其久而不来，再为计，然须数明，庶不争。"甫启囊，则群蜂坌涌，塾师弟面目尽肿，号呼扑救，邻里咸惊问。僧忽排闼④入，曰："圣贤乃谋匿人财耶？"提囊径行。临出，合掌向塾师曰："异端偶触忤圣贤，幸见恕！"观者粲然。或曰："幻术也。"或曰："塾师好辟佛，见僧辄诋。僧故置蜂于囊以戏之。"粲庵曰："此事余目击，如先置多蜂于囊，必有蠕动之状见于囊外，尔时殊未睹也。云幻术者为差近。"

很晚的时候也没有回来。摸摸这个布口袋，里面都是僧人攒下的散钱，学生们想打开口袋掏钱。私塾先生说："等他再过一段时间不来，再作打算，但是得数清楚这些钱再分，省得争抢。"刚刚打开布口袋，群蜂一块涌出，蜇得塾师和弟子们的脸肿得老高，号叫着扑打群蜂自救，邻居都被惊动了，纷纷看看询问是怎么回事。行脚僧突然推门而入说："圣贤怎么想着藏匿他人的钱财？"把布口袋拿起来，扬长而去。临走之时，向着私塾先生合掌作礼说："我这个异端偶然忤逆了圣贤，还望原谅。"围观的人都笑了。有的人说这是僧人使的幻术。有的说："这个私塾先生一向排斥佛教佛理，见到僧人就恶声恶气的，所以这个僧人故意把蜂放进布口袋内戏弄他。"粲庵说："我亲眼见到了这件事，如果先把大量的蜂放到口袋里，一定会在外面看到群蜂蠕动的情况，但那个时候一点也看不出蠕动的样子。说幻术比较接近事情真相。"

注 释

❶粲（mù）庵：曾经跟纪晓岚读经书，乾隆二十一年（1756）乡试中举，是纪晓岚同族的叔叔。

❷肃宁：县名，今属河北省沧州市。

❸夏楚：用以惩戒用的棍棒。

❹排闼（tà）：推门而入。

【原 文】

于氏，肃宁旧族也。魏忠贤窃柄时，视王侯将相如土苴①。顾以生长肃宁，耳濡目染，望于氏如王谢，为侄求婚，非得于氏女不可。适于氏少子赴乡试，乃置酒强邀至家，面与议。于生念：许之，则祸在后日；不许，则祸在目前。猝不能决，托言父在难自专。忠贤曰："此易耳。君速作札，我能即致太翁也。"是夕，于翁梦其亡父，督课如平日，命以二题：一为"孔子曰诺"②，一为"归洁其身而已矣"③。方构思，忽叩门惊醒。得子书，恍然顿悟。因覆书许姻，而附言病颇棘，促子速归。肃宁去京四百余里，比信返，天甫微明，演剧犹未散。于生匆匆束装，途中官吏迎候者已供帐相属。抵家后，父子俱称疾不出。是岁为天启甲

【译 文】

于氏，是肃宁以前的大户人家。明朝魏忠贤僭越掌握国家大权时，在他眼里，王侯将相也算不得什么。魏忠贤之前在肃宁长大，耳濡目染，看待于家就像东晋时王谢一样的名门望族，替他的侄子求婚，一定要娶于家的女儿。那时正好赶上于家的小儿子参加乡试，于是置办酒席强行邀请于家的小儿子来赴宴，当面提亲。于生想：同意的话，以后一定会有祸端，如果不同意，现在就会有祸端。一时不能决定该怎么办，找了个托词，说父亲在世不能擅自做主。魏忠贤说："这还不简单，您赶紧写封信，我马上就交到太翁手里。"当天晚上，于家老爷梦见他去世的父亲，像平常一样检查他的功课，出了两道题，让他回答，一道是"孔子曰诺"，一道是"归洁其身而已矣"。他正在梦中构思如何回答这两道题，忽然听见有人敲门的声音，惊醒了。原来是儿子送来的信，一看内容，恍然大悟自己做的这个梦。于是回信表示同意嫁女儿，但是附言说自己病得非常重，催促儿子赶紧回家。肃宁距离京城有四百余里，等于家老爷回信到的时候，天刚微微亮，彻夜演戏的还没有散场。于生匆匆收拾好行李赶紧回家，途中相继遇到迎接自己的官吏，都已经安排好住处等事宜。到了家

子④。越三载而忠贤败，竟免于难。事定后，于翁坐小车，遍游郊外，曰："吾三载杜门，仅博得此日看花饮酒，岌乎危哉！"于生濒行时，忠贤授以小像，曰："先使新妇识我面。"于氏于余家为表戚，余儿时尚见此轴，貌修伟而秀削，面白色隐赤，两颧微露，颊微狭，目光如醉，卧蚕以上，赭石薄晕如微肿。衣绯红。座旁几上，露列金印九⑤。

后，于家父子都说自己得了病，不方便出门。这是发生在明朝天启四年的事情。三年后，魏忠贤倒台，于家最终没有被牵连。等一切安定后，于老爷坐着小车，遍游郊外。说："我闭门不出整三年，才获得今天看花饮酒的机会，真是太危险了啊！"于家的小儿子临从京城回家时，魏忠贤画了自己的一幅小像叫他带上，说："先让新媳妇认识一下我的面貌。"于家跟我们家是表亲，我小时候还看到过这幅画像，身体修伟而瘦削，脸色白里透红，两边的颧骨稍显突出，脸颊瘦长，目光像喝醉了一般迷离，眼睛以上，用赭石薄薄地画了一层晕，像眼睛微微肿了一样。穿着绯红色的衣服，坐在旁边的几案上，排列着九方金印。

注 释

❶ 土苴：渣滓的意思，引申为轻视。

❷ 孔子曰诺：选自《论语·阳货》。

❸ 归洁其身而已矣：选自《孟子·万章上》。

❹ 天启甲子：即天启四年，公元 1624 年。

❺ 金印九：金印是皇帝或重臣权力的象征，魏忠贤有九方金印，可见其势力之大。

【原 文】

先姚安公有仆，貌谨厚而

【译 文】

姚安公有个仆人，外表厚道老实，

最有心计。一日，乘主人急需，饰词邀勒，得赢数十金。其妇亦悻悻自好，若不可犯；而阴有外遇，久欲与所欢逃，苦无资斧。既得此金，即盗之同遁。越十余日捕获，夫妇之奸乃并败。余兄弟甚快之。姚安公曰："此事何巧相牵引，一至于斯？殆有鬼神颠倒其间也。夫鬼神之颠倒，岂徒博人一快哉！凡以示戒云尔。故遇此种事，当生警惕心，不可生欢喜心。甲与乙为友，甲居下口，乙居泊镇，相距三十里。乙妻以事过甲家，甲醉以酒而留之宿。乙心知之，不能言也，反致谢焉。甲妻渡河覆舟，随急流至乙门前，为人所拯。乙识而扶归，亦醉以酒而留之宿。甲心知之，不能言也，亦反致谢焉。其邻媪阴知之，合掌诵佛曰：'有是哉！吾知惧矣。'其子方佐人诬讼，急自往呼之归。汝曹如此媪可也。"

实际最有心计。一天，他趁主人有急事要办，巧言令色骗了几十两银子。他的妻子也整天洋洋得意自视甚高，一副凛然不可侵犯的样子，暗地里却有外遇。早有跟相好私奔的想法，苦于没有路费。家里有了这笔钱，就偷了银子跟情夫逃走了。十多天以后，两人被抓获，仆人夫妇二人做的坏事一起败露了。我们兄弟几个觉得很痛快。姚安公说："两事互相牵连，怎么这么巧！可能有鬼神在其中安排运作。神秘的力量让事情转换结局，难道仅仅是为了让人开心吗！这都是给人警示罢了。所以遇到这种事应当生警惕心，不应该只生欢喜心。甲和乙是朋友，甲住下口，乙住泊镇，相距三十里。乙的妻子有事到甲家拜访，甲把她灌醉了留她住了一夜。乙知道了却说不出口，反而向甲表示谢意。甲的妻子渡河翻了船，被急流冲到乙的门前，被人救上了岸。乙认出是甲妻，扶回自己家后，也用酒灌醉她留下住了一夜。甲心里知道却说不出口，也反而表示谢意。邻居老太太暗中知道了这件事，合掌念经道：'有这种事啊，我可知道害怕啦。'她的儿子正帮人作伪证打官司，她急忙亲自赶过去把儿子叫了回来。你们能做到老太太这一步，就可以了。"

卷　三

【原文】

乌鲁木齐关帝祠有马，市贾所施以供神者也。尝自啮草山林中，不归皂枥①。每至朔望②祭神，必昧爽③先立祠门外，屹如泥塑。所立之地，不失尺寸。遇月小建④，其来亦不失期。祭毕，仍莫知所往。余谓道士先引至祠外，神其说耳。庚寅⑤二月朔，余到祠稍早，实见其由雪碛⑥缓步而来，弭耳⑦竟立祠门外。雪中绝无人迹，是亦奇矣。

【译文】

乌鲁木齐关帝祠有一匹马，是市场上的商人布施给祠里供神用的。这匹马曾经自己到山林里吃草，而不回马厩。每当初一、十五祭神，黎明前马必定先回到祠门前，屹立着像泥塑一样。每次都站在一个地方，分毫不差。即使遇到农历的小月份，它也没有错过初一、十五这两个日子。祭神完毕，又没有人知道它去了哪里。我原来以为是道士在祭神前，先把马牵到了祠门外，故意神化马的行为罢了。乾隆庚寅年二月初一，我到关帝祠的时候稍微早了些，真的看见那匹马踏着雪沙缓步走来，恭顺地垂下耳朵站在祠门外。雪地上绝对没有人的脚印，这也是够奇怪的了。

注释

❶皂枥：马厩，养马的地方，也作皂历。

❷朔望：朔日与望日，即农历每月初一和十五。

❸昧爽：拂晓，黎明。昧，暗、不明。

❹小建：农历的小月，一月29天。大建，一月30天。

⑤庚寅：乾隆三十五年（1770）。

⑥碛（qì）：浅水中的沙石。

⑦弭（mǐ）耳：犹帖耳，指安顺貌。

【原　文】

淮镇在献县东五十五里，即《金史》所谓槐家镇也。有马氏者，家忽见变异，夜中或抛掷瓦石，或鬼声呜呜，或无人处突火出，嬲①岁余不止。祷禳②亦无验，乃买宅迁居。有赁居者，嬲如故，不久亦他徙。以是无人敢再问。有老儒不信其事，以贱价得之。卜日迁居，竟寂然无他，颇谓其德能胜妖。既而有猾盗登门与诟争，始知宅之变异，皆老儒贿盗夜为之，非真魅也。先姚安公曰："魅亦不过变幻耳，老儒之变幻如是，即谓之真魅可矣。"

【译　文】

淮镇在献县东五十五里，也就是《金史》中所说的槐家镇。有一家姓马的，家里忽然出现了异常的情况。夜里，有时被抛掷石块，有时呜呜鬼叫，有时在无人处突然着火，这种骚扰行为持续了一年多还不停止。祷禳都不起作用，只能另外买房子迁走。有租这个房子的人，依然被骚扰戏弄，不久只好搬到别处去了。因为无人再敢问津这个房子。有一位老儒，不相信这件事情，以很便宜的价格买了这间宅子。掐算了日子搬了进来，竟然非常安静，没有什么奇怪的事情发生。人们都说，老儒的德行高，能够战胜妖气。这样不久之后，有狡猾的盗贼登门和老儒争吵，才知道之前宅子里出现的种种异常情况，都是老儒贿赂盗贼，一到晚上就来装神弄鬼，并非真的有鬼怪。姚安公说："鬼魅也不过是一种幻象罢了，老儒的花招如此之多，可以说是真的鬼怪啊！

注 释

❶嬲（niǎo）：戏弄。

❷禳（ráng）：乞求消除灾难。

【原 文】

己卯七月，姚安公在苑家口遇一僧，合掌作礼曰："相别七十三年矣，相见不一斋乎？"适旅舍所卖皆素食，因与共饭。问其年，解囊出一度牒①，乃前明成化二年所给。问："师传此几代矣？"遽收之囊中，曰："公疑我，我不必再言。"食未毕而去，竟莫测其真伪。尝举以戒昀曰："士大夫好奇，往往为此辈所累。即真仙真佛，吾宁交臂失之。"

【译 文】

己卯七月，姚安公在苑家口遇到一个僧人，合掌作礼说："（我们）相别已经七十三年了，今天得以相见，难道不一起吃顿斋饭吗？"正好旅店所卖的食物都是素食，于是姚安公和这个僧人一起吃饭。姚安公问僧人的年纪，他解开口袋拿出一份度牒，是明成化二年（1466）所颁发。姚安公问道："师父这份度牒传到您这里是第几代了？"僧人立刻把度牒收入口袋中，说："您怀疑我，我也不必再说什么了。"饭也没有吃完，就走了，终究没能检测其真假。姚安公曾经举这个例子警示我说："士大夫喜欢奇异的事情，往往被这些人骗，即使是真仙真佛，我宁愿与他们失之交臂。"

注 释

❶度牒：即度僧牒，古代僧尼受戒的凭证，有度牒的僧尼可以免除赋税和徭役。

【原 文】

丁亥春，余携家至京师。因虎坊桥旧宅未赎，权住钱香树①先生空宅中。云楼上亦有狐居，但扃锁杂物，人不轻上。余戏粘一诗于壁曰："草草移家偶遇君，一楼上下且平分。耽诗自是书生癖，彻夜吟哦莫厌闻。"一日，姬人启锁取物，急呼怪事。余走视之，则地板尘上，满画荷花，茎叶苕亭②，具有笔致。因以纸笔置几上，又粘一诗于壁曰："仙人果是好楼居，文采风流我不如。新得吴笺三十幅，可能一一画芙蕖？"越数日启视，竟不举笔。以告裘文达公，公笑曰："钱香树家狐，固应稍雅。"

【译 文】

乾隆丁亥年（1767）春天，我带着家眷到京师，因为以前在虎坊桥的老房子没有赎回（导致没有地方住），只能暂时借住在钱香树先生的空宅中。说是楼上有狐仙居住，只因盛放杂物而锁门，人不随便上去。我开玩笑地在墙壁上粘贴了一首诗："草草移家偶遇君，一楼上下且平分。耽诗自是书生癖，彻夜吟哦莫厌闻。"一天，侍女打开门取东西，急着喊怪事。我跑过去看，原来是地板的尘土之上，画满了荷花，花的茎叶萌芽，颇有意趣。于是把纸笔放到几案上，又在墙壁上贴了一首诗："仙人果是好楼居，文采风流我不如。新得吴笺三十幅，可能一一画芙蕖？"过了几天打开门看，最终也没有动笔。把这件事情告诉了裘文达公，他笑着说："钱香树家的狐仙，本来就应该雅致一些。"

注 释

❶钱香树：即钱陈群（1686—1774），字主敬，号香树。浙江嘉兴人，清康熙六十年（1721）中进士，后官至刑部侍郎，谥文端。

❷苕：多音字，一为 tiáo，一为 sháo，文中读 tiáo，意为萌芽冒头的意思。

【原文】

史松涛先生，讳茂，华州人，官至太常寺卿，与先姚安公为契友。余十四五时，忆其与先姚安公谈一事曰：某公尝棰杀一干仆，后附一痴婢，与某公辩曰："奴舞弊当死。然主人杀奴，奴实不甘。主人高爵厚禄，不过于奴之受恩乎？卖官鬻爵，积金至巨万，不过于奴之受赂乎？某事某事，颠倒是非，出入生死，不过于奴之窃弄权柄乎？主人可负国，奈何责奴负主人？主人杀奴，奴实不甘。"某公怒而击之仆，犹呜呜不已。后某公亦不令终。因叹曰："吾曹断断不至是。然旅进旅退，坐食俸钱，而每责僮婢不事事，毋乃亦腹诽矣乎！"

【译文】

史松涛先生，名讳"茂"，是华州人，做官至太常寺卿，与姚安公是非常好的朋友。我十四五岁的时候，想起来他跟姚安公谈到的一件事，说：某公曾经击杀了一个能干的仆人，后来这个仆人附身到一个傻女奴身上，与某公争辩道："奴才舞弊甘当死罪，但是主人击杀了我，我实在心有不甘。主人您的高官厚禄，所受到的恩惠不是早超过了我吗？卖官鬻爵，钱财积累至巨万，所得赃款不是早超过了我吗？某件事某件事，黑白颠倒，视人命如草芥，你私下捣弄权术不是更加超过我了吗？主人背弃了国家，为何责备奴才背弃主人？主人杀了我，我实在不甘心。"某公发怒，又来击打仆人的鬼魂，鬼魂还在呜呜叫冤不止。后来某公也没有得到善终。史先生长叹道："我们这些人一定不会像这位某公这样。但是看人家进我们就进，人家退我们就退，坐享俸禄，却常常责备童仆女奴无所事事，他们是不是也会在心中暗暗讥笑责备我们呢？"

【原文】

制府唐公执玉，尝勘

【译文】

唐执玉制府，曾经判定一个杀人案，已

一杀人案，狱具矣。一夜秉烛独坐，忽微闻泣声，似渐近窗户。命小婢出视，嗷①然而仆。公自启帘，则一鬼浴血跪阶下。厉声叱之，稽颡②曰："杀我者某，县官乃误坐某。仇不雪，目不瞑也。"公曰："知之矣。"鬼乃去。翌日，自提讯。众供死者衣履，与所见合，信益坚，竟如鬼言改坐某。问官申辩百端，终以为南山可移，此案不动。其幕友疑有他故，微叩公。始具言始末，亦无如之何。一夕，幕友请见，曰："鬼从何来？"曰："自至阶下。""鬼从何去？"曰："欻③然越墙去。"幕友曰："凡鬼有形而无质，去当奄然而隐，不当越墙。"因即越墙处寻视，虽甃④瓦不裂，而新雨之后，数重屋上皆隐隐有泥迹，直至外垣而下。指以示公曰："此必囚贿捷盗所为也。"

经定案了。一天晚上，点着蜡烛独自坐着，忽然隐隐听到哭泣的声音，似乎离窗户越来越近。招呼婢女出去看看是怎么回事，小婢出去一看，惊恐地大叫着倒地。唐公只好亲自掀帘子出来看，发现是一个鬼，浑身是血地跪在台阶下，一直磕头。唐公厉声斥骂鬼，鬼磕头说："杀我的是谁谁，县官误判抓了另一个人。我的仇并没有报，不能瞑目，所以来找您。"唐公说："知道了。"鬼于是离开了。第二天，亲自提讯此案。涉案人员供说死者的衣服穿戴，与唐公所见之鬼穿戴一致，唐公于是更加相信原审错误，最终将鬼所说的真凶判罪。审讯官千方百计地争辩原判无错，但是唐公始终认为即使移动南山，此案也要改判。其中一位幕僚觉得肯定有其他的原因，就悄悄地问唐公，唐公才把遇鬼之事和盘托出，表示也没什么办法。一天晚上，幕僚求见唐公，说："鬼从哪里来的？"回答说："自己到了台阶下。""鬼从哪里走的呢？"回答说："突然间翻墙而去。"这个幕僚说："凡是鬼有形而无质，去的时候应该是悄然而隐，不应该是翻墙走。"于是马上到墙附近去仔细查看，虽然屋檐上的瓦并没有人踩过的痕迹，当时刚刚下过雨，依然可以看到屋顶上隐隐有泥的痕迹，一直到外墙下面。幕僚指着这些痕迹对唐公说："这一定是囚犯贿赂轻捷的盗贼所做的事情。"唐公沉思半天，恍然大悟，于

公沈思恍然，仍从原谳。讳其事，亦不复深求。

是维持案子的原判。对于这件事讳莫如深，不再追查了。

【原文】

　　景城南有破寺，四无居人，惟一僧携二弟子司香火。皆蠢蠢如村佣，见人不能为礼。然谲诈殊甚，阴①市②松脂炼为末，夜以纸卷燃火撒空中，焰光四射。望见趋问，则师弟键户酣寝，皆曰不知。又阴市戏场佛衣，作菩萨罗汉形，月夜或立屋脊，或隐映寺门树下。望见趋问，亦云无睹。或举所见语之，则合掌曰："佛在

【译文】

　　景城南边有一座破败的寺庙，无人居住，只有一位僧人带着两个弟子掌管香火。这些人都蠢笨如村里的雇工，见到人都会施礼问好。但是他们非常狡诈，暗地里购买松脂，烧炼成粉末，夜晚用纸卷着松脂粉末燃烧撒向空中，焰光四射。有人看见了，就跑到寺庙里问是怎么回事，僧人和徒弟关着门正香甜地睡大觉，都说不知道是怎么回事。又暗地里买来唱戏时用的佛衣服装，假扮菩萨罗汉的样子，月夜有时立在屋脊之上，有时隐藏在寺门树下。又有人看见了，跑来问，师徒还是说从没有见过。有的人就把看到佛光、佛祖的事情告诉他们，他们合掌说："佛祖在西天，到这个破败的寺院干什

西天，到此破落寺院何为？官司方禁白莲教，与公无仇，何必造此语祸我？"人益信为佛示现，檀施③日多。然寺日颓敝，不肯葺一瓦一椽，曰："此方人喜作蜚语，每言此寺多怪异。再一庄严，惑众者益借口矣。"积十余年，渐致富。忽盗瞰其室，师弟并拷死，罄④其资去。官检所遗囊箧⑤，得松脂、戏衣之类，始悟其奸。此前明崇祯末事。先高祖厚斋公曰："此僧以不蛊惑为蛊惑，亦至巧矣。然蛊惑所得，适以自戕，虽谓之至拙可也。"

么？政府正在禁止白莲教，我们与您无仇无怨，何必捏造这样的话祸害我们？"（听他们这样说，）老百姓更加笃信是佛祖显灵，布施多日。但是佛寺一天一天地破败下去，他们却不肯修葺一砖一瓦。师父说："这个地方的人喜欢造流言蜚语，总是说这个寺庙有很多怪现象，如果再重新修葺，使得寺庙更加庄严，那些胡言惑众的人就更有借口了。"这样积累了十多年以后，渐渐变得富裕了。突然有一次有盗贼入室偷盗，把师父、徒弟一并拷问打死，卷走了他们所有的钱财。官方检查遗留下来的口袋、箱子等，搜到了松脂、戏曲服装之类的东西，这才知道以前的种种异象都是师徒自己造出来的，他们才是最狡诈的人。这是明朝崇祯末年的事情。已经去世的高祖厚斋公曾说："这个僧人表面上不蛊惑别人，实际对人是最深的蛊惑，也是非常费心思了。但是恰恰是因为蛊惑所得的钱财，导致了自己被杀，这样可以说是最笨了吧。"

注 释

❶阴：暗地里。

❷市：购买。

❸檀施：布施、施主的意思。

❹罄（qìng）：全部拿出。

❺箧（qiè）：小箱子。

【原　文】

先太夫人乳媪廖氏言：沧州马落坡，有妇以卖面为业，得余面以养姑。贫不能畜驴，恒自转磨，夜夜彻四鼓。姑殁后，上墓归，遇二少女于路，迎而笑曰："同住二十余年，颇相识否？"妇错愕不知所对。二女曰："嫂勿讶，我姊妹皆狐也。感嫂孝心，每夜助嫂转磨。不意为上帝所嘉，缘是功行，得证正果。今嫂养姑事毕，我姊妹亦登仙去矣。敬来道别，并谢提携也。"言讫，其去如风，转瞬已不见。妇归，再转其磨，则力几不胜，非宿昔之旋运自如矣。

【译　文】

我家太夫人已经去世了，她的奶妈廖氏说了个故事：在沧州马落坡这个地方，有一个妇女靠卖面生活，有剩下的面来养活自己的婆婆。家里太贫穷，养不起驴，总是自己推着沉重的石磨，每天夜里都要推磨推到四更天。婆婆去世后，有次上坟回来，在路上遇到两个年轻的女孩子，笑着迎接她，问道："我们同住了二十多年，是不是非常熟悉呢？"这个妇女非常惊讶，不知如何回答。这两个女孩子说："嫂子不要惊讶，我们姐妹都是狐仙。您的孝心感动了我们，每天夜里帮助您推石磨。没想到被天帝嘉奖了，因为这个功德，修成了正果。现在嫂子奉养婆婆的任务完成了，我们姐妹也成仙去啦。特地来向您道别，并谢谢您的帮助。"说完，像风一样消失，转眼就不见了。妇女回到家里，再推原来的石磨，感觉凭自己的力量根本推不动，不像以前那样推转自如。

【原　文】

乌鲁木齐，译言好围场也。余在是地时，有笔帖式①名"乌鲁木齐"。计

【译　文】

乌鲁木齐，翻译成汉语就是"好围场"的意思。我在这个地方时，有个笔帖式，名叫"乌鲁木齐"。估计起这个名字的时

其命名之日，在平定西域前二十余年。自言初生时，父梦其祖语曰："尔所生子，当名乌鲁木齐。"并指画其字以示。觉而不省为何语，然梦甚了了，姑以名之。不意今果至此，意将终此乎？后迁印房主事，果卒于官。计其自从征至卒，始终未尝离是地。事皆前定，岂不信夫。

候，应该是在平定西域前二十多年。乌鲁木齐说他刚出生时，父亲梦见祖父对他说："你的儿子应该叫乌鲁木齐。"并用指头画出这几个字给他父亲看。他父亲醒来后不明白祖父为何对他说这些话，但是梦境却记得清清楚楚，就姑且给儿子起了这个名字。不料他今天果然到了乌鲁木齐，难道这个梦的意思是要他终老在此地吗？乌鲁木齐后来升任印房主事，果然死在官职上。自从他从军来这里到死去，始终也没离开过这儿。事情都是前定的，这种说法难道不是确定的吗！

注 释

❶笔帖式：翻译满汉文书的官员。

【原 文】

乌鲁木齐又言：有厮养①曰巴拉，从征时，遇贼每力战。后流矢贯左颊，镞②出于右耳之后，犹奋刀斫一贼，与之俱仆。后因事至孤穆第，（在乌鲁木齐、特纳格尔③之间。）梦巴拉拜谒，衣冠修整，颇不类贱

【译 文】

乌鲁木齐又说：有个杂役叫巴拉，从军出征时，每次遇到敌人都奋力作战。后来在一次战斗中，流箭穿过他的左颊，箭头从右耳后透出来，在这样的情况下，他还奋力砍中一个敌人，两人一起倒下了。后来乌鲁木齐到孤穆第办事，（孤穆第是在乌鲁木齐、特纳格尔之间的一个地方。）梦见巴拉来拜见，他衣冠齐整，一点儿不像地位低下的杂役。乌鲁木齐在梦

役。梦中忘其已死，问："向在何处，今将何往？"对曰："因差遣过此，偶遇主人，一展积恋耳。"问："何以得官？"曰："忠孝节义，上帝所重。凡为国捐生者，虽下至仆隶，生前苟无过恶，幽冥必与一职事；原有过恶者，亦消除前罪，向人道转生。奴今为博克达山④神部将，秩如骁骑校也。"问："何往？"曰："昌吉。"问："何事？"曰："赍⑤有文牒，不能知也。"霍然而醒，语音似犹在耳。时戊子六月，至八月十六日而有昌吉变乱之事⑥，鬼盖不敢预泄云。

里忘了他已经死了，问："你这么久在什么地方，如今要上哪儿去？"巴拉说："奉命出去办事路过这儿，偶然遇到了主人，特意来跟您说说长久怀念的情意。"乌鲁木齐问他："怎么当了官？"他说："天帝很看重忠孝节义。凡是为国捐躯的人，即便是地位卑贱的仆从奴隶，假如生前没有做过坏事，阴间里必给他一份差事；那些生前做过坏事的，为国捐躯的义举也可以抵偿所犯之罪，转世人间。奴才现在任博克达山神的部将，与骁骑校的官阶是一样的。"乌鲁木齐又问他："到哪儿去？"巴拉回答说："昌吉。"问："去办什么事？"回答说："我身上带着文书，不能知道里面写着什么。"乌鲁木齐猛然醒过来，巴拉的话音似乎还在耳旁。这时是乾隆戊子年六月。到了八月十六日就发生了昌吉变乱，大概是鬼不敢事先泄露这个消息。

注释

❶厮养：负责砍柴做饭、做粗杂活的男杂役。

❷镞（zú）：箭头。

❸特纳格尔：今属新疆昌吉回族自治州阜康市。

❹博克达山：即博格达山，又称"雪山""雪海"等。"博格达"蒙古语意为神灵，故称。清代乾隆帝赐名"福寿山"，清政府每年春秋由迪化最高长官率

领文武官员遥祭。

❺赍（jī）：带着。

❻昌吉变乱之事：指的是乾隆戊子年（1768）的昌吉叛乱，事先没有任何征兆，缘于屯官迫害屯民，激起民变。后经乌鲁木齐派兵平叛成功。

【原文】

郭六，淮镇农家妇，不知其夫氏郭父氏郭也，相传呼为郭六云尔。雍正甲辰、乙巳①间，岁大饥。其夫度不得活，出而乞食于四方。濒行，对之稽颡曰："父母皆老病，吾以累汝矣。"妇故有姿，里少年瞰其乏食，以金钱挑之，皆不应，惟以女工养翁姑。既而必不能赡，则集邻里叩首曰："我夫以父母托我，今力竭矣，不别作计，当俱死。邻里能助我，则乞助我；不能助我，则我且卖花，毋笑我。"（里语以妇女倚门为卖花。）邻里趑趄②嗫嚅，徐散去。乃恸哭白翁姑。公然与诸荡子

【译文】

郭六，是淮镇的一位农妇，不知道到底是她的丈夫姓郭还是父亲姓郭，大家人云亦云地就都叫她郭六。雍正甲辰、乙巳年间，发生了严重的饥荒。郭六的丈夫觉得活不下去了，只能离开家乡四处去要饭。临走的时候，他对着郭六磕头说："父母都又老又病，让你受累照顾了。"郭六本来就长得很漂亮，村里有少年看到她缺吃少穿，想用金钱引诱她，郭六全不理睬他们。只是做针线活来赡养公婆。这样过了一段时间后，光靠针线活根本养活不了老人，于是召集邻居，对着他们磕头说："我的丈夫把父母托付给我，现在我已经竭尽全力了，如果不想别的办法，我和老人都得饿死。各位高邻能帮助我，那么就乞求大家帮助我，如果不能帮助我，我目前只能靠卖花才能活下去，邻居们不要笑话我。"（卖花是淮镇的俗语，意思是妇女倚门卖笑。）邻居们都吞吞吐吐，欲言又止，慢慢地都散去了。郭六只能痛哭着告诉了公婆自己的打算。此后，她公然周旋于浪荡子之间。

游。阴蓄夜合之资，又置一女子，然防闲甚严，不使外人觌其面。或曰，是将邀重价。亦不辩也。越三载余，其夫归，寒温甫毕，即与见翁姑，曰："父母并在，今还汝。"又引所置女见其夫曰："我身已污，不能忍耻再对汝。已为汝别娶一妇，今亦付汝。"夫骇愕未答，则曰："且为汝办餐。"已往厨下自刭矣。县令来验，目炯炯不瞑。县令判葬于祖茔，而不祔[③]夫墓，曰："不祔墓，宜绝于夫也；葬于祖茔，明其未绝于翁姑也。"目仍不瞑。其翁姑哀号曰："是本贞妇，以我二人故至此也。子不能养父母，反绝代养父母者耶？况身为男子不能养，避而委一少妇，途人知其心矣，是谁之过而绝之耶？此我家事，官不必与闻也。"语讫而目瞑。时邑人议论颇不一。

暗暗地把待寝之资积攒起来，又买了一个女孩子，但是防备得非常严格，不让外人看到这个女孩子的面容。有的人说，这个女孩子肯定是要囤积居奇，要高价。郭六对此也不辩解。三年多后，她的丈夫才回来。刚刚嘘寒问暖地说完话，郭六马上让他去见公婆，说："父母都健在，现在还给你。"又把买来的女孩子叫出来见丈夫说："我的身体已经被玷污，不能再忍受着这种耻辱面对你。现在我已经另外为你娶了一个妻子，现在也把她交给你。"郭六的丈夫又害怕又惊愕，一时回答不了她的话。郭六则说："我现在给你去做饭。"结果自己到厨房上吊自杀了。县令来验尸，郭六的眼睛炯炯不能闭上，县令判定葬于夫家祖坟，但不能与丈夫合葬，说："不与丈夫合葬，表示其与丈夫断绝关系，葬到祖坟，是为了明示公婆仍然接纳她。"但是郭六的眼睛仍然不闭。她的公婆哀号说："她本是贞洁女子，因为我俩的原因导致她走到了今天这一步。做儿子的不能赡养父母，难道让没有后代的人赡养父母吗？况且你身为男子不能赡养父母，一走了之，把责任全推给一个年轻媳妇，路人都知道她的全心付出，出现如此绝情的事情，这到底是谁的过错？这是我的家事，不必惊动官府。"公婆的话说完，郭六闭上了眼睛。当时村里人对此事议论纷纷，有好多种说法

先祖宠予公曰："节孝并重也，节孝又不能两全也。此一事非圣贤不能断，吾不敢置一词也。"

和意见。我的先祖宠予公说："守节和孝顺都很重要，但是这二者又不能两全。这件事不是圣贤不能审断，我不敢多说一句话。"

注 释

❶雍正甲辰、乙巳：指公元1724—1725年。

❷趑趄（zījū）：行走困难的样子，这里是徘徊犹豫的意思。

❸祔（fù）：合葬的意思。

【原 文】

明崇祯末，孟村有巨盗肆掠，见一女有色，并其父母絷①之。女不受污，则缚其父母加炮烙。父母并呼号惨切，命女从贼。女请纵父母去，乃肯从。贼知其绐己，必先使受污而后释。女遂奋掷批贼颊，与父母俱死，弃尸于野。后贼与官兵格斗，马至尸侧，辟易不肯前，遂陷淖就擒。女亦有灵矣，惜其名氏不可考。论是事者，

【译 文】

明朝崇祯末年，孟村有巨盗到处劫掠，肆意犯罪。看见一个女孩长得很漂亮，把她和她的父母都抓起来，捆绑在一起。女孩抗拒巨盗的侮辱，盗贼就把她的父母绑起来，让他们受炮烙之刑。女孩的父母受刑痛苦地呼喊，凄惨万状，让女儿听从盗贼的摆布。女孩向盗贼说，先把父母放了，才能满足他的要求。盗贼知道这个女孩一定是骗自己的，一定要先让她遭受侮辱才能释放她的父母。女孩于是拼命挣脱，扇盗贼的耳光，最后与父母一起被盗贼杀死，被弃尸荒野。后来盗贼与官兵格斗，所骑的马到了女孩的尸体旁，躲闪着不能前进，于是掉在泥坑里被官兵抓住了。可见是女

或谓女子在室，从父母之命者也。父母命之从贼矣，成一己之名，坐视父母之惨酷，女似过忍。或谓命有治乱，从贼不可与许嫁比。父母命为倡，亦为倡乎？女似无罪。先姚安公曰："此事与郭六正相反，均有理可执，而于心终不敢确信。不食马肝，未为不知味也^②。"

子的魂魄显灵了，可惜她的姓名都无法考证了。要说这件事情，有的说女孩还没出嫁，就应该听父母的，父母让她听凭贼人的摆布，她为了成就自己贞洁的名声，眼睁睁看着父母遭受酷刑，女孩实在是太残忍了。有的说命中有治有乱，听从盗贼的摆布不能与命她嫁人这件事相提并论，难道父母让她去做娼女，她也去做娼女吗？这样看来，女孩其实是无罪的。先姚安公说："这件事与郭六的事情正好相反，都是符合情理的，但是心中却不能确信。没吃过马肝，跟是否会品鉴美食是两码事。"

注　释

❶絷（zhí）：用绳子拴住。

❷不食马肝，未为不知味也：语出《汉书·儒林传》，马肝是有毒的，不能说因为不吃马肝就说他不懂品尝美味，深层含义是不去探讨不应研讨的事情。

【原　文】

刘羽冲，佚其名，沧州人。先高祖厚斋公多与唱和。性孤僻，好讲古制，实迂阔不可行。尝倩董天士^①作画，倩厚斋公^②题。内《秋林读书》一幅云："兀坐

【译　文】

刘羽冲这个人，他的本名已经忘记了，只知道他是沧州人，先高祖厚斋公多次与他唱和诗作。刘羽冲的性格孤僻，喜欢遵循古制，其实迂腐不符合现实情况。曾经请董天士作画，请厚斋公题诗。其中有一幅名叫《秋林读书》的画，题诗为："兀坐秋树根，块然无与伍。不知读何书，

秋树根，块然无与伍。不知读何书，但见须眉古。只愁手所持，或是井田谱。"盖规之也。偶得古兵书，伏读经年，自谓可将十万。会有土寇，自练乡兵与之角，全队溃覆，几为所擒。又得古水利书，伏读经年，自谓可使千里成沃壤。绘图列说于州官。州官亦好事，使试于一村。沟洫③甫成，水大至，顺渠灌入，人几为鱼。由是抑郁不自得，恒独步庭阶，摇首自语曰："古人岂欺我哉！"如是日千百遍，惟此六字。不久，发病死。后风清月白之夕，每见其魂在墓前松柏下，摇首独步。侧耳听之，所诵仍此六字也。或笑之，则欻隐。次日伺之，复然。泥古者愚，何愚乃至是欤！阿文勤公④尝教昀曰："满腹皆书能害事，腹中竟无一卷书，亦能害事。国弈不废旧谱，而不执旧谱；国医不泥古方，而不离古方。

但见须眉古。只愁手所持，或是井田谱。"这首诗大概就是规劝刘羽冲的。刘羽冲偶然得到了古代的兵书，埋头读了差不多一年，自己认为可以统率十万士兵。正好赶上有村子附近有土寇，刘羽冲训练乡勇和他们角斗，结果全军覆没，自己差点被抓为俘虏。又有一次，他得到了一本古水利书，埋头苦读了差不多一年，自认为可以治理水患，使得千里之地成为肥沃的土壤。还跑到州官那里边绘图边讲解地游说。州官也是个好事的人，就让他先在一个村子试一试。刚把田地旁边的沟渠挖好，洪水凶猛地来了，顺着沟渠灌入，百姓差点被淹死。从此以后，他抑郁难过，非常不自在，总是独自一个人在庭院里走来走去，摇头晃脑地说："古人难道欺骗我吗？"这样每天都唠叨千百遍，总是这一句话。不久，就病发身亡了。后来，每当风清月白的晚上，总见到他的魂魄在墓前松柏下，独自一个人摇头晃脑地走来走去。侧耳倾听，所说的还是这句话。有的人笑话他，刘羽冲的鬼魂就飘然消失了。第二天在那里等着看时，情况还是如此。拘泥于古制不懂得变通，竟然冥顽不灵到这种程度。阿文勤公曾经教导我说："一肚子都是书能耽误事，肚子内没有一本书，同样也耽误事。下围棋的并不完全抛弃旧的棋谱，但是不被旧谱束缚，中医不拘泥

故曰：'神而明之，存乎其人。'又曰：'能与人规矩，不能使人巧。'"

于古方，但是又离不开古方。所以说：'要真正明白某一事物的奥妙，在于个人的领会。'又说：'只能教会人规矩法则，而不能教会人真正变巧。'"

注 释

❶董天士：明代著名画家，与纪氏先祖交好。

❷厚斋公：即纪坤（1570—1642），献县（今河北省沧州市）人，字厚斋，明廪膳生。著有《花王阁剩稿》。

❸沟洫（gōuxù）：田间排水渠等。

❹阿文勤公：阿克敦（1685—1756），全名章佳·阿克敦，满洲正蓝旗人，清朝康熙四十八年进士，官至协办大学士。谥文勤，其子为清朝名将阿桂。

【原文】

明魏忠贤之恶，史册所未睹也。或言其知事必败，阴蓄一骡，日行七百里，以备遁逃；阴蓄一貌类己者，以备代死。后在阜城尤家店，竟用是私遁去。余谓此无稽之谈也。以天道论之，苟神理不诬，忠贤断无幸免理；以人事论之，忠贤擅政七年，何人不识？使窜伏旧党之家，小人之交，势败则

【译文】

明代魏忠贤的罪行，史书上都没有记载过，有人说他知道自己做的坏事早晚要败露，暗中准备好了一只骡子，一天能走七百里的路程，准备作为以后逃跑用；又暗中找到一个长得特别像自己的人，准备作为以后的替死鬼。后来在阜城尤家店，最终用了这个方法逃跑了。我觉得这都是无稽之谈，如果以因果报应的天道来说，如果神明不是骗人的，魏忠贤实在是没有免罪的道理。如果以人的因素而论，魏忠贤把持朝政七年之久，谁不认识他呢？假如他流窜到以前的支持者的家中藏起来，

离，有缚献而已矣。使潜匿荒僻之地，则耕牧之中，突来阉宦，异言异貌，骇视惊听，不三日必败。使远遁于封域之外，则严世蕃尝通日本①，仇鸾尝交谍达②，忠贤无是也。山海阻深，关津隔绝，去又将何往？昔建文行遁，后世方且传疑。然建文失德无闻，人心未去，旧臣遗老，犹有故主之思。燕王称戈篡位，屠戮忠良，又天下之所不与。递相容隐，理或有之。忠贤虐焰熏天，毒流四海，人人欲得而甘心。是时距明亡尚十五年，此十五年中，安得深藏不露乎？故私遁之说，余断不谓然。文安王岳芳曰："乾隆初，县学中忽雷霆击格③，旋绕文庙，电光激射，如掣④赤练，入殿门复返者十余度。训导王著起曰：'是必有异。'冒雨入视，见大蜈蚣伏先师神位上。钳出掷阶前。霹雳一声，蜈蚣死而

他们都是小人之交，魏忠贤倒台，钱财散尽，以前的所谓追随者一定会把他捆绑起来交给官府。假如他悄悄地藏在荒郊野外等僻静的地方，那么耕田林场之中，突然来了一个这样怪模怪样的宦官，看到他的人一定会受到惊吓，不出三天，肯定暴露身份。假使他远远地跑到国境之外，好比严世蕃曾经与日本人结交，仇鸾曾经结交异姓兄弟，魏忠贤没有这样。况且境外有高山深海阻隔，关口渡口隔绝，即使去了境外又有什么地方可去呢？以前建文帝逃跑，后世还不能完全相信这种说法。虽然建文帝失德又失踪，但是明朝故国的人心还在，那些旧臣遗老，还是有对故主的思念之情。燕王朱棣以武力夺权，屠杀忠良之臣，被天下人所不容，这样的人改变相貌而隐藏起来，道理上也许说得通。魏忠贤的酷虐气焰熏天，荼毒四海，天下人谁都想杀死他才能解心中之恨。魏忠贤倒台之时，距离明亡还有十五年，在这十五年中，怎么会深藏不露行迹呢？所以说他私自逃跑的这种说法，我觉得是不可信的。文安人王岳芳说："乾隆初年，县学忽然遭到了雷霆击打，雷电绕着文庙转，电光激射，仿佛拿着赤练蛇舞弄一般。到了殿门口那里又折返，这样来回十几次。训导王著起说：'这一定有异常情况。'冒着大雨进去殿门里看，发现是一只大蜈蚣趴在

天霁。验其背上，有朱书
'魏忠贤'字。"是说也，
余则信之。

先师的神位上，夹出来扔到台阶下，霹雳
一声，蜈蚣被雷电劈死，天也随之放晴。
检查蜈蚣的背上有红笔写的三个大字'魏
忠贤'。"这个说法，我是相信的。

注 释

❶严世蕃尝通日本：严世蕃即明朝嘉靖首辅严嵩之子。严世蕃被判下狱流放后，中途逃跑，密谋投靠日本以对抗明朝。后于嘉靖四十四年（1565）被斩于市。

❷仇鸾尝交谙达：仇鸾是明嘉靖年间的将领，嘉靖二十九年，其人镇守大同，贿赂鞑靼军队，并与之结盟。鞑靼军队进攻时绕开大同。

❸格：击打的意思。

❹挈（chè）：拽、拉的意思。

【原 文】

　　乌鲁木齐深山中，牧马者恒见小人高尺许，男女老幼，一一皆备。遇红柳吐花时，辄折柳盘为小圈，著顶上，作队跃舞，音呦呦如度曲①。或至行帐窃食，为人所掩，则跪而泣。縶之，则不食而死。纵之，初不敢遽行，行数尺辄回顾。或追叱之，仍跪泣。去人稍远，度不能追，始蓦②涧越

【译 文】

　　乌鲁木齐的深山里，牧马人经常见到一种小矮人，身高一尺左右，男女老幼全都有。遇到红柳开花时，就折下柳枝盘成小圈，戴在头上，列队跳跃舞蹈，发出"呦呦"的声音，就像按着曲谱歌唱。有时小矮人到行军的帐篷里偷食物，被人捉住，就哭着跪下求饶。捆住他，就绝食而死。放了他，起初不敢立刻就走，走了几尺，就回头看。有的时候追上去呵叱他，仍旧哭着跪下求饶。离开人稍远些，估计人追不上了，

山去。然其巢穴栖止处，终不可得。此物非木魅，亦非山兽，盖僬侥③之属。不知其名，以形似小儿，而喜戴红柳，因呼曰"红柳娃"。丘县丞天锦，因巡视牧厂，曾得其一，腊以归。细视其须眉毛发，与人无二。知《山海经》所谓"诤人"④，凿然有之。有极小必有极大，《列子》⑤所谓"龙伯之国"⑥，亦必凿然有之。

他们才跳过山涧越过山峰逃走。但是他们的巢穴住处，始终找不到。这东西不是树木成精，也不是山中怪兽，大概是传说中矮人国的僬侥之类。不知道他们的名称到底是什么，因为形状像小孩儿而喜欢戴红柳，因此叫作"红柳娃"。县丞丘天锦因为巡视牧场，曾经捉到一个，做成标本带了回来。细看它的须眉毛发，同人没有两样。知道《山海经》里所说的诤人，确凿无疑是有的。有极小的必然有极大的，《列子》里所说的龙伯之国，也必然确凿无疑是有的了。

注 释

❶度曲：按曲谱歌唱。

❷蓦（mò）：穿越，跨越。

❸僬侥（jiāoyáo）：古代传说中的矮人。

❹《山海经》：先秦神话传说的重要古籍。包括《山经》《海经》两部分，共十八卷。主要记述古代神话、地理、动物、植物、矿产、巫术、宗教、古史、医药、民俗等。具有较高的文献价值。诤（jìng）人：古代传说中的一种矮人。

❺《列子》：相传是战国时期列御寇所写，主要由寓言故事组成。后被道家尊为《冲虚真经》。现存八篇：《天瑞》《黄帝》《周穆王》《仲尼》《汤问》《力命》《杨朱》《说符》。

❻龙伯之国：古代神话传说中的大人国，有龙伯巨人钓鳌鱼的传说。

【原文】

乌鲁木齐有道士卖药于市。或曰，是有妖术，人见其夜宿旅舍中，临睡必探佩囊，出一小壶卢，倾出黑物二丸，即有二少女与同寝，晓乃不见。问之，则云无有。余忆《辍耕录》周月惜事①，曰："此乃所采生魂也，是法食马肉则破。"适中营有马死，遣吏密嘱旅舍主人，问适有马肉可食否。道士掉头曰："马肉岂可食？"余益疑，拟料理之。同事陈君题桥曰："道士携少女，公未亲见。不食马肉，公亦未亲见。周月惜事，出陶九成小说，未知真否。所云马肉破法，亦未知验否。公信传闻之词，据无稽之说，遽兴大狱，似非所宜。塞外不当留杂色人，饬②所司驱之出境，足矣。"余乃止。后将军温公③闻之曰："欲穷治者太过。倘畏刑妄供别情，事关重大，又无

【译文】

乌鲁木齐有个道士，在街市上卖药。有人说，这个道士会妖术。有人看到他夜晚在旅店中休息的时候，临睡前总是从随身的包里掏出一个小葫芦，倒出两丸黑色的东西，随后就有两个少女陪他睡觉，天亮时这两个少女就不见了。问他少女在哪里，他却说没有。我想起《辍耕录》上记载的周月惜的故事，说："这就是道士抓走生魂的法术，吃马肉可以破解这种妖术。"正好军营里死了一匹马，就派小吏暗暗吩咐旅舍主人，叫他问问道士，说旅舍正巧有马肉，要不要吃。道士扭过头去说："马肉怎么能吃呢？"我听完更加怀疑道士使用了妖术，打算拘捕审讯这个道士。同事陈题桥君对我说："这个道士随身携带少女，不是你亲眼所见；他说不吃马肉，也不是你亲眼所见。周月惜的事情出自陶九成的小说，不知是真是假。所谓马肉破法术的说法，也不知是否灵验。您相信传闻之词，根据道听途说就仓促立案，似乎欠妥当。塞外不该容留闲杂人等，命令有关部门把他驱逐出境，也就足够了。"我听后，停止了这种做法。后来，温福将军听到这件事情说："如果一定审讯穷究这个道士，那就大错了。倘若他畏惧

确据，作何行止？驱出境者太不及。倘转徙别地，或酿事端，云曾在乌鲁木齐久住，谁职其咎？形迹可疑人，关隘例当盘诘搜检，验有实证，则当付所司；验无实证，则具牒递回原籍，使勿惑民，不亦善乎。"余二人皆服公之论。

刑罚，胡乱招供别的事情，事关重大，又无确证，将如何收场？如果仅仅是驱逐出境，刑罚又有点轻。倘若他到了别的地方，也许惹出别的事，招供说曾经在乌鲁木齐住了很久，那么谁来承担责任？按照关塞惯例，对于形迹可疑的人，应当盘问搜查，查有实证，应该交给相关部门处理；查无实证，就发公文遣返原籍，让他不要再蛊惑百姓，这样不是很好吗？"我们二人都觉得温公的话说得非常对。

注 释

❶周月惜事：元末明初陶宗仪的《辍耕录》上说，有一个道士专门收集穷苦人家死者的鬼魂，如周月惜等。派遣这些鬼魂到别人家去作祟，然后前去禳解，借此发财。《辍耕录》上还提到，持这种法术的，不能吃牛肉或狗肉。有一家熟食店伙计错将牛肉当马肉卖，结果道士买来吃了，劣迹顿时败露。纪昀误认为马肉能破妖术。

❷饬（chì）：命令。

❸温公：即温福。姓费莫氏，字履绥，满洲镶红旗人，后官至武英殿大学士，其祖父为温达，为文华殿大学士。曾参与平定大小金川等战役。纪晓岚贬谪到新疆后，温福对他颇有照顾，故《阅微草堂笔记》里多次提到温福。

【原 文】

沧州插花庙尼，姓董氏。遇大士诞辰，治供具将毕，

【译 文】

沧州插花庙里有位姓董的尼姑，有一次遇到庆祝观音大士诞辰的典礼，供品等器物都准备差不多了，忽然觉得有

忽觉微倦，倚几^①暂憩。恍惚梦大士语之曰："尔不献供，我亦不忍饥；尔即献供，我亦不加饱。寺门外有流民四五辈，乞食不得，困饿将殆。尔辍供具以饭之，功德胜供我十倍也。"霍然惊醒，启门出视，果不谬。自是每年供具献毕，皆以施丐者，曰："此菩萨意也。"

点困倦，就倚靠着小桌案睡着了。半梦半醒之间忽然梦到观音大士对她说："你不来献贡品，我也不会饿着；你来献贡品，我也不能吃得再多。寺庙外有四五拨流浪的人，要饭都没人给，又冷又饿快要死了。这些供品供奉完后，拿给那些流民吃吧，这样的功德比供奉我要强十倍啊。"这时，董尼姑突然惊醒了，打开门出去看，果然如梦中观音大士所言。从此以后，每年供奉完后的供品，都施舍给乞丐，说："这是菩萨的意思啊。"

注　释

❶几：搁置物件的小桌子。

【原 文】

先太夫人言：沧州有轿夫田某，母患臌^①将殆，闻景和镇一医有奇药，相距百余里。昧爽^②狂奔去，薄暮已狂奔归，气息仅属。然是夕卫河^③暴涨，舟不敢渡。乃仰天大号，泪随声下。众虽哀之，而无如何。忽一舟子解缆呼曰："苟有神理，

【译 文】

已经去世的太夫人曾经说过一个故事：沧州有个轿夫姓田，母亲患腹部鼓胀的病，快要病死了。听说景和镇一位医生有神奇的药，距离此地有百余里。天还没有亮就狂奔出发，傍晚又狂奔回来，累得只剩下一口气。但是这天晚上卫河水突然暴涨，没有船敢渡河。田轿夫仰天大哭，一边号哭一边流眼泪，众人虽然也替他伤心，但也没办法。忽然一个艄公解开船绳喊道："如果真的有神

此人不溺。来！来！吾渡尔。"奋然鼓楫，横冲白浪而行，一弹指顷，已抵东岸。观者皆合掌诵佛号。先姚安公曰："此舟子信道之笃，过于儒者。"

灵保佑，这个人一定不会被淹死。来！来！我渡你过河。"努力撑桨，从白色的大浪中横穿过去，弹指一挥间，就已经到了河对岸。围观的人都合掌齐诵佛号。姚安公说："这个船工信道非常虔诚，比儒者还要执着。"

注 释

❶臌（gǔ）：指腹部肿胀，由水、气、淤血等原因引起。

❷昧爽：拂晓，黎明。

❸卫河：位于河南、河北境内，即隋永济渠的一部分，也被称为御河。

卷　四

【原文】

献县史某，佚其名，为人不拘小节，而落落有直气，视龌龊者蔑如①也。偶从博场归，见村民夫妇子母相抱泣。其邻人曰："为欠豪家债，鬻妇以偿。夫妇故相得，子又未离乳，当弃之去，故悲耳。"史问："所欠几何?"曰："三十金。""所鬻几何?"曰："五十金，与人为妾。"问："可赎乎?"曰："券甫成，金尚未付，何不可赎!"即出博场所得七十金授之，曰："三十金偿债，四十金持以谋生，勿再鬻也。"夫妇德史甚，烹鸡留饮。酒酣，夫抱儿出，以目示妇，意令荐枕以报。妇颔之，语稍狎。史正色曰："史某半世为盗，半世为捕役，杀人曾不眨眼。

【译文】

献县有个人姓史，不知叫什么名字，他为人不拘小节，豁达正直，对那些卑鄙肮脏的事情不屑一顾。有一次他从赌场回来，看见一家村民夫妇和孩子正抱在一起哭泣。村民的邻居说："因为他欠了豪强的债，还不起，只能卖了妻子偿还。他们夫妻平时相处恩爱，孩子还没有断奶，就这么扔下走了，所以很伤心。"史某问："欠了多少债?"邻居说："三十两银子。"史某又问："卖了多少钱?"邻居说："五十两银子，卖给人做妾。"史某问："可以赎回吗?"邻居说："卖身契刚写好，钱还未付，怎么不能赎?"史某当即拿出刚从赌场赢来的七十两银子交给村民，说："三十两还债，四十两用来过日子，不要再卖老婆了。"村民夫妇对他感激涕零，杀鸡留他喝酒。酒至三巡，村民抱了孩子出去，并向妻子使眼色，意思是让她与史某共眠作为报答。妻子点头，之后说的话就有点儿挑逗的意味。史某严肃地说："史某当了半辈子强盗、半辈子捕吏，也曾经杀人

若危急中污人妇女，则实不能为。"饮啖讫，掉臂径去，不更一言。半月后，所居村夜火。时秋获方毕，家家屋上屋下，柴草皆满，茅檐秫篱，斯须②四面皆烈焰，度不能出，与妻子瞑坐待死。恍惚闻屋上遥呼曰："东岳有急牒，史某一家并除名。"刬然③有声，后壁半圮。乃左挈妻，右抱子，一跃而出，若有翼之者。火熄后，计一村之中，爇④死者九。邻里皆合掌曰："昨尚窃笑汝痴，不意七十金乃赎三命。"余谓此事见佑于司命，捐金之功十之四，拒色之功十之六。

不眨眼。要说乘人之危，玷污人家妇女，我绝对不会做这样的事。"说罢吃喝完毕，甩开胳膊掉头走了，没有再说一句话。半月之后，史某的村子夜里失火。当时刚刚秋收完，家家屋前屋后都堆满了柴草，茅草做的屋檐，高粱秆做的篱笆，转眼间四面都是烈火。史某估计出不了屋了，只有与妻子闭上眼睛坐着等死。恍惚间听见屋上远远地呼喊："东岳神有加急文书到，史某一家除名免死。"只听"轰"的一声，后墙倒塌了一半。史某左手拉着妻子，右手抱着孩子，一跃而出，好像有人保护着他一样。火灭后统计，全村共烧死九人。邻里都合掌作礼说："昨天还笑你傻，不想七十两银子买了三条人命。"我认为史某得到了司命神的保佑，其中赠金之功占十分之四，拒绝女色之功占了十分之六。

注 释

❶茂如：微细，没有什么了不起。

❷斯须：一会儿，瞬间。

❸刬（huò）然：哗啦的声音，割开、破裂的声音。

❹爇（ruò）：烧。

【原文】

姚安公官刑部日，德胜门外有七人同行劫，就捕者五矣，惟王五、金大牙二人未获。王五逃至潞县①，路阻深沟，惟小桥可通一人。有健牛怒目当道卧，近辄奋触。退觅别途，乃猝与逻者遇。金大牙逃至清河②桥北，有牧童驱二牛挤仆泥中，怒而角斗。清河去京近，有识之者，告里胥③，缚送官。二人皆回民，皆业屠牛，而皆以牛败。岂非宰割惨酷，虽畜兽亦含怨毒，厉气所凭，借其同类以报哉。不然，遇牛触仆，犹事理之常，无故而当桥，谁使之也？

【译文】

姚安公在刑部做官时遇到一个案子，德胜门外有七个人团伙抢劫作案，已经抓到了五个人，只有王五、金大牙两人没有抓获。王五逃跑到了潞县，道路不好走又有深沟，只有一个小桥可以过，每次还只能通过一人。有一头健壮的公牛瞪着眼睛挡住了去路，只要一接近它，就极力要顶王五，只能退回来另外找别的路，正好与巡逻的人相遇。金大牙逃到清河桥北，有一个牧童赶着两头牛挤倒在泥涂中，两头牛发怒而角斗。清河离京城非常近，有认出来金大牙的人，告诉给了管理乡里治安的官差，金大牙于是被抓捕送官。王五和金大牙都是回民，都是以杀牛为生计，又都因遇到牛而被抓捕。难道说不是因为宰杀分割惨极万状，即使是牲畜也是心含怨恨，这样的怨毒之气导致了借同类来报应这两个屠夫。如果不是这样，遇到牛打架，也是常理之中的事，无缘无故地在桥上挡住路，又是谁指使的呢？

注 释

❶潞县：北京市通州区下辖镇。

❷清河：地名，海河支流北运河上段温榆河的支流。

❸里胥：里中小吏。

【原　文】

再从伯灿臣公言：曩有县令，遇杀人狱不能决，蔓延日众，乃祈梦城隍祠。梦神引一鬼，首戴磁盎①，盎中种竹十余竿，青翠可爱。觉而检案中有姓祝者，"祝""竹"音同，意必是也。穷治无迹。又检案中有名节者，私念曰："竹有节，必是也。"穷治亦无迹。然二人者九死一生矣。计无复之，乃以疑狱上，请别缉杀人者，卒亦不得。夫疑狱，虚心研鞫②，或可得真情。祷神祈梦之说，不过慑伏愚民，绐之吐实耳。若以梦寐之恍惚，加以射覆之揣测，据为信谳③，鲜不谬矣。古来祈梦断狱之事，余谓皆事后之附会也。

【译　文】

我的再从伯灿臣公曾经讲过这么一个故事：以前有一个县令，遇到一个杀人案件不能判决，拖了很长时间，无奈之下只能向城隍祠乞求帮助，希望城隍能够梦中明示。梦见城隍神带着一个鬼，脑袋上戴着一个盆子，盆里种着十多竿竹子，青翠可爱。醒来后，检视涉案人员中有一个姓祝的，"祝"和"竹"同音，想着杀人者一定是这个姓祝的，但是找了半天也没有祝某的犯罪证据。又发现涉案人员中有一个叫节的，县令自己心里想："竹子有节，一定是这个叫节的。"又翻检半天，也没有找到他的犯罪证据。但是这两人已经九死一生，凶多吉少啊！这个县令实在是没别的办法了，于是将这个案子以悬案上报，请求另外捉拿凶手，但最后也是不了了之了。那些悬案，虚心、尽心地研究，有的是能够探求到真相的。祈祷神灵梦中指示，这种方法不过是威慑老百姓，骗他们说出实话罢了。如果以恍惚的梦境加上游戏一样的揣测，竟然把这些作为确凿的证据，很少不是漏洞百出的。古代那些乞求神灵梦中相助的事情，我觉得都是破案之后的附会牵强之说。

注释

❶ 磁盎：古代的一种盆，腹大口小。

❷ 研鞫（jū）：侦讯、审讯的意思。

❸ 信谳（yàn）：证据确凿的最终判决。

【原文】

雍正壬子六月，夜大雷雨，献县城西有村民为雷击。县令明公晟往验，饬棺殓矣。越半月余，忽拘一人讯之曰："尔买火药何为？"曰："以取鸟。"诘曰："以铳①击雀，少不过数钱，多至两许，足一日用矣。尔买二三十斤何也？"曰："备多日之用。"又诘曰："尔买药未满一月，计所用不过一二斤，其余今贮何处？"其人词穷。刑鞫之，果得因奸谋杀状，与妇并伏法。或问："何以知为此人？"曰："火药非数十斤不能伪为雷。合药必以硫黄。今方盛夏，非年节放爆竹时，买硫黄者可数。吾阴使人至

【译文】

雍正壬子年六月，献县城夜晚下了一场大雷雨，城西边有村民被雷击。县令明晟过去验看，已经置办好棺材入殓了。过了半个多月，忽然抓住一个人审讯，问他："你买火药干什么？"回答说："为了打鸟。"明晟诘问他："用鸟枪打鸟雀，买火药的话，少的话也就是花费数十个钱，多的话也就是花一两银子左右，足够一天的用量了。为什么你买了二三十斤的火药呢？"这个人又回答说："为了用很多天而准备的。"明晟又盘问道："你买火药还不到一个月，算起来所用的不过一二斤，其余的现在储存在哪里？"这个人没有话说了，刑讯审问后，他果然招述了因通奸谋杀的犯罪事实，和奸妇一同伏法。有的人问明晟："你怎么知道是这个人干的呢？"明晟回答说："火药如果没有数十斤是不能伪造成打雷的，为配置爆炸药，一定会购买硫黄，现在是盛夏，不是年节需要放爆竹的时候，

市，察买硫黄者谁多。皆曰某匠。又阴察某匠卖药于何人，皆曰某人。是以知之。"又问："何以知雷为伪作?"曰："雷击人，自上而下，不裂地。其或毁屋，亦自上而下。今苫草屋梁皆飞起，土炕之面亦揭去，知火从下起矣。又此地去城五六里，雷电相同。是夜雷电虽迅烈，然皆盘绕云中，无下击之状，是以知之。尔时其妇先归宁，难以研问。故必先得是人，而后妇可鞫。"此令可谓明察矣。

购买硫黄的人屈指可数。我暗中派人到市场上，查验买硫黄的人，谁买得多。都说某个工匠，又暗中调查这个工匠把药都卖给了谁，都说是某人，因此知道是他。"又问他："怎么知道雷是伪造的呢?"回答说："雷击人，自上而下，不会使地面裂开。有时会毁坏房屋，但也是自上而下。如今苫草屋梁都飞起来了，土炕的炕面都被揭去了，可知火是从下面烧起来的。此地距离县城五六里地，雷电是相同的，这一夜的雷电虽然迅疾猛烈，但是都盘绕在云中，没有向下击打之状，因此知道。那个时候，他的妻子先回娘家了，有不在场的证据，难以盘问。因此先得抓住这个人，以后才能审问死者的妻子。"明晟县令可以说是明察秋毫了。

注 释

❶铳（chòng）：火枪。

【原 文】

先太夫人外家曹氏，有媪能视鬼。外祖母归宁时，与论冥事。媪曰："昨于某家见一鬼，可谓痴绝。然情

【译 文】

已经去世的太夫人的娘家姓曹，曹家有个老妇人说她能看见鬼。外祖母回娘家时，和这个老妇人说起冥府的事。老妇人说："昨天在某某家见到一个鬼，可真是

状可怜，亦使人心脾凄动。鬼名某，住某村，家亦小康，死时年二十七八。初死百日后，妇邀我相伴。见其恒坐院中丁香树下。或闻妇哭声，或闻儿啼声，或闻兄嫂与妇诟谇声，虽阳气逼烁，不能近。然必侧耳窗外窃听，凄惨之色可掬。后见媒妁至妇房，愕然惊起，张手左右顾。后闻议不成，稍有喜色。既而媒妁再至，来往兄嫂与妇处，则奔走随之，皇皇如有失。送聘之日，坐树下，目直视妇房，泪涔涔如雨。自是妇每出入，辄随其后，眷恋之意更笃。嫁前一夕，妇整束衾具，复徘徊檐外，或倚柱泣，或俯首如有思。稍闻房内嗽声，辄从隙私窥，营营者彻夜。吾太息曰：'痴鬼何必如是！'若弗闻也。娶者入，秉火前行。避立墙隅，仍翘首望妇。吾偕妇出，回顾，见其远远随至娶

痴到极点了。但是那情状可怜，也叫人内心凄然神伤。鬼生前叫某某，住在某村，家道也算小康，死的时候有二十七八岁。刚去世一百天后，他的妻子请我去做伴。我看见他的鬼魂总是坐在院里的丁香树下，有时听见妻子的哭声，有时听见儿子的哭声，有时听见兄嫂和妻子的吵骂声，虽然他因为阳气太盛而不能靠近，但一定守在窗外侧耳细听，脸上流露出让人同情的凄惨的表情。后来看见媒人进了妻子的房间，他惊愕地站起来，张着两手东张西望。后来听说婚事没有谈成，脸上稍稍有欢喜的样子。过了不久，媒人第二次又来了，在兄嫂和妻子之间来回奔走，他的鬼魂则奔走着跟随在后面，惶惶然若有所失。送聘礼那天，他坐在树下，眼睛直直盯着妻子的房门，眼泪汩汩不绝地流出。此后每当妻子进进出出，他就跟随在后面，眷恋的情意更加深厚。到了妻子再嫁的前一晚，妻子在屋子里收拾嫁妆，他在房子外徘徊，有时倚着柱子哭泣，有时低着头若有所思；听到屋里有一点儿咳嗽声，他就从窗缝往里偷偷看，就这么提心吊胆地折腾了一夜。我长叹道：'痴鬼何必这样！'他好像没有听见。第二天，迎娶的人到了，拿着烛火往前走。阳气太盛，痴鬼只能悄悄地躲在墙角，仍然抬头望着妻子。我带着媳妇出来，回头看他还

者家，为门尉所阻，稽颡哀乞，乃得入。入则匿墙隅，望妇行礼，凝立如醉状。妇入房，稍稍近窗，其状一如整束奁具时。至灭烛就寝，尚不去，为中雷神①所驱，乃狼狈出。时吾以妇嘱归视儿，亦随之返。见其直入妇室，凡妇所坐处眠处，一一视到。俄闻儿索母啼，趋出环绕儿四周，以两手相握，作无可奈何状。俄嫂出，挞儿一掌，便顿足拊心，遥作切齿状。吾视之不忍，乃径归，不知其后何如也。后吾私为妇述，妇啮齿自悔。里有少寡议嫁者，闻是事，以死自誓曰：'吾不忍使亡者作是状。'"嗟乎！君子义不负人，不以生死有异也。小人无往不负人，亦不以生死有异也。常人之情，则人在而情在，人亡而情亡耳。苟一念死者之情状，未尝不戚然感也。儒者见谄渎②之求福，妖妄之滋惑，遂断断

远远地跟随至娶亲的人家，被门神挡在外面，他磕头哀求半天，最后才让他进去。进去后就藏在男方家的墙角落。看着妻子举行婚礼，呆呆地站着像是已经沉醉其中。妻子进了洞房，他就稍稍靠近窗户，那个样子就像看妻子在屋里收拾嫁妆时一样。一直到洞房里吹灯就寝，他还不肯离开，结果被中雷神驱赶，才狼狈地出来了。当时他妻子嘱托我回去看看孩子，他也随着我回来了。只见他直接进到妻子的屋里，凡是妻子坐过、睡过的地方，他都一一看过。随即听到孩子找妈妈的哭声，他跑出去，在孩子的周围打转，两只手搓来搓去，一副无可奈何的样子。不一会儿，他嫂子出来，打了孩子一巴掌，他在远处跺着脚捂着胸，一副咬牙切齿的样子。我看不下去，赶紧直接回家了，不知后来怎样了。后来我悄悄地告诉他的妻子痴鬼痛苦的样子，她后悔得直咬牙。村里年轻的寡妇原本有商量着再嫁人的，听了这件事，发死誓说：'我不忍心让死去的人如此伤心。'"哎呀！君子仗义不肯对不起人，不会因为生死有什么区别；小人没有不辜负人的，也不因为活着或死去而有所不同。常理来看，人活着的时候情分也在，人死了情分也就不存在了。但是一想起那个死者的样子，未尝不感到心酸。儒者见到那些谄媚烦扰神灵求福、滋

持无鬼之论，失先王神道设教③之深心，徒使愚夫愚妇，悍然一无所顾忌。尚不如此里妪之言，为动人生死之感也。

生怪异荒诞说法的人，就振振有词地坚持无鬼论，却忽视了上古贤明君王以神道设置道德教化的苦心，只会使愚夫、愚妇们无所顾忌地我行我素。还不如这位老妇人说的事，能够触动人们对于生死大事的感触。

注　释

❶中霤（liù）神：古时传说中主管人们生活的五神之一，也指宅神，有的地方称之为"地基主""地灵公"。

❷谄渎（chǎndú）：对上阿谀奉承，对下轻侮怠慢。

❸神道设教：指假借鬼神之道传达上天的旨意。

【原文】

有山西商，居京师信成客寓，衣服仆马皆华丽，云且援例报捐①。一日，有贫叟来访，仆辈不为通。自候于门，乃得见。神意索漠，一茶后别无寒温。叟徐露求助意。哂然曰："此时捐项且不足，岂复有余力及君？"叟不平，因对众具道西商昔穷困，待叟

【译文】

有一位山西商人，住在京师的信成客栈，服装、仆人、马匹都非常华丽，说是要根据惯例捐官了。一天，有一个贫穷的老头来访，仆人们故意刁难他，不给他通报。他自己就在门外等着，才得见这位山西商人。商人非常冷淡，招待了一杯茶后，就连嘘寒问暖的话也没有了。老头慢慢透露出请求帮助的意思。商人不屑地回答说："我现在捐官的钱还不够呢，怎么会有余力帮助你呢？"老头觉得心中非常不平，就对众人详细地说当初山西商人非常贫困，靠着我才能有口饭吃，这种情况持续了十多

举火者②十余年；复助百金使商贩，渐为富人。今罢官流落，闻其来，喜若更生。亦无奢望，或得囊所助之数，稍偿负累，归骨乡井足矣。语讫絮泣。西商亦似不闻。忽同舍一江西人，自称姓杨，揖西商而问曰："此叟所言信否？"西商面颓曰："是固有之，但力不能报为恨耳。"杨曰："君且为官，不忧无借处。倘有人肯借君百金，一年内乃偿，不取分毫利，君肯举以报彼否？"西商强应曰："甚愿。"杨曰："君但书券，百金在我。"西商迫于公论，不得已书券。杨收券，开敝箧，出百金付西商。西商怏怏③持付叟。杨更治具，留叟及西商饮。叟欢甚，西商草草终觞而已。叟谢去，杨数日亦移寓去，从此遂不相闻。后西商检箧中少百金，镭锁封识皆如故，无可

年。又出资百两银子帮助山西商人做生意，他这才渐渐成为富人。现在我被罢官，流落至此，听说之前帮助过的山西商人来到此地，高兴得像获得了新生。也没有什么奢望，就想得到之前我给他的钱数，稍微偿还一下我的债务，能够把这把老骨头埋到老家去就行了。说完就呜咽起来。山西商人充耳不闻。忽然，一起住宿的一个江西人，自称姓杨，对着山西商人作揖行礼道："这个老头说的是真的吗？"商人红着脸说："这件事确实是有的，但是我没有能力回报他，这也是没有办法的事。"杨某说："您马上要做官了，不发愁没处借钱，如果有人愿意借给您一百两银子，一年内还完就可以，而且不收分毫利息，您愿意用这笔钱报答这位老先生吗？"山西商人勉强答应说："非常愿意。"杨某说："您只要写借条，我来筹措一百两银子。"商人迫于舆论，不得已写了借条。杨某把借条收好，打开自己破旧的箱子，拿出一百两银子给山西商人，商人非常不高兴地拿着给了这个老头。姓杨的人还置办了一桌酒席，留老头和山西商人一同饮酒吃饭。老头非常高兴，商人则应付着喝完酒罢了。老头拜谢辞去，杨某住了几天后也搬走了，从此就再没听说过他的消息了。后来山西商人检查箱子中少了一百两银子，锁封款识都没有人动过的痕迹，根本没有办法责问谁。

致诘。又失一狐皮半臂，而筐中得质票一纸，题钱二千，约符杨置酒所用之数。乃知杨本术士，姑以戏之。同舍皆窃称快。西商惭沮，亦移去，莫知所往。

又丢了一张狐狸皮坎肩，从箱子中得到了一张当票。写着当钱二千，大约等于杨某置办酒席的费用。这才知道，杨某是懂法术的人，这样做是故意戏弄山西商人。一起住宿的人都暗暗称快，山西商人又惭愧，又沮丧，也搬走了，没人知道他去了哪里。

注 释

❶援例报捐：指通过纳捐一定数量的财物，以换取某种级别的官职的行为。比如明清时期，有不少人通过纳捐获得监生或贡生。援例，指按照一定的惯例。

❷举火者：举火，指生火做饭，语出《庄子》。

❸怏怏：不快乐的样子。

【原 文】

农夫陈四，夏夜在团焦守瓜田。遥见老柳树下，隐隐有数人影，疑盗瓜者，假寐听之。中一人曰："不知陈四已睡未？"又一人曰："陈四不过数日，即来从我辈游，何畏之有？昨上直土神祠，见城隍牒①矣。"又一人曰："君不知耶？陈四延寿矣。"众问："何故？"曰："某家失

【译 文】

农夫陈四，夏夜在草棚里守瓜田。远远望见柳树下，隐隐约约有几个人影，他疑心是偷瓜的，就一边假装睡觉一边听着。其中一个人说："不知陈四睡了没有？"另一个人说："用不了几天，陈四就和我们在一起了，怕他做什么？昨天我去土神祠值班，看见城隍的公文了。"又一个人说："你不知道吗？陈四延寿了。"大家问："这是怎么回事？"这人说："有人家丢了二千文钱，他家的婢女挨了几百鞭子也不承认是她偷的。

钱二千文，其婢鞭捶数百未承。婢之父亦愤曰：'生女如是，不如无。倘果盗，吾必缢杀之。'婢曰：'是不承死，承亦死也！'呼天泣。陈四之母怜之，阴典衣得钱二千，捧还主人曰：'老妇昏愦，一时见利取此钱，意谓主人积钱多，未必遽算出。不料累此婢，心实惶愧。钱尚未用，谨冒死自首，免结来世冤。老妇亦无颜居此，请从此辞。'婢因得免。土神嘉其不辞自污以救人，达城隍，城隍达东岳[2]，东岳检籍，此妇当老而丧子，冻饿死。以是功德，判陈四借来生之寿于今生，俾养其母。尔昨下直[3]，未知也。"陈四方窃愤母以盗钱见逐，至是乃释然。后九年母死，葬事毕，无疾而逝。

婢女的父亲也觉得又羞愧又生气，说：'生了这样的女儿，不如没有。如果真是她偷的，我非勒死她不可。'婢女说：'我承认也是死，不承认也是死。'呼天抢地大哭。陈四的母亲同情她，就悄悄地把衣服当了两千文钱，捧着还给主人说：'我这个老婆子糊涂，一时见利忘义拿了这些钱，想着主人钱多，未必能马上发觉。不料牵连了这个婢女，心中实在惶恐。钱还没有花，我冒死自首，以免结下来生的冤业。我也没脸住在这儿了，请让我辞职离开。'婢女因此得救。土神称赞她不惜坏了自己的名声而救人，将此事报告给城隍，城隍报告了东岳神。东岳神查阅名册，发现这个老妇本该晚年丧子，冻饿而死。因为有这个功德，判决陈四这辈子借来生的寿命，让他在今生赡养母亲。你昨天值完班走了，不知道这个变故。"陈四本来正因为母亲偷钱被赶走心里愤恨不已，听到这番谈话才明白是怎么回事。后来过了九年，母亲去世，料理完母亲的丧事结束后，陈四没得什么重病受罪，也跟着去世了。

注　释

❶城隍牒：城隍神已颁布的命令文书。

❷东岳：即东岳神、东岳大帝，又名泰山神，神话故事中，东岳大帝主管人

间生死。

❸下直：在宫中当值结束，下班。

【原 文】

王秃子幼失父母，迷其本姓。育于姑家，冒姓王。凶狡无赖，所至童稚皆走匿，鸡犬亦为不宁。一日，与其徒自高川①醉归，夜经南横子丛冢间，为群鬼所遮。其徒股栗伏地，秃子独奋力与斗。一鬼叱曰："秃子不孝，吾尔父也，敢肆殴！"秃子固未识父，方疑惑间，又一鬼叱曰："吾亦尔父也，敢不拜！"群鬼又齐呼曰："王秃子不祭尔母，致饥饿流落于此，为吾众人妻。吾等皆尔父也。"秃子愤怒，挥拳旋舞，所击如中空囊。跳踉②至鸡鸣，无气以动，乃自仆丛莽间。群鬼皆嬉笑曰："王秃子英雄尽矣，今日乃为乡党吐气。如不知悔，他日仍于此待尔。"

【译 文】

有个叫王秃子的人，小时候父母都去世了，自己本来姓什么也不知道，在姑姑家长大，就随着姓王了。这个人凶狠狡猾又无赖，所到之处，孩子们都躲起来，鸡犬不宁。一天，和他的徒弟从高川喝醉了回来，夜里经过南横子这一片的坟地中间，被一大堆鬼围住不能脱身。他的徒弟吓得腿软发抖地趴在地上，秃子一个人奋力与鬼相斗。一个鬼说："秃子不孝，我是你的父亲，你还敢随意打我！"秃子本来不认识自己的父亲，正在疑惑的时候，另一个鬼叫骂说："我也是你父亲，竟然敢不拜见我！"这一堆鬼又大叫着："王秃子不祭奠自己的母亲，导致她饥饿流落到这个地方，是我们所有人的妻子，我们全是你的父亲。"秃子非常愤怒，来回挥着拳头打，但是所击中的地方如同打中了空口袋。跳着叫着到了天亮，一点力气也没有了，自己倒在了草莽之间。这群鬼嬉笑着说："王秃子不再逞英雄了，今天才为老乡们出了一口气。如果你还不知道悔改，以后还是这样对待你。"王秃子的力气已经用尽，最后一句话也不敢说了。天

秃子力已竭，竟不敢再语。天晓鬼散，其徒乃掖以归。自是豪气消沮，一夜携妻子遁去，莫知所终。此事琐屑不足道。然足见悍戾者必遇其敌，人所不能制者，鬼亦忌而共制之。

亮之后，鬼都散去了，秃子的徒弟才把他拖回了家。从此以后他再没有欺侮别人的猛劲，一天晚上，带着妻子和孩子去了别处，没人知道最后他去了哪里。这件事太小了，不足为道。但是可以看到凶狠强悍的人一定会遇到与他势均力敌的人，人不能制服的，鬼也有所忌惮需要合力制服他。

注 释

❶高川：地名，不知其详细所在。

❷跳踉（tiàoliáng）：指跳跃，跋扈的样子。

【原 文】

戊子夏，京师传言，有飞虫夜伤人。然实无受虫伤者，亦未见虫，徒以图相示而已。其状似蚕蛾而大，有钳距，好事者或指为"射工"①。按：短蜮②含沙射影，不云飞而螫人，其说尤谬。余至西域，乃知所画即辟展③之"巴蜡虫"。此虫秉炎炽之气而生，见人飞逐。以水噀④之，则软而伏。或噀

【译 文】

乾隆戊子夏，京师传说有飞虫夜晚伤人，但是确实没有受虫伤的人，也没有见到虫，只是有虫子的图画罢了。虫子的样子像蚕蛾那么大，有带倒刺的钳子。有好事的人认为这是一种叫"射工"的毒虫。按：小小的蜮虫在水中含着沙子喷射人的影子，不用飞而能螫伤人。这种说法尤其错误。我到过西域，知道画中所画的虫子即辟展的"巴蜡虫"。这种虫子在又热又烫的气中诞生，见人就飞走。向它喷水，就软绵绵倒下去了。有的人来不及躲避，被巴蜡虫袭击，赶

不及，为所中，急嚼茜草根敷疮则瘥⑤，否则毒气贯心死。乌鲁木齐多茜草，山南辟展诸屯，每以官牒移取，为刈获者备此虫云。

紧嚼茜草的根敷在疮口上就好了，否则毒气就会冲击人的心脏而死。乌鲁木齐有很多的茜草，天山南部是辟展的各个屯子，官府每年都要发文给他们运送茜草，就是为了给那些割草收麦的人，防备被这种虫子咬的。

注 释

❶射工：一种有毒的虫子，最早见于张华的《博物志》。

❷蜮（yù）：一种虫子，传说能躲在水中含沙子射人的影子。

❸辟展：今新疆维吾尔自治区吐鲁番市鄯善县下辖的一个镇。

❹噀（xùn）：喷。

❺瘥（chài）：痊愈的意思。

【原 文】

沧州画工伯魁，字起瞻。（其姓是此伯字，自称伯州犁①之裔。友人或戏之曰："君乃不称二世祖太宰公？"近其子孙不识字，竟自称"白氏"矣。）尝画一仕女图，方钩出轮郭，以他事未竟，锁置书室中。越二日，欲补成之，则几上设色小碟，纵横狼藉，画笔亦濡染几遍，

【译 文】

沧州有个画工叫伯魁，字起瞻。（他的姓是这个"伯"字，自称是伯州犁的后裔。朋友中有人开玩笑地问他："您为啥不叫自己二世祖太宰公呢？"近年来他的子孙越发连字也不认识了，竟然自称叫"白氏"了。）曾经画一幅侍女图，刚勾勒出轮廓，因为有别的事情岔开了，没有画完，就锁在书房里了。过了两天，打算把这幅画画完，但是几案上放置颜色的小碟子，摆得乱七八糟，画笔也已经被用了好几遍，这幅仕女图已经完成了，画中人

图已成矣。神采生动，有殊常格。魁大骇，以示先母舅张公梦征，魁所从学画者也。公曰："此非尔所及，亦非吾所及，殆偶遇神仙游戏耶？"时城守尉永公宁②，颇好画，以善价取之。永公后迁四川副都统，携以往。将罢官前数日，画上仕女忽不见，惟隐隐留人影，纸色如新，余树石则仍黯旧。盖败征之先见也。然所以能化去之故，则终不可知。

神采生动，跟平常那些仕女图非常不一样。伯魁害怕极了，拿着这幅画给我的舅舅张梦征先生看，伯魁的画画技艺就是跟张先生学的。张先生看完说："这种画画水平不是你能达到的，也不是我能达到的，难道偶遇神仙的游戏之作？"当时的守城长官永宁，特别喜欢画画，花了大价钱买走了这幅画。永宁后来升迁到四川做副都统，带着这幅画一起赴任去了。永宁将要罢官前的几天，画上的侍女突然不见了，只留下了淡淡的人影。纸色像新的一样，剩下的树木和石头仍然是黯淡的。大概衰败的征兆已经先一步显现了。但是画中的侍女是如何消失的，就不得而知了。

注　释

❶伯州犁：原为晋国贵族，姬姓，郤氏旁支。

❷永公宁：事迹不详，曾经上奏乾隆皇帝四川巡抚标下亲丁缺出，照例于满兵内挑选。

【原　文】

佃户张天锡，尝于野田见髑髅，戏溺其口中。髑髅忽跃起作声曰："人鬼异路，奈何欺我？且我一妇人，汝

【译　文】

从前，有个佃户叫张天锡，曾经在田野里看见一个骷髅头，就开玩笑似的往骷髅嘴里撒尿。骷髅头忽然跳起来发出声音说："人和鬼走的道路不同，你为什么欺

男子，乃无礼辱我，是尤不可。"渐跃渐高，直触其面。天锡惶骇奔归，鬼乃随至其家。夜辄在墙头檐际，责詈不已。天锡遂大发寒热，昏瞀①不知人。阖家拜祷，怒似少解。或叩其生前姓氏里居，鬼具自道。众叩首曰："然则当是高祖母，何为祸于子孙？"鬼似凄咽，曰："此故我家耶？几时迁此？汝辈皆我何人？"众陈始末。鬼不胜太息，曰："我本无意来此，众鬼欲借此求食，怂恿我来耳。渠有数辈在病者房，数辈在门外。可具浆水一瓢，待我善遣之。大凡鬼恒苦饥，若无故作灾，又恐神责。故遇事辄生衅，求祭赛。尔等后见此等，宜谨避，勿中其机械。"众如所教。鬼曰："已散去矣。我口中秽气不可忍，可至原处寻吾骨，洗而埋之。"遂呜咽数声而寂。

侮我？况且我是一个女人，你是男人，这么无礼地侮辱我，这是尤其错误的。"骷髅说着越跳越高，一直碰到张天锡的脸上。张天锡吓得惊慌失措地跑回家，髑髅的鬼魂竟也跟随着到了他家。夜里就藏在墙头屋檐间，责骂不停。张天锡于是一会冷一会热，神志昏乱，连人也认不出来。全家跪拜祷告，女鬼的怒气好像稍稍缓解了一些。有人询问她生前的姓名和居所，鬼魂把自己的情况一一说明。众人叩头说："这样说起来，应当是高祖母了，为什么要祸害子孙呢？"女鬼似乎非常悲凉地呜咽着说："这里原是我的家吗？什么时候搬到这里的？你们都是我的什么人？"众人讲了家庭变迁的始末。女鬼不住地叹息，说："我本来无意来到这里，众鬼想要借这件事求吃喝，怂恿我来的。他们有几个在病人的房里，有几个在门外。可以准备一瓢羹汤，等我好好地把他们打发走。大凡是鬼，经常苦于饥饿，如果是无缘无故地兴祸作灾，又恐怕神责备。所以遇到事情，就生出别的事端，要求祭祀酬谢。你们以后见到这种情况，要谨慎回避，不要中他们的诡计圈套。"众人照她说的办了。女鬼最后说："他们已经散去了。我嘴里的污秽之气实在难以忍耐，可以到原处找到我的骨头，洗净之后埋掉。"说完呜咽了好几声，就消失了。

注 释

❶昏瞀（mào）：目眩，眼花。

【原 文】

又佃户何大金，夜守麦田。有一老翁来共坐。大金念村中无是人，意是行路者偶憩。老翁求饮，以罐中水与之。因问大金姓氏，并问其祖父，恻然曰："汝勿怖，我即汝曾祖，不祸汝也。"细询家事，忽喜忽悲。临行，嘱大金曰："鬼自伺放焰口①求食外，别无他事，惟子孙念念不能忘，愈久愈切。但苦幽明阻隔，不得音问。或偶闻子孙炽盛，辄跃然以喜者数日，群鬼皆来贺。偶闻子孙零替，亦悄然以悲者数日，群鬼皆来唁。较生人之望子孙，殆切十倍。今闻汝等尚温饱，吾又歌舞数日矣。"回顾再

【译 文】

还有一个类似的故事，有个佃户叫何大金，夜间看守麦田，有个老翁来和他坐在一起。何大金想到村里没有这么个人，想着可能是过路的偶然来歇歇脚。老翁向他讨水喝，他就把水罐递给了老翁。老翁于是同何大金攀谈起来，问他的姓氏，并且问到他的祖父，有些伤感地说："你不要害怕，我就是你的曾祖父，不会害你的。"他又仔细地询问了许多家事，有时高兴，有时悲伤。临别时，嘱咐何大金说："鬼除了在祭祀时节等待'放焰口'时求口饭吃外，没有别的事情，只是对子孙念念不忘，年代越久思念越切。只是苦于幽明阻隔，不通音讯。有时偶尔听说自己的子孙兴旺发达，就会手舞足蹈，高兴好几天，群鬼都来祝贺。如果偶尔听闻自己的子孙凋零衰败，就会闷闷不乐，伤心好几天，群鬼都来安慰。比起活着的人对子孙的期望，大概还要殷切十倍。今天得知你们生活温饱，还能过得下去，我就又可以手舞足蹈高兴几天了。"老翁临走，还几

四，丁宁勉励而去。先姚安公曰："何大金蠢然一物，必不能伪造斯言。闻之使人追远之心，油然而生。"

次三番地回过头来看，再三叮咛勉励，这才离去。先父姚安公说："何大金这么一个粗笨东西，肯定不能编出这么一番话来。听到这个故事，使人敬祖追远的孝心油然而生。"

注　释

❶放焰口：一种佛教仪式，根据《救拔焰口饿鬼陀罗尼经》而举行的法事，使得恶鬼得到超度。

【原　文】

廖姥，青县人，母家姓朱，为先太夫人乳母。年未三十而寡，誓不再适，依先太夫人终其身。殁时年九十有六。性严正，遇所当言，必侃侃与先太夫人争。先姚安公亦不以常媪遇之。余及弟妹皆随之眠食，饥饱寒暑，无一不体察周至。然稍不循礼，即遭呵禁。约束仆婢，尤不少假借，故仆婢莫不阴憾之。顾司管钥，理庖厨，不能得其毫发私，亦竟

【译　文】

廖老太太，是青县人，娘家姓朱，是先太夫人的奶妈。还不到三十岁就守寡了，发誓不再嫁人，后来靠着先太夫人才过完了她的一生。去世的时候九十六岁。廖老太太性情严格端正，如果遇到需要表达自己观点的时候，一定理直气壮地与先太夫人争辩。姚安公也不像对待平常的老女仆那样对待廖老太太。我和弟弟妹妹吃饭睡觉都跟着廖老太太，不管是饿了撑了，冷了热了，一点一滴她都体察得非常周到。但是稍有一点不合规矩，她一定呵斥并制止我们的行为。她管理奴仆非常严格，没有一点姑息容忍之处，所以仆人婢女暗地里都想找她的麻烦。廖老太太以前掌管家里的钥匙，管理厨房，但是丝毫没有发现

无如何也。尝携一童子，自亲串家通问归，已薄暮矣。风雨骤至，趋避于废圃破屋中。雨入夜未止，遥闻墙外人语曰："我方投汝屋避雨，汝何以冒雨坐树下？"又闻树下人应曰："汝毋多言，廖家节妇在屋内。"遂寂然。后童子偶述其事，诸仆婢皆曰："人不近情，鬼亦恶而避之也。"嗟乎，鬼果恶而避之哉！

她有徇私行为，最终也不能拿她怎么样。曾经带着一个小男孩，去亲戚家串门回家，当时已经傍晚了，突然开始刮风下雨，赶紧跑到一处破院旧屋中躲避。雨一直下到夜里还没停，远远地听见墙外有人说话："我正投奔你的屋子去避雨，你怎么冒着大雨坐在树下面？"又听树下的人说："你不要多说了，廖家节妇在屋子里面。"于是一下安静下来，没有声音了。后来，这个小男孩偶然说起这件事，仆婢们都说："不近人情的人，连鬼都讨厌她，甚至躲走。"唉，鬼难道真的是因为讨厌廖老太太而躲开的吗！

【原 文】

有两塾师邻村居，皆以道学自任。一日，相邀会讲，生徒侍坐者十余人。方辩论性天，剖析理欲，严词正色，如对圣贤。忽微风飒然，吹片纸落阶下，旋舞不止。生徒拾视之，则二人谋夺一寡妇田，往来密商之札也。此或神恶其伪，故巧发其奸欤？然操此术者众矣，固未尝一一败也。闻此札既露，其计

【译 文】

有两个私塾先生住在相邻的两个村子里，都自认为是真正的道学先生。一天，相互邀请一起讲学。陪坐在一起的学生们有十多个人。正在讨论性理天性，剖析理学与人欲，严词正色，如同对着圣贤一般。忽然微风飒飒，吹落了一张纸到台阶下，一直转圈转个不停。学生们捡起来看了一下，原来是两位私塾先生谋取夺得一个寡妇的田产，他俩之间往来商讨的密信。这也许是神灵痛恨他们的虚伪，所以借用这种方式使他们的诡计败露？但是这样要诡计的人多了，

不行，寡妇之田竟得保。当由茕嫠①苦节，感动幽冥，故示是灵异，以阴为呵护云尔。

也没听说全部败露。后来听说这些密信被揭露出来，两人的诡计也没有得逞，寡妇的田产得以保留下来。应当是寡妇苦苦守节，感动幽冥之神，所以显示其灵异，暗中保护她罢了。

注 释

❶茕嫠（qiónglí）：寡妇的意思，出自《文选》。

【原 文】

某公之卒也，所积古器，寡妇孤儿不知其值，乞其友估之。友故高其价，使久不售。俟其窘极，乃以贱价取之。越二载，此友亦卒，所积古器，寡妇孤儿亦不知其值，复有所契之友效其故智，取之去。或曰："天道好还，无往不复。效其智者罪宜减。"余谓此快心之谈，不可以立训也。盗有罪矣，从而盗之，可曰罪减于盗乎？

【译 文】

某公去世了，平生收藏了大量古董，寡妇孤儿不知道这些古董的价值，请某公的朋友来估价。朋友故意估了很高的价格，使得这批古董久久卖不出去。等到孤儿寡母的生活非常困窘之后，（这个人）以非常低的价格买进了这批古董。两年后，这个朋友也去世了，平生收藏的古董，寡妇孤儿也是不知道其价值。又有一个与他关系非常好的朋友，效仿他曾经使用过的伎俩，把这批古董低价买走了。有的人说："天道讲究因果报应，循环往复，仿效某公朋友巧取豪夺行为的人，罪责应该减少。"我说这是一种让自己内心痛快的说法，但是不可以作为行为准则。偷盗本来就有罪了，跟着学也去偷盗的人，难道说罪责比盗贼少吗？

【原文】

　　百工技艺，各祠一神为祖。倡族祀管仲，以女闾三百也。伶人祀唐玄宗，以梨园子弟也。此皆最典。胥吏祀萧何、曹参，木工祀鲁班，此犹有义。至靴工祀孙膑，铁工祀老君之类，则荒诞不可诘矣。长随所祀曰"钟三郎"，闭门夜奠，讳之甚深，竟不知为何神。曲阜颜介子曰："必'中山狼'之转音也。"先姚安公曰："是不必然，亦不必不然。郢书燕说①，固未为无益。"

【译文】

　　世上的百工技艺，各自祭祀一个神明为祖师。娼妓祭祀管仲为祖师，因为据说他是第一个设置妓院的人。唱戏的人祭祀唐明皇，把他看为唱戏的始祖，因为是梨园子弟的缘故。这都是比较典型的事例。小官吏祭祀萧何、曹参，木工祭祀鲁班，这些都还说得过去。至于做靴子的祭祀孙膑，打铁的祭祀太上老君之类的，真是荒诞不经啊。跟班的祭祀的神叫"钟三郎"，都是关上门，晚上偷偷地祭奠，隐藏得非常深，终究不知道祭祀的是什么神。曲阜颜介子说："这一定是中山狼的谐音。"姚安公说："不一定是这样，也不一定不是这样，那些牵强附会的说法，也有它存在的意义。"

注　释

❶郢书燕说：语出《韩非子·外储说左上》，是说郢地的人信中写错了，燕国人却牵强附会地替他们解读。

【原文】

　　先叔仪庵公，有质库①在西城中。一小楼为狐所据，

【译文】

　　我的先叔父仪庵公，有个当铺在西城。他有一座小楼被狐狸精占据，夜里

夜恒闻其语声，然不为人害，久亦相安。一夜，楼上诟谇鞭笞声甚厉，群往听之。忽闻负痛疾呼曰："楼下诸公，皆当明理，世有妇挞夫者耶？"适中一人方为妇挞，面上爪痕犹未愈，众哄然一笑，曰："是固有之，不足为怪。"楼上群狐亦哄然一笑，其斗遂解。闻者无不绝倒。仪庵公曰："此狐以一笑霁威，犹可与为善。"

经常听到它们说话的声音，但是不害人，时间久了也彼此相安。一天夜里，楼上传出很响的责骂声、鞭打声，大家都去听。忽然听到楼上忍痛高呼："楼下诸公都应当是明白事理的，世上有妻子打丈夫的吗？"恰巧楼下人群中有一人刚刚被妻子打了，脸上的抓痕还没有好利索。众人哄然一笑说："当然有这种事了，不值得大惊小怪。"楼上的群狐也哄然一笑，狐仙夫妇之间的打斗也就结束了。听到这件事的人都笑得前仰后合。仪庵公说："这个狐精用一笑冲淡怒气，还是可以好好相处的。"

注　释

❶质库：亦称"质舍""解库""解典铺""解典库"等，古代押物放款收息的商铺。

【原文】

田村徐四，农夫也。父殁，继母生一弟，极凶悖。家有田百余亩，析产时，弟以赡母为词，取其十之八，曲从之。弟又择其膏腴者，亦曲从之。后

【译文】

田村有个农夫叫徐四，父亲去世了，继母生了一个弟弟，极为凶横不讲道理。家里有一百多亩田地，分家时，弟弟以供养母亲为由，分去了十分之八，徐四委曲求全，把大部分田地都给了弟弟。弟弟又要挑选肥沃的田地，徐四也依了他。后来，

弟所分荡尽，复从兄需索。乃举所分全付之，而自佃田以耕，意恬如也。一夜自邻村醉归，道经枣林，遇群鬼抛掷泥土，栗不敢行。群鬼啾啾，渐逼近，比及觌①面，皆悚然辟易，曰："乃是让产徐四兄。"倏化黑烟四散。

弟弟把分得的田产挥霍干净，又向徐四要田。徐四就把自己分得的田地全部给了弟弟，自己则租田耕种，看上去泰然平静。一天夜里，他从邻村喝醉了酒回家，途中经过一片枣树林时，遇到一群鬼朝他抛掷泥土，他吓得发抖不敢走了。群鬼"啾啾"地叫着，渐渐逼近了徐四，等看清徐四的面孔，都惊得倒退，说："原来是让出自己全部田地的徐四兄。"群鬼忽然化作黑烟四下散去了。

注 释

❶觌（dí）面：见面，当面。觌，面对面。

【原 文】

沈观察①夫妇并故，幼子寄食亲戚家，贫窭②无人状。其妾嫁于史太常③家，闻而心恻，时阴使婢媪与以衣物。后太常知之，曰："此尚在人情天理中。"亦勿禁也。钱塘季沧洲因言：有孀妇病卧，不能自炊，哀呼邻媪代炊，亦不能时至。忽一少女排闼入，曰："吾新

【译 文】

沈观察夫妇不幸一同去世，幼子寄养在亲戚家，吃不饱穿不暖，潦倒得不像个人的样子。沈观察的妾嫁到史太常家，听说了这事后，非常心疼这个孩子，常悄悄叫婢女、老妈子送些衣物去。后来太常知道了，说："这还在人情天理当中。"也不禁止她做这些。钱塘人季沧洲于是说了一个类似的故事：有个寡妇得了很重的病，只能卧床休息，不能自己做饭，哀求邻居老太太给做点儿饭，但老太太也不能按时来。忽然有个少女推

来邻家女也，闻姊困苦乏食，意恒不忍。今告于父母，愿为姊具食，且侍疾。"自是日来其家，凡三四月。孀妇病愈，将诣门谢其父母。女泫然④曰："不敢欺，我实狐也。与郎君在日最相昵，今感念旧情，又悯姊之苦节，是以托名而来耳。"置白金数铤于床，呜咽而去。二事颇相类。然则琵琶别抱，掉首无情，非惟不及此妾，乃并不及此狐。

门进来，说："我是新搬来的邻居家的女儿。听说姐姐很艰苦，吃不上饭，心里常常不忍看你如此受罪。今天我禀告过父母，愿意为姐姐做饭，并且侍奉你养病。"从此少女天天来，过了三四个月，寡妇的病渐渐好转，打算登门感谢少女的父母。少女流着泪说："我不敢骗你，我其实是狐狸精，你丈夫在的时候，我和他很相爱。如今我感念旧情，又同情姐姐辛苦守节，因此冒名而来。"然后在床上放了几块银子，呜咽着走了。这两件事很相似。改嫁之后便翻脸无情，丝毫不念旧情的女人，不但不如这个妾，甚至连这个狐狸精也不如。

注 释

❶观察：也就是道员，是明清时期地方政府官职之一，被称为观察、观察使。

❷贫窭（jù）：贫穷，贫寒。

❸太常：主管祭祀的官员。

❹泫然：流泪的样子。

卷　五

【原文】

　　郑五，不知何许人，携母妻流寓河间①，以木工自给。病将死，嘱其妻曰："我本无立锥地，汝又拙于女红，度老母必以冻馁死。今与汝约：有能为我养母者，汝即嫁之，我死不恨也。"妻如所约，母借以存活。或奉事稍怠，则室中有声，如碎磁折竹。一岁，棉衣未成，母泣号寒。忽大声如钟鼓，殷动②墙壁。如是者七八年。母死后，乃寂。

【译文】

　　郑五，不知他是哪里的人，带着母亲和妻子流落到河间这个地方，靠做木工活糊口。他得了重病，去世前叮嘱妻子说："我本来就穷得什么都没有，你也不大会做女工活儿，估计我死后，老母亲也要冻饿而死了。现在和你约定，哪个能为我赡养老母，你就嫁他，我死也没有遗憾了。"郑五去世后，妻子嫁了一个愿意赡养郑母的人，老母亲得以活下来。有时候侍奉老母稍微怠慢了一些，屋子里就会出现奇怪的响动，就像是瓷器碎裂、竹竿折断的声音。有一年冬天，棉衣还没有做好，老母亲哭着喊冷。忽然屋里响起了鸣钟击鼓那么大的声音，墙壁都被震得直动。就这样过了七八年，郑五的老母死后，才安静下来。

注　释

❶河间：今河间市，由河北省沧州市代管。

❷殷动：形容震动得很厉害。

【原文】

佃户曹自立，粗识字，不能多也。偶患寒疾，昏愦中为一役引去。途遇一役，审为误拘，互诟良久，俾送还。经过一处，以石为垣，周里许，其内浓烟坌涌①，紫焰赫然。门额六字，巨如斗，不能尽识，但记其点画而归。据所记偏旁推之，似是"负心背德之狱"也。

【译文】

佃户曹自立，稍微认识几个字，不太多。他偶然得了寒热病，昏昏沉沉中被一个衙役带走了。途中遇见另一个衙役，仔细一看说是拘错了人，两个衙役相互吵骂了好久，只能把曹自立送了回来。经过一个地方时，有石头砌的墙，周长差不多有一里地，墙内浓烟翻涌，熊熊燃烧着紫色的火焰。门楣上刻着六个字，像斗那么大，他不能全部认下来，只是记住了一些字的笔画就回来了。根据他记住的偏旁推测，似乎是"负心背德之狱"。

注 释

❶坌（bèn）涌：涌出，涌现。

【原文】

罗仰山通政在礼曹时，为同官所轧，动辄掣肘，步步如行荆棘中。性素迂滞，渐恚愤成疾。一日，郁郁枯坐，忽梦至一山，花放水流，风日清旷，觉神思开朗，垒块顿消。沿溪散步，

【译文】

罗仰山通政在礼部为官时，被同行倾轧，做什么都被牵制、干扰，每一步都像走在荆棘之中，非常不顺利。罗仰山本来性情内向，沉默寡言，结果胸中一股郁闷愤恨之气积聚，得了病。一天，一个人不开心地呆坐着。忽然梦到自己到了一座山上，花朵盛开，泉水流淌，风清日远，觉得精神思想都为之开朗放松，堵在胸口的大石头都消失

得一茅舍。有老翁延入小坐，言论颇洽。老翁问何以有病容，罗具陈所苦。老翁太息曰："此有夙因，君所未解。君七百年前为宋黄筌①，某即南唐徐熙②也。徐之画品，本居黄上。黄恐夺供奉之宠，巧词排抑，使沉沦困顿，衔恨以终。其后辗转轮回，未能相遇。今世业缘凑合，乃得一快其宿仇。彼之加于君者，即君之曾加于彼者也，君又何憾焉！大抵无往不复者，天之道；有施必报者，人之情。即已种因，终当结果。其气机之感，如磁之引针，不近则已，近则吸而不解。其怨毒之结，如石之含火，不触则已，触则激而立生。其终不消释，如疾病之隐伏，必有骤发之日。其终相遇合，如日月之旋转，必有交会之躔。然则种种害人之术，适以自害而已矣。吾过去生中，与君有旧，因君未悟，

了。沿着溪水散步，看到一间茅舍，有一位老先生邀请他到屋中稍坐，两人聊得很投机。老人就问他为何看着像是生病了，罗仰山就把遭受的苦难都告诉老人了。老人听后长叹一声说："这是有前因后果的，您还不知道呢。七百年前您是宋朝的黄筌，某人是南唐的徐熙。徐熙画画的水平本来是高于黄筌的，黄筌却怕徐熙抢了他为皇家供奉画画的特权，于是花言巧语地排斥抑制徐熙，使得他沉沦困顿，带着终生的遗憾去世了。后来辗转轮回，你们再没能相遇，现在这一世，结下的业缘凑在一起，某人才得以痛快地报他的旧仇。他如今给你造成的痛苦和困扰，就是之前你给他造成的伤害，您又有什么不甘心的呢！不过是因果轮回，报应不爽罢了，这是老天运行的规律，就是作恶必然受到报应，也是人之常情。即已经种下因，最终必然有这样的结果。其中的玄妙的感应，就像磁铁吸引磁针，不挨着还好，只要一挨上，就会吸附在一起，难以解开。彼此之间只要结下怨毒，就像取石头中的火一样，接触不到就罢了，一旦接触在一起，就会爆发出激烈的火花。这种仇恨不会消失，就好像隐藏在身体中的疾病，一定会有突然爆发的一天。仇恨的双方也一定会相遇，就像日升月落，必然有交会的轨迹。然而种种害人之术，最终恰恰是害了自己。我前世中，与您有旧日交情，因为您还没有明白这

【原文】

故为述忧患之由。君与彼已结果矣，自今以往，慎勿造因可也。"罗洒然有省，胜负之心顿尽；数日之内，宿疾全除。此余十许岁时，闻霍易书先生言。或曰："是卫公延璞事，先生偶误记也。"未知其审，并附识之。

【译文】

里的前因后果，所以特意来解释您如此痛苦难过的原因。您与他已经结下了恶果，从今以后，千万不可再结下恶因了。"罗仰山一下省悟了，卸下了心中的包袱，争强好胜的心一下消失不见了，数日之内，老毛病全都好了。这是我十多岁的时候，听霍易书先生说的，有人说："这是卫延璞先生的事，霍先生偶然记错了。"也没仔细考证讲的到底是谁的事，一起附记在后面了。

注 释

❶黄荃：字要叔，今四川成都人。擅长画花竹翎毛，与江南徐熙并称"黄徐"，形成五代至宋初花鸟画两大主要流派。

❷徐熙：五代南唐时期著名画家，今江苏南京人。其性情豪爽旷达，志向高洁，善画花竹林木。

【原文】

田白岩言：康熙中，江南有征漕之案①，官吏伏法者数人。数年后，有一人降乩于其友人家，自言方在冥司讼某公。友人骇曰："某公循吏，且其总督两江，在此案前十余年，何以无故讼之？"乩又书曰："此案非一

【译文】

田白岩讲了这样一个故事：康熙年间，江南发生了征漕案，由此被牵连伏法的官吏有好几人。几年之后其中一人的鬼魂降乩到他的朋友家，说自己正在阴间状告某公。朋友吓坏了，说道："某公是好官，况且他总督两江漕运时，是在这个案子发生前的十多年，为什么无缘无故告他？"鬼魂又在沙盘上写道："这个案子是冰冻三尺，非一日之寒。在

日之故矣。方其初萌，褫一官，窜流一二吏，即可消患于未萌。某公博忠厚之名，养痈不治，久而溃裂，吾辈遂遘②其难。吾辈病民蛊国，不能仇现在之执法者也。追原祸本，不某公之讼而谁讼欤？③"书讫，乩遂不动。迄不知九幽之下，定谳如何。《金人铭》④曰："涓涓不壅，将为江河；毫末不札，将寻斧柯。"古圣人所见远矣。此鬼所言，要不为无理也。

刚刚发现苗头时，如果革除一个官员，流放一两个小吏，就可以在没萌发时消除隐患。某公为了博取忠厚的名声，养痈为患，最终问题越拖越大，导致我们这些人都因触犯律法被杀。我们害了百姓害了国家，但是不能把现在的执法者看成仇人。追根溯源到灾祸的根本，不告他还能去告谁？"写到这里，乩也不动了。现在也不知道在阴间是怎么结的案。《金人铭》说："涓涓之流不及时堵塞，终于成为江河；细小的树苗不拔去，将来长大了就得找斧子来砍。"古时候圣人真是看得远呵。这个鬼魂说的，不能说没有道理。

注 释

❶征漕之案：康熙年间，征收漕粮时的舞弊大案，震惊朝野。历代漕粮每年都有几百万石，因运输困难，船只消耗，官吏侵吞，耗费巨大，有时甚至以数十石代价运粮一石。辛亥革命后，漕运全部废除。

❷遘（gòu）：遇到。

❸不某公之讼而谁讼欤：这句话是古代汉语的宾语前置用法，"某公"作为代词前置到谓语动词"讼"前面。

❹《金人铭》：见《孔子家语·观周》："孔子观周，遂入太祖后稷之庙，庙堂右阶之前，有金人焉，三缄其口而铭其背。"

【原 文】

　　爱堂先生①尝饮酒夜归，马忽惊逸。草树翳荟，沟塍凹凸，几蹶者三四。俄有人自道左出，一手挽辔②，一手掖之下，曰："老母昔蒙拯济，今救君断骨之厄也。"问其姓名，转瞬已失所在矣。先生自忆生平未有是事，不知鬼何以云然。佛经所谓"无心布施，功德最大"者欤？

【译 文】

　　爱堂先生有一次喝了酒夜里回来，马忽然受惊狂奔起来。草木繁盛，沟坎高高低低的，好几次差点儿从马上摔下去。忽然从道路左边闪出个人来，一手拉住缰绳，一手将爱堂先生搀扶下马，说："我的老母亲当初多蒙先生救济，现在我来帮助您免受断骨之难。"爱堂先生问他的姓名，可是转眼之间这人已经不见踪影了。爱堂先生回忆，一生中没有做过这样的事情，不知鬼为什么要这样讲。难道这就是佛经上所说的不经意间的救助，才是功德中最大的吗？

注 释

　❶爱堂先生：生平不详，多次出现在《阅微草堂笔记》中，应是纪晓岚的朋友。

　❷辔（pèi）：驾驭牲口的嚼子和缰绳。

【原 文】

　　姚安公言：有孙天球者，以财为命，徒手积累至千金。虽妻子冻饿，视如陌路，亦自忍冻饿，不轻用一

【译 文】

　　我的父亲姚安公曾经讲过这么一件事：有个叫孙天球的人，爱财如命，白手起家，积累了一千两银子的财富。即使妻子孩子缺衣少食，又冷又饿，就像对待陌生人一样，视而不见，自己也忍着冻和

钱。病革时，陈所积于枕前，一一手自抚摩，曰："尔竟非我有乎？"呜咽而殁。孙未殁以前，为狐所㟴，每摄其财货去，使窘急欲死，乃于他所复得之。如是者不一。又有刘某者，亦以财为命，亦为狐所㟴。一岁除夕，凡刘亲友之贫者，悉馈数金，讶不类其平日所为。旋闻刘床前私箧，为狐盗去二百余金，而得谢柬数十纸。盖孙财乃辛苦所得，狐怪其悭啬，特戏之而已。刘财多由机巧剥削而来，故狐竟散之。其处置亦颇得宜也。

钱，绝不轻易花一文钱。病重弥留的时候，把平生所有攒的钱都摆到枕头前，用手一个一个仔细地抚摸，说："你们终究不属于我吗？"呜咽着去世了。孙天球没有去世之前，被狐仙戏弄，狐仙经常把他的财物货品偷走，让他窘迫着急得要死，后来又从其他的地方找到了自己的财货。像这样的情况，有好多次。还有姓刘的人，也是爱财如命，也是被狐仙戏弄，有一年除夕夜，只要是这位刘某的穷亲戚朋友们，每个人都会被赠送几两银子，让人讶异这不像是他平日的作为。后来听说刘某床前的小箱子被狐仙偷去二百多两银子，里面有数十封感谢信。大概是孙天球的钱都是自己辛苦攒起来的，狐仙觉得他很吝啬，所以只是戏弄他一下罢了。刘某的财产都是耍阴谋诡计巧取豪夺而来，所以狐仙就把这些钱散出去了，这种针对不同情况而分别处置的方法也是很合适的。

【原文】

余督学闽中①时，幕友钟忻湖言：其友昔在某公幕，因会勘②，宿古寺中。月色朦胧，见某公窗下有人影，徘徊良久，冉冉上钟楼去。

【译文】

我提督福建学政时，师爷钟忻湖讲了这样一个故事：他的朋友过去在某公的幕府里，由于会同查勘住在古庙里。月色朦胧中，看见某公的窗下有个人影，徘徊了很久，然后慢慢飘上了钟楼。他知道是鬼怪，但是一向胆大，还是暗暗

心知为鬼魅，然素有胆，竟
躡往寻之。至则楼门锁闭，
楼上似有二人语。其一曰：
"君何以空返？"其一曰：
"此地罕有官吏至，今幸两
官共宿，将俟人静讼吾冤。
顷窃听所言，非揣摩迎合之
方，即消弭③弥缝之术，是
不足以办吾事，故废然返。"
语毕，似有太息声，再听之，
竟寂然矣。次日，阴告主人。
果变色摇手，戒勿多事。迄
不知其何冤也。余谓此君友
有嗛④于主人，故造斯言，
形容其巧于趋避，为鬼揶揄
耳。若就此一事而论，鬼非
目睹，语未耳闻，恍惚杳冥，
茫无实据，虽阎罗包老，亦
无可措手，顾乃责之于某
公乎？

跟踪而去。到了钟楼前，看到楼门已关闭上锁，听见楼上好像有两人在说话。其中一个说："你怎么白跑了一趟？"另一个说："这里很少有官吏来，今天幸而有两个官员一起住在这儿，本打算夜深人静以后申诉我的冤情。刚才偷听他们说话，不是揣摩迎合上司的方法，就是商量如何消除填补设法遮掩，这样的官员根本不可能帮我伸冤，所以徒劳无功地返回了。"说完，好像有叹息的声音。想再仔细听听，最终没有声音了。第二天，这位朋友暗中告诉某公。某公果然变了脸色直摇手，告诫他不要多事。至今不知道到底是什么冤情。我认为，这位朋友可能怀恨于他的主人，所以说出这番话，形容某公巧于趋吉避祸，被鬼嘲弄。如果就这一件事来说，并没有亲眼目睹鬼，话也没有亲耳听到，朦胧恍惚，茫茫然没有确实的证据，即使是阎罗王、包龙图，也没有办法着手处理，怎么能责备某公呢？

注　释

❶余督学闽中：清乾隆二十七年（1762）纪晓岚担任福建督学，对于当地的文化教育起了非常积极的推动作用，他回京后，与福建士子还多有联系，感情颇深。

❷会勘：会同查勘。

❸消弭：平息、消除的意思。

❹嗛（qiè）：通"慊"，怨恨，慊恨。也读 qiàn。

【原文】

　　谓鬼无轮回，则自古至今，鬼日日增，将大地不能容。谓鬼有轮回，则此死彼生，旋即易形而去，又当世间无一鬼。贩夫田妇，往往转生，似无不轮回者。荒阡废冢，往往见鬼，又似有不轮回者。表兄安天石，尝卧疾，魂至冥府，以此问司籍之吏。吏曰："有轮回，有不轮回。轮回者三途：有福受报，有罪受报，有恩有怨者受报。不轮回者亦三途：圣贤仙佛不入轮回，无间地狱不得轮回，无罪无福之人，听其游行于墟墓，余气未尽则存，余气渐消则灭。如露珠水泡，倏有倏无；如闲花野草，自荣自落，如是者无可轮回。或有无依魂魄，附

【译文】

　　如果说鬼没有轮回转世，那么从古至今，鬼天天都在增加，大地都要容不下了。如果说鬼有轮回，那么这个死去那个出生，马上变化了另一个形态转世，世上应当说没有一个鬼。那些贩夫走卒、田妇农夫往往只是转世，似乎并不轮回。废弃的荒坟，往往有孤魂野鬼，又好像也不轮回。我的表兄叫安天石，曾经病得比较重，魂魄到了冥府，用转世轮回之事来问阴间管鬼籍的官吏，官吏说："有的鬼参与轮回，有的鬼不参与轮回。有三种途径可以参与轮回，有受福报的，有受罪报的，有受恩怨报的。不能轮回的也有三种情况：圣贤、仙佛不轮回，入无间地狱的不轮回，无罪也无福的人，听任他们在墟墓间游荡，如果还有剩下的气息就能继续游荡，气息慢慢没有了，也就消失了。就像露珠和水中泡影，一会儿有一会儿消失，如同野草闲花，自开自落，像这样的人是没法轮回的。有的没有地方依存的游魂，靠着附在人身上受孕而转

人感孕，谓之'偷生'。高行缁黄，转世借形，谓之'夺舍'。是皆偶然变现，不在轮回常理之中。至于神灵下降，辅佐明时；魔怪群生，纵横杀劫，是又气数所成，不以轮回论矣。"天石固不信轮回者，病瘥以后，尝举以告人，曰："据其所言，乃凿然成理。"

世，也就是所谓的'偷生'；那些德行高尚的僧人，借别人之形转世，也就是所谓的'夺舍'。这些都是偶然出现的情形，不在轮回常理之中。至于那些天上的神灵下降到人间，辅佐明君；魔怪群生，到处作乱杀人抢劫，这都是气数造成的，又不能以轮回的说法解释了。"天石表兄本来就不相信轮回，等到身体痊愈之后，曾经把这些话告诉别人，说："根据他所说的话，确实是有道理的。"

【原文】

星士①虞春潭，为人推算，多奇中。偶薄游襄汉，与一士人同舟，论颇款洽。久而怪其不眠不食，疑为仙鬼。夜中密诘之。士人曰："我非仙非鬼，文昌司禄之神也，有事诣南岳。与君有缘，故得数日周旋耳。"虞因问之曰："吾于命理，自谓颇深。尝推某当大贵，而竟无验，君司禄籍，当知其由。"

【译文】

有个算命先生叫虞春潭，替人占卜吉凶，算命预言，竟然多次都很准确。偶然在湖北襄阳一带稍作停留，同一个读书人一起坐船，说话聊天非常投缘。时间长了，看他不吃饭也不睡觉，觉得很奇怪，怀疑这个读书人是仙鬼。晚上，夜深人静的时候，虞春潭悄悄地盘问这个读书人的身份。读书人回答说："我不是仙也不是鬼，是文昌祠掌管俸禄的神仙。现在有事情要去南岳一趟，与您有缘分，所以能够一起待了这么多天。"虞春潭于是问他："我对于命理的学问，自认为研究得非常深入了。曾经推算出某人应当是大贵的命，但是最终也没能应验，您负责掌管官员俸禄，应当知道其中的原因。"这个读书人说："某

士人曰："是命本贵，以热中②，削减十之七矣。"虞曰："仕宦热中，是亦常情，何冥谪若是之重?"士人曰："仕宦热中，其强悍者必怙权，怙权者必狠而愎；其孱弱③者必固位，固位者必险而深。且怙权固位，是必躁竞，躁竞相轧，是必排挤。至于排挤，则不问人之贤否，而问党之异同；不计事之可否，而计己之胜负。流弊不可胜言矣。是其恶在贪酷上，寿且削减，何止于禄乎?"虞阴记其语。越两岁余，某果卒。

人的命中本是富贵的，但是因为他太过于追求富贵，所以被削减了十分之七。"虞春潭说："做官的人热衷于追求富贵，这也是人之常情，阴间的贬谪为何如此之重?"读书人回答道："做官的人如果太热衷于追求富贵，那些能力强、威望高的人一定独揽大权，专权的人一定心狠手辣又自以为是；那些能力一般、没什么威望的人一定会千方百计保住自己的官位，为了保住官位一定会用阴险的手段和深不可测的计谋。而且专权保位的人，一定急于进取而互相竞争，竞争就会互相倾轧，互相倾轧一定会互相排挤。如果到了排挤这一步，那么就不管人才是不是贤能，而是以派系的异同为异同；做事情时，不是以事情是否可行为标准，而是总算计着是否能把对方斗败，自己胜利。这样带来的恶果说也说不尽。这个人的罪孽在于又贪婪又残酷，连寿命都要减少了，更不要说少俸禄了。"虞春潭暗暗地记下了这个读书人的话，过了两年多，某人果然去世了。

注　释

❶星士：以占星术为人算命的人。

❷热中：比喻急切地盼望实现自己的利益和提高自己的地位。

❸孱（chán）弱：懦弱，缺乏权威或能力。

【原文】

罗与贾比屋而居，罗富贾贫。罗欲并贾宅，而勒其值；以售他人，罗又阴挠之。久而益窘，不得已减值售罗。罗经营改造，土木一新。落成之日，盛筵祭神。纸钱甫燃，忽狂风卷起，著梁上，烈焰骤发，烟煤迸散如雨落。弹指间，寸椽不遗，并其旧庐爇焉。方火起时，众手交救，罗拊膺止之，曰："顷火光中，吾恍惚见贾之亡父。是其怨毒之所为，救无益也。吾悔无及矣。"急呼贾子至，以腴田二十亩书券赠之。自是改行从善，竟以寿考终。

【译文】

罗某和贾某紧邻居住，罗某富而贾某贫。罗某要吞并贾某的房子，把价钱压得很低；贾某想卖给别人，罗某又暗中阻挠。时间长了，贾某更加贫穷，不得已减价卖给了罗某。罗某经营改造，整个房子焕然一新。完工那天，罗某摆下丰盛的筵席，祭祀鬼神。他刚点燃的纸钱，忽然被狂风卷到房梁上，结果烈焰骤起，烧得火星灰尘迸散像下雨一样。弹指之间，烧成一片灰烬，连他原来的旧房子也烧了。火刚起来时，大家一起扑火，罗某却捶着胸脯制止，说："刚才在火光中，我恍惚看见了贾某的亡父。这是他因为怨恨我才报复的，救也没有用。我后悔也来不及了。"罗某急忙找来贾某的儿子，说送给他二十亩良田，还写了契约送给他。从此罗某一心向善，最后得以长寿善终。

【原文】

褚寺①农家有妇姑同寝者，夜雨墙圮，泥土簌簌下。妇闻声急起，以背负墙，而疾呼姑醒。姑匍匐堕炕下，妇竟压焉，其尸

【译文】

刘褚寺的农家，有一个媳妇和她的婆婆在一条炕上睡觉，夜里下雨，墙壁倒塌，泥土簌簌地往下掉。媳妇听见声音急忙起来，用背顶着墙壁拼命叫醒婆婆。她婆婆爬着掉到了炕下，媳妇却被倒塌的墙压死，

正当姑卧处。是真孝妇，以微贱无人闻于官，久而并佚其姓氏矣。相传妇死之后，姑哭之恸。一日，邻人告其姑曰："夜梦汝妇冠帔来曰：'传语我姑，无哭我。我以代死之故，今已为神矣。'"乡之父老皆曰："吾夜所梦亦如是。"或曰："妇果为神，何不示梦于其姑？此乡邻欲缓其恸，造是言也。"余谓忠孝节义，殁必为神。天道昭昭，历有证验，此事可以信其有。即曰一人造言，众人附和，"天视自我民视，天听自我民听"②。人心以为神，天亦必以为神矣，何必又疑其妄焉。

尸体正巧在婆婆躺卧的地方。这是个真正的孝妇，可是因为她的身份低贱而没有人报告给官府，时间一长，就连她的姓名也忘记了。相传在她死了之后，她的婆婆哭得非常伤心。有一天，邻居告诉她婆婆说："夜里做梦见到你的儿媳妇戴冠披帔盛装而来，说：'请转告我的婆婆，不要哭我。我因为替婆婆死，如今已经被封为神灵了。'"乡里的父老们也都说："我夜里也做了这样的梦。"有的人说："这个媳妇如果真的成了神，她为什么不托梦给她的婆婆呢？这是乡亲们为了缓解老人家的悲伤之情，就编造出这么一段话来。"我认为，忠孝节义的人，死后必定成神灵。天道光明公正，有很多事情都可以证实这一点。因此，可以相信真有这种事情。即使说一个人编造谎言，大家都众声附和，也没有什么不可以，所谓"天视自我民视，天听自我民听"，如果人们都认为这个媳妇是神灵，那么上天也必定认为她是神灵，又有什么必要去怀疑这个传言是不是真实的呢？

注　释

❶褚寺：即刘褚寺村，属于河北省沧州市沧县崔尔庄镇所辖。

❷天视自我民视，天听自我民听：语出《尚书·泰誓》，意思是上天所看到的来自我们老百姓看到的，上天所听到的，也是来自我们老百姓所听到的。

【原文】

　　长山①聂松岩②，以篆刻游京师。尝馆余家，言其乡有与狐友者，每宾朋宴集，招之同坐。饮食笑语，无异于人，惟闻声而不睹其形耳。或强使相见曰："对面不睹，何以为相交？"狐曰："相交者交以心，非交以貌也。夫人心叵测，险于山川，机阱万端，由斯隐伏。诸君不见其心，以貌相交，反以为密；于不见貌者，反以为疏。不亦悖乎？"田白岩曰："此狐之阅世深矣。"

【译文】

　　长山聂松岩，凭借自己的篆刻手艺在京师游历。曾经在我家做家庭教师。说他的家乡有跟狐仙做朋友的。每到亲戚朋友们在一起聚会吃饭的时候，就把这个狐仙朋友叫来同坐。吃饭笑谈，和人没有什么差别，只是能听到声音看不到他的样子。有的人强迫狐仙来见面，说："你在对面都看不到，又怎么交朋友呢？"狐仙说："交朋友看的是真心，不是以外表作为依据。人心叵测，甚至比山川还要凶险，诡计陷阱多得很，都隐藏在外貌之中。各位看不到朋友的真心，依靠外貌来交友，认为只要能看到外貌，朋友就是亲密的，看不到外貌的，就认为是关系疏远的。这不是不对吗？"田白岩说："这位狐仙真是洞察世事啊。"

注　释

❶长山：即山东长山，今无，故址位于今山东省邹平市东部，与淄博市接壤。

❷聂松岩：即聂际茂，生于1700年，卒年不详，号松岩，山东长山人，诸生，善篆刻，著有《司空表圣诗品印谱》。

【原 文】

肃宁老儒王德安，康熙丙戌①进士也，先姚安公从受业焉。尝夏日过友人家，爱其园亭轩②爽，欲下榻于是，友人以夜有鬼物辞。王因举所见一事，曰："江南岑生，尝借宿沧州张蝶庄家。壁张钟馗像，其高如人。前复陈一自鸣钟。岑沈醉就寝，皆未及见。夜半酒醒，月明如昼，闻机轮格格，已诧甚；忽见画像，以为奇鬼，取案上端砚仰击之。大声砰然，震动户牖。僮仆排闼入视，则墨沈淋漓，头面俱黑；画前钟及玉瓶磁鼎，已碎裂矣。闻者无不绝倒。然则动云见鬼，皆人自胆怯耳，鬼究在何处耶？"语甫脱口，墙隅忽应声曰："鬼即在此，夜当拜谒，幸勿以砚见击。"王默然竟出。后尝举以告门人曰："鬼无白昼对语理，此必狐也。吾德恐不足胜妖，

【译 文】

河北肃宁有位老儒生，名叫王德安，是康熙丙戌年进士，姚安公曾经跟着他学习。王德安曾经夏天拜访朋友家，喜欢他家的园亭中的小屋子很凉爽，打算住在这里，朋友说这间屋子晚上闹鬼。王德安于是说了一件事，说："江南一个姓岑的年轻人，夜晚住在沧州的张蝶庄家，墙上有张钟馗像，有真人大小，前面放着一架自鸣钟。岑生酒喝多了，就直接睡觉了，钟馗像和自鸣钟都没看见。到了半夜，酒醒了，月亮照得房间如同白天一样，听到机械发出的'格格'声，岑生已经感到很奇怪了，突然看到钟馗的画像，以为是奇鬼，拿了案上的端砚高高地扔过去击打，发出'砰'的一声巨大的声音，震动窗户和门。仆人们赶紧推开门去看，墨水弄得哪里都是，头和脸都黑了，钟馗画前的钟表和玉瓶瓷鼎，都已经被砸碎了。听说这个事的人都笑得前仰后合。动不动就说见鬼，都是人自己害怕造成的。谁见过鬼究竟在哪里呢？"这时墙边有一个人说话："鬼就在这里，夜晚就来拜访，请不要拿砚台来打我。"王德安听后默不作声地跑了。后来曾经用这件事告诫门人说："鬼没有大白天与人说话的道理，这一定是狐妖。我的德行恐怕不足以战

是以避之。"盖终持无鬼之论也。

胜狐妖，因此避开它走了。"大概王老先生始终是坚持无鬼论的。

注 释

❶康熙丙戌：即公元 1706 年。

❷轩：有窗的长廊或者小屋子。

【原 文】

余两三岁时，尝见四五小儿，彩衣金钏，随余嬉戏，皆呼余为弟，意似甚相爱。稍长时，乃皆不见。后以告先姚安公。公沉思久之，爽然曰："汝前母①恨无子，每令尼媪以彩丝系神庙泥孩归，置于卧内，各命以乳名，日饲果饵，与哺子无异。殁后，吾命人瘗②楼后空院中，必是物也。恐后来为妖，拟掘出之，然岁久已迷其处矣。"前母即张太夫人姊。一岁忌辰，家祭后，张太夫人昼寝，梦前母以手推之曰："三妹太不经事，

【译 文】

我两三岁时，曾经见过四五个小孩儿，穿着彩色衣服戴着金镯子，跟着我玩耍，他们都管我叫弟弟，感觉特别喜欢我。我年纪大一些时，就都看不见他们了。后来把这件事告诉姚安公，他想了半天，恍然大悟道："你的前母，常常遗憾没有儿子，经常让老尼姑用彩线系上神庙里的泥娃娃带回来，放于卧室内，每个都起了一个乳名，每天还喂他们果饼点心，和抚养孩子没有差别。她去世后，我叫人把这些泥娃娃都埋到楼后面的空院中，一定是这些东西。怕他们以后出来为妖作怪，打算挖出来的，但是时间太久了，已经忘记埋到哪里了。"前母就是我的母亲张太夫人的姐姐，去世周年忌日的时候，家庭祭拜仪式都完成了，张太夫人白天小睡的时候，梦见前母用手推她说："三妹

利刃岂可付儿戏?" 愕然惊醒，则余方坐身旁，掣姚安公革带佩刀出鞘矣。始知魂归受祭，确有其事。古人所以事死如生也。

实在太大意了，这么尖锐的刀具怎么能拿给小孩玩呢?" 一下子吓得醒了，我正坐在旁边，拿出父亲的佩刀出来玩，当时刀已经出鞘了。才知道祭奠先人的时候，魂魄是会回归的，确有其事。所以古人对待逝世的人如同他活着的时候一样。

注 释

❶前母：继室所生子女对父亲前妻的称呼。

❷瘗（yì）：埋，埋葬的意思。

【原 文】

表叔王碧伯妻丧，术者言某日子刻回煞①，全家皆避出。有盗伪为煞神，逾垣入，方开箧攫簪珥，适一盗又伪为煞神来。鬼声呜呜渐近，前盗皇遽避出，相遇于庭。彼此以为真煞神，皆悸而失魂，对仆于地。黎明，家人哭入，突见之，大骇，谛视乃知为盗。以姜汤灌苏，即以鬼装缚送官，沿路聚观，莫不绝倒。据此一事，"回

【译 文】

表叔王碧伯的妻子去世了，术士说某一天的子刻死者回煞，到了那天，全家都躲了出去。有一个小偷伪装成煞神，翻墙进了家，正打开箱子偷簪环首饰，恰巧另一个小偷又伪装成煞神而来，鬼叫声呜呜呜，越来越近。先来的小偷慌慌张张地想要躲出去，与第二个小偷在庭院里相遇，彼此都以为对方是真煞神，都吓掉了魂，面对面倒在地上。黎明时，家里人哭着回来，突然看见地上躺着两个人，吓了一大跳；仔细一看，才知道是小偷。用姜汤把他们灌醒，就让他们穿着煞神的装束把他们捆绑送官。一路上众人围观，都笑弯了腰。根据这一件事情，回煞的说法应当是

煞"之说当妄矣。然"回煞"形迹，余实屡目睹之。鬼神茫昧，究不知其如何也。

虚妄的了。但是回煞的形迹，我确实是多次亲眼看到过。鬼神之事渺渺茫茫，实在不知道到底怎么样。

注 释

❶回煞：是中国传统丧葬习俗中的一种，认为人去世后若干天内，灵魂会回家一次。

【原 文】

癸巳、甲午间，有扶乩①者自正定来，不谈休咎，惟作书画。颇疑其伪托。然见其为曹慕堂②作着色山水长卷及醉钟馗像，笔墨皆不俗。又见赠董曲江一联曰："黄金结客心犹热，白首还乡梦更游。"亦酷肖曲江之为人。

【译 文】

乾隆癸巳、甲午间，有一个扶乩的人从正定来，不谈吉凶等事，只是作书画。我极为怀疑他是假托作书画。但是看到他为曹慕堂先生作的上色山水长卷和钟馗画像，笔墨超然俗世，又见到他送给董曲江先生的对联："黄金结客心犹热，白首还乡梦更游。"非常像董曲江的为人处世的风格。

注 释

❶扶乩：又称扶箕、扶鸾，通过特定的仪式与神灵沟通，以求获得神灵的指示。是一种迷信活动。

❷曹慕堂：即曹学闵，字孝如，号慕堂，今山西汾阳人。乾隆十九年（1754）中举。

【原文】

余在乌鲁木齐，畜数犬。辛卯赐环①东归，一黑犬曰四儿，恋恋随行，挥之不去，竟同至京师。途中守行箧②甚严，非余至前，虽僮仆不能取一物。稍近，辄人立怒啮。一日，过辟展七达坂，（达坂译言山岭，凡七重，曲折陡峻，称为天险。）车四辆，半在岭北，半在岭南，日已曛黑，不能全度。犬乃独卧岭巅，左右望而护视之，见人影辄驰视。余为赋诗二首，曰："归路无烦汝寄书，风餐露宿且随予。夜深奴子酣眠后，为守东行数辆车。""空山日日忍饥行，冰雪崎岖百廿程。我已无官何所恋，可怜汝亦太痴生。"纪其实也。至京岁余，一夕，中毒死。或曰："奴辈病其司夜严，故以计杀之，而托词于盗。"想当然矣。余收葬其骨，欲

【译文】

我在乌鲁木齐的时候，养了好几条狗，辛卯年被赐回京的时候，其中一条黑色的狗，名叫四儿，恋恋不舍地跟随着我，赶也赶不走，最后只能一起到了京师。途中它负责看守行李箱笼，非常负责任，如果不是我到了跟前，即使是仆人来从里面拿东西也不行。稍稍靠近一点，就像人一样站立起来愤怒地咬牙切齿。一天，路过辟展七达阪，（达阪翻译过来就是山岭的意思。一共有七道山梁，曲折陡峭，十分险峻，被称为天险。）有马车四辆，一半在山岭以北，一半在山岭以南，太阳已经落山，天完全黑了，马车不可能全部翻越山岭。四儿则独自躺在山顶，左右两边不停地观望，守护这些车辆。只要看到人影，就迅速地跑过去查看。我为此还写了两首诗："归路无烦汝寄书，风餐露宿且随予。夜深奴子酣眠后，为守东行数辆车。""空山日日忍饥行，冰雪崎岖百廿程。我已无官何所恋，可怜汝亦太痴生。"用来记载这段真实的情况。等回到北京一年多后，四儿中毒死了。有的人说："是奴仆恨它晚上看得太严，所以用计谋毒杀了四儿。假托是盗贼杀了它。"这样说有点主观臆断。我把四儿好好地安葬，打算做一个坟，碑题为"义犬四儿

为起冢，题曰"义犬四儿墓"；而琢石象出塞四奴之形，跪其墓前，各镌姓名于胸臆，曰赵长明，曰于禄，曰刘成功，曰齐来旺。或曰："以此四奴置犬旁，恐犬不屑。"余乃止。仅题额诸奴所居室，曰"师犬堂"而已。初，翟孝廉赠余此犬时，先一夕梦故仆宋遇叩首曰："念主人从军万里，今来服役。"次日得是犬，了然知为遇转生也。然遇在时阴险狡黠，为诸仆魁，何以作犬反忠荩？岂自知以恶业堕落，悔而从善欤？亦可谓善补过矣。

墓"，又雕刻出出塞时跟着我的四个奴仆的石像，跪在四儿的墓前，在胸前刻上名字。一个叫赵长明，一个叫于禄，一个叫刘成功，一个叫齐来旺。有的人说："把这四个奴仆的石像放到四儿的墓旁，恐怕狗还看不起他们呢！"我这才没有这样干。仅在奴仆住的地方，题了一个门额，叫作"师犬堂"，让奴仆们向四儿这样的忠犬学习。当初，翟孝廉赠给我这条狗的时候，前一天晚上，梦到以前的仆人宋遇对着我磕头说："感念主人万里从军，现在来服侍您。"第二天就得了四儿，明白这条狗就是宋遇的转世。但是宋遇在世的时候，是所有仆人中最阴险狡诈的，怎么转世成狗之后，反而如此忠心呢？难道自己知道因为造业而堕落阴间，后悔而变好了吗？如果是真的，也可以算是善于改正自己的错误啊。

注 释

❶赐环：环，古时作为还的象征物，后被放逐的大臣被召还称为"赐环"。

❷行箧（qiè）：旅途中用的行李箱。

【原 文】

献县城东双塔村，有两老

【译 文】

献县城东的双塔村，有两个老和尚

僧共一庵。一夕，有两老道士叩门借宿。僧初不允。道士曰："释、道虽两教，出家则一。师何所见之不广？"僧乃留之。次日至晚，门不启，呼亦不应。邻人越墙入视，则四人皆不见；而僧房一物不失，道士行囊中藏数十金，亦具在。皆大骇，以闻于官。邑令粟公千钟来验，一牧童言，村南十余里外枯井中似有死人。驰往视之，则四尸重叠在焉，然皆无伤。粟公曰："一物不失，则非盗；年皆衰老，则非奸；邂逅留宿，则非仇；身无寸伤，则非杀。四人何以同死？四尸何以并移？门扃①不启，何以能出？距井窎远②，何以能至？事出情理之外。吾能鞫人，不能鞫鬼。人无可鞫，惟当以疑案结耳。"径申上官。上官亦无可驳诘，竟从所议。应山明公晟③，健令也，尝曰："吾至献，即闻是案，思之数年，不能解。遇此等事，当以不解解之。一作聪

共住在一个庙里。有一天晚上，有两个老道敲门借宿。和尚起初不同意。道士说："释、道虽是两个教派，但同样都是出家人。师父的见解怎么这么狭隘呢？"和尚这才留他们住。第二天从天亮一直到晚上，庙门也没有打开，叫也没人答应。邻居爬墙进去，四个人都不见了。和尚屋里的东西一样不缺，道士的行囊中藏着几十两银子，也都在。大家非常吃惊，报了官。县令粟千钟公来查验，一个牧童说村南十多里外的枯井里好像有死人。粟公赶去一看，却是四具尸体重叠在井里，但尸体上都没有明显的伤痕。粟公说："一件东西也没丢，不可能是盗杀；四人都已衰老，不可能是奸杀；碰巧相遇留宿，也不可能是仇杀；身上一点儿伤也没有，就不是虐杀。四个人为什么一块死呢？四具尸体怎么一起都被挪到了这儿？门插着没开，怎么能出来？离井这么远，是怎么到的呢？这件事出乎情理之外，我能审理人，不能审理鬼。没有人可审，只有作为疑案结案了。"就这样报告了上司。上司也找不出什么来辩驳，最终批准了粟公的审判结果。应山人明晟公，是位很能干的县令，他曾经说："我到了献县，就听说了这个案子，思考了好几年还没有解开这个谜。遇到了这种事，只

明，则决裂百出矣。人言粟公愦愦，吾正服其愦愦也。"

能不了了之。一旦自作聪明乱猜测，麻烦就大了，人们说粟公糊里糊涂，我还真佩服他的糊里糊涂。

注释

❶扃（jiōng）：门闩。

❷窎（diào）远：遥远。窎，远。

❸明公晟：字宋声，号恕斋，应山县（今湖北省广水市）人，雍正元年（1723）进士，担任刑名督捕同知、江西提刑按察司副使等职。其人屡破奇案，誉满天下。

【原文】

奴子王廷佐，夜自沧州乘马归。至常家砖河①，马忽辟易②。黑暗中见大树阻去路，素所未有也。勒马旁过，此树四面旋转，当其前。盘绕数刻，马渐疲，人亦渐迷。俄所识木工国姓、韩姓从东来，见廷佐痴立，怪之。廷佐指以告。时二人已醉，齐呼曰："佛殿少一梁，正觅大树。今幸而得此，不可失也。"各持斧锯奔赴之。

【译文】

奴仆的家生子王廷佐晚上骑马从沧州回来。走到常家砖河时，马忽然像受到惊吓一样往后倒退。黑暗中看见一棵大树挡在面前，而这条路上从来也没有大树。王廷佐勒马从旁边过，这棵树却四面围着他，挡在他面前，这么转来转去地过了几刻钟，马渐渐疲惫了，人也渐渐迷了路。过了一会儿，他认识的姓国、姓韩的两个木工从东面走来，他们看见王廷佐呆立着，觉得很奇怪。王廷佐指着大树跟他们说了这件事。这时二人已经喝醉了，齐声叫道："佛殿少一根大梁，正在找大树。今天幸亏找到这一棵，千万不能放过。"二人手持斧锯奔过

树倏化旋风去。《阴符经》③曰："禽之制在气。"④木妖畏匠人，正如狐怪畏猎户，积威所劫，其气焰足以慑伏之，不必其力之相胜也。

去，树突然化为一阵旋风消失了。《阴符经》说："制伏邪恶在于气势。"木妖怕木匠，正如狐怪怕猎户。在积威的胁迫之下，气势足以慑伏对方，而不必以力量胜过对方。

注 释

❶常家砖河：即常砖河村，今属河北省沧州市运河区。交通方便，地理位置重要。

❷辟易：退避，多指受到惊吓后离开原地。

❸《阴符经》：即《黄帝阴符经》，相传为黄帝所作，应为后人假托。主要讲述道教修养之术，涉及养生要旨、气功、食疗、精神调养、房中术等内容。

❹禽之制在气：禽，通"擒"，制伏的意思。道家修炼主张修习者用意念守住呼吸，把呼吸调顺了，心自然就不会再散乱。

【原文】

宁津苏子庾言：丁卯①夏，张氏姑妇同刈麦。甫收拾成聚，有大旋风从西来，吹之四散。妇怒，以镰掷之，洒血数滴渍地上。方共检寻所失，妇倚树忽似昏醉，魂为人缚至一神祠。神怒叱曰："悍妇乃敢伤我吏，速受

【译文】

宁津的苏子庾说：乾隆丁卯年夏天，张氏婆媳一起割麦子。刚把麦子收拾到一起，有一股大旋风从西方刮来，把麦子吹得四处飘散。媳妇大怒，把镰刀朝着大风扔了过去，只见有几滴血洒落下来沾染在地上。婆媳二人正在一起往回捡被刮散的麦子，媳妇忽然昏昏沉沉靠在树上意识不清，觉得自己的魂魄被人绑到了一个神祠里。神灵怒喝道："你这

杖!"妇性素刚,抗声曰:
"贫家种麦数亩,资以活命。
烈日中妇姑辛苦,刈甫毕,
乃为怪风吹散。谓是邪祟,
故以镰掷之。不虞伤大王使
者。且使者来往,自有官路;
何以横经民田,败人麦?以
此受杖,实所不甘。"神俯
首曰:"其词直,可遣去。"
妇苏而旋风复至,仍卷其麦
为一处。说是事时,吴桥王
仁趾曰:"此不知为何神?
不曲庇其私昵,谓之正直可
矣。先听肤受之诉,使妇几
受刑,谓之聪明则未也。"
景州②戈荔田曰:"妇诉其
冤,神即能鉴,是亦聪明矣。
倘诉者哀哀,听者愦愦,君
更谓之何?"子庾曰:"仁趾
责人无已时。荔田言是。"

个凶悍的农妇,竟敢伤害我的小吏,赶紧等着挨打!"农妇向来性格刚强,大声抗议道:"穷人家种几亩麦,是用来活命的。烈日之下婆媳辛苦割麦,刚刚收拾好,就被怪风吹散。我以为是作祟害人的鬼怪,就把镰刀扔向它,没有料到伤了大王的使者。只是使者来往,自有官路可走,为什么横着经过民田,糟踏人家的麦子?如果我是为了这个挨打,实在心有不甘。"神灵低着头说:"她的言词正直,让她走吧。"农妇苏醒了,旋风又刮过来,又把麦子卷到了一起。说这件事时,吴桥的王仁趾说:"这不知道是个什么神,不曲意庇护自己的人,可以说是正直的了;先听了手下受伤的人告状,差一点儿让农妇受刑,说明他不是很聪明。"景州的戈荔田说:"农妇诉说了她的冤情,神灵就能够审察,这也算是聪明了。倘若诉说的人悲伤哀痛,听的人昏聩糊涂,您又如何评论呢?"苏子庾说:"仁趾责备别人没个完。荔田的话是对的。"

注 释

❶丁卯:乾隆十二年(1747)。

❷景州:今属河北省衡水市,处河北、山东交界之处。

卷　六

【原文】

　　宏恩寺僧明心言：上天竺有老僧，尝入冥，见狰狞鬼卒，驱数千人在一大公廨①外，皆裸衣反缚。有官南面坐，吏执簿唱名，一一选择精粗，揣量肥瘠，若屠肆之鬻羊豕。意大怪之。见一吏去官稍远，是旧檀越，因合掌问讯："是悉何人？"吏曰："诸天魔众，皆以人为粮。如来运大神力，摄伏魔王，皈依五戒。而部族繁夥②，叛服不常，皆曰自无始以来，魔众食人，如人食谷。佛能断人食谷，我即不食人。"如是哓哓③，即彼魔王亦不能制。佛以孽海洪波，沈沦不返；无间地狱④，已不能容。乃牒下阎罗，欲移此狱囚，充彼啖噬；彼腹

【译文】

　　宏恩寺僧人明心说：上天竺有个老和尚，曾经到过冥界，看到过狰狞可怕的鬼卒，驱赶数千人到一个官署一样的地方，这数千人衣服都被脱光，反拧着胳膊捆绑在一起。有个官员朝南坐着，一个官吏拿着名单喊名字，挨个选择精粗，测量肥瘦，有点像屠宰场卖羊卖猪的。老和尚感到非常奇怪，看见一个小吏离着官员比较远，是以前的施主。就合掌问他一些情况："这些都是什么人呢？"小吏回答说："这是诸天魔众，都是以人作为粮食。如来佛祖运用大神力，抓到魔王并制服了他，让他皈依佛教五戒。但是魔王的部族繁衍繁盛，经常不服而反叛，都说自从无始以来，魔王部众吃人，就像人吃五谷一样。如果佛能不让人吃五谷，我就不吃人。"这样争辩了好久，魔王那边一直不能被制服。佛祖认为孽海洪波，沉沦其中难以转世，无间地狱，已经人满为患。于是佛祖给阎王下了文牒，打算把这些囚犯转移到魔王那里，作为他们的口粮，他们既能吃了果腹，还可使百姓免于被荼毒。

得果，可免荼毒生灵。十王共议，以民命所关无如守令，造福最易，造祸亦深。惟是种种冤愆⑤，多非自作；冥司业镜⑥，罪有攸归。其最为民害者，一曰吏，一曰役，一曰官之亲属，一曰官之仆隶。是四种人，无官之责，有官之权。官或自顾考成，彼则惟知牟利，依草附木，怙势作威，足使人敲髓洒膏，吞声泣血。四大洲内，惟此四种恶业至多。是以清我泥犁，供其汤鼎。以白皙者、柔脆者、膏腴者充魔王食，以粗材充众魔食。故先为差别，然后发遣。其间业稍轻者，一经脔割烹炮，即化为乌有。业重者，抛余残骨，吹以业风，还其本形，再供刀俎，自二三度至千百度不一。业最重者，乃至一日化形数度，刲剔燔炙⑦，无已时也。僧额手曰："诚不如削发出尘，可无此虑。"吏曰："不然，其权可

于是十殿阎罗王共同商议，认为与百姓息息相关的莫过于郡守、县令这类的地方长官，造福最容易，为自己积累祸患也最深。只是每种冤愆也不是他们自己故意作下的，冥司有一种业镜，照一照就可以知道这些罪责应该归谁。其中最为老百姓所痛恨的，第一种人是胥吏，第二种人是差役，第三种人是官员的亲属，第四种人是官员的仆从。这四种人，没有官员的责任，却有官员的权力。官员们还要顾忌自己的考核结果，他们这四种人没有任何忌惮，只知道谋取利益，攀附权贵，狐假虎威，他们对百姓敲骨吸髓，流油滴血，真可以说是罪大恶极。四大洲内，只有这四种人作下的恶业最多，因此趁现在清理地狱，把他们作为煮汤做饭的原料。其中白嫩的、柔脆的、肥美的，作为魔王的食物，那些粗糙体瘦的，供给众魔吃。因此，先要选择一番，按照不同的标准再发遣到不同的地方。其中罪业稍轻的人，一经碎割烹烤，就化为乌有消失了。罪孽深重的，将抛余的残骨，用业风一吹，还会恢复本形，再提供到案板上，刀剁斧削。来回两三遍甚至千百遍。那些罪业最重的，一天之内就要无数次化形，反复屠杀剖解、烹煮烧烤，永无休止。老和尚听完，拍着脑门说："真不如削发出家，可以免除此患。"冥吏说："不对，他们既然

以害人，其力即可以济人。灵山会上，原有宰官；即此四种人，亦未尝无逍遥莲界者也。"语讫忽寱。僧有侄在一县令署，急驰书促归，劝使改业。此事即僧告其侄，而明心在寺得闻之。虽语颇荒诞，似出寓言，然神道设教，使人知畏。亦警世之苦心，未可绳以妄语戒也。

有权可以害人，也就有力量可以帮助人。灵山会上，原来也有负责割宰的官员，可见即使这四种人，也未尝没有逍遥于莲界的。"话音刚落，老和尚突然惊醒了。他有一个侄子当时正好在县衙当差，于是立即写信催侄子回家，劝他换个工作。这件事情就是由老僧告诉他的侄子，而明心在寺中得以听到的。老和尚说的话虽然很荒诞，似乎是出于寓言；但神道设教，使人知道害怕。也是警告世人的一片苦心，因此，不可视为胡言妄语。

注 释

❶公廨（xiè）：古时官吏办公的地方。

❷夥（huǒ）：多的意思。

❸嘵（xiāo）：争辩、吵嚷的声音。

❹无间地狱：佛教用语，即阿鼻地狱。

❺冤愆（qiān）：冤仇罪过的意思。

❻业镜：佛教用语，能够显示人的善恶行为。

❼刲剔燔炙（kuītīfánzhì）：即屠杀烹煮的意思。

【原 文】

沧州瞽者①刘君瑞，尝以弦索来往余家。言其偶有林姓者，一日薄暮，有人登

【译 文】

沧州有个盲人叫刘君瑞，曾经多次来我家吹拉弹唱。说他偶然听说一个姓林的人，一天傍晚的时候，有人到林某的家中叫他说："有个官员的船停泊在河

门来唤曰："某官舟泊河干，闻汝善弹词，邀往一试，当有厚赉。"即促抱琵琶，牵其竹杖导之往。约四五里，至舟畔。寒温毕，闻主人指挥曰："舟中炎热，坐岸上奏技，吾倚窗听之可也。"林利其赏，竭力弹唱。约略近三鼓，指痛喉干，求滴水不可得。侧耳听之，四围男女杂坐，笑语喧嚣，觉不似仕宦家，又觉不似在水次，辍弦欲起。众怒曰："何物盲贼，敢不听使令!"众手交捶，痛不可忍。乃哀乞再奏。久之，闻人声渐散，犹不敢息。忽闻耳畔呼曰："林先生何故日尚未出，坐乱冢间演技，取树下早凉耶?"瞿然惊问，乃其邻人早起贩鬻过此也。知为鬼弄，狼狈而归。林姓素多心计，号曰"林鬼"。闻者咸笑曰："今日'鬼'遇鬼矣。"

道休整，听说你善于弹词，邀请你去表演一场，会有重重的谢礼。"说完后就催促他抱起琵琶，牵着竹杖带着他去了。走了大约四五里，到了官船附近，寒暄一番后，听主人指挥说："船里面太热了，请您坐到岸上演奏，我靠着窗户听就行了。"林某想着许诺的丰厚报酬，竭尽力气弹唱。差不多到夜里敲三鼓的时候了，弹得手指痛，唱得喉咙干，却一滴水也没给他喝。侧耳仔细听，感觉四周男男女女混坐在一起，笑语喧哗，感觉不像是官宦之家，又觉得也不像是在水边，于是想不弹了，起身离开。听见好多人愤怒地说："你这个盲贼，竟敢不听我们的指令!"众人交相捶打他，林某疼痛得不能忍受。于是哀求停手再继续演奏。过了很久之后，听得人声音渐渐散去，还不敢停止唱奏。忽然听到耳边有人喊："林先生为什么太阳还没出来，就坐在乱坟间又唱又弹的，是因为树下早晨凉爽吗?"林某大惊失色地问来人，原来是邻居早起去做生意路过这个地方。林某这才知道自己是被鬼戏弄了，狼狈地回家去了。林某一向鬼心眼多，号称："林鬼。"听说这件事的人都笑着说："今天真是'鬼'遇到了鬼。"

注 释

❶瞽（gǔ）者：盲人。

【原 文】

先姚安公曰：里有白以忠者，偶买得役鬼符咒一册，冀借此演搬运法，或可谋生。乃依书置诸法物，月明之夜，作道士装，至墟墓间试之。据案对书诵咒，果闻四面啾啾声，俄暴风突起，卷其书落草间，为一鬼跃出攫①去。众鬼哗然并出，曰："尔恃符咒拘遣我，今符咒已失，不畏尔矣。"聚而攒击，以忠踉跄奔逃，背后瓦砾如骤雨，仅得至家。是夜疟疾大作，困卧月余，疑亦鬼为祟也。一日，诉于姚安公，且惭且愤。姚安公曰："幸哉！尔术不成，不过成一笑柄耳。倘不幸术成，安知不以术贾祸？此尔福也，尔又何尤焉！"

【译 文】

我的父亲姚安公说：老家村里有个叫白以忠的人，偶然买到了一册役鬼符咒，希望借此演练搬运法，也许可以发财。于是按照书里记载的，放置好各种法物，月明的夜晚，穿好道士装束，到废墟荒坟间试法。靠着桌子对着书，念诵咒语，果然听到四周有"啾啾"的声音，突然刮起了暴风，把他的书刮到了草丛里，被一个鬼跳出来抢走了。剩下的鬼都跑出来吵嚷道："你仗着有符咒抓住遣派我们，现在符咒已经丢了，我们不怕你啦！"众鬼聚在一起击打白以忠，他吓得踉踉跄跄奔逃，背后的瓦砾像急雨一般落下，白以忠跌跌撞撞勉强到了家。当天晚上犯了疟疾病，缠绵病榻一个多月，怀疑是被鬼祸害了。一天他告诉姚安公这件事，又惭愧又愤怒。姚安公说："多么幸运啊！你的法术没有学成，不过是一个笑柄罢了，如果不幸法术学成了，怎么能知道你会不会用法术招来祸患，这是你的福气，你又有什么可埋怨的。"

注 释

❶攫（jué）：抓取的意思。

【原 文】

乾隆己未①，余与东光②李云举、霍养仲同读书生云精舍。一夕偶论鬼神，云举以为有，养仲以为无。正辩诘间，云举之仆卒然曰："世间原有奇事，倘奴不身经，虽奴亦不信也。尝过城隍祠前丛冢间，失足踏破一棺。夜梦城隍③拘去，云有人诉我毁其室。心知是破棺事，与之辩曰：'汝室自不合当路，非我侵汝。'鬼又辩曰：'路自上我屋，非我屋故当路也。'城隍微笑顾我曰：'人人行此路，不能责汝；人人踏之不破，何汝踏破？亦不能竟释汝。当偿之以冥镪④。'既而曰：'鬼不能自葺棺。汝覆以片板，筑土其上可也。'次日如神

【译 文】

乾隆己未年，我和东光李云举、霍养仲一起在生云精舍读书。一天晚上偶然聊天聊到了鬼神，云举认为是有鬼神的，养仲认为没有。正在辩论的时候，云举的仆人突然说："世间原来有奇怪的事，如果不是我亲身经历，即使是愚钝如我一样的奴仆，也是不会相信的。曾经路过城隍祠前面的乱坟，失脚踏破了一口棺材。当夜就梦见被城隍拖走，说有人起诉我把他的房子毁坏了。心里知道是踩破棺材的事情，同他辩论道：'你的房子自己盖的不是地方，挡住了别人的路，不是我故意冒犯你。'鬼又辩解道：'是这条路到了我的房顶上，不是我的房子故意挡住路。'城隍微笑着看着我说：'人人都走这条路，不能责怪你；这么多人也没有踏破别人的屋子，为啥就你给踏破了？也不能就这样放走了你。你应当烧一些纸钱作为补偿。'后来又说：'鬼不能自己把棺材修葺好，你在棺材上盖一块板子，再在上面盖一些土就可以了。'第二天，按照城隍说的去做了，焚烧纸钱的时候，有一阵旋风把灰

教，仍焚冥锱，有旋风卷其灰去。一夜复过其地，闻有人呼我坐。心知为曩鬼，疾驰归。其鬼大笑，音磔磔如枭鸟。迄今思之，尚毛发悚立也。"养仲谓云举曰："汝仆助汝，吾一口不胜两口矣。然吾终不能以人所见为我所见。"云举曰："使君鞫狱，将事事目睹而后信乎？抑以取证众口乎？事事目睹无此理，取证众口，不以人所见为我所见乎？君何以处焉？"相与一笑而罢。

烬卷走了。有一天晚上，又路过这个地方，听到有人喊我坐下。心里知道是以前那个鬼，赶紧飞快地跑回了家。鬼大笑，声音磔磔的像猫头鹰一样。到现在想起来，头发汗毛还被吓得直立起来。"养仲对云举说："你的仆人当然帮着你说话了，我一张嘴打不过你们两张嘴。但是我怎么也不能把别人看见的当作自己亲眼所见。"云举说："如果您审理案件，还需要每件事都目睹后才能相信吗？还是询问众多的目击者或证人来取证呢？每件事都要目睹，这是不太可能的。如果向多人询问取证，不就是把别人看到的作为自己看到的吗？这种情况您又该怎么办呢？"两个人相互一笑罢了，无法作答。

注释

❶乾隆己未：即公元 1739 年。

❷东光：今属河北省沧州市，位于沧州市南部。

❸城隍：守护城墙及河池的神。

❹冥锱（qiǎng）：纸钱的意思，阴间的货币。

【原文】

　南皮许南金先生，最有胆。在僧寺读书，与一友共

【译文】

　沧州南皮的许南金先生，胆量最大。在庙里读书的时候，同一个朋友共睡一张

榻。夜半，见北壁燃双炬。谛视，乃一人面出壁中，大如箕，双炬其目光也。友股栗欲死。先生披衣徐起曰："正欲读书，苦烛尽。君来甚善。"乃携一册背之坐，诵声琅琅。未数页，目光渐隐；拊^①壁呼之，不出矣。又一夕如厕，一小童持烛随。此面突自地涌出，对之而笑。童掷烛仆地。先生即拾置怪顶，曰："烛正无台，君来又甚善。"怪仰视不动。先生曰："君何处不可往，乃在此间？海上有逐臭之夫，君其是乎？不可辜君来意。"即以秽纸拭其口。怪大呕吐，狂吼数声，灭烛而没。自是不复见。先生尝曰："鬼魅皆真有之，亦时或见之；惟检点生平，无不可对鬼魅者，则此心自不动耳。"

床。半夜的时候，看到北边墙壁像是点着了两只蜡烛一样，仔细一看，原来是一张人脸从墙壁里出来，大的像一个簸箕，看到的两支蜡烛，其实是他的眼睛发出的光。朋友吓得腿直抖差点死过去。许先生披上衣服慢慢起身说："正打算读书，苦于蜡烛用完了，您来的正是时候。"于是拿了一本书，背对着怪脸坐下，读书的声音琅琅而至。还没读几页，墙上像蜡烛一样的目光消失了。拍打着墙壁，怪脸不再出来了。又有一天，许南金去厕所，一个小童拿着蜡烛跟他去。这个怪脸突然从地下涌出来，对着他笑。小童吓得把蜡烛扔在了地上，先生于是捡起来放到怪脸的头顶上，说："正好没有蜡烛台，您这次来得又非常是时候。"怪脸一直仰着看他，一动不动。先生说："您去哪里不好，非得在厕所待着？听说海上有追逐奇臭的人，您难道就是这样的人吗？不能辜负您的来意。"于是拿脏纸擦怪脸的嘴，怪脸呕吐不止，狂吼了好几声，蜡烛灭了，也就消失了。从此再没见过怪脸。许南金先生说："鬼魅都是真有的，有时候也可以见到他们；只是我检点自己生平所作之事，没有什么不敢面对鬼魅的，因此我的心自然不会为之所动。"

注 释

❶拊（fǔ）：抚摸的意思。

【原 文】

戴东原①言：明季有宋某者，卜葬地，至歙县②深山中。日薄暮，风雨欲来，见岩下有洞，投之暂避。闻洞内人语曰："此中有鬼，君勿入。"问："汝何以入？"曰："身即鬼也。"宋请一见。曰："与君相见，则阴阳气战，君必寒热小不安。不如君爇③火自卫，遥作隔座谈也。"宋问："君必有墓，何以居此？"曰："吾神宗时为县令，恶仕宦者货利相攘，进取相轧，乃弃职归田。殁而祈于阎罗，勿轮回人世。遂以来生禄秩改注阴官。不虞幽冥之中，相攘相轧亦复如此，又弃职归墓。墓居群鬼之间，往来嚣杂，不胜其烦，不得已避居于此。

【译 文】

戴东原先生说：明末有一个姓宋的人，为了找到一块好坟地，到了歙县的深山中。天快黑了，眼看风雨就要来了，看到岩石下有个山洞，钻进去暂时躲避。听到洞内有人说："这里面有鬼，您不要进来。"宋某问："那你怎么进去的？"里面的人回答说："我就是鬼。"宋某请他出来相见。鬼说："和您相见，阴气阳气会互相抵牾，您一定会患寒热病，身体欠安。不如您烧一堆火来守护自己，咱们离得远远的，像隔着座位一样聊天吧。"宋某问："您一定有墓穴，为何住在这里呢？"鬼答道："我在明神宗时是县令，讨厌那些官场上为了争取利益互相攘取，彼此倾轧。于是辞官回到家种地。死后向阎罗王祈求，不要让我再转世为人了。于是把来生做官得俸禄的命运改成在阴间做官。没想到，阴间做官，彼此攘取互相倾轧，也同阳间一样。只好又辞职回到了自己的坟墓里。我的墓地在群鬼中间，他们往来喧嚣，我实在是被打扰得不行，不得已只能避居在这

虽凄风苦雨，萧索难堪，较诸宦海风波，世途机阱，则如生忉利天④矣。寂历空山，都忘甲子。与鬼相隔者，不知几年；与人相隔者，更不知几年。自喜解脱万缘，冥心造化，不意又通人迹，明朝当即移居。武陵渔人，勿再访桃花源也。"语讫不复酬对，问其姓名，亦不答。宋携有笔砚，因濡墨大书"鬼隐"两字于洞口而归。

个山洞中。即使凄风苦雨，萧索寂寞难以忍受，比起那些宦海风波，世间的机巧陷阱，就像生活在忉利天那么好的地方了。寂静安宁的空山中，我都已经忘记时间了。与鬼相隔不知道多少年了，与人相隔更不知多少年了。暗自庆幸解脱人间万缘，在自然之中修炼身心。没想到今天又遇到了人，明天就要搬家去别的地方。您这位武陵渔人，不要再访桃花源啦！"说完这些就再也不说话了，问他的姓名，也不回答。宋某身上带着笔墨纸砚，于是蘸好墨汁，在洞口写了大大的"鬼隐"两个字后回家了。

注 释

❶戴东原：即戴震，字东原，休宁（今安徽黄山）人，经纪晓岚举荐入四库全书馆校书，清代经学家、考据学家。

❷歙（shè）县：在今安徽省南部，产徽墨、歙砚。

❸蒻（ruò）：焚烧引燃的意思。

❹忉（dāo）利天：佛教中的三十三天，此天天众寿命一千岁，见于法显《佛国记》。

【原 文】

吴惠叔言：其乡有巨室，惟一子，婴疾甚剧。叶天

【译 文】

吴惠叔曾经讲过这样一个故事：他的故乡有个大户人家，只有一个儿子，

士①诊之，曰："脉现鬼证，非药石所能疗也。"乃请上方山道士建醮。至半夜，阴风飒然，坛上烛光俱暗碧。道士横剑瞑目，若有所睹，既而拂衣竟出，曰："妖魅为厉，吾法能祛。至夙世冤愆②，虽有解释之法，其肯否解释，仍在本人。若伦纪所关，事干天律，虽绿章③拜奏，亦不能上达神霄。此祟乃汝父遗一幼弟，汝兄遗二孤侄，汝蚕食鲸吞，几无余沥。又茕茕孩稚，视若路人。至饥饱寒温，无可告语；疾痛疴痒，任其呼号。汝父茹痛九原，诉于地府。冥官给牒，俾取汝子以偿冤。吾虽有术，只能为人驱鬼，不能为子驱父也。"果其子不久即逝。后终无子，竟以侄为嗣。

得了很重的病。延请名医叶天士诊断之后说："从脉象看是鬼的症候，这不是吃药能治得了的。"于是就请上方山的道士设坛建醮。到了半夜，阴风惨惨，醮坛上的烛火都变成了暗绿色。道士横剑闭目，好像看见了什么，最后竟抖抖衣服出来了。他说："妖魅作怪，我的法术是能祛除的。至于几代的恩怨，虽然有解救的办法，但能否真正得到解救，还在于本人。如果关系到人伦纲纪，违犯了天条，即便是拜奏上绿章，也不能传达到天庭。这个鬼作祟的起因是，你的父亲撇下了你的一个幼弟，你的哥哥置两个孤苦无依的侄子于不顾，你蚕食鲸吞他们的财产，几乎一点儿不剩。又把孤苦伶仃的孩子当成了陌生人。导致他们饥饿寒冷，无处去说；疾病痛痒，你也任他们呼号不管。你的父亲在九泉之下非常心痛，告到阴曹地府。冥官下发公文，叫鬼吏捉你的儿子来了结这场冤债。我虽然有法力，但只能给人驱祛鬼神，而不能为儿子驱赶父亲。"不久，这个大户的儿子果然死了。最后他一辈子也没有儿子，最终把侄子立为后嗣。

注　释

❶叶天士：名桂，字天士，号香岩。吴县（今江苏苏州）人，清代著名医学

家，温病学的奠基人之一，主要著作有《温热论》《临证指南医案》等。

❷夙世冤愆（qiān）：前世的罪过，积怨极深。

❸绿章：道教用语，指道士祭天时所写的奏章表文。

【原文】

护持寺在河间东四十里。有农夫于某，家小康。一夕，于外出。劫盗数人从屋檐跃下，挥巨斧破扉，声丁丁然。家惟妇女弱小，伏枕战栗，听所为而已。忽所畜二牛，怒吼跃入，奋角与盗斗。梃刃交下，斗愈力，盗竟受伤，狼狈去。盖乾隆癸亥①，河间大饥，畜牛者不能刍秣②，多鬻于屠市。是二牛至屠者门，哀鸣伏地，不肯前。于见而心恻，解衣质钱赎之，忍冻而归。牛之效死固宜，惟盗在内室，牛在外厩，牛何以知有警？且牛非矫捷之物，外扉坚闭，何以能一跃逾墙？此必有使之者矣，非鬼神之为而谁为之？此乙丑③冬在河

【译文】

护持寺在河间城东四十里。附近有位姓于的农民，家境小康。一天晚上，于某外出未归。好几个强盗从屋檐上跳下来，挥动着大斧子砍门，叮当乱响。家中只有妇女小孩，只能趴在枕头上瑟瑟发抖，听任强盗的行为，没有办法。忽然，家里养的两头耕牛，怒吼着跳进院子里，奋然用双角与强盗搏斗起来。强盗举着刀砍，这两头牛反而斗得更勇猛。强盗最终受了伤，狼狈逃走了。原来，乾隆癸亥年，河间发生大饥荒，人们养不起牛，大多把牛卖给了屠宰场。这两头牛当初也被卖掉了，被赶到屠户门前时，伏在地上哀叫，不肯再向前走。于某看到后，动了恻隐之心，当即脱下身上的衣服当掉，拿钱把两头牛赎出，自己则挨着冻回家了。牛为于家效死是应该的，只是强盗在内院，牛在外厩，怎么就知道内院有了强盗？而且牛并不是灵巧敏捷的动物，外面的门关得紧紧的，怎么能一下子就跳过墙来？其中必定有神异的力量驱使，不是鬼神又是谁呢？这件事情是乾隆乙丑年冬天，我在河间主持岁

间岁试④，刘东堂为余言。东堂即护持寺人，云亲见二牛，各身被数刃也。

考时，刘东堂对我讲的。刘东堂就是护持寺那个地方的人，他说亲眼看到了这两头牛，身上都挨了好多刀。

注 释

❶乾隆癸亥：乾隆八年（1743）。

❷刍秣（chúmò）：指用草料喂牲口。

❸乙丑：乾隆十年（1745）。

❹岁试：古代士子们每年要参加的考试，相当于现代的期末考试。

【原 文】

副都统刘公鉴言：曩在伊犁，有善扶乩者，其神自称唐燕国公张说①。与人唱和诗文，录之成帙。性嗜饮，每降坛，必焚纸钱而奠以大白②。不知龙沙葱雪之间，燕公何故而至是？刘公诵其数章，词皆浅陋。殆打油、钉铰③之流，客死冰天，游魂不返，托名以求食欤！

【译 文】

副都统刘鉴讲过一个故事：以前在伊犁的时候，有一个善于扶乩的人，说自己的元神是唐朝燕国公张说。跟别人唱和诗文，都记下来，编成一册一册的。这个人喜欢喝酒，每次降坛现身，一定会焚烧纸钱，用酒来祭奠。伊犁这个龙沙葱雪的边塞，不知道燕国公为啥要到这里来呢？刘鉴读了好几章乩仙的诗文，感觉词语都很浅陋，大都是打油诗、补丁诗之类的。难道是那些客死在冰天雪地的人，游魂不得返回，托名到这里为了求饭食吗？

注 释

❶张说（yuè）：字道济，一字说之。籍贯河东（今山西）人，后居洛阳。唐朝中期著名的政治家、军事家、文学家。历经武则天、睿宗、玄宗等朝。官至宰相。

❷大白：白，原指罚酒用的酒杯，这里指满饮一大杯。

❸钉铰：原指补锅碗的零件，这里指诗歌零碎不成片段。

【原 文】

里人张某，深险诡谲，虽至亲骨肉，不能得其一实语。而口舌巧捷，多为所欺，人号曰"秃项马"。马秃项为无鬃，鬃、踪同音，言其恍惚闪烁，无踪可觅也。一日，与其父夜行迷路，隔陇见数人团坐，呼问当何向。数人皆应曰："向北。"因陷深淖中。又遥呼问之，皆应曰："转东。"乃几至灭顶，躄蹩①泥涂，困不能出。闻数人拊掌笑曰："'秃项马'，尔今知妄语之误人否？"近在耳畔，而不睹其形。方知为鬼所绐②也。

【译 文】

老家村里有个张某，阴险诡诈，即便是至亲骨肉，也得不到他的一句真话。他这个人伶牙俐齿，许多人都被他骗过，人们给他起外号叫"秃项马"。马秃项的意思就是没有鬃毛，"鬃"和"踪"同音，就是说他言辞闪烁，恍惚难找，无踪迹可寻。有一天，他和父亲走夜路迷了路，隔着田垄望见几个人围坐着，就大声询问从哪个方向能走出去。那几个人都说："向北。"结果张某往北走，陷在泥沼中。他又远远地呼问往哪儿走。那些人又都回答说："转向东边。"张某往东去，结果差点被淹死，跌跌撞撞地走不出来。听见那几个人拍着手笑道："'秃项马'，你现在知道胡说八道害人了吧？"声音近在耳边，却不见人影。他这才知道是被鬼骗得团团转。

注 释

❶蹩躠（biéxiè）：跛行貌。

❷绐（dài）：欺诳，欺骗。

【原 文】

余八九岁时，在从舅①实斋安公家，闻苏丈东皋言：交河②某令，蚀官帑③数千，使其奴赍还。奴半途以黄河覆舟报，而阴遣其重台④携归。重台又窃以北上，行至兖州，为盗所劫杀。从舅咋舌曰："可畏哉！此非人之所为，而鬼神之所为也。夫鬼神岂必白昼现形，左悬业镜，右持冥籍，指挥众生，轮回六道⑤，而后见善恶之报哉？此足当森罗铁榜矣。"苏丈曰："令不窃资，何至为奴干没⑥？奴不干没，何至为重台效尤？重台不效尤，何至为盗屠掠？此仍人之所为，非鬼神之所为也。如公所言，是令当受报，故遣奴

【译 文】

我八九岁的时候，在堂舅安实斋先生家，听苏东皋老丈说：交河某位县令，贪污了官库的几千钱，让自己的家奴拿着送回家去。家奴走到半路，谎报说在黄河翻了船，钱沉落河中，暗地里却派自己的手下送回自己家中。家奴的手下又偷了这笔钱，悄悄北上，走到兖州时，被盗贼劫杀。堂舅听后，吃惊地张大了嘴说："可怕呀！这些事不是人做的，是鬼神做的。那些鬼神难道一定要白天现形吗，左面悬着业镜，右面拿着阴间的档案，指挥众生，六道轮回，这样以后才能体现善恶报应吧？这一连串事情就等于是森罗殿上的铁榜，足够警示人们了。"苏老丈说："如果县令不贪污官库资金，何至于被家奴吞没？家奴不吞没，何至于被手下效仿窃取？如果家奴的手下不学这种坏榜样，又何至于被盗贼劫杀？这些事终究还是人做出来的，并不是鬼神做的。如果像你说的，那么这个县令应该遭到报应，所以鬼神安排了家

窃资。奴当受报，故遣重台效尤。重台当受报，故遣盗屠掠。鬼神既遣之报，人又从而报之，不已颠乎?"从舅曰:"此公无碍之辩才⑦，非正理也。然存公之说，亦足于相随波靡之中，劝人以自立。"

奴吞没了这笔钱;家奴应该遭到报应，所以鬼神又安排了他的手下窃取了这笔钱;手下应该遭受报应，所以鬼神安排了盗贼劫杀。鬼神既然安排人去实施报应，又要派人去报复实施的人，循环往复，这岂不是疯了吗?"堂舅说:"这位老先生辩才很高，但不是正理。不过，记住他讲的故事，也足以在随波起伏、顺风而倒的风气之中，用来劝人自立。"

注　释

❶从舅:指母亲的堂兄弟。

❷交河:交河镇，位于河北省沧州市泊头市。

❸官帑(tǎng):古代指收藏钱财的府库、国库。

❹重台:奴婢的奴婢。

❺轮回六道:佛教认为，六道是众生轮回之道途。六道可分为三善道和三恶道。三善道为天、人、阿修罗;三恶道为畜生、饿鬼、地狱。

❻干没:侵吞别人财物。

❼无碍之辩才:本是佛教用语，指菩萨为人说法，义理通达，言辞流利，后泛指口才好，言辞流畅，能言善辩。

【原文】

余督学福建时，署中有"笔捧楼"，以左右挟两浮图①也。使者居下层，其上

【译文】

我督学福建的时候，官署中有一个"笔捧楼"，左右两边是两座高塔。笔捧楼在下层，上层墙壁重叠，曲曲折折，除非正午，楼里的光线无法看到东西。

层则复壁曲折，非正午不甚睹物。旧为山魈②所据，虽不睹独足反踵③之状，而夜每闻声。偶忆杜工部"山精白日藏"④句，悟鬼魅皆避明而就晦，当由曲房幽隐，故此辈潜踪。因尽撤墙垣，使四面明窗洞启，三山翠霭，宛在目前。题额曰"浮青阁"，题联曰："地迥不遮双眼阔，窗虚只许万峰窥。"自此山魈迁于署东南隅会经堂。堂故久废，既于人无害，亦听其匿迹，不为已甚矣。

以前据说被山中的鬼魅所占据，即使不能目睹"独足反踵"的样子，但是每天夜里都能听到他们的声音。偶然想到杜甫的诗句"山精白日藏"，明白鬼魅都是躲避明亮而喜欢去黑暗的地方，应当是因为房间曲折幽暗，所以这些山鬼能够藏在这里。于是把墙垣全部拆除，四周安装上大大的透明窗户，三山苍翠的雾气，宛如在眼前。楼上的题额是"浮青阁"，门前对联为："地迥不遮双眼阔，窗虚只许万峰窥。"从此以后，山鬼就搬到官署东南角的会经堂，这个堂已经荒废很久了，既然对人没有造成伤害，也就听任山鬼藏迹于此，只要不做太过分的事情，也就罢了。

注 释

❶浮图：佛教用语，这里指高塔。

❷山魈（xiāo）：指山里的独脚鬼怪，最早见于《山海经》。

❸独足反踵：只有一只脚，脚后跟朝前，脚尖朝后。

❹山精白日藏：选自杜甫《陪郑广文游何将军山林》："野鹤清晨出，山精白日藏。"

【原 文】

渔洋山人记张巡①妾转世

【译 文】

渔阳山人记载了张巡之妾转世索命

索命事，余不谓然。其言曰："君为忠臣，我则何罪，而杀以飨士？"夫孤城将破，巡已决志捐生。巡当殉国，妾不当殉主乎？古来忠臣仗节，覆宗族糜妻子者，不知凡几。使人人索命，天地间无纲常矣。使容其索命，天地间亦无神理矣。王经之母[2]含笑受刃，彼何人乎！此或妖鬼为祟，托一古事求祭飨，未可知也。或明季诸臣，顾惜身家，偷生视息，造作是言以自解，亦未可知也。儒者著书，当存风化，虽齐谐志怪，亦不当收悖理之言。

的故事，我觉得不是真的。张巡妾说："您为忠臣，我又有什么罪过，被杀了分给士兵们吃？"那孤城将被攻破，张巡已经决定为国捐躯。张巡可以殉国，妾难道不应该以死殉主人吗？自古忠臣为守节义，宗族被灭，妻子和孩子被做成肉糜的，不知道有多少人。如果人人都来索命，天地间没有伦理纲常了。如果容许他们来索命，天地间也是没有神理的了。王经的母亲，含笑赴死，他是什么人呢！这也许是妖鬼在作祟，假托一件古事来求祭祀供给食物，也未可知。也许是明末臣子，爱惜自己的生命，顾恋家庭，苟且偷生，编造这些言语来自我解脱，也是未可知的事情。儒者写书，期望有益于风化，即使是齐谐志怪，也不应该收录有悖常理的言语。

注　释

❶张巡：唐朝蒲州（今山西永济）人，开元年间中进士。安史之乱时，奋勇抗敌，坚韧不屈，传说他守城时粮绝，将爱妾杀死分与众将士吃。

❷王经之母：三国时期魏国雍州刺史王经的母亲，王经因为曹髦之死，举家被杀，其母从容赴死。

【原文】

先四叔父栗甫公，一日往河城探友。见一骑飞驰向东北，突挂柳枝而堕。众趋视之，气绝矣。食顷，一妇号泣来曰："姑病无药饵[①]，步行一昼夜，向母家借得衣饰数事。不料为骑马贼所夺。"众引视堕马者，时已复苏。妇呼曰："正是人也！"其袱掷于道旁，问袱中衣饰之数，堕马者不能答；妇所言，启视一一合。堕马者乃伏罪。众以白昼劫夺，罪当缳首[②]，将执送官。堕马者叩首乞命，愿以怀中数十金予妇自赎。妇以姑病危急，亦不愿涉讼庭，乃取其金而纵之去。叔父曰："果报之速，无速于此事者矣。每一念及，觉在在处处有鬼神。"

【译文】

我那已经过世的四叔栗甫公，有一天到河城去看朋友。途中看到一个人骑马向东北飞奔，突然被柳枝挂住而掉下马来。众人赶紧跑过去看，这人已经断气了。过了大约一顿饭的功夫，一个女人号哭着过来，说："婆婆生病，没钱买药，我走了一天一夜，向娘家借了一点儿衣服首饰，打算换钱为婆婆买药。不想被骑马贼抢走了。"众人带她去看坠马的人，这个人当时已经醒过来了。女人喊道："就是他。"骑马贼的包袱就扔在了路边，众人问坠马的人包袱里衣物首饰的数目，他答不上来；女人说了一个数目，把包袱打开后一一核对，都可以对得上。坠马人于是认罪。大家认为大白天抢劫，罪该绞死，要把他捆起来送往官府。坠马人磕着头请求饶命，表示愿把身上带的几十两银子送给女人用来赎罪。妇人因婆婆病情危急，也不愿到官府打官司，收了银子放他走了。叔父说："因果报应的迅速，没有比这件事更快的了。每次一想到这件事，就觉得时时处处都有鬼神。"

注 释

❶ 药饵：药的意思。

❷ 缳（huán）首：绞杀，用绳勒死。

【原 文】

齐舜庭，前所记剧盗齐大之族也。最剽悍，能以绳系刀柄，掷伤人于两三丈外，其党号之曰"飞刀"。其邻曰张七，舜庭故奴视之，强售其住屋广马厩，且使其党恐之曰："不速迁，祸立至矣。"张不得已，携妻女仓皇出，莫知所适。乃诣神祠，祷曰："小人不幸为剧盗逼，穷迫无路。敬植杖神前，视所向而往。"杖仆向东北。乃迤逦①行乞至天津，以女嫁灶丁②，助之晒盐，粗能自给。三四载后，舜庭劫饷事发，官兵围捕，黑夜乘风雨脱免。念其党有在商舶者，将投之泛海去。昼伏夜行，窃瓜果为粮，幸无觉者。一

【译 文】

齐舜庭是前面所讲过的大盗贼齐大的同族。他最剽悍，用绳子系住刀把，在两三丈远之外就能投刀伤人，他的同伙称他为"飞刀"。他的邻居叫张七，齐舜庭总是像对待奴仆一样对待他，强迫张七把住房卖给他以扩宽马厩之用，还指使同伙威吓张七："不赶紧迁走，大祸马上临头。"张七迫不得已，带着妻子儿女仓皇地逃出家门，不知到哪里去是好。他就来到神祠祷告："小人不幸，被强盗逼迫，走投无路了。现在恭敬地把一根木棍立在神灵面前，看木棍倒向何方就往何方走。"结果木棍倒向东北方，于是张七带着一家人坎坎坷坷地到了天津，在天津把女儿嫁给了一个盐丁，帮着晒盐，勉强能维持生计。三四年后，齐舜庭盗劫粮饷的事败露了，官兵围捕他，当时是黑夜，而且刮着大风，下着大雨，他才得以逃脱。想到他的同伙有在商船上的，他打算去投奔他这个同伙，从海上逃走。他白天躲藏起来，晚上赶路，偷

夕，饥渴交迫，遥望一灯荧然，试叩门。一少妇凝视久之，忽呼曰："齐舜庭在此！"盖追缉之牒，已急递至天津，立赏格募捕矣。众丁闻声毕集。舜庭手无寸刃，乃弭首③就擒。少妇即张七之女也。使不追逐七至是，则舜庭已变服，人无识者；地距海口仅数里，竟扬帆去矣。

瓜果充饥，侥幸没被人发现。一天晚上，他又饥又渴，远远地看见有一点昏黄的灯光。他走过去试着敲了敲门，一个少妇久久地盯着他看，忽然大声呼喊："齐舜庭在这里！"大概追捕他的公文，已经急速送到了天津，朝廷悬赏捉拿他。盐丁们听到叫喊声马上聚集来，齐舜庭手无寸铁，只好束手就擒。这个叫喊的少妇就是张七的女儿。假如不是逼迫张七走投无路到这里来，齐舜庭已变换了装束，根本无人认识他；这里离入海口又只有几里路，最后他扬帆出海逃脱了。

注　释

❶迤逦：缓行貌。

❷灶丁：煮盐工。

❸弭（mǐ）首：俯首，降服。

【原　文】

辛卯①春，余自乌鲁木齐归。至巴里坤，老仆咸宁据鞍睡，大雾中与众相失。误循野马蹄迹，入乱山中，迷不得出，自分必死。偶见崖下伏尸，盖流人逃窜冻死

【译　文】

乾隆辛卯年的春天，我从乌鲁木齐回来。到达巴里坤这个地方时，老仆人咸宁伏在马鞍上睡着了，大雾中与大家走散了。沿着野马的足迹，误进了乱山丛中，迷了路不能出来，他自己觉得肯定要死在山里了。偶然在山崖下面看见一具尸体，大概是流放的犯人在逃亡途

者，背束布橐，有糇粮②。宁借以疗饥，因拜祝曰："我埋君骨，君有灵，其导我马行。"乃移尸岩窦中，运乱石坚窒。惘惘然③信马行。越十余日，忽得路出山，则哈密境矣。哈密游击④徐君，在乌鲁木齐旧相识，因投其署以待余。余迟两日始至，相见如隔世。此不知鬼果有灵，导之以出；或神以一念之善，佑之使出；抑偶然侥幸而得出。徐君曰："吾宁归功于鬼神，为掩胔⑤埋骼者劝也。"

中被冻死的，尸体背上扎了个布袋，里面装有干粮。咸宁就用这些来充饥，并且拜跪着祷告说："我埋了你的尸骨，你若在天有灵，就引导我的马往正确的路上走。"于是把尸体放到岩石洞里，用乱石紧紧封闭了洞口。随后就听凭马自己走。过了十几天，忽然发现了路，才出了山，竟然已经到了哈密境内了。哈密有个游击官徐某，是我在乌鲁木齐的老相识，因此咸宁就投奔到他的府上等我。我迟了两天才到，相见时感觉已经隔了一世了。这件事不知是鬼果真有灵，引导他出山；还是神灵因他的一念善心，保佑他出来；也许是偶然碰巧侥幸能够出来。徐某说："我宁愿把这件事归功于鬼神，以鼓励那些掩埋暴露于野外的尸骨的人。"

注　释

❶ 辛卯：乾隆三十六年（1771）。

❷ 糇（hóu）粮：干粮。

❸ 惘惘然：迷迷糊糊的样子。

❹ 游击：清代武官名，从三品。

❺ 胔（zì）：腐肉，这里指尸体。

【原文】

董曲江前辈言：顾侠君①刻《元诗选》成，家有五六岁童子，忽举手外指，曰："有衣冠者数百人，望门跪拜。"嗟乎，鬼尚好名哉！余谓剔抉幽沈，搜罗放佚，以表章之力，发冥漠之光，其衔感九泉，固理所宜有。至于交通声气，号召生徒，祸枣灾梨②，递相神圣，不但有明末造，标榜多诬；即月泉吟社③诸人，亦病未离乎客气。盖植党者多私，争名者相轧。即盖棺以后，论定犹难，况乎文酒流连，唱予和汝之日哉。《昭明文选》④以何逊⑤见存，遂不登一字。古人之所见远矣。

【译文】

董曲江先生说：顾侠君刊刻《元诗选》完成以后，家里有个五六岁的小孩，忽然举着手指着外面说："有数百个穿戴整齐衣冠的人，对着门跪拜。"哎呀！鬼也是很看重名啊！我觉得把他们从幽沉中挑选出来，搜罗那些消失的姓名，用来表彰他们的功绩，使得被遗忘在阴间的闪光点得以显现，这些人会在九泉之下感恩戴德，这在道理上也是说得通的。至于那些彼此串通，招揽生徒，乱刻一些没有价值的书，还传讲自己是圣贤的人，不仅在明朝末年出现了很多，标榜之语言也尽是虚假不真实的；甚至南宋末年的月泉吟社的各位遗命诗人们，也是没有免除"客居他乡"之气，为人所诟病。原来是培植党羽的人多有私心，争名逐利的人互相倾轧。即使去世之后，也难以做到盖棺定论，何况那些流连于喝酒作文，你作一首诗，我和一首的日子呢！《昭明文选》由于何逊才得以保存，但是他也没有把自己名字写上去，可见古人是非常有远见的。

注 释

❶顾侠君：即顾嗣立，字侠君，号闾丘，江苏长洲（今江苏常熟）人。清代学者、诗人。康熙五十一年（1712）中进士，后入武英殿，编《元诗选》三集

百余卷。

❷祸枣灾梨：古代刻书多用枣树和梨树，此句形容刊刻无用之书，使得枣树、梨树遭被砍伐之灾。也用作自谦语。

❸月泉吟社：宋末元初创立的人数最多、规模最大、影响最深的遗民诗社。作品集《月泉吟社诗》是中国现存最早的诗社总集。

❹《昭明文选》：我国现存最早的一部诗歌总集，由南朝梁武帝长子萧统组织文人编写，萧统谥号昭明，故称"昭明文选"。

❺何逊：南朝梁诗人，字仲言，东海郯人（今山东郯城），对于《文选》流传起了重要作用。

【原　文】

孙虚船先生言：其友尝患寒疾，昏愦中觉魂气飞越，随风飘荡。至一官署，谛视门内皆鬼神，知为冥府。见有人自侧门入，试随之行，无呵禁者。又随众坐庑下，亦无诘问者。窃睨堂上，讼者如织。冥王左检籍，右执笔，有一两言决者，有数十言、数百言乃决者，与人世刑曹无少异。琅珰①引下，皆帖伏无后言。忽见前辈某公盛服入，冥王延坐，问讼何事。则诉门生故吏之辜恩，

【译　文】

孙虚船先生说：他的朋友曾经得了寒病，昏迷中只觉得灵魂飞了出去，随着风到处飘荡。到了一个官府，仔细一看，发现门里面都是鬼神，知道这是来到了地府。他看见有人从侧门进去，他也试着跟着走，没人阻止他。他又跟着众人坐在廊庑下，也没人查问他。他偷偷地看了一下公堂上，告状的人川流不息。阎王左手翻看着案卷，右手拿着笔，有的案件一两句话就判决了，有的讲了十几句或几百句才判决，与人世间审理案件没什么差别。判决后，罪犯们戴着脚镣手铐被押送下去，都表示服从判决，不说二话。忽然他看见一位前辈某公穿戴整齐地进来了，阎王请他坐下，问他要告什么事。某公就说他的门生和旧吏

所举凡数十人，意颇恨恨。冥王颜色似不谓然，俟其语竟，拱手曰："此辈奔竞排挤，机械万端，天道昭昭，终罹②冥谪。然神殛之则可，公责之则不可。'种桃李者得其实，种蒺藜者得其刺'，公不闻乎？公所赏鉴，大抵附势之流；势去之后，乃责之以道义，是凿冰而求火也。公则左矣，何暇尤人？"某公怃然久之，逡巡③竟退。友故与相识，欲近前问讯。忽闻背后叱叱声，一回顾间，悚然④已醒。

忘恩负义，列举了几十个人，看样子很气愤。然而阎王看起来似乎并不以为然，等他说完了之后，拱手作礼说："这些人到处奔走，互相排挤，诡计多端，天道昭昭，他们终究要受到阴间的惩罚。但是鬼神处罚他们可以，你责骂他们就不行。有句话说'种桃种李的得到果实，种植蒺藜的得到它的刺'，你难道没听说过吗？你所赏识的，大都是一些趋炎附势的人，如今你的权势已经没有了，还用道义来要求他们，这就好像是凿冰求火。你自己错了，怎么能埋怨别人？"某公怅然若失了好久，迟疑不决地退了下去。孙虚船的朋友与某公是老相识，想上去问候一下。忽然听见背后有人在呵斥他，当他回头去看时，一下子就惊醒了。

注 释

❶琅珰（lángdāng）：指人戴上镣铐。

❷罹（lí）：遭受苦难或不幸。

❸逡（qūn）巡：因为有所顾虑而徘徊不前。

❹悚（sǒng）然：害怕的样子。

佚文二则

【原　文】

　　仙游林生斗南言，闽有海舶遭风者，漂流二十余昼夜，得一岛可泊。岛上林木翁翳[1]，花草烂然，清泉瀱瀱[2]流石罅，味甘如醴。其人穴居，食山果，男女皆裸。见人不趋视，亦不惊避，与为礼，不答；与语，不应；食其果，不禁；其穴坐卧，亦不逐。视其彼此往来亦若不相识。居数日，忽一人就语曰："尔遭风暴来耶？我亦华人遭风至此者也。此岛无名亦无君长，地气恒温，故不知衣。山果甘美，取之不竭，故不谋食。居无定处，随意所之，故不成聚落。男女无定偶，曾相偶者，再见亦漠然无情，或竟有不知相偶者，故生息不

【译　文】

　　仙游有个儒生叫林斗南，福建一带有海上的船只遭受大风袭击，漂流了二十多个日日夜夜，才看到一个荒岛可以靠岸。岛上树木葱茏，花草繁茂。清冽的泉水汩汩地从石缝中流出，味道甘甜凛冽。岛上的人住在山洞里，吃山上的果子，男女都赤裸身体。见了陌生人不会凑上去看，也不会惊吓得四处躲避。向他们作礼问好，他们不回礼；跟他们说话，没有回应；吃他们的果子，也不禁止；躺坐在他们的洞穴中，也不把你赶走。看着他们彼此往来也像是不认识的样子。在岛上待了好几天，突然有一个岛民走到跟前对他们说："你们是遭受了风灾来到这里的吗？我也是中华人士遭风灾到了这个地方的。这个岛没有名字，也没有君主在这里，气候恒温，所以不知道穿衣服。山果甘美，取之不尽，所以不用辛苦找吃的。居无定所，随意到哪里去都行，所以聚不成部落。男女没有固定的配偶，曾经是配偶的两个人，再次见面的时候好像是陌生人一样冷漠。有的竟不知道要寻找配偶，因此繁衍

繁，至今尚多无人地。生子能自食，则听所往，后亦渐不相认，故群居而无亲疏之分。然其人无嗜欲，无争竞，无恩怨，无机械变诈，故无喜怒哀乐之心，得失利害之事。得以无疾病，无夭折。吾初至犹梦家，久而乐之，惟梦游行此岛中，今则并梦亦无矣。此神仙之福，诸君能相随居此乎？"众谢不能，其人太息去。

生息得不多，现在还有很多没人居住的地方。生了的孩子能自己吃饭了，就任凭他到哪里去，长大后也渐渐不认识了，所以群居却没有亲疏之分。但是这些岛民没有嗜好和欲望，不会互相竞争，没有恩怨，没有狡诈计谋，所以没有喜怒哀乐之情，没有计较得失利害的事。因此没有疾病，孩子也没有夭折。我刚到这里时，还是很想家的，做梦的时候都梦到家乡。时间长了，感觉住在这里也挺快乐，只是在这个岛上梦游，现在连梦也没有了。这是神仙的福气，各位能跟着我一起住在岛上吗？"众人都谢绝了他的好意，表示不能，这个人长叹着气无奈地走了。

注　释

❶蓊翳（wěngyì）：草木繁茂的样子。
❷瀎瀎（guó）：水流的声音。

【原文】

　　先太夫人有婢曰三儿，一日为少年诱去。行三四十里将至沙涡①，遇一官从数骑，其行如风。怒咤曰："何物狂且，敢盗人婢女？"

【译文】

　　从前，太夫人有个婢女，叫作三儿，一天被少年诱拐走了。大概走了三四十里路，将要到沙涡的时候，遇到一个官员，有数十个骑马的侍卫跟着，他们就像风一样快速。官员大声斥责道："什么人如此轻狂，敢盗人家的婢女？"少年感

少年惊怖，窜入秋田中逃去。官又叱三儿曰："背主私奔，法当笞！"挥从骑，按伏田塍上，即以马鞭捶三十，纵马径去。三儿痛晕，卧路旁。适有村民贩鬻者，问知为余家婢，以空车载归。后其母来视，私问曰："莫是主人鞭汝，托言见鬼耶？"三儿唾曰："勿作负心语，岂有受如是毒鞭尚能行三四十里者？"三儿又曰："是官着鹅黄短衣帽，有孔雀翎。"沙涡非孔道②，断无驿使往来，且驿使往来，何由路见少女不问而知为逃婢，即行决罚，盖满洲大臣之为神者也。

到又惊又怕，逃窜进玉米地里跑了。官员又叱骂三儿："背着主人与人私奔，按照法律应当处以鞭刑。"指挥跟随的人，把三儿按到田埂上，用马鞭捶打了三十下，然后就骑着马扬长而去。三儿痛得晕倒过去，倒在了路边。正好有一个做买卖的村民路过，知道她是我家的婢女，让她坐着空车，把她带回去了。后来三儿的母亲来看望她，私下里问她："莫不是主人用鞭子打的你，假装说是见鬼被鞭的？"三儿唾弃道："千万不要说这种没有良心的话，哪里能有遭受鞭刑还能走三四十里路的人呢？"三儿又说："这个大官，穿着鹅黄短衣，帽子上有孔雀翎。"沙涡并非交通要道，肯定没有驿使往来，而且驿使往来，在路上看见年轻的女孩，连问也不问，怎么就知道是逃出来的婢女呢？而且能马上判决并惩罚，也许是化为神灵的满洲大臣吧。

注 释

❶沙涡：应是沧州附近地名，有可能是今沙洼乡。

❷孔道：指通往某处的必经之路。

如是我闻

卷　一

【原文】

曩①撰《滦阳消夏录》，属草未定，遽②为书肆所窃刊，非所愿也。然博雅君子，或不以为纰缪，且有以新事续告者。因补缀旧闻，又成四卷。欧阳公③曰："物尝聚于所好。"岂不信哉！缘是知一有偏嗜，必有浸淫而不自已者，天下事往往如斯，亦可以深长思也。辛亥七月二十一日题。

【译文】

以前撰写《滦阳消夏录》时，还是草稿的时候，就被书铺偷偷刊刻了出去，这并不是我愿意的。但是博雅君子，有的不认为我写这种志怪小说的行为是错的，而且还有人不断告诉我新的故事。于是补充旧闻，又写了四卷。欧阳公说："人们或者物品总是在喜欢他们的地方越聚越多。"这种说法是真的啊！因此得知一旦有了偏好，必定有沉浸其中不能自拔的情况，天下的事情往往都是这样的，也是可以令人长久思考的问题啊。辛亥七月二十一日题。

注 释

❶曩（nǎng）：从前，过去的。

❷遽（jù）：赶快。

❸欧阳公：指欧阳修。这段话出自欧阳修《集古录目序》。

【原文】

许南金先生言：康熙乙

【译文】

许南金先生讲了这么一个故事：康熙

未①，过阜城之漫河。夏雨泥泞，马疲不进，息路旁树下，坐而假寐。恍惚见女子拜言曰："妾黄保宁妻汤氏也，在此为强暴所逼，以死捍拒，卒被数刃以死。官虽捕贼骈诛，然以妾已被污，竟不旌表。冥官哀其贞烈，俾居此地，为横死诸魂长，今四十余年矣。夫异乡丐妇，踽踽②独行，猝遇三健男子，执缚于树，肆其淫毒，除骂贼求死，别无他术。其啮齿受玷，由力不敌，非节之不固也。司谳者苛责无已，不亦冤乎？公状貌似儒者，当必明理，乞为白之。"梦中欲询其里居，霍然已醒。后问阜城士大夫，无知其事者；问诸老吏，亦不得其案牍。盖当时不以为烈妇，湮没久矣。

乙未年，路过阜城的漫河镇。夏天下了很大的雨，非常泥泞，马很疲累，不能再前进。在路旁的树下休息，坐着打瞌睡。恍惚间，看到一个女子拜礼说："我是黄保宁的妻子汤氏，在这个地方被强暴所逼，以死抗争，最后被砍了好几刀致死。官府虽然捉拿到了强盗并一起被处死，但是因为我已经被污辱，竟然不旌表我。冥官怜悯我的贞烈，让我住在这里，做那些横死的人的魂长，到现在已经四十多年了。我不过是一个异乡要饭的妇女，踉踉跄跄地一个人走，突然遇到三个健壮的男子，被绑到树上，听凭他们的污辱，除了痛骂他们以求速死外，没有别的办法。我咬着牙忍受着被玷污的痛苦，实在是因为力气不够，并不是不想保守自己的贞洁。负责审狱的人不停地苛责，不也是很冤枉的吗？您貌似是一个读书人，应当明理，请为我评理。"许南金在梦中正要询问她的家乡住所，突然一下惊醒了。后来问阜城的名流，没人知道这件事情。问那些年纪大的差吏，也没有这个案子的文字材料。估计是当时没有认为这个妇女是烈妇，已经被湮没很久了。

注 释

❶康熙乙未：即康熙五十四年，公元 1715 年。

❷踽（jǔ）：孤独的样子。

【原文】

虎坊桥①西一宅，南皮张公子畏故居也，今刘云房副宪②居之。中有一井，子、午二时汲则甘，余时则否，其理莫明。或曰："阴起午中，阳生子半，与地气应也。"然元气昆仑，充满大地，何他井不与地气应，此井独应乎？西土最讲格物学，《职方外纪》③载其地有水一日十二潮，与晷漏不差秒忽。有欲穷其理者，构庐水侧，昼夜测之，迄不能喻，至恚而自沈。此井抑亦是类耳！

【译文】

虎坊桥西边有一处宅子，是沧州南皮张畏公子的故居，现在刘云房副宪住在那里。房子中间有一口井，子时和午时这两个时辰打水的话，井水就是甘甜的，其余的时间则不行，不清楚其中的道理。有的人说："阴气从午时开始出现，阳气从子夜开始生发，这是与地气相感应的。"但是元气昆仑，充满大地，为何与其他地方没有感应，只与这口井感应呢？西方最讲究格物学，《职方外纪》记载其地有水一天涨潮十二次，与日晷测量的十二个时辰丝毫不差。有人想要彻底弄明白其中的道理，在水边盖了一个房子，白天晚上地监测，结果最后也没有解释明白，自己非常生气，甚至到了沉水自杀的地步。这口井也许也是这样一类的情况。

注 释

❶虎坊桥：今属北京市西城区，珠市口西大街与骡马市大街附近。

❷副宪：清代都察院左副都御史的别称。

❸《职方外纪》：明代意大利传教士艾儒略所撰地理书。包括五大洲等内容，前有《万国全图》后有《四海总说》。

【原文】

人死者，魂隶冥籍矣。

【译文】

人死以后，灵魂隶属于冥籍，但是

然地球圆九万里，径三万里，国土不可以数计，其人当百倍中土，鬼亦当百倍中土。何游冥司者，所见皆中土之鬼，无一徼外之鬼耶？其在在各有阎罗王耶？顾郎中德懋①，摄阴官者也。尝以问之，弗能答。人不死者，名列仙籍矣。然赤松、广成，闻于上古；何后代所遇之仙，皆出近世？刘向以下之所记，悉无闻耶？岂终归于尽，如朱子之论魏伯阳②耶？娄真人近垣，领道教者也。尝以问之，亦弗能答。

地球圆九万里，直径三万里，国土的面积大到数不过来，人的数量是中土人数的数百倍，鬼也应当是中土的数百倍。为何游历阴间的人，所看到的都是中土的鬼，没有一个是其他国家的鬼呢？难道不同地域的阎罗王不同吗？顾郎中德懋，是摄阴官，曾经以这个问题问他，他也回答不出来。那些不死的人，名字已经列入仙籍了，但是赤松子、广成子这些神仙，他们闻名于上古时代，为何后代所遇到的仙人，都是出于近世呢？刘向《战国策》之后的史书所记的，都没听说过呢？难道活了数百年，最终归于尘土，就像朱子谈论魏伯阳吗？一位叫娄近垣的真人，是道教的首领，曾经以这个问题问他，他也回答不了。

注　释

❶顾郎中德懋：苏州元和人，乾隆十六年二甲进士。据说其人能在阴间判案。

❷魏伯阳：名翱，字伯阳，会稽（今浙江省绍兴市）人。生性好道，所著《周易参同契》，是现存最早系统阐述炼丹理论的著作。

【原文】

　　里人阎勋，疑其妻与表弟通，遂携铳①击杀其表弟。

【译文】

　　老家有个叫阎勋的，怀疑自己的妻子与表弟通奸，就拿着火枪射杀了表弟。

复归而杀妻，刲②刃于胸，格格然如中铁石，迄不能伤。或曰："是鬼神愍③其枉死，阴相之也。"然枉死者多，鬼神何不尽阴相欤？当由别有善行，故默邀护佑耳。

又回家想杀死妻子，可是刀刃向妻子胸部刺去，就像刺在铁石上一样，发出"格格"的声响，始终没有刺伤。有人说："这是鬼神可怜她冤枉，暗中保护她。"可是，冤死的人多了，为什么鬼神不全都暗中保护呢？一定是她做了别的什么好事，才会有神灵暗中保护。

注 释

❶铳（chòng）：一种旧式的火器。

❷刲（zì）：用刀刺。

❸愍（mǐn）：怜悯。

【原 文】

先兄晴湖曰："饮卤汁者，血凝而死，无药可医。里有妇人饮此者，方张皇莫措。忽一媪排闼入，曰：'可急取隔壁卖腐家所磨豆浆灌之。卤得豆浆，则凝浆为腐而不凝血。我是前村老狐，曾闻仙人言此方也。'语讫不见，试之果得苏。刘涓子有'鬼遗方'①，此可称'狐遗方'也。"

【译 文】

已经去世的兄长晴湖曾经讲过这么一个故事："喝卤水汁的人，血液会凝固而死，无药可治。老家有一个妇女喝了卤水，正慌慌张张不知道怎么办。忽然一个老太太推门进来说：'可以拿隔壁卖豆腐家所磨的豆浆喝下去，卤水遇到豆浆，那么就把豆浆凝结为豆腐，而不会使得血液凝固。我是前村老狐，曾经听仙人说过这个方子。'说完就不见了，试了试果然苏醒过来。刘涓子有'鬼遗方'，这种可以叫作'狐遗方'"。

注 释

❶鬼遗方：即《刘涓子鬼遗方》，南北朝刘涓子著。外科专著，原书共十卷，后残存五卷。

【原 文】

里人王五贤，（幼时闻呼其字，是此二音，不知即此二字否也？）老塾师也。尝夜过古墓，闻鞭扑声，并闻责数曰："尔不读书识字，不能明理，将来何事不可为？至上干天律时，尔悔迟矣。"谓深更旷野，谁人在此教子弟。谛听乃出狐窟中。五贤喟然曰："不图此语闻之此间。"

【译 文】

老家有个叫王五贤的人，（我小时候听人叫他的名字，应该是这两个音，不知是否就这两个字？）他是一位老的教书先生。曾经夜里路过古墓，听到打鞭子的声音，一边打一边责骂数落说："你不读书识字，不能明白道理，将来谁知道干出什么事来？等到违反天律时，你后悔都晚了。"王五贤想夜深旷野，谁在这里教育子弟？仔细听才发现声音从狐狸洞中传出来。五贤长叹道："没想到这种话竟然在这里听到。"

【原 文】

先叔仪南公，有质库在西城。客作陈忠，主买菜蔬。侪辈皆谓其近多余润，宜飨众。忠讳无有。次日，箧钥不启，而所蓄钱数千，惟存九百。楼上故有狐，恒隔窗

【译 文】

我的叔叔仪南公，生前在西城开着一间当铺。雇了一个佣人叫陈忠，主要管买蔬菜。佣人们都说他买菜从中获利不少，应该请大家吃顿好饭。陈忠辩解说没有这种事。第二天，柜子没有打开，里面原来存的数千钱，只剩下了九百。

与人语，疑所为，试往叩之，果朗然应曰："九百钱是汝雇值，分所应得，吾不敢取。其余皆日日所干没①，原非汝物。今日端阳，已为汝买粽若干，买酒若干，买肉若干，买鸡鱼及瓜菜果实各若干，并泛酒雄黄，亦为买得，皆在楼下空屋中。汝宜早烹炮，迟则天暑恐腐败。"启户视之，累累具在。无可消纳，竟与众共餐。此狐可谓恶作剧，然亦颇快人意也。

楼上本来就有狐仙，总是隔着窗户跟人说话，怀疑是狐仙干的，试着过去敲门问他，狐仙果然朗然回答说："九百钱是你的工资，这是你应该得的，我不敢拿走。其余的钱都是你天天自己私藏的，原本就是不属于你的东西。今天是端阳，已经替你买了若干粽子、酒、肉、鸡、鱼和瓜菜果实各若干，还一起买了雄黄酒，都堆在楼下空屋子里。你最好早点烹煮炮制，晚了的话怕天热食材就坏了。"打开门一看，果然各种食物堆了一地，吃也吃不完，放也没地方放，最后与大家一起吃完了。这可以说是狐仙的恶作剧了，但是也是很让人解气的。

注　释

❶干没：侵吞别人财物。

【原文】

南皮令居公铉，在州县幕二十年，练习案牍，聘币无虚岁。拥资既厚，乃援例得官，以为驾轻车就熟路也。比莅任，乃愦愦如木鸡。两造争辩，辄面赪语涩，不能

【译文】

南皮县令居铉先生，在州县幕府当师爷二十多年，熟悉公文写作等相关事情，他的工资年年发，从来没有空过。拥有了雄厚的资产，后来按照惯例得到了官职，以为自己对于做官这件事已经能轻车熟路了。等到到任了之后，竟然糊涂得像木鸡

出一字。见上官，进退应对，无不颠倒。越岁余，遂以才力不及劾。解组之日，梦蓬首垢面人长揖曰："君已罢官，吾从此别矣。"霍然惊醒，觉心境顿开。贫无归计，复理旧业，则精明果决，又判断如流矣。所见者其夙冤耶？抑即昌黎所送之穷鬼①耶？

一样。审理案件的时候，被告和原告互相争辩，居先生面红耳赤，说不出一个字。看到上级官员，进退应对，没有不颠倒错误的。过了一年，就因为他的才力不行被弹劾。辞去官职的当天，梦见一个蓬头垢面的人作长揖说："您已经罢官，我从此就离开了。"霍然惊醒，觉得心境一下打开了。贫穷没有立足的办法，只能重操旧业去当师爷，又非常精明果断，判决也非常恰当。难道他看到的是前世的冤仇吗？又或者是韩愈所送的穷鬼吗？

注释

❶昌黎所送之穷鬼：即韩愈所写《送穷文》，主人与"智穷""学穷""文穷""命穷""交穷"五鬼的对话，表现了作者安贫乐道的正直、乐观的心态。

【原文】

山东刘君善谟，余丁卯①同年也。以其黠巧，皆戏呼曰"刘鬼谷"。刘故诙谐，亦时以自称。于是"鬼谷"名大著，而其字若别号，人转不知。乾隆辛未②，僦校尉营一小宅。田白岩偶过闲话，四顾慨然曰："此凤眼张三旧

【译文】

山东的刘善谟先生，和我一样，都是乾隆丁卯科的进士。因为他非常狡黠机巧，人们都开玩笑地称呼他"刘鬼谷"。刘善谟本来就是个诙谐幽默的人，也时不时地这样叫自己。于是"鬼谷"这个名字就大大地传开了，至于他真实的字就像别号一样，人们反而不知道了。乾隆辛未年，刘善谟租了校尉营一间小房子。田白岩偶然路过聊天，四周看了

居也，门庭如故，埋香黄土已二十余年矣！"刘骇然曰："自卜此居，吾数梦艳妇来往堂庑间，其若人乎？"白岩问其状，良是。刘沉思久之，抚几曰："何物淫鬼，敢魅刘鬼谷！果现形，必痛抶之。"白岩曰："此妇在时，真鬼谷子，捭阖百变，为所颠倒者多矣。假鬼谷子何足云！京师大矣，何必定与鬼同住？"力劝之别徙。余亦尝访刘于此，忆斜对戈芥舟③宅约六七家。今不能指其处矣。

看感慨道："这是凤眼张三的旧居，门庭如故，张三去世埋葬已经二十多年了！"刘善谟惊骇地说："自从租了这间房子，我多次梦到有美丽的妇人在房屋间穿梭往来，是你说的凤眼张三吗？"白岩问了梦中人的样子，确实是她。刘善谟沉思了很久，摩挲着桌子说："什么妖怪淫鬼，敢魅惑刘鬼谷！如果现形，一定狠狠地揍它。"白岩说："这个张三在时，可以说是真正的鬼谷子，纵横捭阖，百般机变，被她颠倒黑白，蒙蔽双眼的人太多了。假的鬼谷子何足挂齿！京城这么大，为什么一定要跟鬼一起住呢？"拼命劝他搬家到别处去。我也曾经到这间小房子寻访刘善谟，想起来是斜对着戈芥舟大约六七家，现在不能指出是哪里了。

注　释

❶丁卯：乾隆十二年，公元1747年。

❷乾隆辛未：乾隆十六年，公元1751年。

❸戈芥舟：戈涛，字芥舟，直隶河间献县（今河北省沧州市献县）人。乾隆十六年中进士。清代诗人、文学家。

【原　文】

　　史太常①松涛言：初官户部主事时，居安南营，与

【译　文】

　　史松涛太常曾经说过这么一个故事：当初在户部做负责人的时候，住在安南营这个

一孀妇邻。一夕，盗入孀妇家，穴壁已穿矣。忽大呼曰："有鬼!"狼狈越墙去。迄不知其何所见也。岂神或哀其茕独，阴相之欤！又戈东长前辈一日饭罢，坐阶下看菊。忽闻大呼曰："有贼!"其声暗呜，如牛鸣盎中，举家骇异。俄连呼不已，谛听乃在庑下炉坑内。急邀逻者来，启视，则儽[2]然一饿夫，昂首长跪。自言前两夕乘暗阑入，伏匿此坑，冀夜深出窃。不虞二更微雨，夫人命移腌虀[3]两瓮置坑板上，遂不能出。尚冀雨霁移下，乃两日不移。饥不可忍，自思出而被执，罪不过杖；不出则终为饿鬼。故反作声自呼耳。其事极奇，而实为情理所必至。录之亦足资一粲也。

地方，和一个寡妇是邻居。一天晚上，强盗闯入寡妇家，把墙壁都已经凿穿了。强盗忽然大叫："有鬼!"狼狈地翻墙跑了，至今也不知道他到底看见了什么。难道也许是神灵怜悯她孤独守寡，暗中相助她吗！又有一次，戈东长前辈一天吃完了饭，坐在台阶下看菊花，忽然听到一个很大的声音叫道："有贼!"这个声音低沉发闷，像牛在大瓮里叫。全家都非常惊异害怕，一会儿，这个叫声连续不断地出现，仔细听原来是在屋子里的炉坑里发出的声音。急忙请巡逻负责治安的人来，打开看时，竟然是一个疲惫困顿快要饿死的人，抬着头跪倒在众人面前。自己说是前两天趁着天色渐黑，伏藏在这个坑里面，打算等后半夜出来偷东西。没想到二更的时候开始下小雨，夫人命人把腌的两缸咸菜放到这个坑的板子上，于是这个人被压在这里出不去了。他还希望雨停晴天之后，把咸菜缸搬走，但是两天了，咸菜缸都没有被搬走。饿得实在忍受不了，自己想着出来即使被抓住，偷东西最多被杖刑，如果不出来，那么最终会被饿死。因此反而大声呼叫，让大家抓住自己。这个事件非常奇特，但是于情于理都是说得通的。记录在这里，足以博大家一笑。

注　释

❶太常：古代朝廷掌管宗庙礼仪之官。

❷儽（lěi）：疲惫颓废的样子。

❸齑（jī）：古同"齑"，捣碎的姜、蒜或韭菜的细末。

【原文】

　　故城①贾汉恒言：张二酉、张三辰，兄弟也。二酉先卒，三辰抚侄如己出，理田产，谋婚娶，皆殚竭心力。侄病瘵②，经营医药，殆废寝食。侄殁后，恒忽忽如有失。人皆称其友爱。越数岁，病革，昏瞀③中自语曰："咄咄怪事！顷到冥司，二兄诉我杀其子，斩其祀，岂不冤哉？"自是口中时喃喃，不甚可辨。一日稍苏，曰："吾之过矣。兄对阎罗数我曰：'此子非不可化诲者，汝为叔父，去父一间耳。乃知养而不知教，纵所欲为，恐拂其意。使恣情花柳，得恶疾以终，非汝杀之而谁乎？'吾茫然无以应也，吾悔晚矣。"反手自椎而殁。三辰所为，亦末俗之所难。

【译文】

　　故城的贾汉恒曾经讲了这么一件事：有张二酉、张三辰兄弟俩。张二酉先死，张三辰抚育侄儿就像自己亲生的一样，管理田产，谋划婚娶，都是尽心竭力。侄儿生了痨病，张三辰请医问药，天天伺候，几乎废寝忘食。侄儿死后，张三辰总是恍恍惚惚，若有所失。人们都称道他对兄弟的友爱和对侄子的帮助。过了几年，张三辰病情危重，昏迷中自言自语说："真是咄咄怪事！刚才到阴司，二哥控告我杀了他的儿子，断了他的香火，岂不是冤枉啊！"从此口中经常嘟嘟囔囔地说着，听不太清楚他说的是什么。一天，张三辰稍稍清醒，说："这是我的过错啊，兄长对着阎罗王数落我说：'这孩子不是不可以教育感化的，你是叔父，离父亲只差着一点儿罢了。却只知道养育而不知道教育，放纵他为所欲为，总怕违背他的意愿。使得他恣意任情，寻花问柳，染上难以治愈的恶病，最终病死了，不是你杀了他又是谁呢？'我茫茫然没有办法回答他，现在后悔也晚了。"张三辰自己捶打着自己而死。张三辰所做的，在普通

坐以杀侄，《春秋》责备贤者耳，然要不得谓二酉苛也。平定④王执信，余己卯⑤所取士也。乞余志其继母墓，称母生一弟，曰执蒲；庶出一弟，曰执璧。平时饮食衣服，三子无所异；遇有过，责詈捶楚，亦三子无所异也。贤哉！数语尽之矣。

人中已经是难能可贵，他被判以杀侄的罪名，这与《春秋》责备贤者是一样的，有点苛责当事人，但是又不能说哥哥张二酉苛刻。平定的王执信，是我在乾隆己卯年取中的举人。他请我为他的继母写墓志。他说继母生了一个弟弟叫执蒲，庶出的一个弟弟叫执璧。平时饮食衣服，三个儿子没有什么差异；遇到犯了错误，责骂鞭打，也是三个儿子没有什么差异。贤惠啊！这几句话已经说尽了。

注 释

❶故城：位于今河北省衡水市东南部。

❷瘵（zhài）：病，多指痨病。

❸瞀（mào）：神志不清。

❹平定：今属山西省阳泉市。

❺己卯：乾隆二十四年（1759）。

【原 文】

职官奸仆妇，罪止夺俸，以家庭昵近，幽暧难明，律意深微，防诬蔑反噬①之渐也。然横干强迫，阴谴实严。戴遂堂②先生言：康熙末，有世家子挟

【译 文】

官员奸污仆人的妻子，处罚不过取消俸禄而已，因为主仆经常生活在一起，难免亲昵，关系暧昧难以判明是非。律法从细微深远处着想，就是防止产生诬陷或反咬一口的风气滋生。但是如果屈服于淫威之下，这种行为在阴间遭受的处罚是很重的。戴遂堂先生说：康熙末年，有个世家

污仆妇。仆气结成噎膈。时妇已孕，仆临殁，以手摩腹曰："男耶？女耶？能为我复仇耶？"后生一女，稍长，极慧艳。世家子又纳为妾，生一子。文园消渴③，饿夭天年。女帷薄不修，竟公庭涉讼，大损家声。十许年中，妇缟袂④扶棺，女青衫⑤对簿，先生皆目见之，如相距数日耳。岂非怨毒所钟，生此尤物以报哉？遂堂先生又言：有调其仆妇者，妇不答。主人怒曰："敢再拒，捶汝死。"泣告其夫，方沈醉，又怒曰："敢失志，且剚刃汝胸。"妇愤曰："从不从皆死，无宁先死矣！"竟自缢。官来勘验，尸无伤，语无证，又死于夫侧，无所归咎，弗能究也。然自是所缢之室，虽天气晴明，亦阴阴如薄雾；夜辄有声如裂帛。灯前月下，每见黑气，摇漾似人影，即之则无。如是十

子要挟奸污了仆人的妻子。仆人怨气郁结，得了噎膈绝症。当时仆人的妻子已经怀孕，仆人临死前用手摸着妻子的腹部说："男孩？女孩？能为我复仇吗？"后来妻子生了个女儿，长大后又聪明又漂亮。世家子又把这个女儿纳为妾，生了个儿子。但世家子得了消渴病，不久就死了。这个妾却淫乱不已，最后闹到了打官司的地步，非常有损世家名声。十几年中，世家子的夫人身着丧服，扶棺送葬，他的妾浑身穿着黑色的衣服，对簿公堂，戴先生都亲眼看到了，就好像发生在几天之前的事。这岂不是那位被奸污的女子怨愤积聚，而生出这么一个女儿来报仇的吗？遂堂先生又说一个故事：有调戏仆人妻子的，妻子拒绝了这种非礼要求。主人发怒道："你要是敢再拒绝，就把你打死。"妻子哭着告诉自己的丈夫，丈夫当时喝多了，还在醉酒状态，丈夫也很生气地说："敢不守自己的贞洁，就用刀扎破你的胸膛。"妻子愤恨地说："答应不答应都是死，还不如先死了算了！"最后自缢而死。官府前来勘验，尸体没有伤痕，死无对证，又是在丈夫身边死去的，不知道该追究谁的责任，最终也没能判决。但是从这以后，妻子自缢的屋子，即使天气晴朗，也是阴惨惨像笼罩在一层薄雾中，夜里动不动就有像丝帛撕开的声音。灯前月下，总看见一团黑气，摇动着像人影，

余年，主人殁，乃已。未殁以前，昼夜使人环病榻，疑其有所见矣。

走近了就消失了。这样过了十多年，主人去世了，这种情况才消失。这家主人没有去世之前，昼夜让人环绕着自己的病榻，怀疑他一定看到了什么异象。

注 释

❶噬（shì）：咬。

❷戴遂堂：戴梓的后代，戴梓是清初火器制造家。

❸文园：指汉司马相如，因司马相如曾任文园令，后人以"文园"代称。消渴：中医学病名，口渴，善饥，尿多，消瘦。包括糖尿病、尿崩症等。

❹缟袂（gǎomèi）：白衣，这里指丧服。缟，未经染色的绢。袂，衣袖。

❺青衫：借指地位微贱者的服色。

【原 文】

从兄坦居言：昔闻刘馨亭谈二事。其一，有农家子为狐媚，延术士劾治，狐就擒，将烹诸油釜。农家子叩额乞免，乃纵去。后思之成疾，医不能疗。狐一日复来，相见悲喜。狐意殊落落，谓农家子曰："君苦相忆，止为悦我色耳，不知是我幻相也。见我本形，则骇避不遑①矣。"欻然②扑地，

【译 文】

我的堂兄坦居说：他曾经听过刘馨亭讲过两个故事。一个是，有位农家子，因为被狐精媚惑，家人请来一个道士捉拿狐精，狐精被捉住后，道士正要把它放到油锅里煎炸。农家子向道士磕头，请求狐精免于这种惩罚，于是把狐精放了。后来，由于农家子想念狐精生了病，医治无效。一天，狐精又来了，农家子悲喜交加。但狐精的态度很冷漠，它对农家子说："你为我苦苦相思，只不过是喜欢我的容貌罢了，你不知道这容貌是我的幻象。你如果看见我的本来面貌，估计害怕得躲都躲不及。"它突然扑倒在地，

苍毛修尾，鼻息咻咻，目睒睒③如炬，跳掷上屋，长嗥数声而去。农家子自是病痊。此狐可谓能报德。其一亦农家子为狐媚，延术士劾治。法不验，符箓皆为狐所裂，将上坛殴击。一老媪似是狐母，止之曰："物惜其群，人庇其党。此术士道虽浅，创之过甚，恐他术士来报复。不如且就尔婿眠，听其逃避。"此狐可谓能虑远。

浑身灰白色的毛，长尾巴，鼻孔气息咻咻，一双眼睛像火光跳动不定，跳到屋顶上，长号了几声跑了。从此农家子病就好了。这个狐精可算是能够以德报德的。还有一个故事，讲的也是一位农家子被狐精所媚惑，家人延请术士惩治。但术士的法术不灵，符箓都被狐精撕裂了，狐精正要上法坛去殴打术士。一个老太太像是狐精母亲，制止了它的行为，说："动物要保护自己的族群，人也庇护他们的同类。这个术士法术虽浅，如果对他伤害过分，恐怕其他术士要来报复。你不如暂且陪着你丈夫睡觉去，让术士逃了吧。"这个狐精可以说是深谋远虑。

注 释

❶不遑（huáng）：没有时间，无暇。遑，空闲、闲暇。
❷欻（xū）然：忽然、迅速的样子。
❸睒睒（shǎn）：闪烁的样子。

【原 文】

先姚安公言：雍正初，李家洼佃户董某父死，遗一牛，老且跛，将鬻于屠肆。牛逸，至其父墓前，伏地僵卧，牵挽鞭捶皆不起，惟掉

【译 文】

我的父亲姚安公曾经讲了这么一个故事：雍正初年，李家洼佃户董某的父亲死了，留下一头牛，又老又跛，董某打算卖给屠宰场。牛逃跑了，跑到董某父亲坟前，一动不动地卧着，牵拉鞭打

尾长鸣。村人闻是事，络绎来视。忽邻叟刘某愤然至，以杖击牛曰："渠父堕河，何预于汝？使随波漂没，充鱼鳖食，岂不大善？汝无故多事，引之使出，多活十余年。致渠生奉养，病医药，死棺敛，且留此一坟，岁需祭扫，为董氏子孙无穷累。汝罪大矣，就死汝分，牟牟者何为？"盖其父尝堕深水中，牛随之跃入，牵其尾得出也。董初不知此事，闻之大惭，自批其颊曰："我乃非人！"急引归，数月后，病死，泣而埋之。此叟殊有滑稽风，与东方朔救汉武帝乳母事[1]竟暗合也。

捶敲都不起来，只是摇着尾巴长叫。村里人听说此事，络绎不绝地前来观看。忽然邻居刘老头儿生气地走上前，用拐杖打着牛说："他的父亲掉到河里，与你有何关系？假如让他随波漂流，喂了虾蟹鱼鳖，难道不是大好事？你无故多事，拉着他上岸，救了他，让他多活了十几年。导致他儿子对父亲活着奉养，病了请医生治疗，死了还要买棺材入殓，还留下了这座坟，每年都要祭扫，成为董氏子孙无穷无尽的牵累。你的罪责大了，死是应当应分的事，哞哞乱叫什么？"原来当年董某的父亲掉进深水里，牛跟着跳进去，董父拉着牛尾才上了岸，得救了。董某开始时不知此事，听说了这事非常惭愧，自己打着嘴巴说："我真不是人！"急忙拉着牛回家。几个月后牛病死了，董某哭着把它埋了。这个刘老头儿很有些滑稽风格，与东方朔救汉武帝乳母的故事竟然如此相似。

注　释

[1]东方朔救汉武帝乳母事：此事见录于《世说新语·规箴》，汉武帝的奶妈犯了罪，要按法令治罪，奶妈向东方朔求救。东方朔说，这不是靠鼓动唇舌就能免罪的事情，如果你一定指望谁能救你，辞别的时候，只要连连回头望着皇帝，千万不要说话。这样也许能有万分之一的希望。奶妈进来辞行时，东方朔也陪侍在皇帝身边，奶妈照东方朔所说频频回顾武帝。东方朔说："你是犯傻

呀！皇上难道还会想起你喂奶时的恩情吗!"汉武帝虽然雄才大略，但此时心中不免顿生依恋怜悯之情，还是下令赦免了奶妈。

【原 文】

一南士以文章游公卿间。偶得一汉玉璜，质理莹白，而血斑彻骨，尝用以镇纸。一日，借寓某公家，方灯下构一文，闻窗隙有声，忽一手探入，疑为盗，取铁如意欲击，见其纤削如春葱，瑟缩而止。穴纸窃窥，乃一青面罗刹鬼，怖而仆地。比苏，则此璜已失矣。疑为狐魅幻形，不复追诘。后于市上偶见，询所从来，辗转经数主，竟不能得其端绪。久乃知为某公家奴伪作鬼装所取。董曲江戏曰："渠知君是惜花御史，故敢露此柔荑。使遇我辈粗材，断不敢自取断腕。"余谓此奴伪作鬼装，一以使不敢揽执，一以使不复追求。又灯下一掌破窗，恐遭捶击，故伪作女手，使

【译 文】

一个南方士人，通过写文章游走于公卿之间。偶然得到一块汉代的玉璜，材质莹白，纹理清晰，但是里面又有血斑一样的红色，曾经用来做镇纸用。一天，借住在某公家。正在灯下构思一篇文章，听到窗户缝隙间有声音。忽然一只手探了进来，开始怀疑是强盗，拿着铁如意准备击打，看见这只手纤细修长像春葱一样，瑟缩停止探伸。士人把纸窗捅开一个小洞悄悄往外看，竟然是一个青面罗刹鬼，吓得昏倒在了地上。等到醒了后，发现这块玉璜不见了。怀疑被狐妖幻形偷走，也没有再追究。后来在市场上偶然见到玉璜，询问从哪里得到的，辗转经过很多人，最后也没有找到线索。时间长了，才知道被之前借住的某公家奴假装扮作鬼拿走了。董曲江开玩笑地说："他知道您是爱惜女性的，所以敢露出这样纤嫩的手。如果遇到我们这种粗人，肯定不敢露出来，怕被我们砍断，有断手的风险。"我说，这个家奴装作鬼，一方面使士人不敢抓取，另一方面使他不再追究这件事。如果灯下一掌把窗户打破，恐怕会被捶打，所以伪装一只女性的手，使得士人知道不是盗贼，

知非盗，且引之窥见恶状，使知非人。其运意亦殊周密。盖此辈为主人执役，即其钝如椎，至作奸犯科，则奇计环生，如鬼如蜮①，大抵皆然，不独此一人一事也。

又引诱他窥见可怕之状，使士人知道对方不是人。这个家奴的计划也是非常周密的了。原来这些人替主人做事时显得迟钝愚笨，至于作奸犯科，就能挖空心思，诡计多端，像鬼蜮一样，这些家奴大部分都是这样，不单单是这一个人一件事。

注 释

❶蜮（yù）：传说躲在水中含沙射人的妖怪。

【原文】

舅氏张公梦征言：儿时闻沧州有太学生①，居河干。一夜，有吏持名刺②叩门，言新太守过此，闻为此地巨室，邀至舟相见。适主人以会葬宿姻家，相距十余里。阍者③持刺奔告，亟④命驾返，则舟已行。乃饬车马，具贽币⑤，沿岸急追。昼夜驰二百余里，已至山东德州界。逢人询问，非惟无此官，并无此舟。乃狼狈而归，惘惘如梦者数日。或疑

【译文】

我的舅舅张梦征公曾经说了这么一个故事：他小时候听说沧州有个太学生，住在河边。一天晚上，有个小吏持名帖叩门，说新太守路过此地，听说这家是本地豪族，邀主人到舟中相见。恰逢太学生因参加葬礼住在姻亲家，离家有十余里地。看门人拿着名帖奔去通报，太学生急忙命人驾车返回，船却已经开走了。于是太学生叫人收拾了车马，准备了厚礼，沿着河岸急追。一昼夜奔跑了二百多里，都追到山东德州地界了。逢人便问，结果沿途的人不但不知道这个什么新太守，而且也没有看见过这样的船。太学生只好狼狈地回家去了，好几天迷迷惘惘觉得像是做了一

其家多资，劫盗欲诱而执之，以他出幸免。又疑其视贫亲友如仇，而不惜多金结权贵，近村故有狐魅，特恶而戏之。皆无左证，然乡党喧传，咸曰："某太学遇鬼。"先外祖雪峰公曰："是非狐非鬼亦非盗，即贫亲友所为也。"斯言近之矣。

场梦。有人怀疑，是因为太学生家有钱财，盗贼想诱他出来绑架他，因为他出门在外而幸免。又有人怀疑，他对待贫穷亲友像对待仇人一样，而不惜重金结交权贵，靠近村子的地方原来一直有狐妖，也许因为厌恶这些而戏弄他。这些都没有证据。然而乡间都传言："太学生遇到鬼了。"我的外祖父张雪峰先生当时评论说："这不是狐不是鬼也不是强盗，而是穷亲友们干的。"这话应该是对的。

注释

❶太学生：太学，明清时期国子监的俗称。国子监是古代最高学府与教育行政管理机构，太学生就是指在太学读书的生员，也是最高级的生员。

❷名刺：又称"名帖"，拜访时通姓名用的名片，清代官员交际时使用。

❸阍（hūn）者：守门人。阍，宫门、正门，后泛指门。

❹亟（jí）：急切。

❺贽（zhì）币：古代初次拜见尊长所送的礼物。

【原文】

庆云、盐山间，有夜过墟墓者，为群狐所遮，裸体反接，倒悬树杪。天晓人始见之，掇梯解下，视背上大书三字，曰"绳还绳"，莫喻

【译文】

庆云、盐山之间，有个人夜间经过坟地，被一群狐狸拦住去路，剥光衣服，反绑起来，倒悬在树梢上。天亮以后，人们才发现，于是搬来梯子，将他解救下来。人们发现他背上写着"绳还绳"三个大字，没人知道是什么意思。过了许久，这人才想起自

其意。久乃悟二十年前，曾捕一狐倒悬之，今修怨也。胡厚庵先生仿西涯①《新乐府》中有《绳还绳》一篇曰："斜柯三丈不可登，谁蹑其杪如猱升？谛而视之儿倒绷，背题字曰'绳还绳'。问何以故心懵腾，恍然忽省蹶然兴。束缚阿紫②当年曾，旧事过眼如风灯。谁期狭路遭其朋，吁嗟乎！人妖异路炭与冰。尔胡肆暴先侵陵，使衔怨毒伺隙乘。吁嗟乎！无为祸首兹可惩。"即此事也。

己二十年前曾捉过一只狐狸，当时也是倒悬起来，所以才有今日的报复。胡厚庵先生模仿李西涯《新乐府》诗中有一篇名叫《绳还绳》的文章写道："这斜着的树梢一般爬不上去，是谁如此轻松像猿猴一样爬上去了呢？仔细一看原来是小儿辈被倒着绑在那里，背后还题写字'绳还绳'。心中还一直纳闷是怎么回事，想了半天才恍然大悟，当年曾绑住了一只狐狸，时间一长，这件事就像过眼云烟一样忘记了，谁能想到狭路遇到狐狸的朋友，哎呀呀，人妖不同路，就像炭火与冰一样。你为什么先肆意欺凌狐狸，使得他们心中充满怨毒，趁机报复你。哎呀呀！这个故事对那些害别人的人来说，也是一种警示啊！"这首诗说的就是这件事。

注 释

❶西涯：即李东阳，字宾之，号西涯，今湖南茶陵人，明代文学家、书法家，"茶陵诗派"核心人物。

❷阿紫：狐狸的别称。

【原 文】

琴工钱生（以鼓琴客裘文达①公家，滑稽善谐戏。因面有癜风，皆呼曰

【译 文】

一位姓钱的年轻琴工（因为会弹琴，在裘文达公家做门客，为人滑稽善于讲笑话。因为他的脸上有白癜风，都叫他"钱

"钱花脸"。来往数年，竟不能举其里居名字也。）言：一选人居会馆，于馆后墙缺见一妇，甚有姿首，衣裳故敝，而修饰甚整洁。意颇悦之。馆人有母年五十余，故大家婢女，进退语言，均尚有矩度，每代其子应门。料其有干才，赂以金，祈谋一晤。对曰："向未见此，似是新来。姑试侦探，作万一想耳。"越十许日，始报曰："已得之矣。渠本良家，以贫故，忍耻出此。然畏人知，俟夜深月黑，乃可来。乞勿秉烛，勿言勿笑，勿使僮仆及同馆闻声息，闻钟声即勿留。每夕赠以二金足矣。"选人如所约，已往来月余。一夜，邻弗戒于火，选人惶遽起，僮仆皆入室救囊箧，一人急搴②帐，曳茵褥，匐③然有声，一裸妇堕榻下，乃馆人母也。莫不绝倒。盖京师媒妪最好

花脸"。钱生和裘文达来往数年，最终也不能说出他的籍贯、姓名。）曾经讲了这么一个故事：一个等着候选的官员住在会馆里，在会馆后面的墙壁缺口处见到一个少妇，长得特别漂亮，衣服虽然又旧又破，但是非常干净整洁。候选官员对她印象特别好。会馆的主人的母亲，五十多岁了，原来是大户人家的婢女，待人接物，进退有度，说话得体。经常替馆舍主人招待客人。候选官员料定馆人母亲有才干，打算贿赂一下她，有机会能见这个少妇一面。馆人母亲回答说："从来没有见过这个少妇，应该是新来的，姑且试探她一下，万一有希望呢。"过了十几天，才给候选官员回信说："已经得手了，她本是良家妇女，因为贫穷的缘故，忍受着耻辱出卖自己。但是怕人知道，等到夜深月黑的时候，才能来。请一定不要拿蜡烛，不要说话，不要笑，不要让童仆和馆里其他人听到声音，听到钟声以后赶紧走，一定不要贪留。每天晚上给二两银子就够了。"候选官员都按照要求一一照做，彼此已经来往一个多月。一天晚上，邻居家失火了，候选官员惊慌失措地赶紧起来，童仆都跑进屋子里翻箱倒柜地搬东西，一个人着急地把床上的帐子抓到一边，把被褥拽出来，听到"咣当"一声很大的响声，一个光着身子的妇人掉到了床底下，竟然是馆人的母亲。没有人不笑得前仰后合。原来京师的

黠，遇选人纳媵，多以好女引视，而临期阴易以下材，觉而涉讼者有之；幂首入门，背灯障扇，俟定情后始觉，委曲迁就者亦有之。此媪狃于乡风，竟以身代也。然事后访问四邻，墙缺外实无此妇。或曰："魅也。"裘文达公曰："是此媪引致一妓，炫诱选人耳。"

媒人最狡猾，遇到候选官员纳妾，先引给他们看一个好女孩，但是到了纳娶的日子，暗中换一个不好的女孩，明白过来后，有的人去官府状告欺骗；这些媒人介绍的女孩，用盖头盖着脑袋被娶进来，黑着灯用扇子遮挡，谁也看不见真实的样子，等到木已成舟，也只能将就着认倒霉了。这个老太太真是惊世骇俗，竟然自己代替少妇委身于候选官员。但是事后访问街坊四邻，墙缺口外并没有这个少妇。有的人说："（这个少妇）是鬼魅。"裘文达公说："也许这是老太太引来的一个妓女，炫诱候选官员罢了。"

注　释

❶裘文达：即裘曰修，字叔度，今江西南昌人，清代名臣、文学家、水利学家。乾隆四年（1739）中进士。

❷搴（qiān）：用手拔取。

❸訇（hōng）：形容大声。

【原　文】

陈竹吟尝馆一富室。有小女奴，闻其母行乞于道，饿垂毙，阴盗钱三千与之。为侪辈所发，鞭捶甚苦。富室一楼，有狐借居，数十年

【译　文】

陈竹吟曾经在一个富人家教书。这家有一个小女奴，听说她母亲沿街乞讨，快饿死了，就暗地里偷了三千钱给母亲。结果被同伴们告发，主人用鞭子狠狠地抽打她。富人家有一间楼房，有狐仙在上面借住，几十年来从来没有为祸作祟。这一天，

未尝为祟。是日女奴受鞭时，忽楼上哭声鼎沸。怪而仰问，同声应曰：吾辈虽异类，亦具人心。悲此女年未十岁，而为母受捶，不觉失声，非敢相扰也。"主人投鞭于地，面无人色者数日。

小女奴挨鞭子抽打时，楼上忽然哭声嘈杂像是开锅了一样。主人感到奇怪，抬头问怎么了，只听上面齐声回答说："我辈虽然是异类，也有人心。可怜这个女孩年纪还不到十岁，就因为母亲挨打，觉得伤心，不觉失声痛哭，不是故意打扰你。"主人把鞭子丢在地上，又惊又吓，一连有好几天都面无人色。

【原文】

竹吟与朱青雷游长椿寺，于鬻①书画处见一卷擘窠书②，曰："梅子流酸溅齿牙，芭蕉分绿上窗纱。日长睡起无情思，闲看儿童捉柳花。"款题"山谷道人"。方拟议真伪，一丐者在旁睨视，微笑曰："黄鲁直乃书杨诚斋诗，大是异闻。"掉臂竟去。青雷讶曰："能作此语，安得乞食？"竹吟太息曰："能作此语，又安得不乞食！"余谓此竹吟愤激之谈，所谓名士习气也。聪明颖隽之士，或恃才兀傲，久而悖谬乖张，使人不敢向迩者，其势可以乞食；或有

【译文】

陈竹吟与朱青雷游览长椿寺，在卖书画的地方看见一卷大字书，写着一首诗："梅子流酸溅齿牙，芭蕉分绿上窗纱。日长睡起无情思，闲看儿童捉柳花。"款识题为"山谷道人"。正打算商量这幅作品的真假，一个乞丐在一旁斜眼看着他们，微笑着说："黄鲁直竟然写杨诚斋的诗，真是太令人惊异了。"乞丐甩开胳膊走了。青雷惊讶地说："能说出这种话来，怎么能乞讨要饭呢？"竹吟叹息着说："能说出这种话来，又怎么能不乞讨要饭呢！"我认为这是竹吟愤激的言论，所谓名士风气。那些聪明隽永的人，有的恃才傲物，时间长了就会悖谬乖张，使得人不敢靠近他们，这种情况发展下去就会乞讨要饭；有的人文采很好却没有品行，时间

文无行，久而秽迹恶声，使人不屑齿录者，其势亦可以乞食。是岂可赋感士不遇③哉！

长了，坏了名声，使人不屑于提到他，这种情况发展下去，也势必要乞讨。这怎么能说是像《感士不遇赋》呢！

注　释

❶ 鬻（yù）：卖。

❷ 擘窠（bòkē）书：大字的别称，来源于篆刻印章语。

❸ 赋感士不遇：指《感士不遇赋》，晋陶渊明所作，仿董仲舒《士不遇赋》和司马迁《悲士不遇赋》而作。

【原 文】

日南坊守栅兵王十，姚安公旧仆夫也。言乾隆辛酉①，夏夜坐高庙纳凉，暗中见二人坐阁下，疑为盗，静伺所往。时绍兴会馆西商放债者演剧赛神，金鼓声未息。一人曰："此辈殊快乐，但巧算剥削，恐造业亦深。"一人曰："其间亦有差等。昔闻判司论此事，凡选人或需次多年，旅食匮乏；或赴官远地，资斧艰难，此不得已而举债。其中苦况，不可殚②陈。如或

【译 文】

日南坊守栅兵王十，是姚安公的老仆人。说乾隆辛酉年间，夏天的晚上坐在高庙内乘凉，暗中看见两人坐在楼阁之下，怀疑为潜伏的盗贼，静静地等待看他们要去哪里。当时绍兴会馆山西商人中放债的人，演剧祭祀神灵，敲金鼓的声音没有停息。一个人说："这些商人真是高兴啊，只是其中机巧算计盘剥别人，恐怕是造孽也很深。"一个人说："这也是有等级差别的。以前听说判司讨论这种事情，凡是候选之人或者等待补官多年的人，钱财就会匮乏；有的到很远的地方去做官，钱财供给吃力的，不得已而欠债。其中艰难痛苦的状况，简直是说不尽啊！如果有的人趁

乘其急迫，抑勒多端，使进退触藩，茹酸书券。此其罪与劫盗等，阳律不过笞杖，阴律则当堕泥犁③。至于冶荡性成，骄奢习惯，预期到官之日，可取诸百姓以偿补，遂指以称贷，肆意繁华。已经负债如山，尚复挥金似土，致渐形竭蹶④，日见追呼。铨授有官，遄逃无路，不得不吞声饮恨，为几上之肉，任若辈之宰割。积数既多，取偿难必。故先求重息，以冀得失之相当。在彼为势所必然，在此为事由自取。阳官科断，虽有明条，鬼神固不甚责之也。"王闻是语，疑不类生人。俄歌吹已停，二人并起，不待启钥，已过栅门。旋闻道路喧传，酒阑客散，有一人中暑暴卒。乃知二人为追摄之鬼也。

其着急窘迫之际，变着法地勒索威胁，使这些人进退维谷，咽下心酸写好债券。这种乘人之危的做法与抢劫盗抢是一样的，阳间的法律不过是鞭笞杖刑，阴间的刑罚则是要堕地狱。至于冶荡成性，平日里骄奢淫逸，算计着上任的时候，从百姓那里巧取豪夺来补偿自己，于是以借贷为生，肆意挥霍。还有的已经负债如山，还在挥金如土，导致日益枯竭失败，每天被追着讨债。选拔授官，逃跑无路，不得不吞声饮恨，像案板上的肉一样，任这些放债人宰割。借的数量多了，越来越难以偿还。所以先要高额的利息，希望将来即使本金要不回来，还有利息在，使得得失基本相当，不至于亏本。在他们看来，这是为形势所迫，看这件事完全是咎由自取。阳间的官员断案，即使有明确的条例，鬼神本来也不太责怪他们。"王十听到这些话，怀疑说话的人不是活人。一会儿，吹弹歌唱已经结束，两人同时起身，不用钥匙开门，已经越过栅栏门，不久，听得道路边喧哗吵闹，酒席结束，客人都散了，其中一个人突然中暑暴毙了。才知道这两人是追摄人命的鬼。

注　释

❶乾隆辛酉：乾隆六年，1741 年。

❷殚（dān）：竭尽全力。

❸泥犁：即泥犁地狱。

❹竭蹶（jiéjué）：原指走路艰难，后来形容经济困难。

【原 文】

莁田林生霈言：闽一县令，罢官居馆舍。夜有群盗破扉入，一媪惊呼，刀中脑仆地。僮仆莫敢出。巷有逻者，素弗善所为，亦坐视。盗遂肆意搜掠，其幼子年十四五，以锦衾蒙首卧。盗掣①取衾②，见姣丽如好女，嘻笑抚摩，似欲为无礼。中刀媪突然跃起，夺取盗刀，径负是子夺门出。追者皆被伤，乃仅捆载所劫去。县令怪媪已六旬，素不闻其能技击，何勇鸷乃尔？急往寻视，则媪挺立大言曰："我某部某甲也，曾蒙公再生恩。殁后执役土神祠，闻公被劫，特来视。宦资是公刑求所得，冥判饱盗橐，我不敢救。至侵及公子，则盗罪

【译 文】

莆田的书生林霈曾经说了这么一个故事：福建有个县令，罢官以后寓居在馆舍里。有天夜里一群强盗破门而入。一个老太太吃惊呼叫，被刀砍中脑袋扑倒在地上。僮仆没有人敢出来的。巷子里有巡逻的人，一向不喜欢县令平时的所作所为，也坐视不管。于是强盗肆意地搜索劫掠。县令的幼子年纪十四五岁，用锦被蒙了头躺在床上，一动不敢动。强盗扯开被子，见他清秀得像个女孩子，就嬉笑抚摸，好像要想行非礼之事。中了刀的老太太突然跳了起来，夺过强盗的刀，背着这个孩子径直夺门而出。追赶的人都被她砍伤了，只好捆上抢劫来的财物离开。县令觉得这个老太太已经六十多岁，向来没有听说她还会武功，怎么会如此勇猛呢？急忙前去找寻查看时，见老太太挺身站立，大声说道："我是某部某甲，曾经蒙受您的再生之恩。死后在土神祠当差，听说您被抢劫，特地来看看。被抢走的钱财，是您做官时用刑罚逼索得来的，阴司判定让强盗抢去，我不敢相救。至于侵犯到了公子，强盗的罪

当诛。故附此媪与之战。公努力为善，我去矣。"遂昏昏如醉卧，救苏问之，懵然不忆。盖此令遇贫人与贫人讼，剖断亦颇公明，故卒食其报云。

就应当诛杀。所以附在这个老太太身上跟他们搏斗。您努力行善吧，我走了。"说完，老太太就昏然地像酒醉一样倒下了。把她救醒后问，她稀里糊涂什么都记不得。原来这个县令碰到穷人之间打官司，断案倒也公正明白，所以最终得到了善报。

注　释

❶掣（chè）：拽，拉。
❷衾（qīn）：被子。

【原文】

州县官长随，姓名籍贯皆无一定，盖预防奸赃败露，使无可踪迹追捕也。姚安公尝见房师石窗陈公一长随，自称山东朱文；后再见于高淳令梁公润堂家，则自称河南李定。梁公颇倚任之。临启程时，此人忽得异疾，乃托姚安公暂留于家，约痊时续往。其疾自两足趾寸寸溃腐，以渐而上，至胸膈穿漏而死。死后检其囊

【译文】

那些州县官雇佣的仆人，姓名、籍贯总是变来变去，没有一定。原来是预防贪赃枉法的事情败露，使官府没有踪迹可查，无法追捕。姚安公曾经见过一位叫作陈石窗的师爷，雇了一个仆人，自称是山东朱文，后来又见到这个人是在高淳县令梁润堂家，自称是河南李定。梁县令非常倚重他。正要离开时，这人突然得了奇怪的病，于是托姚安公同意暂时留在家中，跟对方约好等病痊愈后再去。他的病从两脚趾一寸寸地溃烂腐败，慢慢蔓延到身上，到了胸膈间穿漏而死。他死后，检查他的行囊和箱子，里面有小册子，上面写

篋，有小册作蝇头字，记所阅凡十七官，每官皆疏其阴事，详载某时某地，某人与闻，某人旁睹，以及往来书札，谳断案牍，无一不备录。某同类有知之者，曰："是尝挟制数官矣。其妻亦某官之侍婢，盗之窃逃，留一函于几上，官竟弗敢追也。今得是疾，岂非天道哉！"霍丈易书曰："此辈依人门户，本为舞弊而来。譬彼养鹰，断不能责以食谷，在主人善驾驭耳。如喜其便捷，委以耳目腹心，未有不倒持干戈，授人以柄者。此人不足责，吾责彼十七官也。"姚安公曰："此言犹未揣其本。使十七官者绝无阴事之可书，虽此人日日橐笔①，亦何能为哉？"

的蝇头小字，记录着自己跟随的共十七位官员，记载了每位官员的见不得人的勾当，详细地记载了时间、地点，听谁说的，谁在旁边看到了，以及从中往来的书信，断狱公文等，无一不详细记录。有一个知道他底细的同行说："就是用这个小册子要挟了好几个官员。他的妻子也是官员的侍婢，偷了不少东西逃跑了，留了这样一个册子放到桌子上，官员也不敢追究了。现在得了这种病，难道不是遭了报应嘛！"霍易书先生说："这种人依附在别人家里，本来就是为了徇私枉法来的。就好像那些养鹰的人，（鹰如此凶猛）肯定不能责怪喂鹰的粮食谷物，在于主人善于驾驭罢了。如果喜欢仆人的聪明便捷，就认为他们是耳目和心腹，仆人没有不倒戈威胁主人的，主人把自己的把柄交给了仆人。故事中这个人不值得责备，我责备那十七个官员啊。"姚安公说："这话还是没能说到根本上，如果十七位官员绝没有不可告人的勾当，即使这个仆人每天站在旁边不停地记录，又能有什么用呢？"

注 释

❶橐（tuó）笔：古代一种职业，书史小吏侍立在帝王大臣左右，以备随时记录。

卷　二

【原文】

　　先叔仪南公言：有王某、曾某，素相善。王艳曾之妇，乘曾为盗所诬引，阴贿吏毙于狱。方营求媒妁，意忽自悔，遂辍其谋。拟为作功德解冤，既而念佛法有无未可知，乃迎曾父母妻子于家，奉养备至。如是者数年，耗其家资之半。曾父母意不自安，欲以妇归王，王固辞，奉养益谨。又数年，曾母病，王侍汤药，衣不解带。曾母临殁，曰："久荷厚恩，来世何以为报乎？"王乃叩首流血，具陈其实，乞冥府见曾为解释。母慨诺，曾父亦手作一札，纳曾母袖中曰："死果见儿，以此付之。如再修怨，黄泉下

【译文】

　　我的叔叔仪南公在世的时候讲过这么一个故事：王某、曾某，一向是好朋友。王某喜欢曾某美丽的妻子，当时曾某被强盗诬告，王某就趁此机会暗中贿赂狱吏把曾某在监狱弄死了。王某正打算请媒人牵线娶曾某的妻子，自己突然后悔了，就放弃了原来的计划。打算作功德来解除冤仇，又一想佛法有没有还不能确定，于是他把曾某的父母、妻子、孩子都迎请到家里，奉养得十分周到。就这样过了好几年，耗费了他一半的家财。曾某的父母心里觉得过意不去，就想让守寡的儿媳妇嫁给王某。王某竭力推辞，奉养更加小心殷勤。又过了几年，曾某的母亲得了重病，王某侍奉汤药，衣不解带。曾某母亲临死时，说："长久以来一直承受你的照顾，来世用什么来报答你呢？"王某于是把头都磕出了血，详细地陈述了他设计害死曾某的事实，恳求她到阴间见到曾某的时候，代为解释，请求原谅。曾某的母亲慷慨地答应了，曾某的父亲也写了一封亲笔信，塞进曾母的袖子里说："死后如果真的见到了儿子，把

无相见也。"后王为曾母营葬，督工劳倦，假寐圹①侧。忽闻耳畔大声曰："冤则解矣，尔有一女，忘之乎？"惕然②而寤，遂以女许嫁其子。后竟得善终。以必不可解之冤，而感以不能不解之情，真狡黠人哉！然如是之冤犹可解，知无不可解之冤矣。亦足为悔罪者劝也。

这个交给他。如果再要结怨，黄泉之下就不要相见了。"后来王某替曾母料理丧葬，督工辛劳困倦，在墓穴的旁边打了个盹儿。忽然听到耳边大声说："冤仇就化解了吧，你还有一个女儿，忘记了吗？"王某顿时惊醒，于是就把女儿嫁给了曾某的儿子。后来王某竟然得到善终。本来是肯定解不开的冤仇，却用不能不解开的情意来感动对方，真是一个聪明又狡诈的人啊！但是，像这样的冤仇都可以解开，可见没有解不开的冤仇。这个故事也足以用来劝勉那些愿意悔过的人。

注 释

❶圹（kuàng）：墓穴，亦指坟墓。

❷惕然：惶恐的样子。

【原 文】

一故家子，以奢纵撄①法网。殁后数年，亲串中有召仙者，忽附乩自道姓名，且陈愧悔。既而复书曰："仆家法本严。仆之罹祸，以太夫人过于溺爱，养成骄恣之性，故蹈陷阱而不知耳。

【译 文】

有个世家子弟，因为奢侈骄纵触犯了法律。死了几年之后，亲戚当中有人扶乩招仙，这个世家子弟的鬼魂突然附身到乩仙身上，说出自己的姓名，并且陈说惭愧和懊悔之情。过后又写道："我家的家法本来严格。我之所以遭受杀身之祸，是因为太夫人过于溺爱，养成骄奢任性的习性，所以踏进陷阱还不知道。

【原文】

虽然，仆不怨太夫人。仆于过去生中，负太夫人命，故今以爱之者杀之，隐偿其冤。因果牵缠，非偶然也。"观者皆为太息。夫偿冤而为逆子，古有之矣。偿冤而为慈母，载籍之所未睹也。然据其所言，乃凿然中理。

【译文】

即使如此，我也不怨恨太夫人。因为我在前世，欠了太夫人一条命，所以她用溺爱的方式害死我，暗中报冤。因果牵连缠绕，并不是偶然的。"围观的人听了都不禁叹息。因为报冤而做逆子，这是自古以来就有的。因为报冤而做慈母，书上从来没有看到过。但是据乩仙所说的，还是确凿而合乎情理的。

注 释

❶撄（yīng）：触犯。

【原文】

　　族兄次辰言：其同年康熙甲午①孝廉某，尝游嵩山，见女子汲溪水。试求饮，欣然与一瓢；试问路，亦欣然指示。因共坐树下语，似颇涉翰墨，不类田家妇，疑为狐魅，爱其娟秀，且相款洽。女子忽振衣起曰："危乎哉！吾几败。"怪而诘之，赧然曰："吾从师学道百余年，自谓

【译文】

　　我的族兄次辰讲过这么一个故事：与他同时在康熙甲午年中举的一位孝廉，曾经游览嵩山，看见一个女孩子在小溪边汲水，他走过去试探着要水喝，女子欣然地给了他一瓢水，又试探着问路，女子又欣然地指点给他。于是一起坐到树下说话，这个女孩子似乎读了很多书，很有文化，不像一般的农村妇女，孝廉怀疑她是狐妖，但喜爱她美丽娟秀，而且两人谈得十分投缘。女子却突然抖抖衣服站起来说："多么危险啊！我差点就破戒了。"孝廉奇怪地诘问她，这话是什么意思。女子脸红红地答道："我跟老师学习

此心如止水。师曰：'汝能不起妄念耳，妄念故在也，不见可欲故不乱，见则乱矣。平沙万顷中，留一粒草子，见雨即芽。汝魔障将至，明日试之，当自知。'今果遇君，问答留连，已微动一念，再片刻则不自持矣。危乎哉！吾几败。"踊身一跃，直上木杪②，瞥如飞鸟而去。

道法百余年，自认为已经心如止水。老师说：'你可不能心生妄念啊，妄念是一直都存在的，见不到引起欲望的事，你的心就不会乱，一旦让你感受到自己的欲望，就会乱了。即使是万顷的平沙，只要留着一粒草籽，一下雨草芽就会萌发。你的魔障将要来了，明天检测一下你的学道之心，自己就知道了。'现在果然遇到了您，跟您在一起说话聊天，已经稍微动了一点心念，再过片刻，我就管不住自己了。太危险了！我差点就破戒了。"说完纵身一跃，直接跳上树梢，瞥见她快得就像一只飞鸟。

注释

❶ 康熙甲午：即康熙五十三年，公元 1714 年。

❷ 杪（miǎo）：树木的末梢。

【原文】

献县王生相御，生一子，有抱之者，辄空中掷与数十钱。知县杨某自往视，乃掷下白金五星。此子旋夭亡，亦无他异。或曰："王生倩①作戏术者搬运之，将托以箕敛②。"或曰："狐所为也。"

【译文】

献县的书生王相御生了个儿子，每当有人去抱孩子时，天空中就掉下几十文钱。知县杨某听到这件事后，也亲自过去看看是怎么回事。这一次，天空中掉下的是白银五钱。不久这个孩子夭折了，也没有什么奇异之处。有人说："那是王生请来变魔术的在施展搬运术，只不过是想用这种方法收敛钱财。"有的人

是皆不可知。然居官者遇此等事，即确有鬼凭，亦当禁治，使勿荧民③听，正不必论其真妄也。

却说："那是狐狸精作怪。"都说不上来是怎么回事。而官员遇到这类事情，即使有证据说确实有鬼怪在作祟，也应严令禁止，不要让它惑乱民众的视听，更不必去讨论它的真假是非。

注 释

❶倩：动词，请人做某事。

❷箕敛：以箕收取，指苛敛民财。

❸荧民：惑乱百姓。荧，眩惑。

【原 文】

伊犁①城中无井，皆出汲于河。一佐领②曰："戈壁皆积沙无水，故草木不生。今城中多老树，苟其下无水，树安得活？"乃拔木就根下凿井，果皆得泉，特汲须修绠③耳。知古称雍州④土厚水深，灼然⑤不谬。徐舍人蒸远曾预⑥斯役，尝为余言，此佐领可云格物，蒸远能举其名，惜忘之矣。后乌鲁木齐筑城时，鉴伊犁之无水，乃卜地通津，以就流水。

【译 文】

伊犁城中没有井，喝水都是到河边汲水。一位佐领说："戈壁滩上都是积沙，没有水，所以草木不生长。现在城中有很多老树，如果地底下没有水，树怎么能成活呢？"于是把树木拔除，在靠近树木根部的地方凿井，果然都挖到了泉水。只是打水的时候需要长长的井绳罢了。这才了解古时候说雍州地区土厚水深，果然是这样啊。门客徐蒸远曾经参与过挖井之事，这是他跟我说的，这位佐领可以说是懂得探究事物的道理，蒸远还能够说出他的名字，可是我现在忘记了。后来在乌鲁木齐筑城的时候，借鉴伊犁无水的经验，于是寻找那

余作是地杂诗，有曰："半城高阜半城低，城内清泉尽向西。金井银床⑦无用处，随心引取到花畦。"纪其实也。然或雪消水涨，则南门为之不开。又北山支麓，逼近谯楼⑧，登冈顶关帝祠戏楼，则城中纤微皆见。故余诗又曰："山围芳草翠烟平，迢递新城接旧城。行到丛祠歌舞处，绿氍毹⑨上看棋坪。"巴公彦弼镇守时，参将海起云请于山麓坚筑小堡，为犄角之势。巴公曰："汝但能野战，殊不知兵。北山虽俯瞰城中，然敌或结栅，可筑炮台仰击。火性炎上，势便而利；地势逼近，取准亦不难。彼决不能屯聚也。如筑小堡于上，兵多则地狭不能容，兵少则力弱不能守，为敌所据，反资以保障矣。"诸将莫不叹服。因记伊犁凿井事，并附录之。

些有地下水的地块，来靠近水源。我作了有关乌鲁木齐的杂诗，其中一首说："半城高阜半城低，城内清泉尽向西。金井银床无用处，随心引取到花畦。"就是记录这件事啊。但是有的时候雪融化水涨起来了，那么南门就不开了。还有北山的支脉，离着城楼上的瞭望塔很近，登上山顶的关帝祠戏楼，那么乌鲁木齐城内再细小的景物也能看得到。所以我又写了一首诗："山围芳草翠烟平，迢递新城接旧城。行到丛祠歌舞处，绿氍毹上看棋坪。"巴彦弼公镇守乌鲁木齐时，参将海起云请求在山麓坚处建筑小城堡，成为掎角之势。巴公说："你只是能在野外作战，但不知如何用兵。北山虽然俯瞰城中，但是敌人一旦结栅，可以筑造炮台仰面袭击。火焰一般是朝上蒸腾，会顺势朝上燃烧；地势逼仄狭窄，很容易打准。所以他们绝不会屯聚。如果建筑一个小城堡在上面，兵多的话，因为地方窄容不下，兵少的话，力量太弱不能防守，被敌人抢夺而去，反而给敌人增加了力量。"诸将都很叹服巴公的远见卓识。因为记录伊犁凿井的事情，将巴公的事情一并记录下来。

注 释

❶伊犁：今新疆伊犁哈萨克自治州。

❷佐领：清代八旗组织的基本单位，满语"牛录章京"的汉译。掌管所属户口、田宅、兵籍等。一般统管二百至三百人。

❸修绠（gěng）：汲水用的长绳。

❹雍州：古时九州之一，今属甘肃省武威市凉州区。

❺灼然：明显、显然的意思。

❻预：参与的意思。

❼金井银床：金井、银床都是指井栏。

❽谯（qiáo）楼：古代城门上建造用以瞭望的楼。

❾氍毹（qúshū）：一种织有花纹图案的毛毯。

【原 文】

古书字以竹简，误则以刀削改之，故曰"刀笔"。黄山谷①名其尺牍曰"刀笔"，已非本义。今写讼牒者称"刀笔"，则谓笔如刀耳，又一义矣。余督学闽中时，一生以导人诬告戍边。闻其将败前，方为人构词，手中笔爆然一声，中裂如劈；恬不知警，卒及祸。又文安②王岳芳言：其乡有构陷善类者，

【译 文】

古代在竹简上写字，如果发现写错了就用刀削掉改正，所以称为"刀笔"。黄山谷把他的尺牍集命名为"刀笔"，已经不是这个词本来的意思了。现在写状纸的人也叫"刀笔"，是说笔像刀一样啊，这是又一种含义。我在福建做督学的时候，一个儒生因为诱导别人诬告而被判戍边。听说他在败露之前，正在替别人构思诬告词句，手中的笔突然发出爆炸一般的响声，从中间裂开像劈开的一样。心情平静地还不知道警醒，最终招惹了祸端。又有文安王岳芳说，他老家有人陷害善良的人，刚刚把诬陷文章写好，惊讶地发现这些字都变成

方具草，讶字皆赤色，视之，乃血自毫端出。投笔而起，遂辍是业，竟得令终。余亦见一善讼者，为人画策，诬富民诱藏其妻，富民几破家。案尚未结，而善讼者之妻，真为人所诱逃，不得主名，竟无所用其讼。

了红色，看了看，发现血从笔的末端渗出来。这个人赶紧把笔扔了，于是不再干这种替别人诉讼，陷害别人的勾当，最后还是得了善终。我也曾经见过一个善于打官司的人，替别人出谋划策，诬陷一个富人诱藏这个人的妻子，富人为此几乎倾家荡产。案子还没有了结，而这个善于打官司的人的妻子，竟然真的被人诱惑跑走了，不知道是谁把他的妻子骗走的，最后也不知道去告谁。

注 释

❶黄山谷：即黄庭坚（1045—1105），字鲁直，号山谷道人，北宋著名书法家、文学家。

❷文安：今属河北省廊坊市。

【原 文】

歙①人蒋紫垣，流寓献县程家庄，以医为业。有解砒毒方，用之十全。然必邀取重资，不满所欲，则坐视其死。一日暴卒，见梦于居停主人，曰："吾以耽利之故，误人九命矣。死者诉于冥司，冥司判我九世服砒死。今将赴转轮，赂鬼卒得

【译 文】

安徽歙县人蒋紫垣，客居在献县程家庄，以行医为业。有解砒霜毒的方子，百分之百管用。但是蒋紫垣要价极高，如果不能满足他的要求，就眼睁睁看着中毒的人死去。一天蒋紫垣突然暴亡，托梦给他的房东说："我因为贪图重利，耽误了九条人命。死者告到阴曹，阴曹判我九辈子都服砒霜而死。现在我马上要转入轮回，我贿

来见君，以此方奉授。君能持以活一人，则我少受一世业报也。"言讫，泣涕而去曰："吾悔晚矣！"其方以防风②一两研为末，水调服之而已，无他秘药也。又闻诸沈丈丰功曰："冷水调石青，解砒毒如神。"沈丈平生不妄语，其方当亦验。

赂了鬼卒才能来见您，把这个方子送给您。您能用来救活一个人，我就少受一世的报应。"说完，痛哭着边走边说："我后悔晚了！"那个方子是用防风一两，研为细末，用水调服而已，没有其他神秘的药物。又从沈丰功老人那里听说："用冷水调石青，解砒霜之毒简直神了。"沈老先生平生从不乱说，他的方子应当也是灵验的。

注释

❶歙：音 xī，又音 shè，歙县，今属安徽省黄山市。
❷防风：多年生草本植物，根可入药。

【原文】

　　奇节异烈，湮没无传者，可胜道哉？姚安公闻诸云台公曰：明季避乱时，见夫妇同逃者，其夫似有腰缠，一贼露刃追之急。妇忽回身屹立，待贼至，突抱其腰。贼以刃击之，血流如注，坚不释手。比气绝而仆，则其夫脱去久矣。惜不得其名姓。又闻

【译文】

　　令人感到惊奇的妇女节烈事迹，消失没有流传下来的，数不胜数。姚安公从云台公那里听到一个故事说：明末躲避战乱的时候，见到一对夫妇一起逃难，丈夫的腰间鼓鼓的，像是缠了贵重的东西，一个强盗拿着明晃晃的刀着急地追了过去。妻子突然回身挺立，等到强盗到了之后，突然抱住他的腰。强盗用刀击打她，血流如注，但是她依然紧紧抱住盗贼不放手。等到没有了气息倒了下去，她的丈夫已经脱身跑了很久了。可惜不知道这个妻子的姓

诸镇番公曰：明季，河北五省皆大饥，至屠人鬻肉，官弗能禁。有客在德州、景州①间，入逆旅午餐，见少妇裸体伏俎上，绷其手足，方汲水洗涤。恐怖战悚之状，不可忍视，客心悯恻，倍价赎之。释其缚，助之著衣，手触其乳，少妇艴然②曰："荷君再生，终身贱役无所悔。然为婢媪则可，为妾媵则必不可。吾惟不肯事二夫，故鬻诸此也。君何遽相轻薄耶？"解衣掷地，仍裸体伏俎上，瞑目受屠。屠者恨之，生割其股肉一脔。哀号而已，终无悔意。惜亦不得其姓名。

名。又从镇番公那里听到了一个故事：明末，黄河以北的五省都闹大饥荒，到了杀人卖肉的地步，官府也禁止不了这种行为。有个人在德州、景州之间，中午到饭店吃饭，看见一个年轻的妇女光着身子被绑在肉案上，手脚都被捆绑起来，有人正打水准备洗涮。这个妇女恐惧战栗的样子，让人不忍直视，这个吃饭的客人心生怜悯，出了双倍的价格赎下了这个妇女。解下了捆绑她的绳子，帮助她穿上衣服，这时触摸到了她的乳房，妇女生气地说："承蒙您搭救我才能再次活下来，一辈子做低贱的奴婢都不后悔。做奴婢和老妈子都行，但是做妾媵肯定是不行的。我就是因为不肯嫁给两个丈夫，所以被卖到这里。你为何就这样轻薄于我呢？"解开衣服扔到地上，仍然光着身子躺到肉案上，闭着眼等着被杀。屠夫怨恨她不识抬举，生生地割下她大腿上的一大块肉，这个妇女只是哀嚎，最终也没有后悔的意思。可惜不知道这个妇女的姓名。

注　释

❶德州、景州：德州，今山东省德州市，景州，今属河北省衡水市，二地接壤。

❷艴（bó）然：生气的样子。

【原 文】

　　肃宁王太夫人，姚安公姨母也。言其乡有嫠妇①，与老姑抚孤子，七八岁矣。妇故有色，媒妁屡至，不肯嫁。会子患痘甚危，延某医诊视。某医遣邻妪密语曰："是症吾能治。然非妇荐枕，决不往。"妇与姑皆怒谇。既而病将殆，妇姑皆牵于溺爱，私议者彻夜，竟饮泣曲从。不意施治已迟，迄不能救，妇悔恨投缳②殒。人但以为痛子之故，不疑有他。姑亦深讳其事，不敢显言。俄而某医死，俄而其子亦死，室弗戒于火，不遗寸缕。其妇流落入青楼，乃偶以告所欢云。

【译 文】

　　肃宁王太夫人，是姚安公的姨母，说她家乡有一个寡妇，和婆婆一起抚养自己的儿子，有七八岁大了。寡妇长得非常漂亮，媒人来了好几次说媒，她不肯出嫁。正好赶上孩子出水痘，病情十分危急，请医生来诊治。这个医生悄悄地让邻居老太太来传密不告人的话："这个病我能治，但是除非这个寡妇能跟我同住，否则我绝不去医治。"寡妇与婆婆都非常生气地唾弃这个医生。不久，孩子病得快死了，寡妇和婆婆非常舍不得孩子，左右为难，私下讨论了整个晚上，只能含着眼泪委屈地听从了医生的要求。没想到，病症拖延得太晚，治疗的时机已经错过了，最终也没能救回孩子的性命。寡妇又悔又恨，上吊死了。人们以为她只是丧子哀痛过度导致的，并不怀疑有其他的隐情。婆婆也非常忌讳谈到这件事，不敢明明白白地说出来。不久，这个医生就死了，不久他的儿子也死了，家里着了火，烧得什么都没剩下。他的妻子流落到了妓院，于是偶然把这件事告诉了与她相好的人。

注 释

❶嫠（lí）妇：寡妇。

❷投缳（huán）：自缢。

【原 文】

外祖雪峰张公家，牡丹盛开，家奴李桂，夜见二女凭阑立。其一曰："月色殊佳。"其一曰："此间绝少此花，惟佟氏园与此数株耳。"桂知是狐，掷片瓦击之，忽不见。俄而砖石乱飞，窗棂[1]皆损。雪峰公自往视之，拱手曰："赏花韵事，步月雅人，奈何与小人较量，致杀风景？"语讫寂然。公叹曰："此狐不俗！"

【译 文】

外祖父张雪峰家，牡丹盛开，家奴李桂，夜里看见两个女子凭栏而立。其中一个说："月色真是太好了。"另一个说："这个地方绝少牡丹，只有佟氏园和这里有几株罢了。"李桂知道她俩是狐仙，就扔瓦片打她们，忽然都不见了。一会儿砖石乱飞，窗棂都被损坏了。雪峰公亲自到园内查看，拱手拜道："赏花是风雅的事，漫步月下，更是雅致的事情，为什么要与小人一争高下，导致煞风景呢？"这些话说完就安静了，雪峰公感叹道："这个狐仙不俗。"

注 释

❶窗棂（líng）：窗格子。

【原 文】

老仆刘琪言：其妇弟某，尝独卧一室，榻在北牖。夜半觉有手扪摸[1]，疑为盗，惊起谛视，其臂乃从南牖探入，长殆丈许。某故有胆，遽捉执之。忽一臂又破棂而入，

【译 文】

老仆刘琪讲了这么一个故事：他的妻弟，曾经独自一人住一间屋子，床在北窗户下面。半夜时觉得有只手在他身上摸来摸去，怀疑是小偷，吓得起来仔细看，只见一只胳膊从南窗探进来，差不多有一丈多长。这个人素来有胆量，立即抓住这只胳膊不放。忽然又有一只

径批其颊，痛不可忍，方回手支拒，所捉臂已掣去矣。闻窗外大声曰："尔今畏否？"方忆昨夕林下纳凉，与同辈自称不畏鬼也。鬼何必欲人畏？能使人畏，鬼亦复何荣？以一语之故，寻衅求胜，此鬼可谓多事矣。裘文达公尝曰："使人畏我，不如使人敬我。敬发乎人之本心，不可强求。"惜此鬼不闻此语也。

胳膊破窗而入，直接打他的耳光，痛得受不了。他回手抵挡时，被抓住的那只胳膊已经抽了回去。听到窗户外有个很大的声音说："你现在害怕了吧？"他这才记起昨天晚上在树下纳凉时，对同伴说自己不怕鬼。鬼何必要让人害怕它们呢？能叫人害怕，鬼又有什么可夸耀的呢？因为一句话的缘故，就找茬来决胜负，这个鬼真是太多事了。裘文达公说："让人怕我不如让人敬我。尊敬应该是发自人的本心，不是可以强求的。"可惜这个鬼没听到过这些话。

注释

❶扪搎（sūn）：抚摸，摩挲。

【原文】

宗室瑶华道人言：蒙古某额驸①，尝射得一狐，其后两足著红鞋，弓弯与女子无异。又沈少宰云椒②言：李太仆③敬堂，少与一狐女往来，其太翁疑为邻女，布灰于所经之路，院中足印作兽迹，至书室门外，则足印作纤纤样矣。某

【译文】

皇亲瑶华道人曾经讲过这么一个故事：有个蒙古额驸，曾经射杀了一只狐狸，狐狸后面的两只脚穿着红鞋，足弓弯弯，与人类的女子没有一点区别。又有沈云椒少宰说：李敬堂太仆，年轻的时候与一个狐女来往，李家的太翁怀疑是邻居家的女儿，于是在她所经过的路上洒满了灰，院子里的足印还是野兽一样的，等到了书房门外，立刻变成了纤

额驸所射之狐，了无他异。敬堂所眷之狐，居数岁别去。敬堂问："何时当再晤？"曰："君官至三品，当来迎。"此语人多知之，后来果验。

纤细足的样子。蒙古额驸射杀的狐狸，没有什么异常。敬堂所眷恋的狐仙，交往了数年之后离开了。敬堂问："什么时候还能再见面呢？"狐仙答道："等您官位到了三品，我自当来迎接您。"狐仙的话很多人都知道，后来果然应验了。

注 释

❶额驸：清朝宗室、贵族女婿的封号。

❷沈少宰云椒：沈初（1735—1799），字景初，号云椒，浙江平湖人，乾隆二十八年（1763）中进士。清朝名臣，文学家。

❸太仆：自秦汉至明清均有此官职，为掌管车马的官员。

【原 文】

姚安公闻先曾祖润生公言：景城有姜三莽者，勇而戆。一日，闻人说宋定伯卖鬼①得钱事，大喜曰："吾今乃知鬼可缚。如每夜缚一鬼，唾使变羊，晓而牵卖于屠市，足供一日酒肉资矣。"于是夜夜荷梃执绳，潜行墟墓间，如猎者之伺狐兔，竟不能遇。即素称有鬼之处，佯醉寝以诱致之，亦寂然无睹。一夕，

【译 文】

姚安公听先曾祖父润生公讲过这么一个故事：景城有个人叫姜三莽，勇猛而戆直。有一天他听到人讲宋定伯卖鬼得钱的故事，非常高兴地说："我现在才知道鬼是可以捆绑的。如果每天夜里捆一个鬼，吐口唾沫让它变成羊，早晨牵着卖给屠宰场，足够一天酒肉的花销了。"于是天天晚上扛着木棒拿着绳子，悄悄行走在墓地间，就像猎人等候狐狸、兔子那样，却始终碰不到鬼。就是向来说是有鬼的地方，他假装酒醉躺着引鬼前来，也一点儿声息也没有。一天夜里，

隔林见数磷火，踊跃奔赴；未至间，已星散去。懊恨而返。如是月余，无所得，乃止。盖鬼之侮人，恒乘人之畏。三莽确信鬼可缚，意中已视鬼蔑如矣，其气焰足以慑鬼，故鬼反避之也。

他隔着树林看见几点磷火，就跳着跑着过去；还没跑到那里，磷火已经星星点点四散而去。他只好懊恼愤恨地回来。这么一个多月，什么都没有捉到，于是只能停手。大概鬼欺侮人，总是趁人害怕的时候。姜三莽相信鬼可以绑缚，心里已经不把鬼当回事了，他充沛的气焰足以慑服鬼怪，所以鬼反而躲避他了。

注 释

❶宋定伯卖鬼：故事出自干宝《搜神记》，讲南阳宋定伯不怕鬼，骗鬼、捉鬼、卖鬼得一千五百文钱的故事。

【原 文】

申铁蟾，名兆定，阳曲①人。以庚辰②举人官知县，主余家最久。庚戌秋，在陕西试用，忽寄一札与余诀。其词恍惚迷离，抑郁幽咽，都不省为何语。而铁蟾固非不得志者，疑不能明也。未几，讣音果至。既而见邵二云③赞善④，始知铁蟾在西安病数月。病愈后，入山射猎，归而目前见二圆

【译 文】

申铁蟾，名字叫作兆定，山西省阳曲县人。庚辰年中举，官职为知县，在我家主事时间最长。庚辰秋，在陕西试用，忽然寄来一封信与我诀别。信中词语恍惚迷离，晦涩抑郁，难以理解，都不明白写的是什么。但是铁蟾本来就不是不得志的人，所以我有一种不好的预感。没过多久，铁蟾去世的消息果然传来了。不久后见到邵二云赞善，才知道铁蟾在西安病了好几个月，病好后，到山中打猎，回来的时候看见眼前有两个圆的东西，像球一样，旋转像风轮一样，即使闭上眼睛也能

物如球，旋转如风轮，虽瞑目亦见之。如是数日，忽爆然裂，二小婢从中出，称仙女奉邀，魂不觉随之往。至则琼楼贝阙，一女子色绝代，通词自媒。铁蟾固谢，托以不惯居此宅。女子薄怒，挥之出，霍然而醒。越月余，目中见二圆物如前，爆出二小婢亦如前，仍邀之往。已别构一宅，幽折窈窕，颇可爱。问："此何地？"曰："佛桑。"请题堂额，因为八分书"佛桑香界"字。女子再申前议，意不自持，遂定情。自是恒梦游，久而女子亦昼至，禁铁蟾勿与所亲通，遂渐病。病剧时，方士李某以赤丸饵之，呕逆而卒，其事甚怪。始知前札乃得心疾时作也。铁蟾聪明绝特，善诗歌，又工八分，驰骋名场，翛然⑤以风流自命。与人交，意气如云，邮筒走天下。中年忽慕神仙，遂生是魔障，迷罔

看见它。这样的情况持续了好几天，忽然像球一样的东西爆裂了，两个小婢女从里面出来，说奉仙女之命来邀请铁蟾，于是铁蟾的灵魂不自觉地跟着走了。到了就看到高大华美的楼阙，一个女子姿色绝代，说话间，自己为自己做媒。铁蟾坚决辞谢，借口在这样的房子里住不惯。女子有些生气，挥手让铁蟾出去，于是他霍然惊醒。过了一个多月，眼前看到这两个圆东西和以前一样，又爆裂出来两个小婢女，还和上次一样。还是邀请铁蟾前往，这次已经另外设置了一处宅院，曲折幽静，非常令人喜爱。铁蟾问道："这是什么地方？"答道："佛桑。"请铁蟾题写堂额，于是写八分书"佛桑香界"这几个字。女子又再次为自己做媒，铁蟾也没有把持住自己，于是和女子定情结好。从此以后总是在梦中相遇，时间长了，这个女子白天也来，告诉铁蟾不要与亲戚朋友来往，于是铁蟾渐渐病了。病重时，方士李某用红色的丸子喂他吃，呕吐嗝逆而死。这件事太奇怪了。才知道前面他寄给我的信是在心病发作时写的。铁蟾非常聪明，善于作诗歌，又善作八分书，驰骋科举考场，悠然自得，潇洒风流。与朋友结交，意气如云，用信件结交天下朋友。中年后忽然慕仙修道，于是生出这种魔障，糊里糊涂地去世了。妖是因为人才兴起，现象都是由

以终。妖以人兴，象由心造。才高意广，翻以好异陨生，其可惜也夫。

心生出。本来是个才高八斗意气风发的人，反过来因为追求奇异的东西而丧命，真是可惜啊。

注 释

❶阳曲：今属山西省太原市。

❷庚辰：即乾隆二十五年，公元 1760 年。

❸邵二云：即邵晋涵（1743—1796），字与桐，号二云，浙江余姚人，清代著名学者、史学家，四库馆臣。编纂《四库全书》时，辑出佚书《旧五代史》。

❹赞善：即赞善大夫，是太子的老师。

❺翛（xiāo）然：无拘无束，潇洒自如。

【原 文】

李老人，不知何许人，自称年已数百岁，无可考也。其言支离荒杳，殆前明醒神之流。曩客先师钱文敏公家，余曾见之。符药治病，亦时有小验。文敏次子寓京师水月庵，夜饮醉归，见数十厉鬼遮路，因发狂自劙①其腹。余偕陈裕斋、倪余疆往视，血肉淋漓，仅存一息，似万万无生理，李忽

【译 文】

李老人，不知道是哪里的人，自称已经数百岁了，这种说法没有根据。他说的话支离破碎荒诞异常，大概是前明通神之类的人。从前他在我的老师钱文敏公家做门客，我曾经见过他，用符药治病，有时候也能治好一些病。文敏先生的第二个儿子在京师水月庵寓居，有一次晚上喝醉了回来，看到数十个厉鬼挡住了去路，于是发狂自己割破肚子。我带着陈裕斋、倪余疆前去探视，见他血肉淋漓，只剩下一口气，看样子万万没有生还的道理，李老人突然自己来了，把钱家二公子抬回去了，

自来舁②去，疗半月而创合，人颇以为异。然文敏公误信祝由，割指上疣赘，创发病卒，李疗之竟无验。盖符箓烧炼之术，有时而效，有时而不效也。先师刘文正公曰："神仙必有，然必非今之卖药道士；佛菩萨必有，然必非今之说法禅僧。"斯真千古持平之论矣。

治疗了半个月，竟然伤口愈合了，人们都感觉非常惊异。但是钱文敏先生误信那些道士治病，割掉了手上的瘊子，伤口引发了其他的病，文敏先生去世了。李老人也曾给予治疗，竟然没有起到作用。原来画符炼丹的治疗方法，有时管用，有时不管用啊。我那已经去世的老师刘文正公曾经说过："神仙一定有，但是并不是现在卖药的道士；佛祖菩萨一定有，但绝不是现在说法的禅僧。"这真是千古以来最公平的说法。

注 释

❶劓（lí）：刺破，割破。
❷舁（yú）：用手抬。

【原文】

有孟氏媪清明上冢归，渴就人家求饮。见女子立树下，态殊婉娈，取水饮媪毕，仍邀共坐，意甚款洽。媪问其父母兄弟，对答具有条理。因戏问："已许嫁未？我为汝媒。"女面頳①避入，呼之不出。时已日暮，乃不

【译文】

有个姓孟的老太太清明上坟后回家，口渴到人家家里求水喝。见一个女子立在树下，样子非常妖媚，拿来水给孟老太喝完后，一直邀请她一起坐下聊天，非常和气温柔。孟老太问她的父母兄弟，对答非常有条理。于是开玩笑地说："已经找人家了吗？我替你做媒。"女子非常害羞地躲进去了，叫也不出来。当时已经快傍晚了，于是孟老太没有告辞就走了。大半年

别而行。越半载，有为媪子议婚者，询知即前女，大喜过望，急促成之。于归后，媪抚其肩曰："数月不见，汝更长成矣。"女错愕不知所对。细询始末，乃知女十岁失母，鞠于外氏五六年，纳币后始迎归。媪上冢时，原未尝至家也。女家故小姓，又颇窭乏，非媪亲见其明慧，姻未必成。不知是何鬼魅，托形以联其好；又不知鬼魅何所取义，必托形以联其好。事有不可理推者，此类是矣。

后，有替孟老太儿子做媒的人，询问了之后，得知就是之前给自己水喝的那个女孩，大喜过望，着急催促着赶快结婚。等到嫁过来时，老太太抚摸着她的肩膀，说："几个月没见，你又长大啦。"女孩显得非常错愕，不知道如何回答。仔细询问才知道，女孩十岁的时候，母亲就去世了，在外婆家养了五六年，接受孟老太的聘礼后才出嫁。孟老太上坟时，本来不会到她家去。女孩家本就是小户人家，又非常贫穷窘迫，如果不是孟老太亲眼看到女孩的聪明灵巧，这桩婚事未必成功。不知道是哪里的鬼魅，假托女孩的外形来联姻成其好事，又不知鬼魅取何义，一定要假托别人外形来促成婚姻佳话。事情有不能用道理解释的，这一类的事就是这样的。

注　释

❶颒（chēng）：同"赪"，赤色。

【原　文】

　　乾隆壬戌、癸亥①间，村落男妇往往得奇疾。男子则尻骨生尾，如鹿角，如珊瑚枝。女子则患阴挺，如葡萄，

【译　文】

　　乾隆壬戌、癸亥年间，有个村子的男男女女都得了怪病。男子尾骨后长尾巴，像鹿角、珊瑚枝。女子是阴部长出东西，像葡萄、灵芝菌。有会治这种病

如芝菌。有能医之者，一割立愈，不医则死。喧言有妖人投药于井，使人饮水成此病，因以取利。内阁学士永公，时为河间守。或请捕医者治之。公曰："是事诚可疑，然无实据。一村不过三两井，严守视之，自无所施其术。倘一逮问，则无人复敢医此证，恐死者多矣。凡事宜熟虑其后，勿过急也。"固不许。患亦寻息。郡人或以为镇定，或以为纵奸。后，余在乌鲁木齐，因牛少价昂，农颇病。遂严禁屠者，价果减。然贩牛者闻牛贱，皆不肯来。次岁牛价乃倍贵。弛其禁，始渐平。又深山中盗采金者，殆数百人。捕之恐激变，听之又恐养痈。因设策断其粮道，果饥而散出。然散出之后，皆穷而为盗。巡防察缉，竟日纷纭。经理半载，始得靖。乃知天下事但知其一，不知其二，多有收目前之效而贻后日之忧者。

的，只要割除长出来的东西，病就痊愈了，不治，人就会死。人们纷纷议论说是妖人在井里投了药，饮用后就会得这种病，趁机谋取暴利。内阁学士永公当时任河间太守，有人请他下令逮捕医病之人审问，永公说："这种事确实令人怀疑，但并无实据。一村中不过两三口井，如果严加守护，自然就无法施展邪术。倘若逮捕查问，就再没有人敢治这种病了，恐怕死的人会更多。凡事应当认真考虑后果，千万不要操之过急。"他坚决不同意抓人。怪病不久也就平息了。郡中有人认为他处事稳健，有人认为他放纵奸诈。后来我在乌鲁木齐时，因为牛少价贵，农民非常有意见。于是我下令严禁杀牛，牛价果然下降了。但是牛贩听说牛的价格便宜，都不肯来贩牛了。结果第二年，牛价又涨了一倍。解除禁杀令后，价格才渐渐趋平。又有人在深山里盗采金矿，大概有几百人。逮捕他们吧，唯恐激起叛乱，放任吧，又怕养痈遗患。于是设计断了他们的运粮通道，果然盗金者因为饥饿而散去。但是他们离开金矿后，又走投无路，做起了盗贼。官府巡查缉拿，整天忙得团团转。整治了半年，才得以安定。由此可知，对天下事只知其一，不知其二，只顾眼前一时的效果，考虑不够长远，就会留下以后的忧患。我这才佩服永

始服永公"熟虑其后"一言，真"瞻言百里"②也。

公"凡事应当认真考虑后续的结果"这句话，真是非常有远见啊。

注 释

❶壬戌、癸亥：即乾隆七年（1742）、乾隆八年（1743）。

❷瞻言百里：出自《诗经·大雅·桑柔》："维此圣人，瞻言百里。"郑玄笺注："圣人所视而言者百里，言见事远而王不用。"瞻言，指有远见的言论。

卷　三

【原文】

王征君①载扬言：尝宿友人蔬圃中，闻窗外人语曰："风雪寒甚，可暂避入空屋。"又闻一人语曰："后垣半圮，偷儿阑入，将奈何？食人之食，不可不事人之事。"意谓僮仆之守夜者。天晓启户，地无人迹，惟二犬偃卧墙缺下，雪没腹矣。嘉祥曾映华曰："此载扬寓言，以愧僮仆之负心者也。"余谓犬之为物，不烦驱策而警夜不失职，宁忍寒饿而恋主不他往。天下为僮仆者，实万万不能及。其足使人愧，正不在能语不能语耳。

【译文】

王载扬曾经讲过这么一个故事：他曾经住在朋友的菜园子里，听到窗外有人说："刮风下雪，实在太冷了，可以暂时躲避在空屋子里。"又听到一个人说："后墙倒了半个，小偷会趁机进来，怎么办呢？吃着人家的饭，不能不替人做事。"以为是守夜的童仆。天亮打开门一看，地上没有人迹，只有两条狗躺在围墙缺口底下，雪已经没过肚子了。嘉祥曾映华说："这是载扬的寓言，用来警示那些负心的童仆。"我说狗这种动物，被驱赶鞭策并不觉得生气，还是在夜里坚守警卫的职责。宁可忍受寒冷冻饿，还是依恋主人不去别的地方。天底下做童仆的人，实在是万万不及的。狗足以让人感到惭愧，并不是能不能说话的问题。

注　释

❶王征君：即王藻，字载扬，号梅沜，江苏吴江县（今苏州）人。乾隆年间举博学鸿词科未用，后官国子监学正。

【原 文】

伶人方俊官，幼以色艺擅场，为士大夫所赏。老而贩鬻①古器，时来往京师。尝览镜自叹曰："方俊官乃作此状！谁信曾舞衫歌扇，倾倒一时耶！"倪余疆②感旧诗曰："落拓江湖鬓欲丝，红牙按曲记当时。庄生蝴蝶③归何处？惆怅残花剩一枝。"即为俊官作也。俊官自言本儒家子，年十三四时，在乡塾读书，忽梦为笙歌花烛拥入闺闼④。自顾则绣裙锦帔，珠翠满头；俯视双足，亦纤纤作弓弯样，俨然一新妇矣。惊疑错愕，莫知所为。然为众手挟持，不能自主，竟被扶入帏中，与一男子并肩坐；且骇且愧，悸汗而寤。后为狂且所诱，竟失身歌舞之场。乃悟事皆前定也。余疆曰："卫洗马问乐令梦⑤，乐云是想。汝殆积有是想，乃有是梦，既有是想是梦，

【译 文】

有个唱戏的人叫方俊官，小时候因为长得漂亮唱腔又好而名扬梨园，为士大夫们所欣赏。后来年纪大了就去贩卖古董，经常来往京城。曾经拿着镜子自己叹息感慨道："方俊官竟然成了这个样子！谁能相信曾经舞衫歌扇，倾倒一时呢！"倪余疆曾经创作一首怀旧诗说："落拓江湖鬓欲丝，红牙按曲记当时。庄生蝴蝶归何处？惆怅残花剩一枝。"这首诗就是为方俊官作的。俊官说自己本是儒家子弟，年纪在十三四的时候，在乡村私塾读书，忽然梦到吹吹打打，点燃花烛，被送进了闺房之中。自己看自己已经穿上了刺绣的裙子，披着锦绣的披肩，珠花首饰插满头；低着头看到自己的双脚，也是纤细弯曲，俨然是一个新媳妇的样子。惊疑错愕，不知道该怎么办。但是被一堆人簇拥着，动也动不了，竟然被扶着进入帏帐中，和一个男子并肩坐下；又惊异，又害怕，又羞愧，出了一身冷汗后醒了。后来被举止轻狂的人诱惑，最后落入声色犬马之地。于是省悟到这些事情都是冥冥中注定好的。余疆说："卫玠小的时候曾经问乐令梦是什么，乐令说：'梦就是心中所想。'你因为这些想法积累了下来，于是就变成了梦。有了这些想法，这

乃有是堕落。果自因生，因由心造，安可委诸夙命耶？"余谓此辈沈沦贱秽，当亦前身业报受在今生，未可谓全无冥数。余疆所言，特正本清源之论耳。后苏杏村闻之，曰："晓岚以三生论因果，惕以未来。余疆以一念论因果，戒以现在。虽各明一义，吾终以余疆之论，可使人不放其心。"

些梦，于是才有了堕落。结果从原因中产生，原因又都是心中想法所造，怎么能（把责任）都推到命运上呢？"我说方俊官之流沉沦唱戏这种低下的行业，应该是前世罪业，在今生受报，不能说没有冥冥之中的定数。余疆所说的，只不过是正本清源的理论罢了。后来苏杏村听说了，说："晓岚用三生论因果，用以警惕未来。余疆用一种存念来论因果，是为了给现在警示。即使是各自阐发各自的道理，我还是认同余疆的说法，可使得人不会放纵自己的内心。"

注 释

❶鬻（yù）：卖的意思。

❷倪余疆：倪承宽，字余疆，号敬堂，仁和（今浙江杭州）人，乾隆十九年（1754）探花，授翰林院编修。诗文、书法俱佳，又有山水画作传世。

❸庄生蝴蝶：庄周梦蝶，出自《庄子·齐物论》"不知周之梦为胡蝶与，胡蝶之梦为周与？"

❹闼（tà）：小门的意思。

❺卫洗马问乐令梦：卫洗马，即三国时的卫玠，小时候曾经问乐令，梦是什么，乐令回答说："是想。"故事出自《世说新语》。

【原　文】

先师赵横山先生，少年读书于西湖，以寺楼幽静，设榻其上。夜闻室中窸窣声，似有人行，叱问："是鬼是狐，何故扰我？"徐闻嗫嚅而对曰："我亦鬼亦狐。"又问："鬼则鬼，狐则狐耳。何亦鬼亦狐也？"良久，复对曰："我本数百岁狐，内丹已成，不幸为同类所扼杀，盗我丹去。幽魂沈滞，今为狐之鬼也。"问："何不诉诸地下？"曰："凡丹由吐纳导引而成者，如血气附形，融合为一，不自外来，人弗能盗也。其由采补而成者，如劫夺之财，本非己物，故人可杀而吸取之。吾媚人取精，所伤害多矣。杀人者死，死当其罪。虽诉神，神不理也。故宁郁郁居此耳。"问："汝据此楼，作何究竟？"曰："本匿影韬声，修太阴炼形之法。以公阳光熏烁，阴魄不宁，故出而乞哀，

【译　文】

我那已经去世的老师赵横山先生，年轻时在西湖边读书，因为寺院楼上幽静，就在楼上安置了床铺。夜里听到室内有窸窸窣窣的声音，好像是有人走动，就斥问道："是鬼还是狐？为什么来骚扰我？"过了一会儿有个声音吞吞吐吐地回答说："我是鬼也是狐。"赵先生又问："鬼就是鬼，狐就是狐，怎么会又是鬼又是狐呢？"过了好久，对方才又回答说："我本来是几百年的老狐，内丹已经炼成，不幸被我的同类扼死，盗了我的丹跑了。我的灵魂滞留在这里，就成狐狸中的鬼了。"又问："为何不到阴司告状呢？"答道："凡是通过吐纳导引而炼成的丹，就如血、气附着在人身上一样，融合为一体，不是外来之物，别人是盗不走的；而通过采补之术炼成的丹，就像抢劫来的财宝，本来就不是自己的东西，所以别人可以通过杀人而把丹吸走。我媚惑人取得精气，伤了很多人。杀人者该杀，我被杀是罪有应得，即使向神明告状，神明也不会审理。因此宁可苦闷难过地住在这里。"赵先生又问："你现在占据了这座楼，有什么打算？"答道："本打算销声匿迹，韬光养晦，修炼太阴炼形之法。因为您阳气太盛，熏烤得我阴魂不宁，所以出来向您哀求，幽明异

求幽明各适。"言迄，惟闻搏颡①声，问之不复再答，先生次日即移出。尝举以告门人曰："取非所有者，终不能有，且适以自戕也。可畏哉！"

路，请让我们各自到适合自己的地方吧。"说完，只听到磕头的声音，再问就不回答了。先生第二天就搬了出来。他曾举这个例子告诫门客、学生说："谋取不该属于你的东西，最终还是得不到的，而且正好是自己害了自己。真是可怕啊！"

注　释

❶搏颡（sǎng）：磕头。颡，脑门儿。

【原 文】

　　沧州刘太史果实，襟怀夷旷，有晋人风。与饴山老人①、莲洋山人②皆友善，而意趣各殊。晚岁家居，以授徒自给。然必孤贫之士，乃容执贽。脩脯③皆无几，箪瓢④屡空，晏如也。尝买米斗余，贮罂中，食月余不尽，意甚怪之。忽闻檐际语曰："仆是天狐，慕公雅操，日日私益之耳。勿讶也。"刘诘曰："君意诚善。然君必不能耕，此粟何来？吾不能饮盗泉⑤也，后

【译 文】

　　沧州刘果实太史，胸怀旷达，有晋人风度。和饴山老人、莲洋山人都是好朋友，但是喜欢的东西却各不相同。晚年回到家里，靠教授学生来养活自己。但是一定要那些孤苦贫穷的儒生，才肯收下为徒。学费不多，家里常常断粮，他却安之若素。曾经买了一斗多米，存放在坛子里，吃了一个多月也没有吃完，他觉得非常奇怪。忽然听到屋檐上说话的声音："在下是天狐，仰慕您的风雅情操，每天偷偷给您加一点儿米，您不必惊讶。"刘果实反问道："您的心意是好的。但您肯定不会耕作，这米是从哪里来的呢？我不能喝盗泉之水，以

勿复尔。"狐叹息而去。

后不要再这样了。"天狐叹息着离去了。

注　释

❶饴山老人：赵执信，字伸符，号秋谷，晚号饴山老人、知如老人，清代诗人、诗论家、书法家。

❷莲洋山人：吴雯，字天章，号莲洋，清代诗人。其诗清新，为王士禛、赵执信所欣赏，著有《莲洋集》。

❸脩（xiū）脯：旧时称送给老师的礼物或酬金，俗称干肉。

❹箪（dān）瓢：盛饭食的箪和盛饮料的瓢，亦借指饮食。后用为生活简朴、安贫乐道的典故。

❺盗泉：古泉名。故址在今山东泗水东北。据说泗水县内共有泉水 87 处，只有盗泉不流，其余都汇入泗河。古籍中记载"（孔子）过于盗泉，渴矣而不饮，恶其名也"。

【原文】

雍正丙午、丁未年间，有流民乞食过崔庄，夫妇并病疫。将死，持券①哀呼于市，愿以幼女卖为婢，而以卖价买二棺。先祖母张太夫人为葬其夫妇，而收养其女，名之曰连贵。其券署父张立、母黄氏，而不著籍贯，问之已不能语矣。连贵自云：家在山东，门临驿路，时有大

【译文】

雍正丙午、丁未年间，有流浪的灾民到崔庄乞讨，夫妇两人都感染了严重的传染病。病得快死了，拿着卖身契在街市上哀痛呼号，愿意将小女儿卖给别人做婢女，用卖女儿的钱买两副棺材。先祖母张太夫人帮助埋葬了夫妇俩，收养了他们的女儿，给她起名叫作连贵。卖身契上的署名是父亲张立、母亲黄氏，但是没有写明籍贯，问他们的时候，已经不能说话了。连贵自己说，家在山东，门临着驿路，经常有大官的车马来

官车马往来，距此约行一月余，而不能举其县名。又云：去年曾受对门胡家聘。胡家亦乞食外出，不知所往。越十余年，杳无亲戚来寻访，乃以配圉人②刘登。登自云：山东新泰③人，本胡姓。父母俱殁，有刘氏收养之，因从其姓。小时闻父母为聘一女，但不知其姓氏。登既胡姓，新泰又驿路所经，流民乞食，计程亦可以月余，与连贵言皆符。颇疑其乐昌之镜④，离而复合，但无显证耳。先叔栗甫公曰："此事稍为点缀，竟可以入传奇。惜此女蠢若鹿豕，惟知饱食酣眠，不称点缀，可恨也。"边随园征君曰："'秦人不死，信苻生⑤之受诬；蜀老犹存，知诸葛之多枉。'（四语乃刘知幾《史通》之文。苻生事见《洛阳伽蓝记》，诸葛事则见《魏书·毛修之传》。浦二田注《史通》以为未详，盖偶失考。）史传不免于缘饰，况传奇乎？《西

来往往，距离此地大概要走一个多月。但是不能说出自己所在县的名字。连贵又说，去年曾经接受了对门胡家的聘礼。胡家也出门乞讨去了，不知去哪里了。过了十多年后，也没有亲戚来访，于是把连贵婚配给了养马的刘登。刘登自己说自己是山东新泰人，本来姓胡。父母都去世了，有刘氏收养了他，于是跟随刘姓。小的时候听说父母已经为他聘娶了一个女孩子，只是不知道这个女孩的姓氏。刘登既然姓胡，新泰又是驿路所经过的地方，流民乞讨，计算日程也差不多一个多月，与连贵说的话都符合。特别怀疑他们本就是破镜重圆的夫妻，分开又能相聚在一起，只是没有特别直接的证据罢了。我那已经去世的叔叔栗甫公说："这件事情稍微点缀润色，竟可以成为传奇小说。可惜这个女孩蠢若鹿豕，只知道吃饱了睡觉，根本不值得想象描写，实在是太遗憾了。"边随园说："'秦人如果没有死的话，才知道苻生所受的诬陷。蜀国遗老如果还在，就知道对诸葛亮的描述很多都是不切实际的。'（四句话是刘知幾《史通》中记载的文字。苻生的事迹被收录到《洛阳伽蓝记》中，诸葛亮的事迹被收录到《魏书·毛修之传》中。浦二田给《史通》作注，以为注得不够详细，原来是

楼记》⑥称穆素晖艳若神仙，吴林塘言其祖幼时及见之，短小而丰肌，一寻常女子耳。然则传奇中所谓佳人，半出虚说。此婢虽粗，傥好事者按谱填词，登场度曲，他日红氍毹⑦上，何尝不莺娇花媚耶？先生所论，犹未免于尽信书也。"

偶然失于考证。）史传还不免修饰，更何况戏曲小说呢？《西楼记》记载穆素晖艳丽漂亮，像天仙一样，吴林塘说他的爷爷小时候见过她，个子矮小身体丰腴，是一个平常的女子。但是戏曲小说中所说的佳人，多半是夸大其词的。这个婢女虽然粗蠢，如果好事的人写谱填词，登台演唱，他日红毯之上，又何尝不是莺娇花媚呢？先生说的话，还是未能免于过于相信书本了。"

注　释

❶券：买卖或者债务的字据。

❷圉（yǔ）人：养马的人。

❸新泰：今属山东省泰安市。

❹乐昌之镜：南朝陈宣帝之女，战乱与丈夫分开时破镜为记，后二人重逢，破镜重圆，多比喻夫妻重新团聚。

❺苻生：字长生，前秦第二位皇帝。这里的秦，指的是东晋十六国中的前秦。

❻《西楼记》：明代袁于令所作昆曲传统曲目，讲述明代书生于鹃和歌女穆素晖（徽）的爱情故事。

❼氍毹（qúshū）：指布或者毛做的地毯，因戏曲演出时多铺这种地毯，也代指戏曲舞台。

【原　文】

献县李金梁、李金柱兄

【译　文】

沧州献县李金梁、李金柱两兄弟，都

弟，皆剧盗也。一夕，金梁梦其父语曰："夫盗有败有不败，汝知之耶？贪官墨吏，刑求威胁之财；神奸巨蠹，豪夺巧取之财；父子兄弟，隐匿偏得之财；朋友亲戚，强求诈诱之财；黠奴干役，侵渔干没之财；巨商富室，重息剥削之财；以及一切刻薄计较、损人利己之财，是取之无害。罪恶重者，虽至杀人亦无害。其人本天道之所恶也。若夫人本善良，财由义取，是天道之所福也；如干犯之，是为悖天。悖天者终必败。汝兄弟前劫一节妇，使母子冤号，鬼神怒视。如不悛改，祸不远矣。"后岁余，果并伏法。金梁就狱时，自知不免，为刑房吏史真儒述之。真儒余里人也，尝举以告姚安公，谓"盗亦有道"。又述剧盗李志鸿之言曰："吾鸣骹①跃马三十年，所劫夺多矣，见人劫夺亦多矣。盖败者十之二三，

是江洋大盗。一天晚上，李金梁梦见他的父亲对他说："做强盗的人有的败露，有的没败露，你知道这是为什么吗？凡是贪官污吏刑罚威逼得来的钱财，势力强大的奸恶之徒巧取豪夺得来的钱财，父子兄弟隐瞒藏匿得来的钱财，朋友亲戚之间强夺诈骗得来的钱财，狡猾的奴仆役官，侵吞渔利得来的钱财，家财万贯的商贾之家，加重利息剥削得来的钱财，以及一切刻薄寡恩、斤斤计较、损人利己得来的钱财，你去偷去抢也不必担心有什么祸害。那些罪恶深重的人，即使杀了他们也没事。因为他们本来就是上天厌恶的人。如果一个人本来很善良，钱财也是通过正当的方法而得的，这类人是上天所保佑的；如果你侵犯了他，就冒犯了上天。冒犯上天一定会败露。你们兄弟前不久抢劫了一个节妇，让他们母子含冤号哭，鬼神愤怒地看着你们，如果不思悔改，灾祸不久就要降临。"过了一年多，他们兄弟二人果然被捕然后正法了。李金梁入狱后，自知不能被赦免，就对刑房官吏史真儒讲述了这些。史真儒是我的同乡，曾经把这件事告诉过姚安公，说强盗也有必须遵循的规矩。又讲述了大盗李志鸿说过的话："我放响箭打着马跑了三十年，抢劫的东西算是多的，见到别人抢劫的事也很多；大概最后被抓住的有十分之二三，能够全身而退

不败者十之七八。若一污人妇女，屈指计之，从无一人不败者。"故恒以是戒其徒。盖天道祸淫，理固不爽云。

的有十分之七八。假若一旦污辱了妇女，屈指算下，没有一个不被抓的。"所以他常用此来训诫他的手下。大概淫邪之罪是上天不能宽恕的，这个道理始终都是如此啊。

注 释

❶骹（xiāo）：响箭。

【原文】

泰州任子田，名大椿，记诵博洽，尤长于三《礼》①注疏，六书训诂②。乾隆己丑③登二甲一名进士，浮沈郎署。晚年始得授御史，未上而卒。自开国以来，二甲一名进士，不入词馆者仅三人，子田实居其一。自言十五六时，偶为从父侍姬以宫词书扇，从父疑之，致侍姬自经死。其魂讼于地下，子田奄奄卧疾，魂亦为追去考问。阅四五年，冥官庭鞫七八度，始辨明出于无心；然卒坐以过失杀人，减削官禄，故仕途偃蹇如斯。贾钝夫

【译文】

江苏泰州的任子田，名大椿，博闻强识，善于记诵，尤其长于三《礼》注疏、六书的训诂之学。乾隆己丑年以二甲第一名中进士，从此在官府中浮浮沉沉，不曾授官。晚年才被授予御史的官职，还没有来得及上任就去世了。自从清代开国以来，二甲第一名的进士，没有进到翰林院的仅有三人，子田就是其中一个。他自己说，十五六岁时，偶然为叔父的侍姬在扇子上写了一首宫词。叔父怀疑侍姬不忠，导致侍姬自缢身亡。她的灵魂跑到阴间去告状，子田病得奄奄一息，魂魄也被抓去拷问。这样过了四五年，被阴间的官员抓过去庭审七八回，才终于辨明子田做这件事的时候，真的是出于无心，但是最终因过失杀人获罪，削减官禄，所以仕途坎坷

舍人曰："治是狱者即顾郎中德懋④。二人先不相知；一日相见，彼此如旧识。时同在座亲见其追话冥司事，子田对之，犹栗栗然⑤也。"

成这个样子。贾钝夫舍人说："审理这个案子的就是顾德懋郎中，二人开始互相不认识，一天相见，彼此好像以前就认识。当时我也跟他们在一起，亲耳听到他们追问阴间的事情，子田回答他的时候，依然被吓得瑟瑟发抖。"

注 释

❶ 三《礼》：《仪礼》《周礼》《礼记》，是对先秦礼法的权威记载。

❷ 六书训诂：六书，即汉字的造字六法。训诂，是中国语言文字学中传统的解释词语和研究语义的学科。

❸ 乾隆己丑：公元 1769 年。

❹ 顾德懋：苏州元和人，乾隆十六年二甲进士，传说他能够断冥案。

❺ 栗栗然：恐惧的样子。

【原文】

同年项君廷模言：昔尝馆翰林某公家，相见辄讲学。一日，其同乡为外吏者，有所馈赠。某公自陈平生俭素，雅不需此。见其崖岸高峻，遂逡巡①携归。某公送宾之后，徘徊厅事前，怅怅惘惘，若有所失，如是者数刻。家人请进内午餐，大遭诟怒。

【译文】

与我同科中举的项廷模说：从前曾经在某位翰林家做教师，翰林一见面就大谈理学。一天，翰林有个同乡在外省做官，送来一些礼物。翰林说自己平生节俭朴素，一向不需要这些东西。那人见翰林清高严峻，态度坚决，犹豫了半天，把礼物拿回去了。翰林送走客人之后，在厅堂里走来走去，满脸失意的表情，怅然若失，充满遗憾，就这样过了好半天。家里人请他到里面吃午饭，被

忽闻有数人吃吃窃笑，视之无迹，寻之声在承尘②上。盖狐魅云。

他生气地大骂了一顿。这时忽然听到几个人在"吃吃"地偷笑，环视无人，听那声音是在天花板上。大概是狐妖吧。

注 释

❶逡巡（qūnxún）：犹豫不前的样子。

❷承尘：天花板、座位或者床顶上的帐子。

【原 文】

　　程也园①舍人，居曹竹虚②旧宅中。一夕，弗戒于火，书画古器，多遭焚毁。中褚河南③临《兰亭》④一卷，乃五百金所质，方虑来赎时斠轕，忽于灰烬中拣得，匣及袱并爇⑤，而书卷无一字之损。表弟张桂岩馆也园家，亲见之。白香山⑥所谓"在在处处有神物护持"者耶？抑成毁各有定数，此卷不在此火劫中耶？然事则奇矣，亦将来赏鉴家一佳话也。

【译 文】

　　程也园先生，曾经住在曹竹虚的旧房子里。一天晚上，疏忽大意，着了火。房间里的名贵书画和古器物大都遭到焚毁。其中有一幅褚河南临摹的《兰亭》一卷，是别人借去五百两银子的抵押品，正担心借款人来赎回时不好交代，忽然在灰烬中找到了，匣子和包袱皮都已经被烧毁了，但是书卷却没有损伤一个字。当时我的表弟张桂岩在也园家做老师，目睹了这件事。难道这就是白居易所说的"无论何时何地都有神明保护"吗？或者还是因为保存和毁坏都各有定数，这幅书卷注定不会毁在大火中呢？但是这件事太神奇了，将来也是书画鉴赏家的一段佳话。

注释

❶程也园：即程振甲，字篆名、也园，号木庵，安徽歙县人。清代中期著名书法家、制墨家。

❷曹竹虚：即曹文埴，字近薇，号竹虚，安徽歙县人。官至户部尚书，太子太保，与儿子曹振镛被称为“父子宰相”。

❸褚河南：即褚遂良，唐朝著名宰相、政治家、书法家。

❹《兰亭》：即《兰亭序》，书圣王羲之在浙江绍兴兰亭雅集时，创作并书写的骈体散文，被称为“天下第一行书”。

❺爇（ruò）：焚烧。

❻白香山：即白居易，字乐天，唐代著名诗人。

【原 文】

故城刁飞万言：其乡有与狐女生子者，其父母怒谇之。狐女泣涕曰：“舅姑见逐，义难抗拒。但子未离乳，当且携去耳。”越两岁余，忽抱子诣其夫曰：“儿已长，今还汝。”其夫遵父母戒，掉首不与语。狐女太息抱之去。此狐殊有人理，但抱去之儿，不知作何究竟。将人所生者仍为人，庐居火食，混迹

【译 文】

故城人刁飞万曾经讲了这么一个故事：他家乡有个人，与狐女生了个孩子，他的父母因此而怒骂诘责他。狐女哭着说：“公公婆婆都要赶我走，按道理我实在不应该违背你们的意思。但是孩子还小，还需要我喂奶，所以我暂且把孩子也一起带走。”过了两年多，狐女忽然抱着孩子来了，她对丈夫说：“儿子现在已经长大了，我把他还给你。”她的丈夫遵从父母的训诫，转过头不和她说话。狐女长久地叹息，只能把孩子抱走了。这个狐女还很懂得人类的道理，只是把孩子抱走了，不知道将来会怎么样。是因为人所生的仍然是人，而让他居住在房屋里，吃煮熟的食物，生活在平

间阎^①欤？抑妖所生者即为妖，幻化通灵，潜踪墟墓欤？或虽为妖而犹承父姓，长育子孙，在非妖非人之界欤？虽为人而犹依母党，往来窟穴，在亦人亦妖之间欤？惜见首不见尾，竟莫得而质之。

民百姓之家呢？还是因为妖所生的仍然是妖，变幻通灵，隐迹在荒郊野外的废墟坟墓之中？或者即使是妖，但继承了父亲的姓氏，长大后生儿育女，处在非人非妖的境界？或者即使是人，却依恋母亲，和母亲的同类在一起，来往于洞穴，处在是人是妖之间？只可惜这种事情只知道开头，不知道结尾，最终也不知道到哪里去打听。

注 释

❶闾阎（lǘyán）：原指古代里巷内外的门，后来代指平民百姓。

【原 文】

同年蒋心余^①编修言：其乡有故家废宅，往往见艳女靓妆，登墙外视。武生王某，粗豪有胆，径携被独宿其中，冀有所遇。至夜半寂然，乃拊枕自语曰："人言此宅有狐女，今何往耶？"窗外小声应曰："六娘子知君今日来，避往溪头看月矣。"问："汝为谁？"曰："六娘子之婢。"又问："何

【译 文】

和我同年中举的蒋心余编修曾经讲过这么一个故事：他的家乡有一个老房子，荒废很久了，经常见到艳丽的女子盛装打扮，登到墙上往外看。一个姓王的武生，粗豪有胆量，直接拿着铺盖一个人住在这个老房子里面，希望能够遇到些什么神奇的事情。一直等到了半夜，还是很安静，于是摸着枕头自言自语地说："人们都说这个宅子里面有狐女，现在狐女去哪儿了？"窗户外面有个小声音回答说："六娘子知道您今天来，躲避到溪头看月亮去了。"武生问道："你是谁？"回答说："六

故独避我?"曰:"不知何故,但云畏见此腹负将军②。"亦不解为何语也。王后每举以问人曰:"腹负将军是武职几品?"莫不粲然。后问其乡人,曰:"实有其人,亦实有其事。然仅旁皇竟夜,一无所见耳。其语则心余所点缀也。"心余性好诙谐,理或然欤!

娘子的婢女。"又问:"六娘子为什么单独避开我?"回答道:"不知道什么原因,只是说怕见到这个腹负将军。"也不知道说的是什么意思。王生后来经常拿这个话问别人:"腹负将军是武职几品呢?"没有人听完不大笑的。后来问蒋心余的同乡,说:"确实有这么个人,也确实有这件事。但是他仅仅是惶恐不安地过了一夜,什么也没有看到罢了。他说的话应该是心余自己想象增加的。"心余本性诙谐幽默,按理说应该是这样的吧!

注 释

❶蒋心余:即蒋士铨,字心余,江西铅山(今江西上饶)人,乾隆二十二年(1757)进士,清代戏曲家、文学家。

❷腹负将军:多用来讽刺人没有谋略。

【原 文】

吴江吴林塘言:其亲表有与狐女遇者,虽无疾病,而惘惘恒若神不足。父母忧之,闻有游僧能劾治,试往祈请。僧曰:"此魅与郎君夙缘,无相害意。郎君自耽玩过度耳。然恐魅不害郎

【译 文】

吴江人吴林塘曾经说了这么一个故事:他的表亲中有个人与狐女相好,虽然没什么病,但总是恍恍惚惚的,好像精神不足。他父母为此感到非常担忧,听说有个云游僧人能镇治狐魅,就试着去祈请僧人。僧人说:"这个狐女与你家公子命中注定的缘分,她没有害人的意思。是你家公子自己沉溺于此,玩乐过度罢了。但是即使狐

君，郎君不免自害。当善遣之。"乃夜诣其家，趺坐诵梵咒。家人遥见烛光下似绣衫女子，冉冉再拜。僧举拂子曰："留未尽缘作来世欢，不亦可乎！"欻然而隐，自是遂绝。林塘知其异人，因问以神仙感遇之事。僧曰："古来传记所载，有寓言者，有托名者，有借抒恩怨者，有喜谈诙诡以诧异闻者，有点缀风流以为佳话，有本无所取而寄情绮语，如诗人之拟艳词者，大都伪者十八九，真者十一二。此一二真者，又大都皆才鬼灵狐、花妖木魅，而无一神仙。其称神仙必诡词。夫神正直而聪明，仙冲虚而清静，岂有名列丹台①，身依紫府②，复有荡姬佚女参杂其间，动入桑中之会③哉？"林塘叹其精识，为古所未闻。说是事时，林塘未举其名字。后以问林塘子钟侨，钟侨曰："见此僧时，

女不伤害公子，恐怕公子也会自己害了自己。所以应当好好地把狐女送走。"于是夜里来到他们家，盘腿坐着念诵咒语。家里人远远地看见烛光下，好像有一个身穿锦绣衣衫的女子，慢悠悠地拜了两拜。僧人举起拂尘说："留下这一段未尽的缘分，来世续前欢，不也可以吗？"狐女一下子消失了，以后再没来过。吴林塘知道僧人是个奇异的人，就向他求教遇到神仙神女一类神奇的事情。僧人说："自古以来，传记中记载有关神仙的事，有的是寓言，有的是冒名，有的是借此抒发恩怨，有的是喜欢谈论一些诙谐怪异的事情达到耸人听闻的目的，有的是装点自己的风流仙骨，以传为佳话，有的没有别的意图，只不过将感情寄寓在绮丽的语词之中，就像诗人所作的一些艳丽词曲：一般假的占了十分之八九，真的只有十分之一二。而且这十分之一二的真事又大多数是关于才鬼灵狐、花妖木魅的，没有一件是关于神仙的。那些说遇到神仙的一定在撒谎。神正直而聪明，仙淡然而清静，难道在丹台紫府一类的仙境里还会有放荡不羁的女人混杂其间，动不动就和人幽会吗？"吴林塘感叹僧人的见识精辟，从来没听说这样的话。说起这件事的时候，吴林塘没有说出僧人的名字。后来向吴林塘的儿子钟侨询问这件事，钟侨说："我见到这位僧人时，才五六岁。

才五六岁，当时未闻呼名字，今无可问矣。惟记其语音，似杭州人也。"

当时没有听过谁叫他的名字，现在也没有地方去问了。我只记得他的口音，听起来好像是杭州人。"

注 释

❶丹台：道教称仙人的居所。

❷紫府：道教仙人居住的地方。

❸桑中之会：男女幽会。

【原文】

吴云岩家扶乩，其仙亦云邱长春①。一客问曰："《西游记》果仙师所作，以演金丹奥旨②乎？"批曰："然。"又问："仙师书作于元初，其中祭赛国之锦衣卫、朱紫国之司礼监、灭法国之东城兵马司、唐太宗之大学士、翰林院中书科，皆同明制，何也？"乩忽不动。再问之，不复答。知已词穷而遁矣。然则《西游记》为明人依托无疑也。

【译文】

吴云岩家里扶乩，请来的仙人也叫邱长春。一个客人问道："《西游记》果然是仙师您写的吗，用来演绎金丹等深奥的内涵吗？"乩仙批复道："是的。"又问："仙师的书写于元代初年，但是其中祭赛国的锦衣卫、朱紫国的司礼监、灭法国的东城兵马司、唐太宗的大学士、翰林院的中书科，这些都和明朝的官职设置一样，为什么呢？"乩仙的笔忽然不再动了。再问他，不再回答了。知道乩仙已经回答不了而跑掉了。但是《西游记》是依托明朝人所作的，这一点是确定无疑的。

注 释

❶邱长春：即丘处机，字通密，道号长春子。金元之际道士，曾游历西域，劝说成吉思汗爱民止杀，《长春真人西游记》记载其事。

❷金丹奥旨：道家炼丹所陈述的深奥的旨意。

【原 文】

李又聃先生言：东光某氏宅有狐。一日，忽掷砖瓦，伤盆盎。某氏詈之。夜闻人叩窗语曰："君睡否？我有一言：邻里乡党，比户而居，小儿女或相触犯，事理之常。可恕则恕之，必不可恕，告其父兄，自当处置。遽加以恶声，于理毋乃不可。且我辈出入无形，往来不测，皆君闻见所不及，提防所不到。而君攘臂与为难，庸有幸乎？于势亦必不敌，幸熟计之。"某氏披衣起谢，自是遂相安。会亲串中有以僮仆微衅，酿为争斗，几成大狱者，又聃先生叹曰："殊令人忆某氏狐。"

【译 文】

李又聃先生说：东光县某家的宅子里有狐妖。有一天，忽然扔砖瓦，砸坏了盆盆罐罐，这家人便骂了起来。夜里听到有人敲打窗户说："先生睡了吗？我有句话要说。乡里乡亲的，门挨着门住在一起，我家的小孩有时冒犯了您，这也是情理之中的事。可以原谅的就宽恕；一定不能原谅的，告诉家里长辈，我们一定会处置。你家人上来就骂得那么难听，从道理上说不过去。况且我们出入无行迹，来来去去无法预测，所有的行动，你听不到也看不见，更无法提防。你却要不自量力地跟我们为难，难道对于你会有什么好处吗？看情形你肯定胜不过我们，请先生仔细考虑。"主人披衣起来道歉，从此彼此便相安无事了。正好亲戚中有户人家因为佣人之间起了一点小摩擦，最后竟然发展成打架斗殴，差点弄成大案，李又聃先生叹息说："真令人怀念那家有见识的狐妖。"

【原文】

　　从舅安公介然言：佃户刘子明，家粗裕。有狐居其仓屋中，数十年一无所扰，惟岁时祭以酒五盏①、鸡子数枚而已。或遇火盗，辄叩门窗作声，使主人知之。相安已久，一日，忽闻吃吃笑不止。问之不答，笑弥甚。怒而诃之。忽应曰："吾自笑厚结盟之兄弟，而疾其亲兄弟者也。吾自笑厚其妻前夫之子，而疾其前妻之子者也。何预于君，而见怒如是？"刘大惭，无以应。俄闻屋上朗诵《论语》曰："法语②之言，能无从乎？改之为贵。巽③语之言，能无说乎？绎④之为贵。"太息数声而寂。刘自是稍改其所为。后，余以告邵闇谷⑤，闇谷曰："此至亲密友所难言，而狐能言之；此正言庄论所难入，而狐以诙谐悟之。东方曼倩⑥何加焉！予傥到刘氏仓屋，当向

【译文】

　　堂舅安介然公说：佃户刘子明，家境还算富裕。有个狐精住在他家当仓库的房子里，几十年了，从来不打扰他们。只在过年祭祀时，给狐精供奉五小杯酒、几只鸡蛋而已。有时遇到火灾、偷盗等事，狐精就敲打门窗发出声响，让主人知道。大家平安相处了很久。有一天，刘子明忽然听到"吃吃"的笑声不断，问也没人回答，反而笑的声音更大了。刘子明生气地呵斥起来。忽然有人回答道："我自己笑那些厚待结义的兄弟，却厌恶亲兄弟的人。笑那些厚待妻子和前夫生的儿子，却痛恨自己和前妻生的孩子这种事儿。这些事与你有什么相干，又何必如此动怒？"刘子明大为惭愧，无话回答。不一会儿又听到屋顶上朗诵《论语》中的话："法语之言，能无从乎？改之为贵。巽语之言，能无说乎？绎之为贵。"长长地叹息了几声就安静了下来。刘子明从此以后稍稍改变了他的所作所为。我把这件事告诉了邵闇谷，邵闇谷说："这是至亲密友也难说出口的话，狐精却说了出来；正襟危坐的说教让人难以接受，而狐精用诙谐的话使他觉悟。东方朔也未必能超过它！倘若我到刘氏的仓房，一定要对着门作三

门三揖之。"

个揖。"

注 释

❶盏：小杯子。

❷法语：合乎礼法的言语。

❸巽（xùn）语：恭顺委婉的言辞。

❹绎：梳理的意思。

❺邵闇谷：即邵齐然，字光人，号闇谷。官杭州知府。工书，学苏轼。

❻东方曼倩：即东方朔，字曼倩，西汉辞赋家。曾任汉武帝时侍郎、太中大夫等职。他性格诙谐，言辞敏捷，滑稽多智，常在武帝面前谈笑取乐，"然时观察颜色，直言切谏"，《汉书》有传。

【原 文】

世有圆光术：张素纸于壁，焚符召神，使五六岁童子视之，童子必见纸上突现大圆镜，镜中人物，历历示未来之事，犹卦影也。但卦影隐示其象，此则明著其形耳。庞斗枢①能此术，某生素与斗枢狎，尝觊觎②一妇，密祈斗枢圆光，观谐否。斗枢骇曰："此事岂可渎鬼神！"固强之。不得已勉为焚符。童子注视良

【译 文】

世界上有一种法术叫"圆光术"：在墙壁上贴一张白纸，焚烧符篆召唤神灵，让五六岁的小男孩来看，小男孩一定看到纸上出现一个大圆镜，镜子中的人物，一件一件展示着未来的事情，犹如卦影这种法术。但是卦影显示的是其中的图形，这种圆光术可以鲜明地显示事物形状。庞斗枢会使用圆光术，一个书生向来与庞斗枢亲近，曾经想对一位妇女有非分之想，秘密地请斗枢实施圆光术，看是否会和这位妇女在一起。斗枢吓坏了说："怎么能用这种事情亵渎鬼神。"书生强迫斗枢一定要答应。不得已，只

久，曰："见一亭子，中设一榻，三娘子与一少年坐其上。"三娘子者，某生之亡妾也，方诉责童子妄语，斗枢大笑曰："吾亦见之。亭中尚有一匾，童子不识字耳。"怒问："何字？"曰："'己所不欲'四字也。"某生默然，拂衣去。或曰："斗枢所焚实非符，先以饼饵诱童子，教作是语。"是殆近之。虽曰恶谑，要未失朋友规过之义也。

能勉强焚烧符咒，施展法术。小男孩看了半天，说："看见一座亭子，中间有一张床，三娘子和一个少年一起坐在床上。"三娘子就是这个书生去世的妾室。正要责怪童子胡说八道，斗枢大笑着说："我也看见了，亭子中还有一块匾，小孩儿不认识字罢了。"书生发怒地问道："什么字？"说："'己所不欲'四个字啊。"书生沉默无语，甩了甩衣服离开了。有的人说："斗枢所焚烧的并不是符咒，开始先用糕饼诱惑小男孩，教他说这些话。"这种说法比较接近真相。即使这个玩笑开得有点过头，大体上没有失去规劝朋友的初衷啊！

注 释

❶庞斗枢：《阅微草堂笔记》中多次出现的人物，道士，今河北雄县人，多与文士交结。

❷觊觎（jìyú）：希望用不正当的手段得到不属于自己的东西。

【原文】

吴惠叔言：医者某生，素谨厚。一夜，有老媪持金钏一双，就买堕胎药。医者大骇，峻拒之。次夕，又添

【译文】

吴惠叔曾经讲过这么一个故事：某位医生一直是个谨慎宽厚的人。一天晚上，有一个老太太拿着一对金钏，来这位医生这里买堕胎药。医生非常害怕，严厉地拒绝了。第二天晚上，老太太又添了两枝珠

持珠花两枝来，医者益骇，力挥去。越半载余，忽梦为冥司所拘，言有诉其杀人者。至则一披发女子，项勒红巾，泣陈乞药不与状。医者曰："药以活人，岂敢杀人以渔利！汝自以奸败，于我何尤？"女子曰："我乞药时，孕未成形，傥得堕之，我可不死。是破一无知之血块，而全一待尽之命也。既不得药，不能不产，以致子遭扼杀，受诸痛苦，我亦见逼而就缢。是汝欲全一命，反戕①两命矣。罪不归汝，反归谁乎？"冥司喟然曰："汝之所言，酌乎事势；彼所执者，则理也。宋以来，固执一理而不揆②事势之利害者，独此人也哉？汝且休矣！"拊几有声，医者悚然而寤。

花来，仍要购买堕胎药。医生更加害怕了，拼命把她赶走了。过了半年多，忽然这个医生梦见自己被地府抓走了，说有人告他杀人罪。到了地府之后，发现是一个披散头发的女人，脖子底下勒着一条红色的巾帕，哭诉买堕胎药，医生不给的情况。医生说："药是用来救人的，怎么敢杀死一条生命来获利呢！你因为自己作奸犯科败露而死，怎么能怪我呢？"女人说："我求你买药时，腹中的孩子还没有成形，如果能够堕胎，我就不会死。这只不过是除掉一块无知的血块，能够救一个快死的人。但是你不卖给我药，不能不生下这个孩子，导致孩子最终被扼杀，受了各种痛苦，我也被逼迫着自缢身亡。这是你打算救一条命，反而伤害了两条性命啊。不追究你的责任，那应该追究谁的责任呢？"地府官员长叹一声说："你所说的话，是审时度势；他所执着的，是道理。宋朝以来，固守一种道理而不能审时度势的人，难道只有这个医生吗？（追究医生的责任）你还是算了吗！"（判官）大声拍桌子，医生吓得一下醒了。

注　释

❶戕（qiāng）：杀害，残害。

❷揆（kuí）：揣测。

【原文】

惠叔又言：有疫死还魂者，在冥司遇其故人，褴褛荷校①。相见悲喜，不觉握手太息曰："君一生富贵，竟不能带至此耶？"其人蹙然②曰："富贵皆可带至此，但人不肯带耳。生前有功德者，至此何尝不富贵耶？寄语世人，早作带来计可也。"李南涧③曰："善哉斯言，胜于谓富贵皆空也。"

【译文】

惠叔又说：有感染疫病死亡又还魂的人，在阴间遇到以前的老朋友，衣衫褴褛，身上戴着枷锁。两人相见悲喜交加，此人不由自主地握手叹息道："您一生富贵，最终也不能带到这个地方吗？"那个老朋友皱着眉感叹道："富贵都可以带到这里来，只是人不肯带罢了。生前有功德的人，到阴间又何尝不富贵呢？给世界上的人传个话，为了将来把富贵带到阴间，要早做准备。"李南涧说："这话说得真好啊，比那些说富贵是一场空的话好多了。"

注　释

❶荷校：肩戴枷锁的意思。

❷蹙（cù）然：皱着眉头的样子。

❸李南涧：即李文藻，字素伯，晚号南涧，山东益都（今青州）人，乾隆二十六年（1761）进士。从钱大昕游。

卷　四

【原　文】

乌鲁木齐提督①巴公彦弼②言：昔从征乌什③时，梦至一处山麓，有六七行幄，而不见兵卫。有数十人出入往来，亦多似文吏。试往窥视，遇故护军统领某公，（某名凡五字，公以滚舌音急呼之，今不能记。）握手相劳苦，问："公久逝，今何事到此？"曰："吾以平生拙直，得授冥官。今随军籍记战殁者也。"见其几上诸册，有黄色、红色、紫色、黑色数种。问："此以旗分耶？"微哂曰："安有紫旗、黑旗，（按：旧制本有黑旗，以黑色夜中难辨，乃改为蓝旗，此公盖偶未知也。）此别甲乙之次第耳。"问："次第安在？"曰："赤

【译　文】

乌鲁木齐提督巴彦弼讲了这么一个故事：他以前跟着部队征讨乌什的时候，梦见到了一处山麓，有六七行帐篷，但是不见卫兵。有几十人来来往往，大部分看起来像文官。试着前去探查，遇到以前去世的护军统领，（护军统领的名字一共五个字，巴公用滚舌音说得很快，现在已经不记得名字是什么了。）巴公和统领握着手，互相嘘寒问暖，巴公问道："您已经去世很久了，现在为什么事到了这里呢？"统领回答道："我因为生前正直单纯，死后能够被授予阴间官职。现在随着军队，记录那些战死的战士。"看到他的桌案上摆着好多本册子，有黄色的、红色的、紫色的、黑色的等好几种。巴公问道："这是按照不同颜色的军旗分的吗？"统领有点嘲笑地答道："怎么会有紫旗、黑旗，（按：旧制本来有黑旗，因为在黑夜中难以辨认，于是改为蓝色旗子，这您大概不知道吧。）这是用来分别甲、乙等级的罢了。"问："怎么分次第等级的呢？"说："忠心为国，奋不顾身的人，登记在黄色

心为国，奋不顾身者，登黄册；恪遵军令，宁死不挠者，登红册；随众驱驰，转战而殒者，登紫册；仓皇奔溃，无路求生，蹂践裂尸，追奸断脰者，登黑册。"问："同时授命，血溅尸横，岂能一一区分，毫无舛误？"曰："此惟冥官能辨矣。大抵人亡魂在，精气如生。应登黄册者，其精气如烈火炽腾，蓬蓬勃勃。应登红册者，其精气如烽烟直上，风不能摇。应登紫册者，其精气如云漏电光，往来闪烁。此三等中，最上者为明神，最下者亦归善道。至应登黑册者，其精气瑟缩摧颓，如死灰无焰。在朝廷褒崇忠义，自一例哀荣；阴曹则以常鬼视之，不复齿数矣。"巴公侧耳敬听，悚然心折。方欲自问将来，忽炮声惊觉。后常以告麾下曰："吾临阵每忆斯语，便觉捐身锋镝，轻若鸿毛。"

册子上；恪守军纪军令，宁死不屈的人，登记在红色册子上；随着大部队在战场上奔波，转战而牺牲的人，登记在紫色册子上；仓皇奔逃，溃不成军，无求生之路，尸体被践踏分裂，追着歼灭敌人而掉脑袋的人，登记在黑色册子上。"巴公问道："同时接受军令，鲜血四溅，尸体横陈，怎么能一一区分开，毫无错误呢？"统领回答道："这个只有地府的官员能够分辨出来。大概人虽然去世了，但是魂魄还存在，精气像活着的时候一样。应该登入黄册的人，他的精气像烈火炽热蒸腾燃烧，蓬蓬勃勃。应该登记在红册的人，他的精气像烽烟一样直接升上去，即使是风也不能摇动。应该登记在紫色册子的人，他的精气像云中漏下的电光，来来回回闪个不停。这三等中，最上等的会变成神明，最下等也会归到善道。至于那些登记在黑册上的人，他的精气瑟缩摧折又颓然不振，就像没有火焰的灰烬。这些人在人间的朝廷，褒扬崇尚忠义，战士牺牲后都办一样隆重的葬礼；地府则看待他们像其他的鬼一样，即使有些差别也不值得一提。"巴公侧着耳朵恭敬地听着，心中又害怕又折服。正想要问问自己的将来，忽然被炮声惊醒了。后面常常用来告诫部下说："我每次临阵回忆起统领说的话，就觉得在战场上杀身成仁，是轻而易举的事情。"

注 释

❶提督： 负责统辖一省的军政，从一品武官，为封疆大吏。

❷巴公彦弼： 即巴延弼，满洲镶白旗人，清乾隆三十四年（1769）授乌鲁木齐提督。

❸乌什： 今属新疆维吾尔自治区阿克苏地区。

【原 文】

　　沧州瞽者蔡某，每过南门楼下，即有一叟邀之弹唱，且对饮。渐相狎，亦时到蔡家共酌。自云姓蒲，江西人，因贩磁到此。久而觉其为狐，然契分甚深，狐不讳，蔡亦不畏也。会有以闺阃①蜚语涉讼者，众议不一。偶与狐言及，曰："君既通灵，必知其审。"狐艴然②曰："我辈修道人，岂干预人家琐事？夫房帏秘地，男女幽期，暧昧难明，嫌疑易起。一犬吠影，每至于百犬吠声。即使果真，何关外人之事？乃快一时之口，为人子孙数世之羞，斯已伤天地之和，召鬼

【译 文】

　　沧州有个盲人蔡某，每次经过南门楼下，就有个老先生邀请他弹唱，并且和他一起喝酒。两人渐渐熟识起来，那个老者也经常到蔡家一起喝酒。老者自称姓蒲，江西人，因为贩卖瓷器到了沧州。时间长了，蔡某察觉他是个狐精，但彼此交情已经很深了，狐精对于自己的身份不隐讳，蔡某也不惧怕。当时正赶上有人为了男女绯闻打官司，人们议论纷纷。蔡某偶尔与狐精谈及此事，说："您既然能通灵，肯定知道这件事的实情。"狐精不高兴地说："我们这些修道的人，怎么能干预别人的家庭琐事？闺房秘地，男女幽会，本来就是暧昧不足与外人道的，是容易让人起疑心的地方。一只狗看到影子吠叫，常常引得一百只狗听见了一起吠叫。即使真有其事，关外人什么事呢？图一时口舌之快，让别人家子孙几代都蒙羞，这已经伤了天地

神之忌矣。况杯弓蛇影③，恍惚无凭，而点缀铺张，宛如目睹。使人忍之不可，辩之不能，往往致抑郁难言，含冤毕命。其怨毒之气，尤历劫难消。苟有幽灵，岂无业报？恐刀山剑树④之上，不能不为是人设一坐也。汝素朴诚，闻此事自当掩耳；乃考求真伪，意欲何为？岂以失明不足，尚欲犁舌⑤乎？"投杯径去，从此遂绝。蔡愧悔，自批其颊。恒述以戒人，不自隐匿也。

之间的和气，招来鬼神的忌恨啊。何况杯弓蛇影，捕风捉影，毫无凭据，却添油加醋，好像是目睹一样。让别人既不能忍受，又不能辩解，往往导致抑郁难言，含冤丧命。这种怨恨之气，更是过了几辈子也难消除。如果有幽灵，难道就没有业报？恐怕刀山剑树上，不能不为这种人安排一个位置啊。你向来质朴诚实，听到这种事本该捂住自己的耳朵，却还要查问真伪，你想要干什么？难道是因为失明还不够，还想被割舌头吗？"狐精说罢，扔下杯子径直离开了，从此再不与蔡某往来。蔡某又惭愧又悔恨，自己打自己的嘴巴，常讲这事以告诫别人，并不隐瞒藏匿自己的错误。

注 释

❶闺阃（kǔn）：内室，指妇女居住的地方。

❷艴（bó）然：恼怒貌。

❸杯弓蛇影：将映在酒杯里的弓影误认为蛇，比喻因疑神疑鬼而引起恐惧。

❹刀山剑树：佛教所说的地狱之刑，也用来形容极残酷的刑罚。

❺犁舌：割舌头。佛教认为有"犁舌狱"，是犯恶口、大妄语等口业者死后所入的地狱。

【原文】

舅氏张公梦征言：所居吴家庄西，一丐者死于路，所畜犬守之不去。夜有狼来啖其尸，犬奋啮不使前；俄诸狼大集，犬力尽踣，遂并为所啖。惟存其首，尚双目怒张，眦如欲裂。有佃户守瓜田者亲见之。又：程易门在乌鲁木齐，一夕，有盗入室，已逾垣将出。所畜犬追啮其足。盗抽刃斫之，至死啮终不释，因就擒。时易门有仆曰龚起龙，方负心反噬。皆曰程太守家有二异：一人面兽心，一兽面人心。

【译文】

我的舅舅张梦征先生，住在吴家庄西边，一个乞丐死在了路上，他养的狗一直守在旁边不肯离开。夜里有狼来吃乞丐的尸体，狗奋力咬住狼，让它动弹不得。一会儿，来了非常多的狼聚在一起，狗用光了最后的力气，摔倒了，于是和乞丐一起被狼吃了。只留下了它的头，还是圆睁怒目，眼眶都要裂开的样子。有看守瓜田的佃户亲眼看见的。又有程易门在乌鲁木齐，一天晚上，盗贼闯进了他家，已经跳出墙要跑了。程家所养的狗追着咬盗贼的脚。盗贼抽出刀来砍它，狗一直到死都咬着盗贼不松口，盗贼这才被抓住。当时易门有个仆人叫龚起龙，背叛了程易门还反咬一口。都说程太守家有两件奇怪之事，一个是人面兽心，一个是兽面人心。

【原文】

故城刁飞万言：一村有二塾师，雨后同步至土神祠，踞砌对谈，移时未去。祠前地净如掌，忽见坌①起似字迹。共起视之，则泥上杖画十六字，曰："不趁凉爽，

【译文】

故城的刁飞万曾经讲过这么一个故事：一个村子有两位塾师，下雨后一起来到土神祠，坐在台阶上面对面聊天，过了很久都没有离开。祠堂前的地像手掌一样平整，忽然看见一些像字一样的东西。他俩一起来看，原来是泥土上用

自课生徒；溷②人书馆，不亦愧乎?"盖祠无居人，狐据其中，怪二人久聒也。时程试方增律诗，飞万戏曰："随手成文，即四言叶韵③。我愧此狐。"

木杖写了十六个字："不趁凉爽，自课生徒；溷人书馆，不亦愧乎?"估计是因为土神祠没人居住，狐仙占据其中，嫌他们两人一直说话聒噪。当时，科举考试正好新增律诗，飞万开玩笑地说："随手就能写成诗句，而且还是四言押韵，我实在不如这位狐仙。"

注 释

❶坌（bèn）：聚集。

❷溷（hùn）：弄脏的意思。

❸叶（xié）韵：押韵的意思。

【原 文】

飞万又言：一书生最有胆，每求见鬼不可得。一夕，雨霁月明，命小奴携罂酒诣丛冢间，四顾呼曰："良夜独游，殊为寂寞。泉下诸友，有肯来共酌者乎?"俄见磷火荧荧，出没草际。再呼之，呜呜环集，相距丈许，皆止不进。数其影约十余，以巨杯挹酒洒之，皆俯嗅其气。有一鬼称酒绝佳，请再赐。

【译 文】

飞万又讲了一个故事：一个书生最有胆量，每每要去见鬼而从来没有见到过。一天晚上，天晴月明，叫家里的小奴带着酒瓮拜访群坟，四面八方地呼喊："这么好的夜晚，只有我一人独自出游，实在是感到寂寞。黄泉下的诸位朋友，有没有肯来一起喝一杯的啊?"一会儿，就看到星星点点的磷火，在草丛间出没。多次招呼他们，呜呜叫着围绕起来，距离书生有一丈远的距离，都停止不前。数他们的影子有十余个，用巨大的杯子盛满酒抛洒出去，都低下头闻着酒的气

因且洒且问曰："公等何故不轮回？"曰："善根在者转生矣，恶贯盈者堕狱矣。我辈十三人，罪限未满，待轮回者四；业报沈沦，不得轮回者九也。"问："何不忏悔求解脱？"曰："忏悔须及未死时，死后无着力处矣！"洒洒既尽，举罂示之，各踉跄去。中一鬼回首叮咛曰："饿魂得沃壶觞，无以报德，谨以一语奉赠：忏悔须及未死时也！"

息。有一个鬼说，酒的味道特别好，请再赐送一壶。这个书生一边洒一边问说："你们为什么不轮回转世呢？"鬼回答说："善根在的人转世，恶贯满盈的人堕入地狱。我们十三个人，还没有偿还我们的罪过，等待轮回转世的有四人，遭受业报而沉沦，不能轮回转世的有九人。"问他们："为何不忏悔求解脱呢？"说："忏悔需要活着的时候，死后无处使力啊！"酒都洒完了，书生举起酒瓮给鬼们看，都踉跄着离开了。其中一个鬼回头叮嘱道："饥饿的鬼魂得到了如此美味的酒，没什么能报答您的，就以一句话赠送给您吧，不要到临死前才想到忏悔啊！"

【原　文】

香畹又言：一孝廉颇善储蓄，而性啬。其妹家至贫，时逼除夕，炊烟不举。冒风雪徒步数十里，乞贷三五金，期明春以其夫馆谷偿。坚以窘辞。其母涕泣助请，辞如故。母脱簪珥付之去，孝廉如弗闻也。是夕，有盗穴壁入，罄[1]所有去。迫于公

【译　文】

香畹又说了一个故事：一个孝廉特别善于储存钱财，但是生性吝啬。他的妹妹家里特别贫穷，当时已经马上到除夕夜了，口粮还没有着落。妹妹冒着风雪走了数十里，向哥哥家借三五两银子，约定好明年开春，丈夫收了粮食来做抵偿。孝廉坚持说自己也很困窘，无法借钱。他的母亲流着眼泪，跟妹妹一起请求他，孝廉还是坚决不同意借钱。母亲无奈之下，把自己的耳环、戒指都摘了下来给妹妹，打发她走了。孝廉好像没听见似的。这天晚上，有个盗贼在墙壁上挖了一个洞，进到孝廉家里面，

论，弗敢告官捕。越半载，盗在他县败，供曾窃孝廉家，其物犹存十之七。移牒来问，又迫于公论，弗敢认。其妇惜财不能忍，阴遣子往认焉。孝廉内愧，避弗见客者半载。夫母子天性，兄妹至情，以啬①之故，漠如陌路，此真闻之扼腕矣。乃盗遽乘之，使人一快；失而弗敢言，得而弗敢取，又使人再快。至于椎心茹痛，自匿其瑕，复败于其妇，瑕终莫匿，更使人不胜其快。颠倒播弄，如是之巧，谓非若或使之哉！然能愧不见客，吾犹取其足为善。充此一愧，虽以孝友闻可也。

把东西全部都偷走了。但是他跟妹妹一直说自己很困窘，现在被偷了这么多东西，怕一时堵不住大家的嘴，也不敢告官府报失抓盗贼。过了半年，盗贼在其他的县犯案被抓住了，招供说曾经偷盗了孝廉家，赃物还剩下十分之七。办案的县令移交公文来本县询问，孝廉又怕舆论，不敢承认。孝廉的妻子心疼钱财，忍不住了，暗中让自己的儿子去官府认领。孝廉内心感到很惭愧，半年多躲避在家不见任何人。母子亲情，兄妹之间的手足之情，因为吝啬的缘故，竟然像陌生人一样看着她们受苦，这真让听到的人扼腕叹息不止啊。至于盗贼乘虚而入，反而使人感到痛快；丢了贵重的东西不敢说，追缴回来又不敢拿，这又让人感到痛快。自己伤心痛苦，吃个哑巴亏，认倒霉也就算了，自己的错误至少可以藏匿起来，没想到让自己的妻子暴露了，这个人生污点最终也没能藏起来，更加使人感到痛快。是非颠倒，翻来覆去，就是像这样巧妙，看似不合理，却是最合理的结果。但是能够自己惭愧到不见客人的地步，我还是觉得他有善良的一面。有这样的愧疚，还是可以被称为孝顺友爱的。

注 释

❶馨（qìng）：完，尽。

【原 文】

海阳鞫前辈庭和言：一宦家妇临卒，左手挽幼儿，右手挽幼女，呜咽而终，力擘①之乃释，目炯炯尚不瞑也。后灯前月下，往往遥见其形，然呼之不应，问之不言，招之不来，即之不见。或数夕不出，或一夕数出，或望之在某人前，而某人反无睹；或此处方睹，而彼处又睹。大抵如泡影空花，电光石火，一转瞬而即灭，一弹指而倏生。虽不为害，而人人意中有一先亡夫人在。故后妻视其子女，不敢生分别心；婢媪童仆视其子女，亦不敢生凌侮心。至男婚女嫁，乃渐不睹。然越数岁或一见，故一家恒惴惴栗栗，如时在其旁。或疑为狐魅所托，是亦一说。惟是狐魅扰人，而此不近人。且狐魅又何所取义，而辛苦十余年，为时时作此幻影耶？殆结恋之极，

【译 文】

海阳县的鞫庭和前辈说：一位官宦人家的夫人临终前，左手挽着幼子，右手挽着幼女，呜呜咽咽地哭着死去了，费了很大劲儿才把她的手掰开，她的眼睛却睁得很大，不肯瞑目。后来，在灯前月下，往往远远看见是她的样子，但是叫她不答应，问她不说话，向她招手也不过来，走近却不见了。有的时候几个晚上不出来，有时一晚上出现好几回；有时望见她站在某人的面前，但某人却什么也没看见；有时刚在此处看见她，在别处又看到她。大概如同泡影空花，电光石火，一眨眼不见了，弹指之间又忽然出现了。虽然不害人，但人人心中都有个已故夫人的影子。因此，后妻对待她的子女，不敢有区别对待的心思；婢女僮仆对她的子女，也不敢有欺负凌侮的心思。等到男孩女孩都长大后，各自婚嫁了，才渐渐看不见夫人的魂灵了。但过几年，偶尔还是出现一次，因此一家人总是战战兢兢，好像她就在身边。有人怀疑是狐魅冒形作祟，这也是一种说法。只是狐魅是搅扰人的，但是这个鬼却从不靠近人。况且狐魅又是为了什么要辛苦十多年，时时变幻这个形象出现呢？可能还是夫人过于

精灵不散耳。为人子女者，知父母之心，殁而弥切如是也。其亦可以怆然感乎?

眷恋，魂灵不散吧。为人子女的，要了解父母的爱心，其死后对子女的关切程度竟然到了这个地步。这也足以让人又悲又叹吧?

注 释

❶擘：分开。

【原文】

庭和又言：有兄死而吞噬其孤侄者，迫胁侵蚀，殆无以自存。一夕，夫妇方酣眠，忽梦兄仓皇呼曰："起! 起! 火已至。"醒而烟焰迷漫，无路可脱，仅破窗得出，喘息未定，室已崩摧，缓须臾，则灰烬矣。次日，急召其侄，尽还所夺。人怪其数朝之内，忽跖忽夷①，其人流涕自责，始知其故。此鬼善全骨肉，胜于为厉多多矣。

【译文】

鞠庭和前辈又说：有一个弟弟，在哥哥死后侵吞侄儿的财产，逼迫、威胁、吞并哥哥留下的财产，侄儿简直活不下去了。一天夜里，弟弟夫妻俩正在酣睡，忽然梦见哥哥急急忙忙地呼喊："快起来! 快起来! 火烧来了!"他们从梦中惊醒，只见屋里烟火弥漫，已经无路可逃，只能破窗才能跑出来。惊魂未定之时，房子已经崩塌，如果逃得稍慢一点儿，人就烧成灰烬了。第二天，他急忙叫来侄儿，全部退还侵吞的财产。人们对他几天之内忽坏忽好，觉得很奇怪。那个人流泪自责，人们才知道其中的原因。这个哥哥的鬼魂善于保全骨肉，比变成厉鬼报复要好得多了。

注　释

❶忽跖（zhí）忽夷：忽好忽坏的意思。跖，原名展雄，又名柳下跖、柳展雄，相传为古时农民起义的领袖。"盗"是当时统治者对他的贬称，"盗跖"成为盗贼或盗魁的代称。伯夷，古代贤人。殷商末年孤竹国君的儿子。周武王灭商后，他和弟弟叔齐不愿吃周朝粮食，一起饿死在首阳山。

【原　文】

戴遂堂①先生曰：尝见一巨公，四月八日在佛寺礼忏放生。偶散步花下，遇一游僧，合掌曰："公至此何事？"曰："作好事也。"又问："何为今日作好事？"曰："佛诞日也。"又问："佛诞日乃作好事，余三百五十九日皆不当作好事乎？公今日放生，是眼见功德；不知岁岁庖厨之所杀，足当此数否乎？"巨公猝不能对。知客僧代叱曰："贵人护法，三宝增光。穷和尚何敢妄语！"游僧且行且笑曰："紫衣和尚不语，故穷和尚不得不语也。"掉臂径出，不知所往。一老僧窃叹曰："此阇黎②大

【译　文】

戴遂堂先生曾经说过一个故事：曾经见过一位名士，阴历四月八日在佛寺里做法事，放生。偶然在花丛间散步，遇到一位游僧，合手作揖道："您到这里有什么事吗？"答道："做好事啊。"又问："为什么今天要做好事？"答道："因为今天是佛祖诞生的日子。"又问："佛祖诞生这天要做好事，剩下的三百五十九天都不应该做好事吗？您今天放生，是能看见的功德，不知年年厨房杀掉的生灵，与今天放生的数量可以相抵消吗？"名士一下子回答不出来。负责专门接待客人的僧人呵斥说："贵人护法，佛门三宝增光。穷和尚怎么敢乱说。"游僧一边走一边笑着说："穿紫衣的和尚不说，所以穷和尚不得不说啊。"甩胳膊直接走了，不知道去哪里了。一个老和尚暗自叹息说："这个僧人实在不懂得道理，但是佛法之中，此时像是

不晓事；然在我法中，自是突闻狮子吼矣。"昔五台僧明玉尝曰："心心念佛，则恶意不生，非日念数声即为功德也。日日持斋，则杀业永除，非月持数日即为功德也。燔炙③肥甘，晨昏餍饫④，而月限某日某日不食肉，谓之善人。然则苞苴⑤公行，簠簋⑥不饰，而月限某日某日不受钱，谓之廉吏乎？"与此游僧之言，若相印合。李杏浦总宪则曰："此为彼教言之耳，士大夫终身茹素，势必不行。得数日持月斋，则此数日可减杀；得数人持月斋，则此数人可减杀。不愈于全不持乎？"是亦见智见仁，各明一义。第不知明玉傥在，尚有所辩难否耳。

突然听到了佛菩萨震慑一切的说法之声。"以前五台山的和尚明玉曾经说过："心里面一直念佛，就不会生出恶意，不是念几声就是功德了。天天吃斋，就会永远消除杀业，并不是吃几天斋就是做功德。天天烧烤烹煮肉食美味，肥厚香腻，早晨晚上的食物极为美味，但是一个月限定某天某天不吃肉，就称其为善人。那些公开贿赂，贪官污吏横行，只是说一个月内某天某天不收钱，这难道是清廉的官员吗？"和这个游僧说的话，感觉意思差不多。李杏浦总宪则说："这些都是释教说的话罢了，士大夫终身吃素，是不可行的。能够有几天秉持月斋，不杀生，那么这几天就可以少杀生一些；能够有一些人持月斋，那么这一些人就可以减少杀戮。不是比那些完全不管不顾的杀戮强吗？"这也是智者见智、仁者见仁，各自申明各自的道理。但是不知道明玉如果在，会不会辩驳一番啊。

注　释

❶戴遂堂：即戴亨，字通乾，号遂堂，康熙六十年（1721）进士，清代著名的火器专家。

❷阇黎（shélí）：梵语，高僧、僧人的意思。

❸燔炙（fánzhì）：烧烤烹煮。

❹餍饫（yànyù）：食品极为丰富。

❺苞苴（bāojū）：原指礼物的意思，这里是贿赂的意思。

❻簠簋（fǔguǐ）：盛黍稷稻粱的礼器。

【原文】

必不能断之狱，不必在情理外也；愈在情理中，乃愈不能明。门人吴生冠贤，为安定令时，余自西域从军还，宿其署中。闻有幼女幼男皆十六七岁，并呼冤于舆前。幼男曰："此我童养之妇。父母亡，欲弃我别嫁。"幼女曰："我故其胞妹。父母亡，欲占我为妻。"问其姓，犹能记。问其乡里，则父母皆流丐，朝朝转徙，已不记为何处人矣。问同丐者，则曰："是到此甫数日，即父母并亡，未知其始末。但闻其以兄妹称。然小家童养媳，与夫亦例称兄妹，无以别也。"有老吏请曰："是事如捉影捕风，杳无实证；又不可以刑求。断合断离，皆难

【译文】

实在难以判决的案件，不一定在情理之外；然而越在情理之中，就越难以评判。门生吴冠贤任安定县令时，我从西域从军回来，住在他的衙署里。听说有一个男孩和一个女孩，都是十六七岁的年纪，一起在县令轿子前大喊冤枉。男孩说："她是我的童养媳妇。父母死后，就想抛弃我另嫁。"女孩说："我本来是他的亲妹妹。父母死后，他想霸占我为妻。"问他们的姓名，两人还能记起来。问他们的籍贯，则说他们的父母都是到处流浪的乞丐，每天都到处走，已经不记得是哪里的人了。问那些和他们一起行乞的人，他们说："他们到这里才几天，父母就都亡故了，因而不知道他们的来历。只听到他们以兄妹相称。但是小家小户的童养媳，和丈夫按惯例也是互称兄妹，实在没法分别。"有个老吏请示说："这种事就像捕风捉影，虚无缥缈难以有证据，又不能用刑逼供，断合断离都没准断错。但如果是断他们离，即使判错了，不过是无意中

保不误。然断离而误，不过误破婚姻，其失小；断合而误，则误乱人伦，其失大矣。盍断离乎!"推研再四，无可处分，竟从老吏之言。因忆姚安公官刑部时，织造海保方籍没①，官以三步军守其宅。宅凡数百间，夜深风雪，三人坚扃外户，同就暖于邃密寝室中，篝灯共饮。沈醉以后，偶剔灯灭，三人暗中相触击，因而互殴。殴至半夜，各困踣卧。至曙，则一人死焉。其二人一曰戴符，一曰七十五，伤亦深重，幸不死耳。鞫讯时，并云共殴致死，论抵无怨。至是夜昏黑之中，觉有扭者即相扭，觉有殴者即还殴，不知谁扭我谁殴我，亦不知我所扭为谁所殴为谁；其伤之重轻，与某伤为某殴，非惟二人不能知，即起死者问之，亦断不能知也。既一命不必二抵，任官随意指一人，无不可者。如必研讯为某人，即三木②严求，亦不过妄供耳。竟

破坏了一桩婚姻，算是小过失；如果是断他们在一起，判错了，就会乱了人伦，那过失就大了。还不如断离吧!"推敲再三，也没有更好的办法，竟依从了老吏的建议。由此想起姚安公在刑部任职时，织造官海保的家产正被没收入官，官府派了三个军士严守他的房宅。房宅共有几百间，晚间风雪大作，三人关紧外面的大门，抱团取暖，一同在一间幽深的寝室里点着灯喝酒。大醉之后，偶然把灯剔灭了，三人在黑暗中相互碰撞，因而斗殴起来。打到半夜，都被打倒在地。到了天亮，才发现一人死了。另外两个人，一个叫戴符，一个叫七十五，受伤也很重，幸运的是没有被打死。审讯时，两人都说是互相斗殴时打死的，被判抵命也无怨。至于那夜在黑暗之中，觉得有人扭我就扭对方，觉得有人打我就打对方。不知是谁扭了我，打了我，也不知我扭的是谁，打的是谁；至于受伤轻重以及谁的伤是谁打的，不但这两个人不能知道，就是使死者复生询问，也肯定是不知道的。既然一条命不能用两条命来抵偿，那么任凭官员随意判定其中一人有罪，也没有什么不可以。如果一定要审讯出是某人所为，那么就是脖子上、手上、脚上都给戴上刑具严刑拷打，得到的也不过是瞎

无如之何。相持月余，会戴符病死，借以结案。姚安公尝曰："此事坐罪起衅者，亦可以成狱；然核其情词，起衅者实不知谁。锻炼而求，更不如随意指也。迄今反覆追思，究不得一推鞫法。刑官岂易为哉！"

说的。县令也不知道该怎么办，这么拖延了一个多月，恰巧戴符病死，就借此了结此案。姚安公说："把这件事归罪于最先挑衅的人，也可以结案。但考察当时的情况及其供词，实在不知道挑起争端的是谁。如果用刑逼供，还不如随意判决。至今反复考虑，还是没有想出一个审理的方法。刑官难道是容易当的吗？"

注 释

❶织造：明清时期于江宁、苏州、杭州各地设专局，织造各项衣料及制帛诰敕彩缯之类，以供皇帝及宫廷祭祀、颁赏之用。明代于三处各置提督织造太监一人，清代改任内务府人员，称"织造"。籍没：登记并没收所有财产入官。

❷三木：指加在颈、手、足三处的刑具，即枷和桎梏。这里的意思是严刑逼供，屈打成招。

【原 文】

康熙十四年①，西洋贡狮，馆阁前辈多有赋咏。相传不久即逸去，其行如风，巳刻绝锁，午刻即出嘉峪关。此齐东语也。圣祖南巡，由卫河回銮，尚以船载此狮。先外祖母曹太夫人，曾于度

【译 文】

康熙十四年，西洋贡狮，馆阁前辈多有吟咏诗作。相传不久，狮子就跑了，它的行动像风一样快，巳时已经摆脱了锁钥，午时就已经跑出了嘉峪关。这是像《齐东野语》之类的小说里写的。圣祖南巡，从沧州卫河回宫，还是用船运载这头狮子。先外祖母曹太夫人，曾经在度帆楼的窗户缝中看到过它，它的身

帆楼窗罅②窥之，其身如黄犬，尾如虎而稍长，面圆如人，不似他兽之狭削。系船头将军柱上，缚一豕饲之。豕在岸犹号叫，近船即慑不出声。及置狮前，狮俯首一嗅，已怖而死。临解缆时，忽一震吼声，如无数铜钲③陡然合击。外祖家厩马十余，隔垣闻之，皆战栗伏枥下；船去移时，尚不敢动。信其为百兽王矣。狮初至，时吏部侍郎阿公礼稗④，画为当代顾⑤、陆⑥，曾囊⑦笔对写一图，笔意精妙，旧藏博晰斋⑧前辈家，阿公手赠其祖者也。后售于余，尝乞一赏鉴家题签。阿公原未署名，以元代曾有献狮事，遂题曰"元人狮子真形图"。晰斋曰："少宰丹青，原不在元人下。此赏鉴未为谬也。"

体像黄色的狗一样，尾巴比老虎的要长一些，面部圆圆的像人一样，不像其他的兽类，面部是又长又窄的。系在船头的将军柱上，捆着一只小猪喂狮子。小猪在岸边的时候还在号叫，离船近了之后就吓得不敢出声了。等把猪放到了狮子跟前，狮子低头闻了一下，小猪已经吓死了。等到解开缆绳的时候，突然一声震耳欲聋的吼叫，像无数铜钲突然合起来击打。外祖家马厩中有马十余匹，隔着墙听到吼叫的声音，都战栗地躲在马槽之下。甚至船都离开走远了，还不敢动。狮子果然是百兽之王啊！狮子刚到的时候，当时吏部侍郎阿礼稗，画画水平极高，被誉为当代的顾恺之、陆探微。曾经拿着笔囊，对着狮子画了一幅图，笔意精妙，以前这幅画藏在博晰斋前辈家，阿公亲手赠送给他的祖上。后来卖给了我，曾经请一位赏鉴家题签。阿公原来没有署名，因为元代曾经有献狮子的事情，于是题名为"元人狮子真形图"。晰斋说："少宰的丹青画作，水平本来就不在元人之下，这个赏鉴确实不是乱说的。"

注释

❶康熙十四年：即公元 1675 年。

❷蟀（xià）：裂缝。

❸钲（zhēng）：古代乐器的名字。

❹阿公礼稗：即阿礼稗，字香谷，姓舒穆禄，满洲镶蓝旗人。清代著名的满族画家，以画虎著名。

❺顾：即顾恺之，字长康，今江苏无锡人，东晋杰出画家、绘画理论家、诗人。

❻陆：即陆探微，南朝宋画家，今江苏苏州人，南朝宋、齐画家。与顾恺之、张僧繇、曹不兴合称为六朝四大家。

❼橐（tuó）：一种口袋。

❽博晰斋：即博明，字希哲、晰斋，清代蒙古族学者、诗人。

【原文】

裘文达公赐第，在宣武门内石虎胡同。文达之前，为右翼宗学①，宗学之前，为吴额驸②府。吴额驸之前，为前明大学士周延儒③第。阅年既久，又窈窱阒④深，故不免时有变怪，然不为人害也。厅事西小屋两楹，曰好春轩，为文达燕见宾客地。北壁一门，又横通小屋两楹。僮仆夜宿其中，睡后多为魅异⑤出，不知是鬼是狐，故无敢下榻其中者。琴师钱生独不畏，亦竟无他异。钱面

【译文】

裘文达公的府上，在宣武门内石虎胡同。在裘文达公住到这里之前，是右翼宗学的驻地，宗学之前，是吴额驸的府邸，吴额驸住来之前，是前明大学士周延儒的宅第。这个宅子年代已经很久了，面积大，庭院深，所以不免时常有些怪异的事情发生，但是并没有伤害到人。厅堂西边有两间小屋，叫作好春轩，是文达公休息会客的地方。北边墙壁有一个门，有横着贯通的两间小屋。童仆晚上在里面睡觉，睡着后很多次被鬼魅抬出来，不知道是狐妖还是鬼怪干的，所以没有人敢在里面住。有一位拉琴的师傅姓钱，只有他不怕这些，他住进去以后，最终也没有什么异常之处。钱生

有癜风，状极老丑。蒋春农戏曰："是尊容更胜于鬼，鬼怖而逃耳。"一日，键户外出，归而几上得一雨缨帽，制作绝佳，新如未试。互相传视，莫不骇笑。由此知是狐非鬼，然无敢取者。钱生曰："老病龙钟，多逢厌贱。自司空以外，（文达公时为工部尚书。）怜念者曾不数人。我冠诚敝，此狐哀我贫也。"欣然取着，狐亦不复摄去。其果赠钱生耶？赠钱生者又何意耶？斯真不可解矣。

脸上长了白癜风，样子极其老丑。蒋春农笑话他说："这副尊容比鬼更可怕，鬼见了都要吓得逃走了。"一天，关上门外出，回来后发现桌子上有一顶雨缨帽，制作水平绝佳，崭新得像是没有试戴过。互相传着看，没有人不又怕又笑。因此知道是狐妖在作怪，而不是鬼，但是没有人敢拿。钱生说："又老又病，且身形龙钟，看到我的人都很厌恶轻贱我。除了司空之外，（文达公此时为工部尚书），惦记我的人不过几个人。我的帽子确实很破旧了，这位狐仙怜惜我的贫困啊。"欣然拿着帽子戴上，狐仙也没有把帽子拿走。这个帽子果然是赠给钱生的吗？赠给他一顶帽子是什么意思？真是不可理解。

注 释

❶右翼宗学：专门教授皇家子弟的官办学堂。

❷吴额驸：即吴三桂的儿子吴应熊。

❸周延儒：字玉绳，号挹斋，今江苏宜兴人，明末崇祯年间的内阁首辅之一。

❹闳（hóng）：宏大。

❺舁（yú）：抬。

槐西杂志

卷 一

【原 文】

余再掌乌台①，每有法司会谳②事，故寓直西苑之日多。借得袁氏婿数楹，榜曰"槐西老屋"。公余退食，辄憩息其间。距城数十里，自僚属白事外，宾客殊稀。昼长多暇，晏坐而已。旧有《滦阳消夏录》《如是我闻》二书，为书肆所刊刻，缘是友朋聚集，多以异闻相告，因置一册于是地，遇轮直则忆而杂书之，非轮直之日则已，其不能尽忆则亦已。岁月骎③寻，不觉又得四卷，孙树馨录为一帙，题曰《槐西杂志》，其体例则犹之前二书耳。自今以往，或竟懒而辍笔欤？则以为《挥麈》④之三录可也；或老不能闲，又有所缀欤？则以为《夷坚》⑤之丙志亦可也。壬子六月观弈道

【译 文】

我担任了左都御史的官职，经常会有法司核查死刑之类的案件，所以经常要去西苑值班。借了袁女婿数间房子，题了匾额叫作"槐西老屋"。上完班后吃饭休息，就在老屋中休息。距离城内数十里，除了同事们来聊天汇报外，基本没什么宾客。白天有很多空闲的时间，就是轻松地坐着。原来我写过《滦阳消夏录》《如是我闻》两种书，被书铺刊刻，志同道合的朋友因此知道我喜欢搜奇集异，就把自己知道的奇闻逸事告诉我，于是置办一个册子放到槐西老屋，遇到该我值班的时候就凭着记忆拉拉杂杂地记上，不到我值班的时候就不记了，其中有的内容不能完全想起来的也就算了。岁月如梭，不知不觉又写成了四卷，孙子纪树馨抄成了一套，题名为《槐西杂志》，这种书的体例和前两种一样。从此以后，也许最终会因为懒惰而停笔吗？那么我觉得就像《挥麈录》的第三卷就可以了；也许老了反而不能闲着，还会再补缀吗？那么就像《夷坚志》的丙志

人识。

也行啊。壬子六月观弈道人题识。

注 释

❶乌台：指御史台。纪晓岚在嘉庆朝由兵部尚书再次担任左都御史，都察院以左都御史掌院事，官阶从一品。

❷谳（yàn）：定罪，谳事，审理案件的意思。

❸骎（qīn）：本意是马跑得很快的意思，这里指时间过得快。

❹《挥麈（zhǔ）》：即《挥麈录》，作者为南宋王明清，有《前录》、《后录》和《三录》，杂记宋代朝野史实。麈，是驼鹿，它的尾巴可以做成拂尘。

❺《夷坚》：南宋洪迈创作的文言志怪短篇小说集，有甲乙丙丁四卷，共四百二十卷。"夷坚"出自《列子》中关于《山海经》的记录："夷坚闻而志之。"

【原 文】

族叔行止言：有农家妇，与小姑并端丽。月夜纳凉，共睡檐下。突见赤发青面鬼，自牛栏后出，旋舞跳掷，若将搏噬。时男子皆外出守场圃，姑嫂悸不敢语，鬼一一攫搦①强污之。方跃上短墙，忽嗷然失声，倒投于地。见其久不动，乃敢呼人。邻里趋视，则墙内一鬼，乃里中恶少某，已昏仆不知人；墙

【译 文】

宗族里的叔叔行止讲过这样一个故事：有一个农村妇女，和小姑子都长得非常端正漂亮。夏天的夜晚在院子里乘凉，都睡到房檐下面。突然看到一个红头发青色脸的鬼，从牛栏后面出来，旋转着舞蹈跳来跳去，就像要打人吃人的样子。当时男人们都外出守麦场和菜园，姑嫂两人吓得一句话也说不出来，鬼于是把她们都抓住并奸污了她们。鬼正跃上短墙，突然嗷的一声就没动静了，结结实实地摔倒在了地上。看见他很长时间一动不动，才敢呼喊叫人。邻居们跑来一看，墙内倒着一个鬼，是村里的恶少，已经昏倒不省人事

外一鬼屹然立，则社公祠中土偶也。父老谓社公有灵，议至晓报赛②。一少年哑然曰："某甲恒五鼓出担粪，吾戏抱神祠鬼卒置路侧，使骇走，以博一笑；不虞遇此伪鬼，误为真鬼惊踣也，社公何灵哉！"中一叟曰："某甲日日担粪，尔何他日不戏之而此日戏之也？戏之术亦多矣，尔何忽抱此土偶也？土偶何地不可置，尔何独置此家墙外也？此其间神实凭之，尔自不知耳。"乃共醵③金以祀。其恶少为父母舁去，困卧数日，竟不复苏。

了；墙外一个鬼直挺挺地立在那里，原来是社公祠中的塑像。乡亲们说真是社公有灵，商量着天亮后去祭祀神灵。一个少年哑然失笑，说："某人总是五鼓的时候出去担粪，我为了戏弄他抱着神祠里的鬼卒放到道路旁边，想吓得他跑，用来博一笑；没想到遇到这个假鬼，还以为遇到了真鬼，吓得摔倒了，社公还真是灵验啊！"其中一个老头说："某人天天担粪，你为什么别的日子不开玩笑偏偏今天开玩笑呢？戏弄他的方法有很多，你为啥突然抱这个塑像呢？塑像哪里不能放，你为啥正好就放在了这家的墙外面呢？这里面其实是有神力相助的，只是你自己不知道罢了。"于是大家一起凑钱来祭祀神灵，恶少被父母抬走了，卧病好几天，最终也没有清醒过来。

注 释

❶攫搦（juénuò）：攫，迅速抓取的意思。搦，握、持、拿着的意思。
❷报赛：谢神祭祀活动。
❸醵（jù）：凑，聚集。

【原 文】

　　景州申谦居先生，讳诩，

【译 文】

　　景州申谦居先生，名讳诩，姚安公

姚安公癸巳①同年也。天性和易，平生未尝有忤色，而孤高特立，一介不取，有古狷②者风。衣必缊③袍，食必粗粝。偶门人馈祭肉，持至市中易豆腐，曰："非好苟异，实食之不惯也。"尝从河间岁试归，使童子控一驴；童子行倦，则使骑而自控之。薄暮遇雨，投宿破神祠中。祠止一楹，中无一物，而地下芜秽不可坐，乃摘板扉一扇，横卧户前。夜半睡醒，闻祠中小声曰："欲出避公，公当户不得出。"先生曰："尔自在户内，我自在户外，两不相害，何必避？"久之，又小声曰："男女有别，公宜放我出去。"先生曰："户内户外即是别，出反无别。"转身酣睡。至晓，有村民见之，骇曰："此中有狐，尝出媚少年人，入祠辄被瓦砾击，公何晏然也？"后偶与姚安公语及，掀髯笑④曰："乃有狐欲媚申谦居，亦大

癸巳年同榜进士。天性温和平静，平生从未曾有怨怒之色，只是清高而卓然不群，不乱拿一丝一毫，非常清廉，有古代狷介者的风采。穿的衣服也很破旧，吃的食物也很粗糙。偶然有门生馈赠祭祀用的肉类，他拿着到市场中换豆腐。说："我并不是想标新立异，实在是吃不习惯。"曾经在河间岁试结束后回家，让一个童子驾驴；童子走得累了，就信"驴"由缰，随它自己走。傍晚的时候，遇到下雨，到一个破神祠里投宿。神祠里只有一间屋子，中间什么都没有，而且地上长满了荒草，肮脏得连坐的地方都没有，于是摘下一扇门板，横着躺在门外面。半夜里睡醒了，听到神祠中有个小的声音说："我打算出去避开您，但是您挡着门，我出不去。"先生说："你在门内，我在门外，我们两人互相不影响，为什么要避开？"过了一段时间，这个声音又说："男女有别，您最好放我出去。"申先生说："门里门外就是区别，你出来了反而就没有区别了。"到了早晨，有村民看到他，吓得说："这间神祠里有狐妖，曾经出来魅惑年轻人，进入这个祠堂就被瓦砾砸到，您为什么平安无事呢？"后来，偶然跟姚安公说到这件事，他大笑着说："竟然有狐妖打算魅惑申谦居，也是一件非常奇异的事了。"姚

异事。"姚安公戏曰："狐虽媚尽天下人，亦断不到君。当是诡状奇形，狐所末睹，不知是何怪物，故惊怖欲逃耳。"可想见先生之为人矣。

安公又开玩笑地说："狐妖即使魅惑尽天下的人，也肯定到不了您这里。应当是一些奇形怪状的奇怪东西，连狐妖都没有见过，不知道是什么怪物，所以惊慌恐怖地逃走了。"由此可见先生的为人。

注 释

❶癸巳：康熙五十二年，即 1713 年。

❷狷（juàn）：性情耿直。

❸缊（yùn）：乱麻，旧絮。

❹掀髯笑：即掀髯一笑，形容人开口张须大笑的样子。

【原 文】

　　道家言祈禳①，佛家言忏悔，儒家则言修德以胜妖：二氏治其末，儒者治其本也。族祖雷阳公畜数羊，一羊忽人立而舞。众以为不祥，将杀羊。雷阳公曰："羊何能舞，有凭之者也。石言于晋②，《左传》之义明矣。祸已成欤，杀羊何益？祸未成而鬼神以是警余也，修德而已，

【译 文】

　　道家主张以祈福消灾，佛家主张以忏悔赎过，儒家则主张以修养品德来战胜邪魔外道。道家、佛家是治标，只有儒家才是治本。本家祖父雷阳公养了几只羊，有一只羊忽然像人那样站立起来跳舞。人们都以为不吉利，主张把这只羊杀掉。雷阳公说："羊怎么能跳舞呢，一定是有什么灵物依凭它的外形。山西地区的石头自言自语，《左传》已经解释得很清楚了。如果灾祸已经形成，杀掉这只羊有什么好处？如果灾祸没有形成，那就是鬼神对我提出的警告，我只有加深道德修养，来减轻灾祸的影响，解决方法

岂在杀羊?"自是一言一动,如对圣贤。后以顺治乙酉③拔贡,戊子④中副榜,终于通判,讫无纤芥之祸。

怎么会是杀羊呢?"从此以后,雷阳公的一举一动都像是有圣贤在看着他。后来,他在顺治乙酉年被推举成为拔贡生,戊子年会试考中副榜,最终官至通判,没有招致任何祸端,一直太平无事。

注 释

❶祈禳(qíráng):道教祈祷神灵以求平息灾祸的法术。

❷石言于晋:此典出自《左传·昭公八年》:春,石言于晋、魏榆(晋地)。晋侯问于师旷曰:"石何故言?"对曰:"石不能言,或冯焉。"

❸顺治乙酉:顺治二年(1645)。

❹戊子:顺治五年(1648)。

【原 文】

　　房师孙端人先生,文章淹雅,而性嗜酒。醉后所作,与醒时无异。馆阁诸公,以为"斗酒百篇"①之亚也。督学云南时,月夜独饮竹丛下,恍惚见一人注视壶盏,状若朵颐。心知鬼物,亦不恐怖,但以手按盏曰:"今日酒无多,不能相让。"其人瑟缩而隐。醒而悔之,曰:"能来借酒,定非俗鬼。肯向我

【译 文】

　　房师孙端人先生,文章写得高雅渊博,但是特别喜欢喝酒。喝醉后所作之文,与醒着的时候作的并无差别。馆阁里各位先生,认为他仅次于"斗酒百篇"。在云南做督学的时候,月夜在竹林下独自饮酒,恍惚中看到一个人注视着酒壶酒杯,好像鼓动腮帮子嚼东西一样。心里知道是鬼,也不觉得恐怖,只是用手按住酒杯说:"今天的酒不多,不能让给你喝。"这个鬼物瑟缩着隐去。孙端人醒来后后悔了,说:"能来借酒的,一定不是俗鬼。肯向我借酒,也是看得起我。

【原文】

借酒，视我亦不薄。奈何辜其相访意。"市佳酿三巨碗，夜以小几陈竹间。次日视之，酒如故。叹曰："此公非但风雅，兼亦狷介。稍与相戏，便涓滴不尝。"幕客或曰："鬼神但歆其气，岂真能饮！"先生慨然曰："然则饮酒宜及未为鬼时，勿将来徒歆其气。"先生侄渔珊，在福建学幕，为余述之。觉魏晋诸贤，去人不远也。

【译文】

可惜的是辜负了他来访的意图。"买了好酒，装在三个巨大的碗里，夜间放在小桌子上，摆在竹林间。第二天去看，酒和以前一样，一点没少。叹息道："这个鬼先生不但风雅，而且还很狷介。稍微跟他开开玩笑，就一滴也不尝。"有的门客说："鬼神只是吸酒的气，哪能真的喝下去呢！"孙先生慨然说："既然这样，那么饮酒就要趁着人还没有成为鬼的时候，不要将来只能白白地吸酒的气。"孙先生的侄子渔珊，在福建学幕，这是他跟我讲的。听完这个故事，觉得魏晋贤者的风采，离人并不遥远啊。

注 释

❶斗酒百篇：饮酒一斗，作百篇诗，语出自杜甫《饮中八仙歌》。

【原文】

霍丈易书言，闻诸海大司农曰："有世家子，读书坟园。园外居民数十家，皆巨室之守墓者也。一日，于墙缺见丽女露半面，方欲注视，已避去。越数日，见于墙外采野花，时时凝睇望墙

【译文】

霍易书老先生说：听大司农海先生讲了这样一个故事："有个显贵人家的子弟在坟园里读书。园外住着几十户人家，都是为有身份、有地位的人家看守墓园的。有一天，他在围墙缺口处看见一个美女，露出半张脸来。正打算仔细看看，女子已经躲开了。几天以后，看到这个女子在墙外

内，或竟登墙缺，露其半身，以为东家之窥宋玉[1]也，颇萦梦想。而私念居此地者皆粗材，不应有此艳质；又所见皆荆布，不应此女独靓妆[2]，心疑为狐鬼。故虽流目送盼，而未通一词。"一夕，独立树下，闻墙外二女私语。一女曰：'汝意中人方步月，何不就之？'一女曰：'彼方疑我为狐鬼，何必徒使惊怖！'一女又曰：'青天白日，安有狐鬼？痴儿不解事至此。'世家子闻之窃喜，褰衣欲出，忽猛省曰：'自称非狐鬼，其为狐鬼也确矣。天下小人未有自称小人者，岂惟不自称，且无不痛诋小人以自明非小人者。此魅用此术也。'掉臂竟返。次日密访之，果无此二女。此二女亦不再来。"

采野花，时时注视着墙里面。有时竟然爬上围墙缺口，露出上半身，他以为这是又上演了东家子窥看宋玉的故事，自己还魂牵梦绕的。但他转念一想，这儿住的都是粗俗之人，不应该有这么漂亮的女人；而且这里女人都是布衣荆钗，不应该只有这一个女子浓妆艳抹，疑心她是狐鬼。所以女子虽然眉目传情，他始终没有跟她说一句话。一天晚上，世家子独自站在树下，听到墙外两个女子窃窃私语。一个女子说：'你的意中人正在月下散步，还不快点儿找他去。'一个女子说：'他正疑心我是狐鬼，何必让他白白担惊受怕！'一个女子又说：'青天白日的，哪来的狐仙鬼怪？这个傻子如此不明白事理吗。'他听了这话暗自高兴，整理了一下衣服就要出去，忽然猛地醒悟道：'她们自称不是狐仙鬼怪，就的确是狐仙鬼怪了。天下的小人没有自称是小人的，不但不自称是小人，还都痛骂小人，用来表明自己不是小人。这两个鬼魅也是用的这个方法。'他一甩胳膊最终还是回去了。第二天，他暗地里查访，果然这个地方没有这样两个女子。从此以后，这两个女子再也没有出现过。"

注释

❶东家之窥宋玉：东家之子是个美女，传说她登墙窥宋玉三年，但是宋玉毫

不动心。典出《登徒子好色赋》。

❷靓（jìng）妆：美丽的妆容。

【原 文】

　　吴林塘言：曩游秦陇，闻有猎者在少华山麓，见二人儽然①卧树下。呼之犹能强起，问："何困踬于此？"其一曰："吾等皆为狐魅者也。初，我夜行失道，投宿一山家。有少女绝妍丽，伺隙调我。我意不自持，即相蹀狎。为其父母所窥，甚见詈②辱。我拜跪，始免捶挞。既而闻其父母絮絮语，若有所议者。次日，竟纳我为婿，惟约山上有主人，女须更番执役，五日一上直，五日乃返。我亦安之。半载后，病瘵③，夜嗽不能寝，散步林下。闻有笑语声，偶往寻视，见屋数楹，有人拥我妇坐石看月。不胜恚忿，力疾欲与角。其人亦怒曰：'鼠辈乃敢瞰我妇！'亦奋起

【译 文】

　　吴林塘讲了这么一个故事：以前在秦岭和陇山一带游历，听说有一个猎人，在少华山的山脚下，看见两个人虚弱疲惫躺在树下。猎人叫他们，还能勉强坐起来。猎人问："你们怎么会困在这里？"其中一个人说："我们都是被狐狸精迷惑的。当初，我晚上赶路，走错了路口，到一户山民家借宿。这家有个年轻的姑娘很漂亮，找机会悄悄地和我调情。我把持不住，就和她厮混起来。被她父母偷偷看到，狠狠地骂我。我跪下求饶，才免了挨打之苦。之后听到她父母絮絮叨叨说话，好像商量着什么。第二天，居然招我做女婿，只是约定山上还有主人，姑娘需要轮着去做工，五天去上班，五天才能返回家里。我也安顿下来。过了半年，病得很厉害，晚上咳嗽得不能入睡，就到树林里去散步。我听到有谈笑说话的声音，偶然间走过去看，只见有几间屋子，有个人抱着我妻子坐在石头上看月亮。我愤怒得控制不了自己，一下子爆发出很大的力气，想要痛打那人一顿。那人也很生气，说：'胆大鼠辈，竟敢偷看我媳妇！'也跳起来跟我对

相搏。幸其亦病惫，相牵并仆。妇安坐石上，嬉笑曰："尔辈勿斗，吾明告尔：吾实往来于两家，皆托云上直，使尔辈休息五日，蓄精以供采补耳。今吾事已露，尔辈精亦竭，无所用尔辈。吾去矣。"奄忽④不见。两人迷不能出，故饿踣⑤于此，幸遇君等得拯也。"其一人语亦同。猎者食以干糒⑥，稍能举步，使引视其处。二人共诧曰："向者墙垣故土，梁柱故木，门故可开合，窗故可启闭，皆确有形质，非幻影也。今何皆土窟耶？院中地平如砥，净如拭。今何土窟以外，崎岖不容足耶？窟广不数尺，狐自容可矣，何以容我二人？岂我二人之形亦为所幻化耶？"一人见对面崖上有破磁，曰："此我持以登楼失手所碎，今峭壁无路，当时何以上下耶？"四顾徘徊，皆惘惘如梦。二人恨狐女甚，请猎者入山捕

打。幸而那个人也是病得有气无力，我们拉拉扯扯，都倒在地上。那个女人却安安稳稳地坐在石头上，笑嘻嘻地说："你们两个不要打了，我明白告诉你们吧，我实际上来往于你们两个人之间，都把上班当成借口，让你们各自休息五天，养精蓄锐，供我采补罢了。今天我的事情已经败露了，你们的精气也已经枯竭，没什么用了。我走了。"一下子就不见了。我们两人找不到路，所以饿倒在这里，幸好碰到你，我们有救了。"另一个人也说了一番同样的话。猎人给他们吃了干粮，他们勉强能走了，叫他们带路到之前和狐精一起的房子那里。到了地方之后，两人都很诧异地说："以前这里是土墙，屋梁屋柱是木头的，大门和窗户以前都可以开可以关，都是实实在在的，并不是虚幻的影子，现在怎么都是土洞呢？原来院子地面平坦，干净得像擦过一样，现在怎么是土洞以外，坑坑洼洼的，连站都没法站呢？土洞不过几尺大小，狐狸躲藏没问题，又怎么能容得下我们两个呢？难道我们两个的形体也是被变化了吗？"其中一个人看见对面山崖上有几片破瓷片，说："这是我拿着碗上楼时失手跌碎的，现在悬崖峭壁，路都没有，当时怎么能上上下下呢？"他们四处东张西望，都觉得迷迷糊糊的，像是做了一场梦。这两个人恨透了那个狐

之。猎者曰："邂逅相遇，便成佳偶，世无此便宜事。事太便宜，必有不便宜者存。鱼吞钩，贪饵故也；猩猩刺血[7]，嗜酒故也。尔二人宜自恨，亦何恨于狐？"二人乃惘默而止。

精，请求猎人进山捕捉。猎人说："意外相逢，就能结成夫妻，世界上没有这样便宜的事。事情太便宜了，其中一定有不便宜的东西。鱼吞钓钩，是贪吃鱼饵的缘故；猩猩被捉住了放血，是贪酒的缘故。你们两个应该恨自己，又怎么能恨狐狸精呢！"两个人沉默无语，说不出话来。

注 释

❶儽（léi）然：疲惫、困顿的样子。

❷詈（lì）：辱骂。

❸瘵（zhài）：多指肺结核病。

❹奄忽：急速，倏忽。

❺踣（bó）：倒毙，僵死。

❻干糒（bèi）：干粮。

❼猩猩刺血：见明代文学家刘元卿的寓言故事集《贤奕编》。说的是猎人知道猩猩嗜酒，设下陷阱，猩猩因为贪酒，结果都被捉了，以警示人们，贪则智昏，不计后果；贪则心狂，胆大妄为；贪则难分祸福。

【原 文】

明季兵乱，曾伯祖镇番公年甫十一，被掠至临清[1]。遇旧客作李守敬，以独轮车送归。崎岖戎马之间，濒危者数，终不舍去也。时宋太

【译 文】

明末兵乱，曾伯祖镇番公刚刚十一岁，被劫掠至临清。遇到了以前在我家做雇佣工的李守敬，他用一辆独轮车把镇番公送回了沧州。山路崎岖，战乱四起，好多次命悬一线，最终也没有丢下镇番公。

夫人在，酬以金。先顿首谢，然后置金于案曰："故主流离，心所不忍，岂为求赏来耶！"泣拜而别，自后不复再至矣。守敬性戆^②直，侪辈有作奸者，辄断断与争，故为众口所排去。而患难之际，不负其心乃如此。

当时宋太夫人还在，拿出金钱来酬谢李守敬。李先磕头拜谢，然后把酬金放到桌子上说："看到以前的主人流离失所，心中不忍，难道是为了求赏钱而送他回来吗！"哭着拜别而去，从那以后没有再来过。守敬性格憨厚而刚直，仆人们有作奸犯科的人，守敬总是与他们据理力争，所以被众人排挤，不得已才离开我家的。值此患难之际，仍然没有忘记主人的恩情啊。

注 释

❶临清：今属山东省聊城市。

❷戆（zhuàng）：憨厚而刚直。

【原 文】

族兄中涵知旌德县^①时，近城有虎暴，伤猎户数人，不能捕。邑人请曰："非聘徽州唐打猎，不能除此患也。"（休宁戴东原^②曰："明代有唐某，甫新婚而戕于虎。其妇后生一子，祝之曰：'尔不能杀虎，非我子也；后世子孙如不能杀虎，亦皆非我子孙也。'

【译 文】

族兄中涵到旌德县做知县时，距离城区很近的地方有老虎为患，伤害了好几位猎户，他们也抓不住老虎。乡亲们献计道："除非聘请徽州的唐打猎，否则不能除去老虎这个祸患。"（休宁的戴东原说："明代有一个姓唐的，刚刚结婚就被老虎吃了。他的媳妇后来生了一个儿子，她发下誓愿说：'你要是不能杀老虎，就不是我的儿子，后世子孙如果不能杀老虎，也都不是我的子孙。'所以唐家代代都能捕老虎。"）于是派一个小吏拿着钱去请唐打猎。回来说唐

故唐氏世世能捕虎。") 乃遣吏持币往。归报唐氏选艺至精者二人, 行且至。至则一老翁, 须发皓然, 时咯咯作嗽; 一童子十六七耳。大失望, 姑命具食。老翁察中涵意不满, 半跪启曰: "闻此虎距城不五里, 先往捕之, 赐食未晚也。"遂命役导往。役至谷口, 不敢行。老翁哂曰: "我在, 尔尚畏耶?"入谷将半, 老翁顾童子曰: "此畜似尚睡, 汝呼之醒。"童子作虎啸声。果自林中出, 径搏老翁。老翁手一短柄斧, 纵八九寸, 横半之, 奋臂屹立。虎扑至, 侧首让之。虎自顶上跃过, 已血流仆地。视之, 自颔下至尾闾, 皆触斧裂矣。乃厚赠遣之。老翁自言炼臂十年, 炼目十年。其目以毛帚扫之不瞬, 其臂使壮夫攀之, 悬身下缒不能动。《庄子》曰: "习伏众神,

家派了打虎技艺最精湛的两个人, 马上就要到了。到了以后, 原来是一个老人, 头发胡子都白了, 还不时地咳咳咳地咳嗽; 一个男孩子, 十六七岁罢了。中涵看了这两个人, 非常失望, 但是来都来了, 勉强先安排饭食吧。老人觉察出中涵对他俩不满意, 半跪下说道: "听说这个老虎距离城里不过五里, 我们先去捕杀了老虎, 您再赐饭也不晚。"中涵于是命令衙役带他们去。衙役到了山谷的谷口, 不敢再往里走了。老人嘲笑他道: "有我在, 你还有啥可怕的呢?"沿着山谷走了快一半的路, 老人回头看着男孩说: "这个畜生现在好像在睡觉, 你把它叫醒。"童子发出虎啸一样的声音。果然老虎从林子里冲出来, 直接扑向老人。老人手里拿着一柄短斧, 长八九寸, 宽有四五寸, 奋力举起双臂稳稳地站立着。老虎扑过来时, 歪着头把老虎让过去。老虎从老人的头顶上跳过去, 已经倒在血泊中了。仔细看, 老虎从下巴直到尾巴, 都因接触斧子而裂开了。中涵于是送了很多的礼物, 好好地护送他们回去。老人自己说, 练习臂力十年, 练习眼力十年。他的眼睛能够看着鸡毛掸子扫过而不眨一下, 他的双臂, 即使壮汉攀附上去, 壮汉身体悬空, 老汉的双腿依然稳稳地站在地上。《庄子》里说: "刻苦练习后, 技能自然能够通神, 投机取巧的人不会到刻苦练习的人那里去, (因为会自找无

巧者不过习者之门。"信夫。尝见史舍人嗣彪,暗中捉笔书条幅,与秉烛无异。又闻静海励文恪③公,剪方寸纸一百片,书一字其上,片片向日叠映,无一笔丝毫出入。均习而已矣,非别有谬巧也。

趣)。"这话说得真对啊。曾经见门客史嗣彪,在黑暗中拿笔写条幅,和在点亮蜡烛时写得一模一样。又听说静海县的励文恪先生,剪了一百张方寸大小的纸,每张上面都写"一"字,一张张叠好,对着太阳照射,数百张"一"字,每一笔都一样,没有一丝一毫的出入。这些都是刻苦练习的例子,没有什么投机取巧的事情。

注 释

❶旌德县:今属安徽省宣城市。

❷休宁戴东原:即戴震,字东原,休宁(今属安徽黄山)人。清代哲学家、思想家、经学家、考据学家。

❸静海励文恪:即励杜讷,字近公,谥号文恪。雍正元年(1723)任礼部尚书等职。

【原 文】

同郡某孝廉未第时,落拓不羁,多来往青楼中。然倚门者视之,漠然也。惟一妓名椒树者(此妓佚其姓名,此里巷中戏谐之称也。)独赏之,曰:"此君岂长贫贱者哉!"时邀之狎欢,且以夜合资供其读

【译 文】

我同郡的一位举人考取功名前,穷困潦倒,放荡不羁,常来往于妓院。然而烟花女子都不怎么搭理他。只有一个叫椒树的妓女(这个妓女已不知姓名,这个名字是妓院里的人给她起的绰号。)赏识他,说:"这位郎君怎么会长久地贫穷下去呢!"时常请他来宴饮亲热,并且拿出接客的钱资助他读书。等到应考时,

书。比应试，又为捐金治装，且为其家谋薪米。孝廉感之，握臂与盟曰："吾傥得志，必纳汝。"椒树谢曰："所以重君者，怪姊妹惟识富家儿；欲人知脂粉绮罗中，尚有巨眼人耳。至白头之约，则非所敢闻。妾性冶荡，必不能作良家妇；如已执箕帚①，仍纵怀风月，君何以堪！如幽闭闺阁，如坐囹圄，妾又何以堪！与其始相欢合，终致仳离②，何如各留不尽之情，作长相思哉！"后孝廉为县令，屡招之不赴。中年以后，车马日稀，终未尝一至其署。亦可云奇女子矣。使韩淮阴③能知此意，乌有"鸟尽弓藏"之憾哉！

椒树又出钱为他准备行装，还为他家准备了柴米油盐。举人感激她，拉着椒树的手发誓说："倘若我得到一官半职，一定娶你为妻。"椒树辞谢说："我所以器重您，只是怪姐妹们只认识富家儿；我想让人们明白，在敷脂粉、穿绸缎的女人里，也有慧眼识贤的人。至于白头偕老的约定，我是不敢想的。我性情放荡，必定当不成良家妇女；如果我成了您的妻子，依然纵情声色，您怎么受得了！如果把我幽禁在闺阁中，我就像进了监狱，我怎么受得了！与其开始欢合，最终离异，还不如互留相思之情，作为长久的思念。"后来，这个举人官居县令，他多次请椒树来，椒树都没有答应。后来，椒树年纪大了，门前车马渐渐稀少，她也没有到县衙去过一次。这也可称得上是一位奇女子了。假如当年淮阴侯韩信能够体会这层意思，哪里还会有"飞鸟尽，良弓藏"的遗憾呢！

注 释

❶执箕帚：古时借指充当臣仆或妻子。

❷仳（pǐ）离：夫妻离散，特指妻子被遗弃。

❸韩淮阴：指韩信。韩信，淮阴（今江苏淮安）人，与萧何、张良并列为汉初三杰。曾先后为齐王、楚王，后贬为淮阴侯。后吕后与萧何合谋，诬其谋反，骗入长乐宫，斩于钟室。参见《史记·淮阴侯列传》。鸟尽弓藏，鸟没有了，弓

也就藏起来不用了，比喻事情成功之后，把曾经出过力的人一脚踢开。

【原　文】

　　陈裕斋言：有僦居^①道观者，与一狐女狎，靡夕不至。忽数日不见，莫测何故。一夜，搴帘含笑入。问其旷隔之由。曰："观中新来一道士，众目曰仙。虑其或有神术，姑暂避之。今夜化形为小鼠，自壁隙潜观，直大言欺世者耳。故复来也。"问："何以知其无道力？"曰："伪仙伪佛，技止二端：其一故为静默，使人不测；其一故为颠狂，使人疑其有所托。然真静默者，必淳穆安恬，凡矜持者伪也。真托于颠狂者，必游行自在，凡张皇者伪也。此如君辈文士，故为名高，或迂僻冷峭，使人疑为狷；或纵酒骂座，使人疑为狂：同一术耳。此道士张皇甚矣，足知其无能为也。"时共饮钱

【译　文】

　　陈裕斋曾经讲了这么一个故事：有个人借住在道观里，跟一个狐女相好，狐女没有一夜不来。忽然狐女好几天没来，猜不出是为什么。一天晚上，狐女掀开门帘笑嘻嘻进屋。问她几天没来的缘故，狐女说："道观里新来了个道士，众人都把他看成是神仙。我担心他真有神术，所以暂避一时。今天晚上，我变幻成一只小老鼠从墙洞偷偷地观察他，原来这道士不过吹牛骗人罢了。所以我又来了。"那人问："你凭什么说他没有道行？"狐女说："凡是假仙假佛，大抵只有两套伎俩：一种是假装沉默，让人揣摩不透；另一种是假装癫狂，让人觉得他真的有所凭借。然而，真正静默的人，必然表现为淳朴、肃穆、闲适、恬静，凡是装腔作势的就是假的；真正依托癫狂状态的人，一定是言语行动真实自然，凡是东张西望、神情不安的就是假的。比如像您这样的文士，故作高傲，有的迂腐孤僻，使人觉得他耿直；或者借酒骂人，让人觉得他有些狂放，这是同一种把戏。这个道士虚张声势，咋咋呼呼，太明显了，我断定他没有什么本事。"当时，几个人一起在钱稼轩先生家喝酒。

稼轩先生家，先生曰："此狐眼光如镜，然词锋太利，未免不留余地矣。"

钱先生说："这个狐女眼光明亮如镜，然而词锋过于尖刻，未免不给别人留有余地呵。"

注 释

❶僦（jiù）居：租房子居住。

【原 文】

黎荇塘言：有少年，其父商于外，久不归。无所约束，因为囊家❶所诱，博负数百金。囊家议代出金偿众，而勒写鬻宅之券。不得已从之，虑无以对母、妻，遂不返其家，夜入林自缢。甫结带，闻马蹄隆隆，回顾，乃其父归也。骇问："何以作此计？"度不能隐，以实告。父殊不怒，曰："此亦常事，何至于此！吾此次所得尚可抵。汝自归家，吾自往偿金索券可也。"时囊家博未散，其

【译 文】

黎荇塘曾经讲了这么一个故事：有一个少年，他的父亲去外面经商，很久都没有回来。少年无人约束，为所欲为。因此被设立赌局的人诱惑，赌博输了数百两银子。设立赌局的人提议代替他赔钱给大家，但是逼着这个少年写了卖掉住宅的契约。少年不得已写了，考虑到自己无法面对老母亲和妻子，于是也没有回家，连夜到树林中准备上吊自杀。刚把带子结好，听到隆隆的马蹄声，回头一看，竟然是他的父亲回来了，（他的父亲看到这种情形后）吓得问他："怎么这么想不开，要走这一步？"少年觉得隐瞒不了父亲，就把实情告诉了父亲。他的父亲一点也没有生气的样子，说："这也是常见的事情，怎么至于到了这种地步！"我这次回来带回来的钱财应该可以与欠债相互抵消。你自己先回家，我自己去抵偿钱财，赎回债券就行了。"此时

父突排闼入，本皆相识，一一指呼姓字，先斥其诱引之非，次责以逼迫之过。众错愕无可置词。既而曰："既不肖子写宅券，吾亦难以博诉官。今偿汝金，汝明日分给众人，还我宅券可乎？"囊家知理屈，愿如命。其父乃解腰缠付囊家，一一验入，得券即就灯焚之，愤然而出。其子还家具食，待至晓不归。至囊家侦探，曰："已焚券去。"方虑有他故。次日，囊家发箧，乃皆纸铤②。金所亲收，众目共睹，无以自白，竟出己橐以偿，颇自疑遇鬼。后旬余，讣音果至，殁已数月矣。

赌局还没有散，少年的父亲突然推门进来，本来就认识这些人，挨个叫他们的名字，先是斥责他们引诱少年赌博，又斥责他们逼迫少年写下卖宅契约。赌徒们都惊愕得说不出一句话。一会儿，少年的父亲接着说："既然这个不肖子已经写了卖宅子的债券，我也难以因为赌博去告官。现在把欠的钱还给你，你明天分给其他人，还给我债券，这样可以吗？"设立赌局的人知道自己理屈，听从了这个建议。少年的父亲于是把身上带的钱给了设立赌局的人，挨个验过钱的真假之后，父亲把债券用油灯的火烧掉了，愤怒地离开了。少年回家后置办了酒席，等候自己的父亲回来，一直等到了天亮，也没有等到父亲回来。到了设立赌局的人那里打探消息，说："你的父亲把债券烧掉后就离开了。"才考虑也许有别的原因。第二天，设立赌局的人打开盒子，竟然都是纸钱。银钱是他亲手收的，大家有目共睹，没有办法为自己辩解，最终把自己口袋里的钱财都拿出来偿还大家，自己觉得是遇到了鬼。后来过了十几天，果然传来了少年父亲去世的消息，而且已经去世好几个月了。

注 释

❶囊家：设局聚赌抽头取利者。

❷纸铤（dìng）：用锡箔糊制成银锭状的冥钱。

卷　二

【原文】

"去去复去去，凄恻门前路。行行重行行，辗转犹含情。含情一回首，见我窗前柳；柳北是高楼，珠帘半上钩。昨为楼上女，帘下调鹦鹉；今为墙外人，红泪沾罗巾。墙外与楼上，相去无十丈。云何咫尺间，如隔千重山？悲哉两决绝，从此终天别。别鹤空徘徊，谁念鸣声哀！徘徊日欲晚，决意投身返。手裂湘裙裾，泣寄稿砧①书。可怜帛一尺，字字血痕赤。一字一酸吟，旧爱牵人心。君如收覆水，妾罪甘鞭捶。不然死君前，终胜生弃捐。死亦无别语，愿葬君家土。傥化断肠花，犹得生君家。"右见《永乐大典》，题曰《李芳树刺血诗》，不著朝代，亦不详芳树始末。不知为所自作，如窦元妻诗②；

【译文】

"去去复去去，凄恻门前路。行行重行行，辗转犹含情。含情一回首，见我窗前柳；柳北是高楼，珠帘半上钩。昨为楼上女，帘下调鹦鹉；今为墙外人，红泪沾罗巾。墙外与楼上，相去无十丈。云何咫尺间，如隔千重山？悲哉两决绝，从此终天别。别鹤空徘徊，谁念鸣声哀！徘徊日欲晚，决意投身返。手裂湘裙裾，泣寄稿砧书。可怜帛一尺，字字血痕赤。一字一酸吟，旧爱牵人心。君如收覆水，妾罪甘鞭捶。不然死君前，终胜生弃捐。死亦无别语，愿葬君家土。傥化断肠花，犹得生君家。"

后来这首诗被收录到《永乐大典》里，题目叫作《李芳树刺血诗》，没有写朝代，也没有详细介绍李芳树这个人的来龙去脉。不知道是自己写的呢，比如窦元妻的诗；还是当时的人代替写成的，比如焦仲卿妻诗。这首诗世上没有传本，我校勘《四库全书》的时候偶然看到的。喜

为时人代作，如焦仲卿妻诗③也。世无传本，余校勘《四库》偶见之。爱其缠绵悱恻，无一毫怨怒之意，殆可泣鬼神。令馆吏录出一纸，久而失去。今于役滦阳，检点旧帙，忽于小箧内得之。沈湮数百年，终见于世，岂非贞魂怨魄，精贯三光，有不可磨灭者乎！陆耳山副宪④曰："此诗次韩蕲王孙女诗前；彼在宋末，则芳树必宋人。"以例推之，想当然也。

欢诗歌缠绵悱恻的感情，没有一丝一毫的埋怨愤怒的意思，真挚的感情几乎可以使得鬼神哭泣。让四库全书馆的小吏抄录出一份，时间长了竟然丢失了。现在在滦阳校书办公，整理旧文稿，忽然在小盒子里发现了这首诗。湮没了数百年，终于又重现人间，难道不是贞烈的魂魄，精神贯穿日、月、星三光，自有不可磨灭的原因啊！陆耳山副宪说："这首诗在韩蕲王孙女诗前面；后者在宋末，那么芳树一定是宋人。"按照编排的体例推想，应该是这样的。

注 释

❶砧（zhēn）：写字或者做其他工作时垫到下面的工具。

❷窦元妻：即窦玄妻，古代女诗人，生平事迹不详。窦玄，字叔高，平陵人。

❸焦仲卿妻诗：即汉乐府中的长篇叙事诗《孔雀东南飞》。

❹陆耳山：即陆锡熊，字健男，号耳山。乾隆二十六年（1761）进士，与纪晓岚同为《四库全书》总纂官。副宪，即清代都察院副长官左副都御史。

【原 文】

　　侍姬沈氏，余字之曰明玕。其祖长洲①人，流寓河间，其父因家焉。生二女，

【译 文】

　　我的一个侍妾姓沈，我给她起了一个名字叫"明玕"，祖上是居住在苏州的，辗转来到了河间，她的父亲就在这

姬其次也。神思朗彻，殊不类小家女。常私语其姊曰："我不能为田家妇。高门华族，又必不以我为妇。庶几其贵家媵②乎？"其母微闻之，竟如其志。性慧黠，平生未尝忤一人。初归余时，拜见马夫人③。马夫人曰："闻汝自愿为人媵，媵亦殊不易为。"敛衽对曰："惟不愿为媵，故媵难为耳。既愿为媵，则媵亦何难！"故马夫人始终爱之如娇女。尝语余曰："女子当以四十以前死，人犹悼惜。青裙白发，作孤雏腐鼠，吾不愿也。"亦竟如其志，以辛亥四月二十五日卒，年仅三十。初仅识字，随余检点图籍，久遂粗知文义，亦能以浅语成诗。临终，以小照付其女，口诵一诗，请余书之，曰："三十年来梦一场，遗容手付女收藏。他时话我生平事，认取姑苏沈五娘。"泊然而逝。方病剧时，余以侍值圆明园，宿海淀槐西老

里落脚安家了。生了两个闺女，明玕是小女儿。聪明通透，特别不像小门小户的女孩。经常私下里对她姐姐说："我不能嫁给种田的，高门贵族，肯定也不能娶我为妻。难道是富贵人家的妾室吗？"她的母亲稍微知道了女儿的心思，最终遵从了女儿的意愿。她天性聪明，平生没有得罪过任何一个人。当初嫁给我时，拜见我的妻子马夫人。马夫人说："听说你自愿做人的侍妾，侍妾也是非常不容易当的。"她卷起裙角回答说："只是因为不愿意做侍妾，所以侍妾难做。既然心甘情愿做侍妾，那么侍妾又有什么难当的呢！"所以马夫人始终像爱护自己的女儿一样对待她。她曾经对我说："女子应该在四十之前死去，人们还会哀悼怀念她们。大大年纪去世，穿着黑色的裙子，满头白发，像孤独的鸟雏和腐烂的老鼠一样，我不愿意这样。"也最终如她所愿，在辛亥年四月二十五日去世了，年仅三十岁。当初明玕仅仅能识一些字，跟着我校订整理书籍，时间长了大概知道文字的意思，也能用浅近的话做诗。临去世前，把自己的影像交给她的女儿，随口做了一首诗，请我写出来，诗云："三十年来梦一场，遗容手付女收藏。他时话我生平事，认取姑苏沈五娘。"说完就平静地去世了。

屋。一夕，恍惚两梦之，以为结念所致耳。既而知其是夕晕绝，移二时乃苏，语其母曰："适梦至海淀寓所，有大声如雷霆，因而惊醒。"余忆是夕，果壁上挂瓶绳断堕地，始悟其生魂果至矣。故题其遗照有曰："几分相似几分非，可是香魂月下归？春梦无痕时一瞥，最关情处在依稀。"又曰："到死春蚕尚有丝，离魂倩女不须疑。一声惊破梨花梦，恰记铜瓶坠地时。"即记此事也。

当时她病得正厉害的时候，我正在圆明园值班，住在海淀槐西老屋中。一天晚上，恍惚两次梦到明玕，以为是过于思念导致的。后来才知道她就是那个晚上晕厥，差不多两个时辰才苏醒，对她的母亲说："刚才梦到去了海淀的寓所，有一个很大的声音像雷霆一样，这才惊醒了。"我回忆就是那个晚上，槐西老屋的墙壁上挂着瓶子的绳子断了，瓶子掉在了地上，这才明白确实是她的生魂到了这里。因此在她的遗照上题诗道："几分相似几分非，可是香魂月下归？春梦无痕时一瞥，最关情处在依稀。"又写了一首诗："到死春蚕尚有丝，离魂倩女不须疑。一声惊破梨花梦，恰记铜瓶坠地时。"就是记录这件事。

注 释

❶长洲：今江苏省苏州市西南，太湖北。

❷媵（yìng）：妾，或指古代贵族女子出嫁时陪嫁的人。

❸马夫人：纪晓岚的正妻，沧州东光进士马周箓的二女儿。

【原 文】

　　余督学闽中时，院吏言：雍正中，学使有一姬

【译 文】

　　我在福建做督学的时候，院中的官吏说，雍正年间，学使有一个侍妾从楼上摔

堕楼死，不闻有他故，以为偶失足也。久而有泄其事者曰：姬本山东人，年十四五，嫁一窭人子①。数月矣，夫妇甚相得，形影不离。会岁饥，不能自活，其姑卖诸贩鬻妇女者。与其夫相抱，泣彻夜，啮臂为志而别。夫念之不置，沿途乞食，兼程追及贩鬻者，潜随至京师。时于车中一觌②面，幼年怯懦，惧遭诃詈，不敢近，相视挥涕而已。既入官媒家，时时候于门侧，偶得一睹，彼此约勿死，冀天上人间，终一相见也。后闻为学使所纳，因投身为其幕友仆，共至闽中。然内外隔绝，无由通问，其妇不知也。一日病死，妇闻婢媪道其姓名、籍贯、形状、年齿，始知之。时方坐笔捧楼上，凝立良久，忽对众备言始末，长号数声，奋身投下死。学使讳言之，故其事

下去死掉了。没有听说有别的原因，以为是偶然失足跌落的。时间长了，有泄露这件事情的人说：这个死去的侍妾，原本是山东人，年纪在十四五岁，嫁给了一个贫家子。好几个月过去了，夫妇感情非常好，形影不离。正好赶上当年是个饥荒年，活不下去了，她的婆婆把这个妻子卖给了贩卖妇女的人贩子。妻子与丈夫抱头痛哭，哭了整整一夜。把自己的手臂咬破作为记号，依依不舍地和丈夫告别了。丈夫放不下对妻子的想念，沿路乞讨要饭，日夜兼程追上了人贩子一行人，暗暗地跟随到了京师。时不时在车中能看一眼，毕竟年纪小，又怯懦，恐怕遭到呵斥辱骂，不敢靠得太近，只能互相看着流眼泪罢了。等到了官媒家以后，丈夫经常在门旁边等候，偶然能够见上一面，两人互相约定千万不能死，希望天上人间，终有能相见的时候。后来丈夫听说妻子被学使纳为妾，于是投到师爷门下做了仆人，一起到了福建地区。但是内外隔绝，没有办法互通消息，他的妻子不知道丈夫的情况。某一天，丈夫病死了，妻子听到婢女老妈子说病死的人的姓名、籍贯、外表、年龄，才知道丈夫已经病死了。当时坐在笔捧楼上，痴痴地站了很久，忽然对大家很仔细地说出了自己和丈夫之间的事情，长长地哀号了好几声，奋身投到楼下，死去了。学使很忌讳讲到

不传。然实无可讳也。大抵女子殉夫，其故有二：一则撐柱③纲常，宁死不辱。此本乎礼教者也。一则忍耻偷生，苟延一息，冀乐昌破镜，再得重圆；至望绝势穷，然后一死以明志。此生于情感者也。此女不死于贩鬻之手，不死于媒氏之家，至玉琔花残，得故夫凶问而后死，诚为太晚。然其死志则久定矣，特私爱缠绵，不能自割。彼其意中，固不以当死不死为负夫之恩，直以可待不待为辜夫之望。哀其遇，悲其志，惜其用情之误，则可矣；必执《春秋》大义，责不读书之儿女，岂与人为善之道哉！

这件事，所以这件事没有传开来。但是确实没啥需要忌讳的。大体上说女子为丈夫殉节，主要有两种做法：一是因为恪守纲常伦理，宁死不能受辱。这本来是出于遵守礼教的原因，另一种是忍耻偷生，苟活人间，一息尚存，希望能够破镜重圆。等到了毫无希望、绝望之时，只能一死以明自己的志向。这种偷生，完全是因为夫妻间的感情。故事中这个女子，人贩子贩卖的时候不自杀，在媒人家的时候不自杀，以至于身体被玷污，得知丈夫的死讯才自杀，实在是太晚了。但是她这种为夫妻感情而死的志向肯定是早早就有了的，只是无法舍弃丈夫，所以不能自杀。在她的想法中，本来也不认为应该自杀而没有自杀，是背叛丈夫的恩情。只是认为应该等待而没有等待，是辜负丈夫的恩情。怜悯她的遭遇，悲悯她的志向，只是可惜她用错了感情，这样就可以了。一定用《春秋》之类的儒家大道理，对那些根本没有读过书的人求全责备，怎么能说是遵循了与人和善相处的方法呢？

注 释

❶ 窭人子：贫家子。

❷ 觌（dí）：见面。

❸ 撐（zhī）柱：支持、支撑。

【原文】

蔡葛山^①先生曰："吾校《四库》书，坐讹字夺俸者数矣，惟一事深得校书力：吾一幼孙，偶吞铁钉，医以朴硝等药攻之，不下，日渐尫弱。后校《苏沈良方》^②，见有小儿吞铁物方，云剥新炭皮研为末，调粥三碗，与小儿食，其铁自下。依方试之，果炭屑裹铁钉而出。乃知杂书亦有用也。此书世无传本，惟《永乐大典》收其全部。"余领书局时，属王史亭排纂成帙。苏沈者，苏东坡、沈存中^③也，二公皆好讲医药。宋人集其所论，为此书云。

【译文】

蔡葛山先生说："我校勘《四库全书》时，因为校错文字而几次被罚了俸禄，只有一件事，因为校勘图书而意外得到很大的收获：我有个小孙子，偶尔误吞了铁钉，医生用朴硝等药物催泻，铁钉没有泻下来，人却一天天虚弱了。后来，我校勘《苏沈良方》，看到有一个'小儿吞铁物方'，说剥取新炭的皮，磨成粉末，用它调三碗粥，给小孩子吃了，铁钉自然会泻出来。我按照药方试了试，果然见炭末裹着铁钉泻了出来。这才知道杂书也有用处。这本书世间没有流传的本子，只有在《永乐大典》中收录全文。"我在主持书局工作时，让王史亭编定成册。苏沈就是苏东坡、沈存中，这两位先生都喜欢谈论医药。宋代的人收集他们的议论，编成这本书。

注 释

❶蔡葛山：即蔡新，字次明，号葛山，今福建漳浦人，乾隆元年（1736）进士。任吏部尚书、文华殿大学士等。

❷《苏沈良方》：原书十五卷。是北宋末年（一说为南宋）佚名编者根据沈括的《良方》十卷与苏轼的《苏学士方》（又名《医药杂说》）整理编撰而成的医学书籍。本书近似医学随笔的体裁，广泛论述医学各方面问题。

❸沈存中：即沈括，字存中，今浙江杭州人，北宋时期科学家、政治家。

【原 文】

东光有王莽河①，即胡苏河也。旱则涸，水则涨，每病涉焉。外舅马公周箓言：雍正末，有丐妇一手抱儿，一手扶病姑涉此水。至中流，姑蹶而仆，妇弃儿于水，努力负姑出。姑大诟曰："我七十老妪，死何害！张氏数世，待此儿延香火，尔胡弃儿以拯我？斩祖宗之祀者尔也！"妇泣不敢语，长跪而已。越两日，姑竟以哭孙不食死。妇呜咽不成声，痴坐数日，亦立槁。不知其何许人，但于其姑詈妇时，知为姓张耳。有著论者，谓儿与姑较，则姑重；姑与祖宗较，则祖宗重。使妇或有夫，或尚有兄弟，则弃儿是。既两世穷嫠，止一线之孤子，则姑所责者是，妇虽死有余悔焉。姚安公曰："讲学家责人无已时。夫急流汹涌，少纵即逝，此

【译 文】

东光有一条王莽河，也就是胡苏河。干旱的时候就会干涸，发水的时候就会上涨。如何过河成了一件难事。我的岳父马周箓先生讲了这么一件事：雍正末年，有一个乞丐妇女，一手抱着孩子，一手扶着生病的婆婆要过胡苏河。到了河中间的时候，婆婆突然摔倒了，妇女把孩子扔到河里，用了最大的力气把婆婆背出来。婆婆痛骂她说："我是个七十岁的老太婆，死了有什么影响！老张家数代，就等这个孩子延续香火，你怎么能把孩子扔了来救我？断了给祖宗祭祀的人，就是你啊！"讨饭的媳妇哭泣着不敢说话，只是长时间地跪着。过了两天，婆婆最终因为没了孙子伤心过度，不吃不喝去世了。媳妇哭得泣不成声，呆呆地坐着好几天，也憔悴得死去了。不知她们是哪里的人，只是听婆婆骂媳妇的时候，知道是姓张的。有喜欢发表议论的人说，如果孩子和婆婆做比较，确实是婆婆更重要；婆婆与祖宗做比较，那就是祖宗重要。如果媳妇还有丈夫，或者丈夫还有兄弟，那么就是把孩子丢掉也是对的。但已经是两代单传，只剩下孩子这一条血脉，那么婆婆责骂是对的，媳妇即使是死了，也是很后悔的。姚安公说："讲理学的道学家责备人真是没个完。在汹涌湍急的

岂能深思长计时哉！势不两全，弃儿救姑，此天理之正，而人心之所安也。使姑死而儿存，终身宁不耿耿耶？不又有责以爱儿弃姑者耶？且儿方提抱，育不育未可知。使姑死而儿又不育，悔更何如耶？此妇所为，超出恒情已万万。不幸而其姑自殒，以死殉之，其亦可哀矣！犹沾沾焉而动其喙，以为精义之学，毋乃白骨衔冤，黄泉赍恨乎！孙复作《春秋尊王发微》②，二百四十年内，有贬无褒；胡致堂作《读史管见》③，三代以下无完人。辨则辨矣，非吾之所欲闻也。"

河流中，机会一下子就过去了，哪有时间深思熟虑从长计议呢！在不能两全的情况下，抛开孩子去挽救婆婆，是天理的正道，也是可以让人心感到安帖的。假如婆婆淹死了，孩子活着，讨饭的媳妇一生就不会于心有愧吗？不是又有人会责备她因为爱护儿子而抛弃了婆婆吗？而且，孩子还只是抱在怀里的婴儿，能不能养活还不知道。假如婆婆淹死了，孩子也养不活，这个媳妇更不知道怎样后悔了。这个媳妇的行为，已经超出世间常情太多了。她婆婆不幸自殒性命，她又跟着去死，这也真够悲哀的了！有人还唾沫横飞地信口乱讲，认为是精深的理学，这不是使死者受到冤屈，阴间的灵魂也要怨恨吗！孙复写《春秋尊王发微》，对二百四十年间的人物，只有批评没有表扬；胡致堂写《读史管见》时，写到夏、商、周三代以后，就没有一个品德完美的人了。这些议论倒是够雄辩的，却并不是我愿意听到的。"

注　释

❶王莽河：指东汉以后对西汉黄河自濮阳以下故道的俗称。

❷《春秋尊王发微》：宋代孙复撰。十二卷。全书"尊王"意识强烈。孙复是宋代第一位以《春秋》名家的学者，《春秋尊王发微》也是今存宋人第一部篇幅完整的《春秋》学专著，可以看作是"新《春秋》学"成立发扬的重要标杆。

❸胡致堂：胡寅（1098—1156），字明仲，建州崇安（今属福建）人。学者

称"致堂先生"。胡安国侄。徽宗宣和三年（1121）进士。著有《论语详说》《读史管见》《斐然集》等。

【原　文】

郭石洲言：朱明经①静园，与一狐友。一日，饮静园家，大醉，睡花下。醒而静园问之曰："吾闻贵族醉后多变形，故以衾覆君而自守之。君竟不变，何也？"曰："此视道力之浅深矣。道力浅者能化形幻形耳，故醉则变，睡则变，仓皇惊怖则变；道力深者能脱形，犹仙家之尸解，已归人道，人其本形矣，何变之有！"静园欲从之学道，曰："公不能也。凡修道人易而物难，人气纯，物气驳也；成道物易而人难，物心一，人心杂也。炼形者先炼气，炼气者先炼心，所谓志气之帅也。心定则气聚而形固，心摇则气涣而形萎。广成

【译　文】

郭石洲曾经讲了这么一个故事：朱明经号静园，和一个狐仙是朋友。一天，狐仙在静园家喝酒吃饭，喝得大醉，在花下睡着了。醒了以后，静园问他道："我听说您的族类喝醉后大多数要变换身形，所以用被子盖住您，然后自己守在这里。您最后还是没有变形，为什么呢？"狐仙回答道："这就是看道行的深浅。道行浅的狐妖，能变化形状、幻化形状，所以喝醉了也变，睡着了也变，仓皇惊恐的时候也变。道力深厚的狐妖，能够脱离开自己的形状，好比是仙人的尸解，（这一类狐妖）已经归到人类里面了，人的形状就是他本来的样子，哪里还有变化呢！"静园打算跟他学道术，狐仙说："您不行。凡是修道，人很容易，但是其他的物种就很难，人的气息很纯净，其他的物种气息杂驳；修成道的话，其他物种很容易，而人很难。其他物种的心地单纯，而人心复杂啊。想要修炼身形的需要先修炼气息，修炼气息的人要先修炼内心，所谓心志是统率气息的。内心安定，那么气息就能聚集，形体就会稳固，内心摇摆不止，气息就会涣散，形体就会萎缩。广成子告诉黄帝的话，就是

子之告黄帝，乃道家之秘要，非庄叟寓言也。深岩幽谷，不见不闻，惟凝神导引，与天地阴阳往来消息，阅百年如一日，人能之乎？"朱乃止。

因忆丁卯同年某御史，尝问所昵伶人曰："尔辈多矣，尔独擅场，何也？"曰："吾曹以其身为女，必并化其心为女，而后柔情媚态，见者意消。如男心一线犹存，则必有一线不似女，乌能争蛾眉曼睩②之宠哉？若夫登场演剧，为贞女则正其心，虽笑谑亦不失其贞；为淫女则荡其心，虽庄坐亦不掩其淫；为贵女则尊重其心，虽微服而贵气存；为贱女则敛抑其心，虽盛妆而贱态在；为贤女则柔婉其心，虽怒甚无遽色；为悍女则拗戾其心，虽理诎无巽词。其他喜怒哀乐，恩怨爱憎，一一设

道家的秘密和关键，并不是庄子编的寓言。又深又幽静的山谷中，看不见也听不见，只有集中精神导引气息，感知天地阴阳的变化，看百年如同一天，人能做到这样吗？"朱先生这才打消学道的念头。

我于是回忆起丁卯年一同中进士的某位御史，曾经问所爱的一个唱戏的人："你们唱戏的人多了，但是你最擅长在舞台演出，为什么呢？"唱戏的回答道："我们这些人若是扮演女性角色，那么就要心中认定自己是女人，然后柔情魅态，看见的人都忘记我们原本是男人。如果还保留一点点男性意识的话，那么就会有一点点不像女性。又怎么能与那些真正的美貌女子争宠呢？像那登台演戏剧，如果是扮演贞洁的女子，那么她的心一定是正直的，即使嘻嘻哈哈也不会失掉这种贞洁的气质；如果是扮演淫荡的女子，那么她的心一定也是淫荡的，即使庄重地坐着也掩饰不了她的淫荡；如果是扮演富贵女子，那就要有尊重的心，即使是穿平民的衣服，但是身上的贵气还是存在的；如果是扮演低贱的女性，那么就要收敛低调，即使是盛装华服，低贱的样子也依然存在；如果扮演贤德的女性，那么就要让她的心温柔婉转，即使生气发怒也不会失态；如果扮演凶悍的女性，那么就要心中充满戾气和不满，即使理亏也要狡辩三分，绝不认输。其他比如人物的喜怒哀乐，恩怨爱憎，都要设身处

身处地，不以为戏而以为真，人视之竟如真矣。他人行女事而不能存女心，作种种女状而不能有种种女心，此我所以独擅场也。"李玉典曰："此语猥亵不足道，而其理至精；此事虽小，而可以喻大。天下未有心不在是事而是事能诣极者，亦未有心心在是事而是事不诣极者。心心在一艺，其艺必工；心心在一职，其职必举。小而僚之丸③、扁之轮④，大而皋、夔、稷、契⑤之营四海，其理一而已矣。此与炼气炼心之说，可互相发明也。"

地从人物的角度出发，不要认为是在演戏，而是要以为是真实的情况，那么人看到的时候就也会觉得竟然和真的一样。其他的演员形态样子都按照女性的标准去表演，但是他们的心并没有真正女性化，即使说话走路种种行为都很女性化，但是内心依然是男性，这就是唯独我最擅长舞台演出的原因。"李玉典说："他说的这些话虽然鄙俗不值得提，但是其中蕴含的道理非常精当；这件事虽然小，但是可以喻指那些大的事情。不用心做某事，而某事能做到登峰造极的程度，天下没有这样的事。用心做某事，而达不到登峰造极的程度，天下也没有这样的事。全部身体投入到一门技艺上，这门技艺一定会精细；全部身心投入到一个岗位中，这个岗位一定会得到举荐。往小里说，像僚之丸、扁之轮这种技艺，往大里说，皋、夔、稷、契等人管理国家，经营天下，虽然事情大小不同，但是道理都是一样的罢了。这些情况与修炼气息、修炼心性的说法，可以互相印证。"

注 释

❶明经：汉代以明经取士，到明清后，多是对贡生的尊称。

❷曼睩（mànlù）：明眸善睐，目光明媚。

❸僚之丸：即僚弄丸，是古代的一种技艺，用双手上下接抛多个弹丸。

❹扁之轮：即轮扁斫轮，主要指精湛的技艺。

❺皋、夔、稷、契：舜时的贤臣皋陶、夔、后稷、契。

【原文】

前母安太夫人家有小书室，寝是室者，中夜开目，见壁上恍惚有火光，如燃香状，谛视则无。久而光渐大，闻人声，乃徐徐隐。后数岁，谛视之竟不隐，乃壁上悬一画猿，光自猿目中出也。佥曰："此画宝矣。"外祖安公（讳国维，佚其字号。今安氏零落殆尽，无可问矣。）曰："是妖也，何宝之有？为虺①弗摧，为蛇奈何？不知后日作何变怪矣！"举火焚之，亦无他异。

【译文】

前母安太夫人娘家有间小书房，睡在这间书房里的人，半夜睁开眼，看到墙壁上仿佛有火光，就像在烧香一样，仔细再看，就什么也没有了。时间越长，亮光逐渐大起来，听到人的声音，才慢慢消失。后来过了几年，人盯着仔细看，亮光也竟然不消失，原来，墙上挂着一幅猿猴的图画，亮光是从猿猴的眼睛里发出来的。大家都说："这幅画宝贵啊。"外祖安老先生（名字是国维，已经不知道他的字号了。现在安家人丁稀少，已经没有人可问了。）说："这明明是妖怪，有什么可宝贵的呢！毒蛇在小的时候不杀掉，长成大蛇之后就很难对付了！（这幅怪画）不知今后会作什么怪呢！"就点火把画烧了，也没有其他异常的事情发生。

注　释

❶虺（huǐ）：古书上说的一种毒蛇。

【原文】

画士张无念，寓京师樱桃斜街①。书斋以巨幅阔

【译文】

有一个画士叫张无念，在京城的樱桃斜街居住，书斋用一张巨大的纸张做了一

纸为窗幨，不著一棂②，取其明也。每月明之夕，必有一女子全影在幨心。启户视之，无所睹，而影则如故。以不为祸祟，亦姑听之。一夕谛视，觉体态生动，宛然入画。戏以笔四围钩之，自是不复见；而墙头时有一女子露面下窥。忽悟此鬼欲写照："前使我见其形，今使我见其貌也。"与语不应，注视之，亦不羞避，良久乃隐。因补写眉目衣纹，作一仕女图。夜闻窗外语曰："我名亭亭。"再问之，已寂。乃并题于幨上，后为一知府买去。（或曰是李中山。）或曰："狐也，非鬼也，于事理为近。"或曰："本无是事，无念神其说耳。"是亦不可知。然香魂才鬼，恒欲留名于后世。由今溯古，结习相同，固亦理所宜有也。

个窗子，没有一个格子，就是为了要透亮的光线。每当月亮明亮的晚上，一定有一个完整的女子的形象在纸的中心。打开门看，什么也看不到，但是影子还依然显现在巨大的纸中间。因为这个妖怪也没有为害作祟，于是就姑且听任她在这里。有一天晚上，仔细地看，觉得这个影子体态生动，线条清晰，就像在画里面一样。于是随意地用笔勾出了四面的线条，从此以后就再没见这个影子了；但是墙头不时地有一个女子露着头往下看。画士突然明白了，这个鬼是想为自己画一幅画像："前面让我看见她的形状，现在让我看见她的容貌。"跟她说话也不回应，仔细看着她，也没有害羞回避，过了很长时间才消失了。于是补画眉毛眼睛等五官，衣裳细致的纹理，最终画成一张侍女图。夜里听到窗外有人说话："我的名字叫亭亭。"第二次再问她，就没有声音了。于是在这幅画像上题款，后来被一个知府买走了。（有的人说是李中山。）有的人说："这一定是狐妖，不是鬼，在事理上才能解释得通。"有的人说："本来没有这个事情，不要理会这个道士，他这样做是为了让自己显得很神奇。"这也是不得而知的。但是鬼魂的美丽和才情，也想一直在世上留名。从古至今，这种执念都是相同的，于情于理都是说得通的。

注 释

❶樱桃斜街：今北京市西城区南部的胡同。

❷棂（líng）：窗户上雕花的格子。

【原 文】

姚安公官刑部江苏司郎中时，西城移送一案，乃少年强污幼女者。男年十六，女年十四。盖是少年游西顶①归，见是女撷菜圃中，因相逼胁。逻卒闻女号呼声，就执之。讯未竟，两家父母俱投词：乃其未婚妻，不相知而误犯也。于律未婚妻和奸有条，强奸无条。方拟议间，女供亦复改移，称但调谑而已，乃薄责而遣之。或曰："是女之父母受重赂，女亦爱此子丰姿；且家富，故造此虚词以解纷。"姚安公曰："是未可知。然事止婚姻，与贿和人命，冤沈地下者不同。其奸未成无可验，其贿无据难以

【译 文】

姚安公任刑部江苏司郎中时，西城移交来一桩案子，是一个少年奸污一名幼女案。少年十六岁，女孩十四岁。原来是这个少年游玩西顶后回家，看到女孩在菜园里摘菜，（起了邪念）来胁迫女孩就范。巡逻的兵卒听到女孩呼叫，就把少年抓起来。审讯还没结束，男女两家的父母都到衙门里递讼词，说女孩本来是男孩的未婚妻，因为不认识才错误地冒犯了女孩。按照法律条文，未婚夫妻和奸是有条款可以处置；强奸未婚妻却没有相应的条款。官员们正在商量如何处置，女孩也翻供了，说男孩只是跟他开玩笑。于是官员只能稍微训斥了少年一通就让他们走了。有人说："这个女孩的父母接受了男方的一大笔贿赂；女孩也看上了少年年轻英俊，男孩的家境宽裕，所以才编造了一套假话来解决这场纠纷。"姚安公说："事实是不是这样，也不一定。不过这桩案子只事关婚姻，与那些贪赃枉法、使死者含冤九泉的案子不同。少年强奸未遂，就查不出什么，贿

质。女子允矣，父母从矣，媒保有确证，邻里无异议矣，两造之词亦无一毫之抵牾②矣，君子可欺以其方，不能横加锻炼，入一童子远戍也。"

赂没有证据也无法对质。既然女孩已经认可了这桩婚事，父母也同意，媒人、保人加以证实，街坊邻居也都没有什么异议，男女双方的供词也没有一丝矛盾的地方。欺骗君子可以用合乎道德事理的方法，却不能主观臆断，罗织罪名，把一个少年流放到远方。"

注 释

❶西顶：是位于北京市的五座泰山神庙之一。也称"广仁宫"。位于北京市海淀区四季青镇蓝靛厂，旧址为明正德年间创建的嘉祥观。

❷抵牾（dǐwǔ）：抵触，矛盾。

【原 文】

侍姬郭氏，其父大同人，流寓天津。生时，其母梦鬻端午彩符者，买得一枝，因以为名。年十三，归余。生数子，皆不育；惟一女，适德州卢荫文①，晖吉观察子也。晖吉善星命，尝推其命，寿不能四十，果三十七而卒。余在西域时，姬已病瘵②，祈签关帝，问："尚能相见否？"得一签曰："喜鹊檐前报好音，知君千里

【译 文】

侍妾郭氏，她的父亲是大同人，辗转来到天津定居。生郭氏的时候，她的母亲梦到卖端午节彩符的人，买了一枝，于是把彩符作为她的名字。十三岁的时候嫁给了我，生了好几个儿子，但都夭折了，只有一个女儿成人，嫁给了德州卢荫文，就是卢晖吉观察的儿子。晖吉善于星术算命，曾经推算郭彩符的命运，发现她的寿命不会超过四十岁，果然三十七岁去世了。我在西域的时候，郭彩符已经病得很重了，到关帝庙求签，问："还（能和我）再见上一面

有归心。绣帏重结鸳鸯带，叶落霜雕寒色侵。"谓余即当以秋冬归，意甚喜。时门人邱二田在寓，闻之，曰："见则必见，然末句非吉语也。"后余辛卯六月还，姬病良已。至九月，忽转剧，日渐沈绵，遂以不起。殁后，晒其遗箧，余感赋二诗，曰："风花还点旧罗衣，惆怅酴醾③片片飞。恰记香山居士语：春随樊素④一时归。"（姬以三月三十日亡，恰送春之期也。）"百折湘裙飐画栏，临风还忆步珊珊。明知神谶曾先定，终惜芙蓉不耐寒。"（"未必长如此，芙蓉不耐寒"，寒山子⑤诗也。）即用签中意也。

吗？"求到了一支签说："喜鹊檐前报好音，知君千里有归心。绣帏重结鸳鸯带，叶落霜雕寒色侵。"看了签上写的内容，认为我应该在秋冬之际回家，感到非常高兴。当时门人邱二田在寓所，听说这件事，说："见一定会见到的，但是最后一句并不是吉祥的话语。"后来，我在辛卯年六月回家，郭彩符的病本来已经好了。到了九月，病情突然加剧，一天天越来越厉害，最终没能好转。去世以后，整理她的遗物，我心中有所感慨，赋诗两首："风花还点旧罗衣，惆怅酴醾片片飞。恰记香山居士语：春随樊素一时归。"（郭彩符在阴历三月三十日这天去世，正好是送春的日期。）"百折湘裙飐画栏，临风还忆步珊珊。明知神谶曾先定，终惜芙蓉不耐寒。"（"未必长如此，芙蓉不耐寒"，寒山子的诗。）就是用的签中之意。

注 释

❶卢荫文：号海门，卢见曾长孙，纪晓岚长女婿，性格沉稳，学识渊博，曾任安徽泾县、舒城知县。

❷瘵（zhài）：病，多指痨病。

❸酴醾（túmí）：花名，颜色似酒。

❹樊素：白居易家的歌妓，与小蛮齐名。

❺寒山子：唐代著名诗僧，寓居浙东天台山七十多年，著有《寒山子诗集》。

卷　三

【原文】

吴惠叔言：太湖有渔户嫁女者，舟至波心，风浪陡作，舵师失措，已欹仄^①欲沈。众皆相抱哭，突新妇破帘出，一手把舵，一手牵篷索^②，折戗^③飞行，直抵婿家，吉时犹未过也。洞庭人传以为奇。或有以越礼讥者，惠叔曰："此本渔户女，日日船头持篙橹，不能责以必为宋伯姬^④也。"又闻吾郡有焦氏女，不记何县人，已受聘矣。有谋为媵者，中以蜚语，婿家欲离婚。父讼于官，而谋者陷阱已深，非惟证佐凿凿，且有自承为所欢者。女见事急，竟倩邻媪导至婿家，升堂拜姑曰："女非

【译文】

吴惠叔曾经讲了这么一个故事：太湖有一家渔民嫁女儿，船到了湖中央的时候，风浪猛然就变大了，掌舵的师傅一下子惊慌失措，无计可施。眼看船已经歪斜得要沉入水中了。大家都抱头痛哭，突然新媳妇冲破船舱帘子跑出来，一只手掌舵，另一只手牵住系船的绳子，在逆风中驾船扬帆，像飞一样，直接到了丈夫的家，还没耽误结婚的好时辰。洞庭地区的人们都把这件事作为传奇的故事传开来了。有的人认为这是不合礼法的事情，讥讽当事人。惠叔说："她本来就是渔家的女儿，天天在船头拿着篙和船桨，不能责备她一定要做宋伯姬那样的事情。"又听说我们家乡有个姓焦的女孩，不知道具体是哪个县的，已经与人订婚并且接受了聘礼。有人打算把她娶为妾的，在中间传了很多流言蜚语，丈夫家听说了，打算离婚不娶了。女孩的父亲到官府告发造谣中伤的人，但是使这个计谋的人已经构筑了很深的陷阱，不仅有确凿的证据，甚至还有自己承认是女孩情人的人。女孩见到事情已经到了紧急关头，竟然让邻居老太太带着她到了丈夫

妇比，贞不贞有明证也。儿与其献丑于官媒，仍为所诬，不如献丑于母前。"遂阖户弛服，请姑验，讼立解。此较操舟之新妇更越礼矣。然危急存亡之时，有不得不如是者。讲学家动以一死责人，非通论也。

的家里，升堂拜见婆婆说："女孩和妇女不一样，是不是贞洁之身，是有证据的。我与其在官媒面前献丑，仍然被人诬陷，不如在婆婆面前献丑。"于是把门窗都关上，脱掉衣服，请婆婆检查验看，这场官司立刻就结束了。这个女孩的做法和亲自出面划船的新媳妇相比更加不合礼法。但这是危急存亡的时候，不得不这样做。讲学家动不动就用"一死证清白"来责备人，这并不是任何情况下都适用的。

注 释

❶攲仄（qīzè）：歪斜的样子。

❷篷索：系船帆的绳子。

❸戗（qiāng）：反方向的意思。

❹宋伯姬：春秋时鲁国贵族女性，嫁给宋共公时，共公竟然不亲自迎娶，而伯姬迫于婚约，仍嫁往宋国。

【原 文】

王符九言：凤皇店民家，有儿持其母履戏，遗后圃花架下，为其父所拾。妇大遭诟诘，无以自明，拟就缢。忽其家狐祟大作，妇女近身之物，多被盗掷

【译 文】

王符九曾经讲了这么一个故事：凤皇店的一户人家，有个小孩子拿着母亲的鞋子玩耍，丢在房后菜园的花架下面，被他的父亲捡到了。这个妇人因此遭到严厉的盘问和辱骂，她无法证明自己的清白，打算上吊自杀。忽然他家的狐妖开始频繁作乱，凡是妇女贴身的衣物，不少被偷走扔

于他处，半月余乃止。遗履之疑，遂不辩而释，若阴为此妇解结者，莫喻其故。或曰："其姑性严厉，有婢私孕，惧将投缳。妇窃后圃钥纵之逃。有是阴功，故神遣狐救之欤！"或又曰："既为神佑，何不遣狐先收履，不更无迹乎？"符九曰："神正以有迹明因果也。"余亦以符九之言为然。

到别处，闹了半个多月才停止。这样，丢鞋的事情，不用辩解也明白了，好像有意暗地里帮妇人解除这个麻烦，谁也不知道是什么原因。有人说："妇人的婆婆很厉害，她家有个婢女与人私通怀孕了，十分害怕，想上吊自杀。妇人偷偷拿到菜园园门的钥匙，打开门放这个婢女跑了。由于积了这种阴德，所以神派遣狐精来救她的吧！"又有人说："既然神灵保佑她，为什么不先派狐仙提前把她的鞋收走，不是更不露痕迹了吗？"王符九说："神正是要露出痕迹来显示因果报应分明啊。"我觉得王符九说的是对的。

【原文】

济南朱青雷言：其乡民家一少年与邻女相悦，时相窥也。久而微露盗香迹，女父疑焉，夜伏墙上，左右顾视两家，阴伺其往来。乃见女室中有一少年，少年室中有一女，衣饰形貌皆无异。始知男女皆为狐媚也。此真黎丘之技①矣。青雷曰："以我所见，

【译文】

济南的朱青雷讲过这么一个故事：他老家有一户人家的少年和邻居女孩互相喜欢，经常互相偷看对方。时间一长，露出了彼此交往的蛛丝马迹，女孩的父亲有所怀疑，夜里趴在墙上，左右两边看这两家，暗中等着少年和女孩来往相会。竟然看到女孩屋中有一个少年，少年屋中有一个女孩，穿戴的衣服头饰和形体样貌都没有任何差异。才知道少年和女孩都被狐妖魅惑住了。这真是黎丘伎俩啊。青雷说："依我看，喜欢张罗事的人应该当媒人促成这两

好事者当为媒合，亦一佳话。然闻两家父母皆恚甚，各延巫驱狐。时方束装北上，不知究竟如何也。"

人结合，也是一段佳话。"但是听说两家的父母都非常生气，各自请法师驱赶狐妖。当时我正要收拾行李到北方去，不知道这件事最后怎么样了。

注　释

❶黎丘之技：事见《吕氏春秋》，黎丘地区的鬼很奇特，专门喜欢模仿别人的子侄昆弟来捉弄别人。

【原　文】

余乡产枣，北以车运供京师，南随漕舻以贩鬻于诸省，土人多以为恒业。枣未熟时，最畏雾，雾浥①之则瘠而皱，存皮与核矣。每雾初起，或于上风积柴草焚之，烟浓而雾散；或排鸟铳迎击，其散更速。盖阳气盛则阴霾消也。凡妖物皆畏火器。史丈松涛②言：山陕间每山中黄云暴起，则有风雹害稼。以巨炮迎击，有堕虾蟆如车轮大者。余督学福建时，山魈或夜行屋瓦上，格

【译　文】

我的家乡产枣，用推车一路向北运送到京师，向南就随着漕运船只贩卖到南方诸省，老乡们大多以卖枣作为自己固定的工作，枣还没有成熟的时候，最怕起雾，被雾气浸过的枣就干瘪而且变皱，只剩下皮和核了。每当有雾起来的时候，有时候就在上风口堆积柴草焚烧，浓烟就会驱散雾气；有时候排一排鸟铳正面射击，雾消散得就更快。大概是阳气盛了，阴霾就消除了。凡是妖物都怕火器。史松涛老先生说，山西、陕西的群山之中，经常看见黄色的云彩突然涌起，那么就会有大风冰雹灾害，庄稼就会受到损害。用大炮正面迎击，就会掉下像车轮那么大的蛤蟆。我在福建做督学的时候，有山中的鬼魅夜间在

格有声。遇辕门鸣炮,则踉跄奔迸,顷刻寂然。鬼亦畏火器,余在乌鲁木齐,曾以铳击厉鬼,不能复聚成形,(语详《滦阳消夏录》。)盖妖鬼亦皆阴类也。

屋顶上走来走去,格格地发出声响。遇到辕门响炮,就踉跄着奔跑跟进,一下子就又悄无声息了。鬼也怕火器,我在乌鲁木齐的时候,曾经用铳射击厉鬼,使他们不能再聚合成形,(这个故事详细地记载在《滦阳消夏录》里面。)大概因为妖、鬼都属于阴类啊。

注 释

❶浥(yì):湿润。

❷史松涛:名茂,字松涛,华州(今属陕西省渭南市)人。

【原 文】

董秋原言:东昌①一书生,夜行郊外。忽见甲第甚宏壮,私念此某氏墓,安有是宅,殆狐魅所化欤?稔闻《聊斋志异》青凤、水仙诸事②,冀有所遇,踯躅不行。俄有车马从西来,服饰甚华,一中年妇揭帏指生曰:"此郎即大佳,可延入。"生视车后一幼女,妙丽如神仙,大喜过望。

【译 文】

董秋原讲了这么一个故事:东昌有一个书生,晚上在郊外闲逛。突然看到一幢非常宏伟的大房子,自己想着这是某人的墓地,怎么会有这个宅院呢,难道是狐妖变化出来的?他经常听说《聊斋志异》中青凤、水仙等故事,希望也能有那样的艳遇,于是徘徊在宅院附近不走。一会儿有马车从西边来,装饰服装十分华丽,一位中年妇女打开帷帐指着东昌书生说:"这个郎君就非常好,可以请他进来。"书生看到车后面有一个非常年轻的女孩子,曼妙美丽如同神仙,喜出望外。等进了门之后,马上就有两个婢女出来相邀,书生已经把

既入门，即有二婢出邀，生既审为狐，不问氏族，随之入。亦不见主人出，但供张甚盛，饮馔丰美而已。生候合卺，心摇摇如悬旌。至夕，箫鼓喧阗，一老翁褰帘揖曰："新婿入赘，已到门。先生文士，定习婚仪，敢屈为傧相，三党有光。"生大失望，然原未议婚，无可复语；又饫其酒食，难以遽辞。草草为成礼，不别而归。家人以失生一昼夜，方四出觅访。生愤愤道所遇，闻者莫不拊掌曰："非狐戏君，乃君自戏也。"余因言：有李二混者，贫不自存，赴京师谋食。途遇一少妇骑驴，李趁与语，微相调谑，少妇不答亦不嗔。次日，又相遇，少妇掷一帕与之，鞭驴径去，回顾曰："吾今日宿固安③也。"李启其帕，乃银簪珥数事。适资斧竭，持诣质库，正质库昨

她们当作狐仙，不问她们的姓氏所属，直接跟着进来了。也不见主人出来，只看到供奉物品非常丰盛，场面张罗得非常盛大，饭菜酒食都非常多且美。书生等着合卺之礼，心中像有一面晃着的旗子一样摇摆不定。到了晚上，满屋箫鼓喧闹，热闹非凡。一个老头掀起门帘作揖说道："新女婿入赘，已经到门口了。您是文士，熟悉结婚礼仪，麻烦您屈尊为傧相，我们亲戚们都跟着脸上有光。"书生非常失望，但是原本也没有谈到婚姻问题，他也没什么好说的；又款待他美酒佳肴，很难一下推辞。胡乱地为新郎新娘主持完婚礼，也没有跟主人告别就回家了。家里人因为一天一夜都没有看见书生，正四处找他。书生正愤恨地诉说着自己遭遇的事情，听说的人没有不拍掌大笑着说："不是狐仙戏弄您，是您自找的被戏弄。"我于是也讲了一个类似的故事：有一个叫李二混的人，贫穷得活不下去，到京师找饭吃，路上遇到一个少妇骑着驴，李二混趁机跟她说话，暗暗露出调戏的意思。少妇不回答也不生气。第二天，两人又相遇了，少妇向李掷下一方手帕，鞭打着驴径直走了，回头说："我今天在固安住宿。"李打开她留下的手帕，竟然有银制的簪子耳环好几样。正好赶上钱花光了，拿着到当铺去当掉换钱，谁知这些首饰竟然正是当铺昨天晚上丢的，李二混受到了

夜所失，大受拷掠，竟自诬为盗，是乃真为狐戏矣。秋原曰："不调少妇，何缘致此？仍谓之自戏可也。"

严刑拷打，最后没办法，竟自己诬陷自己是盗贼。这才是真被狐仙所戏弄了。秋原说："如果不调戏少妇，怎么会到被拷打自诬的境地呢？依然是自己找的被戏弄。"

注 释

❶东昌：今属山东省聊城市。

❷青凤、水仙：均为《聊斋志异》中的狐仙。

❸固安：今属河北省廊坊市。

【原文】

乾隆甲子①，余在河间应科试。有同学以帕幂首，云堕驴伤额也。既而有同行者知之，曰："是于中途遇少妇，靓妆独立官柳下，忽按辔问途。少妇曰：'南北驿路，车马往来，岂有迷途之患？尔直欺我孤立耳。'忽有飞瓦击之，流血被面。少妇径入秫田去，不知是人是狐是鬼也。但未见举手，而瓦忽横击，疑其非人；鬼又不应白日出，疑其狐矣。"

【译文】

乾隆甲子年，我在河间参加科举考试。有个同学用手帕蒙着头，说是从驴背上掉下来伤了额头。后来有一起来的人知道底细，说："是在来的路上遇到一个少妇，画着精美的妆，独自站在官柳之下，这个同学突然按住驴的辔头问路，少妇说：'南北驿路，车马来来往往，难道有迷路的担心吗？你简直是欺负我一个人站在这里罢了。'忽然有飞来的瓦片击中了这个同学，鲜血流了一脸。少妇径直走到玉米地里去了，不知道她是人是狐还是鬼。只是没有见到她举手，但是瓦片忽然飞出来击人，怀疑她不是人；但是鬼又不应该大白天出来，又怀疑她是狐仙。"高

高梅村曰："此不必深问，无论是人是鬼是狐，总之当击耳。"又，丁卯秋，闻有京官子，暮过横街东，为娼女诱入室。突其夫半夜归，胁使尽解衣履，裸无寸缕，负置门外丛冢间。京官子无计，乃号呼称遇鬼，有人告其家迎归。姚安公时官户部，闻之笑曰："今乃知鬼能作贼。"此均足为佻薄者戒也。

梅村说："这种事不用问得特别明白，无论是人是鬼还是狐仙，总之，这个同学是应当被击打的。"还有一个故事，丁卯年秋天，听说有京城官员的儿子，晚上路过横街东边，被娼妓引诱进屋子里。突然她的丈夫半夜回来了，迫使他把衣服全脱下来，光着身子，不着寸缕，背着他放到了荒郊野外的坟地里，京官的儿子无计可施，于是号呼说遇到了鬼，有人赶紧告诉了他们家才把他接回去了。姚安公当时在户部上班，听到后笑着说："我现在才知道鬼能作贼。"这些事都足以让轻佻浅薄的人引以为戒啊。

注 释

❶乾隆甲子：公元 1744 年。

【原文】

余在翰林日，侍读①索公尔逊同斋戒②于待诏厅。(厅旧有何义门书"衡山旧署"一匾，又联句一对。今联句尚存，匾则久亡矣。)索公言：前征霍集占时，奉参赞大臣檄调。中途

【译文】

我在翰林院供职的时候，有一天和侍读索尔逊公一道在待诏厅值班。(这所厅堂上原有何义门书写的"衡山旧署"匾额，左右有联句一对。现在联句尚存，而匾额早就已不见了。)索公说：他以前参加征讨霍集占的战役时，奉参赞大臣的命令随部队调动。中途遇上大雪，行路艰难，

逢大雪，车仗不能至，仅一行帐随，姑支以憩。苦无枕，觅得二三死人首，主仆枕之。夜中并蠕蠕掀动，叱之乃止。余谓此非有鬼，亦非因叱而止也。当断首时，生气未尽，为严寒所束，郁伏于中，得人气温蒸，冻解而气得外发，故能自动。已动则气散，故不再动矣。凡物生性未尽者，以火炙之皆动，是其理也。索公曰："从古战场，不闻逢鬼。吾心恶之，谓吾命衰也。今日乃释此疑。"

车马仪仗等物资不能及时供给，一行人只有帐篷，姑且支起来休息，苦于没有枕头，找来两三个死人头，主仆几个当枕头枕着睡。半夜，死人头蠕动起来，索公他们对着这些头大声呵斥，才止住不动。我说这不是鬼，死人头也不是因为听到呵斥才停止不动。这些人被斩首时，生气还没有完全消尽，残余的生气被严寒凝固，郁结在里面；现在用来做枕头，由于人体温的温蒸，消解了冰冻，残余的生气得以向外发散出来，所以自己能动起来。而一动之后，生气消散，所以又不再动了。凡是生气未尽的动物躯体，用火烤它，都会颤动，就是这个道理。索公说："自古不曾听说战场上会遇到鬼；遇到此事，本来心里不舒服，以为自己的生命衰微了，今天才消释了疑虑。"

注 释

❶侍读：官名。从四品，可充任南书房侍直、上书房教习及提督、总纂、纂修等官。

❷斋戒：这里是值班的意思。

【原文】

有富室子病危，绝而复苏，谓家人曰："吾魂至冥

【译文】

有个富家子病危，死后又苏醒过来，告诉家里人说："我的灵魂已经到了阴曹

司矣。吾尝捐金活二命，又尝强夺某女也。今活命者在冥司具保状，而女之父亦诉牒喧辩。尚未决，吾且归也。"越二日，又绝而复苏曰："吾不济矣。冥吏谓夺女大恶，活命大善，可相抵。冥王谓活人之命，而复夺其女，许抵可也。今所夺者此人之女，而所活者彼人之命；彼人活命之德，报此人夺女之仇，以何解之乎？既善业本重，未可全销，莫若冥司不刑赏，注来生恩自报恩，怨自报怨可也。"语讫而绝。

案：欧罗巴书不取释氏轮回之说，而取其天堂、地狱，亦谓善恶不相抵。然谓善恶不抵，是绝恶人为善之路也。大抵善恶可抵，而恩怨不可抵，所谓冤家债主，须得本人是也。寻常善恶可抵，大善大恶不可抵。曹操赎蔡文姬，不得不谓之义举，岂足抵篡弑之罪乎？（曹操虽未篡，然以周文王自比，

地府了，我曾经捐钱救活两条命，又曾经强抢某个女子。现在，被救活性命的人在地府投递状书保我，而被抢女子的父亲也交了诉状吵闹着申辩。现在还没有结果，我就先回来了。"又过了两天，他气绝后又苏醒过来说："我不行了。地府的官员说，强夺女子罪大恶极，救人活命是大仁大义，可以相互抵销。阎王说救活人命，又抢他的女儿，抵销还可以。现在被强夺的是这个人的女儿，而被救活的是另外的人的性命；救那个人命的恩德，报答女儿被抢的仇怨，怎么能抵销呢？既然善行本来更重，不能全部勾销，不如地府不作赏罚，注明你们在来生有恩的报恩，有怨的报怨。"说完他就咽气了。

按，欧洲的书不讲佛家轮回的学说，而采纳天堂和地狱的说法，也讲到行善和作恶不能相互抵销。但是说善恶不能抵销，这是断绝了恶人向善的路。一般来说善与恶可以抵销，但恩和怨不能抵销，这就是人们平常说的，冤家债主，必须是本人来承担。一般的善恶可以抵销，大的善行和恶事不能抵销。曹操赎回蔡文姬，不能不说是义举，但怎么能抵销他篡夺王位、弑君的罪行呢？（曹操虽然没有篡位，但他把自己比作周文王，他的志向还是想来篡位的，只是怕众人

其志则篡也，特畏公议耳。）
至未来生中，人未必相遇，
事未必相值，故因缘凑合，
或在数世以后耳。

议论罢了。）到了未来世界中，人们不一
定再相遇，恩怨相报不一定相等，所以，
因为因缘际会转遇相逢，或许在几世
之后。

【原文】

　　沈淑孙，吴县①人，御
史芝光先生孙女也。父兄早
卒，鞠于祖母。祖母，杨文
叔先生妹也，讳芬，字瑶季，
工诗文，画花卉尤精。故淑
孙亦习词翰，善渲染。幼许
余侄汝备，未嫁而卒。病革
时，先太夫人往视之。沈夫
人泣呼曰："招孙，（其小字
也。）尔祖姑来矣，可以相
认也。"时已沈迷，犹张目
视，泪承睫，举手攀太夫人
钏，解而与之，亲为贯于臂，
微笑而瞑。始悟其意欲以纪
氏物敛也。初病时，自知不
起，画一卷，缄封甚固，恒
置枕函边，问之不答。至是
亦悟其留与太夫人，发之，
乃雨兰一幅，上题曰："独

【译文】

　　沈淑孙，是吴县人，御史沈芝光先
生的孙女。父亲和兄长都早早去世了，
是祖母将她养大的。她的祖母是杨文叔
先生的妹妹，名讳是芬，字瑶季，诗文
都很工稳，尤其善于画花草。所以淑孙
也学习词章之学，善于写作。幼年的时
候就与我的侄子汝备订婚，还没等到出
嫁就去世了。病重时，先太夫人到她家
去看望她，沈夫人哭着喊她："招孙，
（她的小名。）你的太婆婆来了，可以相
认啊。"当时沈淑孙已经到了弥留之际，
还强撑着张开眼睛看，泪水不断地流下
来，举起手向上拿太夫人的手镯，太夫
人脱下手镯给她，并亲自给她戴到胳膊
上，她微笑着闭上眼去世了。这才知道她
打算用纪家的物品入殓啊。当时她病的
时候，自己知道就要一病不起，画了一
卷图画，密封得严严实实，总是放在枕
头边，问她，她什么也不回答。到现在
才明白这是她留给太夫人的，打开这幅

坐写幽兰，图成只自看。怜渠空谷里，风雨不胜寒。"盖其家庭之间，有难言者，阻滞嫁期，亦是故也。太夫人悲之，欲买地以葬。姚安公谓于礼不可，乃止。后其枢附漕舶归，太夫人尚恍惚梦其泣拜云。

画卷，原来是画的一幅雨中兰草，上面题诗道："独坐写幽兰，图成只自看。怜渠空谷里，风雨不胜寒。"估计是她的家庭之间，有难以言说的隐情，阻碍她出嫁的，估计也是这些隐情。太夫人非常可怜她，打算买地埋葬淑孙。姚安公说这是不合礼法的，才没这样做。后来她的灵枢跟着漕运船只回老家去了，太夫人还恍惚在梦中见到她边哭边拜别呢。

注 释

❶吴县：今属江苏省苏州市。

【原 文】

梁豁堂言：有廖太学，悼其宠姬，幽郁不适。姑消夏于别墅，窗俯清溪，时开对月。一夕，闻隔溪捞掠冤楚声，望似缚一女子，伏地受杖。正怀疑凝眺，女子呼曰："君乃在此，忍不相救耶？"谛视，正其宠姬，骇痛欲绝。而崖陡水深，无路可过，问："尔葬某

【译 文】

梁豁堂讲过这么一个故事：有个姓廖的太学生，宠爱的姬妾去世了，他哀悼不已，忧伤过度，身体不舒服，就暂且到别墅消夏。别墅有个窗口对着清清的溪水，廖生经常开窗望月。一天夜里，听到溪对岸有挨打叫冤的声音，他远远望去，仿佛是一个女子被绑着，趴在地下被棒子打。正在疑惑注视的时候，听到女子高喊道："您原来在这里，忍心不来救我吗？"仔细看时，被打的女子正是他宠爱的姬妾，廖生又害怕又心痛，差点要了命。可是溪岸陡峭，溪水很深，没有路可以过去，就问道："你埋葬在某山上，

山，何缘在此？"姬泣曰：
"生前恃宠，造业颇深。
殁被谪配于此，犹人世之
军流也。社公酷毒，动辄
鞭捶。非大放焰口①，不
能解脱也。"语讫，为众
鬼牵曳去。廖爱恋既深，
不违所请，乃延僧施食，
冀拔沈沦。月余后，声又
如前。趋视，则诸鬼益
众，姬裸身反接，更摧辱
可怜。见廖哀号曰："前
者法事未备，而牒神求
释，被驳不行。社公以祈
灵无验，毒虐更增，必七
昼夜水陆道场，始能解此
厄也。"廖猛省社公不在，
谁此监刑？社公如在，鬼
岂敢斥言其恶？且社公有
庙，何为来此？毋乃黠鬼
幻形，绐求经忏耶？姬见
廖凝思，又呼曰："我实
是某，君毋过疑。"廖曰：
"此灼然伪矣。"因诘曰：
"汝身有红痣，能举其生
于何处，则信汝也。"鬼

怎么会到这里呢？"姬妾哭着说："我生前仗
着你的宠爱，做了不少坏事，自己积累了很
多罪恶，死后被贬谪，发配到这里，好比人
间的充军流放。土地公十分狠毒，动不动就
对我鞭打棒敲。如果不大放焰口，我就不能
解脱了。"姬妾说完，就被一群鬼拉着走了。
廖生对姬妾爱恋怀念，感情很深，不愿违背
她的请求；于是请来僧人布施食物，希望把
姬妾超度出痛苦的境地。一个多月后，姬妾
哭喊声又像以前一样响起。廖生赶到窗口看
时，发现鬼的数量更多了，姬妾赤裸着身
体，双手反绑着，被摧残侮辱得更加可怜。
姬妾看到廖生，就哀号着说："上次的法事
做得还不能满足要求，我去写了文书请求神
灵释放，被神灵驳回了，不准放行。土地爷
因为你的祈祷没有灵验，更加残酷地虐待
我，一定要办一次七天七夜的水陆道场，才
能解救我的危难呀。"廖生猛然省悟，土地
爷不在场，由谁来监督行刑呢？土地爷如果
在场，鬼魂怎么敢讲他的坏话？而且土地爷
有自己的庙，为什么来这里？莫非是狡猾的
鬼变幻形象，欺骗我请僧人念经超度吧？姬
妾看见廖生迟疑，像是在仔细考虑着什么，
又喊道："我真的是某某，你不要过分疑
心。"廖生心里说："这样一说，就是更说明
假的了。"随即反问姬妾说："你身上有颗红
痣，你能说出长在什么地方，我就相信你
了。"鬼回答不出，一会儿群鬼就慢慢散去

不能答，斯须间，稍稍散去。自是遂绝。此可悟世情狡狯，虽鬼亦然；又可悟情有所牵，物必抵隙。廖自云有灶婢殁葬此山下，必其知我眷念，教众鬼为之。又可悟外患突来，必有内间矣。

了。从此，鬼魂就不再来了。从这件事可以体会到世间人情狡狯虚伪，连鬼也是如此；又可以体悟到如果感情有所牵挂时，怪物一定乘虚而入。廖生自己说有个烧火丫头死后埋葬在这座山脚下，一定是她知道我牵挂什么人，于是让那些鬼这么做的。从这里又可以明白，外面的灾祸突然来临，一定是有内奸。

注　释

❶放焰口：佛教仪式，施放焰口，饿鬼皆得超度，亦为对死者追荐的佛事之一。

【原　文】

豀堂又言：一粤东举子赴京，过白沟河，在逆旅①午餐。见有骡车载妇女住对屋中，饭毕先行。偶步入，见壁上新题一词曰："垂杨裊裊映回汀，作态为谁青？可怜弱絮，随风来去，似我飘零。　蒙蒙乱点罗衣袂，相送过长亭。丁宁嘱汝：沾泥也好，莫化浮萍。"按：此调名《秋波媚》，即

【译　文】

豀堂又讲了一个故事：一个广东省东部的考生到北京参加考试，过了白沟河，在旅馆吃午饭，看到有骡车拉着妇女住在对面的屋子里，吃完饭以后先走了。偶然进到这个房间，看到墙壁上新题一首词写道："垂杨裊裊映回汀，作态为谁青？可怜弱絮，随风来去，似我飘零。　蒙蒙乱点罗衣袂，相送过长亭。丁宁嘱汝：沾泥也好，莫化浮萍。"按：这个调名《秋波媚》，就是《眼儿媚》。这个考生说：

《眼儿媚》也。举子曰："此妓语也，有厌倦风尘之意矣。"日日逐之同行，至京，犹遣小奴记其下车处。后宛转物色，竟纳为小星②。两不相期，偶然凑合，以一小词为红叶，此真所谓前缘矣。

"这是妓女说的话，有厌倦风尘的含义啊。"于是天天跟着她，到了京城，还派小奴记下这个女子的住处，后来辗转认识了，最后纳其为妾室。本来两人互相不认识，因缘际会有了一面之缘，用一首小词作为纽带，这可真是所说的前世注定的缘分。

注 释

❶ 逆旅：旅店，旅馆。

❷ 小星：侧室，妾室。

【原文】

　　王觌光言：壬午①乡试，与数友共租一小宅读书。觌光所居室中，半夜灯光忽黯碧。剪剔复明，见一人首出地中，对炉嘘气。拍案叱之，急缩入。停刻许复出，叱之又缩。如是七八度，几四鼓矣，不胜其扰；又素以胆自负，不欲呼同舍，静坐以观其变。乃惟张目怒视，

【译文】

　　王觌光说：壬午年参加乡试时，与几位朋友一起租了一处小宅院读书。有天半夜，王觌光住的房间，灯光忽然昏暗发绿色，他挑剪了灯芯，灯光又明亮了，看见有个人头从地下冒出来，对着炉子吹气。王觌光拍着几案大声叱骂，那个人头急忙缩回地里去。过了一会儿，又冒上来，一骂又缩回去。这样反复折腾了七八次，快到四更天了，实在受不了这样搅扰；王觌光一向觉得自己胆子大，所以也不愿去叫同院的朋友，索性静坐着看它有什么变化。那个人头也只是瞪着眼睛对他怒视着，终究没有从地里钻出来。王

竟不出地。觉其无能为，息灯竟睡，亦不知其何时去。然自此不复睹矣。吴惠叔曰："殆冤鬼欲有所诉，惜未一问也。"余谓果为冤鬼，当哀泣不当怒视。粉房琉璃街迤东，皆多年丛冢，民居渐拓，每夷而造屋。此必其骨在屋内，生人阳气熏烁，鬼不能安，故现变怪驱之去。初拍案叱，是不畏也，故不敢出。然见之即叱，是犹有鬼之见存，故亦不肯竟去。至息灯自睡，则全置此事于度外，鬼知其终不可动，遂亦不虚相恐怖矣。东坡书孟德事一篇②，即是此义。小时闻巨盗李金梁曰："凡夜至人家，闻声而嗽者，怯也，可攻也；闻声而启户以待者，怯而示勇也，亦可攻也；寂然无声，莫测动静，此必劲③敌，攻之十恒七八败，当量力进退矣。"亦

觐光觉得这个怪物也没多大本事，干脆吹灭灯上床睡觉了，那个鬼头也不知何时消失的，反正从此以后就再未出现。吴惠叔说："这可能是个冤鬼，想要诉说什么，可惜王觐光没有问问他。"我认为，假如真是冤鬼，应该哀哭而不应怒视。粉房琉璃街往东一带，有很多是年代久远的乱坟岗，民房渐渐扩展到那里，老百姓常常是平了坟，就在上面盖屋。这必定是屋内地下有遗骨残留，受到活人阳气的熏灼，鬼魂感到不安，所以变幻现出怪异，想把活人吓跑。王觐光第一次拍案叱骂，证明他不怕鬼，鬼也因此不敢从地下钻出来。但一见就叱骂，说明虽然不怕，心里还是觉得有鬼存在，所以鬼也不肯完全退去。到王觐光索性熄灯睡觉，已经把鬼置之度外，鬼知道他最终也不为所动，也就不再虚张声势吓唬他了。苏轼在《东坡志林》中，记载了曹操征乌桓后的感慨，他说胜利虽有时出于侥幸，但事前要有足够的勇气和胆识，说的就是同一个道理。我小时候听人说，大盗李金梁曾经说过这样的话："只要是夜里进到人家里，听到有声响就咳嗽的人，心里一定胆怯，就可以去攻击他；听到有声响就打开门等候的人，是胆怯却偏要表示勇敢，也可以去攻击他；一点儿也没有反应，没有任何动静，这一定是劲敌，你攻击他，十有七八是要失败的，对此要特别小心，量力而行，能进则进，不能进则退。"

此义也。

这和前面所讲的故事，是同样的道理。

注 释

❶壬午：乾隆二十七年（1762）。

❷东坡书孟德事：事见《东坡志林》卷三，记"魏武帝既胜乌桓"之事。

❸勍（qíng）：强大，强有力。

卷　四

【原 文】

　　林教谕清标言：曩馆崇安①，传有士人居武夷山麓，闻采茶者言，某岩月夜有歌吹声，遥望皆天女也。士人故佻达，乃借宿山家，月出辄往，数夕无所遇。山家亦言有是事，但恒在月望，岁或一两闻，不常出也。士人托言习静，留待旬余。一夕，隐隐似有声，乃潜踪急往，伏匿丛薄间。果见数女皆殊绝，一女方拈笛欲吹，瞥见人影，以笛指之，遽僵如束缚，然耳目犹能视听。俄清响透云，曼声动魄，不觉自赞曰："虽遭禁制，然妙音媚态，已具赏矣。"语未竟，突一帕飞蒙其首，遂如梦魇，无闻无见，似

【译 文】

　　林清标教谕曾经讲了这么一个故事：从前在崇安做幕僚，传说有个读书人住在武夷山的山脚，听一个采茶的人说，有块岩石上，在明亮的月夜有歌唱和鼓吹乐曲的声音，远远望过去，上面都是天上的仙女。士人生来本性非常洒脱，于是借宿在山上的人家，只要月亮出来就去岩石那里去看，但是好几个晚上都没有遇到仙女。山民也说是有这件事的，只是总发生在阴历十五左右，一年也就见过一两次，不是经常出现。读书人借口自己喜欢安静，继续留在这里又等了十好几天。一天晚上，隐隐约约好像听到有声音，于是悄悄地赶紧去岩石那里，藏在草丛之中。果然看到好几个女孩都长得特别漂亮，一个女孩拿着笛子正要吹，瞥见了书生的影子，用笛子一指，他马上浑身僵硬像被绳子捆住一样，但是眼睛能看见，耳朵能听见。一会儿清亮的歌声响彻云霄，曼妙的声音动人心魄，不自觉地赞叹道："虽然遭到了禁制，但是美妙的声音和柔媚的姿态，已经都被我一一欣赏过了。"话还没说完，突然

睡似醒。迷惘约数刻，渐似苏息。诸女叱群婢曳出，谯呵曰："痴儿无状，乃窥伺天上花耶？"趣折修篁，欲行棰楚。士人苦自申理，言性耽音律，冀窃听幔亭法曲，如李謩②之傍宫墙，实不敢别有他肠，希彩鸾甲帐。一女微哂曰："悯汝至诚，有小婢亦解横吹，姑以赐汝。"士人匍匐叩谢，举头已杳。回顾其婢，广颡巨目，短发鬖髿③，腰腹彭亨，气咻咻如喘。惊骇懊恼，避欲却走，婢固引与狎，捉搦不释，愤击仆地，化一豕嗥叫去。岩下乐声，自此遂绝。观于是婢，殆是妖，非仙矣。或曰："仙借豕化婢戏之也。"倘或然欤？

一方手帕飞了过来，蒙住了他的头，于是像在梦中一样，看不见听不见，半梦半醒的样子，这样迷迷惘惘地过了好几十分钟，渐渐地像是苏醒过来。女孩们大声喊婢女把他拽出去，责骂道："这个傻子没有一点规矩，竟然敢窥伺天上花吗？"马上折断长长的竹子，打算鞭打士人。士人苦苦地申辩，说自己本性喜欢音律，打算听到美妙的音乐，就像古代善于吹笛子的李謩徘徊在宫墙之外，实在没有想结亲的非分之想。一个女子有点嘲笑他道："怜悯你至诚的心意，有小婢女也懂得吹奏，现在把她赐给你。"士人跪下磕头表示感谢，抬起头来，发现仙子都已经走了。回头看她的婢女，宽广的脑门，巨大的眼睛，乱蓬蓬的短发，肥胖的腰身，气喘吁吁。士人又惊又怕又懊恼，躲避着想逃走，婢女却一直抓他，戏弄他，不肯放过他，士人愤怒地把婢女打倒在地，变成一只猪嚎叫着跑了。岩石下的音乐声，从此就没有了。看这个婢女，大概是妖怪，而不是仙人，有的人说："仙人借助猪化作婢女戏弄他。"也许就是这样吧？

注　释

❶崇安：今福建省武夷山市。

❷李謩：唐代卢肇笔下的人物，其人在唐朝开元年间教坊里吹笛，技艺

精湛。

❸鬅鬙（péngsēng）：头发散乱的样子。

【原文】

　　明公恕斋，尝为献县令，良吏也。官太平府①时，有疑狱，易服自察访之。偶憩小庵，僧年八十余矣，见公合掌肃立，呼其徒具茶。徒遥应曰："太守且至，可引客权坐别室。"僧应曰："太守已至，可速来献。"公大骇曰："尔何以知我来？"曰："公一郡之主也，一举一动，通国皆知之，宁独老僧！"又问："尔何以识我？"曰："太守不能识一郡之人，一郡之人则孰不识太守。"问："尔知我何事出？"曰："某案之事，两造②皆遣其党，布散道路间久矣，彼皆阳不识公耳。"公怃然自失，因问："尔何独不阳不识？"僧投地膜拜曰："死罪！死罪！欲得公此问也。公为郡不减龚、黄③，然

【译文】

　　明恕斋先生曾经担任献县令，是个好官。他任太平府知府时，有一桩案子悬而未决，换上便装亲自查访。偶然在一座小庙里休息，庙里的和尚八十多岁了，见了他合掌肃立，呼唤他的徒弟备茶。徒弟在远处应声说："太守要来了，可以先请客人在别的屋子里休息。"和尚回答说："太守已经到了，赶快献茶来。"明公大吃一惊说："怎么知道我要来？"和尚回答说："大人是一郡之主，一举一动，全郡都知道，岂止我老和尚一人知道！"又问："你怎么认识我？"回答说："太守不能认识郡中所有的人，全郡的人谁不认识太守呢？"又问："你知道我为什么事到这里来？"和尚说："是为某件案子的事而来，双方早就派了他们的同伙，分散在您经过的路上了，不过都假装不认识大人。"明公听了，若有所失，又问："你怎么不假装不认识我呢？"老僧急忙跪下磕头，说："死罪死罪！就想等大人这么问呢。大人作为一郡之主，政绩不比汉代名臣龚遂、黄霸差，但是让百姓心中稍嫌不足的就

微不慊④于众心者，曰好访。此不特神奸巨蠹，能预为盅惑计也；即乡里小民，孰无亲党，孰无恩怨乎哉？访甲之党，则甲直而乙曲；访乙之党，则甲曲而乙直。访其有仇者，则有仇者必曲；访其有恩者，则有恩者必直。至于妇人孺子，闻见不真；病媪衰翁，语言昏愦，又可据为信谳乎？公亲访犹如此，再寄耳目于他人，庸有幸乎？且夫访之为害，非仅听讼为然也，闾阎⑤利病，访亦为害，而河渠堤堰为尤甚。小民各私其身家，水有利则遏以自肥，水有患则邻国为壑，是其胜算矣。孰肯揆⑥地形之大局，为永远安澜之计哉？老僧方外人也，本不应预世间事，况官家事耶？第佛法慈悲，舍身济众，苟⑦利于物，固应冒死言之耳。惟公俯察焉。"公沈思其语，竟不访而归。次日，遣役送钱米。归报曰："公返之后，僧谓其

是喜欢微服私访。这不仅容易让那些大奸大恶设计迷惑您，就是乡里小民，谁没有亲朋好友，谁没有恩怨呢？访查到甲的朋友，那么甲就有理而乙就没有理；访查到乙的同伙，甲就没理而乙就有理。询问到与当事人有仇的，那么当事人肯定没理；寻访到与当事人有恩的，那么当事人肯定有理。至于妇女小孩，所见所闻不真实；衰翁病婆，话语糊涂，这些能作为定案的根据吗？大人亲自访查还是这样，如果再依靠别人的所见所闻来定案，能有好效果吗？而且，私访的弊端，不仅仅体现在听到诉状这一点上。民情败坏，私访也有害，在修河渠、筑堤堰上尤为突出。小民只顾自身的利益，当水有利于自己时，就竭力拦截下来满足自己的需要；当水成为祸患时，就把邻里当作沟壑，这就是他们的神机妙算。谁肯出面根据地形的大局，制定长久的治水计划呢？老僧是世外之人，本来不应该干预人世间的事物，更何况官府的事务？但是佛法慈悲，舍身帮助众人，只要有利于大众，本来就应该冒死直言相告。望大人明察。"明公认真思考老僧的一番话后，不再私访，径直回府了。第二天，明公派衙役给老和尚送钱粮。衙役回来向他报告说："大人回府后，老和尚对他的徒弟们说：'我的心愿已

徒曰：'吾心事已毕。'竟泊然逝矣。"此事杨丈汶川尝言之，姚安公曰："凡狱情虚心研察，情伪乃明，信人信己皆非也。信人之弊，僧言是也；信己之弊，亦有不可胜言者。安得再一老僧，亦为说法乎！"

了。'最终安详地辞世了。"杨汶川先生曾经讲过这件事，姚安公说："凡是审案断案，只要虚心研究观察，真伪就会明了，过分相信别人，过分相信自己，都是不对的。过分听信别人的弊端，正如老僧所讲的；盲目相信自己，也有说不完的坏处。可是哪里再有一个老和尚，也为我们说法啊！"

注 释

❶太平府：清代属于安徽省。太平府下辖当涂（首县）、芜湖、繁昌三个县。

❷两造：指涉及诉讼关系的原告和被告。

❸龚、黄：汉代循吏龚遂与黄霸的并称。亦泛指循吏。

❹慊（qiè）：满足，满意。

❺闾阎：泛指平民老百姓。闾，门户，人家。中国古代以二十五家为闾。阎，指里巷的门。

❻揆（kuí）：揣测。

❼苟：如果。

【原 文】

胡厚庵先生言：有书生昵一狐女，初遇时，以二寸许壶卢①授生，使佩于衣带，而自入其中。欲与晤，则拔

【译 文】

胡厚庵先生曾经讲过这么一个故事：有一个书生喜欢一个狐女，当初遇到的时候，狐女交给了书生一个二寸多高的葫芦，让他佩戴在衣带中，狐女自己则钻进葫芦里。书生打算与之亲昵，就拔

其楔，便出嬿婉，去则仍入而楔之。一日，行市中，壶卢为偷儿剪去，从此遂绝，意恒怅怅。偶散步郊外，以消郁结。闻丛翳中有相呼者，其声狐女也。就往与语，匿不肯出，曰："妾已变形，不能复与君见矣。"怪诘其故。泣诉曰："采补炼形，狐之常理。近不知何处一道士，又搜索我辈，供其采补。捕得禁以神咒，即僵如木偶，一听其所为。或有道力稍坚，吸之不吐者，则蒸以为脯，血肉既啖，精气亦为所收。妾入壶卢盖避此难，不意仍为所物色，攘之以归。妾畏罹汤镬，已献其丹，幸留残喘。然失丹以后，遂复兽形，从此炼形又须二三百年，始能变化。天荒地老，后会无期，感念旧恩，故呼君一诀。努力自爱，毋更相思也。"生愤恚曰："何不诉于神?"曰："诉者多矣。神以为悖入悖出，自作之愆；杀人人

掉葫芦的塞子，让狐女出来一聚，回去的时候仍然是钻进葫芦里，再盖上塞子。一天，书生在街市上行走，葫芦被小偷偷走了，从此再也没见过狐女，心里总是怅然若失。偶然间在郊外散步，用来消解心中的郁闷之情。听到丛林中有人呼唤他，是狐女的声音。书生赶紧走近和她说话，狐女藏着不肯出来，说："我已经变形了，不能再与您相见了。"书生感到很奇怪，问她其中的缘故。狐女哭着说："采补炼形，是狐狸修炼的常理。现在不知道哪里来的一个道士，寻找我们这些狐女，供他采补。被他抓住之后，就用神咒禁锢，立刻像木偶一样僵硬不能动，只能听任他的摆布。有的道行深一些的，不让道士吸取精气的，就被蒸成肉干，血肉都被道士吃了，精气也随着被他吸入。我躲到葫芦里就是为了躲避这个灾难，没想到依然被他物色找到，被道士抓回去了。我怕被蒸煮，已经献出了自己所炼之丹，幸亏还留了一口气。但是失丹之后，我又恢复成狐狸的样子，要想恢复人形，又要修炼二三百年才能变化。天荒地老，以后没有相见的机会了，感念您旧日的恩情，所以叫您来诀别。您要努力自爱，不要再思念我了。"书生生气地说："为什么不到神那里去告状?"狐女答道："已经告了很多次了，

杀，相酬之道，置不为理也。乃知百计巧取，适以自戕。自今以往，当专心吐纳，不复更操此术矣。"此事在乾隆丁巳、戊午②间，厚庵先生曾亲见此生。后数年，闻山东雷击一道士，或即此道士淫杀过度，又伏天诛欤？螳螂捕蝉，黄雀在后，挟弹者又在其后，此之谓矣。

神认为错误百出，是自己作孽导致的错误；杀别人也被别人杀，这是互相报应的结果，没有可以解释的道理。才知道机关算尽，最后却害了自己。从今往后，要专心吐纳之功，不再操作这些法术了。"这件事情发生在乾隆丁巳、戊午年之间，厚庵先生曾经亲眼见过这个书生。后来听说山东一个道士被雷劈了，也许就是故事中的道士淫杀过度，遭受天谴了？螳螂捕蝉，黄雀在后，拿着弹弓的人又在黄雀的后面，就是说的这件事啊。

注 释

❶壶卢：即葫芦。

❷乾隆丁巳、戊午：公元 1737、1738 年。

【原 文】

一恶少感寒疾，昏愦中魂已出舍，怅怅无所适。见有人来往，随之同行，不觉至冥司，遇一吏，其故人也。为检籍良久，蹙额曰："君多忤父母，于法当付镬汤狱。今寿尚未终，可且反，寿终再来受报可也。"恶少惶怖，叩首求解

【译 文】

有个小混混得了伤寒病，昏迷中灵魂离开了肉体，迷茫困惑不知往哪里去。见有人来来往往，就跟着一起走，不知不觉到了阴曹地府，遇见一个小吏，正好是熟人。小吏替他翻生死簿查了很久，皱着眉头说："你太不孝顺父母，按律条应当下油锅。现在你阳寿还没完，可以先回去，阳寿尽了再来受报应吧。"小混混吓坏了，磕

脱。吏摇首曰："此罪至重，微我难解脱，即释迦牟尼亦无能为力也。"恶少泣涕求不已。吏沉思曰："有一故事，君知乎？一禅师登座，问：'虎额下铃，何人能解？'众未及对，一沙弥曰：'何不令系铃人解？'得罪父母，还向父母忏悔，或希冀可免乎？"少年虑罪业深重，非一时所可忏悔。吏笑曰："又有一故事，君不闻杀猪王屠，放下屠刀，立地成佛乎？"遣一鬼送之归，霍然遂愈。自是洗心涤虑，转为父母所爱怜，后年七十余乃终。虽不知其果免地狱否，然观其得寿如是，似已许忏悔矣。

头请求解救。小吏摇头说："这种罪过很重，不仅我解救不了，就是释迦牟尼也无能为力。"小混混痛哭流涕，哀求不止。小吏想了一会儿说："从前有一个故事，你知道吗？一个禅师登上法座问：'老虎脖子上的铃铛，谁能解下来？'大家还没来得及回答，一个小和尚说：'为什么不叫系铃人去解？'得罪了父母，还是向父母悔罪，或许有希望免罪吧！"小混混担心罪恶太重，不是一时忏悔就能有效的。小吏笑着说："还有一个故事，你没听说杀猪的王屠户，放下屠刀，立刻成了佛吗？"说完后，派一名鬼卒送他回去，小混混的病一下子就好了。从此他洗心革面，反而得到了父母的怜爱，后来活到七十多岁才死。虽然不知道他是否免除了地狱的报应，可看他这么长寿，他似乎已获准悔过了。

【原文】

　　毛其人言：有耿某者，勇而悍。山行遇虎，奋一梃与斗，虎竟避去，自以为中黄、伙飞①之流也。偶闻某寺后多鬼，时魃醉人，愤往

【译文】

　　毛其人曾经讲了这么一个故事：从前有个姓耿的人，勇猛凶狠。走山路时碰上老虎，挥舞一根木棒就和老虎搏斗，老虎最后躲开逃走了，他自以为属于中黄、伙飞一类的勇士。有一次，偶尔听说某寺院后面有鬼，时常作弄喝醉的人，耿某很生

驱逐。有好事数人随之往，至则日薄暮，乃纵饮至夜，坐后垣上待其来。二鼓后，隐隐闻啸声，乃大呼曰："耿某在此。"倏人影无数，涌而至，皆吃吃笑曰："是尔耶，易与耳。"耿怒跃下，则鸟兽散去，遥呼其名而詈之。东逐则在西，西逐则在东，此没彼出，倏忽千变。耿旋转如风轮，终不见一鬼，疲极欲返，则嘲笑以激之，渐引渐远。突一奇鬼当路立，锯牙电目，张爪欲搏。急奋拳一击，忽噭然自仆，指已折，掌已裂矣，乃误击墓碑上也。群鬼合声曰："勇哉！"瞥然俱杳。诸壁上观者闻耿呼痛，共持炬舁②归。卧数日，乃能起，右手遂废。从此猛气都尽，竟唾面自干焉。夫能与虓虎敌，而不能不为鬼所困，虎斗力，鬼斗智也。以有限之力，欲胜无穷之变幻，非天下之痴人乎？然一

气，愤愤地赶去驱逐鬼。有几个喜欢看热闹的人跟着耿某前往，到寺院时，天已黄昏，大家痛饮到夜晚，然后坐在后墙上等鬼出现。二更后，隐隐约约听到呼啸声，耿某就大声喊道："耿某人在这里！"一下子无数人影，汹涌而至，都"吃吃"地笑着说："是你呀，容易对付啊。"耿某愤怒地跳下墙头，人影就作鸟兽散，还远远地边喊耿某的名字边骂他。耿某追到东面，人影跑到西面，追到西面又跑到东面，这里不见那里又出现了，转眼间千变万化。耿某像风车一样团团转，始终见不到一个鬼，非常疲惫，打算回去了，那些鬼又嘲笑着激怒他，把他越引越远。突然，一个可怕的鬼站在路中间，牙齿像锯子，眼光像闪电，张牙舞爪，想和耿某搏斗。耿某急忙用力一拳打过去，突然自己大叫一声倒在地上，手指骨头都断了，手掌也裂开了，原来是错打在墓碑上。群鬼一起喊道："真勇敢啊！"一转眼都不见了。在墙头上观看的人听到耿某痛苦地叫喊，一起举着火把，把耿某抬回家去。躺了几天，他才能起床，右手因此就残废了。从此，耿某的刚猛之气消除，甚至被人唾了一脸也不擦。能与咆哮的猛虎相搏，却不能不被鬼围困，虎是以力气相斗，鬼是以智谋相斗的呀。想用有限的蛮力，去战胜无穷的变幻，这不是天底下的傻瓜吗？不过，耿某

惩即戒，毅然自返，虽谓之大智慧人，亦可也。

受一次惩罚后就自我警醒，毅然回头了，说他是有大智慧的人，也是可取的。

注 释

❶中黄：亦称"中黄伯"，古代勇士。佽（cì）飞：即佽非，春秋时期楚国勇士，力能斩蛟。

❷舁（yú）：抬。

【原 文】

沧州一带海滨煮盐之地，谓之灶泡。袤延数百里，并斥卤不可耕种，荒草粘天，略如塞外，故狼多窟穴于其中。捕之者掘地为阱，深数尺，广三四尺，以板覆其上，中凿圆孔如盂大，略如枷状。人蹲阱中，携犬子或豚子，击使嗥叫，狼闻声而至，必以足探孔中攫之，人即握其足立起，肩以归。狼隔一板，爪牙无所施其利也。然或遇其群行，则亦能搏噬。故见人则以喙据地嗥，众狼毕集，若号令然，亦颇为行客道途

【译 文】

沧州一带海滨煮盐的地方，叫作"灶泡"，绵延数百里，都是盐碱地，不能耕种，荒草连天，有点像在塞外。因此有很多狼都在其中掏洞做窝。猎人挖地做陷阱，深数尺，宽三四尺，用板子盖在陷阱上面，中间凿一个像盂那么大的洞，有点像木枷的样子。人蹲在陷阱中，带着小狗或者小猪，边击打边让它号叫。狼听见它们的叫声，一定用脚探向孔中抓取。人于是马上握住狼的脚站立起来，用肩扛着就把狼扛回家了。狼隔着一个木枷，不能使用它锋利的爪牙。但是如果遇到狼群，也能够与人搏击咬食。于是见到人就边用嘴触地边嚎叫，这样很多狼都聚集在一起，就像发出号令一样，是过往行路客商的心腹之患。从前，有一个富裕的人家，

患。有富室偶得二小狼，与家犬杂畜，亦与犬相安。稍长，亦颇驯，竟忘其为狼。一日，主人昼寝厅事，闻群犬呜呜作怒声，惊起周视，无一人，再就枕将寐，犬又如前。乃伪睡以俟，则二狼伺其未觉，将啮其喉，犬阻之不使前也，乃杀而取其革。此事从侄虞惇言。狼子野心，信不诬哉！然野心不过逎逸耳；阳为亲昵，而阴怀不测，更不止于野心矣。兽不足道，此人何取而自贻患耶！

偶然得到了两匹小狼，和家里的狗混在一起养。等稍微长大一点后，也非常驯良，最后竟然忘记了它们原本是狼。一天，主人在客厅白天睡着了，听到一群狗呜呜叫着，像发怒一样，惊醒后环顾四周，一个人都没有。于是靠近枕头又要睡觉，狗又像之前一样乱叫。于是假装睡着等着看会有什么事情发生，原来是两只狼等着他没有察觉的时候，来咬他的喉咙，狗阻止这些狼不让它们往前去，于是杀掉这些狼，取走了皮毛。这个故事是堂侄虞惇讲的。所说的狼子野心，真是不假啊。但是野心不过逃走罢了，那些表面上很亲昵，但是内心心怀叵测，就不仅仅是野心了。野兽兽性未改，不值得一提，只是这个人为何要养狼为患，自取灾祸呢？

【原　文】

李千之侍御言：某公子美丰姿，有卫玠璧人之目。雍正末，值秋试，于丰宜门①内租僧舍过夏。以一室设榻，一室读书。每晨兴，书室、几榻、笔墨之类，皆拂拭无纤尘；乃至瓶插花，砚池注水，亦

【译　文】

李千之侍御曾经讲了这么一个故事，有个公子长得非常英俊，就像晋时的美男子卫玠一样，出门就被别人盯着看。雍正末年，当时正是要举行科举秋试的时候，于是整个夏天，公子都在丰宜门内租和尚的屋子居住。在一间屋子里安了床铺，另一间屋子读书，每天早晨起来，书室、几案床榻、笔墨之类的，都被擦得没有一点点尘埃；甚至瓶中插花，洗笔砚台都注好

皆整顿如法，非粗材所办。忽悟北地多狐女，或借通情愫，亦未可知，于意亦良得。既而盘中稍稍置果饵，皆精品。虽不敢食，然益以美人之贻，拭目以待佳遇。一夕月明，潜至北牖外穴纸窃窥，冀睹艳质。夜半，闻器具有声，果一人在室料理。谛视，则修髯伟丈夫也，怖而却走。次日，即移寓，移时，承尘上似有叹声。

水，每件事情都办得井井有条，绝不是一个粗笨的人能够办到的。公子突然想到北方狐女非常多，没准是有的狐女借着整理房间暗暗向自己表明心意，心里也非常高兴。不久之后，盘子里也多多少少放了一点水果零食，都是精品。即使不敢吃，但是更加确定是美人赠送的，美滋滋地等着和美人相遇。一天晚上月亮又大又明亮，公子悄悄地到北窗户下把窗纸捅了一个洞往里看，希望能够看到美人的容貌。到了夜半时分，听到器具碰撞的声音，果然看到一个人在屋子里收拾。仔细一看，原来是一个留着大胡子的高大男人，吓得赶紧跑走了。第二天，赶紧搬家了，搬走时，似乎听到天花板上有叹息的声音。

注 释

❶丰宜门：今北京市丰台区。

【原　文】

客作田不满，（初以其取不自满假之义，称其命名有古意。既乃知以饕餮得此名，取"田""填"同音也。）夜行失道，误经墟墓

【译　文】

家里有个雇工，叫作田不满，（当初以为这个名字是取不要自满的意思，还称赞他这个名字有古意。时间长了才知道是因为特别能吃才得了这个名字，取"田"和"填"同音。）夜晚走路迷路了，不小心走到了墓地里，脚踏到一个髑髅上面，

间，足踏一髑髅。髑髅作声曰：“毋败我面！且祸尔。”不满戆且悍，叱曰：“谁遣尔当路！”髑髅曰：“人移我于此，非我当路也。”不满又叱曰：“尔何不祸移尔者？”髑髅曰：“彼运方盛，无如何也。”不满笑且怒曰：“岂我衰耶？畏盛而凌衰，是何理耶？”髑髅作泣声曰：“君气亦盛，故我不敢祟，徒以虚词恫喝也。畏盛凌衰，人情皆尔，君乃责鬼乎！哀而拨入土窟中，公之惠也。”不满冲之竟过，惟闻背后呜呜声，卒无他异。余谓不满无仁心，然遇莽卤之人而以大言激其怒，鬼亦有过焉。

髑髅发出声音说：“你不要破坏我的脸面！我要降灾祸于你。”不满憨直又勇猛，大声骂道：“谁派你来挡我的路！”髑髅说：“别人把我搬到这里的，不是我挡路。”不满又骂道：“你为什么不降祸给搬你到这里的人呢？”髑髅说：“他的运气正是鼎盛的时候，没有办法降祸给他。”不满又感到好笑又感到愤怒，说道：“难道是我气运衰减了吗？你惧怕运气鼎盛的，而欺凌运气差的人，这是什么道理呢？”髑髅哭着说：“您的气运也正鼎盛，所以我也不敢作祟，只不过虚张声势地吓唬吓唬您罢了。欺软怕硬，本来就是人之常情，您怎么能责备我这个鬼呢！请求您把我扒拉进土洞中，这就是您的恩情了。”不满没有理会，径直走了，只听到背后呜呜的哭声，最终也没有什么其他异常情况。要我说，不满没有仁爱之心，但是遇到鲁莽的人，还用这种刺激性的话语激怒他，鬼也有不对的地方。

【原文】

　　和和呼通诺尔①之战，兵士有没蕃者。乙亥平定伊犁，望大兵旗帜，投出宥死，安置乌鲁木齐，群呼之曰

【译文】

　　在和和呼通诺尔发生的一场战争，有兵士流落在番邦异域的。乾隆乙亥年平定伊犁，看见大军旗帜，跑出来投降，被免于死罪，安置在乌鲁木齐，人们都

"小李陵"。此人不知李陵为谁，亦漫应之，久而竟迷其本名。己丑、庚寅间，余在乌鲁木齐，犹见其人，已老矣。言在准噶尔转鬻数主，皆司牧羊。大兵将至前一岁八月中旬，夜栖山谷，望见沙碛有火光。西域诸部，每互相钞掠，疑为劫盗。登冈眺望，乃见一巨人，长丈许，衣冠华整，侍从秉炬前导，约七八十人。俄列队分立，巨人端拱向东拜，意甚虔肃，知为山灵。时适准噶尔乱，已微闻阿睦尔撒纳②款塞③请兵事，窃意或此地当内属，故鬼神预东向耶？既而果然，时尚不知八月中旬为圣节④，归正后乃悟天声震叠，为遥祝万寿云。

叫他"小李陵"。他也不知道李陵是谁，也就是胡乱答应他们，时间长了，最终竟然忘记了自己本来的名字。乾隆己丑、庚寅年间，我在乌鲁木齐时，还见到这个人，已经老了。说他在准噶尔的时候，被转卖给好几个主人，主要的工作是放羊。清朝大军将要到的前一年，八月中旬的时候，晚上住在山谷里，望见沙漠里有火光。西域各个部落，经常互相打劫抢东西，他怀疑遇到了盗贼。登到山冈上眺望，才看到是一个巨人，身高差不多有一丈，穿戴整齐华丽，侍从举着蜡烛在前面引导，有七八十人。一会儿列队分立，巨人端正姿势拱手向东拜，样子非常虔诚，这个士兵知道巨人一定是山的精灵。当时正是准噶尔叛乱的时候，已经稍微听说阿睦尔撒纳归降请兵的事情，我想也许这个地方也是归顺朝廷的，所以鬼神预先向东方拜吗？后来果然是这样，当时还不知道农历八月中旬是皇帝的生日，归顺后才想起来天声震震不停歇，原来是远远地为皇帝祝寿啊。

注 释

❶和和呼通诺尔：古地名，今已不用，属内蒙古。

❷阿睦尔撒纳：卫拉特蒙古辉特部台吉，曾投降清军，后叛归沙俄，最终病死沙俄。

❸款塞：指外族前来通好。

❹圣节：即乾隆皇帝生日，他出生于农历八月十三日。

【原　文】

　　倪媪，武清人，年未三十而寡。舅姑欲嫁之，以死自誓。舅姑怒，逐诸门外，使自谋生。流离艰苦，抚二子一女，皆婚嫁，而皆不才。茕茕无倚，惟一女孙度为尼，乃寄食佛寺，仅以自存，今七十八岁矣。所谓青年矢志，白首完贞者欤！余悯其节，时亦周之。马夫人尝从容谓曰："君为宗伯，主天下节烈之旌典。而此媪失诸目睫前，其故何欤？"余曰："国家典制，具有条格。节妇烈女，学校同举于州郡，州郡条上于台司，乃具奏请旨，下礼曹议，从公论也。礼曹得察核之、进退之，而不得自搜罗之，防私防滥也。譬司文柄者，棘闱①墨牍②，得握权衡，而不

【译　文】

　　倪老太太是武清县人，不到三十岁就成了寡妇。公婆要她再嫁，她发誓宁死不嫁。公公婆婆非常生气，把她赶出家门，让她自谋生路。她流离失所，生活困难，却能把两个儿子、一个女儿抚养成人，都结婚成了家，但是都没有成才。她孤零零地没有依靠，只有一个孙女削发做了尼姑，她就在尼姑庵里寄食，勉强活了下来，如今已经七十八岁了。这就是所说的年轻时立志，一直到头发都白了才完成了守节吧！我怜悯她的气节，也时常周济她。马夫人曾经不急不慢地对我说："您身为礼部尚书，主管天下节妇烈女的旌典表彰，而这个老太太就在眼前却看不到，这是为什么？"我说："国家的典章制度都有程序规定。节妇烈女，由学校推举到州郡，州郡上报给御史台，然后才启奏皇上下圣旨，下达礼部衙门评议，为的是听从公论。礼部可以调查核实，决定取舍，但是不能擅自搜罗人选，以防止营私或滥加表彰。比如掌管科考的，可以在科考的答卷中，行使权力录取，但是不能录取没有经过考试遗漏的人才登录到榜上。这个老

能取未试遗材，登诸榜上。此媪久去其乡，既无举者；京师人海，又谁知流寓之内有此孤嫠？沧海遗珠，盖由于此。岂余能为而不为欤？"念古来潜德，往往借稗官小说，以发幽光。因撮厥大凡，附诸琐录。虽书原志怪，未免为例不纯；于表章风教之旨，则未始不一耳。

妇人长期离开家乡，就没有推举她的人；在京城的茫茫人海中，又有谁知道流动的人群中有这么个孤单的老寡妇？沧海尚有遗漏的珍珠，就是因为这个原因。哪里是我故意不作为呢？"我想到古往今来被埋没的有德之人，往往借助野史小说，才得以发出一点儿光亮。因此，我大略记一点儿倪老太太的事迹，附在这本琐谈录中。即使这本书属于志怪，写进这些内容与体例未免不合；但在表彰教化的作用上，都是一致的啊。

注　释

❶棘闱：指古时考试场所。

❷墨牍：这里是墨卷的意思，考生的试卷。

姑妄听之

卷　一

【原文】

余性耽孤寂，而不能自闲，卷轴笔砚，自束发至今，无数十日相离也。三十以前，讲考证之学，所坐之处，典籍环绕如獭祭。三十以后，以文章与天下相驰骤，抽黄对白，恒彻夜构思。五十以后，领修秘籍，复折而讲考证。今老矣，无复当年之意兴，惟时拈纸墨，追录旧闻，姑以消遣岁月而已。故已成《滦阳消夏录》等三书，复有此集。缅昔作者，如王仲任、应仲远①，引经据古，博辨宏通；陶渊明、刘敬叔、刘义庆，简淡数言，自然妙远。诚不敢妄拟前修，然大旨期不乖于风教。若怀挟恩怨，颠倒是非，如魏泰、陈善之所为，则自信无是矣。

【译文】

我的本性孤寂不合群，但是每天闲不住，笔墨纸砚，从成年到现在，没有离开超过十天。三十岁以前，讲各种考证的学问，所坐的地方，书籍环绕，一册摞着一册，就像獭祭鱼一样。三十岁以后，用文章纵横天下，为了追求文章的工稳，经常整夜整夜地构思。五十岁以后，领命纂修《四库全书》，又开始讲考证之学。现在老了，不再有当年的兴致，只是时不时地铺开纸墨，追记以前我所知道的事情，姑且消遣岁月罢了。所以已经写完《滦阳消夏录》等三种书后，又有这部集子。遥想过去的作家，像王仲任、应仲远，引经据古，知识广博辨别清晰又宏达通透；像陶渊明、刘敬叔、刘义庆，语言简练朴素，记述自然又充满了妙远之意。实在不敢狂妄地自比这些前辈作家，但是我写的书总体上还是希望有益于世风教化，不要有所违背。至于那些夹杂着自己的恩恩怨怨，颠倒是非，像魏泰、陈善等人的所作所为，我自信在书里是没有的。正好赶上

适盛子松云欲为剞劂②，因率书数行弁于首。以多得诸传闻也，遂采庄子之语名曰"姑妄听之"。乾隆癸丑七月二十五日观弈道人自题。

盛子松说打算出版我这本书，于是随性地在卷首写下这些字，因为这些故事大多数都是听来的传闻，于是引用庄子的话，这本书的名字就叫作"姑妄听之"。乾隆癸丑七月二十五日观弈道人自题。

注 释

❶王仲任、应仲远：即王充、应劭。

❷剞劂（jījué）：本意是拿刀，这里是刊刻的意思。

【原 文】

龚集生言：乾隆己未①，在京师，寓灵佑宫②，与一道士相识，时共杯酌。一日观剧，邀同往，亦欣然相随。薄暮归，道士拱揖曰："承诸君雅意，无以为酬，今夜一观傀儡可乎？"入夜，至所居室中，惟一大方几，近边略具酒果，中央则陈一棋局。呼童子闭外门，请宾四面围几坐。酒一再行，道士拍界尺一声，即有数小人长八九寸，落局上，合声演

【译 文】

龚集生曾经讲了这么一个故事：乾隆己未年，他住在京城灵佑宫，结识了一个道士，时常在一起饮酒对酌。一天，龚集生请朋友们去看戏，邀请了这位道士，道士就高高兴兴跟着去了。一直到傍晚才回来，道士拱手作揖对大家说："承蒙诸位雅意邀我观剧，无以为报，今夜请大家看一场傀儡戏，可以吗？"夜里，到了道士的住所，众人见屋里只有一张大方桌，桌边摆放了一点儿水酒和果品，桌子中央，放着一只棋盘。道士招呼小童关了外面的门，请来宾围着桌子坐下。酒过三巡，道士将界尺一拍，"啪"的一声，就有几个八九寸高的小人落到了棋盘上，齐声说唱

剧。呦呦嘤嘤，音如四五岁童子；而男女装饰，音调关目，一一与戏场无异。一齣终，（传奇以一折为一齣。古无是字，始见吴任臣《字汇补注》，曰读如"尺"。相沿已久，遂不能废。今亦从俗体书之。）瞥然不见。又数人落下，别演一齣。众且骇且喜。畅饮至夜分，道士命童子于门外几上置鸡卵数百，白酒数罂，戛然乐止，惟闻餔啜之声矣。诘其何术。道士曰："凡得五雷法③者，皆可以役狐。狐能大能小，故遣作此戏，为一宵之娱。然惟供驱使则可，若或役之盗物，役之祟人，或摄召狐女荐枕席，则天谴立至矣。"众见所未见，乞后夜再观，道士诺之。次夕诣所居，则早起已携童子去。

演起戏来。声音呦呦嘤嘤，如同四五岁的小孩儿；而男男女女的服装打扮以及戏中的唱腔、道具，每一样都和剧场里演出一样。一齣戏唱完，（传奇以一折为一"齣"。古代没有这个字，最早见吴任臣《字汇补注》，说这个读如"尺"。用的时间长了，于是就不能废除了。如今也就从俗体书写。）这些小人忽然不见了。紧接着，又有几个人落到棋盘上，又演了另外一出。众人又是惊讶又是高兴。畅饮到午夜时分，道士命小童在外屋的桌子上放置了几百个鸡蛋和几坛白酒，乐曲声戛然而止，外屋只传出了吸饮的声音。众人问道士这是什么法术。道士说："凡是炼成五雷法的人，都可以驱使狐精做事。狐精能变化，可大可小，所以我调遣他们来演戏，作为一晚上的娱乐消遣。不过，驱使他们干这种事可以，如果役使他们去偷盗，或是去作祟害人，或者摄招狐女同床共枕，那么上天的惩罚立刻就到了。"众人看到了之前从未见到过的情形，恳请第二天夜里再来看，道士答应了。第二天晚上，众人又到了道士的住所拜访，发现他早晨就已带着小童离去。

注　释

❶乾隆己未：乾隆四年（1739）。

❷灵佑宫：明代在北京修建的道观，位于现在前门外。

❸五雷法：道教法术，依法行之，可致雷雨，还可治病救人，因雷公有五兄弟，故称五雷法。

【原 文】

乌鲁木齐遣犯刚朝荣言：有二人诣西藏贸易，各乘一骡，山行失路，不辨东西。忽十余人自悬崖跃下，疑为夹坝。（西番以劫盗为夹坝，犹额鲁特之玛哈沁也。）渐近，则长皆七八尺，身毶毶①有毛，或黄或绿，面目似人非人，语啁哳②不可辨。知为妖魅，度必死，皆战栗伏地。十余人乃相向而笑，无搏噬之状，惟挟人于胁下，而驱其骡行。至一山坳，置人于地，二骡一推堕坎中，一抽刃屠割，吹火燔③熟，环坐吞啖④。亦提二人就坐，各置肉于前。察其似无恶意，方饥困，亦姑食之。既饱之后，十余人皆扪腹仰啸，声类马嘶。中二人仍各挟一人，

【译 文】

被流放到乌鲁木齐的犯人刚朝荣曾经讲了这么一个故事：有两个人到西藏做生意，各骑着一头骡子，在山里迷了路，分不清东西南北了。忽然有十几个人从悬崖上跳下来，商人以为遇上了夹坝。（西部人称强盗为"夹坝"，就像额鲁特人所说的"玛哈沁"。）走到跟前，才看清这些人都身高七八尺，浑身上下都披散着黄色或绿色的毛，脸面又像人又不像人，说话音节繁杂细碎，听不懂说什么。两个人心想这是些妖怪，猜想自己必死无疑，都颤抖着趴在地上。这十几个人却对着他们笑，并没有要抓来撕咬啃吃的意思，只是把两人夹在腋下，赶着骡子走。到了一个山坳，把人放在地上，将一头骡子推在坑里，拔出刀子杀了另一头，然后点火烧熟，围坐着大吃起来。十几个人还把两个商人拎出来一起坐着，每个人面前都放上肉。商人看这群人好像没有恶意，况且又饿又累，也就吃起来。吃饱之后，这十几个怪人都摸索着肚子仰头长啸，声音像马嘶。其中两个怪人还是胳膊下各夹着一个

飞越峻岭三四重，捷如猿鸟，送至官路旁，各予以一石，瞥然竟去。石巨如瓜，皆绿松也。携归货之，得价倍于所丧。事在乙酉、丙戌⑤间。朝荣曾见其一人，言之甚悉。此未知为山精，为木魅，观其行事，似非妖物。殆幽岩穹谷之中，自有此一种野人，从古未与世通耳。

人，攀越了三四道峻岭，敏捷得像猿猴、像飞鸟，把两人送上大道旁，每人给了一块石头，转眼便不见了。石头像瓜那么大，都是绿松石。两人回来卖掉了绿松石，得到的钱是他们所受损失的一倍。这件事发生在乾隆乙酉、丙戌年之间。刚朝荣曾经见过其中一个人，说得很详细。不知他们是山精还是木魅，但看他们的作为，又好像不是妖怪。也许在崇山幽谷之中，就有这么一种野人，自古以来就没有与外界接触过吧。

注 释

❶ 毵毵（sān）：毛发、枝条等细长的样子。

❷ 啁哳（zhāozhā）：形容声音繁杂而细碎。

❸ 燔（fán）：烧，烤。

❹ 啖（dàn）：吃。

❺ 乙酉：乾隆三十年（1765）。丙戌：乾隆三十一年（1766）。

【原 文】

　　董家庄佃户丁锦，生一子曰二牛。又一女，赘曹宁为婿，相助工作，甚相得也。二牛生一子曰三宝。女亦生一女，因住母家，遂联名曰

【译 文】

　　董家庄的佃户丁锦，生了一个儿子叫二牛。另外还有个女儿，于是招了一个叫曹宁的做上门女婿，帮着丁锦干活，一家处得很好。二牛生了个儿子叫三宝。女儿也生了个女孩，因为住在娘家，就跟着三宝排下来叫四宝。这两个孩子在

四宝。其生也同年同月，差数日耳。姑嫂互相抱携，互相乳哺，襁褓中已结婚姻。三宝四宝又甚相爱，稍长，即跬①步不离。小家不知别嫌疑，于二儿嬉戏时，每指曰："此汝夫，此汝妇也。"二儿虽不知为何语，然闻之则已稔矣。七八岁外，稍稍解事，然俱随二牛之母同卧起，不相避忌。会康熙辛丑②至雍正癸卯③岁屡歉，锦夫妇并殁。曹宁先流转至京师，贫不自存，质四宝于陈郎中家。（不知其名，惟知为江南人。）二牛继至，会郎中求馆僮，亦质三宝于其家，而诫勿言与四宝为夫妇。郎中家法严，每笞四宝，三宝必暗泣；笞三宝，四宝亦然。郎中疑之，转质四宝于郑氏，（或云，即貂皮郑也。）而逐三宝。三宝仍投旧媒媪，又引与一家为馆僮。久而微闻四宝所在，乃夤④缘入郑氏家。数日后，得见

同年同月出生，就差几天。姑嫂俩一道抱着玩耍、一起喂养两个孩子，在襁褓中就定下了两个孩子的婚事。三宝、四宝也相亲相爱，稍稍大一些后，两人就形影不离。小户人家不知避嫌，看见两个孩子在一起玩耍时，就常指着说："这是你的丈夫，这是你的老婆。"两个孩子虽然不懂是什么意思，但是已经听习惯了。到了七八岁左右的年纪，稍微懂点事了，两个孩子仍然跟着二牛的母亲同睡同起，也不避忌。正好赶上康熙辛丑年到雍正癸卯年间，每年粮食都歉收，丁锦夫妇先后去世。曹宁先是流落到京城，穷得养活不了自己，只好把四宝典卖到陈郎中家。（也不知陈郎中叫什么名字，只知道是江南人。）二牛后来也来到京城，正好赶上陈郎中需要馆僮，也把三宝典卖给了陈家，二牛告诉三宝不要说他和四宝已经定为夫妻。陈郎中家法严厉，每当责打四宝时，三宝必定偷偷哭泣；打三宝时，四宝也是这样。陈郎中起了疑心，便把四宝转卖给郑家，（有人说，就是"貂皮郑"家。）后来陈郎中家又赶走了三宝，三宝去找原来介绍他到陈家的老妈子，老妈子又把他介绍到另外一家去当馆僮。过了好久，他才稍微打听到四宝原来在郑家，于是通过各种关系，也来到了郑家。几天之后，他

四宝，相持痛哭，时已十三四矣。郑氏怪之，则诡以兄妹相逢对。郑氏以其名行第相连，遂不疑。然内外隔绝，仅出入时相与目成而已。后岁稔⑤，二牛、曹宁并赴京赎子女，辗转寻访至郑氏。郑氏始知其本夫妇，意甚悯恻，欲助之合卺，而仍留服役。其馆师严某，讲学家也，不知古今事异，昌言⑥排斥曰："中表为婚礼所禁，亦律所禁，违之且有天诛。主人意虽善，然我辈读书人，当以风化为己任，见悖理乱伦而不沮，是成人之恶，非君子也。"以去就力争。郑氏故良懦，二牛、曹宁亦乡愚，闻违法罪重，皆慑而止。后四宝鬻为选人妾，不数月病卒。三宝发狂走出，莫知所终。或曰："四宝虽被迫胁去，然毁容哭泣，实未与选人共房帏。惜不知其详耳。"果其如是，则是二人者，天上人间，会当相见，

有机会见到了四宝，两人抱头痛哭，当时两个人都已经十三四岁了。郑某觉得奇怪，两人便假称是兄妹，搪塞过去了。郑某看他们的名字排行相连，也就不怀疑了。然而内外宅隔绝不通，两人只能在出入时看看彼此。后来丰收了，二牛、曹宁一起到京城赎子女，辗转寻访到了郑家。郑某这才知道这两个孩子本来定为夫妻，很同情他们，想帮助操办婚礼，并且仍然留他们在郑家服役。郑家的馆师严某，是一个道学家，他不了解如今世情与古时不同，毫无顾忌地斥责他们说："中表结婚是违背礼法的，也是律令禁止的，犯了这一条，上天也要惩罚。主人的想法很好，可是我们这些读书人，应当以端正风俗教化为己任，见了违理乱伦的事而不阻止，这就是做恶，不是君子的行为。"他以辞职相要挟他们。郑某本来就善良懦弱，二牛、曹宁都是愚笨的乡下人，听说违法罪重，都吓得打消了让两人结婚的念头。后来四宝被卖给一个选人做妾，没过几个月，四宝就病逝了。三宝发疯地跑出去，也不知后来去了哪里。有人说："四宝虽然被胁迫而去，但是她毁坏了自己的容貌，不停地哭泣，实际上并没有与选人同房。可惜不知具体是怎么回事。"如果真是这样，这两个人在天上人间，定会相见，

定非一瞑不视者矣。惟严某作此恶业，不知何心，亦不知其究竟。然神理昭昭，当无善报。或又曰："是非泥古，亦非好名，殆觊觎四宝，欲以自侍耳。"若然，则地狱之设，正为斯人矣。

肯定不会就此永别。只是严某造了这种罪孽，不知出于什么居心，也不知他最终是怎样的结局。不过天理昭昭，他不会有好报的。还有人说："严某不是拘泥于古法，也不是沽名钓誉，而是对四宝存有非分之想，想要娶她做侍妾。"如果真是这样，那么冥府设立的地狱，正是为这个人预备的。

注 释

❶跬（kuǐ）步：半步，小步。

❷康熙辛丑：康熙六十年（1721）。

❸雍正癸卯：雍正元年（1723）。

❹夤（yín）缘：攀附，拉拢关系。

❺稔（rěn）：粮食丰收。

❻昌言：毫无顾忌直言。

【原 文】

乾隆戊午①，运河水浅，粮艘衔尾不能进，共演剧赛神②，运官皆在。方演《荆钗记》③投江一出，忽扮钱玉莲者长跪哀号，泪随声下，口喃喃诉不止，语作闽音，唧唧无一字可辨，知为

【译 文】

乾隆戊午年，运河水位下跌，运粮的船一条挨着一条没法行驶，一起演剧祭神，监运官都在。正演到《荆钗记》投江这一出，忽然扮演钱玉莲的演员长跪哀号，声泪俱下，嘴里喃喃地不停地说话，说的话都是闽南话，语速又快又难懂，一个字都辨听不出来。知道演员是被鬼附身了，诘

鬼附，诘问其故，鬼又不能解人语。或投以纸笔，摇首似道不识字，惟指天画地，叩额痛哭而已。无可如何，掖于岸上，尚呜咽跳掷，至人散乃已。久而稍苏，自云突见一女子，手携其头自水出。骇极失魂，昏然如醉，以后事皆不知也。此必水底羁魂，见诸官会集，故出鸣冤，然形影不睹，言语不通。遣善泅者求尸，亦无迹，旗丁又无新失女子者，莫可究诘，乃连衔具牒，焚于城隍祠。越四五日，有水手无故自刭死，或即杀此女子者，神谴之欤？

问他事情的来龙去脉，鬼又听不懂人说的话。有的人扔给他纸和笔，摇头似乎在说不识字，只有指天画地，磕头痛哭罢了。没有办法，把他拽到岸上，还在呜咽蹦跳，一直到围观的人都散了才停止。过了很长时间，才稍稍清醒一些，自己说突然见到一个女子，手里拿着头从水里出来。极度害怕到魂飞魄散的地步，昏昏然像喝醉了一样，以后发生的事情就都不知道了。这一定是水底下的冤魂羁绊在此，看到各路官员们都集合在一起，所以跑出来鸣冤，但是见不到她的样子，又听不懂彼此说话。派善于游泳的人潜到水里去寻找尸体，也没有踪迹，旗丁中也没有新丢失女孩的人家，最终也没有人可以追究诘问。于是签署正式的文书，在城隍庙前焚烧，状一直告到了城隍那里。过了四五天，有水手无缘无故地自杀死掉了，有的人说也许他就是杀害这个女子的凶手，遭到了神谴吧。

注 释

❶乾隆戊午：乾隆三年（1738）。

❷赛神：设祭酬神。

❸《荆钗记》：我国南戏代表作之一，主要讲述王十朋、钱玉莲的爱情故事，二人经历种种磨难，最终有情人终成眷属。

【原 文】

西域之果，蒲桃①莫盛于土鲁番②，瓜莫盛于哈密。蒲桃京师贵绿者，取其色耳。实则绿色乃微熟，不能甚甘；渐熟则黄，再熟则红，熟十分则紫，甘亦十分矣。此福松岩额驸③（名福增格，怡府婿也。）镇辟展④时为余言。瓜则充贡品者，真出哈密。馈赠之瓜，皆金塔寺产。然贡品亦只熟至六分有奇，途间封闭包束，瓜气自相郁蒸，至京可熟至八分。如以熟八九分者贮运，则蒸而霉烂矣。余尝问哈密国王苏来满（额敏和卓之子）："京师园户，以瓜子种殖者，一年形味并存；二年味已改，惟形粗近；三年则形味俱变尽。岂地气不同欤？"苏来满曰："此地土暖泉甘而无雨，故瓜味浓厚。种于内地，固应少减，然亦养子不得法。如以今年瓜子，明年种之，虽

【译 文】

西域的果实，葡萄是吐鲁番的最好，瓜是哈密的最好。葡萄就是京师以绿色的最为名贵，其实这就是颜色好看，因为绿色的还没有熟透，味道不很甜。渐渐成熟的就会慢慢变黄，再成熟一点就会变红，真正熟了的，颜色就变成紫色，口味非常甜。这是福松岩额驸（名字叫福增格，怡王府的女婿。）在镇守辟展时跟我说的。那些作为贡品的瓜，确实出自哈密。作为礼物馈赠的瓜，都是金塔寺出产的。但是贡品也只有六成多的成熟度，中途运输的时候封闭包裹起来，瓜气互相熏蒸渲染，到了京师之后可以到八分熟了。如果用八九分熟的瓜贮藏运输，瓜气熏蒸就会发霉变烂。我曾经问哈密国王苏来满（额敏和卓的儿子）："京师有种园子的人，有用哈密瓜瓜子种哈密瓜的，第一年瓜的形状和味道还都保留着；第二年，味道就有变化，只有形状大略相近；第三年种出来的瓜形状和味道都变了。难道是地气不一样导致的吗？"苏来满说："这里的土地温暖，泉水甜，不下雨，所以瓜的味道浓厚。在内地种植的，本来形状和气味就会稍微减少一点，但也是不懂得养护瓜子。假如用今年的瓜子，第二年再种，即使

此地味亦不美，得气薄也。其法当以灰培瓜子，贮于不湿不燥之空仓，三五年后乃可用。年愈久则愈佳，得气足也。若培至十四五年者，国王之圃乃有之，民间不能待，亦不能久而不坏也。"其语似为近理。然其灰培之法，必有节度，亦必有宜忌，恐中国以意为之，亦未必能如所说耳。

在本地种植，味道也不好，因为得瓜气薄。方法是应该用灰培育瓜子，贮藏在不湿不干的空仓，三五年后才能用。时间越长瓜子的质量就越好，得瓜气足的原因。这样培育养护到十四五年的瓜子，只有在国王的瓜圃中才有，民间无法保养，也不能做到时间长而不坏。"他说得似乎是合理的。但是这种用灰培育的方法，一定要有节度，也一定有适宜和禁忌的事情，恐怕中原地区的人们随自己的心意去种植，不会按照他说的去做。

注　释

❶蒲桃：这里指葡萄。

❷土鲁番：即今吐鲁番。

❸福松岩额驸：即福增格，满洲正黄旗人，字赞侯，号松岩，清代文学家。

❹辟展：地名，今属新疆鄯善。

【原文】

　　舅氏安公介然言：曩随高阳①刘伯丝先生官瑞州，闻城西土神祠有一泥鬼忽仆地，又一青面赤发鬼，衣装面貌与泥鬼相同，

【译文】

　　我的舅舅安介然公曾经讲了这么一个故事：以前曾随着高阳的刘伯丝先生到瑞州去做官，听说城西边土神祠有一个泥塑的鬼突然倒地，又有一个青色脸的红发鬼，衣服装束面貌与泥塑的鬼一样，压在这个泥鬼的下面。仔细一看，原来是乡里的一

压于其下。视之，则里中少年某，伪为鬼状也，已断脊死矣。众相骇怪，莫明其故。久而有知其事者曰："某邻妇少艾，挑之，为所詈。妇是日往母家，度必夜归过祠前。祠去人稍远，乃伪为鬼状伏像后，待其至而突掩之，将乘其惊怖昏仆，以图一逞。不虞神之见谴也。"盖其妇弟预是谋，初不敢告人，事定后，乃稍稍泄之云。

个少年，伪装成鬼的样子，已经被压断脊梁死了。众人都觉得又惊又怕，不知道是什么缘故。过了好久，才有知道事情原委的人说："这个少年的邻居有个少妇，长得非常漂亮，少年去调戏少妇，被她骂了一顿。少妇当天去娘家，少年算计她一定会晚上回来路过祠堂前。祠堂离人比较远，于是伪装成鬼的样子藏在塑像的后面，打算等着少妇到的时候突然掩住她的口鼻，趁着她又惊又怕昏倒的时候，实施自己的罪恶计划。没想到被神惩罚了。"大概是这个少妇的弟弟事先策划了这个阴谋，当初不敢告诉别人，事情尘埃落定后，才稍微泄露了一些内幕。

注 释

❶高阳：地名，今属河北省保定市。

【原 文】

京师花木最古者，首给孤寺吕氏藤花①，次则余家之青桐，皆数百年物也。桐身横径尺五寸，耸峙高秀，夏月庭院皆碧色。惜虫蛀一孔，雨渍其内，久而中朽至

【译 文】

京城最古老的花木，第一就是给孤寺吕家的藤花，其次就是我家的青桐，都已经是几百年的东西了。这棵梧桐，直径有一尺五寸，挺拔矗立，枝叶茂盛，每到夏季，庭院一片绿色。可惜的是，树干被虫子蛀了一个洞，雨水长年积在树里，久而

根，竟以枯槁。吕氏宅后售与高太守兆煌，又转售程主事振甲。藤今犹在，其架用梁栋之材，始能支拄。其阴覆厅事一院，其蔓旁引，又覆西偏书室一院。花时如紫云垂地，香气袭衣。慕堂孝廉在日，（慕堂名元龙，庚午②举人，朱石君之妹婿也。与余同受业于董文恪公。）或自宴客，或友人借宴客，觞咏殆无虚夕。迄今四十余年，再到曾游，已非旧主，殊深邻笛之悲③。倪稣畴④年丈尝为题一联曰："一庭芳草围新绿，十亩藤花落古香。"书法精妙，如渴骥怒猊⑤。今亦不知所在矣。

久之，树干腐烂到树根，最终因此枯死。吕家的宅院后来卖给了太守高兆煌，高太守又转卖给主事程振甲。如今，吕家那株藤花还在，支撑藤萝的架子要用栋梁之材才能撑得起来。藤萝枝叶形成的树荫覆盖着厅前的院子，藤蔓往旁边延伸，又覆盖了西面书房的一个院子。藤花盛开时，犹如紫云垂地，香气都沾染到人的衣服上。慕堂孝廉在世的时候，（慕堂名云龙，庚午举人，朱石君的妹婿。与我一起在董文恪公那里学习。）有时自己宴请客人，有时朋友借这个地方宴请客人，饮酒赋诗，简直没有空过一个晚上。光阴荏苒，转眼四十多年过去了，旧地重游，物是人非，已经不是旧主人，我不禁像魏晋时的向秀怀念老朋友嵇康一样，伤感不已。倪稣畴老先生曾为藤花题了副对联："一庭芳草围新绿，十亩藤花落古香。"书法精妙，笔势就像渴极的马奔向泉水和发怒的狻猊越过山石一般奔放。如今，这副对联也不知落于何处了。

注释

❶给（jǐ）孤寺：唐贞观年间建立。明代称"寄骨寺"。清顺治时重建，称"万善给孤寺"。20世纪30年代末毁于一场大火。

❷庚午：乾隆十五年（1750）。

❸邻笛之悲：魏晋时嵇康、吕安被司马昭杀害后，他们的好友向秀过嵇康的

旧居，听到邻人的笛声，感怀亡友，写了《思旧赋》。后用为哀念亡友的典故。

❹倪毯畴：名国琏，今浙江杭州人。雍正年间进士，善画工书。

❺猊（ní）：狻猊，传说中的一种猛兽。

【原文】

太白诗①曰："徘徊映歌扇，似月云中见。相见不相亲，不如不相见。"此为冶游言也。人家夫妇有睽离②阻隔，而日日相见者，则不知是何因果矣。郭石洲言：中州有李生者，娶妇旬余而母病，夫妇更番守侍，衣不解结者七八月。母殁后，谨守礼法，三载不内宿。后贫甚，同依外家。外家亦仅仅温饱，屋宇无多，扫一室留居。未匝月，外姑之弟远就馆，送母来依姊。无室可容，乃以母与女共一室，而李生别榻书斋，仅早晚同案食耳。阅两载，李生入京规进取，外舅亦携家就幕江西。后得信，云妇已卒。李生意气懊丧，益落拓

【译文】

李白的诗中写道："徘徊映歌扇，似月云中见。相见不相亲，不如不相见。"这说的是游荡玩乐的话。家庭间夫妇仍有离别阻隔之事，那些天天都能相见的人，不知道是什么因果。郭石洲曾经讲了这么一个故事：中州有一个姓李的书生，娶了媳妇十几天，母亲就病重了，夫妇两人轮着伺候老人，衣不解带地过了七八个月。母亲去世后，严格地遵守礼法，三年内不曾同房共宿。后来实在太贫穷了，二人一起去了妻子娘家，依靠妻子家生存。无奈丈人家也仅仅是能保证温饱，也没有多余的房子，勉强打扫出一间房子留他们夫妇俩住。住了还不到一个月，丈母娘的弟弟要到很远的地方去做幕僚，把母亲送来这里投奔姐姐。没有房间能容身，只好让母亲与李生妻子共住一屋，李生只能另外住在书斋中，仅仅早晚同桌吃饭罢了。这样过了两年，李生到京城去谋生路，丈人也带着全家去江西做幕僚。后来李生得到了消息，说媳妇已经去世了。李生感觉非常懊丧，更加落魄没有立身之法，只能坐船

不自存，仍附舟南下觅外舅。外舅已别易主人，随往他所。无所栖托，姑卖字糊口。一日，市中遇雄伟丈夫，取视其字曰："君书大好。能一岁三四十金，为人书记乎？"李生喜出望外，即同登舟，烟水渺茫，不知何处。至家，供张亦甚盛。及观所属笔札，则绿林豪客也。无可如何，姑且依止。虑有后患，因诡易里籍姓名。主人性豪侈，声伎满前，不甚避客。每张乐，必召李生。偶见一姬，酷肖其妇，疑为鬼。姬亦时时目李生，似曾相识。然彼此不敢通一语。盖其外舅江行，适为此盗所劫，见妇有姿首，并掠以去。外舅以为大辱，急市薄槽③，诡言女中伤死，伪为哭敛，载以归。妇惮死失身，已充盗后房。故于是相遇，然李生信妇已死，妇又不知李生改姓名，疑为貌似，故两相失。大抵

南下去寻找丈人一家。不料丈人已经换了幕僚东家，随着新主人迁走了。李生没有容身之处，只能靠着卖字为生，勉强糊口。一天，在街市中看到一个雄伟的男人，拿着他写的字说："你写字写得真好，如果给你一年三四十两银子的酬劳，愿意做别人的书记吗？"李生听后喜出望外，马上与他一起登船，烟水渺茫，不知到了哪里。等到了家，招待安排也是非常盛大。等看到那些笔札中所写的名字，才知道这些人都是侠客强盗。但已经没有办法了，只能暂时依靠他们生活。李生担心自己跟强盗在一起会有后患，于是乱编了籍贯和姓名。强盗头子非常豪爽大方，满屋子都是歌女艺伎，也不怎么回避客人。每次歌舞表演，一定邀请李生前来。李生偶然见到一个歌姬，长得非常像自己的妻子，怀疑是鬼。这个歌姬也常常看李生，好像认识似的。但是彼此都不敢说一句话。原来是李生的丈人一家在江中赶路，正好被这个强盗抢劫，见到李生妻子长得很漂亮，就一起抢走了。丈人觉得这是奇耻大辱，赶紧买了一口薄棺材，谎称女儿受伤而死，假装哭泣敛葬，带着棺材回去了。李生妻子惧怕死亡，失身于强盗，被纳入内宅。因此在这里相遇，但是李生相信妻子已经死了，妻子也不知道李生已经改变了姓名，只是怀疑容貌相似，因此两个人一直没有相认。

三五日必一见，见惯亦不复相目矣，如是六七年。一日，主人呼李生曰："吾事且败，君文士不必与此难，此黄金五十两，君可怀之，藏某处丛荻间，候兵退，速觅渔舟返。此地人皆识君，不虑其不相送也。"语讫，挥手使急去伏匿。未几，闻哄然格斗声，既而闻传呼曰："盗已全队扬帆去，且籍其金帛妇女。"时已曛黑，火光中窥见诸乐伎皆披发肉袒，反接系颈，以鞭杖驱之行，此姬亦在内，惊怖战栗，使人心恻。

明日，岛上无一人，痴立水次。良久，忽一人棹小舟呼曰："某先生耶？大王故无恙，且送先生返。"行一日夜，至岸，惧遭物色，乃怀金北归。至则外舅已先返，仍住其家，货所携，渐丰裕。念夫妇至相爱，而结褵④十载，始终无一月共枕席，今物力稍充，不忍终以

差不多三五天就一定会见面，习惯了之后也不再互相看了，像这样过了六七年。一天，强盗头子叫李生来说："我的事情要失败了，您是文士，不必跟着我受牵连，这是黄金五十两，您可以藏在怀里，躲藏在某个地方的芦苇之间，等官兵退却，赶紧找渔船回家。这个地方的人都认识您，不用担心他们不送你。"说完这些话，就挥挥手让他赶紧去埋伏藏匿。不久，就听见乱哄哄的打斗声音，战斗结束后又听到呼喊声道："强盗已经带着全部的人坐船跑了，现在把金银和妇女都收缴走。"当时天已经黑了，火光中看见歌女艺伎们都披散着头发，赤裸着身体，被反绑着，绳子系在脖子上，被用鞭子和棍子驱赶着走，李生的妻子也在其中，又惊又怕，哆哆嗦嗦，让人看了觉得非常可怜。

第二天，岛上一个人都没了，李生像傻了一样站在水边上。过了很久，突然有一个人，划着小船冲他喊道："您是某位先生吗？大王安全逃离了，暂且先送先生回家。"走了一天一夜的路，到了岸边，李生怕自己被牵连，于是怀里藏着黄金向北方走回到丈人家。到了丈人家，发现他们已经先回来了，还是住在丈人家，李生卖掉了他带来的东西，生活逐渐好了起来。他想念夫妇相亲相爱，但是结婚十年，始终没有一个月同住，现在稍微富裕一些了，

薄）葬，拟易佳木，且欲一睹其遗骨，亦凤昔之情。外舅力沮不能止，词穷吐实。急兼程至豫章，冀合乐昌之镜。则所俘乐伎，分赏已久，不知流落何所矣。每回忆六七年中，咫尺千里，辄惘然如失。又回忆被俘时，缧绁⑤鞭笞之状，不知以后摧折，更复若何，又辄肠断也。从此不娶，闻后竟为僧。戈芥舟前辈曰："此事竟可作传奇，惜末无结束，与《桃花扇》相等。虽曲终不见，江上峰青，绵邈含情，正在烟波不尽，究未免增人怊怅耳。"

不忍心用薄棺材埋葬她，打算换一个木材好点的棺材，而且想看看她的遗骨，也是对往日思爱之情的怀念。丈人拼了命地阻止也不行，实在说不出来别的，只能实话实说女儿并没有死，而是被强盗抓走了。李生听后，连忙日夜兼程到了豫章，希望能和妻子破镜重圆。但是所俘虏的歌女艺伎，早就分赏完了，不知道都流落到哪里去了。李生每每回忆六七年中，近在咫尺，又像远隔千里，于是怅然若失。又回忆起乐伎被俘的时候，遭受监禁鞭打的惨状，不知道以后被折磨凌辱，又会是什么样子，想一想就肝肠寸断。从此不再娶妻，听说后来最终做了和尚。戈芥舟前辈说："这件事竟然可以作为传奇故事的题材，可惜最后没有结果，与《桃花扇》差不多。即使曲终不见人，江上青峰，连绵起伏，邈远含情，正是在烟波不尽处，终究不免增添人的惆怅之情。

注 释

❶太白诗：即李白所作《相和歌辞》中《相逢行二首》其一。

❷睽（kuí）离：即分离。

❸槥（huì）：木质差的小棺材。

❹结褵（lí）：指结婚。

❺缧绁（léixiè）：捆绑人的绳索，指监狱。

卷　二

【原　文】

余十一二岁时，闻从叔灿若公言：里有齐某者，以罪戍黑龙江，殁数年矣。其子稍长，欲归其骨，而贫不能往，恒蹙然①如抱深忧。一日，偶得豆数升，乃屑以为末，水抟成丸；衣以赭土②，诈为卖药者以往，姑以给取数文钱供口食耳。乃沿途买其药者，虽危证亦立愈，转相告语，颇得善价，竟借是达戍所，得父骨，以篚负归。归途于窝集③遇三盗，急弃其资斧，负篚奔，盗追及，开篚见骨，怪问其故，涕泣陈述。共悯而释之，转赠以金。方拜谢间，一盗忽擗踊④大恸曰："此人孱弱如是，尚数千里外求父骨，

【译　文】

我十一二岁的时候，听堂叔灿若公说：老家有个姓齐的人，因为犯了罪充军到黑龙江戍守边关，已经去世好几年了。他的儿子长大一些后，就想把父亲的遗骨接回老家，可是家里穷得连来回的路费都负担不了，于是这个儿子每天都皱着眉头，好像有特别担忧的事情。一天，他偶尔得了几升豆子，就把豆子研成细末，用水抟成丸；外面又涂了一层红土，装成卖药的，就奔黑龙江去了。一路上，就靠假药丸骗几文钱糊口。可是沿途的病人凡是买了他的药的，即便是危急重病也立即痊愈，于是人们争相转告，他的药卖出了很高的价钱，最后靠着卖药的钱到了父亲充军的地方，找到了父亲的遗骨，然后用匣子把遗骨装了回来。回来的路上在森林碰上了三个强盗，他急忙丢弃了行李盘缠，背着匣子飞跑，强盗追上去抓住了他，打开匣子见到骸骨，十分奇怪就问是怎么回事，他哭着把事情经过说了一遍。强盗都很同情他，不仅放了他还送给他一些银两。他正拜谢的时候，一个强盗忽然捶胸顿足跳着脚大哭着说："这个人如此孱弱，尚能到千里之

我堂堂丈夫，自命豪杰，顾乃不能耶？诸君好住，吾今往肃州⑤矣。"语讫，挥手西行，其徒呼使别妻子，终不反顾，盖所感者深矣。惜人往风微，无传于世。余作《滦阳消夏录》诸书，亦竟忘之，癸丑⑥三月三日，宿海淀直庐，偶然忆及，因录以补志乘之遗。傥亦潜德未彰，幽灵不泯，有以默启余衷乎！

外寻找父亲的遗骨，我这个堂堂男子汉，自命英雄豪杰，反而做不到吗？诸位保重，我现在要去肃州了。"说完，挥挥手向西方而去，他的同伙喊他回家与妻子和孩子告别，结果他连头也没回，这大概是被齐某儿子的行为深深感动了啊。可惜，当事者都已经不知所踪，齐某儿子的事迹也没有流传于世。我写《滦阳消夏录》各书，竟然也忘记收录了。乾隆癸丑年三月三日，我在海淀值班的地方，偶然想起了这件事，记录下来，以补充方志史书记载的遗漏。倘若孝子的德行没有得到彰显，齐某的灵魂还没有泯灭，就用这些文字来默默表达我内心的敬佩之情吧。

注　释

❶蹙（cù）然：忧愁不悦的样子。

❷赭（zhě）土：红色的土。

❸窝集：吉林、黑龙江一带称原始森林为"窝集"。

❹擗踊（pǐyǒng）：形容极度悲哀。擗，捶胸。踊，以脚顿地跳起来。

❺肃州：今甘肃省酒泉市宿州区。

❻癸丑：乾隆五十八年（1793）。

【原　文】

南皮郝子明言：有士人读书僧寺，偶便旋于空院，

【译　文】

　　沧州南皮有个郝子明讲了这么一个故事：有一个读书人在佛寺读书，偶然在空院中小便，忽然有飞瓦打中他的后

忽有飞瓦击其背。俄闻屋中语曰："汝辈能见人，人则不能见汝辈。不自引避，反嗔人耶？"方骇愕间，屋内又语曰："小婢无礼，当即答之，先生勿介意。然空屋多我辈所居，先生凡遇此等处，宜面墙便旋，勿对门窗，则两无触忤矣。"此狐可谓能克己。余尝谓僮仆吏役与人争角而不胜，其长恒引以为辱，世态类然。夫天下至可耻者，莫过于悖理。不问理之曲直，而务求我所隶属人不能犯以为荣，果足为荣也耶？昔有属官私其胥魁，百计袒护。余戏语之曰："吾侪身后，当各有碑志一篇，使盖棺论定，撰文者奋笔书曰：'公秉正不阿，于所属吏役，犯法者一无假借。'人必以为荣，谅君亦以为荣也。又或奋笔书曰：'公平生喜庇吏役，虽受赇躱①法，亦一一曲为讳匿。'人必以为辱，谅君亦以为辱

背。一会儿听到屋子里有人说话："你们能看见别人，别人却看不见你们。自己不懂得躲避隐藏，反而怪别人吗？"读书人正在害怕惊愕的时候，屋子里又有人说话："小婢女无礼，应当挨打，您不要介意小婢说的话。但是空的屋子多是我们所居住的，您只要碰到这样的地方，最好面对着墙小便，不要面对着门窗，咱们就互相不会干扰。"这个狐仙可以说是能够克制自己。我曾经说，童仆小吏与别人争胜口角而胜利不了，那些吵架拌嘴的总是觉得这是耻辱的事情，世间的事大都是像这样的。至于天下最可耻的事情，没有比违背道理更耻辱的了。不问事情的真相、是非曲直，却一定要以袒护我手下的人为荣，这样做真的是一件光荣的事吗？以前有个官员偏袒差役的头目，千方百计袒护他。我开玩笑地对他说："我们这些人去世后，应当每人都有一篇墓志铭，假如盖棺定论，写墓志铭的人奋笔写道：'先生秉正不阿，手下当差的胥吏，没有一个触犯法律而得到偏袒的。'人们一定会因此感到光荣，想来您也觉得这是光荣的事情。又或者奋笔疾书道：'先生平生喜欢庇护官吏差役，即使贪赃枉法，也要一一遮盖掩饰，歪曲事实。'人肯定把这些看作耻辱，想来您也一定把袒护行为看作耻辱，为何现在竟

也，何此时乃以辱为荣，以荣为辱耶？"先师董文恪曰："凡事不可载入行状，即断断不可为。"斯言谅矣。

把耻辱看作荣誉，把荣誉看作耻辱呢？"我那已经去世的老师董文恪曾经说过："只要不能写入墓志铭的事情，那就是千万不能做的。"这真是大实话啊。

注 释

❶骩（wěi）：歪曲，不正。

【原 文】

沧州南一寺临河干，山门圮①于河，二石兽并沈焉。阅十余岁，僧募金重修，求二石兽于水中，竟不可得，以为顺流下矣。棹数小舟，曳铁钯，寻十余里无迹。一讲学家设帐寺中，闻之笑曰："尔辈不能究物理。是非木柿②，岂能为暴涨携之去？乃石性坚重，沙性松浮，湮于沙上，渐沈渐深耳。沿河求之，不亦颠乎？"众服为确论。一老河兵闻之，又笑曰："凡河中失石，当求之于上流。盖石性坚重，沙性松浮，水不能冲石，其反激之

【译 文】

沧州南有座寺庙临河岸，山门坍塌到河里，两个石兽也一道沉入水中。过了十多年，和尚募捐重修寺庙，到水里找两个石兽，最终也没有找到，以为石兽顺着水流到了下游。驾着几条小船，拖着铁钯在水里寻找，找出十多里仍然没有踪迹。有个道学家正在寺里讲学，听说此事后笑道："你们不懂其中的道理。石兽不是木片，怎么能被河水冲走？石头又硬又重，沙土松软而轻浮，石兽压在沙土上，会越沉越深。你们沿河去找，不是太荒谬了吗？"大家认为他说得有理。一个护河的老兵听到这种说法，又笑道："凡是河里丢了石头，应当到上游去找。因为石头又硬又沉，沙土松软而轻浮，水冲不动石头，反激的力量必

力，必于石下迎水处啮沙为坎③穴。渐激渐深，至石之半，石必倒掷坎穴中。如是再啮，石又再转。转转不已，遂反溯流逆上矣。求之下流，固颠；求之地中，不更颠乎？"如其言，果得于数里外。然则天下之事，但知其一，不知其二者多矣，可据理臆断欤！

然在石头下面迎着水流的那一边冲动沙子，以致冲出一个空洞来。越冲越深，等到超过石头一半时，石头必定翻倒在沙坑里。水再冲，石头又翻倒。如此翻倒不已，石头便逆流而上了。到下游找，当然不对；到河底下找，不就更错了吗？"按老兵的话到上游找，果然在几里之外的上游找到了。由此可见，人们对于世上的事情，只知其一，不知其二这种情况很多，怎么能想当然臆断呢！

注释

❶圮（pǐ）：倒塌的意思。

❷木柿（fèi）：木片，木皮。

❸坎：坑穴。

【原文】

周密庵言：其族有孀妇，抚一子，十五六矣。偶见老父携幼女，饥寒困惫，踣不能行，言愿与人为养媳。女故端丽，孀妇以千钱聘之。手书婚帖，留一宿而去。女虽屡弱，而善操作，井臼皆能任；

【译文】

周密庵讲了这么一个故事：他的族中，有一个寡妇，独自抚养一个男孩，有十五六岁的年纪。偶然见到一个老父亲带着小女儿，又饿又冷，困顿疲惫，摔倒后连路也走不了了，说愿意把女儿送给别人做童养媳。女孩子长得非常端正漂亮，寡妇用一千钱聘娶她。手写了婚帖，留宿了爷俩一宿，老父亲就走了。女孩虽然长得很瘦弱，但是非常能干，操持家里，挑水舂米都会干，又精于

又工针黹，家借以小康。事姑先意承志，无所不至，饮食起居，皆经营周至，一夜往往三四起。遇疾病，日侍榻旁，经旬月，目不交睫，姑爱之乃过于子。姑病卒，出数十金与其夫使治棺衾，夫诘所自来，女低回良久，曰："实告君，我狐之避雷劫者也。凡狐遇雷劫，惟德重禄重者庇之可免。然猝不易逢，逢之又皆为鬼神所呵护，猝不能近。此外惟早修善业，亦可以免。然善业不易修，修小善业亦不足度大劫，因化身为君妇，黾勉①事姑。今借姑之庇，得免天刑，故厚营葬礼以申报，君何疑焉！"子故孱弱，闻之惊怖，竟不敢同居。女乃泣涕别去。后遇祭扫之期，其姑墓上必先有焚楮②酹酒迹，疑亦女所为也。是特巧于迨③死，非真有爱于其姑。然有为

针线活，家里借此达到小康水平。照顾婆婆十分周到，婆婆想的事情，还不等吩咐，她就办了。婆婆的饮食起居照顾得也很周到，一天晚上经常要起来三四次。遇到婆婆生病的时候，天天守在病床边，一连十几天，眼睛都不能闭一下，婆婆爱她甚至超过了自己的儿子。婆婆生病去世后，这个女孩拿出数十两银子给丈夫，让他去置办棺椁，丈夫诘问她这些钱从哪里来的，女孩低头不语，沉默了好半天，才说："实话告诉您，我是躲避雷劈劫难的狐妖。凡是狐妖遇到雷劫，只有那些品德高尚、禄命又重的人庇护才能免除这些灾难。但是仓促之间，又不容易碰到这样的人，遇到了，他们又都被鬼神所呵护，不能一下子靠近。除此之外还有个方法，就是早早开始做善事，修炼善缘，也可以免除雷劈之苦。但是善业不容易修，即使修了一些小的善业，也不足以度过如此之大的劫难，于是化身为您的妻子，努力地侍奉婆婆。现在多亏婆婆的庇护，能够免除上天的惩罚，所以要厚葬婆婆用来报答她，您还有什么可怀疑的呢？"儿子本来就很孱弱，听说真相后又惊又怕，最终不敢再和妻子住在一起。女孩只能流着眼泪离开了。后来，每到婆婆忌日的时候，婆婆墓地上一定已经有烧纸浇酒的痕迹了，怀疑是狐女所为。她千方百计地躲避被雷劈的命运，并不是真的爱她的婆婆。但是即使是有目的地孝顺婆

为之，犹邀神福，信孝为
德之至矣。

婆，这样也能获得神灵的福泽，相信孝顺是
最高的品德啊。

注 释

❶ 黾勉（mǐnmiǎn）：勤勉努力。

❷ 楮（chǔ）：构树，多用于造纸，这里指烧纸。

❸ 逭（huàn）：逃避的意思。

【原 文】

莆田林生霈言：闻泉州
有人，忽灯下自顾其影，觉
不类己形。谛审之，运动转
侧，虽一一与形相应，而首
巨如斗，发鬖髿①如羽葆，
手足皆钩曲如鸟爪，宛然一
奇鬼也。大骇，呼妻子来
视，所见亦同，自是每夕皆
然，莫喻其故，惶怖不知所
为。邻有塾师闻之，曰：
"妖不自兴，因人而兴。子
其阴有恶念，致罗刹感而现
形欤？"其人悚然具服，曰：
"实与某氏有积仇，拟手刃
其一门，使无遗种，而跳身

【译 文】

莆田一个叫林霈的书生曾经讲了这样
一个故事：听说泉州有人，忽然在灯下回
头看自己的影子，觉得不像自己的样子。
仔细地看，动来动去，转身侧身，即使都
与身体形状一致，但是头大得像一个斗，
头发蓬松得像羽毛做成的羽葆，手足都钩
曲像鸟爪子一样，宛然是一个奇鬼的样
子。这个泉州人非常害怕，叫妻子来看，
妻子看见的也是这样，从此以后每天晚上
都是这样，没有人知道是什么原因，惊惶
恐怖不知该怎么办。旁边有个教书先生听
说了这件事，说："妖不会自己兴起，是
因为人而兴起。你难道暗中有恶念，导致
罗刹鬼感应到了，于是现形吗？"这个人
吓得赶紧陈述自己的想法，说："我确实
与某人有仇，打算杀死他们全家，一个不

以从鸭母。（康熙末，台湾逆寇朱一贵②结党煽乱。一贵以养鸭为业，闽人皆呼为鸭母云。）今变怪如是，毋乃神果警我乎！且辍是谋，观子言验否?"是夕鬼影即不见。此真一念转移，立分祸福矣。

留，然后就去投靠鸭母。（康熙末年，台湾逆贼朱一贵纠结党羽叛乱，一贵靠养鸭子谋生，福建地区的人都叫他"鸭母"。）现在变化出了这样的怪物，难道真的是神在警示我吗！我暂且也不实施这个计划了，用来检验你说的话是不是真的。"这个晚上，鬼影果然不见了，这真是一念转移，祸福立刻就分明了。

注 释

❶鬅鬙（péngsēng）：头发蓬松的样子。

❷朱一贵：原名朱祖，福建漳州人，清康熙年间农民起义军首领。

【原 文】

董曲江前辈言：有讲学者，性乖僻，好以苛礼绳生徒。生徒苦之，然其人颇负端方名，不能诋其非也。塾后有小圃，一夕，散步月下，见花间隐隐有人影。时积雨初晴，土垣微圮，疑为邻里窃蔬者。迫而诘之，则一丽人匿树后，跪答曰："身是狐女，畏公正人不敢近，故夜来折花。不虞

【译 文】

董曲江前辈说：有个道学家生性乖僻，总喜欢用苛刻的礼法约束学生。学生们苦于他的严格，但是他一向有着行为端庄方正的名声，所以不能说什么不满的话。学塾后面有个小菜园。一天晚上，道学家在月下散步，看见花丛中隐隐约约有影。当时连绵阴雨刚刚放晴，土墙稍稍有些坍塌，他怀疑是邻居来偷菜的。走上前去质问，却是一个美女藏在树后，美女跪下来答话说："我是狐女，害怕你为人公正，不敢靠近，

为公所见，乞曲恕。"言词柔婉，顾盼间百媚俱生。讲学者惑之，挑与语。宛转相就，且云妾能隐形，往来无迹，即有人在侧亦不睹，不至为生徒知也。因相燕昵。比天欲晓，讲学者促之行。曰："外有人声，我自能从窗隙去，公无虑。"俄晓日满窗，执经者麕①至，女仍垂帐偃卧。讲学者心摇摇，然尚冀人不见。忽外言某媪来迓②女。女披衣径出，坐皋比③上，理鬓讫，敛衽谢曰："未携妆具，且归梳沐。暇日再来访，索昨夕缠头锦④耳。"乃里中新来角妓⑤，诸生徒赂使为此也。讲学者大沮，生徒课毕归早餐，已自负衣装遁矣。外有余必中不足，岂不信乎！

所以夜里来折花。不料还是被先生看见了，请饶恕我。"她言词柔婉，顾盼之间风情万种。道学家被迷住了，用话语挑逗她。她半推半就地同意了，她还说她能隐形，来来往往不留踪迹，即便旁边有人也看不见，不会让学生们知道。两人缠绵亲热到快天亮时，道学家催她走。她说："外面有人声，我能从窗缝出去，你不必担心。"不一会儿，早晨的阳光已经照满窗户，学生们都拿着经书成群地来了，女子仍然挂着帐子躺在床上。道学家心神不宁，还指望别人看不见。忽然听外面说某某老妈子来接这个女子来了。女子披上衣服径直出来，坐在讲台上，理了理鬓发，整了整衣襟致歉说："我没带梳妆用具，暂且回去梳洗。有时间再来探望，索要昨夜陪睡的酬金。"原来她是新来的艺妓，学生们买通她演了这场戏。道学家沮丧极了，学生们听完课回去吃早餐，他已经背着行李逃了。外表表现得太过分，内心世界必然有所欠缺，难道不是真的吗！

注　释

❶ 麕（qún）：成群。

❷ 迓（yà）：迎接。

❸ 皋比：铺设着虎皮的座位，古代将军帐中、儒师讲堂、文人书斋常用。这

里指讲台。

❹缠头锦：用作缠头的罗锦，借指买笑寻欢的费用。

❺角妓：艺妓。

【原文】

朱介如言：尝因中暑眩瞀①，觉忽至旷野中，凉风飒然，意甚爽适。然四顾无行迹，莫知所向。遥见数十人前行，姑往随之。至一公署，亦姑随入。见殿阁宏敞，左右皆长廊；吏役奔走，如大官将坐衙状。中一吏突握其手曰："君何到此？"视之，乃亡友张恒照。悟为冥司，因告以失路状。张曰："生魂误至，往往有此，王见之亦不罪，然未免多一诘问。不如且坐我廊屋，俟放衙，送君返，我亦欲略问家事也。"入坐未几，王已升座。自窗隙窃窥，见同来数十人，以次庭讯。语不甚了了，惟一人昂首争辩，似不服罪。王举袂一挥，殿左忽

【译文】

朱介如说：他曾经中暑昏迷，觉得忽然来到旷野，凉风一阵阵掠过，很舒服。但是四面看看也没有人走过的踪迹，不知往哪儿去。远远望见几十个人在前面走，也就跟在后面。走到一个衙门，也跟着那些人往里走。只见殿阁宽敞，左右都是长廊；吏员杂役来回奔走，好像有大官要登堂办案。有个小吏忽然握住他的手说："先生怎么到了这儿？"一看，却是亡友张恒照。他这才明白这儿是地府，就告诉亡友自己迷了路。张恒照说："活人的魂错跑到这里，常常有这种事，阎王见了也不怪罪；不过难免也要审问几句。不如暂且坐在我的廊屋里，等退了堂，我送你回去；我也想问问家里的事。"他坐了不大一会儿，阎王已经升堂。他从窗缝偷看，发现同来的几十个人都按顺序受审，听不大清说什么，只有一人昂头争辩，好像不伏罪。阎王举起衣袖一挥，殿左边忽然出现一个大圆镜，周长有一丈多。镜子里出现一个女子，被反绑着挨鞭打。不一会儿，又

现大圆镜，围约丈余。镜中现一女子反缚受鞭像。俄似电光一瞥，又现一女子忍泪横陈像。其人叩颡②曰："伏矣!"即曳去。良久放衙，张就问子孙近状。朱略道一二，张挥手曰："勿再言，徒乱人意。"因问："顷所见者业镜耶?"曰："是也。"问："影必肖形，今无形而现影，何也?"曰："人镜照形，神镜照心。人作一事，心皆自知；既已自知，即心有此事；心有此事，即心有此事之象，故一照而毕现也。若无心作过，本不自知，则照亦不见。心无是事，即无是象耳。冥司断狱，惟以有心无心别善恶。君其识之。"又问："神镜何以能照心?"曰："心不可见，缘物以形。体魄已离，存者性灵。神识不灭，如灯荧荧。外光无翳③，内光虚明，内外莹澈，故纤芥必呈也。"语讫，遽曳之行。觉此身忽高忽下，

好像电光一闪，镜子里又出现一个女子含着泪躺在床上被侮辱的景象。这人叩头说："伏罪。"随即便被拖走了。过了好一会儿，退了堂，张恒照来问子孙的近况。朱介如大略说了一下，张恒照挥手道："不要再说了，只能叫人心烦意乱。"朱介如问："刚才看见的镜子是不是所谓的业镜?"张恒照说："是的。"朱介如问："有原形镜子才能照出来，现在没有原形，怎么能照出人像来?"张恒照答："人镜照形，神镜照心。人做了一件事，心里都明白；既然明白，心里就有这件事；心里有这件事，心里就有这件事的影像。所以一照就全部显现出来了。如果无意中做了错事，他自己也不知道，就照不出来。因为心里没有这件事，就没有这件事的影像。地府断案，只根据有心无心来分辨善恶，你还是要记住啊。"朱介如又问："神镜怎么能照心?"张恒照答："心思是不显形的，它要附着一定的物体才能显现。人死了，人的体魄和性灵相互分离，体魄要腐朽消散，性灵却还存在。神志没有消亡就像灯一样发出荧荧的光亮。外部没有阴影遮掩，内部也空彻透明，内外都是晶莹透彻的，所以里面一丝一毫的迹象都会清楚地显现。"说完便急急地拉着朱介如走。朱介如觉得自己身体忽高忽下，如随风飞舞

如随风败箨④。倏然惊醒，则已卧榻上矣。此事在甲子七月。怪其乡试后期至，乃具道之。

的枯叶。忽然惊醒，他已经躺在卧榻上了。这事发生在乾隆甲子年七月。我奇怪他参加乡试为何来晚了，他给我详细讲了这件事。

注 释

❶瞀（mào）：眼睛昏花看不清楚。

❷叩颡（sǎng）：古代一种跪拜礼，屈膝下拜，以额触地。

❸翳（yì）：遮蔽。

❹箨（tuò）：竹笋上一片一片的皮。

卷　三

族侄竹汀言：文安有佣工古北口①外者，久无音问。其父母值岁荒，亦就食口外，且觅子，亦久无音问。后乃有人见之泰山下，言昔至密云东北，日已暮，风云并作，遥见山谷有灯光，漫往投止。至则土屋数楹，围以秫篱，有老妪应门，问其里贯，入以告。又遣问姓名年岁，并问："曾有子出口否？子何名？年几何岁？"具以实对。忽有女子整衣出，延入上坐，拜而侍立；促老妪督婢治酒肴，意甚亲昵。莫测其由，起而固诘。则失声伏地曰："儿不敢欺翁姑。儿狐女也，尝与翁姑之子为夫妇。本出相悦，无相媚意。不虞其爱恋过度，竟以瘵②亡。心恒

堂侄竹汀说：文安县有个人到古北口外当雇工，久无音信。他的父母因为年景歉收，也到口外谋生，同时寻找儿子，去后也久无音信。后来有人在泰山下见到了老两口，他们说当初到密云县东北时，天色已晚，冷风吹来，阴云渐至。远远看见山谷里有灯光，就胡乱地投奔过去。到了跟前，看到几间土房，围着高粱秸秆的篱笆，有个老妈子出来，问了他们的籍贯乡里，进去通告。老妈子又出来问姓名年龄，并问道："有没有儿子到口外？儿子叫什么？多大了？"老两口都照实说了。忽然有个女子衣履整齐迎了出来，请老两口坐上座，拜见之后，侍立一旁；叫老妈子催促婢女准备酒菜，态度很亲热。老两口不知是怎么回事，站起来再三追问。女子失声痛哭，趴在地上说："我不敢骗公婆。我是狐女，曾和您的儿子结为夫妻。我本来出于爱慕，没有媚惑他的意思。没想到他爱恋我过度，竟然因为精气枯竭得痨病死了。我心里时常悔恨，所以发誓不再

愧悔，故誓不别适，依其墓以居。今无意与翁姑遇，幸勿他往，儿尚能养翁姑。”初甚骇怖，既而见其意真切，相持涕泣，留共居。狐女奉事无不至，转胜于有子。如是六七年，狐女忽遣老妪市一棺③，且具锸畚③。怪问其故，欣然曰：“翁姑宜贺儿。儿奉事翁姑，自追念逝者，聊尽寸心耳。不期感动土地，闻于岳帝。岳帝悯之，许不待丹成，解形证果。今以遗蜕合窆④，表同穴意也。”引至侧室，果一黑狐卧榻上，毛光如漆；举之轻如叶，扣之乃作金石声。信其真仙矣。葬事毕，又启曰：“今隶碧霞元君为女官，当往泰山，请共往。”故相偕至此，僦屋与土人杂居。狐女惟不使人见形，其供养仍如初也，后不知其所终。此与前所记狐女略相近，然彼有所为而为，故仅得逭诛⑤；此无所为而为，故竟能成道。天上

嫁，就依附在他的墓旁住着。如今无意间遇见了公婆，希望不要到别处去了，我还能赡养公婆。”老两口开始时害怕极了，后来见她情真意切，相互拉着手哭了一场，留了下来。狐女侍奉公婆无所不至，反而胜过儿子。这么过了六七年，狐女忽然打发老妈子去买了一副棺材，而且准备铁锹、簸箕之类。老两口奇怪地问她这是干什么，狐女高兴地说：“公婆应该祝贺我。我侍奉公婆，不过是为追念死去的丈夫，尽尽我的心意，不料却感动了土地神，报告了东岳帝。东岳帝同情我，准许我不等修炼丹药成功，就能脱形成正果。如今我要把自己的遗蜕和丈夫合葬在一起，表示死则同穴的意思。”说罢把老两口带到旁边的屋子里，果然有一只黑色狐狸躺在榻上，毛色如黑漆；举起来轻得像树叶，一敲却发出金属的响声。这才相信她是真仙。安葬完毕，她又对公婆说：“如今我隶属碧霞元君为女官，应该到泰山去，请公婆和我一起走。”于是一起到了泰山，租了房子和当地人杂居在一块儿。狐女只是不叫人看见她的形体，奉养公婆还像以前一样，后来就不知他们怎样了。这个故事和前面所记叙的狐女大致相同，不过前一个狐女是为了自己的目的供养婆婆，所以仅仅免于天诛；这个狐女不是有所求而奉养公

无不忠不孝之神仙，斯言谅哉。

婆，所以能修炼成仙。天上没有不忠不孝的神仙，这话一点儿也不假啊。

注　释

❶古北口：今属北京市密云区，有"京师锁钥"之称。

❷瘵（zhài）：病的意思。

❸锸畚（chāběn）：锹与簸箕。

❹合窆（biǎn）：合葬。

❺逭（huàn）诛：逃避诛罚。

【原　文】

康熙癸巳①秋，宋村厂佃户周甲，不胜其妇之捶楚，夜伺妇寝，逃匿破庙，将待晓，介邻里乞怜。妇觉之，追迹至庙，对神像数其罪，叱使伏受鞭。庙故有狐。鞭甫十余，方哀呼，群狐合噪而出，曰："世乃有此不平事！"齐夺甲置墙隅，执其妇，褫②无寸缕，即以其鞭鞭之，至流血未释。突狐妇又合噪而出，曰："男子但解护男子。渠

【译　文】

康熙癸巳年秋天，宋村厂有个佃户叫周甲，因为受不了老婆的殴打，夜里趁着老婆睡着了，逃到破庙里躲了起来，打算天亮之后，求邻里帮忙让老婆可怜可怜他。他老婆发觉了，追寻到破庙，对着神像数落丈夫的罪过，呵斥丈夫让他趴在地上挨鞭子。这座庙里一直有狐精。老婆刚打了十几鞭，丈夫正在哀呼，一群狐精一齐嚷着冲出来，说："世上还有这种不平的事！"一齐把周甲抢过来放在墙角，却抓住他老婆，扒得精光，就用她打丈夫的鞭子抽她，一直打到流血也不放手。突然狐精的妻子们又一齐嚷着冲出来，说："男子只知道护着男子。那个家伙背着妻子私通某某家的女人，不应该打死

背妻私昵某家女，不应死耶？"亦夺其妇置墙隅，而相率执甲。群狐格斗争救，喧哄良久。守田者疑为劫盗，大呼鸣铳为声援。狐乃各散。妇已委顿，甲竭蹶③负以归。王德庵先生时设帐于是，见妇在途中犹喃喃骂也。先生尝曰："快哉诸狐！可谓礼失而求野。狐妇乃恶伤其类，又别执一理，操同室之戈。盖门户分而朋党起，朋党盛而公论淆，缪辖④纷纭，是非蜂起，其相轧也久矣。"

吗？"又把周甲的老婆抢过来放在墙角，然后来抓周甲。于是狐精们混打争抢，闹哄哄地吵了很久。守庄稼的人以为是强盗来了，都大叫大喊放鸟枪互相声援，狐精才都散去。周甲的老婆已经动弹不了，周甲跌跌撞撞好歹把老婆背了回去。王德庵先生当时正在这里的私塾教书，看见他们俩在回去的路上，妻子还喃喃地骂着。王先生曾经说："这些狐仙真让人感到痛快！礼仪在朝廷里已经丧失了，只能在乡下偏僻的地方去找；人间的礼仪已经丧失了，只有在狐仙那儿去找。狐仙的妻子们因为痛恨伤害它们的同类，又另外根据一种道理，于是与它们的丈夫打起来。门派主张一旦有了区别，人们就各自结成朋党；朋党兴盛，公正的看法就被混淆掩盖了。于是相互纠缠，是是非非纷纭复杂，彼此倾轧已经很久了。"

注 释

❶康熙癸巳：康熙五十二年（1713）。

❷褫（chǐ）：解下、脱去衣服。

❸竭蹶：跌跌撞撞，走路艰难的样子。

❹缪辖（jiāogé）：交错，杂乱。

【原 文】

张石邻先生，姚安公同年

【译 文】

张石邻先生是姚安公同年考中科举

老友也。性伉直①，每面折人过；然慷慨尚义，视朋友之事如己事，劳与怨皆不避也。尝梦其亡友某公盛气相诘曰："君两为县令，凡故人子孙零替者，无不收恤。独我子数千里相投，视如陌路，何也？"先生梦中怒且笑曰："君忘之欤？夫所谓朋友，岂势利相攀援，酒食相征逐哉？为缓急可恃，而休戚相关也。我视君如弟兄，吾家奴结党以蠹我，其势蟠固。我无可如何。我常密托君察某某。君目睹其奸状，而恐招嫌怨，讳不肯言。及某某贯盈自败，君又博忠厚之名，百端为之解脱。我事之偾不偾②，我财之给不给，君皆弗问，第求若辈感激，称长者而已。是非厚其所薄，薄其所厚乎？君先陌路视我，而怪我视君如陌路，君忘之欤？"其人瑟缩而去。此五十年前事也。大抵士大夫之习气，类以不谈人过为君子，而不计其人之亲疏，事之利害。余尝见胡

的老朋友。他性格刚直，时常当面指责别人的过错。但是他慷慨讲义气，把朋友的事当成自己的事，任劳任怨，从不推辞。他曾经梦见一位死去的朋友怒冲冲地质问他："你两次担任县令，凡是老朋友的子孙败落的，你无不收养抚恤。只有我的儿子从几千里外来投奔你，你却当成陌生人一样，为什么？"张先生在梦里又好气又好笑，说："你忘了吗？所谓朋友，怎么能形势有利时便相互攀援，有了酒肉时便相互追随？交朋友为的是危急时可以依靠，休戚相关、荣辱与共。我把你当成弟兄，我家的奴仆相互勾结欺骗我，他们的势力盘根错节，我没有办法。我曾经暗暗托你观察某某，你亲眼见过他耍奸使习，却怕招嫌惹怨，不肯告诉我。等到某某恶贯满盈自我暴露时，你又为了博得忠厚的名声而千方百计地为他说情。至于我的事是否受到损失，我的钱够不够用，你都不关心，而只想求得那些人的感激，称你为忠厚长者。你这不是厚待应当疏远的人，而疏远应当厚待的人吗？你先把我看作陌生人，却来责怪我把你看作陌生人，你忘了吗？"这个人瑟缩着离去了。这是五十年前的事了。一般士大夫的习气，似乎是以不谈别人的过失为君子，而不管关系的亲疏和事情的利害。我曾看见胡牧

牧亭为群仆剥削，至衣食不给。同年朱学士竹君奋然代为驱逐，牧亭生计乃稍苏。又尝见陈裕斋殁后，孀妾、孤儿，为其婿所凌逼。同年曹宗丞慕堂③亦奋然鸠率旧好，代为驱逐，其子乃得以自存。一时清议，称古道者百不一二，称多事者十恒八九也。又尝见崔总宪应阶娶孙妇，赁彩轿亲迎。其家奴互相钩贯，非三百金不能得，众喙一音。至前期一两日，价更倍昂。崔公恚愤，自求朋友代赁。朋友皆避怨不肯应，甚有谓彩轿无定价，贫富贵贱，各随其人为消长，非他人所可代赁，以巧为调停者。不得已，以己所乘轿结彩缯④用之。一时清议，谓坐视非理者亦百不一二，谓善体下情者亦十恒八九也。彼一是非，此一是非，将乌乎质之哉？

亭被仆奴们算计，到了衣食都没有保障的地步。同年朱竹君学士奋然代他驱逐奴仆，胡牧亭的生活才得以维持。我又曾经看到陈裕斋死后，寡妇孤儿被女婿欺凌。他的同年宗丞曹慕堂愤然集合了旧友，代为驱逐，陈裕斋的儿子才得以安然过活。当时人议论，认为上述作为是古道热肠的，一百个人当中没有一两个人；认为是多事的，十个中有八九个人。又曾经看到，崔应阶总宪娶孙媳妇，要租彩轿迎亲。他的家奴互相串通，说没有三百两银子租不来，家奴们众口一辞，到迎亲前的一两天，价码又涨了一倍。崔公愤恨，自己去求朋友代租。朋友们怕招怨都不肯答应，甚至有的还说彩轿没有一定的租价，随着租轿人的贫富贵贱而涨落，别人可不能代租，以这种巧辩来调停。崔公不得已，将自己乘坐的轿子披红挂彩，用来迎亲。当时的舆论，认为崔公的朋友们坐视不帮是不合情理的，一百个人中也没有一两个；认为崔公的朋友们善于体恤下情的，倒是占了十之八九。此方有个是非的标准，彼方也有个是非标准，那么，请谁来评判呢？

注 释

❶伉（kàng）直：刚直。

❷偾（fèn）：败坏，破坏。

❸曹宗丞慕堂：曹学闵，字孝如，号慕堂，今山西汾阳人。乾隆十九年中进士，后任鸿胪寺少卿。

❹缯（zēng）：丝织品。

【原文】

　　河间有游僧，卖药于市。以一铜佛置案上，而盘贮药丸，佛作引手取物状。有买者，先祷于佛，而捧盘进之。病可治者，则丸跃入佛手；其难治者，则丸不跃。举国信之。后有人于所寓寺内，见其闭户研铁屑。乃悟其盘中之丸，必半有铁屑，半无铁屑；其佛手必磁石为之，而装金于外。验之信然，其术乃败。会有讲学者，阴作讼牒，为人所讦。到官昂然不介意，侃侃而争。取所批《性理大全》①核对，笔迹皆相符，乃叩额伏罪。太守徐公，讳景曾，通儒也。闻之笑曰："吾平生信佛不信僧，信圣贤不信

【译文】

　　河间府有个游方和尚，在集市上卖药。他把一尊铜佛放在几案上，铜佛面前摆着一个盛药丸的盘子，铜佛的一只手前伸作取物状。有人买药，先要向着佛像祷告，然后捧起药盘靠上前去。如果病能治好，药丸会自己跳入铜佛手里；如果治不好，药丸就静止不动。和尚的法术十分灵验，整个河间府的人深信不疑。后来，有人在和尚住的寺庙里，见到他关着房门在屋里研磨铁屑。那人忽然明白了，盘子里的药丸，有一半掺上了铁屑，另一半没有掺；铜佛的手也一定是磁石做的，只不过表面涂上了金色。经过验证果真是这样，和尚的法术因此败露。还有一位道学家，私下为他人撰写讼词，被人揭露出来。到了官府的大堂上，他昂首挺胸，毫不介意，侃侃而谈，为自己辩解。官府取出他批注的《性理大全》核对，笔迹与他写的讼词完全一样，他这才磕头伏罪。河间府太守徐景曾，是位大学问家。听了这两个故事后，笑着说："我平生相信佛，但不相信和尚；

道学。今日观之，灼然
不谬。"

信奉圣贤，但不相信道学家。现在看来，
真是一点儿不错。"

注　释

❶《性理大全》：又名《性理大全书》，收录宋代理学家有关理学著述的文
集，凡七十卷，明代胡广等人奉敕编辑。

【原　文】

　　束州①佃户邵仁我言：
有李氏妇，自母家归。日薄
暮，风雨大作，避入废庙
中。入夜稍止，已暗不能
行。适客作（俗谓之短工，
为人锄田刈禾，计日受值，
去来无定者也。）数人荷锄
入，惧遭强暴，又避入庙后
破屋。客作暗中见影，相呼
追迹，妇窘急无计，乃呜呜
作鬼声。既而墙内外并呜呜
有声，如相应答，数人怖而
反。夜半雨晴，竟潜踪得
脱。此与李福事相类，而一
出偶相追逐，一似来相救
援。虽谓秉心贞正，感动幽

【译　文】

　　束州的佃户邵仁我曾经讲了这么一个故
事：有一个姓李的农妇，从娘家回来。天色
稍晚，突然下起了大暴雨，只好躲到废旧的
庙宇里。到了晚上，雨小了，但是天已经太
黑了，不能再赶路。正好赶上客作（俗语叫
短工，替人锄田割稻，按天算工钱，来去都
没有一定的人。）有好几个人扛着锄头进到
庙里了。农妇怕遭到强暴，就躲到庙后面的
破屋子里。客作在黑暗处看见一个影子闪过
去了，互相喊着追出去看，农妇又窘又急没
什么办法，情急之下只能呜呜地学鬼叫。不
久，窗户外面也一并有呜呜鬼叫声，好像彼
此唱答一样。几个客作觉得非常恐怖，就赶
紧返回庙里了。到了半夜的时候，雨停天
晴，农妇最终悄悄地逃走了。这件事与李福
的事情相似，但是一个故事里的鬼像是偶然
出来追逐的，另一个故事里的鬼像是来救援

灵，亦未必不然也。仁我又言：有盗劫一富室，攻楼门垂破。其党手炬露刃，迫胁家众曰："敢号呼者死！且大风，号呼亦不闻，死何益！"皆慑不出声。一灶婢年十五六，睡厨下，乃密持火种，黑暗中伏地蛇行，潜至后院，乘风纵火，焚其积柴，烟焰烛天，阖村惊起，数里内邻村亦救视。大众既集，火光下明如白昼，群盗格斗不能脱，竟骈首就擒②。主人深感此婢，欲留为子妇。其子亦首肯，曰："具此智略，必能作家，虽灶婢何害！"主人大喜，趣取衣饰，即是夜成礼。曰："迟则讲尊卑，论良贱，是非不一，恐有变局矣。"亦奇女子哉！

的。即使说用心贞正，感动了阴间的精灵，也未必不是这样。仁我又讲了一个故事，有强盗抢劫一家富裕人家，攻打楼门就快要打破了。他的党羽手拿着火把，露出武器，威胁里面的人说："敢喊叫的人就得死！况且刮大风，喊叫也没人能听见，白白死了，没有任何好处。"所有人都吓得不敢出声。一个厨房做饭的婢女，十五六岁的样子，睡在厨房，于是秘密地拿着火种，在黑暗中趴在地上像蛇一样爬行，慢慢地到了后院，趁着刮大风，放起火来，把储存的柴火都点燃了，一时间，浓烟、火焰简直把天都烧红了，整个村子的人都吓得起来了，几里内的邻村也来帮忙。人群都聚集起来了，火光下的天空照得像白天一样，盗贼们正在打斗无法逃跑，最终竟然全部被捉住。主人非常感谢这个婢女，打算让自己的儿子娶她为妻，儿子也很同意，说："具备这样的胆识谋略，一定能管理好家庭，即使是厨房做饭的婢女又有什么关系。"主人非常高兴，赶紧把衣服饰品都准备好，当夜就成婚了。这个女孩说："如果再迟些，又要讲尊卑，论贵贱，意见不统一，恐怕有变化。"也是一个奇女子啊！

注　释

❶束州：今属河北省沧州市河间地区。

❷骈首就擒：指一并被拘禁。

【原文】

人情狙诈，无过于京师。余常买罗小华墨十六铤，漆匣黝敝，真旧物也。试之，乃抟泥而染以黑色，其上白霜，亦盦①于湿地所生。又丁卯乡试，在小寓买烛，爇之不燃，乃泥质而幂以羊脂。又灯下有唱卖炉鸭者，从兄万周买之，乃尽食其肉，而完其全骨，内傅以泥，外糊以纸，染为炙煿之色，涂以油，惟两掌头颈为真。又奴子赵平以二千钱买得皮靴，甚自喜。一日骤雨，著以出，徒跣而归。盖靿则乌油高丽纸揉作绉纹，底则糊粘败絮，缘之以布。其他作伪多类此，然犹小物也。有选人见对门少妇甚端丽，问之，乃其夫游幕，寄家于京师，与母同居。越数月，忽白纸糊门，合家号哭，则其夫讣音至矣。设

【译文】

人情狡诈欺瞒，没有超过京师的。我曾经买了罗小华十六铤墨，装墨的漆盒子又旧又破，真的是老物件。试了试墨，竟然是将泥土团成一团，染成黑色，上面的白霜，也是故意用盒子储存在湿润的地方才长出来的。还有丁卯乡试的时候，在小旅馆买了蜡烛，点了半天也没着起来，竟然是用泥做的，外面涂了一层羊油。还有在灯下唱卖挂炉烤鸭的，堂兄万周买了一只，发现这只鸭子的肉已经被人吃光了，但是鸭骨头是完整的，里面涂抹上泥巴，外面用纸糊上，又染了一层像烧烤那样的颜色，再涂上油，只有两只鸭掌和头颈是真的。还有奴才的儿子赵平用两千钱买了一双皮靴，自己非常高兴。一天突然下雨，穿着新买的皮靴出去了，结果光着脚回来了。原来所谓的皮靴是用高丽纸涂满了乌油，揉的褶皱像是皮革一样，鞋底是用破棉絮粘的，再用布把周围补好。其他的做假方法大多如此，但是这还都是些小事情。曾经有一个待选的士子，看到对门有个年轻的小媳妇长得非常端正美丽，问她，才知道她的丈夫游幕，暂时把家安在京师，和她的母亲一起居住。过了几个月，忽然门上糊上了白纸，全家在那里号哭，原来是她丈夫的死讯到了。设立牌位祭奠，请

位祭奠，诵经追荐，亦颇有吊者。既而渐鬻衣物，云乏食，且议嫁，选人因赘其家。又数月，突其夫生还，始知为误传凶问。夫怒甚，将讼官，母女哀吁，乃尽留其囊箧，驱选人出。越半载，选人在巡城御史处，见此妇对簿，则先归者乃妇所欢，合谋挟取选人财，后其夫真归而败也。黎丘之技②，不愈出愈奇乎！又：西城有一宅，约四五十楹，月租二十余金。有一人住半载余，恒先期纳租，因不过问。一日，忽闭门去，不告主人。主人往视，则纵横瓦砾，无复寸椽，惟前后临街屋仅在。盖是宅前后有门，居者于后门设木肆，贩鬻屋材，而阴拆宅内之梁柱门窗，间杂卖之。各居一巷，故人不能觉。累栋连甍③，搬运无迹，尤神乎技矣。然是五六事，或以取贱值，或以取便易，因贪受饵，其咎

和尚诵经做法事，也有不少人来吊唁。不久后渐渐需要典卖衣服来维持生活，说是吃不起饭了，于是想着再嫁。选人于是入赘到她家。又过了几个月，她的丈夫突然活着回来了，才知道之前误传了死讯。丈夫特别生气，打算告到官府里去，母女哀求痛哭，于是把选人的行李全部留下了，把选人赶了出去。又过了半年，选人在巡城御史那里看到这个媳妇正与人对簿公堂，原来之前回来的所谓丈夫，只是她的相好，两人合谋选人的钱财，才假冒丈夫演了一出戏，后来她真正的丈夫回来了，两人的计谋才败露了。黎丘之鬼的伎俩，真是越出越奇啊！还有一个故事，西城有一个宅院，有四五十间房子，一个月租二十多两银子。有一个人住了半年多，总是还没到交租的日子就先交房租，主人觉得他信用良好，也不过问具体情况。一天这个租客忽然锁上门走了，也没有通知房屋主人。主人前去查看，只看到瓦砾成堆，连一寸的房梁都没有了，只有前后门临街的屋子还在。原来这个宅院前后都有门，租住在这里的人，在后门开办了一个木材商铺，贩卖建屋的木材，于是暗中拆掉宅院内的房梁、门窗，夹杂着卖掉了。他和房主各自住在不同的巷子里，房主所以察觉不到。这么多的房梁和屋脊，没有搬运的动静，真是出神入化的技艺。但是上面所说的五六件事，有的是贪便宜，有的是图方

亦不尽在人。钱文敏公曰："与京师人作缘，斤斤自守，不入陷阱已幸矣。稍见便宜，必藏机械，神奸巨蠹，百怪千奇，岂有便宜到我辈。"诚哉是言也。

便，有的是贪图诱饵，犯这些错误也不都是人的原因。钱文敏公说："和京师的人打交道，一定要谨小慎微，不掉进陷阱已经是幸运的事了。只要感到自己稍微占便宜了，里面一定藏着各种埋伏，神奸巨蠹，千奇百怪，怎么会让我们这些人占到便宜。"这话说得非常对啊。

注 释

❶盦（ān）：古代装东西的器皿。
❷黎丘之技：黎丘地方的鬼专门模仿别人来捉弄人，故事出自《吕氏春秋》。
❸甍（méng）：屋脊。

【原 文】

王青士言：有弟谋夺兄产者，招讼师至密室，篝①灯筹画。讼师为设机布阱，一一周详，并反间内应之术，无不曲到。谋既定，讼师掀髯曰："令兄虽猛如虎豹，亦难出铁网矣。然何以酬我乎？"弟感谢曰："与君至交，情同骨肉，岂敢忘大德。"时两人对据一方几，忽几下一人

【译 文】

王青士讲了这么一个故事：有兄弟二人，弟弟想要谋夺哥哥的财产，请了一个讼师到密室，点燃蜡烛筹划这件事。讼师为他布置了很多陷阱机关，每一个都设计得很周详，什么反间计，里应外合的策略等，无不说得明明白白委曲毕至。计谋设定完成后，讼师掀着胡子说："你哥哥即使凶猛像老虎、豹子，也难逃出铁网了。那么你用什么来酬谢我呢？"弟弟感谢道："和您是最好的朋友，感情就像亲骨肉一样，怎么敢忘记您的大恩大德。"当时两人面对面占着一张小方桌，桌子底下一个人突然冒

突出，绕室翘一足而跳舞，目光如炬，长毛毵毵[2]如蓑衣。指讼师曰："先生斟酌：此君视先生如骨肉，先生其危乎？"且笑且舞，跃上屋檐而去。二人与侍侧童子并惊仆，家人觉声息有异，相呼入视，已昏不知人。灌治至夜半，童子先苏，具述所闻见。二人至晓乃能动，事机已泄，人言藉藉，竟寝其谋，闭门不出者数月。相传有狎一妓者，相爱甚。然欲为脱籍，则拒不从；许以别宅自居，礼数如嫡，拒益力。怪诘其故，喟然曰："君弃其结发而昵我，此岂可托终身者乎？"与此鬼之言，可云所见略同矣。

出来，绕着屋子翘起一只脚跳舞，目光像蜡烛一样炯炯有神，身上长满长毛像披着蓑衣一样。这个人指着讼师说："您可要想好了呀，这个人把您看成亲骨肉，您不是非常危险吗？"一边笑着一边舞蹈，跳上房檐跑了。这两个人与侍奉在旁边的童子都吓得倒在地上，家里人察觉到有异样，边喊边一起进屋查看，两人已经昏迷不省人事。又是灌药又是治疗，直到半夜，童子先苏醒过来，详细地说了自己看到的听到的事情。弟弟和讼师两人一直到天亮才醒过来能动，他们的计划已经泄露出去了，人们指责他们的话到处流传，他们最终没能实现阴谋，躲在家里好几个月不出门。传说有人特别喜欢一个妓女，两人感情很好。这人打算为妓女赎身，妓女坚决不同意；又答应给她另外准备一处宅子，让她自己居住，待遇就跟正妻一样，妓女更加不同意。这个人很奇怪，问她原因，妓女叹息道："你把结发妻子都抛弃了，而和我亲近，这样的人怎么能托付终身呢？"她说的话与这个鬼说的，可以说见识差不多啊。

注　释

❶篝（gōu）：本义指竹笼。

❷毵毵（sān）：毛发、纸条细长的样子。

卷　四

【原　文】

马德重言：沧州城南，盗劫一富室，已破扉入，主人夫妇并被执，众莫敢谁何。有妾居东厢，变服逃匿厨下，私语灶婢曰："主人在盗手，是不敢与斗。渠辈屋脊各有人，以防救应；然不能见檐下。汝抉后窗循檐出，密告诸仆：各乘马持械，四面伏三五里外。盗四更后必出，——四更不出，则天晓不能归巢也。——出必挟主人送；苟无人阻，则行一二里必释，不释恐见其去向也。俟其释主人，急负还而相率随其后，相去务在半里内。彼如返斗即奔还；彼止亦止，彼行又随行。再返斗仍奔，再止仍止，再行仍随行。如此数四，彼不返

【译　文】

马德重曾经讲了这么一个故事：沧州城南，强盗抢劫一家富户，已经破门而入了，主人夫妇一起都被捆了起来，全家人连一句话都不敢说。有个妾住在东厢房里，换了衣服逃到厨房躲藏起来，悄悄对烧火丫头说："主人落在强盗手里，因此不敢和他们起冲突。那伙强盗在房顶上也有人，以防有人来救应；但是他们却看不到房檐下的动静。你扒开后窗出去，沿着房檐走，悄悄地告诉其他仆人：叫他们都骑马拿着武器，四面埋伏在三五里之外的地方。强盗们在四更天时肯定撤走。因为如果四更天不走，天亮就不能回他们的巢穴了。他们撤走时肯定要挟持着主人送他们。如果没人阻拦，走一二里地他们就会放了主人，如果不放，他们怕主人知道他们的去向。等他们放了主人，赶紧把主人背回来，然后跟在强盗的后面，距离必须在半里之内。如果强盗回身杀斗，就往回跑，他们停下来，我们也停下来；他们再走，我们也跟着走。他们再回身杀来，我们还跑，他们再停下，我们也停。他们走，我们也随着。

斗则随之。得其巢，彼返斗则既不得战，又不得遁，逮至天明，无一人得脱矣。"婢冒死出告，众以为中理，如其言，果并就擒，重赏灶婢。妾与嫡故不甚协，至是亦相睦。后问妾何以办此？泫然曰："吾故盗魁某甲女，父在时，尝言行劫所畏惟此法，然未见有用之者。今事急姑试，竟侥幸验也。"故曰，用兵者务得敌之情，又曰，以贼攻贼。

这么反复几次，他们估计不再返身杀斗，就跟着他们，弄清楚他们的巢穴。他们回身杀来却摆脱不了我们，又逃不走，这么相持到天亮，就一个也跑不了了。"那个丫头冒着生命危险出去告诉了奴仆们，大家认为有道理，就照妾的话去做，果然强盗都被抓住了，于是主人重赏厨房丫头。这个妾和正妻原来的关系并不好，到现在关系也和睦起来了。后来正妻问妾怎么会想出这种高招来，妾流下一行清泪，哭着说道："我过去是某某强盗头子的女儿，父亲在时，曾经说过打劫就怕对方用这个办法，但是没见有人用过。当时情形危急，试着用用，竟然侥幸管用。"所以说，用兵一定得了解敌方情况，又说，用贼的方法攻打贼。

【原文】

戴东原言：有狐居人家空屋中，与主人通言语，致馈遗，或互假器物，相安若比邻。一日，狐告主人曰："君别院空屋，有缢鬼多年矣。君近拆是屋，鬼无所栖，乃来与我争屋。时时现恶状，恐怖小儿女，已自可憎；又作祟使患寒

【译文】

戴东原曾经讲了这么一个故事：有狐仙居住在一户人家的空屋子里，跟主人还经常说说话，有的时候互相赠送东西，有的时候互相借东西，彼此相安像邻居一样。一天，狐仙告诉屋主人说："您的另一个院子有个空屋，有一个上吊死的鬼魂，已经很多年了。您拆掉了这间屋子，鬼没有地方去，就跑到这来跟我抢地盘。经常出现一些恐怖的样子，惊吓我家的小孩子们，这种行为已经让人非常厌恶了；又经常作

热，尤不堪忍。某观道士能劾鬼，君盍求之除此害。"主人果求得一符，焚于院中。俄暴风骤起，声轰然如雷霆。方骇愕间，闻屋瓦格格乱鸣，如数十人奔走践踏者，屋上呼曰："吾计大左，悔不及。顷神将下击，鬼缚而吾亦被驱，今别君去矣。"盖不忍其愤，急于一逞，未有不两败俱伤者。观于此狐，可为炯鉴。又吕氏表兄（忘其名字，先姑之长子也。）言：有人患狐祟，延术士禁咒。狐去而术士需索无厌，时遣木人纸虎之类至其家扰人，赂之，暂止。越旬日复然，其祟更甚于狐，携家至京师避之，乃免。锐于求胜，借助小人，未有不遭反噬者，此亦一征矣。

祟，让我的家人一会热一会冷地生病，这个是我们尤其不能忍受的。听说有个道观的道士能够驱鬼，您何不去请他来除掉这个缢鬼？"主人去了之后果然求到了一张符，在院子里焚烧了。一会儿，突然刮起了暴风，有个很大的声音像是雷霆一样。正感到惊讶害怕的时候，听到房子上的瓦片格格乱响，就好像有数十个人在奔走践踏，屋子上有人喊叫道："我的计谋失败了，后悔不及。一会儿神就会下来发动攻击，虽然鬼会被抓住，但是我也会被驱赶走了，现在告别您而去。"估计是忍不住自己的愤怒，急于发泄自己的愤怒，没有不两败俱伤的。这个狐仙的故事，可以作为借鉴。还有另外一个故事，吕氏有个表兄，（忘记名字了，是姑姑的长子。）曾经讲过这么一个故事：有人被狐祟，请术士念禁咒。狐妖被赶走了，但是术士贪得无厌，经常指使木头人、纸老虎之类的到他家骚扰家人，只有贿赂术士，这种情况才能暂时停止。等过十几天之后还是这样，道士作怪可以说比狐妖更甚。只好带着家人到京师去避难，这才摆脱了这个道士。太想获得胜利，借助了小人的力量，没有不被小人反咬一口的，这也是一个例子。

【原文】

张太守墨谷言：德、景间有富室，恒积谷而不积金，防劫盗也。康熙、雍正间，岁频歉，米价昂。闭廪不肯粜升合，冀价再增。乡人病之，而无如何。有角妓号玉面狐者曰：“是易与，第备钱以待可耳。”乃自诣其家曰：“我为鸨母钱树，鸨母顾虐我。昨与勃谿，约我以千金自赎。我亦厌倦风尘，愿得一忠厚长者托终身，念无如公者。公能捐千金，则终身执巾栉。闻公不喜积金，即钱二千贯亦足抵。昨有木商闻此事，已回天津取资。计其到，当在半月外。我不愿随此庸奴，公能于十日内先定，则受德多矣。”张故惑此妓，闻之惊喜，急出谷贱售。廪已开，买者坌至，不能复闭，遂空其所积，米价大平。谷

【译文】

张太守墨谷曾经讲了这么一个故事：明代宣德、景泰年间有个富裕的人家，总是囤积谷子而不积累银子，防止被抢劫偷盗。清朝康熙、雍正年间，年景总是歉收，米价特别高。富户关闭粮仓，一升一合的米也不肯卖，希望米价再高点。乡亲们都很痛恨他，但也没办法。有个艺妓，叫作玉面狐狸的人说：“想让他开仓放粮很简单，你们准备好钱等着就行了。”于是自己去富人家说：“我是老鸨的摇钱树，鸨母一直虐待我。昨天跟她吵了一架，规定我要是有一千两银子，就可以赎身。我也厌倦这种风尘生活了，愿意找到一个忠厚长者能够托付终身，想来想去没有人比您更合适了。如果您能捐出一千两银子，那我愿意终身当使唤丫头伺候您。听说您不喜欢囤积银子，即使有两千贯钱也足以相抵。昨天有个木材商人听说了这件事，已经回天津去拿钱了。算着他回来的日子，也得半个月以后。我不愿意跟着这个平庸的家伙，如果您能在十天之内先交定金，那我就对您感恩不尽了。”富户本来就被这个艺妓所迷惑，听说这件事，非常惊喜，赶紧打开粮仓，把米低价售卖。粮仓已开，买米的人络绎不绝，已经再也关闭不了了，于是把他平时所积累的米都卖光了，米价马上回落到一个合理的价格。粮食卖光的那天，艺妓

尽之日，妓遣谢富室曰："鸨母养我久，一时负气相诟，致有是议。今悔过挽留，义不可负心。所言姑俟诸异日。"富室原与私约，无媒无证，无一钱聘定，竟无如何也。此事李露园亦言之，当非虚谬。闻此妓年甫十六七，遽能办此，亦女侠哉！

派了一个人去向富户道歉说："鸨母养我很长时间了，一时生气骂了她，导致有让我赎身的想法。现在她又后悔了，一直挽留我，如果我负了她的心就太不讲义气了。以前所说的话，等改天有机会再说吧。"富户原本就是与艺妓私下约定的，没有媒人也没有证人，更加没有一文钱的聘礼，最终也没什么办法。这件事，李露园也曾经讲过，应当不是虚假的。听说这个艺妓仅仅十六七岁，就能办事如此有勇有谋，也是一位女侠啊！

【原文】

王梅序言：交河有为盗诬引者，乡民朴愿，无以自明，以赂求援于县吏。吏闻盗之诬引，由私调其妇，致为所殴。意其妇必美，却赂而微示以意，曰："此事秘密，须其妇潜身自来，乃可授方略。"居间者以告乡民，乡民惮死失志，呼妇母至狱，私语以故。母告妇，哫①然不应也。越两三日，吏家有人夜扣门，启

【译文】

王梅序曾经讲了这么一个故事：交河有个农民被盗贼诬陷为带路的人，这个老乡非常老实，没办法证明自己无罪，于是打算贿赂在县里任职的小吏，向他求助。这个小吏听说强盗之所以诬陷他，是因为强盗私下调戏这个农民的妻子，导致农民揍了强盗一顿。小吏想着这个农民的妻子一定长得非常漂亮，不要他送的钱财，而是微微透露出他的真实意图，说："这件事是秘密的，必须得让你的妻子悄悄地自己来，我才能告诉她该怎么办。"中间负责调停的人把这些话告诉这个农民，农民害怕死，已经失去了自己的立场，把妻子的母亲叫到监狱，私下里告诉她这件事。母亲告诉了自己的女儿，女儿很不高兴，

视，则一丐妇，布帕裹首，衣百结破衫，闯然入。问之不答，且行且解衫与帕，则鲜妆华服艳妇也。惊问所自，红潮晕颊，俯首无言，惟袖出片纸。就所持灯视之，"某人妻"三字而已。吏喜过望，引入内室，故问其来意。妇掩泪曰："不喻君语，何以夜来？既已来此，不必问矣，惟祈毋失信耳。"吏发洪誓，遂相嬿婉。潜留数日，大为妇所蛊惑，神志颠倒，惟恐不得当妇意。妇暂辞去，言："村中日日受侮，难于久住，如城中近君租数楹，便可托庇荫，免无赖凌藉，亦可朝夕相往来。"吏益喜，竟百计白其冤。狱解之后，遇乡民，意甚索漠，以为狎昵其妇，愧相见也。后因事到乡，诣其家，亦拒不见，知其相绝，乃大恨。

不答应。过了两三天，小吏家有人在晚上敲门，开门一看，原来是一个乞丐妇女，用布手绢裹着脑袋，衣服破破烂烂，缝缝补补，闯进了屋子里。问她话也不回答，一边走一边解下破烂衣服，拿掉手帕，原来是艳妆华服的一个妇女。小吏吃惊地问她从哪里来，妇人脸颊上泛起了红晕，低着头不说话，只是把藏在袖子里的纸片拿出来，小吏用手旦拿着的灯看这张纸，上面写着"某人妻"三个字，原来就是这个农民的妻子。小吏大喜过望，把她引入里面的屋子，故意问她来这里的目的。妇女掩面流着泪说："不明白您说的话，怎么会夜里来到这里呢？既然已经来到这里，不必再问了，只希望您遵守诺言，不要失信。"小吏发下大誓，于是两相欢好。妇女悄悄地在小吏家留了好多天，小吏被这个妇女极大地蛊惑了，神志颠倒，只怕没有满足妇女的意思。妇女暂时告别而去，说："在村子里天天挨欺负，很难住得长久，如果在离您近的地方租几间房子，就可以依托您的庇护，免于被无赖欺凌，也可以早早晚晚地与您往来。"小吏一听，更加高兴了，最终千方百计地替这个农民洗清了冤屈，但是当小吏遇到这个农民的时候，感觉他很冷漠，小吏以为是自己跟他的妻子有私情，所以农民见到自己觉得很惭愧。后来因为有事到乡里去，小吏到农民家去拜访，农民竟然也拒绝见面，小吏知道他是断绝关系的意思，于

会有挟妓诱博者讼于官，官断妓押归原籍，吏视之，乡民妇也，就与语。妇言苦为夫禁制，愧相负，相忆殊深。今幸相逢，乞念旧时数日欢，免杖免解。吏又惑之，因告官曰："妓所供乃母家籍，实县民某妻，宜究其夫。"盖觊怂恿官卖，自买之也。遣拘乡民，乡民携妻至，乃别一人，问乡里皆云不伪。问吏何以诬乡民？吏不能对，第曰风闻，问闻之何人？则嗫无语。呼妓问之，妓乃言吏初欲挟污乡民妻，妻念从则失身，不从则夫死。值妓新来，乃尽脱簪珥，赂妓冒名往，故与吏狎识。今当受杖，适与相逢，因仍诳托乡民妻，冀脱棰楚。不虞其又有他谋，致两败也。官覆勘乡民，果被诬，姑念其计出救死，又出于其妻，释不究，而

是非常痛恨这个农民。正好有用妓女做赌注赌博的人告到官府里来，官府断案妓女押回原籍，小吏一看，竟然是那个农民的妻子，走上前去与她说话。这个妇女说，主要是被丈夫管制，很惭愧辜负了小吏，一直很怀念他。现在幸运地又相遇了，请求小吏念在以前有欢好的那么多日子，不要再杖责了。小吏听完又感觉疑惑了，只好告诉县令说："妓女供词里面的籍贯是她娘家的籍贯，她其实是县里农民某某的妻子，应该追究她的丈夫。"大概是想怂恿官卖，然后自己买下她。县令派衙役把这个农民抓到县里，农民带着妻子来了以后，竟然是另外一个人，问其他乡亲，都说这就是农民的妻子，不是假的。县官问小吏，为什么要诬陷这个农民呢？小吏不能回答，只能说是听说来的，又问他从哪里听说的，就一句话也答不出来了。又讯问这个妓女，妓女才说，当时小吏打算要挟侮辱农民的妻子，妻子怕听从小吏的意见就失身了，不听他的，自己的丈夫就会死掉。正好赶上这个妓女是新来的，于是农民妻子把自己的首饰都拿出来，贿赂妓女，希望她冒用自己的名字，代替自己去，因此与小吏认识并非常亲密。现在妓女涉案其中，应当受杖刑，正好又遇到了小吏，于是仍假称自己是农民的妻子，希望能够摆脱被打的命运。没想到小吏又有别的打算，最后导致两个人的如意算盘都落败了。县令又重新审问这个农民，果然发现他是被诬陷的，姑且感

严惩此吏焉。神奸巨蠹，莫吏若矣，而为村妇所笼络，如玩弄婴孩。盖愚者恒为智者败，而物极必反，亦往往于所备之外，有智出其上者，突起而胜之。无往不复，天之道也，使智者终不败，则天地间惟智者存，愚者断绝矣，有是理哉！

念他们设这个计谋是为了救出被判死罪的人，而且又是他的妻子谋划的，把他释放，不予追究，而严厉惩罚这个小吏。神奸巨蠹，没有人比这个小吏更甚的了，却又被村妇所笼络，就像玩弄小孩一样。大概是愚笨的人总是被聪明的人打败，但是物极必反，也往往在准备之外，有更加聪明的人在他之上，就能战胜他。但是天下的事情都是循环往复的，这是自然规律，如果聪明的人始终立于不败之地，那么天地间只有聪明的人存在，愚笨的人就消失了，哪有这样的道理！

注 释

❶咈（fú）：不悦的样子。

【原文】

瞽①者刘君瑞言：一瞽者年三十余，恒往来卫河旁，遇泊舟者，必问："此有殷桐乎？"又必申之曰："夏殷之殷，梧桐之桐也。"有与之同宿者，其梦中呓语，亦惟此二字。问其姓名，则旬日必一变，亦无深诘之者。如是十余年，人多

【译文】

有个盲人叫刘君瑞讲了这么一个故事：一个盲人年纪三十多岁，总是在卫河附近来来往往，遇到停船的人，一定问："这里有叫殷桐的吗？"还一定会解释说："夏殷的殷，梧桐的桐。"有跟他一起住的人，听到他说梦话，也就是只有"殷桐"这两个字。问这个盲人姓名，每过十几天一定变一次，也没有进一步追究的人。像这样过了十多年，很多人都认识他，有的时候遇到他正要询问，就大声喊着告诉他：

识之，或逢其欲问，辄呼曰："此无殷桐，别觅可也。"一日，粮艘泊河干，瞽者问如初。一人挺身上岸曰："是尔耶，殷桐在此，尔何能为？"瞽者狂吼如虓虎，扑抱其颈，口啮其鼻，血淋漓满地。众前拆解，牢不可开，竟共堕河中，随流而没。后得尸于天妃宫前，（海口不受尸，凡河中求尸不得，至天妃宫前必浮出。）桐捶其左胁骨尽断，终不释手；十指抠桐肩背，深入寸余；两颧两颊，啮肉几尽。迄不知其何仇，疑必父母之冤也。夫以无目之人，侦有目之人，其不得决也；以偻弱之人，搏强横之人，其不敌亦决也。此较伍胥②之仇楚，其报更难矣。乃十余年坚意不回，竟卒得而食其肉，岂非精诚之至，天地亦不能违乎！宋高宗③之歌舞湖山，究未可以势弱解也。

"这里没有殷桐，去别处找吧。"一天，运粮食的船在河边停留，盲人还是像以前一样询问。只见一个人直立起身子上岸说："是你啊，我就是殷桐，你想干什么？"盲人立刻狂吼起来，变得像只猛虎一样，扑过去抱着殷桐的脖子，用嘴咬他的鼻子，鲜血淋漓流了一地。众人赶紧上前想把两人分开，可是他们抱得太牢固了，根本无法分开，最后竟然一起掉进了河里，随着波涛被淹没了。后来在天妃宫前找到了两人的尸体，（入海口是留不住尸体的，只要是河里找不到尸体的，到天妃宫前一定浮出。）殷桐捶打盲人的左边肋骨，全部断裂了，但是盲人始终没有放手；盲人的十指抠进殷桐的肩膀和背部，有一寸那么深；左右颧骨、脸颊上的肉几乎被咬没了。现在也不知道两人是什么仇怨，怀疑一定是杀害父母的冤仇。这个眼睛看不见的人，去侦测眼睛正常的人，盲人找不到有眼睛的人，这是一定的；这个瘦弱的人，对搏强横的人，他打不过也是一定的。与伍子胥报楚国的仇相比，这个盲人的报仇确实更难。这个盲人十多年以坚定的意志力支撑着自己，百折不挠，最终竟然被他找到了仇人并且吃了他的肉，难道不是这个人的精诚所至，天地也不能违抗这份恒心吗！宋高宗不思收复失地，只想着歌舞和湖光山色，最终还是不能以自己实力弱小作为借口啊。

注 释

❶瞽（gǔ）：眼睛看不见。

❷伍胥：伍子胥，春秋末期吴国大夫、军事家、谋略家，带兵攻入楚国首都，后被谗言离间，被赐自尽。

❸宋高宗：赵构，字德基，南宋开国皇帝。

【原 文】

沧州城守尉永公宁与舅氏张公梦征友善。余幼在外家，闻其告舅氏一事曰："某前锋有女曰平姐，年十八九，未许人。一日，门外买脂粉，有少年挑之，怒詈而入。父母出视，路无是人，邻里亦未见是人也。夜扃户寝，少年乃出于灯下。知为魅，亦不惊呼，亦不与语，操利剪伪睡以俟之。少年不敢近，惟立于床下，诱说百端。平姐如不见闻。少年倏去，越片时复来，握金珠簪珥数十事，值约千金，陈于床上。平姐仍如不见闻。少年又去，而其物则未收。至

【译 文】

驻守沧州城的军官永宁与我的舅舅张梦征是好朋友。我小时候在外祖父家，听见他告诉舅舅一件事说："某前锋有个女儿叫平姐，年纪十八九岁，还没有定亲。一天她到门外买脂粉，有个年轻人挑逗她，她怒骂了一顿进门去了。父母出去看，路上并没有这个人，邻居们也说没看见这个人。晚上她插上房门就寝，那个年轻人忽然从灯下钻出来。平姐知道是妖怪，也不惊叫，也不跟他说话，只是抓着一把锋利的剪刀假装睡了等着。年轻人不敢靠近，只是站在床旁边，千方百计劝诱，平姐就像没看到没听到一样。年轻人忽然走了，过了一会儿又来，拿着金银珠宝首饰几十件，约摸价值上千两银子，摊在床上，平姐仍然好像没见到没听到。年轻人又走了，那些东西却没有收走。等到天快亮时，年轻人突然出现说：'我偷偷看了你一个通宵，你

天欲曙，少年突出曰：'吾伺尔彻夜，尔竟未一取视也！人至不可以利动，意所不可，鬼神不能争，况我曹乎？吾误会尔私祝一言，妄谓托词于父母，故有是举，尔勿嗔也。'敛其物自去。盖女家素贫，母又老且病，父所支饷不足赡，曾私祝佛前，愿早得一婿养父母，为魅所窃闻也。"然则一语之出，一念之萌，暧昧中俱有伺察矣。耳目之前，可涂饰假借乎！

竟然没有拿起来看一下！人到了不能用钱财打动的地步，最终这种坚强的意志不可改变，鬼神都不能与之相争，更不用说我们这些人了。我错误地以为是你自己想嫁人，随便假托供养父母，所以才有了这种行为，你不要责怪我。'把这些金银珠宝都收敛走了。原来是女孩家里本来就比较贫穷，母亲又老又病，父亲的军饷恐怕不足以支撑家庭的费用，平姐曾经自己在佛前许愿，希望早日找到一个丈夫一起供养父母，结果被这个妖魅偷听到了。"但是说一句话，萌发一个想法，暗中都有人伺机观察。如同有耳目在眼前监视，难道可以随意夸张乱说吗！

滦阳续录

卷　一

【原 文】

景薄桑榆①，精神日减，无复著书之志，惟时作杂记，聊以消闲。《滦阳消夏录》等四种，皆弄笔遣日者也。年来并此懒为，或时有异闻，偶题片纸；或忽忆旧事，拟补前编。又率不甚收拾，如云烟之过眼，故久未成书。今岁五月，扈②从滦阳，退直之余，昼长多暇，乃连缀成书，命曰《滦阳续录》。缮写既完，因题数语，以志缘起。若夫立言之意，则前四书之序详矣，兹不复衍焉。嘉庆戊午③七夕后三日，观弈道人书于礼部直庐，时年七十有五。

【译 文】

就像日落黄昏，夕阳将至，我的精神一天不如一天，也没有写书的志向了，只是时常作点儿杂记，姑且消遣解闷。《滦阳消夏录》等四本书，都属于随意摘记，打发时间的消遣之作。这几年连这种杂记也懒得写了，有时听到点儿奇闻逸事，偶然写到一张纸片上；有时忽然想起往事，打算补充到前面的几卷书里。可是都没有注意整理，就像过眼云烟，所以久久没能成书。今年五月，随从皇上到滦阳，每天下了班回到住所，白天有很多闲暇，于是（把这些偶然所写）串连起来编成了书，命名为《滦阳续录》。书稿全部誊写完之后，顺便题写几句话，说说创作的缘起。至于写此类东西的本意，前四本书的序言已经说得很详细了，这里不再赘述。嘉庆戊午年七夕后三天，观弈道人写于礼部值班房，时年七十五岁。

注释

❶薄：迫近的意思，景薄桑榆，意思是太阳接近桑榆树梢，因以指日暮，也比喻晚年。

❷扈（hù）：随从。

❸嘉庆戊午：嘉庆三年（1798）。

【原文】

诚谋英勇公阿公（文成公①之子，袭封。）言：灯市口②东有二郎神庙。其庙面西，而晓日初出，辄有金光射室中，似乎返照。其邻屋则不然，莫喻其故。或曰："是庙基址与中和殿东西相直，殿上'火珠'（宫殿金顶，古谓之"火珠"。唐崔曙③有《明堂火珠》诗是也。）映日回光耳。"其或然欤？阿公偶问余"刑天干戚"④事，余举《山海经》⑤以对。阿公曰："君勿谓古记荒唐，是诚有也。昔科尔沁台吉⑥达尔玛达都尝猎于漠北深山，遇一鹿负箭而奔，因引弧殪之。方欲收取，忽一骑驰而

【译文】

诚谋英勇公阿公（文成公的儿子，袭得封号。）说：灯市口东边有座二郎神庙。这座庙坐东朝西，只要早上的太阳一出来，就有金光射到屋里，好像是阳光返照。庙旁边的房子就不这样，不知什么原因。有人说："这座庙的地基与中和殿东西对称，中和殿上有火珠（宫殿金顶，古代称为"火珠"。唐代崔曙有一首《明堂火珠》诗，指的就是这个。）将阳光反射到庙里。"也许是这样吧？阿公偶然问我刑天舞干戚的事情，我举出《山海经》的记载来回答他。阿公说："你不要认为古代的记载是荒唐的，真的确有其事。以前科尔沁台吉达尔玛达都到深山里去打猎，碰到一只中箭的鹿逃命，就拉开弓射死了那只鹿。达尔玛达都正想把鹿拉走，忽然有一个人骑着马飞驰而来，马上的人只有身子没有头，更怪的是眼睛长在两个

至。鞍上人有身无首，其目在两乳，其口在脐，语啁哳自脐出。虽不可辨，然观其手所指画，似言鹿其所射，不应夺之也。从骑皆震慑失次。台吉素有胆，亦指画示以彼射未仆，此射乃获，当剖而均分。其人会意，亦似首肯，竟持半鹿而去。不知其是何部族，居于何地。据其形状，岂非刑天之遗类欤！天地之大，何所不有，儒者自拘于见闻耳。"案：《史记》称《山海经》《禹本纪》⑦所有怪物，余不敢信。是其书本在汉以前。《列子》称大禹行而见之，伯益⑧知而名之，夷坚⑨闻而志之。其言必有所受，特后人不免附益又窜乱之，故往往悠谬太甚。且杂以秦汉之地名，分别观之，可矣；必谓本依附《天问》⑩作《山海经》，不应引《山海经》反注《天问》，则太过也。

乳头那里，嘴长在肚脐眼这里，说话时声音就吱吱呀呀从肚脐眼里出来。虽然听不懂他的话，但看他的手势比画，好像说鹿是他射的，不应该抢夺。随从们都受到突然的惊吓失魂落魄，达尔玛达都一向胆大，就比画着说你射了没死，是我补了一箭，它才死，我俩应该对半分。那个人明白了意思，也好像同意了，后来带着半只鹿走了。不知那个人是什么部族，住在什么地方。看他的模样，难道不是刑天的后裔吗？天地广大，无所不有，而儒生太局限于自己的所见所闻了。"按，《史记》中说：《山海经》《禹本纪》中的所有怪物，我都是不太相信的。因为这些书出现在汉代之前。《列子》中说大禹四处奔走时看到过这些怪物，伯益知道这些怪物并给它们起了名字，夷坚听说后把它们记了下来。这种说法肯定是有依据的，只是后人难免有所增补，并加以删改弄乱了，造成了很多的错误；其中还夹杂着秦汉时代的地名，甄别之后读就很好了。如果坚持认为《山海经》是依据《楚辞·天问》写出来的，就不应当引用《山海经》来注释《天问》，那就有点儿太过分了。

注 释

❶文成公：即清代名将阿桂，章佳氏，字广廷。谥号文成，入贤良祠。

❷灯市口：今北京市东城区中部，因设灯市而得名。

❸崔曙：一名崔署，今河南商丘人，唐朝文学家、诗人。

❹刑天干戚：刑天，又作"形天"。《山海经》中的人物。据传，刑天和天帝争夺神位，天帝砍断了他的头，并把他葬在常羊山。刑天竟然以两乳为双目，用肚脐作为口，一手挥舞大斧，一手操持盾牌，斗志不懈。戚，古代兵器，像斧。

❺《山海经》：先秦古籍，记述古代神话、地理、物产、宗教、医药、民俗等多方面的内容，还描述了远古、海外的鸟兽等。

❻台吉：清朝对蒙古贵族封爵名。位次辅国公，分四等，自一等台吉至四等台吉，相当于一品官至四品官。

❼《禹本纪》：相传为战国时楚国人所著，着重记载大禹治水的丰功伟绩，其中记载了许多山河湖泊、地形地貌等，已失传。

❽伯益：又作"伯翳""柏翳""柏益"等。传说他能领悟飞禽语言，被尊称为"百虫将军"，善于畜牧和狩猎，并且发明了最早的屋舍，教会先民建筑房屋，凿挖水井。

❾夷坚：字辅汉，史书又称"张陵"。汉天师，博闻强识。

❿《天问》：浪漫主义诗人屈原的代表作，收录于西汉刘向编辑的《楚辞》中。

【原 文】

门人伊比部①秉绶言：有书生赴京应试，寓西河沿旅舍中。壁悬仕女一轴，风

【译 文】

门人伊比部秉绶曾经讲了这么一个故事：有一个书生进京赶考，住宿在西河沿的旅舍中。旅舍的墙壁上挂着一幅侍女图，风姿绰约，神情样子就像活的一样。

姿艳逸，意态如生。每独坐，辄注视凝思，客至或不觉。一夕，忽翩然自画下，宛一好女子也。书生虽知为魅，而结念既久，意不自持，遂相与笑语嬿婉。比下第南归，竟买此画去。至家，悬之书斋，寂无灵响，然真真②之唤弗辍也。三四月后，忽又翩然下。与话旧事，不甚答，亦不暇致诘，但相悲喜。自此狎媟无间，遂患羸疾。其父召茅山道士劾治，道士熟视壁上，曰："画无妖气，为祟者非此也。"结坛作法，次日，有一狐殪坛下。知先有邪心，以邪召邪，狐故得而假借。其京师之所遇，当亦别一狐也。

书生只要独自坐着，就会凝神注视着这幅画，甚至有客人拜访也没有察觉。一天晚上，画中的女子突然从画上面翩翩走下，宛然一个漂亮的女孩子。书生明明知道她是个妖怪，但是因为思念她很久了，一时把持不住自己，于是与她嬉笑动作亲昵。等到落第后回到南方家乡时，书生最终买走了这幅画。到了家之后，书生把画悬挂到书斋上，安静得没有任何奇异之处。但是一直"真真"之类的呼唤，不肯停下。三四个月后，画像里的女孩又翩然下来了。书生跟她说以前发生的故事，她不怎么回答，也来不及仔细询问，只是感慨重逢不易。从此以后女子与书生亲密无间，无闲暇之时，于是书生不久就得了疾病。他的父亲召请茅山道士来惩治妖怪，道士仔细地看墙上的画，说："图画本身并没有妖气，作祟的并不是这幅画。"于是设坛作法，第二天，有一只狐狸死在坛下。可知先有淫邪之心，以邪招邪，狐妖因此能够乘虚而入。至于书生在京师遇到的，应当是另外的狐妖。

注　释

❶比部：明清中央各部院等衙门属官的通称。

❷真真：出自《松窗杂记》，讲述唐代进士赵颜与画中女子真真的故事，赵颜听说只要昼夜不停地呼唤画中女子的名字"真真"百日，画中人就可复活。

【原文】

戴遂堂①先生讳亨，姚安公癸巳同年也。罢齐河②令归，尝馆余家。言其先德本浙江人，心思巧密，好与西洋人争胜。在钦天监，与南怀仁③忤，（怀仁西洋人，官钦天监正。）遂徙铁岭，故先生为铁岭人。言少时见先人造一鸟铳，形若琵琶，凡火药铅丸皆贮于铳脊，以机轮开闭。其机有二，相衔如牝牡，扳一机则火药铅丸自落筒中，第二机随之并动，石激火出而铳发矣。计二十八发，火药铅丸乃尽，始需重贮。拟献于军营，夜梦一人诃责曰："上帝好生，汝如献此器使流布人间，汝子孙无噍类④矣。"乃惧而不献。说此事时，顾其侄秉瑛（乾隆乙丑⑤进士，官甘肃高台知县。）曰："今尚在汝家乎？可取来一观。"其侄曰："在户部学习时，五弟之子

【译文】

戴遂堂先生的名讳是亨，是我的父亲姚安公癸巳同年的进士。在齐河令的任上被罢官，在我家做幕宾。戴先生说他的先祖本是浙江人，心思巧密，喜欢和西洋人一较高下。在钦天监任职的时候，得罪了南怀仁，（南怀仁是西洋人，官位是钦天监正。）戴家于是被流放到铁岭，因此戴遂堂先生是铁岭人。他说他小时候，看见祖先造了一个鸟铳，样子像琵琶一样，只要是火药铅丸都贮藏在鸟铳的背部，有机械轮子控制开合。有两个机械装置，互相连接，像公母一样，扣一个扳机那么火药铅丸就自动落入枪筒中，第二个机械装置随着一起联动，石头摩擦出火星然后鸟铳就能发射弹药。共计二十八发，火药铅丸就用光了，就需要重新将火药铅丸贮入到铳背里。打算把这个武器献给军营，晚上梦到一个人责骂他道："上天有好生之德，你如果把这种武器献出来，在人间流传开来，你的子孙怕是没有人能活着了。"因为害怕才没有献出来。说这件事的时候，戴先生回头看见他的侄子秉瑛（乾隆乙丑进士，官职是甘肃高台知县），跟他说："现在这个鸟铳还在你家吗？可拿出来看一看。"他的侄子说："在户部学习的时候，五弟的儿子偷走了它，

窃以质钱，已莫可究诘矣。"其为实已亡失，或爱惜不出，盖不可知。然此器亦奇矣。诚谋英勇公因言：征乌什⑥时，文成公与勇毅公明公⑦犄角为营，距寇垒约里许。每相往来，辄有铅丸落马前后，幸不为所中耳。度鸟铳之力不过三十余步，必不相及，疑沟中有伏，搜之无见，皆莫明其故。破敌之后，执俘讯之，乃知其国宝器有二铳，力皆可及一里外。搜索得之，试验不虚，与勇毅公各分其一。勇毅公征缅甸，殁于阵，铳不知所在，文成公所得，今尚藏于家，究不知何术制作也。

典当去换钱了。已经没人知道到哪里去找了。"这个武器是确实已经丢失了，还是戴家人爱惜不肯轻易拿出来，那就不知道了。但是这个鸟铳确实是很神奇的。诚谋英勇公于是也讲了一个故事：在征讨乌什的时候，文成公与勇毅公明公联合起来扎营，成犄角之势，距离贼寇的堡垒一里多地。每次打仗之时，就有铅丸落在马匹的前后，幸运的是，没有被射中过。估算鸟铳的射程不超过三十多步远，一定打不到，怀疑离得近的沟中有埋伏，搜索了半天也没找到，没人知道其中的缘故。打败敌人后，抓住俘虏讯问，才知道敌国的武器有两铳，力量都可以到一里以外。搜到这两个武器，试验了几次，果然就是这样，与勇毅公一人一个。勇毅公征战缅甸，在打仗中牺牲了，他的铳不知道流落到哪里了，文成公所得的铳现在还藏在家中，最终也不知道是用什么技术制作的。

注 释

❶戴遂堂：即戴亨，字通乾，号遂堂，今属辽宁沈阳人。是清代流放东北的武器专家戴梓第三子。

❷齐河：今属山东省德州市。

❸南怀仁：字敦伯，比利时人，天主教传教士，康熙朝掌管钦天监，制造天文仪器。

❹噍（jiào）类：指活着的人。

❺乾隆乙丑：即公元 1745 年。

❻乌什：今属新疆维吾尔自治区阿克苏地区。

❼勇毅公明公：即富察明瑞，字筠亭，满洲镶黄旗人。大学士傅恒之侄。清代中期名将，征缅甸时力战而死。后被封为一等诚嘉毅勇公。

【原文】

宋代有神臂弓，实巨弩也。立于地而踏其机，可三百步外贯铁甲。亦曰克敌弓，洪容斋①试词科，有《克敌弓铭》是也。宋军拒金，多倚此为利器。军法不得遗失一具，或败不能携，则宁碎之，防敌得其机轮仿制也。元世祖②灭宋，得其式，曾用以制胜。至明乃不得其传，惟《永乐大典》尚全载其图说。然其机轮一事一图，但有短长宽窄之度与其牝牡凸凹之形，无一全图。余与邹念乔侍郎穷数日之力，审谛逗合，迄无端绪。余欲钩摹其样，使西洋人料理之。先师刘文正公曰："西洋人用意至深，如算术借根法，

【译文】

宋代有一种神臂弓，实际上是大弩，立在地上用脚踏动机关，弓箭能穿透三百步以外的铁甲。又叫克敌弓，洪迈在《容斋三笔》试词科中《克敌弓铭》说的就是这种弓。宋军抗金，往往倚靠它，把它当作高效的武器。军法规定一张也不能丢失，如果打了败仗来不及带回来，宁可破坏它，以免敌军得到了大弩按照构造用来仿造。元世祖灭了宋朝，得到了克敌弓，曾用它打了胜仗。到了明代，克敌弓失传了，只在《永乐大典》中记载着所有图例。但是关于它的机关原理，一个部件一张图，只有长短宽窄的尺寸，雌雄凸凹的形状，没有一张全图。我和邹念乔侍郎仔细研究了好几天，竭力拼凑，也没弄出个头绪来。我想要勾勒出它的大样，请西洋人研究一下。我的老师刘文正公说："西洋人很有心计，比如算术中的借根法，本来是中国的算法流传到西方

本中法流入西域，故彼国谓之东来法。今从学算，反秘密不肯尽言。此弩既相传利器，安知不阴图以去，而以不解谢我乎？《永乐大典》贮在翰苑，未必后来无解者，何必求之于异国？"余与念乔乃止。"维此老成，瞻言百里"。信乎所见者大也。

的，所以他们称之为东来法。如今向他们学习算术，反而保密不肯完整地说出来。这种克敌弓既然是前代传下来的高效武器，怎么知道他们不会偷偷地学了去，却以不能理解来搪塞我们呢？《永乐大典》藏在翰林院里，后来人未必就弄不明白它，何必要求教于外国呢？"我和邹念乔才打消了请教西洋人的念头。"还是老师老成，站得高看得远。"他的见识想法是够深远的了。

注　释

❶洪容斋：即洪迈，字景庐，号容斋，南宋著名文学家，著有《容斋随笔》。

❷元世祖：孛儿只斤·忽必烈（1215—1294），元朝创建者，在位35年，庙号世祖。

【原　文】

孟鹭洲自记巡视台湾事曰："乾隆丁酉①，偶与友人扶乩，乩赠余以诗曰：'乘槎万里渡沧溟，风雨鱼龙会百灵。海气粘天迷岛屿，潮声簸地走雷霆。鲸波不阻三神岛，鲛室②争看二使星③。记取白云飘渺处，有人同望蜀

【译　文】

孟鹭洲自己记述他巡视台湾的经历时记了这么一个故事：乾隆丁酉年，偶然和朋友一起扶乩，乩仙赠给我一首诗说："乘槎万里渡沧溟，风雨鱼龙会百灵。海气粘天迷岛屿，潮声簸地走雷霆。鲸波不阻三神岛，鲛室争看二使星。记取白云飘渺处，有人同望蜀山青。"当时有巡视台湾的公务，看着扶乩的结果，猜疑可能要派我去。几天

山青。'时将有巡视台湾之役,余疑当往。数日,果命下。六月启行,八月至厦门,渡海,驻半载始归。归时风利,一昼夜即登岸。去时飘荡十七日,险阻异常。初出厦门,即雷雨交作,云雾晦冥。信帆而往,莫知所适。忽腥风触鼻,舟人曰:'黑水洋也。'其水比海水凹下数十丈,阔数十里,长不知其所极。黝然而深,视如泼墨。舟中摇手戒勿语,云其下即龙宫,为第一险处,度此可无虞矣。至白水洋,遇巨鱼鼓鬣④而来,举其首如危峰障日,每一拨剌,浪涌如山,声砰訇如霹雳,移数刻始过尽。计其长,当数百里。舟人云来迎天使,理或然欤?既而飓风四起,舟几覆没。忽有小鸟数十,环绕樯竿。舟人喜跃,称天后来拯。风果顿止,遂得泊澎湖。圣人在上,百神效职,不诬也。遐思所历,一一与诗语相符,非鬼

后,果然接到圣旨。六月出发,八月到厦门,渡过海峡,前往台湾,住了半年才回来。回来时是顺风,船行了一昼夜就到了岸。去时却飘荡了十七天,异常艰难险阻。船刚离开厦门,就雷雨交加,阴云密布。只能任凭船随风鼓帆飘荡,不知到了什么地方。忽然嗅到一股腥风扑鼻而来,船夫说:"这里是黑水洋。"这里的海水比其他地方下陷几十丈,有几十里宽,长得看不到边。水又黑又深,看起来像是泼洒的墨汁。船夫对我摇手示意,不让我出声音,说海水下面就是龙宫,是最险要的地方,过去了就没事了。到了白水洋,碰到大鱼鼓着鳃鬣游来,鱼把头抬起来时,像座高大的山峰一样把阳光都遮住了。它每一次奋鳍击水,就浪涌如山,响声轰轰隆隆像是打雷,过了好几分钟,大鱼才游过去,估计它的身长有几百里。船夫说大鱼是来迎接皇上使者的,紧接着又刮起了飓风,我们的船几乎沉没。忽然有几十只小鸟,环绕着桅杆。船夫马上高兴地跳起来,说是天后来救我们了。大风果真马上停止了,我们这才把船停在澎湖岛。看来圣人在上,百神都来效劳,这话一点儿不假。回想起我的经历,都与诗中的话一一相符,这大概是鬼神的先知先觉吧!当时我的父亲还健

神能前知欤！时先大夫尚在堂，闻余有过海之役，命兄到赤嵌来视余。遂同登望海楼，并末二句亦巧合。益信数皆前定，非人力所能为矣。戊午⑤秋，扈从滦阳，与晓岚宗伯话及。宗伯方草《滦阳续录》，因书其大略付之，或亦足资谈柄耶。"（以上皆鹭洲自序。）考唐钟辂作《定命录》，大旨在戒人躁竞，毋涉妄求。此乩仙预告未来，其语皆验，可使人知无关祸福之惊恐，与无心聚散之踪迹，皆非偶然，亦足消趋避之机械矣。

在，听说我被派出海，就让我哥哥到赤嵌看我。于是我就同哥哥一起登望海楼，这也与诗的末两句巧合了。因此我更加相信，命运都是前定的，不是人力能扭转的。嘉庆戊午年秋，我随从护驾到滦阳，同礼部尚书纪晓岚讲起这件事。纪尚书当时正在写《滦阳续录》，于是我就把大概内容记下来交给他，也许可以作为谈资吧。（以上都是孟鹭洲的自序。）查考唐代钟辂所作《定命录》，大意是劝诫人们不要争强斗胜，不要追求自己不应该得到的东西。乩仙向孟鹭洲预告未来的事情，句句都得到了应验。由此可知，那些虽与祸福无关的恐惧事件，那些意外团聚与分离的踪迹，都不是偶然的事情，这样，人们也就大可不必为趋福避祸而费尽心机了。

注 释

❶乾隆丁酉：乾隆四十二年（1777）。
❷鲛室：鲛人的水中居室。鲛人，古代神话传说中鱼尾人身的生物。
❸二使星：使者的代称。
❹鬣（liè）：鱼颌旁小鳍。
❺戊午：嘉庆三年（1798）。

卷　二

【原文】

昌吉守备①刘德言：昔征回部时，因有急檄，取珠尔士斯②路驰往。阴晦失道，十余骑皆迷，裹粮③垂尽，又无水泉，姑坐树根，冀天晴辨南北。见崖下有人马骨数具，虽风雪剥蚀，衣械并朽，察其形制，似是我兵。因对之慨叹曰："再两日不晴，与君辈在此为侣矣。"顷之，旋风起林外，忽来忽去，似若相招。试纵马随之，风即前导；试暂憩息，风亦不行。晓然知为斯骨之灵，随之返行三四十里，又度岭两重，始得旧路，风亦歘然息矣。众哭拜之而去。嗟乎！生既捐躯，魂犹报国；精灵长在，而名氏翳如④，是亦

【译文】

昌吉守备刘德曾经讲了这么一个故事：从前征讨回部时，因为接到紧急军令，就取道珠尔士斯匆匆赶去。天色昏暗，迷了路，随行的十多名骑兵都找不到方向，随身带的干粮几乎都吃完了，也没有水源。只能暂时坐在树根处，盼着天放晴后再辨别南北。这时看到山崖下有几具人马的骸骨，虽然经过风雪侵蚀，衣服和武器都已腐朽，但从形制上来看，应该是我方的士兵。我于是对着这些骸骨感慨道："如果再过两天还不放晴，我们就要在这里跟你们做伴了。"一会儿，林外突然起了一阵旋风，忽隐忽现，像在召唤我们。我们试着纵马跟随，那风果然在前方带路；我们试着中途停下来歇息，旋风也跟着停下来不动。这才明白，大概是这些阵亡将士的英灵在暗中指引。就这样一路跟随那风往回走了三四十里路，又翻过两座大山岭，才找到了原先的大路，风随即也一下子就停了。我们众人都痛哭跪拜后才离开。唉呀！他们活着时已经为国捐躯，死后魂魄仍在继续报效国家；他们的英灵永远留存，但姓名却无人知

可悲也已。

晓，这真是令人悲叹的事情啊。

注 释

❶守备：清初于少数民族地区设立"卫"，长官为守备。

❷珠尔士斯：地名，今已不可考。

❸裹粮：常指军队出征准备的粮食。

❹翳（yì）如：湮灭，消失。

【原 文】

戊子①昌吉之乱，先未有萌也。屯官②以八月十五夜，犒诸流人，置酒山坡，男女杂坐。屯官醉后逼诸流妇使唱歌，遂顷刻激变，戕杀屯官，劫军装库，据其城。十六日晓，报至乌鲁木齐。大学士温公③促聚兵。时班兵④散在诸屯，城中仅一百四十七人，然皆百战劲卒，视贼蔑如也。温公率之即行，至红山口，守备刘德叩马曰："此去昌吉九十里，我驰一日至城下，是彼逸而我劳，彼坐守而我仰攻。非

【译 文】

乾隆戊子年的昌吉叛乱，事先没有什么迹象。管理军屯的小官在八月十五日晚上，以过中秋节的名义，犒劳流放到这里的屯民，在山坡上摆了酒，男男女女杂坐在一起。官员喝醉了，硬逼着屯民的女眷唱歌，结果立刻激起民变，屯民杀了驻屯官，抢劫武器库房，占领了昌吉城。八月十六日早上，谍报传到乌鲁木齐时，大学士温福立即催促集结兵力前去镇压。但当时兵力都分散在各个军屯里，城里只有一百四十七名军士，虽然人少，但都是些身经百战的老兵，都没有把叛民放在眼里。温公就带着这些兵士出发，走到红山口时，守备刘德禀报说："到昌吉还有九十里路，我们骑马必须赶一天才能到城下，结果就是敌人安逸而我军疲惫，敌人坐守而我军仰攻，恐怕不是一百多兵士就能打

百余人所能办也。且此去昌吉皆平原，玛纳斯河⑤虽稍阔，然处处策马可渡，无险可扼，所可扼者此山口一线路耳。贼得城必不株守，其势当即来。公莫如驻兵于此，借陡崖遮蔽。贼不知多寡，俟其至而扼险下击，是反攻为守，反劳为逸，贼可破也。"温公从之。及贼将至，德左执红旗，右执利刃，令于众曰："望其尘气，虽不过千人，然皆亡命之徒，必以死斗，亦不易当。幸所乘皆屯马，未经战阵，受创必反走。尔等各擎枪屈一膝跪，但伏而击马，马逸则人乱矣。"又令曰："望影鸣枪，则枪不及贼，火药先尽，贼至反无可用。尔等视我旗动，乃许鸣枪；敢先鸣者，手刃之。"俄而贼众枪争发，砰訇动地。德曰："此皆虚发，无能为也。"迨铅丸击前队一人伤，德曰："彼枪及我，我枪必及彼

胜的。而且从这儿到昌吉都是平原，玛纳斯河虽然比较宽，到处都可以骑马渡过，没有什么险要的地方可以扼守，可以扼守的地方，就只有这个山口的一条窄窄的路。叛民占领了昌吉城，就决不会守在城里等着，肯定会乘胜攻来。您不如就驻守在这儿，借助陡峭的悬崖做隐蔽的屏障。叛民不知我军人数的多少，等他们赶到，就能据险冲下山去猛击，这样是反攻为守，反劳为逸，贼兵就能攻破。"温公采纳了刘德的建议。在叛民快赶到山口时，刘德左手举着旗帜，右手握着利刃，对将士们下令说道："从敌军奔过来的气势判断，他们不过一千来人，但都是些亡命之徒，如果拼死而战，不容易抵挡。幸好他们骑的都是屯马，没有经历过战阵，一旦受到狙击必定会往回跑。你们都举着枪蹲下一条腿，只管打敌人的马腿，马一跑，人也就乱了。"他又下令道："刚看见人影时就开枪，枪打不中敌人，白白耗费火药，等火药打完了，敌人到眼前来时反而没有弹药用了。你们要看到我手中旗帜舞动，才能开枪；有谁先开枪的，我杀了他。"一会儿，叛民争相开枪，惊天动地。刘德说："他们这是空放枪，没什么用的。"等敌人的铅弹把前队的一个士兵打伤，刘德才说："现在敌人开枪已经能打中我们了，那么我们开枪也一定能击中敌

矣。"举旗一挥，众枪齐发。贼马果皆横逸，自相冲击。我兵噪而乘之，贼遂歼焉。温公叹曰："刘德状貌如村翁，而临阵镇定乃尔。参将⑥都司⑦，徒善应对趋跄耳。"故是役以德为首功。然捷报不能缕述曲折，今详著之，庶不湮没焉。

他举旗一挥，军士们纷纷开枪。叛军的马果真横冲直撞起来，自相践踏，队伍一下子乱了。官兵于是呐喊着乘势冲出，叛民大败而归。温福叹息道："刘德的长相像个乡巴佬，临阵却能这样镇定自若。而那些参将、都司，只会迎来送往跑前跑后而已。"所以这次战斗就以刘德为首功。因为报给朝廷的捷报不能把事件记述得过于详细，我这里就详加记录，希望不要埋没刘德的功劳。

注 释

❶戊子：乾隆三十三年（1768）。

❷屯官：清代新疆地区的士兵往往带家眷去巩固边防，所以叫军屯，屯官就是某个军屯的小官。

❸大学士温公：费莫氏，字履绥，官至武英殿大学士。

❹班兵：轮班执勤的军队。

❺玛纳斯河：位于新疆维吾尔自治区准噶尔盆地西部，属今昌吉回族自治州，是天山北麓最大的内陆河。

❻参将：清代参将属于中级军官，其上级是副将或者总兵。

❼都司：属于绿营武官，一般为正四品。

【原文】

昌吉未乱之前，通判①赫尔喜奉檄调至乌鲁木齐，核

【译文】

昌吉叛乱之前，通判赫尔喜奉命调到乌鲁木齐核检仓库。听到昌吉城被叛民攻占陷落后，他气愤得不想活，向温

检仓库。及闻城陷，愤不欲生，请于温公曰："屯官激变，其反未必本心。愿单骑迎贼于中途，谕以利害。如其缚献渠②魁，可勿劳征讨；如其枭獍③成群，不肯反正，则必手刃其帅，不与俱生。"温公阻之不可，竟橐鞬④驰去，直入贼中，以大义再三开导。贼皆曰："公是好官，此无与公事。事已至此，势不可回。"遂拥至路旁，置之去。知事不济，乃掣刀奋力杀数贼，格斗而死。当时公论惜之曰："屯官非其所属，流人非其所治，无所谓徇纵也。衅起一时，非预谋不轨，无所谓失察也。奉调他出，身不在署，无所谓守御不坚与弃城逃遁也。所劫者军装库，营弁所掌，无所谓疏防也。于理于法，皆可以无死。而终执城存与存、城亡与亡之一言，甘以身殉。推是志也，虽为常山、睢阳⑤可矣。"故于其枢归，罔不哭奠。而

公请求道："驻屯官激起事变，叛乱未必出自老百姓的本心。我愿意单枪匹马在中途迎敌，陈说利害关系。如果他们能把首犯绑了献出来，就不必劳师征讨了；如果他们是一群食母食父的枭鸟、獍一类的忘恩负义之徒，不肯迷途知返，那么我一定要杀了他们的头子，绝对不跟他同时活着。"温公阻拦他，他不听，竟然全副武装地骑马奔去，直接来到叛民营里，申明大义，再三开导。叛民都说："你是一个好官，这里不关你的事。已经走到这一步，已无可挽回了。"于是把他推到路边，扔下他走了。赫尔喜知道自己的劝说无济于事，拔刀奋力杀了几个叛民，他也在格斗中战死。当时公众舆论很为他惋惜，说："驻屯官不是他的下属，屯民也不是他管理的，不能说他有徇私怂恿之过。叛乱是突然发生的，不是预谋的，不能说是他失于明察。他奉调离开昌吉，当时他不在现场，所以不能说他防守不严，也不能说他弃城逃走。被抢劫的兵器库，有营官专职把守，不能说是他疏于防守。无论从道理上说还是从律法上说，他都可以不死。但是他却坚决要实现城在人在、城亡人亡的誓言，甘心以身殉国。他的忠烈，可以与颜常山、张睢阳媲美了。"因此他的灵柩被运回来时，人们无不哭着祭

于屯官之残骸归，（屯官为贼以铁锏自踵寸寸锏至顶。乱定后，始掇拾之。）无焚一陌纸钱⑥者。

奠。而屯官的残骸被运回来时（屯官被叛兵用铁锏从脚开始一寸寸锏到头顶。叛乱结束后，才掇拾收拢。）连给他烧一叠纸钱的人也没有。

注 释

❶通判：官名。清代时各府的通判，分掌运粮及农田水利等事务，实际上是个闲职。

❷渠：第三人称他的意思。

❸枭獍（xiāojìng）：枭、獍都是恶兽，生而食父食母。

❹櫜鞬（tuójiān）：櫜，弓箭犍盒的外皮囊。鞬，马上装弓箭的器具。

❺常山、睢阳：常山，指唐代颜杲卿，本为安禄山部下，安禄山叛乱后，镇守常山（今河北正定），后被安禄山割舌，仍大骂直至气绝。睢阳，指张巡。安禄山叛兵攻打江淮屏障睢阳（今河南商丘境内），与许远死守孤城，弹尽粮绝，壮烈就义。这是典故常山舌、睢阳齿的来历。

❻一陌纸钱：古代指一百纸钱，这里就是一串纸钱的意思。

【原 文】

郭大椿、郭双桂、郭三槐，兄弟也。三槐屡侮其兄，且诣县讼之。归憩一寺，见缁袍满座，梵呗①竞作。主人虽吉服，而容色惨沮。宣疏通诚之时，泪随声下。叩之，寺僧曰："某公之兄病

【译 文】

郭大椿、郭双桂、郭三槐是三兄弟。三槐总是欺侮他的哥哥们，还要到县衙去告哥哥们。回来后在一座寺庙里休息，看到高僧满座，争相奏响佛乐。主人虽然穿着吉服，但是面容脸色惨淡沮丧。向佛祖请愿时，声泪俱下。三槐问这是怎么回事，庙里的和尚说："这位先生的

危，为叩佛祈福也。"三槐痴立良久，忽发颠狂，顿足捶胸而呼曰："人家兄弟如是耶？"如是一语，反覆不已。掖至家，不寝不食，仍顿足捶胸，诵此一语，两三日不止。大椿、双桂故别住，闻信俱来，持其手哭曰："弟何至是？"三槐又痴立良久，突抱两兄曰："兄固如是耶！"长号数声，一踊而绝，咸曰神殛之，非也。三槐愧而自咎，此圣贤所谓改过，释氏所谓忏悔也。苟充是志，虽田荆、姜被②，均所能为。神方许之，安得殛之？其一恸立殒，直由感动于中，天良激发，自觉不可立于世，故一瞑不视，戢③影黄泉，岂神之褫其魄哉？惜知过而不知补过，气质用事，一往莫收；无学问以济之，无明师益友以导之，无贤妻子以辅之，遂不能恶始美终，以图晚盖，是则其不幸焉耳。昔田氏姊买一小婢，

兄长病危，在这里拜佛为兄长祈福。"三槐听后痴痴地站了很长时间，忽然发狂一样，捶胸顿足地喊道："别人家的兄弟都像这样子吗？"就是这一句话，反反复复地说。被搀扶着回到家后，不睡觉也不吃饭，依然捶胸顿足，就是说这一句话，两三天一直是这种状态。大椿、双桂本来去了别的地方，听说弟弟癫狂，两人赶紧一同赶来，握住弟弟的手哭着说："弟弟为啥变成了这样？"三槐又呆呆地站了很久，突然抱住两位兄长说："哥哥们还是这样啊！"大声叫了好几声，悲伤过度去世了。都说是神灵杀掉了三槐，其实不是的。三槐愧疚而自责，这就是圣贤所说的改过，佛家所说的忏悔啊。如果这种兄弟之间的友爱之情是可以靠外力充满的话，田荆、姜被人人都是可以做到的。神已经感受到了三槐的悔过之心，又怎么能杀掉他呢？三槐心中痛苦到了极限，立刻丧命，天良被激发出来，自己感觉无法在世间立足，所以一命呜呼，身赴黄泉。哪里是神夺走了他的魂魄呢？可惜那些人知道错误却不知悔改，意气用事，不管不顾；没有学问来充实，没有良师益友来引导，没有贤惠的妻子来辅佐，最终不能做到开头不好而善终，想来遮盖前面的罪恶，这就是他不幸的地方啊。以前田氏姐姐

倡家女也。闻人诮邻妇淫乱，瞿然④惊曰："是不可为耶？吾以为当如是也。"后嫁为农家妻，终身贞洁。然则三槐悖理，正坐不知，故子弟当先使知礼。

买了一个小婢女，听人讥讽邻居妇女淫乱，吃惊地说："这些事是不能做的吗？我还以为本来就是这样的呢。"后来嫁给农民为妻，终身贞洁。但是三槐做的事情有悖常理，正是因为他不知道正确的礼节是什么，所以子弟应当先让他们学习礼节。

注 释

❶梵呗：中国佛教音乐。

❷田荆、姜被：指田真兄弟、姜肱兄弟友爱的故事。

❸戢（jí）：收藏的意思。

❹瞿（jù）然：吃惊的样子。

【原 文】

　　蔡季实殿撰①有一仆，京师长随也。狡黠善应对，季实颇喜之。忽一日，二幼子并暴卒，其妻亦自缢于家。莫测其故，姑殓之而已。其家有老妪私语人曰："是私有外遇，欲毒杀其夫，而后携子以嫁。阴市砒制饼饵，待其夫归。不虞二子窃食，竟并死。妇悔恨莫

【译 文】

　　蔡季实殿撰曾经有一个仆人，原来是京城官员的仆人。为人狡黠，善于与人应对，季实特别喜欢他。突然有一天，这个仆人的两个小儿子暴病而亡，他的妻子也在家里上吊自杀了。不知道是什么原因，只能先把死者入殓罢了。他们家有个老太太私下里对别人说："这个女子有了外遇，打算毒杀她的丈夫，然后带儿子再嫁。暗中买砒霜做成饼饵，等待她的丈夫回来。没想到两个儿子偷偷地吃掉了，最后都被毒死了。这个女子非常悔恨，但是也没法

解，亦遂并命。"然妪昏夜之中，窗外窃听，仅粗闻秘谋之语，未辨所遇者为谁，亦无从究诘矣。其仆旋亦发病死。死后，其同侪窃议曰："主人惟信彼，彼乃百计欺主人。他事毋论，即如昨日四鼓诣圆明园侍班，彼故纵驾车骡逸，御者追之复不返。更漏已促，叩门借车必不及。急使雇倩②，则曰风雨将来，非五千钱人不往。主人无计，竟委曲从之，不太甚乎！奇祸或以是耶！"季实闻之，曰："是死晚矣，吾误以为解事人也。"

辩解，于是只能上吊死了。"但是这个老太太在昏暗的夜里，在窗户外面偷听到的，仅听到了这个密谋的大概内容，不知道这个女子外遇的对象是谁，也无从去追究诘问了。他的这个仆人很快也发病而死。死后，与他同级的仆人们私下里议论说："主人只是信任他，他可是千方百计欺骗主人。其他事情不要说，就说昨天到四鼓的时候送主人去圆明园上班，他故意飞快地驾车，让骡子跑了，赶车的人去追骡子没有回来。眼看着时间一点点过去，上班就要迟到了，再敲人家的门借车肯定来不及了。主人着急地让他花钱去找车，他回来却说风雨就要来了，那些赶车的人不给五千钱，没人肯去。主人没有办法，只能勉强听他的，这不是太过分了嘛！也许就是因为他平常这样坏，才招致了奇祸。"季实听说了，说："这个人死得晚了，我竟然错误地认为他是能够帮我办事的人。"

注 释

❶殿撰：明清进士一甲第一名例授翰林院修撰，因此称状元为殿撰。

❷倩：语助词，请的意思。

【原　文】

　　宗室敬亭先生①，英郡王五世孙也。著《四松堂集》五卷，中有《拙鹊亭记》曰："鹊巢鸠居，谓鹊巧而鸠拙也。小园之鹊，乃十百其侣，惟林是栖。窥其意，非故厌乎巢居，亦非畏鸠夺之也。盖其性拙，视鸠为甚，殆不善于为巢者。故雨雪霜霰，毛羽襦袴②；而朝阳一晞，乃复群噪于木杪③，其音怡然，似不以露栖为苦。且飞不高骞④，去不远扬，惟饮啄于园之左右。或时入主人之堂，值主人食，弃其余，便就而置其喙；主人之客来，亦不惊起，若视客与主人皆无机心者然。辛丑⑤初冬，作一亭于堂之北，冻林四合，鹊环而栖之，因名曰'拙鹊亭'。夫鸠拙宜也，鹊何拙？然不拙不足为吾园之鹊也。"案此记借鹊寓意，其事近在目

【译　文】

　　皇族宗室敬亭先生，是英郡王的五世孙，著作有《四松堂集》五卷，其中有一篇文章叫《拙鹊亭记》，内容是这样的："鹊巢被鸠占据，说是鹊灵巧而鸠笨拙。小地方的鹊，有十倍百倍的数量，只是在树林中栖息。看它们的意思，并不是讨厌住在巢穴里，也不是怕鸠夺走它们的巢穴。鹊的本性是笨拙的，它们把鸠鸟看得非常特别，大概鹊鸟是不善于做巢的。所以在雨雪霜雾的天气，羽毛散乱；等到太阳出来，羽毛晒干了，于是又成群结队地在树梢头哇哇叫，听着它们的声音好像怡然自得，似乎不因为露栖感到辛苦。而且它们飞也飞不了太高，也离不开太远，只能在园子里这个范围内喝水啄食。有的鹊鸟时不时地到主人的屋子里，赶上主人吃饭，把剩下的饭扔掉，鹊鸟就趁势吃掉了这些弃物；主人有客人来拜访，鹊鸟也不会惊起乱飞，好像看客人与主人都是没有机心的人啊。辛丑初冬，在正屋的北面建造了一个亭子，四周都是被冰冻的树林，鹊鸟环绕亭子栖息，于是给亭子起了一个名字叫'拙鹊亭'。大家都认为鸠鸟是笨拙的，鹊鸟怎么笨拙了呢？但是不笨拙不足以做我园子里的鹊鸟啊。"这篇故事是借鹊来寓意，所说的事情近在眼前，

前，定非虚构，是亦异闻也。先生之弟仓场侍郎宜公⑥，刻先生集竟，余为校雠，因掇而录之，以资谈柄。

一定不是虚构的，这件事也是一桩异闻啊。先生的弟弟仓场侍郎宜公，把《四松堂集》刊刻完毕，我来做校勘的工作，于是把这件事挑出来写在我的笔记中，用来做闲谈的话题。"

注 释

❶敬亭先生：爱新觉罗·敦诚，字敬亭，号松堂，努尔哈赤第十二子阿济格之五世孙。敦敏之弟，二人都与曹雪芹有交往。

❷襹褷（líshī）：羽毛散乱的样子。

❸杪（miǎo）：树木的末梢。

❹翥（zhù）：向上飞的意思。

❺辛丑：即乾隆四十六年，公元1781年。

❻仓场侍郎宜公：爱新觉罗·宜兴，字桂圃，清宗室，镶红旗人，官至仓场侍郎。仓场，是贮藏漕运粮食的场所，仓场侍郎，就是仓场的总官。

卷 三

【原　文】

德州李秋崖言：尝与数友赴济南秋试，宿旅舍中，屋颇敝陋。而旁一院，屋二楹，稍整洁，乃锁闭之。怪主人不以留客，将待富贵者居耶？主人曰："是屋有魅，不知其狐与鬼，久无人居，故稍洁，非敢择客也。"一友强使开之，展襆被独卧，临睡大言曰："是男魅耶，吾与尔角力；是女魅耶，尔与吾荐枕。勿瑟缩不出也。"闭户灭烛，殊无他异。人定后，闻窗外小语曰："荐枕者来矣。"方欲起视，突一巨物压身上，重若盘石，几不可胜。扪之，长毛鬖鬖①，喘如牛吼。此友素多力，因抱持搏击。此物亦多力，牵拽起仆，滚室

【译　文】

德州人李秋崖曾经讲了这么一个故事：他曾经和几个朋友去济南参加秋试，住进了一家旅店，旅店的房子十分破旧。而旁边一个院子有两间房屋，看上去干净一些，房门却锁着。他们责怪旅店主人不想给普通客人住，难道想留给那些有钱人住？主人说："这两间房有魅怪，不知是狐还是鬼，好久无人敢住，所以比别处干净一些。不是我敢挑选客人。"有个朋友强行让主人打开那两间房，铺开被褥独自躺下，临睡前放出大话说："如果碰上男鬼，我就比比力气；若是女鬼，正好和我同床共枕，千万别害怕躲着不敢出来。"他关门吹灭蜡烛睡下了，也没发生什么奇怪的事。夜深人静后，他听到窗外有人小声说："与你同床共枕的来了。"他正要坐起来看，突然感到有个巨大的东西压到他身上，重得像一块大石头，简直承受不了。摸一摸，这个东西满身披挂着长长的毛，喘气的声音像牛吼一般。这个朋友一向很有力气，于是就抱住那个家伙，同他搏斗起来。那个家伙力气也很大，双方撕扯滚打，几乎

中几遍。诸友闻声往视，门闭不得入，但听其砰訇而已。约二三刻许，魅要害中拳，嗷然遁。此友开户出，见众人环立，指天画地，说顷时状，意殊自得也。时甫交三鼓，仍各归寝。此友将睡未睡，闻窗外又小语曰："荐枕者真来矣。顷欲相就，家兄急欲先角力，因尔唐突。今渠已愧沮不敢出，妾敬来寻盟也。"语讫，已至榻前，探手抚其面，指纤如春葱，滑泽如玉，脂香粉气，馥馥袭人。心知其意不良，爱其柔媚，且共寝以观其变。遂引之入衾，备极缱绻。至欢畅极时，忽觉此女腹中气一吸，即心神恍惚，百脉沸涌，昏昏然竟不知人。比晓，门不启，呼之不应，急与主人破窗入，噀②水喷之，乃醒，已儳然③如病夫。送归其家，医药半载，乃杖而行。自此豪气都尽，无复轩昂意兴矣。力能

把屋子的角角落落都滚遍了。其他几个朋友听到声音来看，只是房门紧紧关着，无法进入，只听见里面"砰砰訇訇"的声响不断。约摸过了两三刻钟，那个怪物被一拳击中要害，"嗷"的一声逃走了。这个朋友开门出来，见众人围绕着站在门外，就指天画地描绘起与怪物搏斗的情形，看上去很是得意。当时刚刚到三更，大家见他无事，就各自回房睡下。这个朋友将睡未睡时，又听窗外小声说："与你同床共枕的人真的来了。刚才我本想来，家兄急着先要跟你较量较量，因而有所冒犯。现在他已经又羞愧又沮丧，不敢出来了，我恭恭敬敬来赴前约。"话刚说完，女子已经来到床边，伸手抚摸他的脸，手指纤细若春葱，润滑如玉，脂粉香气扑面而来，馥郁芳香，沁人心脾。这个朋友明知她居心不良，却喜欢她温柔妩媚，想着暂且与她同床，看看她有什么花招。于是他将女子拉进被窝，极其缠绵亲热。正觉得欢畅之极时，他忽然觉得女子腹中猛一吸气，立即觉得心神恍惚、血脉沸腾起来，不一会儿就昏昏沉沉不省人事了。等到了早上，门没开，大家叫他也没人答应，朋友们急忙和主人一起破窗而入，用水喷醒他，此时他已经有气无力，像个病人了。众人将他送回了家，他求医问药治了半年，才勉强能够挂着拐杖走路。从此后他的豪气任

胜强暴，而不能不败于妖冶。欧阳公曰："祸患常生于忽微，智勇多困于所溺。"④岂不然哉！

性都丧尽，再也没有那种趾高气扬的样子了。这个人的勇力可以胜强暴，却不能不败于妖艳女子之手。欧阳修说："祸患常起于微小的疏忽，智勇者多败于他所溺爱的事物。"难道不是这样吗！

注 释

❶鬖鬖（sān）：毛发垂下来的意思。

❷嗅（xùn）：含在嘴里喷出来。

❸儽（lěi）然：疲惫、颓丧的样子。

❹祸患常生于忽微，智勇多困于所溺：此语选自欧阳修《新五代史·伶官传》。

【原 文】

赛商鞅者，不欲著其名氏里贯，老诸生也，挈家寓京师。天资刻薄，凡善人善事，必推求其疵颣，故得此名。钱敦堂编修殁，其门生为经纪棺衾，赡恤妻子，事事得所。赛商鞅曰："世间无如此好人。此欲博古道之名，使要津闻之，易于攀援奔竞耳。"一贫民母死于路，跪乞钱买棺，形容枯槁，声

【译 文】

赛商鞅，不打算写出他的姓名、籍贯、地址，是一个没有功名的老诸生，带着全家在京师寓居，天生刻薄，只要遇到好人好事，一定会找到其中的瑕疵，因此得名赛商鞅。钱敦堂编修去世了，他的门生为他置办棺椁寿衣，安抚接济孤儿寡母，事事都安排得井井有条。赛商鞅就此事发表言论说："世间没有这么好的人。这一定是要博得古道热肠的名声，使得重要的官员听说这些，便于攀附权贵，为自己的前途考虑罢了。"一个贫穷的人的母亲在路上去世了，他跪在那里讨钱买棺

音酸楚。人竞以钱投之。赛商鞅曰："此指尸敛财，尸亦未必其母。他人可欺，不能欺我也。"过一旌表节妇坊下，仰视微哂曰："是家富贵，仆从如云，岂少秦宫、冯子都①耶！此事须核，不敢遽言非，亦不敢遽言是也。"平生操论皆类此。人皆畏而避之，无敢延以教读者，竟困顿以殁。殁后，妻孥流落，不可言状。有人于酒筵遇一妓，举止尚有士风，讶其不类倚门者，问之，即其小女也。亦可哀矣。先姚安公曰："此老生平亦无大过，但务欲其识加人一等，故不觉至是耳。可不戒哉！"

材，身体瘦弱，容貌憔悴，声音酸楚。人们都纷纷把钱扔给他。赛商鞅说："这是一种靠尸首敛财的行为，尸体未必是他的母亲，他能骗得了别人，可骗不了我。"路过一个旌表节妇的牌坊下，赛商鞅抬头看着，稍微有些不屑地说："这个家族非常富贵，仆人和随从像云一样，怎么少得了秦宫、冯子都这样的宠奴呢！这件事需要核实，不敢随便说不是，也不敢随便说是。"赛商鞅平生的言论就是类似这样的。人们都怕他，而且都躲避着他，没有人敢请他来教授自己的子弟，最终他竟困顿而死。死后，妻子儿女流落街头，惨状不可形容。有人在酒席遇到一个歌妓，言谈举止还存有书香门第的风采，很惊讶她不似其他那些倚门卖笑的人，仔细询问，原来是赛商鞅的小女儿。这也是很可悲的啊。先姚安公说："这个老先生平生也倒是没有什么大的过错，只是一定要显得自己的见识比别人更高一等，所以不知不觉到了这一步，一定要引以为戒啊！"

注 释

❶秦宫、冯子都：秦宫是东汉权臣梁冀的宠奴，冯子都是西汉权臣霍光的宠奴。

【原 文】

先姚安公曰："子弟读书之余，亦当使略知家事，略知世事，而后可以治家，可以涉世。明之季年，道学弥尊，科甲弥重。于是黠者坐讲心学，以攀援声气；朴者株守课册，以求取功名。致读书之人，十无二三能解事。崇祯壬午①，厚斋公②携家居河间，避孟村土寇。厚斋公卒后，闻大兵将至河间，又拟乡居。濒行时，比邻一叟顾门神叹曰：'使今日有一人如尉迟敬德、秦琼，当不至此。'汝两曾伯祖，一讳景星，一讳景辰，皆名诸生也。方在门外束襆被，闻之，与辩曰：'此神荼、郁垒③像，非尉迟敬德、秦琼也。'叟不服，检邱处机《西游记》④为证。二公谓委巷小说不足据，又入室取东方朔《神异经》⑤与争。时已薄暮，检寻既移时，反

【译 文】

我的父亲姚安公曾经讲过这么一番话："家里的孩子读书之外，也应该让他们稍微了解下家里的大事小情。这样以后才能治家，才能明白社会上的人情世故。明朝晚年，人们尤其尊崇道学，过分看中科举考试，于是那些狡黠投机的人就开始讲心学，用来攀附儒学声气；心思简单的人就固守书本知识，来求取功名。导致读书人十个里面有两三个不明白事理，只知道死读书。崇祯壬午年的时候，厚斋公带着家眷住在河间，躲避孟村的土寇。厚斋公去世以后，听说大军将到河间，就打算搬到农村居住。快出发的时候，邻居的一位老人回头看着门上贴着的门神感叹道：'假使现在有一个人像尉迟敬德、秦琼，局面肯定不会这样。'你的两位曾伯祖，一个名讳是景星，一个名讳是景辰，都是有名的诸生。当时正在外面收拾行李，正捆被子、褥子，听到老人说的话，与他争辩道：'这是神荼、郁垒的画像，不是尉迟敬德、秦琼。'老人不服气，翻检邱处机所作的《西游记》为证。两位曾伯祖说这种民间传说，琐言短语不值得作为证据，老人又跑到屋里，拿出东方朔所作的《神异经》跟他们争辩。当时天已经快黑了，查找资料已经用了不少时间，反复辩

覆讲论又移时，城门已阖，遂不能出。次日将行，而大兵已合围矣。城破，遂全家遇难。惟汝曾祖光禄公、曾伯祖镇番公及叔祖云台公存耳。死生呼吸，间不容发之时，尚考证古书之真伪，岂非惟知读书不预外事之故哉！"姚安公此论，余初作各种笔记，皆未敢载，为涉及两曾伯祖也。今再思之，书痴尚非不佳事，古来大儒似此者不一，因补书于此。

论，讲述自己的观点，又浪费了不少时间，结果城门已经关了，无法出城了。第二天将要出城，结果大军已经把城包围了。城破后，全家都被杀害了。只有你的曾祖光禄公、曾伯祖镇番公和叔祖云台公幸存下来。死生就是呼吸间的事情，是间不容发的紧要时刻，还在考证古书的真假，难道是除了读书，别的事情一概不干导致的吗！"姚安公说的这番话，我开始写前面那些笔记的时候，都没敢写进去，因为涉及两位曾伯祖啊。现在考量再三，做书痴并不是一件不好的事情，但是自古以来像这样不通事理的大儒也不止一位，于是补写这个故事在这里。

注 释

❶崇祯壬午：即崇祯十五年，公元 1642 年。

❷厚斋公：纪晓岚高祖父，生平事迹不详。

❸神荼、郁垒：汉族民间信奉的两位门神，传说其专治恶鬼，一般神荼在左，郁垒在右。

❹邱处机《西游记》：即《长春真人西游记》，主要记录邱处机西行大漠的见闻故事，一说为其弟子李志常所作。

❺东方朔《神异经》：中国古代神话志怪小说集，旧题汉东方朔所作。书中保留了很多珍贵的神话资料。

【原　文】

门人福安①陈坊言：闽有人深山夜行，仓卒失路。恐愈迷愈远，遂坐崖下，待天晓。忽闻有人语，时缺月微升，略辨形色，似二三十人坐崖上，又十余人出没丛薄间。顾视左右皆乱冢，心知为鬼物，伏不敢动。俄闻互语社公②来，窃睨之，衣冠文雅，年约三十余，颇类书生，殊不作剧场白须布袍状。先至崖上，不知作何事。次至丛薄，对十余鬼太息曰："汝辈何故自取横亡，使众鬼不以为伍？饥寒可念，今有少物哺汝。"遂撮饭撒草间。十余鬼争取，或笑或泣。社公又太息曰："此邦之俗，大抵胜负之念太盛，恩怨之见太明。其弱者力不能敌，则思自戕以累人，不知自尽之案，律无抵法，徒自陨其生也。

【译　文】

门人福安陈坊讲过这样一个故事：福建有个人在深山中夜里赶路，突然迷了方向。担心越走越远，他索性坐在山崖下，等待天亮。忽然听见有人说话，抬头一看，这时月亮刚露出一点弯弯的样子，借着微弱的月光，隐约看见崖上似乎坐着二三十个人，附近的草丛间还有十来个人影若隐若现。细看四周，都是杂乱的坟堆，心里知道这些大概都是鬼，便紧张地趴在那儿一动也不敢动。没多久，就听到他们互相说着："社公来了！"那人悄悄抬眼，见那位"社公"衣帽整齐，举止斯文，三十多岁，很像读书人，完全不像戏台上那种白胡子、穿布袍的形象。"社公"先到崖上，不知在干什么，随后又到那片草丛间，对那十来个鬼叹气说："你们怎么会沦落到横死的境地，让众鬼都不肯跟你们在一起？我也知道你们挨饿受冻，实在可怜，这里有些食物给你们吃吧。"说着便抓起一些饭撒在草丛擢下。那十几个鬼争相捡食，有的笑，有的哭。社公再次叹道："这地方民风大概胜负之心太重，恩怨分得过于明白。那些力量弱的打不过别人，便想通过自杀来牵累仇家，却不知自杀这种事，法律上并没有条文规定，要用对方的命来抵偿，反倒白白断送了自己的性命。至于力量强的一

其强者妄意两家各杀一命，即足相抵，则械斗以泄愤。不知律凡杀二命，各别以生者抵，不以死者抵。死者方知悔之已晚，生者不知为之弥甚，不亦悲乎！"十余鬼皆哭。俄，远寺钟动，一时俱寂。此人尝以告陈生，陈生曰："社公言之，不如令长言之也。然神道设教，或挽回一二，亦未可知耳。"

方，错误地认为两家各死一个，便算扯平，于是就纠众械斗，以求泄恨。却不明白法律认定'杀两条命要由活人各自抵罪'，死去的人没法用来相抵。等到死的时候才知道，这时候后悔已经晚了，活着的人不明白这个道理，反而变本加厉，这不是更加令人悲叹吗？"那十几个鬼听完都哭了起来。一会儿，不远处寺院的钟声悠然响起，一下子，所有声音都归于寂静。这个人曾经把这件事告诉了陈生，陈生说："社公来劝说他们，不如让长辈来劝说他啊。但是神通过这些来阐明人间的道理，有的可以挽回一两个人的性命，也是不一定的事啊。"

注 释

❶福安：今属福建省宁德市。

❷社公：民间对土地神的称呼。

卷　四

【原 文】

　　老仆施祥尝曰："天下惟鬼最痴。鬼据之室，人多不住。偶然有客来宿，不过暂居耳，暂让之何害？而必出扰之。遇禄命重、血气刚者，多自败；甚或符箓劾治，更蹈不测。即不然，而人既不居，屋必不葺，久而自圮，汝又何归耶？"老仆刘文斗曰："此语诚有理，然谁能传与鬼知？汝毋乃更痴于鬼！"姚安公闻之，曰："刘文斗正患不痴耳。"祥小字举儿，与姚安公同庚，八岁即为公伴读。数年，始能暗诵《千字文》；开卷乃不识一字。然天性忠直，视主人之事如己事，虽嫌怨不避。尔时家中外倚祥，内倚廖媪，故百事皆井井。雍正甲寅，

【译 文】

　　老仆人施祥曾说："世上最痴的，非鬼莫属。鬼若霸占一间屋子，人一般就不愿住了。偶尔有人借宿，不过是临时歇脚片刻，让他们暂住一下又有什么关系？可鬼偏要出来搅扰。若撞见命格硬、阳气盛的人，鬼常常自取其败；甚至有人请来符箓道法来镇压，更可能让它遭遇更大的灾祸。就算没有这些情况，人不再住了，房子自然没人修缮，日子一久就会坍塌，到那时鬼又能住到哪儿去呢？"另一位老仆刘文斗插嘴说："你这一番话确实有道理，可是谁能把这些道理告诉鬼让它明白？你这样想，是不是比鬼还傻啊？"姚安公听了，说："刘文斗之所以这么说，正是因为他不够'傻'。"施祥小名叫"举儿"，与姚安公同岁，八岁起便做了姚安公的伴读。过了好几年，才勉强能背诵《千字文》，可一旦翻开书却一个字都不认识。但他天生忠直，把主人的事当作自己的事来管，就算会惹人不快和抱怨，也绝不退让。当时家里对外全依靠他，对内则靠廖老太太，所以家里上下都

余年十一，元夜偶买玩物。祥启张太夫人曰："四官①今日游灯市，买杂物若干。钱固不足惜，先生明日即开馆，不知顾戏弄耶？顾读书耶？"太夫人首肯曰："汝言是。"即收而键诸箧。此虽细事，实言人所难言也。今眼中遂无此人，徘徊四顾，远想慨然。

井然有序。雍正甲寅那年，我十一岁，正值元宵夜，我买了几件玩意儿。施祥去向张太夫人禀报："四官今天逛灯市，买了不少杂物。钱倒是不值一提，只是先生明天就要开馆授课，四官这些东西到底是拿来玩呢，还是拿来读书时分心呢？"太夫人点头，说："你说得对。"当即把那些玩意儿收好，锁在箱子里。这看似是小事，却是别人不敢说而他偏要说。如今再也见不到他了，徒留我在这儿踟蹰徘徊，想念得怅然若失。

注释

❶四官：纪晓岚儿时的小名。

【原文】

姚安公言：庐江①孙起山先生谒选②时，贫无资斧，沿途雇驴而行，北方所谓"短盘"也。一日，至河间南门外，雇驴未得。大雨骤来，避民家屋檐下。主人见之，怒曰："造屋时汝未出钱，筑地时汝未出力，何无故坐此？"推之立雨

【译文】

姚安公说：庐江人孙起山先生在去京城谒选的时候，因为家里贫穷，没有路费，沿路只好租一头驴来骑，这在北方叫作"短盘"。有一天，他到达河间城南门外，却一时租不到驴。正好天降大雨，他就到一户人家屋檐下避雨。那户人家看见他，非常生气地说："我盖房子的时候，你又没出钱；我打地基的时候，你又没出力，怎么平白无故跑来坐在我家屋檐下？"说着就把他赶到雨里淋雨。当时河间县的县

中。时河间犹未改题缺，起山入都，不数月竟掣得是县。赴任时，此人识之，惶愧自悔，谋卖屋移家。起山闻之，召来笑而语之曰："吾何至与汝辈较。今既经此，后无复然，亦忠厚养福之道也。"因举一事曰："吾乡有爱莳③花者，一夜偶起，见数女子立花下，皆非素识。知为狐魅，遽掷以块，曰：'妖物何得偷看花！'一女子笑而答曰：'君自昼赏，我自夜游，于君何碍？夜夜来此，花不损一茎一叶，于花又何碍？遽见声色，何鄙吝至此耶？吾非不能揉碎君花，恐人谓我辈所见，亦与君等，故不为耳。'飘然共去。后亦无他。狐尚不与此辈较，我乃不及狐耶？"后此人终不自安，移家莫知所往。起山叹曰："小人之心，竟谓天下皆小人。"

官一职还没有任命好，孙起山进京以后，还不到几个月，就被朝廷任命为这个县的县令。等到他上任时，那位曾在雨中赶走他的人认出了他，心里又惭愧又害怕，想着要卖房子搬家，以免被报复。孙起山知道这件事后，就把那人叫来，笑着对他说："我怎么会跟你们这样的人斤斤计较呢？你既然经历了这件事，往后可别再这样做了。做人厚道积福，也是养生之道啊。"于是他举了这样一件事来说明："我家乡有个人喜欢种花。一天夜里，他偶尔起夜，看到好几个女子站在花下，都不是平日认识的人，于是知道是狐妖。他立刻抓起块土块扔过去，说：'什么妖物，竟敢偷看我的花！'其中一个女子笑着回答：'你白天欣赏，我夜里游玩，这对你有什么妨碍呢？我夜夜都到这里来，也没损坏你花的一根茎、一片叶，对这花又有什么妨碍？你为何突然这么吝啬小气呢？我并不是不能把你的花揉得粉碎，只是怕别人说我们狐妖干出跟你们人一样的小气事，所以才不这样做。'说完，那些女子就飘然而去。后来也没发生什么别的事。连狐妖都不屑跟这样的人计较，我难道还比不上狐妖吗？"后来那个人始终觉得不安心，搬家不知去了哪里。孙起山感叹道："小人自己心眼小，就以为天下人人都跟他一样。"

注 释

❶庐江：今属安徽省合肥市。

❷谒选：参加官职遴选。

❸莳（shì）：种植的意思。

【原 文】

门人王廷绍言：忻州①有以贫鬻妇者，去几二载。忽自归，云初被买时，引至一人家。旋有一道士至，携之入山，意甚疑惧，然业已卖与，无如何。道士令闭目，即闻两耳风飕飕。俄令开目，已在一高峰上。室庐华洁，有妇女二十余人，共来问讯，云此是仙府，无苦也。因问："到此何事？"曰："更番侍祖师寝耳。此间金银如山积，珠翠锦绣、嘉肴珍果，皆役使鬼神，随呼立至。服食日用，皆比拟王侯。惟每月一回小痛楚，亦不害耳。"因指曰："此处仓库，此处庖厨，此我辈居

【译 文】

门人王廷绍讲了这么一个故事：忻州有一户人家，因为贫穷而不得不卖掉了妻子，妻子离开家差不多有两年的时间了。忽然有一天，这个妻子自己回来了。她说，当初被买走时，被带到一个人家里。不久，有一个道士来了，把她带进了山里，她心里非常害怕疑惑，但因为已经被卖掉了，也无可奈何。道士让她闭上眼睛，接着她就听到耳边风声呼呼作响。过了一会儿，道士让她睁开眼睛，她发现自己已经在一座高山的山顶上了。山顶上的房屋华丽整洁，二十多个女子一起过来问候她，说这里是仙府，不用害怕。她便问："带我来这里是要做什么？"那些女子回答："轮流伺候祖师就寝罢了。"她看到那里堆满了金银珠宝，锦绣衣物、珍馐美味，都是由鬼神听命召唤而来，随叫随到。日常的衣食用度都像王侯一样奢华。只是每个月会有一次小小的痛苦，但也没什么大碍。那些女子指着不同的地方告诉

处，此祖师居处。"指最高处两室曰："此祖师拜月拜斗处，此祖师炼银处。"亦有给使之人，然无一男子也。自是每白昼则呼入荐枕席，至夜则祖师升坛礼拜，始各归寝。惟月信落红后，则净褚内外衣，以红绒为巨绠，缚大木上，手足不能丝毫动；并以绵丸窒口，暗不能声。祖师持金管如箸，寻视脉穴，刺入两臂两股肉内，吮吸其血，颇为酷毒。吮吸后，以药末糁②创孔，即不觉痛，顷刻结痂。次日，痂落如初矣。其地极高，俯视云雨皆在下。忽一日，狂飙陡起，黑云如墨压山顶，雷电激射，势极可怖。祖师惶遽，呼二十余女，并裸露环抱其身，如肉屏风。火光入室者数次，皆一掣即返。俄，一龙爪大如箕，于人丛中攫祖师去。霹雳一声，山谷震动，天地晦冥。觉昏瞀③如睡梦，稍醒，

她："这里是仓库，这里是厨房，这里是我们住的地方，那边是祖师住的地方。"她们又指着最高处的两间屋子说："这里是祖师拜月、拜斗的地方，那边是祖师炼银的地方。"那里也有一些仆人，但没有一个是男子。从此以后，每天白天她们会被叫去陪祖师睡觉，到了晚上祖师就会登坛礼拜，之后她们才各自回去休息。只有在月经刚结束的时候，她们会被脱光衣服，用红绒绳绑在大木头上，手脚完全不能动弹；同时用棉团塞住嘴巴，不能发出声音。祖师会拿着一根像筷子一样的金管，寻找她们的脉穴，把金管刺进她们的手臂和大腿的肉里，吸取她们的血，非常残酷。吸完血后，他会用药粉撒在伤口上，伤口立刻就不疼了，过一会儿就结痂，第二天痂掉了，皮肤就恢复如初。那个地方非常高，往下看，云雨都在脚下。有一天，突然狂风大作，黑云像墨一样压在山顶，雷电交加，场面非常可怕。祖师惊慌失措，叫来二十多个女子，全都脱光衣服抱住他，像肉做的屏风一样保护他。火光几次冲进屋子，但每次都一闪而过，很快就退了回去。不久，一只龙爪，像簸箕那么大，从人群中抓走了祖师。随着一声霹雳，山谷震动，天地一片昏暗。她感到昏昏沉沉，像做了一场梦，等稍微清醒过来时，发现自己已经躺在路边了。她向

则已卧道旁。询问居人，知去家仅数百里。乃以臂钏易敝衣遮体，乞食得归也。忻州人尚有及见此妇者，面色枯槁，不久患瘵④而卒。盖精血为道士采尽矣。据其所言，盖即烧金御女之士。其术灵幻如是，尚不免于天诛；况不得其传，徒受妄人之蛊惑，而冀得神仙，不亦颠哉！

附近的人打听，才知道离家只有几百里远。于是她用手镯换了一件破衣服遮体，沿路乞讨，终于回到了家。忻州还有人见过这个女人，她面色枯黄，不久后就因病去世了。显然，她的精血已经被道士吸干了。根据她的讲述，那道士应该就是传说中用烧金术和采补术修炼的邪道之人。他的法术虽然神奇，但最终也没能逃过天谴。更何况，那些没有学到真传的人，只是被妄人蛊惑，妄想成仙，岂不是太荒唐了嘛！

注 释

❶忻州：今属山西省，简称"忻"。

❷糁（shēn）：谷类磨成的碎粒。

❸瞀（mào）：眼睛昏花。

❹瘵（zhài）：疾病。

【原 文】

门人吴钟侨，尝作《如愿小传》，寓言滑稽，以文为戏也。后作蜀中一令，值金川之役，以监运火药殁于路。诗文皆散佚，惟此篇偶得于故纸中，附

【译 文】

我的门人吴钟侨曾经写了一篇《如愿小传》。是一篇寓言故事，带点滑稽的意味，用文字来开玩笑罢了。后来他在蜀地做官，正赶上金川战役，途中负责运送火药，不幸在路上去世。他的诗文大多散佚了，只有这篇文章偶然从旧纸堆里找到，特地附录在这里。文章内容是这样的："如

录于此。其词曰："如愿者，水府之女神，昔彭泽①清洪君以赠庐陵②欧明者是也。以事事能给人之求，故有是名。水府在在皆有之，其遇与不遇，则系人之禄命耳。有四人同访道，涉历江海，遇龙神召之，曰：'鉴汝等精进，今各赐如愿一。'即有四女子随行。其一人求无不获，意极适。不数月病且死，女子曰：'今世之所享，皆前生之所积；君夙生所积，今数月销尽矣。请归报命。'是人果不起。又一人求无不获，意犹未已。至冬月，求鲜荔巨如瓜者。女子曰：'溪壑可盈，是不可餍，非神道所能给。'亦辞去。又一人所求有获有不获，以咎女子。女子曰：'神道之力，亦有差等，吾有能致不能致也。然日中必昃，月盈必亏。有所不足，正君之福。不见彼先

愿"是水府中的一位女神。以前彭泽的清洪君曾把她赠给庐陵的欧明（欧阳修）。她的名字叫"如愿"，是因为她能满足人们的各种愿望，所以得了这个名字。水府到处都有"如愿"女神，但人能不能遇到她，就看各自的福分和命运了。有四个人一起去访道，走遍江河湖海，途中遇到龙神。龙神对他们说："看你们修行很精进，现在每人赐一个'如愿'。"于是，每人身边都跟随了一位"如愿"女神。第一个人向"如愿"求什么都能得到，心满意足。但没过几个月，他就生病快死了。"如愿"对他说："你今生享受的一切，都是前世积累的福报。你前世积的福，现在几个月就用光了。我得回去复命了。"这个人果然没能活下来。第二个人也是求什么都能得到，但他仍然不满足。到了冬天，他竟然要求"如愿"给他找又大又鲜像瓜那么大的荔枝，"如愿"对他说："山川可以填满，但人的欲望却填不满。这种要求，连神也无法满足。"于是"如愿"离开了他。第三个人的愿望有时能实现，有时不能，他因此责怪"如愿"。"如愿"对他说："神的力量也是有高低的，我有些事能做到，有些事做不到。而且，太阳到了正午就会偏西，月亮圆满了就会亏缺。你得不到的东西，正是为了保住你的福气。没看到前面那两个已经死去的人吗？"这个人听了很害怕，

逝者乎?’是人惕然，女子遂随之不去。又一人虽得如愿，未尝有求。如愿时为自致之，亦蹙然不自安。女子曰：‘君道高矣，君福厚矣，天地鉴之，鬼神佑之。无求之获，十倍有求，可无待乎我；我惟阴左右之而已矣。’他日相遇，各道其事，或喜或怅。曰：‘惜哉！逝者之不闻也。’”此钟侨弄笔狡狯之文，偶一为之，以资惩劝，亦无所不可；如累牍连篇，动成卷帙，则非著书之体矣。

"如愿"便继续留在他身边。第四个人虽然得到了"如愿"，却从来没有向她提出过任何要求。"如愿"偶尔主动帮他实现一些愿望，他也显得不太在意，甚至有些不安。"如愿"对他说："你的道行很高，你的福气很厚，天地都在保佑你，鬼神也在护佑你。你不求而得的福气，比那些有求而得的多十倍。你根本不需要依赖我，我只是在暗中帮助你罢了。"后来，这四个人再次相遇，各自讲述了自己的经历，有人高兴，有人遗憾。他们感叹道："可惜啊，那些已经去世的人听不到这些了。"这篇文章是吴钟侨随手写的寓言故事，游戏文字，用来劝诫世人，倒也无妨。但如果写得太多、篇幅太长，甚至成了整本书，那就不符合写书的规矩了。

注 释

❶彭泽：今属江西省九江市。

❷庐陵：位于江西省中部。

【原 文】

沧州甜水井有老尼，曰慧师父，不知其为名为号，亦不知是此"慧"字否，但相沿

【译 文】

沧州甜水井有位老尼姑，叫慧师父，不知道这是她的名字还是她的号，也不知是不是这个"慧"字，只是人们

呼之云尔。余幼时，尝见其出入外祖张公家。戒律谨严，并糖不食，曰："糖亦猪脂所点成也。"不衣裘，曰："寝皮与食肉同也。"不衣绸绢，曰："一尺之帛，千蚕之命也。"供佛面筋必自制，曰："市中皆以足踏也。"焚香必敲石取火，曰："灶火不洁也。"清斋一食，取足自给，不营营募化。外祖家一仆妇，以一布为施。尼熟视识之，曰："布施须用己财，方为功德。宅中为失此布，笞小婢数人，佛岂受如此物耶？"妇以情告曰："初谓布有数十匹，未必一一细检，故偶取其一。不料累人受捶楚，日相诅咒，心实不安。故布施求忏罪耳。"尼掷还之曰："然则何不密送原处，人亦得白，汝亦自安耶！"后妇死数年，其弟子乃泄其事，故人得知之。乾隆甲戌、乙亥①间，年已七八十矣，忽过余家，云将诣潭柘寺礼佛，为小尼受戒。余偶话前事，摇首

都这么沿袭着称呼。我小时候，曾经见到她在外祖父张雪峰先生家进进出出。她守戒非常严格，糖也不吃，说："糖也是用猪油点成的。"她不穿皮的衣服，说："穿皮衣服跟吃肉是一样的。"她也不穿丝绸做的衣服，说："一尺绸绢，是上千条蚕的性命换来的。"供佛用的面筋，她一定要自己做，说："市面上卖的，做的时候都用脚踩。"烧香时一定要用火石打火，说："灶火不干净。"她的斋饭清淡，自给自足，从来不忙忙碌碌地去化缘。外祖父家有一位女仆，施舍她一匹布。她仔细看了半天，认出了这布的来历，说："施舍必须是自己的东西，才能成为功德。府上因为丢了这匹布，有好几个小婢挨了打，佛怎么能接受这样的东西呢？"女仆坦白实情说："原先以为有几十匹布，未必能一一点查，所以就偶然拿了一匹。不料连累了别人挨打，天天被诅咒，我的心中实在不安。所以布施这匹布忏悔赎罪。"老尼把布扔还她说："你为什么不悄悄送还原处，这样也可以洗脱别人的冤情，你自己也心安！"女仆死了几年之后，老尼的弟子把这事透露了出来，所以人们才知道。乾隆甲戌、乙亥年间，她已经七八十岁了，有一天她忽然来到我家拜访，说要去潭柘寺拜佛，为小尼

曰："实无此事，小妖尼饶舌耳。"相与叹其忠厚。临行，索余题佛殿一额。余属赵春酮代书。合掌曰："谁书即乞题谁名，佛前勿作诳语。"为易赵名，乃持去，后不再来。近问沧州人，无识之者矣。又景城天齐庙一僧，住持果成之第三弟子。士人敬之，无不称曰"三师父"，遂佚其名。果成弟子颇不肖，多散而托钵四方。惟此僧不坠宗风，无大刹知客[②]市井气，亦无法座禅师骄贵气；戒律精苦，虽千里亦打包徒步，从不乘车马。先兄晴湖尝遇之中途，苦邀同车，终不肯也。官吏至庙，待之礼无加；田夫、野老至庙，待之礼不减。多布施、少布施、无布施，待之礼如一。禅诵之余，惟端坐一室，入其庙如无人者。其行事如是焉而已。然里之男妇，无不曰三师父道行清高。及问其道行安在，清高安在，则茫然不能应。其所以感动人心，正不知何故矣。尝

姑受戒。我偶然说到前面的事，她摇头说："哪有这样的事，是小尼姑们乱说。"在座的无不叹息她的忠厚。临行，她求我为佛殿写匾额。我托赵春酮代写。她双手合十说："是谁写的，就请签署谁的名，在佛前不要打诳语。"换上赵春酮的名字后，她才拿走了，后来她再也没来过。近来问起沧州人，竟然没有人知道她。还有景城天齐庙有位和尚，是住持僧果成的第三个弟子。士绅们敬重他，都称他为三师父，倒把真名忘了。果成的弟子大多不怎么样，都托钵游食四方。只有这位三师父坚持师祖的作风，他没有名山大刹中知客僧的那种市侩气，也没有法座禅师的那种傲气、贵气；他守戒勤苦，即便是千里路程也背着包袱步行，从来不乘车骑马。先兄晴湖曾经在路上遇到他，苦苦邀请他上车，他始终不肯。官员来到庙里，他对待他们的礼节并没有增加；农夫村叟来到庙里，他对待他们的礼节并不减少。布施多的、布施少的、不布施的，他都同样对待。他诵经之余，端坐在一室之中，到庙里来的人以为庙里没有人。他的行事也只是如此而已。可是乡里无论男女，没有不说三师父道行清高的。等问到道行表现在哪儿，清高表现在哪儿，人们就茫然回答不上来了。三师父能够感动人心，

以问姚安公，公曰："据尔所见，有不清不高处耶？无不清不高，即清高矣。尔必欲锡飞、杯渡[3]，乃为善知识耶？"此一尼一僧，亦彼法中之独行者矣。（三师父涅槃[4]不久，其名当有人知，俟见乡试诸孙辈，使归而询之庙中。）

不知是什么原因。我曾经问姚安公，他说："据你所见，他有不清高的地方吗？没有不清不高的地方，就是清高。你认为必须像飞锡杖行空、乘木杯渡水那样才算是了悟一切的和尚吗？"这一尼一僧，也是佛门中特立独行的人啊。（三师父刚刚去世不久，他的名字应该有人知道，等看到来参加乡试的诸孙辈，让他们回去到庙里打听清楚。）

注 释

❶乾隆甲戌、乙亥：乾隆十九年（1754）、乾隆二十年（1755）。

❷知客：佛教寺院中司掌接待宾客之僧职。

❸锡飞：佛教用语，谓僧人等执锡杖凌空飞行，旧指僧人出行。杯渡：传说中的高僧，因为他常常凭借一只大木制杯子渡河，所以人称"杯渡"。

❹涅槃：佛教用语。佛教认为，人死以后，"识"会离开人体，进入另一个刚刚出生的新生命体内，轮回转世。只有达到涅槃的境界方可摆脱轮回。

卷　五

【原文】

戴东原言：其族祖某，尝僦僻巷一空宅。久无人居，或言有鬼。某厉声曰："吾不畏也。"入夜，果灯下见形，阴惨之气，砭人肌骨。一巨鬼怒叱曰："汝果不畏耶？"某应曰："然。"遂作种种恶状，良久，又问曰："仍不畏耶？"又应曰："然。"鬼色稍和，曰："吾亦不必定驱汝，怪汝大言耳。汝但言一'畏'字，吾即去矣。"某怒曰："实不畏汝，安可诈言畏？任汝所为可矣！"鬼言之再四，某终不答。鬼乃太息曰："吾住此三十余年，从未见强项①似汝者。如此蠢物，岂可与同居！"奄然灭矣。或咎之曰："畏鬼者常情，非辱也。谬答以畏，可息事宁人。彼此相激，伊于胡底乎？"

【译文】

戴东原说：他家族的祖辈某人，曾经在荒僻街巷租了一座空宅子。这里长久没有人住，有人说有鬼。这个人厉声道："我不怕。"到了夜里，鬼果然在灯下显形，阴森惨毒的气息，侵人肌骨。一个巨大的鬼怒叱道："你真的不怕吗？"某祖应道："不怕。"鬼做出种种可怕的样子，过了好一会儿，又问："还不怕吗？"某祖又说："不怕。"鬼的脸色稍缓和了些，说："我也不是非要把你吓走，只是怪你说大话。你只要说一个怕字，我就走了。"这个人发怒道："我真不怕你，怎么能撒谎说怕？随便你怎么办好了。"鬼再三劝说，他还是不答应。于是鬼叹息道："我住在这里有三十多年了，从没看见像你这么固执的。这种蠢家伙，怎么能同住在一起！"鬼一下子消失了。有人责备他说："怕鬼是人之常情，并不是什么难堪的事。撒谎说个怕字，可以息事宁人。如果彼此相互激惹，什么时候是个头？"这个人说：

某曰："道力深者，以定静祛魔，吾非其人也。以气凌之，则气盛而鬼不逼；稍有牵就，则气馁而鬼乘之矣。彼多方以饵吾，幸未中其机械也。"论者以其说为然。

"道力深的人用定静的状态来驱逐魔鬼，我不是道力深的人，只能以盛气对付他，我气盛鬼就不敢进逼；稍有迁就，我如果气馁，鬼就趁机而入了。鬼想方设法引诱我，幸好我没进它的圈套。"谈论这件事的人认为这个祖先说得很对。

注　释

❶强项：谓刚正不为威武所屈，项，是脖子的意思。

【原　文】

饮食男女，人生之大欲存焉。干名义，渎伦常，败风俗，皆王法之所必禁也。若痴儿呆女，情有所钟，实非大悖于礼者，似不必苛以深文。余幼闻某公在郎署时，以气节严正自任。尝指小婢配小奴，非一年矣，往来出入，不相避也。一日，相遇于庭。某公亦适至，见二人笑容犹未敛，怒曰："是淫奔也！于律奸未婚妻者，杖。"

【译　文】

饮食男女，是人生最大的欲望。这些事情如果没有安排好，是影响名声、亵渎伦常、败坏风俗的，所做的都会是王法命令禁止的事情。像那些傻傻的男孩女孩，钟情于某人，并不是特别有悖于礼教的人，似乎不必狠狠地批评苛责他们。我年少时听闻某公在郎署任职，自认为非常严肃正派。他曾指派一名小婢与一名小奴为婚，婚约还不到一年，二人日常出入就不怎么避嫌了。某日，二人在庭院相遇，恰逢那位某公到来，见两人脸上笑意还未退去，勃然大怒道："这是私通！按律法，强奸未婚妻者当杖责。"随即唤人取杖。众人都说："不

遂呕呼杖。众言："儿女嬉戏，实无所染，婢眉与乳可验也。"某公曰："于律谋而未行，仅减一等。减则可，免则不可。"卒并杖之，创几殆。自以为河东柳氏之家法①，不过是也。自此恶其无礼，故稽其婚期。二人遂同役之际，举足趑趄②；无事之时，望影藏匿。跋前疐后③，日不聊生。渐郁悒成疾，不半载内，先后死。其父母哀之，乞合葬。某公仍怒曰："嫁殇非礼，岂不闻耶？"亦不听。后某公殁时，口喃喃似与人语，不甚可辨。惟"非我不可""于礼不可"二语，言之十余度，了了分明。咸疑其有所见矣。夫男女非有行媒，不相知名，古礼也。某公于孩稚之时，即先定婚姻，使明知为他日之夫妇。朝夕聚处，而欲其无情，必不能也。"内言不出于阃，外言不入于阃"④，古礼也。某公僮婢无多，不能使各治其

过是儿女之间开玩笑，并无越轨之事，小婢的眉目和乳房可验明其清白。"某公却说道："按律法，即便只是在谋划而未行事，也只能减一等刑。减刑可以，免刑却不行。"最终还是打了他们，几乎要了他们的命。他自以为这只是河东柳家的严苛家法也不过如此了。从此他嫌这两个孩子失礼，又故意拖延他们的婚期。二人于是一起共事时，举手投足都战战兢兢；无事之时，则见到对方身影便急忙躲避，进退两难，日子过得毫无生趣。渐渐郁闷成疾，不到半年便先后去世。他们的父母非常可怜他们，请求让二人合葬；某公仍然很气愤，说："与夭折之人结亲合葬，这本就不合礼数，难道没听说过吗？"于是也不准许。后来某公去世时，口中喃喃自语，似乎在与人说话，听不很清楚，唯独"非我不可""于礼不可"这两句话，重复了十多遍，清晰可辨。众人都猜测他大概见到了什么。要知道，按照古礼，男女若无媒妁之言就不该相互认识。可某公却在两个孩子年幼时就为他们定下亲事，让他们明明知道将来是一对夫妻，又天天朝夕相对，岂能绝无情感？再者说，"内言不出闺门，外言不入闺门"是古代的礼节。可某公家仆婢不多，不能只干自己的事情，免不了让二人一同干活、

事；时时亲相授受，而欲其不通一语，又必不能也。其本不正，故其末不端。是二人之越礼，实主人有以成之。乃操之已蹙⑤，处之过当，死者之心能甘乎？冤魄为厉，犹以"于礼不可"为词，其斯以为讲学家乎？

亲手传递东西，却又要求他们绝对不说话，实在难以做到。可见事情本就不正，最终的结果当然会越发不正。二人之所以逾礼，根源在于主人推动；事后却极端惩处，最终逼得他们死去，死者又怎会心甘？若他们冤魂化为厉鬼，只怕依旧会用"于礼不可"来控诉。这样的人，却自称是什么"讲学家"吗？

注 释

❶河东柳氏之家法：今山西省沁水县柳氏家族的族规，该家族十三代不分家，保存了婚丧嫁娶等完整的程序和仪式。

❷举足越趄（zījū）：脚步不稳。越趄，行走困难的意思，想进又不敢进的样子。

❸跋前疐（zhì）后：进退两难。

❹内言不出于阃（kǔn），外言不入于阃：出自《礼记·曲礼》，意思是闺房的话不能传出去，外面的话也不能传到闺房里去。

❺蹙（cù）：行事操之过急。

【原 文】

山西人多商于外，十余岁辄从人学贸易。俟蓄积有资，始归纳妇。纳妇后仍出营利，率二三年一归省，其

【译 文】

山西人常常年轻时就外出做生意，差不多从十几岁开始跟人学贸易，等到攒了一些本钱之后才回家娶妻。娶亲之后依然要外出赚钱，两三年才回家探望一次，这几乎成了常例。有的人时运不济，或者遇

常例也。或命途蹇剥①，或事故萦牵，一二十载不得归。甚或金尽裘敝，耻还乡里，萍飘蓬转，不通音问者，亦往往有之。有李甲者，转徙为乡人靳乙养子，因冒其姓。家中不得其踪迹，遂传为死。俄其父母并逝，妇无所依，寄食于母族舅氏家。其舅本住邻县，又挈家逐什一，商舶南北，岁无定居。甲久不得家书，亦以为死。靳乙谋为甲娶妇。会妇舅旅卒，家属流寓于天津；念妇少寡，非长计，亦谋嫁于山西人，他时尚可归乡里。惧人嫌其无母家，因诡称己女。众为媒合，遂成其事。合卺之夕，以别已八年，两怀疑而不敢问。宵分私语，乃始了然。甲怒其未得实据而遽嫁，且诟且殴。阖家惊起，靳乙隔窗呼之，曰："汝之再娶，有妇亡之实据乎？且流离播迁，待汝八年而后嫁，亦可谅其非得

到各种意外耽搁，一二十年都无法回家。甚至有些人钱花光了，衣服破旧不堪，羞于回家乡，就像浮萍一样到处漂泊，和家里人完全断了联系，这种情况也是常常有的。有个人叫李甲，四处漂泊，被同乡人靳乙收养，并且改姓靳。家里人一直找不到他的踪迹，就都以为他已经死了。没多久，他的父母相继去世，妻子无人依靠，只能寄住在她舅舅家。她舅舅原本住在邻县，也经常带着家眷四处做生意，同样没有固定居所。李甲多年没有寄信回家，他也以为自己妻子已经去世。于是靳乙打算给李甲（已经改姓靳）再娶一房妻子。这边，妻子的舅舅在旅途中去世，家属流落到了天津。舅家觉得妻子年纪轻轻就守寡也不是长久之计，就想把她再嫁给一个山西人，将来若能回到老家也是好的。担心别人嫌她没有娘家，就谎称她是自己女儿。大家撮合之下就定下了亲事。等到结婚当晚，因为分别已经八年，夫妻二人各自心里都隐约觉得似曾相识，却又不敢直接问。半夜两人私下交谈，才发现对方竟然就是当年的丈夫和妻子。李甲心里生气，责怪她既没有确定自己真的死了就改嫁，还出言痛骂并动手。全家人都被惊动，靳乙隔着窗子提醒李甲："你自己再娶的时候，有妻子去世的确凿证据吗？再说她辗转流落在外，等了你八年才无奈改嫁，你

已矣。"甲无以应，遂为夫妇如初。破镜重合，古有其事。若夫再娶而仍元配，妇再嫁而未失节，载籍以来，未之闻也。姨丈卫公可亭，曾亲见之。

也该体谅她不得已。"李甲无话可说，这对夫妻于是又恢复了从前的关系。古书里虽然有"破镜重圆"的说法，但像这样丈夫再娶还是原配，妻子再嫁却依旧没算失节的事情，自古以来都没有听说过。我的姨丈卫公可亭还曾亲眼见过这件事。

注　释

❶寋剥（jiǎnbō）：时运不济的意思。

【原文】

　　沧州酒，阮亭先生谓之"麻姑酒"，然土人实无此称。著名已久，而论者颇有异同。盖舟行来往，皆沽于岸上肆中，村酿薄醨，殊不足辱杯斝①；又土人防征求无餍，相戒不以真酒应官，虽答捶不肯出，十倍其价亦不肯出，保阳②制府，尚不能得一滴，他可知也。其酒非市井所能酿，必旧家世族，代相授受，始能得其水火之节候。水虽取于卫河，而黄流不可以为酒，必于

【译文】

　　沧州的酒，阮亭先生称它为"麻姑酒"，但当地人其实并不这么叫。它的名声流传已久，评论也众说纷纭。船只在此往来时，常到岸边的店家买酒，可都是些村野之酿，味道清淡寡薄，实在不配盛在好杯好斝中。另外，因为百姓提防官府强行征用无休无止，所以彼此约定：绝不拿正宗好酒应对官府。即便被拷打，或者有人出十倍价钱买，也一滴都不肯给。保阳的制府（总督）大人都没能尝到半口，其他的官员更是没有见过。这种酒并非一般市井所能酿出，必须是世家名门，代代口传实践，才能掌握其用水、火候的关窍。水虽取自卫

南川楼下，如金山取江心泉③法，以锡罂沈至河底，取其地涌之清泉，始有冲虚之致。其收贮畏寒畏暑，畏湿畏蒸，犯之则味败。其新者不甚佳，必庋④阁至十年以外，乃为上品，一罂可值四五金。然互相馈赠者多，耻于贩鬻，又大姓若戴、吕、刘、王，若张、卫，率多零替，酿者亦稀，故尤难得。或运于他处，无论肩运、车运、舟运，一摇动即味变。运到之后，必安静处澄半月，其味乃复。取饮注壶时，当以杓⑤平挹；数摆拨则味亦变，再澄数日乃复。姚安公尝言："饮沧酒禁忌百端，劳苦万状，始能得花前月下一酌，实功不补患；不如遣小竖随意行沽，反陶然自适。"盖以此也。其验真伪法：南川楼水所酿者，虽极醉，膈不作恶，次日亦不病酒，不过四肢畅适，恬然高卧而已。其但以卫河水酿者则否。验新陈法：凡庋阁二年者，可再温一次；十年

河，但河水夹着黄泥是不行的，必须在南川楼下，如同金山取江心水的做法一般，把锡罂沉到河底，只取河床自然涌出的清泉，方能酿出那种冲淡空灵的妙味。它在收存时，最怕寒、热、潮、蒸，任何一点外在影响都可能令酒味败坏。新酒并不算好，需要在架上陈放十年以上，才能成为上品，一罂就能卖到四五两金。不过，多是互相馈送，羞于拿来贩卖。再加上当地大姓如戴、吕、刘、王、张、卫等大多家道中落，会酿酒的人很少，因而更是难得。要把酒运往外地，无论是扛着走、车载还是船运，只要一颠簸，味道就会走样。运到后必须在安静处放置半个月，让酒沉淀静定，原来的风味才能恢复。每次倒酒进壶时，必须用勺平舀；若稍微晃动几下，酒味便又要变，非得再让它静置好几天方能复原。姚安公曾说："喝沧州酒禁忌太多，忙碌奔波一番，才捞到在花前月下喝上一杯，劳而少得，不如随意让小厮去买点便宜酒悠然一醉。"说的就是这种状况。辨别真伪的办法：用南川楼下泉水酿的酒，虽能令人大醉，但不会泛酸作呕，第二天也不头痛，只觉得四肢舒畅，安然酣睡罢了；而用卫河水随意酿的，却做不到这一点。至于判断新旧：若陈放二年，可温热一次；

者，温十次如故，十一次则味变矣。一年者再温即变，二年者三温即变，毫厘不能假借，莫知其所以然也。董曲江前辈之叔名思任⑥，最嗜饮。牧沧州时，知佳酒不应官，百计劝谕，人终不肯破禁约。罢官后，再至沧州，寓李进士锐巅家，乃尽倾其家酿。语锐巅曰："吾深悔不早罢官。"此虽一时之戏谑，亦足见沧酒之佳者不易得矣。

十年的，可以热上十次，等到第十一次就变味了。一年酒加热第二次就变味，二年酒加热第三次便变味，丝毫不会有差错，至于具体缘由也无人能说得清。董曲江前辈的叔叔名叫思任，平生酷爱喝酒。他在沧州做官时，深知当地有好酒，不上交官府，便用了各种劝说办法，但百姓仍死守规约不肯破例。等他卸任后又回到沧州，住在李锐巅进士家里，对方才把家中珍藏的美酒全都拿出来招待。他感慨道："我真后悔没早点辞官。"虽然这话有玩笑成分，却也足见沧州好酒实在来之不易。

注 释

❶斝（jiǎ）：古代温酒器。

❷保阳：今河北省保定市。

❸江心泉：指今天的江苏省镇江市金山中的天下第一泉。

❹庋（guǐ）：放置保管的意思。

❺杓（sháo）：同勺。

❻思任：即董思任，生平事迹不详，曾任沧州知府。

【原 文】

　　田白岩言：有士人僦居①僧舍，壁悬美人一轴，

【译 文】

　　田白岩曾经讲了这么一个故事：有位读书人租住在一座寺庙的僧房里，房中墙

眉目如生，衣褶飘扬如动。士人曰："上人不畏扰禅心耶？"僧曰："此天女散花[②]图，堵芬木[③]画也。在寺百余年矣，亦未暇细观。"一夕，灯下注目，见画中人似凸起一二寸。士人曰："此西洋界画[④]，故视之若低昂，何堵芬木也？"画中忽有声曰："此妾欲下，君勿讶也。"士人素刚直，厉声叱曰："何物妖鬼敢媚我！"遽挈其轴，欲就灯烧之。轴中絮泣曰："我炼形将成，一付祝融[⑤]，则形消神散，前功付流水矣。乞赐哀悯，感且不朽。"僧闻俶扰[⑥]，亟来视。士人告以故。僧憬然曰："我弟子居此室，患瘵而死，非汝之故耶？"画不应，既而曰："佛门广大，何所不容。和尚慈悲，宜见救度。"士怒曰："汝杀一人矣，今再纵汝，不知当更杀几人。是惜一妖之命，而戕无算人命也。小慈是大慈之

上挂着一幅美人画像，画中人容貌生动，如同活的一般，衣裳的褶皱也似乎随风飘动。读书人问住持和尚："您不担心这画扰乱禅心吗？"和尚说："这是天女散花图，画家签名是'堵芬木'，已经在寺里挂了一百多年了，我也没工夫细看。"有一天晚上，读书人在灯光下端详，发现画中人物好像从画面凸出来了一两寸。读书人说："这是西洋透视画法，所以看它好像有低有高，哪里是堵芬木的画？"没想到画里忽然传出声音："这是我想从画中走出来，公子不要惊讶啊。"这读书人一向刚正，立刻大声斥责："哪里来的妖鬼，竟敢来魅惑我！"说着就抓起那幅画轴，想拿去灯火上烧掉。这时画中传来抽泣之声："我修炼形体快要成功，一旦付之一炬，就会形神俱灭，之前的苦心也毁于一旦。求您大发慈悲，饶我一次，我自然会感激不尽。"恰好和尚听见动静，匆忙赶来。读书人把事情原委告诉和尚。和尚忽然醒悟道："我有个弟子原先住在这间房里，因为患瘵病去世，难道就是你害死的吗？"画中并不回答，过了一会儿才说："佛门广大，何事不可容？和尚慈悲，理当普度。"读书人大怒："你已经害死一个人了，如今再放你走，不知还会害死多少人？这般怜惜一个妖怪的性命，却要让无数无辜的人被害。小慈恰恰是大慈的大

贼，上人勿吝。"遂投之炉中。烟焰一炽，血腥之气满室，疑所杀不止一僧矣。后入夜，或嘤嘤有泣声。士人曰："妖之余气未尽，恐久且复聚成形。破阴邪者惟阳刚。"乃市爆竹之成串者十余，（京师谓之火鞭。）总结其信线为一，闻声时骤然爇之，如雷霆砰磕，窗扉皆震，自是遂寂。除恶务本，此士人有焉。

敌，上人可不能心软。"说罢把画轴扔进炉火里。炉火一烧，烟气中顿时弥漫一股血腥气味，看样子被害的恐怕不止和尚一人。之后的夜里，偶尔还能听见呜咽哭声。读书人说："这妖怪残余的邪气还没散干净，久了恐怕又会重新凝聚成形。想要驱散阴邪，就得用至阳至刚的法子。"于是他买来十多串爆竹，（京城俗称"火鞭"。）把它们的引线接成一根。每当夜里听到那哭声，便一下子全部点燃，爆竹声如雷霆霹雳，连窗户门扇都被震动。从此以后，再也没听到任何动静了。果然是铲除邪恶要除掉根源，这位读书人的做法正是如此。

注 释

❶僦（jiù）居：租屋而住的意思。

❷天女散花：原为佛教故事，天女散花以试菩萨和弟子，花至菩萨身上即落去。

❸堵芬木：即堵廷棻，字芬木，无锡人，顺治年间进士，画家。

❹西洋界画：界画，中国绘画中一个独特的门类，需要用到界尺线，西洋界画，即采用西方透视技法所画的画。

❺祝融：火神。

❻俶（chù）扰：突然打扰的意思。

【原文】

　　有与狐为友者，天狐也，有大神术，能摄此人于千万里外。凡名山胜境，恣其游眺，弹指而去，弹指而还，如一室也。尝云："惟贤圣所居不敢至，真灵所驻不敢至，余则披图按籍，惟意所如耳。"一日，此人祈狐曰："君能携我于九州之外，能置我于人闺阁中乎？"狐问何意。曰："吾尝出入某友家，预后庭丝竹之宴。其爱妾与吾目成，虽一语未通，而两心互照。但门庭深邃，盈盈一水，徒怅望耳。君能于夜深人静，摄我至其绣闼①，吾事必济。"狐沈思良久，曰："是无不可。如主人在何？"曰："吾侦其宿他姬所而往也。"后果侦得实，祈狐偕往。狐不俟其衣冠，遽携之飞行。至一处，曰："是矣。"瞥然自去。此人暗中摸索，不闻人声，惟觉触手皆卷轴，乃主人之书

【译文】

　　有个人和狐精是朋友。这是一只天狐，有非常神通的法术，能把这个人送到千里万里之外。凡是名胜古迹，任他游玩观赏，弹指间去了，弹指间又回来，好像在一间房子里走动。狐精曾经说："只有圣贤住的地方不敢去，真正神仙住的地方不敢去，其余地方都能按照地图书籍的标示，想到哪里就可以去哪里。"一天，这个人请求狐精说："你能把我带到九州之外，那么你能把我带到人家的闺阁里去吗？"狐精问他是什么意思，他说："我曾经在某个朋友家进进出出，参加了在他家后院举行的歌舞宴会。朋友的爱妾和我眉目传情，虽然没有说一句话，但是两个人的心思却互相明白。只是他家宅屋深大，就像牛郎织女一水相隔，只能怅然相望罢了。你如果能够在夜深人静时把我弄到她的闺房里，我的好事就成了。"狐精沉思了很长时间，说："这没有什么办不到的。如果刚好主人在怎么办？"他说："等我打听到他住到别的姬妾那里时我才去。"后来，他果然打听清楚了，请求狐精带他前往。狐精不等他穿戴好，就马上带着他飞行。到了一个地方说："就是这里了。"转眼就不见了。这个人在黑暗中摸索，听不见人的声音，

楼也。知为狐所弄，仓皇失措，误触一几倒，器玩落板上，碎声砰然。守者呼："有盗！"僮仆坌至，启锁明烛，执械入。见有人瑟缩屏风后，共前击仆，以绳急缚。就灯下视之，识为此人，均大骇愕。此人故狡黠，诡言偶与狐友忤，被提至此。主人故稔知之，拊掌揶揄曰："此狐恶作剧，欲我痛挞君耳。姑免笞②，逐出！"因遣奴送归。他日，与所亲密言之，且詈曰："狐果非人，与我相交十余年，乃卖我至此。"所亲怒曰："君与某交，已不止十余年，乃借狐之力，欲乱其闺阃，此谁非人耶？狐虽愤君无义，以游戏儆君，而仍留君自解之路，忠厚多矣。使待君华服盛饰，潜挈置主人卧榻下，君将何词以自文？由此观之，彼狐而人，君人而狐者也。尚不自反耶？"此人愧沮而去。狐自此不至，所亲亦遂与绝。郭彤纶与所

只是感觉到手触摸到的都是卷轴，原来是主人的书楼。他知道被狐精戏弄了，仓皇失措，不小心碰倒了一张案几，器玩落在地板上，发出"砰砰"摔碎的声音。守夜的喊："有贼！"僮仆一起赶来，打开锁点亮烛火，拿着棍棒进了房间。看见有人瑟缩在屏风后面，一起上前把他打倒，用绳子捆起来。在灯下仔细一看，认出是他，都很吃惊。这个人本来就很狡猾，撒谎说偶然和狐友闹翻了，被拎到这儿。主人和他很熟悉，拍着手掌嘲弄他说："这是狐精的恶作剧，想要我痛打你罢了。现在暂时免去鞭打，驱逐出境！"于是派奴仆把他送了回去。后来有一天，他和好友悄悄说起这件事，还骂道："狐精果然不是人，和我交往了十多年，还这样把我出卖了。"好友怒道："你和某某相交，已经不止十多年，还想借助狐精的力量，勾搭他的妻妾，究竟谁不是人呢？狐精虽然为你不讲义气而生气，开个玩笑警告你，却还给你留下一条后路，这已经很忠厚了。假如等你穿得衣冠楚楚，偷偷把你弄到主人的床下，你还有什么借口来解释呢？由此看来，狐精倒是人，你虽然有人的外表却实际上是禽兽。你还不自己反省吗？"这个人惭愧沮丧地走了。从此，狐精不再与他来往，朋友也和他断绝了关系。郭彤纶和此人的密友有些交情，所以

亲有瓜葛，故得其详。

知道这件事的详细经过。

注释

❶ 绣闼（tà）：装饰华丽的门。

❷ 笞（chī）：用鞭、杖或竹板之类的东西打。

【原文】

门联唐末已有之，蜀辛寅逊为孟昶题桃符，"新年纳余庆，嘉节号长春"①二语是也。但今以朱笺书之为异耳。余乡张明经②晴岚，除夕前自题门联曰："三间东倒西歪屋，一个千锤百炼人。"适有锻铁者求彭信甫书门联，信甫戏书此二句与之。两家望衡对宇，见者无不失笑。二人本辛酉③拔贡同年，颇契厚，坐此竟成嫌隙。凡戏无益，此亦一端。又：董曲江前辈喜谐谑，其乡有演剧送葬者，乞曲江于台上题一额。曲江为书"吊者大悦"四字，一邑传为口实，致此人终身

【译文】

门联从唐代末年已经有了，蜀国辛寅逊为孟昶题写在桃符板上的"新年纳余庆，嘉节号长春"两句就是。不过现在用红纸书写，和以前不同罢了。我的同乡张晴岚贡生，除夕时自己在门口题一副门联："三间东倒西歪屋，一个千锤百炼人。"刚好有个打铁匠请彭信甫写门联，彭信甫顺手就把这两句写上送给打铁匠。这两户人家房子靠近，门户相对，看到这两副门联的人，没有不笑出声来的。张晴岚和彭信甫本来是辛酉年拔贡生的同榜，情谊相当深厚，却因为这件事有了误会隔阂。凡是戏弄别人都没有好处，这就是个例子。还有，董曲江前辈喜欢开玩笑，他家乡有家葬礼上演戏的，主人请董曲江给戏台题个匾额。董曲江给他写了"吊者大悦"四个字，乡间相传开来，成为话柄，以致这个人恨他一生，几乎被这个人陷害。后

切齿，几为其所构陷。后曲
江自悔，尝举以戒友朋云。

来，董曲江也很后悔，曾经用这件事例
来劝诫朋友。

注　释

❶新年纳余庆，嘉节号长春：为孟昶所作。孟昶（919—965），初名仁赞，字保元。后蜀末代皇帝，934—965 年在位。据传，后蜀广政二十七年（964）春节前夕，孟昶下令，要群臣在"桃符板"（画有神像的桃木板，旧时认为可以避邪）上题写对句，以试才华。他亲笔在"桃符板"上写了"新年纳余庆，嘉节号长春"，被认为是我国有文字以来的第一副对联。又一说中国最早的对联作者是南朝梁代的刘孝绰。

❷明经：汉朝时出现的选举官员科目，到唐代时科举以诗赋取士谓之进士，以经义取士谓之明经。明清时代，明经成为贡生的别称。

❸辛酉：乾隆六年（1741）。

【原　文】

小人之谋，无往不福君子也。此言似迂而实信。李云举言：其兄宪威官广东时，闻一游士性迂僻，过岭干谒亲旧，颇有所获。归装襆被衣履之外，独有二巨篚，其重四人乃能舁，不知其何所携也。一日，至一换舟处，两舼相接，束以巨绳，扛而

【译　文】

小人的计谋，对于君子往往反倒带来福祉。这话听起来像是陈腐之论，却确实值得相信。李云举说：他的哥哥宪威在广东做官时，听闻有一位游士性情迂腐古怪。有一天，这位游士翻过大岭去拜访故旧，多少有所收获。归来时，除包袱衣物之外，还带着两个大箱子，需要四个人合力才能抬动，不知里头装了什么。有一天走到换船的地方，两只船首尾相连，用粗绳捆在一起，游士准

过。忽四绳皆断如刀截，訇然堕板上。两箧皆破裂，顿足悼惜。急开检视，则一贮新端砚①，一贮英德石②也。石箧中白金一封，约六七十两，纸裹亦绽。方拈起审视，失手落水中，倩渔户没水求之，仅得小半。方懊丧间，同来舟子遽贺曰："盗为此二箧，相随已数日，以岸上有人家，不敢发。吾惴惴不敢言。今见非财物，已唾而散矣。君真福人哉！抑阴功得神佑也？"同舟一客私语曰："渠有何阴功，但新有一痴事耳。渠在粤日，尝以百二十金托逆旅主人买一妾，云是一年余新妇，贫不举火，故鬻以自活。到门之日，其翁姑及婿俱来送，皆羸病如乞丐。临入房，互相抱持，痛哭诀别。已分手，犹追数步，更絮语。媒妪强曳妇入，其翁抱数月小儿向渠叩首曰：'此儿失乳，生死未可知。乞容其母暂一乳，且延今日，

备把那两个箱子扛过去。谁知四根绳子忽然像被刀割似的全部断开，箱子"轰"的一声摔在船板上。两个箱子当场摔裂。游士又惊又痛心。赶忙打开查看，其中一个箱子装满了新出的端砚，另一个装的是英德石。装石头的箱子里还包着一封白银，有六七十两，但纸包已摔破。他拿起来正要仔细看，却一失手掉进水里，赶紧让渔户下水打捞，才捞回一小半。他正懊恼时，同船的船夫却忙向他道喜，说："有两个贼偷偷盯着这两个箱子好几天了，只因岸边有人家，不敢下手。我本来提心吊胆不敢说。如今见只是端砚和石头，贼人觉得不值钱，都走了。您真是个有福之人啊！或许是暗中积了阴德，得到神明庇佑吧？"同船还有一位客人私下说："他哪来的什么阴德？不过刚做过一件'傻事'罢了。听说他在广东时，曾交给旅店老板一百二十两银子，让对方替他买个妾。老板说那女子原是嫁了一年多的新媳妇，家里穷得烧不起火，只好卖妻求生。等那女子被带到旅店时，她的公公婆婆加上丈夫都来送她，全都虚弱得像要饭的一样。临进门时，一家人抱头痛哭，难舍难分。都分开了，家里人还追上来，絮絮叨叨地叮嘱这个媳妇。媒人只得硬把那女子拉进去。她的公公给这位士人跪下，抱着一个才几个月大的婴儿，哭求道：'这孩子断

明日再作计。'渠忽跃然起曰：'吾谓妇见出耳。今见情状，凄动心脾，即引汝妇去，金亦不必偿也。古今人相去不远，冯京③之父，吾岂不能为哉！'竟对众焚其券。不知乃主人窥其忠厚，伪饰己女以绐之，觊其竟纳，又别有狡谋也。同寓皆知，渠至今未悟，岂鬼神即录为阴功耶？"又一客曰："是阴功也。其事虽痴，其心则实出于恻隐。鬼神鉴察，亦鉴察其心而已矣。今日免祸，即谓缘此事可也。彼逆旅主人，尚不知究竟何如耳。"先师又聃先生，云举兄也。谓云举曰："吾以此客之论为然。"余又忆姚安公言：田丈耕野西征时，遣平鲁路④守备李虎偕二千总将三百兵出游徼，猝遇额鲁特自间道来。二千总启虎曰："贼马健，退走必为所及。请公率前队扼山口，我二人率后队助之。贼不知我多寡，

了奶，如今性命难保。求您准许让他母亲再喂他一次奶，先撑过今天，明天再想办法。'这游士突然跳起来说：'我以为是个早就没什么瓜葛的妇人，现在一见这般凄惨，真是叫人心酸。既如此，你把你妻子带回去吧，这钱我也不要了！古往今来的人并不相隔太远，当年冯京的父亲能做的好事，我也做得来！'说罢当众把卖身契烧了。其实他不知道，那旅店老板看准了他心地忠厚，故意把自己女儿假扮成那贫家媳妇来骗他，若他真娶了这女子，老板恐怕还有别的阴谋。同住的人全知道内情，而他到现在还蒙在鼓里，哪里来的什么'阴德'？"又有一位客人说："这正是阴德啊！他虽然上了别人的当，可那颗怜悯之心却是真实的。神明要看，也只会看他那份好心。如今能免祸，正好说是因这善举得护佑。那旅店老板此后发展如何，就没人清楚了。"先师又聃先生，就是李云举的哥哥听后对李云举说："我也觉得那位客人的话挺有道理。"我又记得姚安公说，田丈耕野讨伐边患时，派平鲁路守备李虎与两个千总带三百兵去巡逻，突然遇到额鲁特敌人从小路冲来。两个千总便对李虎说："敌人战马厉害，若咱们退却，一定会被追上。请您率前队把住山口，我们两人带后队来接应。敌人不知道咱们有多少人，还能守得住。"李虎觉得有理，

犹可以守。"虎以为然，率众力斗。二千总已先遁，盖绐虎与战，以稽时刻；虎败，则去已远也。虎遂战殁。后荫其子先捷如父官。此虽受绐而败，然受绐适以成其忠。故曰："小人之谋，无往不福君子也。"此言似迂而实确。

率领士兵奋力抵抗。却不料那两个千总早已自行溜了，只是骗李虎死命抵挡，好拖住时间；李虎一旦败了，他们也跑远了。结果李虎战死沙场。朝廷追封恩荫，让他儿子承袭父亲同等官职。李虎虽是中了那两个千总的骗术才败，但正因这场骗术，才成全了他的忠义与名节。所以说："小人的计谋到头来总是会让君子受益。"这话看似迂腐，却实在很正确。

注释

❶端砚：产于广东肇庆，属四大名砚之一。

❷英德石：仅产于广东英德，中国四大园林名石之一。

❸冯京：字当世，今安徽河池人，北宋大臣。传说冯父欲买妾生子，妾为其家人抵债，冯父将妾退回。

❹平鲁路：今属山西省大同市。

【原文】

　　陈云亭舍人言：其乡深山中有废兰若①，云鬼物据之，莫能修复。一僧道行清高，径往卓锡②。初一两夕，似有物窥伺。僧不闻不见，亦遂无形声。三五日后，夜

【译文】

　　中书舍人陈云亭说：他家乡的深山里有座破庙，说是被鬼占据着，没有人能修复。一个和尚道行清高，径自住进寺里。刚去的一两夜，似乎有什么怪物来偷看。和尚当作不闻不见，这个怪物没有显形也没出声。三五天后，夜间有夜叉推门闯进来，面目凶恶又蹦又跳，

有夜叉排闼入，狰狞跳掷，吐火嘘烟。僧禅定自若。扑及蒲团者数四，然终不近身；比晓，长啸去。次夕，一好女至，合什作礼，请问法要。僧不答。又对僧琅琅诵《金刚经》，每一分讫，辄问此何解。僧又不答。女子忽旋舞，良久，振其双袖，有物簌簌落满地，曰："此比散花何如？"且舞且退，瞥眼无迹。满地皆寸许小儿，蠕蠕几千百，争缘肩登顶，穿襟入袖。或龁③啮，或搔爬，如蚊虻蚋虱之攒咂；或抉剔耳目，擘裂口鼻，如蛇蝎之毒螫。撮之投地，爆然有声，一辄分形为数十，弥添弥众。左支右绌，困不可忍，遂委顿于禅榻下。久之苏息，寂无一物矣。僧慨然曰："此魔也，非迷也。惟佛力足以伏魔，非吾所及。浮屠不三宿桑下④，何必恋恋此土乎？"天明，竟打包返。余曰："此公自作寓言，譬正人之愠于群小耳。然亦足为轻尝者戒。"云

吐火喷烟。和尚静坐自若。夜叉多次扑到他坐的蒲团边，却始终靠近不了和尚的身体；天亮后，夜叉长啸一声离开了。第二天晚上，来了个美女，合掌行礼，向和尚请问佛经的意思。和尚不答，她又对着和尚琅琅念诵《金刚经》，她每念一段，就问这一段是什么意思。和尚还是不回答。美女忽然旋转着舞起来，跳了好久，一抖双袖，里面有东西"簌簌"落了满地，她说："这与天女散花相比怎样？"她一边舞着一边后退，转眼不见了。只见满地都是一寸左右的小孩，蠕动着有成百上千，争着沿着和尚的肩膀爬上头顶，或从衣襟、袖子钻进去。或者乱啃乱咬，或者爬来爬去，好像蚊虻蚋虱聚堆叮咬；有的还扒眼睛耳朵、撕嘴、拉鼻子，好像是蛇、蝎用毒刺蜇人。抓住它往地上一扔，还发出一声爆响，一个又分裂成几十个，越来越多。和尚左右挣持，疲惫得支持不住，于是瘫在禅床下。过了好久他才醒来，已经安安静静的什么也没有了。和尚感慨地说："这是魔，不是迷人的妖物。只有佛力才足以降伏魔，这不是我所能的。僧人不在同一棵桑树下住三夜，我何必依恋这里呢？"天亮后，径自打包回去了。我说："这是陈先生自己编的寓言，比喻正人君子受到众多小人的欺

亭曰："仆百无一长，惟平生不能作妄语。此僧归路过仆家，面上血痕细如乱发，实曾目睹之。"

负。这也足以让那些贸然采取行动的人引以为戒。"陈云亭说："我什么长处也没有，唯有一生不说谎。这个和尚回来时路过我家，脸上的血痕细如乱发，我确实亲眼看到过。"

注　释

❶兰若：梵语"阿兰若"的省称，寺庙。

❷卓锡：僧人居留为卓锡。卓，直立。锡，锡杖。锡杖为僧人在外使用。

❸龁（hé）：咬。

❹浮屠不三宿桑下：佛陀时代，出家人乞食托钵，居无定所。因为印度是热带，所以出家人一般夜里都在树下休息。为了避免对住所的执着，不能在同一棵树下连续休息三天。

卷 六

【原文】

景城北冈有玄帝①庙，明末所建也。岁久，壁上霉迹隐隐成峰峦起伏之形，望似远山笼雾。余幼时尚及见之。庙祝棋道士病其晦昧，使画工以墨钩勒，遂似削圆方竹。今庙已圮尽矣。棋道士不知其姓，以癖于象戏，故得此名。或以为齐姓误也。棋至劣而至好胜，终日丁丁然不休。对局者或倦求去，至长跪留之。尝有人指对局者一著，衔之次骨，遂拜绿章②，诅其速死。又，一少年偶误一著，道士幸胜。少年欲改著，喧争不许。少年粗暴，起欲相殴。惟笑而却避曰："任君击折我肱，终不能谓我今日不胜也。"亦可云痴物矣。

【译文】

景城北面的山冈上有座玄帝庙，是明末建造的。由于年代久远，庙堂的墙壁上出现了霉斑，这些霉斑形成了隐隐约约的峰峦起伏的形状，看上去像是笼罩着烟雾的远山。我小时候还曾亲眼见过。庙中的住持棋道士不喜欢这样阴晦暗淡的色调，就让画工用笔墨勾勒渲染，就像把方竹削圆了一样煞风景。如今，这座庙早已坍塌废弃了，棋道士这个人，谁都说不上他的姓名，因为他酷好下象棋，因而得了这个名号。有人认为是因为姓齐，误为棋字。棋道士的棋术极差却极其逞强好胜，终日叮叮当当下个没完。有时候棋友累了想走，他拼命挽留，甚至跪下来一再恳求。曾经有个人为他的对手支了一着棋，他对人家恨之入骨，暗中写了符咒，咒人家赶快死。还有一次，一个年轻人错了一着，道士侥幸获胜。年轻人想悔棋，他吵吵嚷嚷坚决不答应。那个年轻人性情粗暴，站起身来要打他。他一边躲闪一边笑着说："即便你打断了我的胳膊，你也不得不承认我今天赢了你。"这个道士真称得上是棋痴了。

注 释

❶玄帝：指颛顼。为上古五帝之一。

❷绿章：旧时道士祭天时所写的奏章表文，用朱笔写在青藤纸上，故名绿章。

【原文】

酒有别肠，信然。八九十年来，余所闻者，顾侠君①前辈称第一，缪文子②前辈次之。余所见者，先师孙端人先生亦入当时酒社。先生自云："我去二公中间，犹可著十余人。"次则陈句山③前辈与相敌，然不以酒名。近时路晋清前辈称第一，吴云岩④前辈亦骎骎争胜。晋清曰："云岩酒后弥温克，是即不胜酒力，作意矜持也。"验之不谬。同年朱竹君⑤学士、周稚圭⑥观察，皆以酒自雄。云岩曰："二公徒豪举耳。拇阵喧呶，泼酒几半，使坐而静酌则败矣。"验之亦不谬。后辈则以葛临溪为第一，不与之

【译文】

确实有人天生能喝酒，好像有另外的肚肠一样。在过去八九十年间，据我听说，最能喝的当属前辈顾侠君，接下来是缪文子。我自己亲眼见过的，先师孙端人先生当时也在那个酒社。他说："我跟顾、缪二位之间，还可以再排上十来个人。"再下去就是陈句山前辈，他也能与他们匹敌，但并不因为酒量而出名。到了近些年，路晋清前辈被公认为第一，吴云岩前辈也想跟他争个高下。路晋清说："吴云岩喝多了更显得温和谨慎，那不过是他酒量不够，只能刻意稳住而已。"后来果然证实此言不虚。与他们同科的朱竹君学士、周稚圭观察也都以豪饮自负。吴云岩却说："那两位不过是场面上出风头，互相猜拳划酒，光泼出去的酒都快一半了；要是坐下慢慢比拼，肯定输。"一试之下，也是实情。在后辈中，最厉害的是葛临溪。他平时如果没人劝酒，连一杯都不主动喝；

酒，从不自呼一杯；与之酒，虽盆盎无难色，长鲸一吸，涓滴不遗。尝饮余家，与诸桐屿、吴惠叔等五六人角至夜漏将阑，众皆酩酊，或失足颠仆。临溪一一指挥僮仆扶掖登榻，然后从容登舆去，神志湛然，如未饮者。其仆曰："吾相随七八年，从未见其独酌，亦未见其偶醉也。"惟饮不择酒，使尝酒亦不甚知美恶，故其同年以登徒好色戏之。然亦罕有矣。惜不及见顾、缪二前辈一决胜负也。端人先生恒病余不能饮，曰："东坡长处，学之可也；何并其短处亦刻画求似！"及余典试得临溪，以书报先生。先生复札曰："吾再传有此君，闻之起舞。但终恨君是蜂腰耳。"前辈风流，可云佳话。今老矣，久不预少年文酒之会，后来居上，又不知为谁？

可要是与人对饮，不管端上来的是大碗还是盆子，他都能一口气喝光，不剩一滴。有一次他来我家喝酒，和诸桐屿、吴惠叔等五六个人一直拼酒到深夜，旁人都喝得酩酊大醉，有的甚至摔倒在地。葛临溪却一个个地指挥仆人把他们扶上床，然后才慢悠悠地自顾上轿离开，神智清醒，跟没喝过酒一样。他的仆人说："我跟随他七八年，从没见他独自喝酒，也从没见他哪怕稍微喝醉过。"只是他向来不挑酒的好坏，让人拿什么酒给他，他都喝，也不在乎酒是美味还是劣质，因此同年故意打趣他像"登徒子好色"般"不辨美丑"。不过这样的人实在罕见。可惜没能见到他和顾、缪两位老前辈当面比试，分出高下。我的老师孙端人先生总是为我酒量不济而惋惜，说："你学苏东坡的长处就行了，怎么连他的短处也要刻意模仿呢？"后来我当主考官时，正好录取了葛临溪，便写信告诉老师。老师回信说："我这隔了一辈的再传弟子竟是这样的人，真让我高兴得起舞。但可惜你终究是个'蜂腰'（指酒量太差）啊。"这些老前辈的风雅，真是美谈。如今我已经老了，很久都没参加年轻人聚会品酒作诗的场合。再有后来人超越前贤的，我也不清楚是谁了。

注释

❶顾侠君：即顾嗣立，字侠君，号间丘，江苏长洲（今苏州）人。清代诗人、学者。

❷缪文子：即缪曰藻，字文子，号南有居士，室名缪晋斋。吴县（今属江苏苏州）人。

❸陈句山：即陈兆仑，字星斋，号句山，今浙江杭州人，清代雍正年间进士。其孙女为陈端生。

❹吴云岩：即吴鸿，字颉云，号云岩。今浙江杭州人。清乾隆十六年辛未科状元。

❺朱竹君：即朱筠，字竹君，号笥河，清代文献学家、藏书家、学者。

❻周稚圭：即周之琦，字稚圭，号退庵，今河南开封人，清代词人、官员。

【原文】

同年胡侍御牧亭①，人品孤高，学问文章亦具有根柢。然性情疏阔，绝不解家人生产事，古所谓不知马几足者，殆有似之。奴辈玩弄如婴孩。尝留余及曹慕堂、朱竹君、钱辛楣饭，肉三盘，蔬三盘，酒数行耳，闻所费至三四金，他可知也。同年偶谈及，相对太息。竹君愤尤甚，乃尽发其奸，迫逐之。

【译文】

胡侍御牧亭这位同年进士，品行很高洁，学问文章也都有扎实的根基。只是他性情疏阔，完全不理家务生计，简直像古人说的"不知道马有几条腿"一样。结果家里的奴仆把他当小孩子般耍弄。有一次，他留我和曹慕堂、朱竹君、钱辛楣一起吃饭，菜有三盘肉、三盘素，再加几行酒而已，据说那一顿就花了三四两金子，你想想其他情形就知道了。同年偶尔说起，大家都唏嘘不已。朱竹君尤其气愤，干脆把那些奴仆的坏事全都揭发了，把他们赶走。可惜牧亭积久已深的弊端，奴仆间彼此串通，不出几

然积习已深，密相授受，不数月，仍故辙。其党类布在士大夫家，为竹君腾谤，反得喜事名。于是人皆坐视，惟以小人有党，君子无党，姑自解嘲云尔。后牧亭终以贫困郁郁死。死后一日，有旧仆来，哭尽哀，出三十金置几上，跪而祝曰："主人不迎妻子，惟一身寄居会馆，月俸本足以温饱。徒以我辈剥削，致薪米不给。彼时以京师长随，连衡成局，有忠于主人者，共排挤之，使无食宿地，故不敢立异同。不虞主人竟以是死。中心愧悔，夜不能眠。今尽献所积助棺敛，冀少赎地狱罪也。"祝讫自去。满堂宾客之仆，皆相顾失色。陈裕斋因举一事曰："有轻薄子见少妇独哭新坟下，走往挑之。少妇正色曰：'实不相欺，我狐女也。墓中人耽我之色，至病瘵而亡。吾感其多情，而愧其由我而殒命，已自誓于神，此生决

个月又重蹈覆辙。他们在士大夫家里四处散布谣言，引来一阵攻讦，朱竹君反倒落了个"爱管闲事"的名声。于是大家只能袖手旁观，感慨"只有小人才会拉帮结派，君子又没有党羽"，姑且自己安慰自己罢了。后来牧亭因为贫困郁郁而终。等他过世第二天，有个老仆人来了，哭得很悲痛，然后拿出三十两金子放在桌上，跪着说："主人一直没有娶妻生子，只是一个人住在官府的会馆里。月俸其实够他吃穿，可都让我们这群人剥削了，连日常柴米都不够。那时大伙形成连横之势，同在京城充当随从。凡是对主人忠心的，都被我们排挤到无处谋生的地步，谁敢和我们意见相左？没想到最后竟害得主人如此。我现在良心不安，夜里睡不着觉，这些年攒下的钱都拿来帮主人买副棺材，算是赎我在阴曹的罪过。"说完就走了。满屋宾客与随从，谁也没料到，个个面面相觑。陈裕斋于是举了个例子："曾经有个轻薄小伙子，看到一个少妇独自坐在新坟前哭，就跑过去撩拨她。那少妇端正脸色说：'不瞒你说，我是狐女。坟里这个人因为沉迷我的美色，得了痨病去世了。我感念他深情，又惭愧自己害死了他，已经向神明发誓，这辈子绝不再跟别人私通。你不要起歪心思，免得招来祸端。'我看

不再偶。尔无妄念，徒取祸也。'此仆其类此狐欤!"然余谓终贤于掉头竟去者。

那仆人的心态，跟这个狐女倒挺像啊!"但我认为，这个老仆人起码比那些闹完就掉头走开、置之不理的要好得多。

注 释

❶胡侍御牧亭：曾任太常寺卿。侍御，负责记录的史官、秘书官。

【原 文】

田白岩言：济南朱子青与一狐友，但闻声而不见形。亦时预文酒之会，词辩纵横，莫能屈也。一日，有请见其形者。狐曰："欲见吾真形耶？真形安可使君见！欲见吾幻形耶？是形既幻，与不见同，又何必见。"众固请之，狐曰："君等意中，觉吾形何似?"一人曰："当庞眉皓首。"应声即现一老人形。又一人曰："当仙风道骨。"应声即现一道士形。又一人曰："当星冠羽衣。"应声即现一仙官形。又一人曰："当貌如童颜。"应声即

【译 文】

田白岩曾经讲了这么一个故事：济南有个叫朱子青的人，与一只狐狸成了朋友，但只听得到狐狸的声音，却看不见它的形体。狐狸有时也会参加文人聚会，词辩纵横，在场的人都辩不过它。一天，有人想看狐狸的样子。狐狸说："你想看我的真身吗？真身怎么能随便给你看？你想看我的幻形吗？幻形本就是虚幻，看了也等于没看，那又何必呢?"众人坚持要看，狐狸问："那你们心里觉得我是什么样子呢?"有人说："大约是蓬松的眉毛、白花花的头发吧。"话音刚落，狐狸就变成一位白发老人。又有人说："该是一副飘然出尘的道骨仙风。"狐狸立刻变成一位道士。再有人说："应当是头戴星冠、身披羽衣的仙官。"狐狸马上变成一个仙官的模样。又有人说：

现一婴儿形。又一人戏曰："庄子言，姑射神人①，绰约若处子。君亦当如是。"即应声现一美人形。又一人曰："应声而变，是皆幻耳。究欲一睹真形。"狐曰："天下之大，孰肯以真形示人者，而欲我独示真形乎？"大笑而去。子青曰："此狐自称七百岁，盖阅历深矣。"

"大概是容颜不老、面如童子。"狐狸立刻化作一个婴儿的形状。还有人开玩笑道："庄子说'姑射神人，姿态娴雅如同少女'，你也该变成那样吧。"话音一落，狐狸又变作一位美人。却有人不服气，说："你这样随声变幻，都是假的，不如让我们看看你的本来面目。"狐狸笑道："这世上谁会把真身现给别人看呢？却偏偏要我给你们看吗？"说罢大笑离去。朱子青说："这只狐狸自称已经七百岁了，见识经历都十分深厚啊。"

注 释

❶姑射（yè）神人：指姑射山得道的真人。出自《庄子·逍遥游》。

【原 文】

舅氏实斋安公曰："讲学家例言无鬼。鬼吾未见，鬼语则吾亲闻之。雍正壬子①乡试，返宿白沟河。屋三楹，余住西间，先一南士住东间。交相问讯，因沽酒夜谈。南士称：'与一友为总角交，其家酷贫，亦时周以钱粟。后北上公车，适余

【译 文】

我的舅舅安实斋先生说过这样一件事："那些讲理学的人常常宣称世上没有鬼。我本人没亲眼见过鬼，却确实听见过鬼说话呢。雍正壬子年我去参加乡试。考完后，在白沟河投宿。那房子共有三间，我住西屋，先到的一个南方人住东屋。我们互相打了招呼，就买来酒菜在夜里闲聊。那南方人说：'我和一位朋友从小就要好。他家非常穷，我也时常周济他一些钱粮。后来他北上赶考，正好我在某个大户人家替

在某巨公家司笔墨，悯其飘泊，邀与同居，遂渐为主人所赏识。乃撼余家事，潜造蜚语，挤余出而据余馆。今将托钵山东。天下岂有此无良人耶！'方相与太息，忽窗外呜呜有泣声，良久语曰：'尔尚责人无良耶？尔家本有妇，见我在门前买花粉，诡言未娶，诳我父母，赘尔于家。尔无良否耶？我父母患疫先后殁，别无亲属，尔据其宅，收其资，而棺衾祭葬俱草草，与死一奴婢同。尔无良否耶？尔妇附粮艘寻至，入门与尔相垢厉，即欲逐我；既而知原是我家，尔衣食于我，乃暂容留。尔巧说百端，降我为妾。我苟求宁静，忍泪曲从。尔无良否耶？既据我宅，索我供给，又虐使我，呼我小名，动使伏地受杖，尔反代彼揿我项背，按我手足，叱我勿转侧。尔无良否耶？越年余，我财产衣饰剥

主人抄写文书，见他漂泊无依，便邀请他一起住下，他就此渐渐得到主人的赏识。于是便暗地里捏造谣言，挑唆主人，把我挤走，自己得了我的职位。如今我只好在山东化缘度日。这个人的无耻，实在让人难以理解！'我们正为此叹息，忽然听到窗外有呜呜的哭声，过了一会儿，竟然有人开口说话：'你还好意思责怪别人无良吗？且先说说你自己吧！你本来就有妻子，见我在门前买花粉，就骗我家父母，说你还没有娶过，入赘到我家。你这算不算无良？我父母先后得了疫病去世，家里再没有别人，你便霸占我家的房产，收走财产，而给我父母办丧葬却简单得和死了个婢女差不多。你这算不算无良？后来你老婆带着粮船来找你，进门后跟你吵闹，想把我赶走；结果她发现这里原本就是我家的房子，而你全靠我家的财产过活，就暂时容我留下。可你又费尽心思，说得天花乱坠，骗我自降身份，做你的小妾。我为了求个安宁，只能含泪听从；你说，这算不算你无良？你和你老婆不仅占了我家，让我替你们支付开销，还虐待我，我直呼我的小名，稍有不顺就叫我趴在地上挨打。每次你老婆打我，你还帮着她压住我的手脚，喝斥我不让我挣扎；你说，这算不算你无良？过了一年多，我所有财产和衣饰都被拿光，你便把我卖给一个西商。他来看我

削并尽，乃鬻我于西商。来相我时，我不肯出，又痛捶我，致我途穷自尽。尔无良否耶？我殁后，不与一柳棺，不与一纸钱，复褫我敝衣，仅存一裤，裹以芦席，葬丛冢。尔无良否耶？吾诉于神明，今来取尔，尔尚责人无良耶？'其声哀厉，僮仆并闻。南士惊怖瑟缩，莫措一词，遽嗷然仆地。余虑或牵涉，未晓即行。不知其后如何，谅无生理矣。因果分明，了然有据。但不知讲学家见之，又作何遁词耳。"

时，我不肯出去，你们就对我拳打脚踢，致使我走投无路，最终自尽。你说，这算不算你无良？我死后，你连副薄棺都不给，没给撒一点纸钱，连我的破衣服都脱下来，只留条破裤子裹尸，再用芦席一卷，草草埋在乱坟岗里。你说，这算不算你无良？我已经将此事告诉了神明，今天就是来索你性命的，你还好意思责怪别人无良吗？'那声音悲戚而凄厉，连僮仆都听得一清二楚。南方人吓得全身颤抖，一句话也说不出来，忽然大叫一声倒在地上。我担心会被牵连，天还没亮就赶紧离开了。之后这人的下场如何，我就不知道了，不过想也活不成了吧。这样看来，因果报应十分分明，有凭有据。只是不知那些坚称'世上无鬼'的讲学之士，若亲耳听到此事，又会找什么借口来解释呢？"

注 释

❶雍正壬子：公元 1732 年。

附

【原文】

亡儿汝俉，以乾隆甲子生。幼颇聪慧，读书未多，即能作八比①。乙酉②举于乡，始稍稍治诗，古文尚未识门径也。会余从军西域，乃自从诗社才士游，遂误从公安、竟陵③两派入。后依朱子颖④于泰安，见《聊斋志异》⑤抄本，（时是书尚未刻。）又误堕其窠臼，竟沈沦不返，以迄于亡。故其遗诗遗文，仅付孙树庭等存乃父手泽，余未一为编次也。惟所作杂记，尚未成书，其间琐事，时或可采。因为简择数条，附此录之末，以不没其篝灯呵冻之劳。又惜其一归彼法，百事无成，徒以此无关著述之词，存其名字也。

【译文】

我那已经去世的儿子汝俉，出生在乾隆甲子年。他从小就相当聪慧，虽然读书不多，却已经能够写出文辞工整、对偶精妙的"八比"文章。到了乙酉年，参加乡试并考中举人后，才稍微开始正式研习诗歌，但对古文尚未入门、找不到正确的路径。当时我正因罪被贬西域，他便结交诗社中的才士，结果误入明末"公安派"和"竟陵派"的创作道路。后来结交朱子颖，在泰安羁游时，看到了《聊斋志异》抄本，（当时这本书还没有刊刻。）又不幸深受其影响，越写越陷其中，最终无法回头，以至于最后因故亡故。所以他留下的诗作、文章，只有孙辈纪树庭等人保存了一些，我也一直没有将这些文字整理编次。他写的一些杂记尚未成书，其间虽多琐碎的事情，尚有些只言片语可供采撷。于是我择取了几条记录，附在此文末尾，也算不辜负他当年连夜赶写、不畏严寒的辛劳。只是可惜，作为学子，他最终偏离正道、一事无成，唯独这些与学术成果无关的文字还存世，也算留下一个名字罢了。

注　释

❶八比：八股文的别称，中间四韵八句为八比。

❷乙酉：清乾隆三十年，公元 1765 年。

❸公安、竟陵：公安、竟陵派是明代后期的文学流派，公安派代表人物是明代晚期三位袁姓散文家兄弟，他们都是今湖北公安人，所以称之为公安派。竟陵派是公安派文学论调的延续，代表人物是钟惺、谭元春，他们都是今湖北天门（古为竟陵）人，所以称之为竟陵派。

❹朱子颖：朱孝纯，字子颖，号思堂，汉军正红旗人，今山东郯城人，与姚鼐交好。

❺《聊斋志异》：清代小说家蒲松龄创作的文言志怪短篇小说集，全书近五百篇。最早以抄本形式流传。

【原 文】

戊寅①五月二十八日，吴林塘年五旬时，居太平馆中。余往为寿。座客有能为烟戏者，年约六十余，口操南音，谈吐风雅，不知其何以戏也。俄，有仆携巨烟筒来，中可受烟四两，爇火吸之，且吸且咽，食顷方尽，索巨碗瀹②苦茗，饮讫，谓主人曰："为君添鹤算③可乎？"即张其吻吐鹤二只，飞向屋角；徐吐一圈，大如盘，双鹤穿之而过，往来飞舞，如掷梭然。既而嘎喉有

【译 文】

戊寅年五月二十八日这天，吴林塘正好年满五十岁，住在太平馆里。我去为他祝寿。席间有一位会"烟戏"的奇人，六十多岁，操南方口音，谈吐优雅，但不知道他要怎么表演烟戏。突然，他的仆人拿来一支大烟筒，里面能装下四两烟，他点燃后边吸边咽，直到一顿饭的工夫才把这支烟抽完。随后又要来干净的大碗，泡上苦茶喝完，便对主人说："要不要我为您'添鹤算'呢。"说完便张开嘴，吐出两只仙鹤，飞到屋子角落；又慢慢吐出一个盘子大的烟圈，两只仙鹤便穿圈而过，飞来飞去，好似梭子般穿梭。接着，他喉中发出声音，吐出来的烟像一条细线一样，笔直向上，慢慢散开成水波和云层的形状。仔细看，那

声，吐烟如一线，亭亭直上，散作水波云状。谛视皆寸许小鹤，鸹鸹左右，移时方灭，众皆以为目所未睹也。俄其弟子继至，奉一觞与主人曰："吾技不如师，为君小作剧可乎？"呼吸间，有朵云飘缈筵前，徐结成小楼阁，雕栏绮窗，历历如画。曰："此海屋添筹也。"诸客复大惊，以为指上毫光现玲珑塔，亦无以喻是矣。以余所见诸说部，如掷杯化鹤、顷刻开花之类，不可殚述，毋亦实有其事，后之人少所见多所怪乎？如此事非余目睹，亦终不信也。

雾气里竟有一群只有寸许大小的仙鹤，在烟云里左右飞舞，过了一会儿才消失，大家都说这真是生平罕见的奇景。不一会儿，他的徒弟也来了，捧着一杯酒给主人，说："我的本领比不上师父，给您演个小戏可以吗？"只见他不过呼吸之间，筵席前像是飘来一朵云，慢慢凝结成一座小楼阁，雕栏彩窗，清晰得如同画中楼台一般。那人说："这是'海屋添筹'（祝寿添算的吉祥意象）。"在座宾客再次惊叹，以为就像有人用手指尖的毫光变出玲珑宝塔一样，也找不到合适的比喻来形容了。我平时在各种小说、话本里，看过什么"掷杯化鹤"或者"顷刻开花"等神奇描述，数不胜数，难道也确实有这么回事？只是后世见得少，才格外惊奇吧？若不是我目睹这件事，我也绝不会相信。

注 释

❶戊寅：乾隆二十三年，公元 1758 年。

❷瀹（yuè）：煮的意思。

❸添鹤算：增加寿命。

【原 文】

　　豫南李某，酷好马。尝于遵化牛市中见一马，通体如墨，映日有光，而腹毛则白于霜雪，所谓乌云托月者也。高六尺余，鬃尾鬈然，足生爪，长寸许，双目莹澈如水精，其气昂昂如鸡群之鹤。李以百金得之，爱其神骏，刍秣①必身亲。然性至狞劣，每覆障泥，须施绊锁，有力者数人左右把持，然后可乘。按辔徐行，不觉其驶，而瞬息已百里。有一处去家五日程，午初就道，比至，则日未衔山也。以此愈爱之。而畏其难控，亦不敢数乘。一日，有伟丈夫碧眼虬髯，款门求见，自云能教此马。引就枥下，马一见即长鸣。此人以掌击左右肋，始弭耳不动。乃牵就空屋中，阖户与马盘旋。李自隙窥之，见其手提马耳，喃喃似有所云，马似首肯。徐

【译 文】

　　李先生是河南南部的人，非常喜欢马。曾在遵化（今河北遵化）牛市看中一匹马，通身乌黑，日光下闪闪发亮，但马腹的毛色却白得如霜如雪，正是人们所说的"乌云托月"。这匹马身高六尺多（一尺约合现代33厘米），鬃毛和尾巴都带着天然的卷曲，马蹄还长出了寸把长的蹄甲，一双眼睛清澈似水晶，气度昂扬，就像鸡群里的鹤那般突出。李先生花了百金买下它，十分珍爱它的神骏之姿，每天亲自喂养。然而这马性情异常暴烈，每次给它装上障泥（马护腿）都要套上缰绳，还得好几个身强力壮的人在旁按住，才能勉强骑上。看似牵着缰绳慢慢走，好像不觉得它走得有多快，可转眼间就跑出了百里之遥。有一次，有个地方离李先生家要走五天路程，他中午启程，当天黄昏就已经到了，可见其迅疾。李先生越发喜爱这匹马，却也因其难以驾驭，不敢经常骑。有一天，一名身材高大、碧眼虬髯的壮汉登门拜访，自称能制服这匹马。李先生牵着马去了马厩，一看见壮汉，马就长声嘶鸣。那人用手掌敲击马的两侧肋骨，马才放下耳朵，安静不动。随后壮汉将马牵到一间空屋里，关上门，和马在里面周旋。李先生在门缝偷偷往里看，看见那人提起

又提耳喃喃如前，马亦似首肯。李大惊异，以为真能通马语也。少间，启户，引缰授李，马已汗如濡矣。临行谓李曰："此马能择主，亦甚可喜。然其性未定，恐或伤人；今则可以无虑也。"马自是驯良，经二十余载，骨干如初。后李至九十余而终，马忽逸去，莫知所往。

马耳，嘴里喃喃说着什么，马似乎点头回应；过一会儿又再说一次，马又像是在首肯。李先生十分震惊，心想他莫非能听懂马语。过了一阵，壮汉开门出来，把缰绳交给李先生，只见那马浑身大汗淋漓。壮汉临走前对他说："这马能选主人，也挺好。但它性子还不够稳，怕会伤着人；现在已经没什么可担心的啦。"从此以后，这匹马驯服温顺，跟随了李先生二十多年，体格一直健壮如初。等到李先生九十多岁去世，马忽然逃逸，再没有人知道它去了哪里。

注 释

❶刍秣（chúmò）：喂马的草料。